Orhan Pamuk

Le livre noir

*Traduit du turc
par Munevver Andac*

Gallimard

Titre original :

KARA KITAP

© *Orhan Pamuk/Can Yayinlari Ltd. Şti. 1990.*
L'édition originale a été publiée par Can Yayinlari Ltd. Şti.
© *Éditions Gallimard, 1995, pour la traduction française.*

« D'après Ibn Arabî, qui affirme qu'il s'agit d'un fait véridique, un de ses amis, qui était un derviche Abdal, fut hissé jusqu'aux cieux par les esprits, atteignit le mont Kaf qui encercle l'univers, et constata que cette montagne était elle-même encerclée par un serpent. On sait aujourd'hui qu'il n'y a pas de montagne qui encerclerait l'univers, pas plus qu'un serpent qui encerclerait une telle montagne. »

Encyclopédie de l'Islam

PREMIÈRE PARTIE

Quand Galip vit Ruya
pour la première fois

« N'utilisez pas l'épigraphe, car elle
tue le mystère de l'œuvre ! »

Adli

« S'il doit périr ainsi, tu n'as qu'à tuer
le secret et aussi le faux prophète qui
vend le secret ! »

Bahti

Dans la pénombre tiède et douce, recouverte de la
couette à carreaux bleus, avec ses crêtes, ses ravines
ombreuses et ses collines d'un bleu délicat, qui s'étendait jusqu'à l'extrémité du lit, Ruya dormait encore,
couchée à plat ventre. Dehors, s'élevaient les premiers bruits d'un matin d'hiver : de rares voitures,
quelques autobus, le fracas des bidons de cuivre que
le marchand de *salep*, de mèche avec le marchand de
petits pâtés, lâchait bruyamment sur le trottoir, et les
coups de sifflet du gardien chargé du bon fonction-
nement des taxis collectifs. À l'intérieur de la chambre, la lumière d'hiver d'un gris de plomb pâlissait
encore en traversant les rideaux bleu marine. Galip,
qui n'avait toujours pas émergé du sommeil, lança

un coup d'œil à sa femme, dont la tête surgissait de la couette bleue. Le menton de Ruya s'enfonçait dans l'oreiller de plume. La façon dont elle penchait le front avait quelque chose d'irréel, qui éveillait chez Galip de la curiosité pour toutes les choses merveilleuses qui se produisaient à l'instant même dans son cerveau, de la peur aussi. « La mémoire est un jardin », avait écrit Djélâl dans l'une de ses chroniques. « Les jardins de Ruya, ses jardins à elle... », s'était alors dit Galip. « N'y pense pas, n'y pense surtout pas, tu serais trop jaloux ! » Mais Galip y pensa, tout en contemplant le front de sa femme.

Il aurait tant voulu errer à présent sous le soleil, entre les rosiers grimpants, les acacias et les saules du jardin secret, aux portes si soigneusement closes, de Ruya, plongée dans la sérénité du sommeil. Et pourtant, il ressentait une peur honteuse des visages qu'il risquait d'y rencontrer : tiens, tu étais là, toi aussi, salut ! La crainte d'y rencontrer avec autant de curiosité que de tristesse des silhouettes masculines auxquelles il ne s'attendait pas : excusez-moi, cher ami, où donc avez-vous fait la connaissance de ma femme, où l'avez-vous rencontrée ? Chez vous, il y a trois ans, dans un magazine de mode étranger acheté dans la boutique d'Alâaddine, ou dans le bâtiment de l'école où vous alliez tous les deux, ou à l'entrée d'une salle de cinéma, où vous vous teniez main dans la main... Mais non, la mémoire de Ruya n'était peut-être pas si encombrée et si impitoyable ; peut-être que dans l'unique coin ensoleillé du sombre jardin de ses souvenirs, elle faisait une promenade en barque avec lui, Galip. Ils avaient eu les oreillons tous les deux en même temps, six mois après l'installation de la famille de Ruya à Istanbul. En ces temps-là, à

14

tour de rôle, la mère de Galip, ou bien celle de Ruya, la si belle tante Suzan, et parfois les deux ensemble, emmenaient les deux enfants faire des promenades en barque à Tarabya ou à Bebek, après un long parcours dans des autobus qui bringuebalaient sur les routes pavées. Dans ces années-là, c'étaient les microbes qui étaient célèbres et non les médicaments : tout le monde était convaincu que, pour ce qui était des oreillons, l'air pur du Bosphore était le meilleur des remèdes. La mer était calme le matin, la barque était blanche, le batelier, toujours le même, amical. Les mères s'asseyaient à l'arrière, Ruya et Galip s'installaient côte à côte à la proue, à moitié dissimulés par le torse du batelier, qui se redressait et s'abaissait dans un mouvement continu. Au-dessous de leurs pieds et de leurs chevilles frêles, si semblables, qu'ils tendaient vers la mer, les eaux coulaient avec lenteur, avec leurs algues, les taches de mazout aux couleurs de l'arc-en-ciel, les petits galets presque transparents et les bouts de journaux encore lisibles qu'ils examinaient du haut de la barque, à la recherche d'un article de Djélâl.

La première fois qu'il vit Ruya, six mois avant les oreillons, Galip était assis sur un petit tabouret, installé sur la table de la salle à manger, et le coiffeur lui coupait les cheveux. En ce temps-là, le coiffeur, un long type avec une moustache à la Douglas Fairbanks, venait cinq fois par semaine raser le grand-père. C'était l'époque où les gens faisaient la queue pour acheter du café, en de longues files devant la brûlerie de l'Arabe et la boutique d'Alâaddine, l'époque où les bas nylon se vendaient au marché noir, où les Chevrolet modèle 56 se faisaient de plus en plus nombreuses à Istanbul, l'année où Galip était entré à l'école primaire ; il lisait déjà avec une extrême attention les articles de Djélâl, qui paraissaient cinq jours par semaine, à la page deux du *Milliyet*, sous le pseudonyme de Sélime Katchmaz, c'était la grand-mère qui lui avait appris à lire et à écrire, deux ans plus tôt déjà. Ils s'installaient au coin de la table de la salle à manger, la grand-mère lui dévoilait, de sa voix entrecoupée de râles, le plus grand des mystères, la façon de relier les lettres les unes aux autres, puis rejetait la fumée de sa cigarette Bafra, qu'elle tenait toujours coincée entre ses lèvres ; la fumée faisait lar-moyer son petit-fils et, sur la page de l'abécédaire, le cheval s'animait en se teintant de bleu. Au-dessus des lettres CHEVAL, qui indiquaient de quelle bête il s'agis-sait, le cheval de l'abécédaire semblait bien plus vigoureux que celui du boiteux qui vendait de l'eau de source ou que les rosses efflanquées attelées à la charrette du marchands d'habits, ce fieffé coquin. En ce temps-là, Galip rêvait de verser sur l'image de ce beau cheval resplendissant de santé une potion magi-que qui lui donnerait la vie. Plus tard, à l'école, où on ne lui avait pas permis d'entrer directement au cours élémentaire, il avait dû à nouveau apprendre à lire et à écrire, dans le même abécédaire au beau cheval, et son idée de potion magique lui avait alors semblé idiote.

Mais en ce temps-là, si le grand-père avait pu tenir sa promesse et lui procurer cette fameuse potion contenue dans une bouteille couleur de fleur de gre-nadier, Galip aurait tant voulu en verser sur les vieux exemplaires poussiéreux de *L'Illustration*, bourrés de zeppelins, de canons et de cadavres couverts de boue de la Première Guerre mondiale, sur les cartes pos-tales envoyées de Paris ou du Maroc par l'oncle

Mélih, ou sur l'ourang-outang allaitant son petit, dont Vassif avait découvert la photo dans le quotidien *Dunya*, ou encore sur ces étranges visages que Djélâl découpait dans les journaux. Mais le grand-père ne sortait plus, même pas pour aller chez le coiffeur, il passait ses journées à la maison. Il continuait pourtant à s'habiller comme au temps où il se rendait au magasin : une vieille veste anglaise à larges revers, grise comme sa barbe du dimanche, un pantalon qui retombait sur ses chaussures, sans oublier ses boutons de manchette et sa cravate de coton perlé, « une cravate de fonctionnaire », comme disait le père. Ce mot-là, la mère le prononçait « cravate » et non « guiravate » comme tout le monde. Parce que sa famille à elle avait été plus riche autrefois. Plus tard, le père et la mère s'étaient habitués à parler du grand-père comme de l'une de ces vieilles maisons de bois qui tombaient en ruine, un peu plus décrépites chaque jour ; au bout d'un moment, ils finissaient par oublier le grand-père, et quand tous deux haussaient un peu le ton, ils se tournaient vers Galip : « Allons, va jouer là-haut. » « J'y monte en ascenseur ? » « Il ne peut pas prendre seul l'ascenseur ! » « Ne monte surtout pas dans l'ascenseur tout seul ! » « Est-ce que je peux aller jouer avec Vassif ? » « Non, il va encore se fâcher ! »

Mais à vrai dire, Vassif ne se fâchait jamais. Il était sourd et muet. Il ne se fâchait jamais quand il me voyait me traîner sur le plancher, pour jouer au « passage secret », et ramper sous les lits, me faufiler jusqu'au fond de la grotte, jusqu'au tréfonds du puits d'aération de l'immeuble, avec une souplesse de chat, celle du soldat qui franchit la sape qu'il a creusée jusqu'aux tranchées ennemies. Vassif savait bien que je ne me moquais pas de lui, mais tous les autres l'ignoraient, à part Ruya, quand elle arriva par la suite. Il y avait des jours où Vassif et moi contemplions longuement les rails du tramway. L'une des fenêtres en saillie sur l'immeuble de béton donnait sur la mosquée, au bout du monde quoi, l'autre sur le lycée de jeunes filles, l'autre bout du monde, avec, entre les deux, le poste de police, le grand marronnier et la boutique d'Alâaddine, toujours aussi animée qu'une ruche. Alors que nous observions les clients qui y entraient ou en sortaient, et que nous nous montrions du doigt les voitures qui passaient, il m'arrivait d'être pris d'une peur irraisonnée quand Vassif, brusquement saisi d'émotion, émettait des sons terrifiants, des râles de dormeur en butte aux assauts du démon dans son cauchemar.

« Vassif a encore effrayé le gamin », disait derrière moi grand-père, qui écoutait la radio assis dans son fauteuil boiteux, en face de grand-mère qui ne l'entendait pas, occupée qu'elle était, comme lui, à tirer sur sa cigarette. Et, plus par habitude que par curiosité : « Eh bien, combien de voitures avez-vous comptées ? » me demandait-il alors. Mais ni l'un ni l'autre n'accordaient le moindre intérêt aux informations que je leur fournissais sur le nombre de Dodge, de Packard, de De Soto ou de nouvelles Chevrolet.

Grand-père et grand-mère passaient leurs journées à bavarder sans arrêt, tout en écoutant la musique, *alla franga* aussi bien qu'*alla turca*, les nouvelles, la publicité pour des banques, des eaux de toilette ou des loteries, qui se déversaient du poste, toujours allumé, et sur lequel dormait un chien de porcelaine au pelage très fourni, à l'air serein, qui ne ressemblait pas du tout aux chiens turcs. La plupart du temps, ils se plaignaient de la cigarette qu'ils tenaient à la main, comme d'une rage de dents à laquelle on doit bien s'habituer puisqu'elle ne vous accorde pas de répit, ils se rejetaient la responsabilité de n'avoir toujours pas réussi à renoncer à fumer, et dès que l'un se mettait à tousser en s'étranglant, l'autre triomphait, d'un ton railleur et bonhomme tout d'abord, puis avec inquiétude et colère. Mais bien vite, l'un ou l'autre se fâchait pour de bon. « Laisse-moi tranquille, pour l'amour du ciel, c'est l'unique plaisir qui me reste ! » affirmait-il alors. « D'ailleurs, c'est très bon pour les nerfs, je l'ai lu dans le journal ! » ajoutait-il. Et tous deux se taisaient un moment, mais ces silences qui permettaient d'entendre le tic-tac de l'horloge dans le corridor ne duraient guère. Ils reprenaient leurs journaux, qu'ils feuilletaient à grand bruit, et se remettaient à parler, tout comme ils parlaient durant les parties du bésigue de l'après-midi ou quand les autres venaient les rejoindre pour se mettre à table ou pour écouter la radio ; et après avoir lu l'article de Djélâl dans le journal : « Ils auraient dû lui permettre de signer ses articles de son vrai nom », déclarait grand-père, « cela lui aurait peut-être mis du plomb dans la tête ! » « À son âge ! » soupirait grand-mère. « Est-ce parce qu'ils ne l'autorisent pas à utiliser son vrai nom qu'il écrit de si mauvais articles, ou est-ce parce qu'il écrit ces choses-là qu'on ne le lui permet pas ? » ajoutait-elle, l'air vraiment intrigué, comme si c'était la première fois qu'elle se posait la question, alors qu'elle y revenait tous les jours. Et grand-père alors se raccrochait à l'argument qu'ils utilisaient à tour de rôle pour se consoler : « Du moins », disait-il, « très peu de gens peuvent comprendre que c'est de nous qu'il se moque ! »

« Personne ne peut le savoir », répliquait grand-mère d'un ton que Galip devinait peu convaincu. « Personne ne peut affirmer qu'il parle de nous. » Et grand-père faisait alors allusion, avec une vague affectation et la lassitude d'un acteur de second plan qui répète la même réplique pour la centième fois, à l'un de ces articles que Djélâl reprendrait plus tard — à l'époque où il recevrait des centaines de lettres de ses lecteurs —, en le modifiant à peine et en le signant désormais de son nom devenu célèbre, parce que son imagination s'est épuisée, diraient les uns ; parce que la politique et les femmes ne lui laissent plus le temps de travailler, affirmeraient les autres, ou encore tout simplement par paresse. « Cet article sur les appartements », répétait grand-père. « Tout le monde sait que l'immeuble en question, c'est le nôtre, bon sang ! » Et grand-mère se taisait alors.

À cette époque-là, grand-père s'était déjà mis à parler du rêve qu'il verrait si souvent par la suite. Comme dans toutes les histoires qu'ils se ressassaient à longueur de jour, grand-mère et lui, il y avait du bleu dans le rêve que grand-père décrivait de temps en temps, les yeux brillants d'émotion. Et dans ce rêve, ses cheveux et sa barbe poussaient à toute vitesse, parce qu'il tombait sans cesse une pluie bleu marine. Après avoir patiemment écouté les détails du rêve : « Le coiffeur va venir d'un moment à l'autre », disait grand-mère. Mais grand-père n'était guère content d'entendre parler du coiffeur : « Il est si bavard, il ne fait que poser des questions ! » disait-il. Et Galip l'entendit une ou deux fois, après qu'il fut question de son rêve et du coiffeur, murmurer d'une voix qui perdait sa vigueur : « Nous aurions dû faire construire autre part. Cet immeuble nous a porté la guigne. »

Bien plus tard, quand la famille eut quitté l'immeuble le « Cœur de la Ville » après l'avoir vendu étage par étage, et que de petits ateliers de confection, des cabinets de gynécologues pratiquant discrètement des avortements, et des bureaux d'assurances s'y furent installés, comme dans tous les autres immeubles du quartier, à chaque fois qu'il passait devant la boutique d'Alâaddine, Galip lançait un regard sur la façade si laide et si sombre, et se demandait pourquoi grand-père avait parlé de guigne. Mais déjà à l'époque où il avait prononcé ces paroles, Galip devinait que le grand-père, à qui, posant la question plus par habitude que par curiosité, le coiffeur demandait à chaque séance : « Quand donc votre aîné va-t-il rentrer d'Afrique, monsieur ? », n'appréciait guère le sujet : le retour de l'oncle Mélih d'Europe et d'Afrique à Izmir tout d'abord, puis à Istanbul, lui ayant pris des années, la plus grande des malchances, pour le vieil homme, avait été le départ un beau jour de son fils pour l'étranger, en abandonnant sa femme et son fils et son retour, des années plus tard, avec sa seconde femme et sa fille (Ruya).

L'oncle Mélih était encore en Turquie quand ils avaient entrepris de faire construire l'immeuble. C'était Djélâl qui l'avait raconté à Galip : ayant compris qu'il leur était impossible de rivaliser avec les succursales et les *lokoums* de la maison Hadji Békir, et dans l'espoir de mieux vendre les bocaux de confitures de coings, de figues et de griottes que la grand-mère alignait sur ses étagères, la famille avait transformé le magasin de Sirkedji en pâtisserie, puis en restaurant. Et l'oncle Mélih, qui n'avait pas encore la trentaine, quittait en fin d'après-midi son cabinet d'avocat où il passait plus de temps à se quereller avec ses clients qu'à s'occuper de ses affaires, entre ses vieux dossiers dont il noircissait les pages avec des dessins de navires et d'îles désertes ; il se hâtait d'aller à Nichantache, sur les lieux des travaux, pour y rejoindre son père et ses frères, qui venaient, eux, de la Pharmacie Blanche à Karakeuy, il se débarrassait de sa veste et de sa cravate, retroussait ses manches et se mettait au boulot pour insuffler du courage aux maçons dont l'énergie faiblissait à l'approche du soir. C'est à la même époque que l'oncle Mélih commença à faire des allusions à la nécessité d'envoyer l'un des membres de la famille à l'étranger, afin d'y apprendre la confiserie occidentale, d'y passer commande de papier d'argent pour les marrons glacés, de s'associer avec des Français pour créer une manufacture de savons moussants de couleurs diverses, d'acheter à bon marché un piano à queue pour la tante Hâlé, et des machines aux firmes qui faisaient alors faillite les unes après les autres en Europe et aux États-Unis, comme frappées d'une étrange épidémie, et en outre de faire examiner Vassif par un bon spécialiste du cerveau et de l'oreille, en France ou en Allemagne. Quand l'oncle Mélih et Vassif partirent deux ans plus tard pour Marseille, à bord d'un bateau roumain (le *Tristana*), dont Galip découvrit la photo dans une des nombreuses boîtes au parfum d'eau de rose de grand-mère, et dont Djélâl apprit, huit ans plus tard et par l'une des coupures de journaux collectionnées par Vassif, le naufrage, parce qu'il avait heurté une mine dans la mer Noire, l'immeuble était terminé, mais la famille ne s'y était pas encore installée. Au bout d'un an, quand Vassif arriva, seul par le train, à la gare de Sirkédji, il était toujours sourd et muet (« Évidemment ! » disait tante Hâlé, chaque fois qu'on revenait sur le sujet et d'un ton dont Galip ne put élucider la raison et le mystère que des années plus tard), et il serrait sur son cœur un aquarium rempli de poissons japonais, en quantité suffisante pour agrémenter la vie de ses arrière-arrière-petits-enfants ; les premiers jours, il ne s'en éloigna pas un instant ; il contemplait l'aquarium, le souffle court, sous l'effet de l'émotion, avec mélancolie parfois, les yeux remplis de larmes. À cette époque-là, Djélâl et sa mère habitaient au troisième étage, vendu par la suite à un Arménien, mais comme il fallait envoyer de l'argent à l'oncle Mélih, pour lui permettre de poursuivre ses recherches commerciales dans les rues de Paris, ils avaient mis leur propre appartement en location et s'étaient alors installés sous le toit de l'immeuble, dans le petit grenier aménagé en studio. Quand commencèrent à s'espacer les envois de recettes de confiserie et de gâteaux, les formules de fabrication de savonnettes et d'eaux de toilette, les lettres bourrées de photos d'artistes ou de ballerines qui mangeaient ces bonbons et utilisaient ces produits de beauté, les colis d'échantillons de pâte dentifrice à la menthe, de marrons glacés, de chocolats à la liqueur, les casques de pompiers ou les bonnets de matelots pour enfants, la mère de Djélâl se demanda si elle ne devait pas retourner chez ses parents. Mais pour qu'elle se décide à quitter l'immeuble en emmenant son fils avec elle et aille s'installer dans le quartier d'Aksaray, dans la maison de bois de ses parents — son père était un petit fonctionnaire aux Vakifs —, il fallut le déclenchement de la Seconde Guerre mondiale, et aussitôt après, l'arrivée d'une carte postale en marron et blanc, où l'on pouvait voir une drôle de mosquée et un avion en plein vol, que l'oncle Mélih leur envoya de Bingazi, en leur annonçant que toutes les voies de retour étaient minées. Du Maroc où il se rendit après la guerre, l'oncle Mélih leur envoya bien d'autres cartes en noir et blanc. Ce fut encore par une carte postale, coloriée à la main, celle-là, et qui représentait un hôtel de style colonial — celui-là même qui servirait plus tard de décor à un film américain où des espions et des trafiquants d'armes tombaient amoureux d'entraîneuses — que le grand-père et la grand-mère apprirent que leur fils s'était remarié avec une jeune Turque, qu'il avait rencontrée à Marrakech, que leur nouvelle bru était une descendante de la famille du Prophète, une *Seyyidé* donc, et qu'elle était extrêmement belle.

Bien plus tard, Galip s'amusa à identifier les drapeaux qui flottaient au second étage de l'hôtel sur la carte, et bien plus tard encore, il décida un jour que c'était là, dans l'une des chambres de cet immeuble qui ressemblait à un gâteau à la crème, que Ruya « avait été conçue », se dit-il en utilisant le style des histoires que Djélâl publiait sous le titre *Les bandits de Beyoglou*. Six mois plus tard, une carte leur parvint d'Izmir : ils se refusèrent tout d'abord à croire qu'elle leur avait été adressée par l'oncle Mélih, persuadés qu'ils étaient tous qu'il ne rentrerait jamais plus en Turquie. Des rumeurs circulaient déjà : l'oncle Mélih et sa nouvelle femme s'étaient convertis au christianisme, ils s'étaient joints à un groupe de missionnaires pour se rendre au Kenya et y construire, dans une vallée où les lions chassaient les antilopes à trois cornes, l'église d'une secte qui véné-

rait la Croix et le Croissant. Mais selon les renseignements fournis par une personne aussi curieuse que
certaine de la véracité de ses informations et qui
affirmait connaître à Izmir la famille de la nouvelle
bru, l'oncle Mélih était sur le point de devenir millionnaire, grâce aux affaires louches (trafic d'armes,
corruption d'un souverain, etc.) qu'il avait menées en
Afrique du Nord pendant la guerre ; mais incapable
de tenir tête aux caprices de son épouse — déjà célèbre pour sa beauté —, il avait accepté de la suivre à
Hollywood, pour qu'elle puisse y devenir une star, et
ses photos paraissaient déjà dans les magazines
français et arabes. Alors que sur cette carte postale
qui passa des semaines durant de main en main et
d'un étage à l'autre, malmenée à force d'être grattée
çà et là de l'ongle, comme on le fait des billets de
banque que l'on soupçonne d'être contrefaits, pour
en vérifier l'authenticité, l'oncle Mélih leur apprenait
qu'il était tombé malade à force de se languir du pays
et qu'ils avaient donc décidé d'y retourner : « À présent, nous allons bien », disait-il. Il gérait, « avec une
conception plus nouvelle, vraiment moderne », les
affaires de son beau-père, commerçant en figues et
en tabacs à Izmir. La carte postale qu'il leur adressa
un peu plus tard était rédigée dans un style ember-
lificoté, « aussi embrouillé que les cheveux d'un
nègre », disaient-ils. Elle suscita des commentaires
qui différaient d'un étage à l'autre de l'immeuble,
étant donné les problèmes de partage qui pourraient
à l'avenir entraîner la famille dans une guerre silencieuse. Quand Galip la lut bien plus tard, il put
constater que l'oncle Mélih exprimait, dans une langue pas tellement embrouillée à vrai dire, son désir
de retourner bientôt s'installer à Istanbul et leur

annonçait la naissance de sa fille, dont il n'avait pas encore choisi le prénom, ajoutait-il.

Le nom de Ruya, Galip l'avait découvert pour la première fois sur l'une de ces cartes postales que la grand-mère glissait dans le cadre du miroir, au-dessus du buffet où l'on gardait le service à liqueurs. Entre ces images d'églises, de ponts, de mers, de tours, de bateaux, de mosquées, de déserts, de pyramides, d'hôtels, de parcs et d'animaux, qui encerclaient le miroir comme d'un second cadre et qui, de temps en temps, suscitaient la colère du grand-père, on avait coincé des photos de Ruya bébé, puis enfant. En ce temps-là, Galip s'intéressait bien moins à la fille de son oncle (sa *cousine* : on utilisait le mot français, à présent), dont il savait qu'elle avait le même âge que lui, qu'à la grotte, effrayante et propice aux rêves, de la moustiquaire silencieuse sous laquelle dormait Ruya, et qu'à sa tante Suzan, la descendante du Prophète, qui, fixant la caméra d'un regard mélancolique, entrouvrait la moustiquaire pour désigner sa fille, tout au fond de cette caverne en noir et blanc. Tous, les femmes comme les hommes, ne comprirent que bien plus tard que ce qui les avait plongés dans un silence songeur, quand ces photographies avaient circulé de main en main dans l'immeuble, c'était la beauté de cette femme. Mais à cette époque-là, ils ne discutaient que de la date à laquelle arriveraient l'oncle Mélih, sa femme et sa fille, et à quel étage de l'immeuble ils allaient s'installer. La mère de Djélâl, qui s'était remariée avec un avocat, était morte, jeune encore, d'une maladie diagnostiquée de façon différente par chacun des médecins consultés. Et Djélâl, qui ne voulait d'ailleurs plus vivre dans la maison envahie par les toiles d'araignée d'Aksaray, avait cédé aux sollicitations pressantes de sa grand-mère et était revenu dans l'immeuble pour s'installer dans le studio sous les toits. Il avait commencé par suivre les matches de football — où il percevait très vite les relents de chiqué —, pour le journal qui fit paraître par la suite ses premiers articles, qu'il signait d'un pseudonyme ; il y racontait, en les enjolivant, les crimes aussi astucieux que mystérieux commis par les mauvais garçons des bars, des boîtes de nuit et des bordels des ruelles de Beyoglou ; il combinait des mots croisés où le nombre de cases noires dépassait toujours celui des cases blanches, reprenait au besoin le feuilleton du spécialiste des combats de lutte, qui n'avait pu surgir ce jour-là de l'ivresse due à l'opium dont il avait corsé son vin ; il rédigeait de temps en temps des chroniques intitulées « Votre personnalité dévoilée par votre écriture », « La clé des songes », « Votre visage, votre caractère », ou « Votre signe d'aujourd'hui ». C'était dans ces petites chroniques qu'il avait commencé à adresser ses saluts aux membres de sa famille, à ses copains, à ses petites amies également, affirmait-on. Chargé en outre de la chronique « Incroyable mais vrai », il consacrait le reste de son temps à la critique des nouveaux films américains qu'il allait voir gratis. On affirmait même que ces innombrables activités lui permettraient bientôt de fonder une famille.

Plus tard, quand il constata un beau matin que les vieux pavés de la ligne de tramway avaient été recouverts d'une banale couche d'asphalte, Galip s'était dit que ce que le grand-père appelait la guigne était lié à l'étrange promiscuité et au manque d'espace qui régnaient dans l'immeuble, à quelque secret aussi vague que terrifiant. Le soir où l'oncle Mélih avait débarqué à Istanbul, avec sa femme et sa fille qui étaient si belles, et ses valises et ses malles, il était tout naturellement venu s'installer dans le studio de Djélâl, comme pour manifester sa colère devant le peu de cas que sa famille avait fait de ses cartes postales.

La veille du matin de printemps où il arriva en retard à l'école, Galip avait fait un drôle de rêve : il se trouvait dans un autobus municipal qui s'éloignait de l'école où il devait ce jour-là relire les dernières pages de son abécédaire, et il s'y trouvait en compagnie d'une jolie fille aux yeux bleus qu'il ne parvenait pas à identifier. Et au réveil, il découvrit qu'il n'était pas le seul à être en retard : son père n'était pas allé travailler, lui non plus. Assis devant la table du petit déjeuner, que les rayons du soleil n'atteignaient qu'une heure par jour, couverte d'une nappe semblable à un damier bleu et blanc, sa mère et son père parlaient avec indifférence des nouveaux occupants du grenier, arrivés dans la nuit, tout comme ils auraient parlé des rats qui avaient envahi le puits d'aération de l'immeuble ou des histoires de fantômes ou de djinns de la bonne, Esma hanim. Galip, lui, se refusait à se demander pourquoi il s'était réveillé si tard, pourquoi il avait honte d'aller à l'école parce qu'il était en retard ; il ne voulait pas davantage se poser de questions sur les gens qui se trouvaient à présent dans l'ancien grenier. Il monta à l'étage de ses grands-parents où rien ne changeait jamais, où tout se répétait, mais le coiffeur posait déjà la question, tout en rasant le grand-père qui n'avait pas l'air très satisfait. Les cartes postales du miroir avaient été dispersées, on voyait çà et là des objets étranges, inconnus, et il régnait dans la pièce une odeur nouvelle, celle à laquelle il allait si fort s'attacher. Soudain pris d'une vague nausée, il ressentit de la crainte et de la curiosité : comment étaient les pays bicolores que représentaient ces cartes postales ? Et la tante, si belle sur les photographies ? Il avait eu brusquement envie de grandir et de devenir un homme ! Quand il annonça qu'il voulait se faire couper les cheveux, sa grand-mère fut ravie. Mais comme tous les bavards, le coiffeur ne comprenait rien à rien. Il ne l'installa pas dans le fauteuil du grand-père, mais sur un petit tabouret, qu'il plaça sur la table. Et de plus, la grande serviette bleu et blanc qu'il avait utilisée pour le grand-père et qu'il noua au cou de l'enfant était bien trop grande ; déjà qu'elle lui serrait la gorge à l'étouffer, elle lui retombait au-dessous des genoux, comme une jupe de fille.

Bien plus tard, bien après leur mariage qui avait eu lieu dix-neuf ans, dix-neuf mois et dix-neuf jours après cette première rencontre, selon les calculs de Galip, certains matins, quand il apercevait la tête de sa femme enfoncée dans l'oreiller, il se disait que le bleu de la couette qui recouvrait Ruya provoquait chez lui le même malaise que le bleu de la serviette que le coiffeur avait ôtée du cou du grand-père pour la nouer à son cou à lui ; mais il n'en avait jamais rien dit à sa femme, peut-être parce qu'il savait que Ruya n'allait pas changer les housses de sa couette pour un motif aussi vague.

Galip se dit que le journal avait sans doute été glissé sous la porte, il se leva précautionneusement, habitué qu'il était à prendre garde à chacun de ses gestes, mais ses pas ne le menèrent pas à la porte ; il se dirigea vers la salle de bains, puis vers la cuisine. La bouilloire n'y était pas et il découvrit la théière dans la salle de séjour. Le cendrier de cuivre était plein de mégots, ce qui signifiait que Ruya avait passé la nuit à lire un nouveau polar — ou peut-être pas. La bouilloire était dans la salle de bains. La pression de l'eau étant insuffisante, il leur était souvent impossible d'utiliser cet appareil terrifiant qu'on nomme un *chauffe-bain* [1] et il fallait alors faire chauffer l'eau dans la bouilloire, car ils n'avaient toujours pas acheté d'autre récipient. Avant de faire l'amour, il leur fallait parfois mettre la bouilloire sur le feu, discrètement, avec impatience, comme l'avaient fait autrefois leurs grand-père et grand-mère, et aussi leurs parents.

Au cours de l'une de leurs sempiternelles querelles qui commençaient toujours par les mêmes mots : « Tu devrais renoncer à fumer ! », la grand-mère avait reproché au grand-père de ne s'être jamais, au grand jamais, levé avant elle. Vassif les observait. Galip les écoutait, en se demandant ce qu'elle avait voulu dire. Plus tard, Djélâl avait écrit quelque chose à ce sujet, mais pas dans le sens où l'entendait grand-mère : « Il ne s'agit pas seulement de ne pas attendre que les rayons du soleil aient touché votre lit, comme le conseille le dicton, ou de se lever quand il fait encore noir ; le principe selon lequel la femme doit quitter le lit avant l'homme vient d'une longue tradition paysanne », disait-il, après avoir décrit à ses lecteurs le rituel du lever de ses grands-parents, sans trop en changer les détails (la cendre de la cigarette sur la couette, la brosse à dents et le dentier dans le même verre, et cette façon de parcourir en toute hâte les avis de décès dans le journal). Après avoir lu la

---

1. En français dans le texte. *(N.d.T.)*

conclusion de cette chronique : « Je ne savais pas que nous étions des paysans ! » s'était écriée la grand-mère, et le grand-père avait ajouté : « Nous aurions dû lui faire bouffer des lentilles chaque jour au petit déjeuner, pour lui faire comprendre ce qu'était la paysannerie ! »

Après avoir rincé des tasses, cherché des assiettes et des couverts propres, sorti du réfrigérateur, qui puait le *pastirma*, des olives et du fromage blanc qui avait l'aspect d'un morceau de matière plastique, tout en se rasant avec de l'eau qu'il avait fait chauffer dans la bouilloire, Galip songeait à provoquer un bruit qui aurait réveillé Ruya, mais il n'en trouva pas. Il but son thé qu'il n'avait pas eu le temps de laisser infuser, mangea des olives avec quelques tranches de pain rassis, et tout en parcourant des yeux le journal à l'odeur d'encre fraîche qu'il avait ramassé sous la porte et déployé sur la table à côté de son assiette, il pensait à tout autre chose : il se disait qu'ils pourraient aller le soir chez Djélâl, ou alors voir un film au Konak. Il lança un regard à la chronique de Djélâl, décida qu'il la lirait le soir, en rentrant du cinéma, mais comme ses yeux ne s'en détachaient pas aussitôt, il en lut une phrase, puis se leva en laissant le journal ouvert sur la table, enfila son pardessus, et il se préparait à sortir quand il revint sur ses pas. Les mains dans ses poches pleines de tabac, de monnaie et de vieux tickets, il contempla un long moment sa femme, en silence, avec attention et respect. Puis il sortit de l'appartement en refermant doucement la porte.

L'escalier dont on venait de changer le tapis sentait la crasse et la poussière mouillée. Dehors, il faisait froid et sombre, la boue et les fumées de charbon ou de fuel qui s'élevaient des cheminées de Nichantache obscurcissaient encore l'atmosphère. Lançant devant lui le petit nuage de son haleine, il avança entre les tas d'ordures répandues sur le trottoir et alla prendre place dans la queue, déjà longue, qui s'était formée devant l'arrêt des taxis collectifs.

Sur le trottoir d'en face, un vieil homme qui, en guise de paletot, ne portait qu'une veste dont il avait relevé le col, hésitait entre les pâtés à la viande hachée et ceux au fromage, disposés sur l'éventaire d'un marchand ambulant. Galip quitta brusquement la file, tourna au coin de la rue, tendit la monnaie à un marchand de journaux qui avait installé son étal sous le porche d'un immeuble, plia le *Milliyet* et le fourra sous son bras. Il avait entendu un jour Djélâl imiter ironiquement une lectrice d'un certain âge : « Ah ! Djélâl bey, nous aimons tellement vos chroniques, mon mari et moi, qu'il nous arrive parfois, par impatience, d'acheter deux *Milliyet* le même jour ! » Galip et Ruya et Djélâl riaient toujours beaucoup de ces imitations.

Transpercé par une pluie, légère au début puis désagréable, il parvint, après avoir joué des coudes, à monter dans un taxi collectif, et une fois sûr qu'aucun sujet de conversation ne serait abordé dans la voiture, qui sentait le mégot froid et le tissu mouillé, il ouvrit puis replia le journal, avec tout le soin et le plaisir du vrai maniaque, de façon à dégager le coin de la page deux, lança un regard distrait par la vitre, et se mit à lire la chronique de Djélâl.

CHAPITRE II

Le jour où se retireront
les eaux du Bosphore

> « Rien ne peut être plus stupéfiant
> que la vie. Sauf l'écriture. »
>
> Ibn Zerhani

Avez-vous remarqué que les eaux du Bosphore sont en train de se retirer ? Je ne le pense pas. En ces temps où nous nous entre-tuons avec la bonne humeur et l'enthousiasme des enfants que l'on mène à la fête foraine, lequel d'entre nous parvient-il à se tenir au courant, par la lecture, de ce qui se passe dans le monde ? Jusqu'aux chroniques de nos journalistes : nous ne pouvons que les parcourir, au coude à coude sur les embarcadères, entassés sur les plates-formes d'autobus, où nous roulons dans les bras de nos voisins, ou encore sur les sièges des taxis collectifs, où les lettres tremblent sous nos yeux. La nouvelle dont je vous parle, je l'ai découverte dans un magazine de géologie français.

La mer Noire se réchauffe, paraît-il, et la Méditerranée refroidit. Voilà pourquoi les eaux se sont mises à se déverser dans des fosses gigantesques, au pied des plateaux continentaux qui s'affaissent et s'étalent ; et conséquence de ces mêmes mouvements tec-

toniques, le fond des détroits de Gibraltar, des Dardanelles et du Bosphore commence à faire surface.
L'un des derniers pêcheurs des rives du Bosphore m'a
d'ailleurs raconté que sa barque touchait le fond dans
des endroits où il devait, autrefois, pour jeter l'ancre,
utiliser une chaîne de la taille d'un minaret, et il m'a
posé la question : le premier ministre ne s'intéresse-
t-il donc pas à ce problème ?

Je n'en sais rien. Ce que je n'ignore pas, en revanche, ce sont les proches conséquences de cette évolution, qui semble de plus en plus rapide. Il est évident que ce paradis terrestre, que l'on appelait le
Bosphore, va se transformer très bientôt en un sombre cloaque, où les charognes des galions, couvertes
de boue noire, luiront comme des dents de fantôme.
Il n'est pas difficile d'imaginer que le fond de ce
marécage finira par se dessécher par endroits,
comme se dessèche, à l'issue d'un été trop chaud, le
lit d'une petite rivière qui traverse une modeste bourgade ; et que, sur les talus arrosés par les cascades
des milliers d'égouts qui s'y déversent, des herbes
pousseront, et même des pâquerettes. Ce sera le
début d'une vie nouvelle, dans cette vallée sauvage et
profonde, dominée par la Tour de Léandre qui, telle
une véritable forteresse, se dressera, impression-
nante, au sommet d'une colline.

Je veux parler des nouveaux quartiers qui
commenceront à s'édifier dans la boue de cette fosse,
que l'on appelait autrefois le Bosphore, sous les yeux
des contrôleurs de la municipalité, courant çà et là,
leurs contraventions à la main. Je veux parler des
bidonvilles, des baraquements, des bars, boîtes de
nuit et autres lieux de plaisir, construits de bric et de
broc, des lunaparks avec leurs manèges de chevaux

34

de bois, des tripots, des mosquées, des couvents de derviches, des nids de fractions marxistes, des ateliers de vaisselle en matière plastique ou de bas nylon... Dans ce chaos apocalyptique, surnageront les carcasses des bateaux, couchés sur le flanc, de la Compagnie des lignes municipales, et des champs de méduses et de capsules de bouteilles de limonade. On y découvrira les transatlantiques américains, échoués le dernier jour, celui où les eaux disparurent brusquement, et entre des colonnes ioniennes, verdies par la mousse, les squelettes des Celtes et des Lyciens, suppliant, la bouche ouverte, des divinités préhistoriques inconnues. Je peux également imaginer que la civilisation qui apparaîtra au milieu des trésors byzantins tapissés de moules, des couteaux et des fourchettes en argent ou en fer-blanc, des tonneaux de vin millénaires, des bouteilles d'eau gazeuse et des charognes de galères au nez pointu, pourra se procurer l'énergie dont elle aura besoin pour allumer ses foyers et ses lampes antiques, grâce à un vieux tanker roumain à l'hélice coincée dans le bourbier. Mais ce que nous devons prévoir au premier chef, ce sont des épidémies toutes nouvelles, provoquées par les gaz toxiques qui s'échapperont à gros bouillons du sol préhistorique et des marécages à moitié desséchés, par les charognes de dauphins, de turbots et d'espadons, répandues par les hordes de rats, qui auront découvert un paradis nouveau dans cette maudite fosse, arrosée par les cascades d'un vert foncé des égouts d'Istanbul. Je le sais et je vous mets en garde : les calamités qui se succéderont dans cette zone bientôt déclarée insalubre, entourée de fils de fer barbelé et mise en quarantaine, nous frapperont tous.

Et dorénavant, du haut des balcons d'où nous contemplions autrefois le clair de lune teintant d'argent les eaux soyeuses du Bosphore, nous observerons les fumées bleuâtres s'élevant des cadavres qu'il faudra brûler en toute hâte, faute de pouvoir les enterrer. Là où nous buvions du raki en aspirant les parfums capiteux mais rafraîchissants des arbres de Judée et du chèvrefeuille des rives du Bosphore, l'odeur âcre des cadavres en décomposition, mêlée à celle de la moisissure, nous brûlera la gorge. Sur ces quais où s'alignaient les pêcheurs à la ligne, ce ne sera plus le murmure des eaux ni le chant des oiseaux au printemps, qui assurent à l'âme la sérénité, que nous entendrons, mais les hurlements des individus qui, pour sauver leur peau, se battront entre eux avec les armes qu'ils se procureront, épées, poignards, sabres rouillés, pistolets, fusils de toutes sortes, jetés à l'eau depuis plus de mille ans, par crainte des perquisitions ou des fouilles. En rentrant chez eux le soir, les habitants des villages du bord de mer ne pourront plus ouvrir toutes grandes les vitres des autobus, pour oublier leur fatigue en aspirant le parfum des algues ; au contraire, pour que n'y pénètre pas l'odeur de la vase et des cadavres en putréfaction, ils devront calfeutrer avec des journaux ou des chiffons les fenêtres des autobus municipaux, d'où ils pourront voir le spectacle des ténèbres, tout en bas, illuminées par des flammes. Des cafés du bord de mer où nous rencontrons les marchands d'oublies ou de ballons rouges, nous ne contemplerons plus les feux d'artifice ou les illuminations, mais les rougeoiements couleur de sang des mines que les enfants trop curieux feront exploser en les manipulant. Les chasseurs d'épaves, qui gagnent leur vie en ramassant les monnaies byzantines ou les boîtes de conserve vides amenées par les tempêtes du vent du sud, vivront alors de la récupération des vieux moulins à café en cuivre, des horloges aux coucous verdis par la mousse et des pianos noirs que les inondations arrachaient autrefois aux maisons de bois bordant les deux rives et entassaient dans les profondeurs du Bosphore. Et alors, moi, je me glisserai une nuit entre les barbelés, je plongerai dans ce nouvel enfer à la recherche d'une Cadillac noire.

La Cadillac noire dont, il y a trente ans, tirait gloriole un mauvais garçon (je n'ose pas le qualifier de gangster) du quartier de Beyoglou, dont je suivais les aventures alors que j'étais un tout jeune journaliste et m'extasiais devant les deux panoramas qui ornaient l'entrée de son tripot. Les deux autres Cadillac à Istanbul étaient celles de Dagdelen, le millionnaire du rail, et de Marouf, le roi du tabac. Notre mauvais garçon, dont nous avons relaté les dernières heures dans un feuilleton qui dura toute une semaine, et dont, nous autres, journalistes, avions fait un personnage légendaire, se retrouvant poursuivi par la police en pleine nuit, avait plongé avec sa Cadillac à la Pointe des Courants, dans les eaux noires du Bosphore, en compagnie de sa maîtresse ; parce qu'il était soûl, dirent les uns ; parce qu'il avait voulu périr comme le brigand qui se lance avec son cheval du haut d'un précipice, affirmèrent les autres. Je crois bien avoir repéré l'endroit exact où je retrouverai la Cadillac noire, que les scaphandriers recherchèrent en vain des jours durant, tout au fond du Bosphore, en plein courant sous-marin, et que journalistes et lecteurs oublièrent très vite.

Et elle sera là, tout au fond de cette nouvelle vallée,

autrefois connue sous le nom de Bosphore, tout en bas d'un gouffre de boue, rempli de bottes ou de souliers dépareillés, vieux de sept siècles, où les crabes auront fait leur nid, et d'ossements de chameaux, et de bouteilles contenant des lettres d'amour adressées à des inconnues, au-delà de talus recouverts d'une forêt d'éponges et de moules, où étincellent des diamants, des boucles d'oreilles, des capsules de bouteilles et des bracelets d'or ; quelque part dans le sable tapissé d'huîtres ou de fuseaux, arrosé à pleins seaux du sang des vieilles rosses ou des ânes abattus par les charcutiers clandestins, tout près d'un laboratoire d'héroïne, installé en toute hâte dans une charogne de mahonne.

Et alors que je rechercherai la Cadillac dans le silence de ces ténèbres à l'odeur de pourriture, au bruit des avertisseurs des voitures qui se succéderont sur l'asphalte de la route qu'on appelait autrefois le « chemin du bord de mer » et qui présentera alors l'aspect d'une route de montagne, je trébucherai sur les squelettes, lestés d'un boulet, de prêtres orthodoxes serrant contre leur cœur leur crucifix ou leur crosse, ou des comploteurs de sérail encore pliés en deux à l'intérieur des sacs où ils périrent noyés. Quand je verrai des fumées bleuâtres surgir du périscope, transformé en tuyau de poêle, du sous-marin anglais dont l'hélice se prit dans des filets de pêcheurs et qui coula devant l'Arsenal, après avoir heurté du nez les rochers couverts d'algues, alors qu'il tentait de torpiller le *Guldjémal*, chargé de troupes en partance pour les Dardanelles, je devinerai la coque débarrassée des squelettes britanniques, la bouche encore ouverte en quête d'oxygène, et j'imaginerai nos concitoyens, bien à l'aise dans leur

nouveau foyer, sorti tout droit des chantiers de Liver-
pool, en train de déguster leur thé du soir dans de la
porcelaine de Chine, assis dans les fauteuils de
velours des majors d'autrefois. Dans le noir, un peu
plus loin, j'apercevrai l'ancre rouillée de l'un des cui-
rassés du Kaiser Wilhelm, et un écran de télévision,
à l'aspect nacré, me clignera de l'œil. Je pourrai voir
les restes d'un trésor génois ayant échappé au pillage ; un canon à la gueule courte bouchée par la
boue ; des idoles ou des icônes tapissées de moules,
autrefois vénérées par des peuplades ou des États
depuis longtemps disparus ; ou encore les ampoules
brisées d'un lustre de laiton, en équilibre sur le nez.
Descendant de plus en plus bas, avançant dans la
boue entre les rochers, je pourrai observer les squelettes des galériens qui guettent encore les étoiles,
patiemment assis sur leurs bancs, enchaînés à leurs
rames. Un collier accroché à un buisson d'algues. Je
ne prêterai peut-être guère attention aux lunettes ou
aux parapluies, mais d'un œil aussi anxieux qu'attentif, je lancerai un regard aux chevaliers croisés,
encore dressés sur leurs majestueuses montures,
avec leurs cuirasses et leur harnachement. Et alors
seulement, je réaliserai que les Croisés, chargés de
leurs armes et de leurs symboles, sont en train de
monter la garde autour de la Cadillac noire. À pas
lents, avec crainte, avec respect aussi, comme si
j'attendais que les Croisés me le permettent, je
m'approcherai de la Cadillac noire, légèrement éclairée de temps en temps par une lueur phosphores-
cente venue de je ne sais où. Je tenterai de forcer les
poignées des portières, mais la voiture, entièrement
revêtue de moules et d'oursins, me demeurera inaccessible ; les vitres bloquées, verdâtres, ne bougeront

pas. Alors je sortirai de ma poche mon crayon à bille et je me mettrai à gratter sur l'une des fenêtres la gangue d'algues d'un vert amande, lentement, sans me hâter. Et tard dans la nuit, à la flamme d'une allumette, dans cette pénombre terrifiante, mystérieuse, tout près de l'éclat métallique du volant splendide, encore aussi étincelant que les cuirasses des Croisés, des compteurs nickelés, des cadrans et des aiguilles, je pourrai distinguer les squelettes du gangster et de sa bien-aimée aux bras minces cerclés de bracelets, aux doigts couverts de bagues, enlacés, liés l'un à l'autre, non seulement par leurs mâchoires, mais aussi par leurs crânes soudés dans un baiser sans fin.

Et alors, revenant sur mes pas sans plus utiliser mes allumettes, je retournerai vers les lumières de la ville ; je me dirai qu'il s'agit là de la façon la plus belle, à l'instant des pires catastrophes, d'affronter la mort. Et je m'adresserai avec tristesse à une bien-aimée lointaine : mon âme, ma belle, ma mélancolique, le temps des malheurs est arrivé, reviens à moi, d'où que tu sois, peu importe, dans un bureau envahi par la fumée des cigarettes, ou dans la cuisine puant l'oignon d'une maison à l'odeur de linge mouillé, ou encore dans une chambre à coucher bleue en désordre, où que tu sois, les temps sont venus, reviens à moi, et dans la pénombre d'une pièce aux rideaux tirés pour oublier l'approche du malheur, le temps est désormais venu d'attendre la mort, toi et moi, enlacés de toutes nos forces.

CHAPITRE III

Bien le bonjour à Ruya

> « Mon grand-père les appelait la famille. »
>
> Rilke

Le matin du jour où sa femme allait l'abandonner, alors qu'il gravissait l'escalier de l'immeuble où se trouvait son cabinet, dans le quartier de Babiâli, le journal qu'il venait de lire sous le bras, Galip pensait au crayon à bille vert qu'il avait fait tomber au plus profond des eaux du Bosphore, il y avait tant d'années de cela, au cours de l'une des promenades en barque où les emmenaient leurs mères, l'année où ils avaient eu les oreillons, Ruya et lui. Et la nuit du même jour, quand il examinerait la lettre que Ruya lui avait laissée, il se dirait que le crayon à bille vert, posé sur la table, et qui avait servi à écrire la lettre, était exactement le même que celui qui était tombé à l'eau. Ce crayon à bille — celui qu'il avait laissé tomber dans le Bosphore vingt-quatre ans plus tôt —, Djélâl le lui avait prêté, parce qu'il avait beaucoup plu à l'enfant, mais pour une semaine seulement. Et quand il avait appris sa perte, il s'était renseigné sur l'endroit où il était tombé dans la mer et avait conclu :

41

« Il n'est donc pas perdu, puisque nous savons où il se trouve exactement dans le Bosphore. » Galip ouvrit la porte du bureau et s'étonna de l'idée que le crayon à bille que Djélâl sortirait de sa poche pour nettoyer de ses algues la vitre de la Cadillac noire, « en ce jour de malheur » dont il venait de lire les détails, puisse être un autre crayon à bille. Car les coïncidences nées des années et des siècles faisaient partie des indices que Djélâl se plaisait à utiliser dans ses chroniques — ces monnaies byzantines, par exemple, frappées de l'image de l'Olympe, voisinant avec les capsules des bouteilles de limonade Olympos, dans la vallée de boue qu'il prédisait dans le Bosphore —, mais pour cela, il lui était indispensable de ne pas perdre la mémoire, comme il s'en était plaint au cours de l'une de leurs dernières rencontres. « Quand le jardin de la mémoire commence à se désertifier », avait dit Djélâl ce soir-là, « on en chérit les derniers arbres et les dernières roses, on tremble pour eux. Pour éviter qu'ils se dessèchent et disparaissent, je les caresse, je les arrose du matin jusqu'au soir ! Je ne fais que me souvenir et me souvenir encore, de peur d'oublier ! »

Galip le tenait de Djélâl : une année après le départ de l'oncle Mélih pour Paris et au retour de Vassif, son aquarium dans les bras, le grand-père et le père de Galip s'étaient rendus au cabinet d'avocat de l'oncle Mélih, à Babiâli, ils avaient chargé le mobilier et les dossiers sur une charrette, pour les faire transporter à Nichantache, où ils avaient installé le tout sous les combles. Et plus tard encore, à l'époque où l'oncle Mélih était rentré du Maghreb avec sa femme et sa fille Ruya, quand, après avoir causé la faillite du commerce de figues sèches de son beau-père, il avait décidé de reprendre ses activités d'avocat, la famille lui interdisant de se mêler de la confiserie et de la pharmacie, dans la crainte d'une autre faillite, il avait fait transporter les meubles à son cabinet, dans le dessein d'impressionner d'éventuels clients. Bien plus tard, une nuit où il évoquait avec ironie et colère le passé, Djélâl avait raconté à Galip et à Ruya que ce jour-là, l'un des portefaix, spécialisé dans le déménagement de pianos et de réfrigérateurs, avait fait partie de l'équipe qui avait, vingt-deux ans plus tôt, porté les mêmes meubles jusqu'aux combles. Les années lui avaient seulement fait perdre ses cheveux...

Vingt et un ans après le jour où Vassif avait tendu un verre d'eau à ce même portefaix, en l'observant avec une attention extrême, comme l'oncle Mélih se battait avec ses propres clients et non avec les parties adverses, à en croire le père de Galip ; mais surtout, à en croire sa mère, parce que devenu gâteux, il confondait les dossiers et les procès-verbaux et les recueils de jurisprudence avec les menus des restaurants et les horaires des services de bateaux, ou alors, comme l'affirmait Ruya, parce que son cher papa avait déjà prévu à l'époque ce qui allait se passer entre sa fille et son neveu, l'oncle Mélih s'était laissé persuader de céder son cabinet à son futur gendre, qui n'était que son neveu à l'époque ; et le bureau, avec tous ses vieux meubles, était ainsi revenu à Galip : portraits de juristes occidentaux au crâne chauve, dont les noms étaient aussi oubliés que les motifs de leur renommée, photographies des professeurs, encore coiffés du fez, enseignant à l'École de droit un demi-siècle plus tôt, dossiers de procès dont les demandeurs et les défendeurs et les juges étaient morts depuis belle lurette, la table de travail autrefois utilisée le soir par Djélâl qui y rédigeait ses articles, et le matin par sa mère, pour y découper ses patrons, et dans un coin de la pièce, un énorme téléphone noir, qui, plus qu'à un instrument de communication, faisait penser à une arme de guerre trapue et sinistre.

La sonnerie du téléphone, qui se déclenchait parfois d'elle-même, était plus effrayante qu'efficace ; l'écouteur, noir comme le goudron, aussi lourd qu'un haltère ; et quand on y formait un numéro, le cadran grinçait mélodieusement, comme les anciens tourniquets de l'embarcadère des bateaux faisant la navette entre Karakeuy et Kadikeuy, et on tombait le plus souvent, non sur le numéro demandé, mais sur celui qu'avait choisi l'appareil.

Galip composa le numéro de la maison et s'étonna d'entendre la voix de Ruya. « Tu es déjà réveillée ? » Il se sentit heureux de savoir sa femme enfin sortie du jardin étroitement clos de sa mémoire et revenue dans un univers connu de tous. Il imaginait la table sur laquelle était posé le téléphone, la pièce en désordre, la pose de Ruya. « As-tu lu le journal que je t'ai laissé sur la table ? Djélâl a écrit des choses amusantes. » « Je ne l'ai pas encore lu. Quelle heure est-il ? » dit Ruya. « Tu t'es couchée très tard, n'est-ce pas ? » dit Galip. « Tu as dû te préparer ton petit déjeuner », dit Ruya. « Je n'ai pas eu le cœur de te réveiller », dit Galip. « De quoi rêvais-tu donc ? » « J'ai vu un cafard dans le couloir, tard cette nuit », dit Ruya. Et elle ajouta, de la voix, rendue indifférente par l'accoutumance, du radiomécanicien communiquant aux navires l'emplacement exact d'une torpille errante signalée dans la mer Noire, mais avec un peu d'inquiétude tout de même : « Il se trouvait entre le radiateur du couloir et la porte de la cuisine... Il était deux heures... Il était énorme... » Il y eut un silence. « Veux-tu que je vienne tout de suite en taxi ? » demanda Galip. « Quand les rideaux sont tirés, la maison est effrayante », dit Ruya. « On va au cinéma ce soir ? » dit Galip. « Au Konak ? Et on pourra passer voir Djélâl ensuite ? » Il entendit bâiller Ruya. « J'ai sommeil. » « Va dormir », dit Galip, et tous les deux se turent. Avant de remettre l'écouteur en place, Galip entendit Ruya bâiller une fois encore, légèrement.

Dans les jours qui suivirent, quand il dut se remémorer encore et encore cette conversation, Galip devait s'avouer incapable de se souvenir avec certitude, non seulement de ce bâillement, mais des paroles mêmes qu'ils avaient échangées. Les mots qu'avaient prononcés Ruya, il se les rappelait différents à chaque fois, et il en doutait. « À croire que ce n'est pas avec elle que j'ai parlé, mais avec une autre... », se disait-il, et il allait même jusqu'à penser que cette autre lui avait joué un mauvais tour. Plus tard encore, il se dirait que Ruya avait bien prononcé ces mots tels qu'il les avait entendus, mais que c'était lui qui était peu à peu devenu un autre après cette conversation, et non Ruya. Et ce serait avec cette nouvelle personnalité qu'il tenterait de reconstituer ce qu'il avait peut-être mal compris ou ce qu'il croyait se rappeler. Et il comprendrait alors fort bien que deux personnes qui se parlent aux deux extrémités d'une ligne téléphonique peuvent devenir entièrement différentes au fur et à mesure de cette conversation. Mais au début, dans une démarche logique beaucoup plus simple, il s'imaginerait que tout s'était déclenché avec ce vieux téléphone. L'appareil mastoc n'avait pas cessé de sonner et d'être utilisé tout au long du jour.

Après avoir parlé avec Ruya, Galip téléphona à un client, un locataire en litige avec son bailleur. Puis ce fut un faux numéro. Jusqu'au moment où Iskender l'appela, il y eut encore deux faux numéros. Et un inconnu qui le savait « proche parent de Djélâl bey » et qui le priait de lui fournir le numéro de téléphone du journaliste. Et après, un père désireux de sortir de prison son fils qui s'était embringué dans la politique, et un marchand de ferraille qui demanda à Galip pourquoi le pot-de-vin destiné au juge devait lui être remis avant l'audience et non après. Et ce fut enfin Iskender, qui cherchait à se mettre en contact avec Djélâl.

Iskender se dépêcha de lui parler des quinze ans qui venaient de s'écouler, parce qu'il était un copain de lycée de Galip et qu'ils ne s'étaient pas revus depuis tout ce temps, et il le félicita d'avoir épousé Ruya, en affirmant comme bien d'autres qu'il avait « toujours prévu que cela finirait par un mariage ». Il travaillait à présent, comme réalisateur, dans une agence de publicité et il lui expliqua qu'il cherchait à organiser une entrevue entre Djélâl et des gens de la BBC, qui préparaient un programme sur la Turquie. « Ils veulent s'entretenir devant la caméra de la situation du pays, avec un type comme Djélâl, un journaliste qui dispose depuis trente ans d'une chronique quotidienne et qui s'est attaqué à tous les sujets ! » Il expliqua à Galip, avec un tas de détails inutiles, que les types de l'équipe avaient déjà interviewé des politiciens, des hommes d'affaires et des syndicalistes, mais qu'à leurs yeux, Djélâl était le plus intéressant de tous ; ils voulaient absolument le voir. « Ne t'inquiète pas, lui dit Galip. Je vais le trouver sur-le-champ. » Il était heureux d'avoir trouvé un prétexte pour téléphoner à son cousin. « Je crois bien qu'on me raconte des craques au journal depuis deux jours ! » dit Iskender. « C'est pourquoi je t'appelle. Cela fait deux jours que Djélâl ne s'y trouve jamais, il doit se passer quelque chose. » Il arrivait à Djélâl d'aller s'enfermer dans l'une des maisons dont il disposait à divers endroits de la ville et dont il cachait à tous l'adresse et le numéro de téléphone. « Ne t'inquiète pas », répéta Galip. « Je vais te le trouver sur-le-champ. »

Il n'y réussit pas jusqu'au soir. Tout au long du jour, à chaque fois qu'il téléphona à Djélâl chez lui ou à son bureau du *Milliyet*, ce fut avec l'intention de se présenter sous une fausse identité, en déguisant sa voix, dès que son cousin aurait décroché le téléphone. (Le soir, ils s'amusaient souvent tous les trois, Djélâl, Ruya et lui, à imiter des lecteurs ou des admirateurs, avec des voix empruntées aux acteurs du théâtre radiophonique. « Sans aucun doute, j'ai bien saisi le sens véritable de votre article d'aujourd'hui, mon frère ! » lui dirait Galip.) Mais à chaque fois qu'il l'appela au journal, il obtint la même réponse, de la même secrétaire : « Djélâl bey n'est pas encore arrivé. » Et tout en continuant à se battre avec le téléphone tout au long du jour, Galip ne put qu'une seule fois goûter le plaisir de faire une blague à son interlocuteur.

Tard dans l'après-midi, la tante Hâlé, à qui il avait téléphoné dans l'intention de lui demander si elle savait par hasard où se trouvait Djélâl, l'invita à dîner. Et quand elle ajouta : « Galip et Ruya seront là, eux aussi », il comprit que sa tante avait une fois de plus confondu leurs voix en le prenant pour Djélâl. « Peu importe », déclara sa tante quand il lui fit remarquer son erreur. « Vous êtes tous mes enfants, des enfants bien ingrats, vous êtes tous les mêmes ! De toute façon, je comptais te téléphoner après Djélâl ! » Et après avoir reproché à Galip — du ton qu'elle prenait pour gronder son chat noir Charbon quand il se faisait les griffes sur les fauteuils — de ne jamais lui demander de ses nouvelles, elle lui recommanda de passer le soir par la boutique d'Alâaddine pour acheter de la pâtée pour les poissons japonais de Vassif : ils ne mangeaient que de la pâtée importée d'Europe, et Alâaddine n'en vendait qu'aux clients qu'il connaissait bien.

« Avez-vous lu son article aujourd'hui ? » demanda Galip.

« L'article de qui ? » lui répliqua sa tante, avec une obstination qui était devenue une manie chez elle. « L'article d'Alâaddine ? Non. Si nous achetons le *Milliyet*, c'est pour que ton oncle puisse faire ses mots croisés et que Vassif s'amuse à découper les photos. Ce n'est sûrement pas pour lire l'article de Djélâl et pour nous désoler de constater à quel point il en est arrivé ! »

« Dans ce cas, téléphonez à Ruya pour ce soir », dit Galip. « Je n'aurai guère le temps de le faire. »

« N'oublie surtout pas ! » dit la tante Hâlé en lui rappelant l'heure du dîner et la tâche dont elle l'avait chargé. Et de la voix du speaker qui, pour raviver l'intérêt des auditeurs, se complaît à énumérer avec lenteur les noms des joueurs devant participer à un match de football attendu depuis des jours, elle lui rappela le menu invariable de ces dîners en famille et lui communiqua les noms des convives, toujours les mêmes, eux aussi : « Il y aura ta mère, ta tante Suzan, ton oncle Mélih, Djélâl, s'il veut bien venir, bien sûr, ton père, évidemment, Vassif, ta tante Hâlé et Charbon. » Il n'y eut pas le grand éclat de rire, virant à la quinte de toux, avec lequel elle mettait fin d'habitude à l'énumération des deux équipes, et elle raccrocha après avoir ajouté : « Il y aura des pâtés soufflés, pour toi. »

Tout en fixant d'un œil distrait l'appareil, dont la sonnerie retentit aussitôt à nouveau, Galip se remémorait les projets matrimoniaux de sa tante Hâlé, projets qui avaient échoué au dernier moment ; il ne parvint pas à se souvenir du nom bizarre du prétendant. « Je ne décroche pas tant que je n'aurai pas retrouvé ce nom », décida-t-il, pour éviter d'accoutumer son esprit à la paresse. Le téléphone sonna sept fois, puis se tut. Quand la sonnerie retentit à nouveau, Galip évoquait la visite du prétendant au nom bizarre, venu demander la main de tante Hâlé, accompagné de son père et de son frère ; cela s'était passé juste avant l'arrivée de Ruya et de ses parents à Istanbul. Le téléphone se tut. Il faisait sombre quand il sonna une fois de plus, les meubles se distinguaient à peine dans le bureau. Galip n'avait toujours pas retrouvé le nom du prétendant, mais il se souvenait avec terreur des chaussures étranges que l'homme portait ce jour-là ; et puis, il avait à la joue la cicatrice d'un abcès d'Alep : « Est-ce que ce sont des Arabes, ces gens-là ? » avait dit grand-père. « Hâlé, as-tu vraiment l'intention d'épouser cet Arabe ? Comment as-tu fait sa connaissance ? » C'était par hasard... Le soir, vers sept heures, avant de quitter l'immeuble devenu désert, Galip se souvint du nom étrange du prétendant, alors qu'il consultait à la seule lumière des réverbères le dossier de l'un de ses clients, désireux de changer son nom de famille. Et quand il se dirigea vers l'arrêt des taxis collectifs en direction de Nichantache, il se dit que l'univers était bien trop vaste pour la mémoire humaine. Et une heure plus tard, alors qu'il marchait jusqu'à l'immeuble familial, il se dit que l'homme ne découvre de sens à la vie que grâce à des coïncidences.

L'immeuble — dont un appartement était occupé par la tante Hâlé, Vassif et Esma hanim, la bonne, et un autre par l'oncle Mélih, tante Suzan (et autrefois Ruya) — était situé dans une rue écartée du quartier de Nichantache, une « rue de derrière ». Comme elle ne se trouvait qu'à trois rues de distance et à cinq minutes à pied du commissariat, de la boutique d'Alâaddine et de l'avenue, d'autres n'auraient pas utilisé ce qualificatif, mais pour ceux qui vivaient dans ces deux appartements superposés, cette rue, dont ils suivaient sans intérêt aucun le tracé, à partir d'un terrain vague bourbeux, et d'un jardin maraîcher où l'on voyait encore un puits, jusqu'à la chaussée pavée à l'albanaise, puis à la romaine, ne pouvait faire partie du centre du quartier. Pas plus que les rues avoisinantes, qu'ils ne trouvaient guère intéressantes. À l'époque où ils avaient été obligés de vendre l'un après l'autre les étages de l'immeuble le « Cœur de la Ville » qui avait constitué le centre d'attraction de leur univers géographique, mais également de leur univers sentimental, et où ils avaient enfin compris qu'il leur fallait quitter ce bâtiment « qui dominait tout Nichantache » selon l'expression de tante Hâlé, pour devenir locataires d'appartements « minables », et dès les premiers jours de leur installation dans cet immeuble vétuste, situé dans un coin perdu et désolé de la symétrie géographique qu'ils portaient en eux ; peut-être aussi pour profiter de l'occasion qui leur était donnée de se culpabiliser les uns les autres, en exagérant encore la gravité du malheur qui les frappait, ils avaient pris l'habitude d'utiliser sans cesse cette expression, pour parler de la rue. Le jour où ils avaient quitté le « Cœur de la Ville » pour emménager dans l'un des immeubles de la « rue de derrière », trois ans avant sa mort, Mehmet Sabit bey (le grand-père), après avoir pris place dans son fauteuil boiteux, qui formait le même angle (par rapport à l'ancien appartement) avec la lourde étagère, sur laquelle on avait posé la radio, mais un angle différent avec la fenêtre donnant sur la rue, inspiré peut-être par la rosse étique de la charrette qui avait transporté le mobilier ce jour-là, avait déclaré : « Voilà que nous descendons de cheval pour monter un âne, espérons que tout cela ne finira pas trop mal ! » Puis il avait tourné le bouton de la radio, sur laquelle on avait déjà disposé le napperon en dentelle et le chien de porcelaine endormi.

Tout cela s'était passé dix-huit ans plus tôt. Mais à huit heures du soir, alors que tous les magasins avaient baissé leurs rideaux de fer — sauf le fleuriste, le marchand de fruits secs et la boutique d'Alâaddine — et qu'une neige mouillée pleuvait dans l'air pollué, bourré de gaz d'échappement, de suie et de poussière et qui puait le soufre et le lignite, quand Galip aperçut les lumières du vieil immeuble, il se sentit envahi, comme à chacune de ses visites, par l'idée que tous les souvenirs, liés à ce bâtiment ou à ses divers étages, qu'il portait en lui, ne dataient pas de dix-huit ans seulement. Ce qui importait, ce n'était ni la largeur de la rue, ni le nom de l'immeuble (personne dans la famille ne se plaisait à prononcer ce nom, avec sa flopée de *o* et de *ou*) ni même son emplacement, mais le sentiment que depuis toujours, depuis un passé situé en dehors du temps, ils avaient constamment habité dans des logements superposés. Tout en gravissant les marches de l'escalier (où régnait toujours la même odeur dont la formule avait été établie selon l'analyse qu'en avait faite Djélâl dans une chronique qui avait éveillé la colère de la famille — on y retrouvait la puanteur du puits d'aération, plus la pierre mouillée, la moisissure, l'huile et l'oignon brûlés), Galip imaginait les scènes et les images dont il allait être témoin, il les voyait défiler à toute vitesse, tout comme un lecteur feuillette avec impatience les pages d'un livre qu'il a lu et relu.

Comme il est déjà huit heures, se dit Galip, je vais trouver l'oncle Mélih installé dans le vieux fauteuil de grand-père, en train de relire les journaux qu'il a apportés de son étage, comme s'il ne les avait pas déjà lus, ou parce qu'il estime que les mêmes nouvelles peuvent avoir un sens différent selon l'altitude, ou bien encore pour y jeter « un dernier coup d'œil avant que Vassif se mette à les découper ». Cette infortunée pantoufle, qui se balance au bout de son pied animé d'un mouvement frénétique, j'imaginerai, comme quand j'étais gamin, qu'elle me lance un appel de détresse, qu'elle me crie, avec une nervosité, une impatience qui ne connaîtront jamais de cesse : « Je m'ennuie, il faudrait faire quelque chose, je m'embête, que pourrais-je bien faire... » Et j'entendrai Esma hanim (mise à la porte de la cuisine par ma tante, qui veut poêler ses fameux pâtés soufflés en toute tranquillité, sans intervention importune), en train de mettre le couvert, sa Bafra — qui n'a jamais pu à ses yeux tenir la place des anciennes Yeni Harman — à la bouche, nous demander : « Combien sommes-nous ce soir ? » comme si elle ne connaissait pas la réponse à cette question et comme si les autres étaient capables de lui fournir une réponse qu'elle ignorerait elle-même. Là-dessus, l'oncle Mélih et ma tante Suzan, installés à la droite et à la gauche du poste de radio, tout comme grand-père et grand-mère autrefois, et mes parents en face d'eux, garderont le silence à la suite de la question, puis ma tante Suzan se tournera vers Esma hanim : « Djélâl va-t-il venir ce soir, Esma hanim ? » lui demandera-t-elle avec un vague espoir. « Ce garçon ne sera jamais sérieux, jamais », déclarera l'oncle Mélih comme à l'accoutumée, et j'entendrai mon père, fier de prendre la défense de son neveu face à l'oncle Mélih, heureux de se montrer plus équilibré, plus conscient de ses responsabilités que son frère aîné, affirmer avec bonne humeur qu'il a lu l'une des dernières chroniques de Djélâl. Et quand, pour ajouter au plaisir de défendre son neveu en présence de son frère aîné, celui de faire preuve de son savoir en ma présence à moi, mon père fera suivre tout le bien qu'il dira de cet article de Djélâl sur tel ou tel problème national ou tel ou tel phénomène social, de l'expression « critique positive » (terme dont Djélâl serait le premier à se gausser s'il l'entendait) et que je verrai ma mère (ne te mêle pas de ça, toi au moins, maman !) l'approuver en hochant la tête, car elle se fait un devoir, devant la colère de l'oncle Mélih, de prendre la défense de Djélâl avec toujours le même préambule : « Au fond c'est un si gentil garçon... », je ne

53

pourrai plus me retenir, et tout en les sachant incapables de savourer et de comprendre comme moi les articles de Djélâl, je leur poserai inutilement la question : « Avez-vous lu sa chronique d'aujourd'hui ? » et j'entendrai l'oncle Mélih, bien que le journal sur ses genoux soit ouvert à la page de l'article de son fils, demander : « Quel jour sommes-nous aujourd'hui ? » ou encore me répondre : « Ils publient donc chaque jour sa chronique ? Non, je ne l'ai pas lue ! », et j'entendrai mon père affirmer : « Je trouve qu'il a tort d'utiliser un ton grossier quand il parle du premier ministre ! » et ma mère ajouter : « Même s'il n'a pas de respect pour ses opinions, il devrait respecter la personnalité d'un écrivain ! » en une phrase biscornue qui ne nous permet pas de comprendre si elle donne raison au premier ministre, ou à mon père, ou à Djélâl, et j'entendrai encore tante Suzan, encouragée par l'imprécision de cette affirmation, déclarer : « Ses idées sur l'éternité et sur l'athéisme, sur le tabac aussi, me rappellent les Français », ramenant ainsi la conversation aux cigarettes. Et dès que je verrai reprendre la sempiternelle discussion entre l'oncle Mélih et la bonne (« Esma hanim, je te ferai remarquer que tes cigarettes me flanquent des crises d'asthme ! » « Si c'est le cas, Mélih bey, tu devrais, toi le premier, cesser de fumer ! ») et quand Esma hanim, bien que n'ayant toujours pas décidé du nombre de couverts, saisira la nappe et la déploiera dans l'air, comme si elle étalait un drap propre sur un lit, et en contemplera la chute lente, toujours la cigarette au bec, je quitterai la pièce. Dans la cuisine, envahie par une fumée à l'odeur de pâte fraîche, de fromage et d'huile chaude, seule, pareille à une sorcière faisant bouillir dans un chaudron quelque élixir secret

54

(un fichu sur la tête pour protéger ses cheveux), tante Hâlé, en train de passer ses pâtés à la poêle, dans l'espoir de s'attirer en retour mon intérêt et mon affection, d'obtenir même un gros baiser, s'empressera de me fourrer dans la bouche un pâté brûlant, elle me posera la question : « Est-ce que c'est trop chaud ? » et je ne pourrai même pas lui répondre, larmoyant de douleur. Ensuite, je passerai dans la pièce où grand-mère nous donnait autrefois, à Ruya et à moi, des leçons de lecture, de calcul et de dessin ; où grand-père et elle passaient leurs nuits d'insomnie, sous leurs couettes bleues, et où, après leur mort, s'est installé Vassif avec ses chers poissons japonais, et où je les retrouverai, Ruya et lui. Ils seront en train de contempler les poissons, ou encore la collection de coupures de journaux ou de magazines de Vassif. Je me joindrai à eux, et un long moment, nous n'échangerons pas un mot, Ruya et moi, comme pour éviter de mettre en évidence le fait que Vassif est sourd et muet, utilisant le langage de gestes des bras et des mains que nous avions inventé et développé entre nous trois, nous mimerons, Ruya et moi, une scène de l'un des vieux films revus récemment à la télévision, ou si nous n'avons pas vu de scène à lui raconter, nous lui mimerons une scène du *Fantôme de l'Opéra*, qui, à chaque fois, émeut énormément Vassif, nous la lui jouerons avec un tas de détails, comme si nous venions de revoir le film. Un peu plus tard, parce que Vassif nous aura tourné le dos, lui qui a beaucoup plus de tact que tous les autres ou parce qu'il se sera rapproché de ses chers poissons, nous nous regarderons, Ruya et moi, et alors, moi qui ne t'ai pas revue depuis ce matin et parce que nous n'avons pas échangé un mot face à face depuis hier soir, je te dirai : « Comment vas-tu ? », et toi, tu me répondras comme toujours : « Ça va, ça va », et moi, je méditerai un long moment sur les sous-entendus volontaires ou non de ces mots, et afin de masquer l'inutilité de mes réflexions, je te poserai une autre question, comme si je ne savais pas que tu ne t'es toujours pas mise à la traduction du roman policier que tu m'as annoncée un jour, comme si j'ignorais que tu as passé ton temps à musarder, à feuilleter tes vieux polars dont je n'ai jamais pu lire un seul. Et je te dirai : « Qu'as-tu fait aujourd'hui, Ruya, qu'as-tu fait ? »

Dans un autre de ses articles, Djélâl avait proposé une autre formule, il y affirmait que la plupart des escaliers des maisons dans les « rues de derrière » sentent l'ail, le moisi, la chaux, le charbon, l'huile brûlée et le sommeil... Avant de sonner à la porte, « je vais demander à Ruya si c'est elle qui m'a téléphoné à trois reprises ce soir », se dit Galip.

Tante Hâlé ouvrit la porte. « Ah ! Mais où est donc Ruya ? » demanda-t-elle.

« Elle n'est pas encore là ? » dit Galip. « Vous ne lui avez pas téléphoné ? »

« Je l'ai fait, mais personne n'a répondu », dit tante Hâlé. « Alors je me suis dit que tu l'avais sûrement avertie. »

« Elle est peut-être là-haut, chez son père », dit Galip.

« Ton oncle et ta tante sont descendus depuis un bon moment », dit tante Hâlé.

Il y eut un silence.

« Elle est sûrement à la maison », dit enfin Galip. « Je cours la chercher. »

« Personne n'a répondu chez vous », répéta tante Hâlé, mais Galip dévalait déjà l'escalier.

« Bon, mais dépêche-toi ! » dit tante Hâlé. « Esma hanim a déjà mis tes pâtés dans la poêle ! » lui cria-t-elle.

Galip avançait d'un pas rapide, les pans de son par-dessus vieux de neuf ans (encore un sujet de chronique pour Djélâl) soulevés par le vent froid qui emportait la neige mouillée en bourrasques. Il avait un jour calculé qu'au lieu de se diriger vers l'avenue, et s'il suivait jusqu'au bout la rue sombre en passant devant l'épicerie à présent fermée, l'atelier du tailleur à lunettes qui travaillait encore, les sous-sols où logeaient les concierges, à la faible lumière des enseignes vantant les mérites du Coca-Cola ou des marques de bas nylon, il ne mettrait que douze minutes pour se rendre de l'immeuble où habitaient ses oncles et ses tantes jusque chez lui. Il ne s'était pas trompé de beaucoup. Au retour, par les mêmes rues et les mêmes trottoirs (le tailleur enfilait son aiguille, le même tissu posé sur le même genou), il s'était écoulé exactement vingt-six minutes. À sa tante Suzan qui lui ouvrit la porte, puis aux autres, alors qu'ils prenaient tous place autour de la table, il expliqua que Ruya avait pris froid, qu'elle était malade et qu'elle s'était endormie, abrutie par trop d'antibiotiques (elle avait avalé tout ce qu'elle avait trouvé dans ses tiroirs), et que, bien qu'ayant entendu sonner le téléphone, elle n'avait pas pu se lever pour répondre, tant elle se sentait fatiguée ; elle était encore à moitié endormie, elle n'avait aucun appétit, et de son lit de malade, elle embrassait tout le monde.

Il savait bien que ses paroles éveilleraient chez tous la même image (celle de la pauvre Ruya, dans son lit

57

de douleur), prévu aussi le débat philologique et pharmacologique qu'elles susciteraient : tous les noms d'antibiotiques, de pénicilline, de sirops et de pastilles contre la toux, de gélules ou de cachets anti-grippaux, anticoagulants ou anti-douleur qui se vendent dans les pharmacies chez nous, ceux aussi des vitamines dont on doit obligatoirement les accompagner — comme on ajoute de la crème sur un gâteau — furent énumérés avec un accent qui les turcisait en y introduisant un tas de voyelles ; et leur posologie soigneusement indiquée. En d'autres circonstances, Galip aurait savouré comme un bon poème ce festin de prononciations créatrices et de médecine d'amateurs, mais il avait dans la tête l'image de Ruya, couchée dans son lit de douleur, une image dont il ne put jamais décider par la suite dans quelles proportions elle était réelle ou imaginaire. Certains détails — le pied de Ruya malade surgi de la couette, ses épingles à cheveux éparpillées sur les draps — semblaient bien authentiques, mais d'autres images — ses cheveux répandus sur l'oreiller, par exemple, ou à son chevet, le fouillis des boîtes de médicaments, le verre, la carafe et les livres — paraissaient avoir été empruntées à un film dont Ruya mimerait une scène, ou à l'un des romans mal traduits qu'elle dévorait, tout comme elle grignotait sans cesse les pistaches qu'elle achetait chez Alâaddine. Quand, par la suite, Galip répondit par de brèves réponses aux questions inquisitrices dictées par l'affection parentale, il fit preuve d'une extrême méticulosité pour distinguer ces images véridiques de Ruya de celles qu'il avait inventées, il apporta à ce tri la minutie des détectives de romans policiers qu'il cherra tant à imiter par la suite.

Oui, à la minute même (alors qu'ils étaient tous à table), Ruya s'était sans aucun doute replongée dans le sommeil ; non, elle n'avait pas faim, il était vraiment inutile que tante Suzan se donne la peine de préparer un potage. Oui, Ruya avait refusé de faire venir ce médecin dont l'haleine puait l'ail et dont la sacoche empestait la tannerie ; oui, ce mois encore, elle n'était pas allée voir son dentiste ; c'était exact, Ruya sortait très peu ces derniers temps, elle passait ses journées à la maison, entre quatre murs. Et aujourd'hui ? Non, elle n'était pas sortie, vous l'avez aperçue dans la rue, eh bien, elle était donc sortie, elle n'en avait rien dit à Galip, mais si, mais si, elle lui en avait parlé, où l'avez-vous aperçue, elle était allée jusqu'à la mercerie, pour acheter des boutons, des boutons violets, en passant devant la mosquée, elle l'avait dit à Galip, bien sûr, et elle a attrapé froid, évidemment, avec le temps qu'il fait, elle toussait, oui, et puis bien sûr, elle fumait un paquet par jour, oui, elle était si pâle, et oui, Galip ne voyait pas combien il était pâle, lui aussi. Quand donc allaient-ils mettre fin à cette façon de vivre si malsaine ?

Manteau, boutons, bouilloire. Pourquoi ces trois mots lui étaient-ils revenus en mémoire, à l'issue de cette enquête familiale, Galip ne se posa guère la question par la suite. Dans l'une de ses chroniques, rédigée dans un paroxysme baroque de colère, Djélâl affirmait que les zones obscures qui se cachent tout au fond des cerveaux n'existaient pas chez nous, mais chez les personnages des romans et des films prétentieux et incompréhensibles du monde occidental, que nous n'avons toujours pas appris à imiter. (Djélâl venait de voir *Soudain l'été dernier*, où Elizabeth Taylor ne parvenait pas à atteindre la « zone obscure » de Montgomery Clift). Galip comprendrait, quand il découvrirait le musée et la bibliothèque que Djélâl s'était constitués, que son cousin, sous l'influence de certains livres sur la psychologie, agrémentés de détails légèrement pornographiques, avait écrit bien des articles qui expliquaient tout — y compris notre misérable existence — par ces zones obscures aussi inquiétantes qu'incompréhensibles.

Dans le dessein de changer de sujet de conversation, « dans son article d'aujourd'hui... », se préparait à dire Galip, effrayé par l'aisance que lui assurait l'habitude, mais il énonça l'idée qui, brusquement, lui avait traversé la tête : « Tante Hâlé, j'ai oublié de passer par la boutique d'Alâaddine », s'exclama-t-il. Les autres saupoudraient de noix pilées à la main dans le grand mortier hérité de la confiserie le grand plat de courge confite qu'Esma hanim venait de servir avec mille précautions, comme si elle portait un bébé orangé dans son berceau. Un quart de siècle plus tôt, Galip et Ruya avaient découvert que ce mortier résonnait comme une cloche quand on le frappait avec le manche d'une cuiller : *tchin tchin !* (« Vous n'avez pas fini de nous casser les oreilles avec votre vacarme de sacristain ? ») Seigneur, comme il avait de la peine à avaler ses bouchées ! De toute évidence, les noix pilées ne suffiraient pas à tout le monde ; quand le bol violet passa de main en main, la tante Hâlé prit soin de se servir la dernière (« Je n'en ai pas trop envie ! »), mais elle jeta ensuite un regard au fond du bol et soudain, elle se répandit en imprécations comme un commerçant, l'un de leurs anciens concurrents dans le métier, qui lui avait paru soudain responsable, non seulement du bol vide, mais de toute leur gêne : elle était décidée à aller porter plainte contre lui au commissariat. Et pourtant, ils avaient tous peur du commissariat et de la police, comme s'il s'agissait de revenants vêtus de bleu marine. À la suite d'un article où il affirmait que la zone obscure de notre subconscient était constituée par le commissariat, Djélâl avait été convoqué au Parquet, par un pli que présentait un flic venu du même commissariat... La sonnerie du téléphone retentit. L'air plus sérieux que jamais, le père de Galip décrocha le combiné. On nous appelle du commissariat, se dit Galip. Comme son père, tout en répondant au téléphone, fixait du même regard dépourvu d'expression la pièce autour de lui (le papier qui en tapissait les murs, des boutons verts qui se répandaient entre des feuillages, était exactement le même que celui de l'ancien appartement, ce qui les consolait de bien des choses), la famille encore assise autour de la table, l'oncle Mélih qui était pris d'une quinte de toux, Vassif qui semblait écouter la conversation au téléphone, tout sourd qu'il fût, et les cheveux de sa femme (qui, après de multiples teintures, étaient à présent de la même couleur que ceux de la belle tante Suzan), Galip, qui écoutait comme tous les autres une moitié seulement de la conversation au téléphone, s'efforçait de deviner l'identité de celui qui en assurait l'autre moitié. « C'est quelqu'un qui cherche Ruya », s'était-il dit tout d'abord.

« Il n'est pas là, madame, il n'est pas venu. À qui ai-je l'honneur ? disait son père. « Je vous remercie. Je suis son oncle. Il ne se trouve malheureusement pas ce soir parmi nous... »

« C'était pour Djélâl », dit-il après avoir raccroché.

Il avait l'air satisfait. « Une de ses admiratrices. Une personne d'un certain âge, quelqu'un de distingué, cela se devine. Son article lui a beaucoup plu, elle désirait en parler avec Djélâl, elle m'a demandé son adresse, son numéro de téléphone. »

« De quel article parlait-elle ? » demanda Galip.

« Tu sais, Hâlé, c'est étrange », ajoutait son père. « La voix de cette femme ressemblait beaucoup à la tienne. »

« Que ma voix ressemble à celle d'une vieille femme, quoi de plus normal ! » dit la tante Hâlé. Son cou violacé se tendit soudain comme celui d'une oie : « Mais ma voix ne ressemble pas du tout à la sienne ! »

« Qu'en sais-tu ? »

« Je le sais parce que cette personne si distinguée, comme tu dis, a déjà téléphoné ce matin. Il ne s'agit pas d'une dame, sa voix à elle était celle d'une vieille sorcière s'efforçant de parler comme une dame ! On aurait même dit qu'il s'agissait d'un homme qui imitait la voix d'une vieille femme ! »

Le père de Galip posa alors la question : comment cette vieille dame avait-elle pu se procurer leur numéro de téléphone ? Hâlé le lui avait-elle demandé ?

« Non, je n'en ai pas éprouvé le besoin », déclara la tante Hâlé. « Plus rien ne m'étonne chez Djélâl, depuis le jour où il s'est mis à étaler notre linge sale dans son journal, comme s'il écrivait un feuilleton sur des exploits de champions de lutte ; je me dis qu'il est capable d'avoir, dans un de ses articles où il se raille de nous, fourni à ses lecteurs pleins de curiosité notre numéro de téléphone, pour qu'ils puissent encore mieux s'amuser. D'ailleurs, quand je pense au chagrin qu'il a causé à mes pauvres parents, je me dis que la seule chose qui puisse encore me surprendre, ce n'est pas le fait qu'il ait fourni à tout le monde notre numéro de téléphone, non, ce serait d'apprendre enfin pourquoi il nous déteste tant, depuis toutes ces années... »

« Il nous hait parce qu'il est communiste », déclara l'oncle Mélih en allumant une cigarette, fier d'avoir eu raison de sa toux. « Quand ils ont enfin compris qu'ils ne réussiraient pas à abuser les ouvriers et le peuple, les communistes ont cherché à tromper les militaires pour les pousser à une révolution bolchevique qui aurait pris la forme d'une révolte de janissaires. Et avec ses articles qui puent le sang et la haine, Djélâl a été l'instrument de cette illusion. »

« Pas du tout ! Tu y vas un peu fort ! » dit la tante Hâlé.

« Je suis au courant, c'est Ruya qui m'a tout raconté », déclara l'oncle Mélih. Il lança un éclat de rire, mais ne se remit pas à tousser. « Il se serait même mis à l'étude du français, parce qu'il avait cru en leur promesse de le nommer ministre des Affaires étrangères du nouvel ordre bolchevico-janissaire *alla turca* qui devait être mis en place à la suite de ce coup d'État militaire. Ou encore ambassadeur à Paris ! Je vous avoue qu'au début, j'ai même ressenti quelque satisfaction à l'idée que ces illusions révolutionnaires pourraient aider mon fils à faire des progrès en français, lui qui n'a pu apprendre une seule langue étrangère, parce qu'il a passé sa jeunesse à fréquenter des vauriens. Mais il a poussé si loin les choses que j'ai interdit à Ruya de voir son frère. »

« Mais cela n'est jamais arrivé, Mélih », protesta

tante Suzan. « Ruya et Djélâl n'ont jamais cessé de se voir, de s'aimer comme s'ils étaient vraiment frère et sœur, et non pas à demi ! »

« Tout s'est bel et bien passé comme je l'ai dit, mais il était déjà trop tard », dit l'oncle Mélih. « N'ayant pas réussi à abuser notre nation et notre armée, c'est à sa sœur qu'il s'en est pris. Et c'est ainsi que Ruya est devenue anarchiste. Si mon petit Galip n'avait pas été là pour l'arracher à ce trou de rats, à ce nid de brigands, Dieu seul sait où Ruya se trouverait à l'instant, sûrement pas chez elle et dans son lit ! »

Galip examinait ses ongles, en se disant qu'ils imaginaient tous la pauvre Ruya, malade, dans son lit, et il se demanda si l'oncle Mélih allait pouvoir ajouter une nouvelle récrimination à la liste des reproches qu'il établissait ainsi tous les deux ou trois mois.

« Elle serait peut-être en prison, car elle n'est pas aussi prudente que Djélâl », poursuivit l'oncle Mélih, pris d'émotion par son énumération, et sans prêter attention aux « Dieu nous en garde ! » qui fusaient autour de lui. « Ils se seraient peut-être mêlés à ces brigands, Djélâl et elle. La pauvre Ruya aurait peut-être fini par fréquenter les gangsters de Beyoglou, les trafiquants d'héroïne, les caïds des boîtes de nuit, les Russes blancs cocaïnomanes, tous ces milieux de débauchés où s'est introduit son frère sous prétexte de reportages. Nous aurions été obligés de rechercher notre fille parmi les touristes anglais qui viennent jusqu'à Istanbul pour satisfaire leurs goûts honteux, les homosexuels amateurs de lutteurs gréco-romains et des feuilletons qui en parlent, les Américains qui participent à des partouzes dans les hammams ; parmi les escrocs ; parmi nos étoiles de cinéma, qui dans un quelconque pays d'Europe, seraient bien incapables d'exercer, je ne dis pas le métier d'actrice, mais celui même de putain ; parmi les officiers chassés de l'armée pour corruption ou détournement de deniers publics, les chanteurs travestis à la voix cassée par les maladies vénériennes ; parmi ces beautés des bas quartiers qui cherchent à se faire passer pour des dames de la bonne société... Dis-lui de prendre de l'Istéropiramisine. »

« Du quoi ? » demanda Galip.

« C'est le meilleur des antibiotiques contre la grippe. Avec de la Bécozine Forte. Une gélule toutes les six heures. Quelle heure est-il ? Tu crois qu'elle s'est réveillée ? »

La tante Suzan affirma que Ruya était sûrement en train de dormir. Et comme tous les présents, Galip imagina Ruya, endormie, dans son lit.

« Ah non ! » s'écria Esma hanim, en train de replier soigneusement la nappe toujours condamnée aux souillures, car elle ne servait pas seulement de nappe : ils en utilisaient les bords comme une serviette de table, pour s'essuyer la bouche à la fin des repas, fâcheuse habitude héritée du grand-père et dont ils n'avaient jamais pu se défaire, en dépit des protestations de la grand-mère. « Non ! Je ne permettrai pas qu'on parle de Djélâl en ces termes dans cette maison ! Mon petit Djélâl est devenu un grand homme ! »

À en croire l'oncle Mélih, c'était à cause de ses idées politiques que son fils, âgé de cinquante-cinq ans, ne s'inquiétait jamais de son vieux père de soixante-quinze ans, ne révélait à personne son adresse à Istanbul, afin que personne dans la famille — même pas sa tante Hâlé toujours la première à tout lui pardonner — ne puisse l'y retrouver, cachait à tous les numéros de ses divers téléphones et allait même jusqu'à débrancher l'appareil. Galip s'affola à l'idée que des larmes, provoquées par l'habitude et non par le chagrin, couleraient bientôt des yeux de son oncle. Mais il se passa autre chose, de tout aussi affligeant. Oubliant de prendre en considération les vingt-deux années qui séparaient les deux cousins, l'oncle Mélih répéta une fois de plus qu'il avait toujours rêvé d'avoir un fils comme Galip, un garçon aussi mûr, aussi réfléchi, aussi raisonnable que lui...

Vingt-deux ans plus tôt (Djélâl avait donc alors l'âge actuel de Galip), à une époque où il grandissait avec une rapidité qui le plongeait dans la confusion, et où ses mains et ses bras lui faisaient commettre mille maladresses encore plus mortifiantes, quand il avait entendu ces paroles pour la première fois, et rêvé de voir se réaliser ce vœu, Galip avait aussitôt pensé à échapper aux repas du soir, incolores et insipides, partagés avec ses propres parents, où chacun d'eux fixait un point invisible, au-delà des murs qui entouraient la table de leurs angles droits. (Sa mère : Il reste un peu des légumes à l'huile du déjeuner, je t'en donne ? » Galip : « Non, merci. » Sa mère : « Et toi ? » Son père : « Quoi, moi ? ») Et il s'était imaginé à table chaque soir en compagnie de l'oncle Mélih, de la tante Suzan et de Ruya. Il imaginait encore bien d'autres choses, qui lui donnaient le vertige : la belle tante Suzan, qu'il lui arrivait d'apercevoir vêtue d'une chemise de nuit bleue, quand il montait à l'étage de son oncle, le dimanche matin, pour jouer avec Ruya au « passage secret » ou à « je n'ai rien vu », devenait sa mère (ce serait bien mieux ainsi) ; l'oncle Mélih, dont il adorait les histoires d'Afrique et les anecdotes liées à sa profession d'avocat, devenait son père (c'était tout de même préférable) ; et comme ils avaient le même âge, Ruya et lui, ils se transformaient en jumeaux (mais là, il hésitait, quand il examinait les conséquences terrifiantes qui pourraient découler de cette situation).

Une fois le couvert enlevé, Galip raconta que des gens de la BBC étaient à la recherche de Djélâl, et qu'ils ne l'avaient pas encore retrouvé ; mais contrairement à son attente, cette nouvelle ne raviva pas les commentaires sur le fait que Djélâl cachait à tout le monde ses diverses adresses et ses numéros de téléphone, dont le nombre provoquait des rumeurs de toutes sortes au sujet de l'emplacement de ses appartements et sur les moyens de les découvrir. Quelqu'un déclara qu'il neigeait : si bien qu'ils se levèrent tous de table et qu'ils écartèrent les rideaux du même geste de la main, pour lancer dans la nuit glaciale un regard à la rue couverte d'une légère couche blanche, avant d'aller s'installer dans leurs fauteuils respectifs. Une neige bien propre, silencieuse. (La répétition d'une scène utilisée par Djélâl : plus pour se railler de la nostalgie que ses lecteurs éprouvaient pour « Les nuits des Ramadans d'autrefois » que pour la partager.) Galip, lui, suivit Vassif qui se retirait dans sa chambre.

Vassif s'assit au bord de son lit, Galip s'installa en face de lui. Vassif passa sa main sur ses cheveux blancs et l'abaissa jusqu'à son épaule : « Ruya ? » Galip se frappa du poing la poitrine et fit mine de tousser au point d'en perdre le souffle : « Elle tousse, elle est malade ! » Puis il joignit les mains et en fit un oreiller pour y poser la tête : « Elle est couchée. » Vassif sortit alors un grand carton de sous son lit :

un choix des coupures de journaux et de magazines qu'il collectionnait depuis cinquante ans, les plus intéressantes sans doute. Galip alla s'asseoir à côté de lui. Et ils entreprirent de contempler les coupures qu'ils tiraient au hasard du carton, tout comme si Ruya était là, assise de l'autre côté de Vassif, comme s'ils riaient tous trois des images qu'il leur montrait : pour une publicité de crème à raser vieille de plus de vingt ans, le sourire blanc d'écume d'un joueur de football très célèbre, mort, par la suite, d'une hémorragie cérébrale pour avoir relancé d'un coup de tête le ballon venu d'un corner ; le cadavre du leader irakien Kassim, reposant dans son uniforme ensanglanté, après le coup d'État militaire ; une illustration représentant le crime de la place de Chichli, qui fit grand bruit à l'époque (le colonel comprend, au bout de vingt ans seulement, une fois à la retraite, que sa femme le trompe et crible de balles sa jeune épouse et le séduisant journaliste qu'il tenait depuis des jours en filature, disait Ruya, en imitant les voix du théâtre radiophonique) ; le premier ministre Mendérès accordant la vie au chameau que ses partisans se préparaient à égorger en son honneur, et à l'arrière-plan, Djélâl, jeune reporter, regarde dans une autre direction tout comme le chameau, Sur le point de se lever pour rentrer chez lui, Galip remarqua deux vieilles chroniques de Djélâl que Vassif venait de sortir du carton. Il s'agissait de « La boutique d'Alâaddine » et de « L'histoire du bourreau et de la tête qui pleurait ». De quoi lire pour la nuit d'insomnie qui s'annonçait ! Il n'eut pas besoin de mimer longuement pour les emprunter à Vassif. Son refus de la tasse de café qu'Esma hanim lui servait fut accueilli par tous avec compréhension. Ce qui signifiait que l'expression « ma femme est malade et seule à la maison » s'était bien gravée sur son visage. Il s'attardait sur le seuil. Jusqu'à l'oncle Mélih qui était d'accord : « Oui, oui, il vaut mieux qu'il s'en aille ! » La tante Hâlé se penchait sur Charbon, qui rentrait de la rue couverte de neige. « Souhaite-lui une prompte guérison de notre part ! Embrasse-la pour nous ! Dis-lui bonsoir ! » crièrent à nouveau les autres, de la salle à manger.

Sur le chemin du retour, Galip rencontra le tailleur aux lunettes, qui abaissait le rideau de fer de son atelier. Ils se saluèrent à la lueur du réverbère, d'où pendaient des glaçons, et se remirent à marcher du même pas : « Je suis en retard, ma femme m'attend à la maison », dit le tailleur, peut-être pour rompre le silence exagéré de la neige. « Il fait froid », lui dit Galip à son tour. Prêtant l'oreille au crissement de la neige sous leurs pieds, ils continuèrent à marcher côte à côte, jusqu'au moment où apparut l'immeuble au coin de la rue et la faible lueur de la lampe de chevet, dans la chambre à coucher, au coin du bâtiment, tout en haut. Tantôt les ténèbres, tantôt la neige retombaient sur la rue.

Les lampes du salon étaient éteintes, celles du corridor étaient allumées, comme les avait laissées Galip en sortant de chez lui. Dès qu'il fut entré dans l'appartement, il mit de l'eau à chauffer pour se faire du thé ; il se débarrassa de son pardessus et de sa veste, les plaça sur leurs cintres, passa dans la chambre à coucher, où il ôta ses chaussettes trempées, à la pâle lumière de la lampe. Puis, il s'assit devant la table de la salle à manger et relut la lettre que Ruya lui avait laissée avant de le quitter. Cette lettre, qui avait été écrite avec le crayon à bille vert qui traînait sur la table, était encore plus brève que dans son souvenir : dix-neuf mots seulement.

CHAPITRE IV

La boutique d'Alâaddine

« Si j'ai un défaut, c'est bien celui de
m'écarter du sujet. »

Biron pacha

Je suis un écrivain « pittoresque ». J'ai consulté
mon dictionnaire, mais je n'ai pas trop saisi le sens
de cette épithète : c'est tout simplement que j'en aime
la résonance, l'atmosphère. J'ai toujours rêvé d'écrire
autre chose : de parler des chevaliers sur leurs montures ; de décrire les armées d'il y a trois cents ans
qui se préparent à l'attaque aux deux extrémités
d'une plaine encore plongée dans l'obscurité, dans le
matin brumeux ; les malheureux qui se racontent des
histoires d'amour dans des tavernes les nuits d'hiver ;
les interminables aventures d'un couple d'amoureux
perdus, à la recherche de quelque mystère dans de
sombres villes ; mais Dieu m'a accordé ces colonnes
dans ce journal — et vous autres, mes chers lecteurs — pour raconter des histoires d'un tout autre
genre. Et nous tâchons de nous en accommoder, vous
et moi.

Si le jardin de ma mémoire ne se desséchait pas
peu à peu, je ne me serais peut-être jamais plaint de

cette situation, mais à chaque fois que je saisis mon crayon à bille, surgissent soudain vos visages, lecteurs bien-aimés, vous qui attendez à nouveau quelque chose de moi, comme m'apparaissent les seules traces de mes souvenirs qui m'échappent l'un après l'autre, dans ce jardin devenu désertique. Ne retrouver qu'une trace au lieu d'un souvenir, c'est comme si on contemplait, les yeux pleins de larmes, la trace que votre bien-aimée, qui vous a abandonné et qui ne reviendra jamais plus, a laissée sur un fauteuil.

J'ai décidé d'aller bavarder avec Alâaddine. Quand il a appris que j'allais parler de lui dans mon journal, mais que je tenais à avoir au préalable un entretien avec lui, il m'a dit, en ouvrant très grands ses yeux noirs :

« Dis-moi, frère, est-ce que cela ne va pas me causer du tort ? »

Je lui ai dit qu'il n'en serait rien. Je lui ai expliqué la place que tient dans nos vies sa boutique à Nichantache. Je lui ai dit comment les milliers, les dizaines de milliers de choses qu'il vend dans sa petite boutique sont demeurées intactes dans nos souvenirs à tous, avec toute la fraîcheur de leurs couleurs et de leurs odeurs. Je lui ai décrit l'impatience avec laquelle les enfants malades attendent dans leur lit le retour de leur mère, qui est allée leur acheter un cadeau chez Alâaddine (un soldat de plomb), un livre *(Poil de carotte)* ou une bande dessinée (le numéro 17, celui où Kinova ressuscite après avoir été scalpé). Je lui ai expliqué que dans toutes les écoles du quartier, des milliers de gamins attendent la dernière cloche — qui a retenti depuis belle lurette dans leur imagination — tout comme ils s'imaginent pénétrant déjà dans la boutique, pour acheter des paquets de gaufrettes, ceux où l'on trouve des photos de joueurs de football (Métine, de l'équipe de Galata-Saray), de lutteurs (Hamit Kaplan) ou d'acteurs de cinéma (Jerry Lewis). Je lui ai dit comment les filles, qui vont y acheter une bouteille de dissolvant afin d'enlever le vernis pâle de leurs ongles, avant de se rendre au cours du soir de l'École des arts ménagers, penseront avec mélancolie à la boutique d'Alâaddine, comme à un conte de fées lointain, quand elles se souviendront de leurs premières amours, dans bien des années, parmi leurs enfants et leurs petits-enfants, dans la cuisine sans joie d'un mariage sans joie.

Cela faisait longtemps que nous nous étions installés à la maison, assis face à face. J'ai raconté à Alâaddine l'histoire d'un crayon à bille vert et celle d'un roman policier mal traduit, que j'avais achetés chez lui, il y a bien des années de cela. Dans la seconde histoire, l'héroïne, à qui j'avais offert le bouquin et que j'aimais beaucoup, était finalement condamnée à ne rien faire d'autre que de lire des polars jusqu'à la fin de ses jours. Je lui ai révélé que l'un des officiers patriotes qui préparaient un coup d'État dans le dessein de changer le cours de notre histoire et de celle de tout le Proche-Orient et l'un des journalistes mêlés à ce projet s'étaient retrouvés dans sa boutique, avant leur première entrevue historique. J'ai évoqué Alâaddine, ignorant tout de cette rencontre historique, en train de compter, un beau soir, en mouillant de salive son pouce et son index, les journaux et les magazines qu'il allait rendre le lendemain matin, derrière son comptoir où les tours de livres et de cartons s'élevaient jusqu'au plafond. Je lui ai parlé des femmes, étrangères ou autochtones, qui posaient nues dans les magazines exposés à la devanture ou sur le tronc épais du châtaignier, devant la porte, et qui, insatiables comme les esclaves ou les épouses du sultan des *Mille et Une Nuits*, hanteront la même nuit les rêves des solitaires qui passent, distraits, sur le trottoir. Comme je parlais des *Mille et Une Nuits*, j'ai révélé à Alâaddine que l'histoire qui porte son nom n'a jamais en vérité été racontée au cours de ces mille et une nuits, mais qu'elle y a été introduite subrepticement par Antoine Galland quand il édita le livre en Occident il y a deux cent cinquante ans ; je lui ai appris que ce conte n'avait jamais été rapporté à Galland par Shéhérazade, mais par un chrétien qu'il dit se nommer Hanna. Je lui ai également rapporté qu'en réalité ce nommé Hanna était un savant d'Alep, du nom de Juhanna Dieb, et que le conte était un conte turc et que l'action se passe très probablement à Istanbul, comme le montrent les détails sur le café qu'on y trouve. Mais je lui ai également expliqué qu'on ne saura jamais quel était l'original, que ce soit dans le conte ou dans la vie, car, lui ai-je dit, j'oublie tout, tout, vraiment tout. Parce qu'à vrai dire, je suis vieux, malheureux, ronchon et solitaire, et que j'ai envie de mourir. Parce qu'on entendait le vacarme de la circulation du soir sur la place de Nichantache, et à la radio, une musique qui vous faisait pleurer de tristesse. Parce que, en vérité, après avoir passé ma vie à raconter des histoires, je voulais, avant de mourir, entendre Alâaddine me raconter l'histoire de tout ce que j'ai oublié, l'histoire des bouteilles d'eau de Cologne, des timbres fiscaux, des images sur les étiquettes, des boîtes d'allumettes, des bas nylon, des cartes postales, des photos d'acteurs, des dictionnaires de sexologie, des épingles à cheveux et des livres de prières de sa boutique.

Comme chez toutes les personnes réelles qui se retrouvent plongées dans des histoires imaginaires, il y a chez Alâaddine un côté irréel qui repousse les limites de l'univers et une logique simpliste qui se refuse à se soumettre à ses lois. Il m'a déclaré qu'il était très heureux de l'intérêt que la presse témoignait à son magasin. Cela faisait trente ans qu'il travaillait quatorze heures par jour dans sa boutique toujours pleine, et qu'il dormait chez lui le dimanche après-midi, entre deux heures et demie et quatre heures, c'est-à-dire aux heures où tout le monde écoute à la radio la retransmission des matches de football. Il m'expliqua qu'il ne s'appelait pas Alâaddine, mais que ses clients ignoraient son vrai nom. Il me dit qu'il ne lisait qu'un seul journal, le *Hürriyet*. Il m'assura qu'aucun rendez-vous politique n'avait pu avoir lieu dans sa boutique, car elle est située juste en face du commissariat de Techvikiyé, et que lui-même ne s'intéresse pas à la politique. Il ne se léchait pas les doigts quand il comptait les magazines, c'était faux, et sa boutique n'était pas un lieu de légende ou de conte de fées. Ce genre d'erreurs l'agaçaient. D'autres aussi : ainsi certains vieillards nécessiteux pénétraient parfois dans sa boutique, avec enthousiasme parce que, prenant pour de vraies montres les montres-bracelets en matière plastique exposées dans la devanture, ils s'étonnaient de leur prix modique. Il y avait aussi les clients qui avaient perdu en jouant aux « petits chevaux » achetés chez lui, ou qui, furieux parce qu'ils n'avaient encore rien gagné à la Loterie nationale dont ils avaient eux-mêmes choisi les billets, cherchaient querelle à Alâaddine, persuadés que c'était lui qui organisait tous ces jeux. La cliente dont les bas avaient filé, la mère du gamin dont tout le corps pelait parce qu'il avait mangé du chocolat « du pays », le lecteur à qui les opinions politiques de son journal avaient déplu, tous accusaient Alâaddine, qui n'était pourtant pas producteur, mais rien qu'un intermédiaire. Alâaddine n'était tout de même pas responsable du paquet de café qui ne contenait pas du café, mais du cirage marron. Il n'était pas responsable des piles *made in Turkey* qui se vidaient dès qu'elles avaient été ébranlées par une seule chanson d'Emel Sayin, la chanteuse à la voix séduisante, et qui esquintaient le transistor en y répandant un liquide noirâtre. Il n'était pas responsable de la boussole qui, partout où vous alliez, désignait le commissariat de police de Techvikiyé, au lieu de vous montrer le nord. Pas plus que des cigarettes Bafra où une romanesque ouvrière avait glissé une lettre qui parlait d'amour et de mariage, mais l'apprenti peintre en bâtiment qui avait ouvert le paquet avait aussitôt couru à la boutique, fou de joie, il avait respectueusement baisé la main d'Alâaddine, en le priant d'être leur témoin et lui avait demandé le nom et l'adresse de la jeune fille.

Son magasin se trouvait bien dans un quartier autrefois considéré comme « le plus élégant » d'Istanbul, mais les clients l'avaient toujours surpris. Il s'étonnait des messieurs à cravate qui n'avaient toujours pas appris à faire la queue, et il ne pouvait s'empêcher d'engueuler ceux qui n'attendaient pas leur tour. Il avait renoncé à vendre des carnets de tickets, parce que chaque fois qu'un autobus apparaissait au coin de la rue, quatre ou cinq personnes faisaient irruption dans la boutique, y semant le désordre, avec leurs manières de pillards mongols et criant : « Un ticket, vite un ticket, pour l'amour du ciel ! » Il avait vu des couples mariés depuis quarante ans se disputer au sujet du choix d'un billet de loterie ; des femmes très maquillées qui, pour acheter une savonnette, en reniflaient une trentaine ; des officiers à la retraite qui essayaient toute une boîte de sifflets avant de faire leur choix. Mais ces choses-là ne le choquaient plus, il s'y était habitué. La mère de famille qui protestait parce qu'on ne trouvait plus un certain exemplaire d'un roman-photo, dont le dernier numéro avait paru onze ans plus tôt, le gros monsieur distingué qui léchait les timbres-poste avant de les acheter pour en goûter la colle et la femme du boucher qui lui rapportait les œillets de crépon achetés la veille, furieuse parce qu'ils n'avaient aucun parfum, le laissaient indifférent désormais.

Ce magasin, il s'était battu bec et ongles pour en assurer le succès. Des années durant, il avait relié de ses mains les vieux *Texas* et *Tom Mix*, ouvert et balayé sa boutique très tôt le matin alors que toute la ville était encore plongée dans le sommeil, fixé avec des pinces à linge les journaux et les hebdomadaires sur la porte ou sur le tronc du châtaignier, disposé les « nouveautés » dans la devanture ; il avait passé des années à parcourir la ville, rue après rue, magasin après magasin, pour satisfaire les demandes de ses clients, en leur fournissant les marchandises les plus étranges (ballerines tournant sur place quand on en approche un petit miroir magnétique, lacets de souliers tricolores, bustes en plâtre d'Atatürk, avec, dans les prunelles, de petites ampoules bleues qui s'allument, taille-crayons en forme de moulin hollandais, pancartes « Maison à louer » ou « Au nom de Dieu plein de miséricorde », paquets de chewing-gum à l'arôme de sapin, d'où sortent des images d'oiseaux, numérotées de un à cent, pions de trictrac roses que l'on ne trouve qu'au Grand Bazar, décalcomanies représentant Tarzan ou Barberousse, capuches aux couleurs des équipes de football (il en avait porté lui-même une bleue pendant dix ans), ou encore ces outils en fer, dont une extrémité sert à décapsuler les bouteilles de limonade et l'autre de chausse-pied. Aux questions les plus saugrenues (« Avez-vous de cette encre bleue qui sent l'eau de rose ? » « Peut-on trouver chez vous des bagues qui jouent une mélodie ? »), il n'avait jamais répondu par la négative. « J'en ferai venir demain », affirmait-il à chaque fois, se disant que cette marchandise existait puisqu'on lui en réclamait, et en prenant note dans son carnet de commandes ; dès le lendemain, il reprenait ses investigations, dans tous les quartiers, dans chaque magasin, tel le voyageur qui arpente les rues d'une ville à la recherche d'un secret, et il trouvait toujours ce qu'il cherchait. Certes, il avait connu des périodes fastes, où il avait gagné de l'argent sans se donner du mal, en vendant des quantités inimaginables de romans-photos, ou d'histoires de cow-boys illustrées, ou encore de photos d'acteurs de chez nous au regard dénué d'expression ; mais il y avait eu aussi le temps, si désagréable pour lui, où café et cigarettes se vendaient au marché noir, ces jours froids, insipides, où se formaient les queues. Quand on regarde de son magasin le flot des gens sur le trottoir, impossible de deviner s'ils sont « comme ceci » ou « comme cela », ils sont « un peu... un peu bizarres, les gens... ».

Cette foule, qui semblait au premier regard, faite

de gens si différents les uns des autres, était prise d'une passion subite pour les boîtes à musique-coffrets à cigarettes, ou alors les gens se disputaient les stylos grands comme le petit doigt venus du Japon ; le mois suivant, oubliant coffrets et stylos, ils se mettaient à acheter de telles quantités de briquets en forme de revolver qu'Alâaddine avait peine à leur en fournir. Puis commençait la mode des fume-cigarette en matière plastique : durant six mois, tout le monde utilisait ces fume-cigarette transparents, en contemplant le goudron peu ragoûtant qui s'y accumulait avec le plaisir qu'en retirent les scientifiques maniaques. Et brusquement, tout cela était oublié ; tous, qu'ils soient de droite ou de gauche, croyants ou athées, couraient acheter chez Alâaddine des rosaires de toutes les tailles et de toutes les couleurs qu'ils égrenaient à longueur de jour et n'importe où ; et dès que s'était apaisée cette fureur, avant même qu'Alâaddine ait trouvé le temps de rendre à son fournisseur les stocks qu'il n'avait pu écouler, survenait la mode des rêves, et des queues se formaient à nouveau devant le magasin pour acheter les petits traités d'interprétation des songes. Il suffisait d'un seul film américain pour que tous les jeunes achètent des lunettes noires ; d'une nouvelle parue dans les journaux pour que toutes les femmes lui demandent de la pommade pour les lèvres ; et les hommes, des calottes qui siéraient plutôt aux imams ; mais en général, on ne pouvait expliquer la demande de la clientèle, dont les lubies se répandaient comme la peste. Pourquoi des milliers, des dizaines de milliers de gens se mettaient-ils au même moment à suspendre sur la vitre arrière de leurs voitures, ou à poser sur leurs radios ou sur leurs radiateurs, chez eux, ou

sur leurs tables de travail, ou sur les établis, ces voi-
liers en bois ? Comment expliquer que mères et
enfants, hommes et femmes, jeunes et vieux, soient
pris de l'envie d'accrocher sur leurs murs ou sur leurs
portes ce même portrait, celui d'un enfant au type
européen, au visage mélancolique, avec une énorme
larme qui lui coule sur la joue ? Oui, ce pays, ces gens
étaient vraiment... « étranges », « inexplicables » et
même... « effrayants »... Je lui soufflais les qualifi-
catifs qu'il n'arrivait pas à trouver, car c'était à moi,
et non à lui, de découvrir les mots adéquats. Nous
avons gardé le silence, tous les deux, un long
moment.

Puis alors qu'il me parlait des petites oies en cel-
luloïd, hochant la tête, qu'il n'avait jamais cessé de
vendre depuis des années, des chocolats en forme de
petits flacons, qui contenaient de la liqueur, avec une
vraie griotte, et qu'il m'apprenait où l'on pouvait
trouver les meilleures baguettes pour cerfs-volants à
Istanbul, les moins chères aussi, je compris qu'il existait un lien entre Alâaddine et ses clients, un lien qu'il
aurait fallu décrire avec des mots qu'il était incapable
de trouver. Alâaddine aimait aussi bien la petite fille
venue avec sa grand-mère acheter un cerceau à sonnette que le jeune garçon boutonneux qui, s'emparant d'un magazine français, se retirait dans un coin
de la boutique pour faire furtivement l'amour avec
la photo d'une femme nue ; il aimait aussi l'employée
de banque à lunettes qui achetait un roman traitant
de la vie extravagante des stars de Hollywood, le
dévorait en une seule nuit et tentait de le lui refiler
le lendemain matin, en lui jurant qu'elle « l'avait
déjà » ; ou le vieillard qui le priait instamment d'envelopper dans un journal sans la moindre illustration

le poster représentant une jeune fille lisant le Coran. Mais cette tendresse chez lui s'accompagnait de prudence : il était capable de comprendre un tout petit peu la mère et la fille qui, déployant comme des cartes géographiques les patrons des magazines de mode, décidaient de s'en servir pour découper au beau milieu de la boutique le tissu qu'elles avaient apporté ; les gamins qui, avant même de sortir du magasin, organisaient un combat entre les tanks qu'ils venaient d'y acheter, et finissaient par les esquinter dans la bataille. Mais devant des clients à la recherche d'une lampe de poche en forme de crayon ou d'un porte-clés orné d'une tête de mort, il éprouvait le sentiment qu'il s'agissait là de signaux venus d'un univers qu'il ne connaissait ni ne comprenait. Oui, quels signaux mystérieux lui adressait donc ce client étrange qui, entré en plein hiver, par un jour de neige, dans sa boutique, refusait catégoriquement les « Paysages d'hiver » utilisés pour les devoirs scolaires et exigeait des « Paysages d'été » ? Tard un soir, alors qu'il se préparait à fermer le magasin, deux hommes à la mine patibulaire étaient entrés ; ils avaient manipulé les poupées aux bras articulés et à garde-robe, de toutes les tailles, avec l'affection, l'attention et l'habileté des médecins qui examinent de vrais bébés, ils avaient contemplé, comme envoûtés, la façon d'ouvrir et de refermer les yeux de ces petites créatures roses, puis ils étaient repartis après avoir fait empaqueter l'une d'elles, plus une bouteille de raki, et ils avaient disparu dans la nuit noire qui faisait frissonner Alâaddine. Après toutes sortes d'incidents de ce genre, Alâaddine s'était mis, ces derniers temps, à rêver des poupées qu'il vendait dans leurs cartons ou leurs sacs de plastique ; il les imaginait ouvrant lentement leurs paupières, la nuit, dès son départ du magasin ; il voyait même leurs cheveux pousser. Il se préparait peut-être à me demander ce que signifiaient ces songes, mais se disant qu'il avait déjà trop parlé et qu'il embêtait tout le monde avec ses propres soucis, il retomba dans ce mutisme mélancolique, désespéré, qui accable si souvent nos concitoyens. Alors nous nous sommes tus tous les deux, et nous savions que ce silence allait durer un bon bout de temps.

Beaucoup plus tard, alors qu'il sortait de la maison, l'air gêné comme s'il s'excusait, Alâaddine me déclara que j'étais meilleur juge que lui et que j'étais libre d'écrire ce qui me chanterait. Un jour peut-être, chers lecteurs, j'écrirai un bon article sur ces poupées et sur nos rêves

CHAPITRE V

C'est un enfantillage

> « On part pour un motif. On le dit. On
> vous donne le droit de répondre. On ne
> part pas comme cela. Non, c'est un
> enfantillage. »
>
> Marcel Proust

Sa lettre d'adieu de dix-neuf mots, Ruya l'avait
écrite avec le crayon à bille vert dont Galip exigeait
toujours la présence à côté du téléphone. Comme il
n'était plus là et que Galip ne le retrouva pas après
l'avoir cherché partout dans l'appartement, il se dit
que Ruya avait rédigé cette lettre juste avant de quitter la maison. Après l'avoir écrite, elle avait dû jeter
le crayon à bille dans son sac, au dernier moment,
en se disant qu'elle pourrait en avoir besoin. Car le
gros stylo qu'elle utilisait avec plaisir toutes les fois
— ce qui lui arrivait très rarement — qu'elle décidait
d'écrire à quelqu'un une lettre bien soignée (une lettre qu'elle ne terminait d'ailleurs jamais, qu'elle ne
glissait jamais dans une enveloppe, et même si tout
cela était fait, qu'elle ne mettait jamais à la poste), le
stylo, lui, était à sa place, dans le tiroir de la
commode de la chambre à coucher. Galip consacra

énormément de temps par la suite et à diverses reprises à la recherche du cahier dont Ruya avait arraché une page pour lui écrire cette lettre. À des heures différentes de la nuit, il en compara le papier avec celui des cahiers qu'il sortit de la vieille armoire, là où, sur le conseil de Djélâl, elle s'était créé un petit musée de son passé : son cahier d'arithmétique de l'école primaire, où le prix d'une douzaine d'œufs se calculait sur la base de six piastres la pièce ; son cahier de prières, corvée des cours de religion, avec sur les dernières pages des croix gammées et la caricature du prof qui louchait si fort ; un cahier de littérature où l'on retrouvait dans les marges des modèles de jupes et les noms de certaines étoiles du cinéma mondial ou de certains sportifs beaux garçons ou de chanteurs de musique pop (avec une note : « Pour l'examen : on peut avoir une question sur *Husn-u Achk*). Après une dernière tentative, après toutes les recherches qu'il avait effectuées dans les différents tiroirs et qui s'étaient toutes révélées décevantes, au fond des boîtes qui éveillaient les mêmes associations d'idées sans aucun résultat, sous le lit et jusque dans les poches des vêtements de Ruya, qui sentaient tous le même parfum, comme pour convaincre Galip que rien n'avait changé, tout de suite après la prière du matin, son regard tomba à nouveau sur la vieille armoire et la main qu'il tendit au hasard se posa sur le cahier d'où le papier de la lettre avait été arraché. Il avait pourtant déjà feuilleté ce cahier sans prêter attention aux dessins et aux notes qui s'y trouvaient (« Notre armée a procédé au coup d'État du 27 mai parce que le pouvoir était en train de détruire nos forêts. » « La coupe de l'hydre ressemble au vase bleu sur le buffet de grand-

84

mère. ») Juste au milieu du cahier, une page avait été arrachée, avec une impitoyable précipitation. Un détail qui, tout comme les indices minimes qu'il put réunir au cours de la nuit, n'éveilla en lui que de vagues associations d'idées et des observations sans importance, qui s'écroulaient les unes après les autres, comme une rangée de dominos.

Associations d'idées : bien des années plus tôt, alors que Ruya et lui se trouvaient dans la même classe, mais sur des bancs différents, la prof d'histoire, celle qui était si moche et qu'ils supportaient patiemment en se gaussant d'elle, s'écriait soudain : « À vos papiers, à vos stylos ! » Dans le silence provoqué par la terreur d'un examen que la classe n'attendait pas, la prof ne pouvait supporter le bruit des feuilles qu'ils arrachaient à leurs cahiers « Ne déchirez pas vos cahiers ! J'exige des feuilles de copie ! Des feuilles de copie ! » criait-elle de sa voix de fausset. « Celui qui déchire les cahiers de la nation, qui se rend coupable de gaspillage, n'est pas un bon Turc, ce n'est qu'un bâtard, et il aura un zéro ! » Et elle mettait sa menace à exécution.

Un petit indice : dans le silence de la nuit, insolemment rompu par le bruit du réfrigérateur, dont le moteur se mettait à ronronner avec des intervalles imprévisibles, il découvrit, tout au fond de l'armoire qu'il mettait sens dessus dessous pour la énième fois, un roman policier, une traduction, derrière une paire de souliers vert pétrole à talons hauts que Ruya n'avait pas emportés. Il ne s'y intéressa pas aussitôt, car il y avait des centaines de polars dans la maison, mais ses mains, qui s'étaient depuis la veille habituées à fouiller tout ce qu'elles rencontraient au fond des placards ou des tiroirs, feuilletèrent machinalement ce livre à la couverture noire, décorée d'une petite chouette aux grands yeux cruels, et il y découvrit une photo, celle d'un bel homme nu. Tout en comparant instinctivement le sexe de l'homme avec le sien, « elle a dû découper ça dans un magazine acheté chez Alâaddine ! » se dit-il.

Autre association d'idées : Ruya savait très bien que Galip ne touchait jamais aux romans policiers, qu'il trouvait insupportables. Il se refusait à perdre son temps dans un univers factice, dans lequel les Anglais étaient terriblement anglais, les gros vraiment gros, et où tous les sujets et objets, y compris le coupable et les victimes, se transformaient tous en indices, ou s'y voyaient contraints par l'auteur et où il leur était impossible d'être eux-mêmes. (« Ça fait passer le temps, voilà tout ! » répliquait Ruya, tout en grignotant les noisettes et les pistaches qu'elle s'achetait chez Alâaddine, tout comme les polars.) Et Galip lui avait soutenu que le seul roman policier lisible serait celui dont l'auteur lui-même ignorerait le nom de l'assassin. Ainsi, les personnages et les choses ne seraient plus obligés de se dissimuler sous un déguisement de faux indices, de fausses pistes, par la volonté de l'auteur qui, lui, est au courant de tout ; ils pourraient prendre place dans le livre en imitant ce qu'ils étaient dans la vie réelle, et cesseraient d'être des fantômes imaginés par l'écrivain. Mais Ruya, bien meilleure lectrice de romans que son mari, lui avait demandé comment des limites seraient fixées à l'abondance des détails. Car dans le roman policier, chaque détail était fourni dans un but précis.

Détails : avant de quitter la maison, Ruya avait abondamment répandu dans les toilettes, la cuisine et le couloir un de ces produits dont les étiquettes représentent une blatte énorme ou trois petits cafards pour terroriser le consommateur. (L'odeur persistait.) Elle avait tourné le bouton de l'appareil que nous appelons un « chofben » (par distraction, sans aucun doute, car le jeudi était le jour où tout l'immeuble disposait d'eau chaude) ; elle avait parcouru le *Milliyet* (il était froissé) et avait commencé à noircir quelques cases du problème de mots croisés avec le crayon à bille vert qu'elle avait emporté par la suite : mausolée, interstice, lune, malaise, division, rami, mystère, écoute. Elle avait pris son petit déjeuner (thé, fromage blanc, pain). Elle n'avait pas lavé la vaisselle. Elle avait fumé deux cigarettes dans la chambre à coucher, quatre dans le salon. Elle n'avait emporté que quelques-uns de ses vêtements d'hiver, une partie de ses produits de maquillage qu'elle accusait de lui gâcher le teint, ses pantoufles, les romans les plus récents qu'elle était en train de lire, le porte-clés vide qu'elle affirmait lui porter bonheur et qu'elle suspendait à la poignée de son coffret, son unique bijou : son collier de perles, sa brosse à cheveux, doublée d'un miroir, et elle avait revêtu son manteau, qui avait la couleur de ses cheveux. Elle avait sans doute placé le tout dans la vieille valise, de taille moyenne, qu'elle avait empruntée à son père (l'oncle Mélih avait rapporté cette valise du Maghreb) au cas où ils en auraient besoin pour un voyage qu'ils n'avaient d'ailleurs jamais fait. Elle avait refermé la plupart des armoires et des placards (d'un coup de pied), repoussé les tiroirs, remis à leur place tous les objets qu'elle laissait traîner partout et avait rédigé sa lettre d'adieu, d'une seule traite, sans éprouver une quelconque hésitation, car il n'y avait pas un seul brouillon dans les cendriers ou dans la boîte à ordures.

Il était peut-être inexact de qualifier cette lettre de lettre d'adieu. Ruya ne précisait pas qu'elle allait revenir, mais elle ne disait pas non plus qu'elle ne reviendrait jamais. À croire que c'était la maison et non Galip qu'elle quittait. C'était plutôt une complicité qu'elle proposait à Galip en quelques mots : « Arrange-toi pour ne rien dire à mes parents ! », une complicité qu'il avait aussitôt acceptée et qui n'était pas désagréable, parce qu'elle n'accusait pas ouvertement Galip d'avoir provoqué son départ, et c'était tout de même une complicité entre eux deux. La promesse qu'elle lui faisait en échange tenait en cinq mots : « Tu auras de mes nouvelles. » Mais elle ne lui en donna pas de toute la nuit.

Et tout au long de la nuit, les conduites d'eau et les tuyaux des radiateurs poussèrent des gémissements, des grondements et des soupirs de toutes sortes. Il neigea par intervalles. Le marchand de jus de millet fermenté ne passa qu'une seule fois. Galip contempla durant des heures la signature à l'encre verte de Ruya. À l'intérieur de la maison, les objets et les ombres changèrent d'aspect, la maison devint une autre maison. « Cela fait donc trois ans que cette lampe au plafond ressemble à une araignée ! » s'étonna Galip. Il chercha à dormir, dans l'espoir d'un rêve agréable, mais n'y parvint pas. Et tout au long de la nuit, à intervalles réguliers, il renouvela des recherches déjà faites (avait-il bien regardé dans la boîte, tout au fond du placard à vêtements ? Mais oui, il l'avait fait, sans doute, peut-être pas, non, non, sûrement pas, et il lui fallait à présent tout reprendre à nouveau). Entre ces recherches sans espoir, il s'arrêtait avec, à la main, la boucle d'une vieille ceinture de Ruya qui éveillait en lui un tas de souvenirs, ou l'étui vide d'une paire de lunettes noires depuis longtemps perdues, il comprenait que tous ces efforts étaient vains (comme ils étaient peu crédibles, ces détectives de romans, comme il était optimiste, l'auteur qui chuchotait les indices nécessaires à l'oreille de son héros !), il reposait l'objet qu'il tenait entre ses doigts à l'endroit même où il l'avait trouvé, avec le soin et la prudence du chercheur qui dresse l'inventaire d'un musée ; ses jambes le menaient ensuite à la cuisine, du pas inconscient du somnambule ; il ouvrait le réfrigérateur, en fouillait l'intérieur sans rien y prendre, puis revenait s'installer dans son fauteuil favori, dans le salon, en attendant de procéder une fois de plus au même rituel.

Et tout au long de cette nuit où il se retrouvait seul, abandonné, dans ce fauteuil d'où, tout au long de leurs trois années de mariage, il avait contemplé Ruya, assise en face de lui, plongée dans la lecture de ses polars, impatiente, nerveuse, balançant ses jambes, tirant sur ses cheveux, poussant de temps en temps un profond soupir, Galip fut constamment obsédé par la même image : ce n'était pas celle de la jeune fille de leurs années de lycée, quand il la voyait assise dans une pâtisserie ou une crémerie, où des blattes intrépides et indifférentes erraient sur les tables, en compagnie de garçons dont la lèvre supérieure s'était couverte de duvet bien avant Galip, et qui s'étaient mis à fumer bien avant lui ; ni celle qu'il avait découverte trois ans plus tard, un samedi après-midi, quand il était monté à leur étage (« Je suis venu vous demander si vous aviez des étiquettes bleues ! »), en train de se maquiller devant la coiffeuse branlante de sa mère, balançant nerveusement la jambe et lançant des coups d'œil à sa montre ; ce n'étaient pas les impressions éveillées par le sentiment de défaite, de solitude et de nullité (j'ai le visage asymétrique, je suis maladroit, je suis trop effacé, je parle avec difficulté !) qui l'avait envahi quand, trois ans encore plus tard, il avait appris le mariage — un mariage qui n'était pas simplement politique — de Ruya pâle et lasse — qu'il ne voyait d'ailleurs plus du tout — avec un jeune homme passionné de politique, fort courageux et prêt à tous les sacrifices, à en croire son entourage, qui publiait déjà à l'époque, et en les signant, ses premières « analyses politiques » dans la revue *L'Aube du labeur*. La seule image qui hanta Galip toute cette nuit-là, ce fut, avec le sentiment qu'il avait raté une occasion, un divertissement ou toute une partie de sa vie, celle de la lumière de la boutique d'Alâaddine retombant sur le trottoir blanc de neige.

Un an et demi après l'installation de Ruya et de ses parents au dernier étage, alors qu'ils étaient en cours élémentaire — c'était un vendredi, à la tombée de la nuit, et le bruit des voitures et des tramways leur parvenait de la place de Nichantache — ils s'étaient lancés dans un jeu nouveau qu'ils avaient appelé « j'ai disparu », un mélange des règles du « passage secret » et de « je n'ai rien vu ». À tour de rôle, ils allaient se cacher dans un coin des appartements des grands-parents ou des oncles — c'était la « disparition », un jeu très simple qui faisait appel à la patience et à l'imagination des parties, parce qu'il interdisait de faire de la lumière dans les chambres obscures et ne fixait aucune limite de temps ou de lieu. Quand ce fut son tour de « disparaître », Galip avait grimpé (sur le bras, puis prudemment sur le dossier d'un fauteuil) jusqu'à l'armoire de la chambre à coucher de la grand-mère, une cachette qui avait attiré son attention deux jours plus tôt, en un éclair de créativité. Persuadé que Ruya ne l'y retrouverait jamais, il avait imaginé dans l'obscurité les réactions de sa cousine ; il s'était mis à sa place, afin de comprendre comment Ruya ressentait la tristesse de sa disparition ! Elle était sûrement en train de pleurer ; elle était sûrement lasse de sa solitude ; à l'étage d'en bas, dans une pièce obscure, Ruya devait l'implorer de sortir de sa cachette, avec des larmes dans la voix ! Plus tard, après une attente qui avait paru aussi longue que l'éternité aux yeux de l'enfant qu'il était, Galip, pris d'impatience et sans se dire qu'il se retrouvait vaincu lui-même du fait de cette impatience, avait sauté à bas de l'armoire et, accommodant peu à peu son regard aux pâles lumières de l'appartement, il s'était mis à la recherche de Ruya. Après avoir couru d'un étage à l'autre, pris d'un étrange sentiment d'irréalité et de défaite, il avait fini par poser la question à la grand-mère. « Mais tu es couvert de poussière ! » avait dit grand-mère. « Où étais-tu donc fourré ? Ils t'ont cherché partout ! » Et grand-père avait ajouté : « Djélâl est venu. Ils sont allés à la boutique d'Alâaddine, Ruya et lui. » Galip avait aussitôt couru à la fenêtre, à la vitre froide, bleu marine, sombre. Il neigeait : une neige lourde, mélancolique, qui vous invitait à sortir. Du magasin d'Alâaddine, que l'on voyait de loin, entre les jouets, les magazines illustrés, les ballons, les yo-yo, les tanks et les bouteilles de toutes les couleurs, une lumière qui avait la pâleur du visage de Ruya se reflétait à peine sur la blancheur de la neige épaisse qui recouvrait le trottoir.

Tout au long de la nuit, à chaque fois qu'il se souvint de cette image vieille de vingt-quatre ans, il ressentit l'impatience dont il avait alors été saisi, avec l'agacement qui vous prend devant une casserole de lait qui déborde. Où était donc passé le petit morceau de vie qu'il avait laissé échapper ? De l'autre pièce lui parvenait le tic-tac incessant et railleur de l'horloge rapportée de chez la tante Hâlé, qu'il avait accrochée avec empressement et diligence au mur de leur « nid d'amour », aux premiers jours de leur mariage, dans le dessein de raviver leurs souvenirs d'enfance et toutes les légendes de leur vie commune d'autrefois, et qui avait égrené l'éternité durant des années dans le couloir de ses grands-parents. Au cours de leurs trois années de mariage, c'était Ruya, et non Galip, qui avait toujours semblé s'inquiéter de laisser échapper les joies et les plaisirs d'une autre vie, inconnue, qui se situait quelque part, on ne savait où.

Galip s'en allait le matin à son travail, et rentrait chez lui le soir, en se battant contre les coudes et les pieds anonymes des voyageurs au visage sombre et impersonnel qui rentraient chez eux dans les autobus et les taxis collectifs. Dans la journée, il téléphonait deux ou trois fois à la maison, inventant chaque fois des prétextes qui provoquaient les railleries de Ruya, et le soir, quand il se retrouvait dans la tiédeur de la maison, il parvenait à deviner, sans trop se tromper dans ses déductions, ce que Ruya avait fait ce jour-là, en observant le nombre et la marque des mégots entassés dans les cendriers, la disposition des meubles, l'apparition de quelque objet nouveau et même le teint de sa femme. Quand, dans un instant de bonheur intense (ce qui était exceptionnel) ou de soupçons poussés à l'extrême, imitant, comme il avait décidé de le faire depuis la veille, les maris dans les films occidentaux, il demandait sans détour à Ruya ce qu'elle avait fait ce jour-là à la maison, ils ressentaient tous deux une certaine gêne, en se retrouvant sur ce terrain, glissant et vague, que ne décrit franchement aucun film, qu'il soit oriental ou occidental. C'était seulement après son mariage que Galip avait décelé la présence d'un secteur secret, mystérieux, plein d'échappatoires, dans la vie de l'être anonyme que les classements bureaucratiques et les statistiques qualifient de « femme au foyer » (cette créature entourée d'enfants et de détergents, à laquelle Galip n'avait jamais pu assimiler Ruya).

Il le savait bien : tout comme la partie inconnue et incompréhensible qui se cachait au fond de la mémoire de Ruya, ce jardin où foisonnaient des plantes mystérieuses et des fleurs terrifiantes lui avait toujours été inaccessible. Cette zone interdite constituait l'objet et la cible de toutes les publicités sur les savons et les détergents, des romans-photos, des actualités empruntées aux magazines étrangers, de la majeure partie des programmes de radio et des suppléments en couleurs des quotidiens, mais elle demeurait toujours aussi secrète, aussi mystérieuse, au-delà de tout et de tous. Quand, par exemple, poussé par un vague instinct, il se demandait pourquoi et comment les ciseaux à papier se retrouvaient posés à côté du plat de cuivre sur le radiateur, ou quand ils rencontraient ensemble, au cours d'une promenade dominicale, une amie que Ruya voyait encore très souvent, il le savait, mais que lui-même n'avait pas revue depuis des années, Galip se sentait soudain pris de court, comme s'il découvrait un indice menant à cette contrée secrète, un signe mystérieux qui en aurait surgi ; aussi désemparé que les membres d'une secte très répandue, mais contrainte à la clandestinité, qui se retrouvent brusquement confrontés aux secrets que le groupe ne peut plus maintenir. Et le plus terrifiant, c'était le fait que le mystère (tout comme les secrets de la secte interdite) qui entoure la créature abstraite dénommée « femme sans profession » s'observait chez toutes les femmes : elles se comportaient comme si elles n'avaient ni secret ni rituel ni péché ni joie ni histoire à partager, et de plus, elles semblaient agir en toute franchise, et non avec le désir de dissimuler quoi que ce soit. Ce domaine réservé était tout à la fois attirant et repoussant ; il rappelait les secrets si jalousement gardés par les eunuques du palais impérial. Comme tout le monde en connaissait l'existence, il n'était peut-être pas aussi terrifiant qu'un banal cauchemar, parce qu'il n'avait jamais été décrit ni qualifié, bien qu'il soit passé d'une génération à une autre, depuis des siècles, toujours aussi étrange ; ce mystère était pitoyable, parce qu'il n'avait jamais été une source de fierté, de confiance ou de victoire. Galip se disait parfois qu'il s'agissait là d'une sorte de malédiction, comme celles qui poursuivent durant des siècles tous les membres d'une même famille, mais comme il avait souvent vu de ses yeux beaucoup de femmes y retourner de leur plein gré en cessant brusquement de travailler, parce qu'elles se mariaient ou parce qu'elles avaient eu un enfant, ou pour d'autres obscurs motifs, il devinait que les mystères de la secte présentaient beaucoup d'attraits ; si bien que chez beaucoup de femmes, celles-là mêmes qui, pour échapper à cette malédiction, décidées à devenir quelqu'un d'autre, avaient réussi à se mettre au travail, Galip distinguait des velléités de retourner aux cérémonies secrètes, aux moments envoûtants qu'elles avaient laissés derrière elles, à cette contrée sombre et soyeuse qu'il ne comprendrait jamais. Quand Ruya se mettait à rire aux éclats, en le surprenant lui-même, de la plaisanterie idiote ou du jeu de mots douteux qu'il venait de faire, ou quand elle accueillait avec la même bonne humeur la caresse de la main maladroite qu'il passait dans la forêt de ses cheveux couleur de l'écureuil, dans ces instants de rapprochement pareils à un rêve qui se produisent chez le couple, quand tout le reste disparaît, le passé et le présent, les magazines illustrés et les rites qu'ils enseignent, il prenait parfois envie à Galip de poser à sa femme des questions sur cette zone mystérieuse, en dehors de toutes les lessives, de toutes les vaisselles, des romans policiers et des promenades (le médecin leur avait déclaré qu'ils n'auraient jamais d'enfant et Ruya n'avait jamais exprimé le désir de se trouver un boulot), il mourait d'envie de lui demander ce qu'elle avait fait ce jour-là à la maison, à telle ou telle heure exactement, mais la distance qui les séparerait après une telle question deviendrait si effrayante, et le renseignement qu'appelait cette question était si étranger aux mots qu'ils utilisaient dans leur vocabulaire commun qu'il ne pouvait jamais la poser, et il se contentait de fixer Ruya, blottie entre ses bras, d'un regard dénué d'expression. « Tu as de nouveau le regard vide ! » lui disait-elle alors. « Tu es blanc comme du papier ! » lui disait-elle aussi, en reprenant la formule que la mère de Galip utilisait avec lui quand il était gamin.

La prière du matin retentit, et Galip s'assoupit un court instant dans son fauteuil. Il rêva : les poissons japonais se balançaient avec lenteur dans un aquarium plein d'un liquide du même vert que celui du crayon à bille ; il était question d'une confusion, entre Ruya, Galip et Vassif, puis ils comprenaient que le sourd-muet, c'était Galip et non Vassif, mais ils ne s'en affligeaient pas outre mesure : de toute façon, tout finirait par s'arranger, très bientôt.

Galip se réveilla, s'installa devant la table et chercha une feuille de papier, comme il supposait que Ruya l'avait fait, dix-neuf ou vingt heures plus tôt. N'en trouvant pas — tout comme Ruya —, il se mit à noter au verso de la lettre d'adieu les noms de personnes ou de lieux qui lui étaient revenus à l'esprit au cours de la nuit. Ce qui donna une liste de plus en plus longue, et qui l'agaça parce qu'elle lui donnait l'impression qu'il était en train d'imiter les héros des romans policiers. Les anciens amoureux de Ruya, ses copines de lycée les plus « marrantes », certains amis dont elle citait parfois les noms, ses anciens camarades politiques, leurs amis communs à qui Galip avait décidé de ne rien dire avant d'avoir retrouvé Ruya, tous ces mots semblaient méchamment cligner de l'œil au détective amateur qu'il était devenu, ou le saluer d'un geste joyeux ; ils lui communiquaient de faux indices avec les courbes et les boucles des voyelles et des consonnes qui les composaient, leur façon de grimper et de redescendre, leurs formes et leur visage qui acquéraient de plus en plus de signification, de doubles sens plutôt. Après le passage des éboueurs qui vidaient les énormes poubelles en les cognant à grand bruit sur les ridelles des camions, Galip se refusa à prolonger la liste, et il la fourra, ainsi que son crayon à bille vert, dans la poche intérieure de la veste qu'il comptait mettre ce jour-là.

Quand il commença à faire jour, dans la lumière bleuâtre de la neige, il éteignit toutes les lampes, examina une fois de plus la poubelle et la sortit devant la porte, pour éviter d'éveiller les soupçons du concierge trop curieux. Il mit le thé à infuser, plaça une lame neuve dans son rasoir, se rasa, changea de linge, passa une chemise qui était propre, mais n'avait pas été repassée, et remit de l'ordre dans l'appartement. Il s'empara du journal que le concierge avait glissé sous la porte pendant qu'il s'habillait et, tout en buvant son thé, se mit à lire la chronique de Djélâl, celle où il était question de « l'Œil » qu'il avait aperçu une nuit, dans les ténèbres d'un quartier populaire. Galip connaissait cette chronique que Djélâl avait publiée bien des années plus tôt, mais il ressentit à nouveau l'effroi que l'Œil avait alors éveillé en lui. Et au même instant, le téléphone sonna.

« C'est Ruya ! » se dit-il, et il se dirigea vers l'appareil en pensant au cinéma où ils pourraient aller ce soir-là : le Konak. La voix dans l'écouteur fut une déception, mais il n'eut pas la moindre hésitation en répondant à la tante Suzan : oui, la fièvre était tombée, Ruya avait passé une bonne nuit, elle avait même eu un rêve qu'elle avait raconté à Galip. Elle serait sûrement très contente de parler avec sa mère. Il cria vers le corridor : « Ruya ! Ruya ! C'est ta mère ! » Il lui sembla voir Ruya quitter son lit en bâillant, s'étirer paresseusement tout en cherchant ses pantoufles. Mais il changea aussitôt de bobine dans le cinéma qu'il se faisait : en bon époux soucieux de la santé de sa femme, Galip franchissait le corridor pour aller l'appeler et la découvrait à nouveau plongée dans le sommeil. Pour mieux donner vie à ce second scénario et offrir à la tante Suzan une atmosphère convaincante, il procéda même à des « effets spéciaux » en parcourant à deux reprises le couloir, puis revint au téléphone : « Elle dort, tante Suzan, elle s'est rincé le visage, elle avait les paupières collées par la fièvre, elle s'est recouchée et rendormie. » « Il faut qu'elle boive beaucoup de jus d'orange », lui répondit tante Suzan, en lui expliquant soigneusement où il pourrait trouver les sanguines les meilleures et les moins chères à Nichantache. « Ce soir, nous irons peut-être au Konak », affirma Galip avec conviction. « Il ne faut surtout pas qu'elle prenne froid ! » lui répondit tante Suzan, puis se disant sans doute qu'elle se mêlait trop de leurs affaires, elle changea brusquement de sujet : « Sais-tu qu'au téléphone, ta voix ressemble étrangement à celle de Djélâl ? Aurais-tu pris froid, toi aussi ? Prends garde, il ne faut pas que Ruya te passe ses microbes ! » Ils reposèrent tous deux l'écouteur, avec le même respect, la même affection, la même délicatesse aussi ; autant, semblait-il, pour ménager l'appareil que pour éviter de réveiller Ruya.

Quand il se remit à lire la chronique de Djélâl, tout de suite après avoir raccroché, dans la brume de ses pensées et sous le regard de l'Œil de l'article, sous l'effet aussi du personnage qu'il venait d'interpréter : « Bien sûr, Ruya est allée retrouver son ex-mari ! » décida-t-il brusquement, et il s'étonna de n'avoir pu jusque-là distinguer cette réalité évidente, qu'il s'était dissimulée tout au long de la nuit sous d'autres illusions. Toujours avec la même décision, il alla au téléphone avec l'espoir de parler avec Djélâl. Il avait l'intention de lui expliquer son trouble et la conviction à laquelle il était parvenu : « Je me mets tout de suite à sa recherche », lui dirait-il, « mais quand je l'aurai retrouvée — ce qui ne me demandera pas trop de temps —, j'ai bien peur de ne pas arriver à la convaincre de revenir. Tu es le seul à pouvoir faire entendre raison à Ruya. Que me conseilles-tu de lui dire pour qu'elle rentre à la maison ? » (« Pour qu'elle me revienne », voilà ce qu'il voulait lui dire, mais il n'aurait jamais le courage de prononcer ces mots.) « Il faut que tu te calmes, avant tout ! » lui répondrait Djélâl d'une voix affectueuse. « Quand est-elle partie ? Calme-toi ! Nous allons discuter du problème ensemble. Viens me voir au journal. » Mais Djélâl n'était ni au journal ni chez lui.

Galip sortit en laissant le téléphone décroché. « Si la tante Suzan me dit : j'ai passé ma journée à téléphoner chez vous, c'était tout le temps occupé, je lui dirai : Ruya avait mal raccroché, vous la connaissez, elle est si distraite, elle oublie toujours tout ! »

CHAPITRE VI

Les enfants chéris
de maître Bédii

> « ...seulement des soupirs qui fai-
> saient trembler l'air éternel... »
>
> Dante

Depuis que nous avons eu l'audace d'ouvrir nos
colonnes aux problèmes de nos concitoyens de toutes
les catégories, de toutes les classes, de tous les genres, nous recevons de nos lecteurs des lettres bien
intéressantes. Voyant que leurs réalités pouvaient
enfin être exprimées, certains d'entre eux n'ont
même pas la patience de les exposer par écrit et
accourent à notre rédaction pour nous relater leur
histoire dans tous ses détails. D'autres, quand ils
nous voient douter des événements incroyables qu'ils
nous racontent, des détails effarants qu'ils nous rap-
portent, nous obligent même à quitter notre table de
travail et nous entraînent jusque dans les ténèbres et
la boue des bas-fonds de notre société, dont personne
n'a parlé jusqu'ici, auxquels personne ne s'est intéressé. C'est ainsi que nous avons appris la terrible
histoire, demeurée volontairement secrète, de l'art
du mannequin en Turquie.

Durant des siècles, notre société ignora cet art,

exception faite des mannequins que nous qualifierons de « folkloriques », ces épouvantails qui sentent le village et le fumier. Le premier artisan qui entreprit d'exercer ce métier chez nous, le saint patron, dirons-nous, de la profession, fut maître Bédii, qui confectionna les mannequins dont avait besoin le musée de la Marine, créé sur l'ordre du sultan Abdulhamit et sous la haute protection du prince héritier Osman Djelâlettine Efendi. Les premiers visiteurs de ce musée furent — d'après le récit qu'en firent des témoins — plongés dans la stupeur quand ils découvrirent, avec leurs immenses moustaches et leur allure majestueuse, installés entre les caïques impériaux et les galères, nos corsaires et nos marins, qui causèrent tant d'ennuis, il y a trois cents ans, aux navires italiens et espagnols de la Méditerranée. Pour confectionner ces premiers chefs-d'œuvre, maître Bédii avait utilisé du bois, du plâtre, de la cire, du cuir de gazelle, de chameau et de mouton, de vrais cheveux et de vraies barbes. Mais dès qu'il aperçut ces créatures miraculeuses, réalisées avec un si grand talent, le Cheik Ul Islam de l'époque, fort borné, fut pris de fureur : une imitation aussi parfaite de la créature humaine fut assimilée à une tentative de rivalité avec le Seigneur, les mannequins furent enlevés du musée et de simples épouvantails furent posés entre les galères.

Cette mentalité et cette interdiction, dont les exemples se comptent par milliers dans l'histoire de l'occidentalisation — encore inachevée — de notre pays, ne parvinrent pourtant pas à éteindre la « flamme de la créativité » qui consumait maître Bédii. Tout en continuant à fabriquer ses mannequins dans son atelier, il s'efforçait de convaincre les autorités de replacer dans le musée ses œuvres qu'il appelait « ses enfants », ou alors de les exposer dans quelque autre cadre. Ayant échoué dans toutes ses tentatives, il en voulut très fort à l'État et au pouvoir, mais ne renonça jamais à exercer son art. Il continua à confectionner des mannequins dans la cave de sa maison, qu'il avait transformée en atelier. Par la suite, pour échapper aux accusations de « sorcellerie, athéisme et déviation » lancées contre lui par ses voisins, et aussi parce que ses « enfants » de plus en plus nombreux ne pouvaient plus tenir dans la demeure d'un modeste musulman, il quitta la vieille ville pour s'installer dans une maison sur la rive européenne à Galata.

Dans cette maison étrange, située dans le quartier de la Tour de Galata, où me mena mon lecteur, maître Bédii poursuivit ses minutieux travaux, toujours avec la même foi et la même passion, et transmit à son fils ce métier que personne ne lui avait enseigné. Après des travaux qui durèrent vingt ans, dans la vague d'occidentalisation exaltée des premières années de notre République, quand les messieurs élégants abandonnèrent le fez pour adopter le panama, et que les belles dames se débarrassèrent de leurs *tcharchaf* et se chaussèrent de souliers à talons hauts, les magasins de vêtements les plus réputés de la rue de Péra commencèrent à installer des mannequins dans leurs devantures. Quand maître Bédii aperçut ces premiers mannequins importés d'Europe, il se dit que le jour de la victoire attendu depuis tant d'années était enfin arrivé ; il se précipita vers le quartier de Péra, mais dans cette grande rue bordée de magasins de luxe et de lieux de plaisir, qu'on appelait à présent Beyoglou, l'attendait une nouvelle déception, qui allait le rejeter — jusqu'à sa mort — dans la pénombre de sa vie souterraine. Tous les propriétaires de Bon Marché ou autres magasins vendant des complets, des costumes, des jupes ou des manteaux de confection, tous les chapeliers, tous les décorateurs de vitrines qui se rendaient à son atelier pour voir ses mannequins ou à qui il les proposait, refusaient ses services. Ses mannequins à lui ressemblaient aux gens de chez nous et non aux habitants des pays occidentaux qui leur fournissaient leurs modèles. « Ce que désire le client », lui avait expliqué l'un de ces commerçants, « ce n'est pas le manteau qu'il voit sur un type moustachu, noir et sec, aux jambes arquées, qu'il rencontre chaque jour par dizaines de milliers, non, ce qu'il veut se passer sur le dos, c'est la veste portée par une créature nouvelle et belle, venue d'un univers lointain, inconnu, afin qu'il puisse s'imaginer différent lui aussi, se croire devenu un autre homme. » Un étalagiste, homme d'expérience, après avoir découvert avec admiration les œuvres de maître Bédii, lui avait déclaré qu'il ne pouvait pas, hélas, installer dans ses vitrines « ces véritables concitoyens, ces vrais Turcs », car les Turcs ne voulaient plus être turcs, ils voulaient être autre chose. C'était justement la raison pour laquelle ils avaient imaginé la « réforme du vêtement », voilà pourquoi ils avaient rasé leur barbe, changé leur façon de parler et même leur alphabet. Le patron d'un grand magasin, qui utilisait un langage plus concis, avait expliqué au vieil artisan que ses clients achetaient non pas un vêtement, mais une illusion. Ce qu'ils désiraient en réalité, c'était ressembler à ceux qui s'habillaient ainsi.

Maître Bédii ne tenta même pas de confectionner

des mannequins conformes à ce nouvel idéal ; il avait bien compris qu'il ne pourrait jamais rivaliser avec ces créatures importées d'Europe, dont la pose et le sourire pour réclame de pâte dentifrice se transformaient sans cesse. Si bien qu'il retourna aux fantômes si véridiques qu'il avait abandonnés dans la pénombre de son atelier. Et durant les quinze années qu'il vécut encore, il en créa plus de cent cinquante, tous des chefs-d'œuvre, dans lesquels ses rêves bien de chez nous se couvraient de chair et d'os. Son fils, qui s'est présenté au journal pour m'inviter à visiter l'atelier de son père, me les a présentés l'un après l'autre et m'a expliqué que « notre essence », ce qui fait que « nous sommes nous », se retrouvait enterré dans ces œuvres si bizarres, couvertes de poussière.

Nous nous trouvions dans la cave sombre et froide d'une maison située dans une rue pentue et boueuse, aux marches défoncées, aux trottoirs de traviole. Nous étions entourés de toutes parts par la vie figée des mannequins, qui semblaient s'efforcer de bouger en frémissant, de retrouver vie en passant à l'action. Dans cette cave obscure, des centaines de visages et de regards expressifs nous observaient dans l'ombre ou se dévisageaient les uns les autres. Debout ou assis, ils bavardaient ou mangeaient, riaient ou faisaient leurs prières, certains me semblaient lancer un défi à la vie extérieure, en une démarche existentialiste. Tout était évident : il y avait chez ces mannequins une vitalité introuvable derrière les vitrines de Beyoglou ou de Mahmout-Pacha, mieux, que nous ne pourrions pas ressentir dans les multitudes du pont de Galata. La vie jaillissait en un flot de lumière de cette foule de mannequins parcourus de frémissements, comme animés d'un souffle. Je me sentais envoûté. Je me souviens m'être rapproché avec crainte, mais irrésistiblement, de l'un d'eux, j'ai tendu la main, comme pour bénéficier moi-même de sa vitalité, dans l'espoir de découvrir le secret de ce réalisme, le mystère de cet univers, j'ai voulu atteindre « cette chose » (un vieillard replié sur ses soucis de citoyen), je me rappelle l'avoir touché : sa peau était dure, effrayante, et froide comme la cave.

« Mon père nous a toujours répété que nous devions, avant tout, étudier les gestes qui nous font ce que nous sommes », m'expliqua avec fierté le fils de maître Bédii. Après de longues heures d'un pénible labeur, son père et lui surgissaient des ténèbres du quartier de la Tour de Galata, ils allaient s'installer à une table du café des souteneurs, d'où l'on voyait le mieux la place de Taksim, ils commandaient du thé et se mettaient à observer les gestes de la foule. Dans ces années-là, son père affirmait qu'on pouvait transformer la façon de vivre d'un peuple, son histoire, sa culture, sa technologie, son art et sa littérature, mais il refusait d'admettre que l'on pût changer ses gestes. Et tout en me rapportant les propos de son père, le fils me mimait les gestes d'un chauffeur de taxi en train d'allumer une cigarette ; il m'expliquait pourquoi et comment les mauvais garçons de Beyoglou avancent les bras légèrement écartés du corps, en marchant un peu de traviole, comme une écrevisse ; il attirait mon attention sur le menton d'un apprenti, qui, derrière un étal de pois chiches grillés, riait à gorge déployée, comme nous le faisons tous ; il m'expliquait la crainte qui se lit dans les yeux de la femme de chez nous, qui regarde toujours devant elle quand elle marche seule dans nos rues, un filet à provisions à la main, et aussi pourquoi nos compatriotes marchent la tête basse dans nos villes et regardent toujours le ciel à la campagne. Maintes et maintes fois, il me fit remarquer les gestes, les poses, l'élément « bien de chez nous » dans l'attitude de ces mannequins qui attendaient patiemment que sonne l'heure de l'éternité qui leur accorderait le mouvement. De plus, on comprenait aussitôt que ces merveilleuses créatures avaient toutes les qualités nécessaires pour présenter de beaux vêtements.

Et pourtant, chez ces mannequins, chez ces créatures infortunées, il y avait quelque chose qui vous poussait à retourner au plus vite à la clarté et à la vie dehors : comment vous l'expliquer, un côté douloureux, effrayant, presque terrifiant. Et quand l'homme ajouta : « Plus tard, mon père renonça à observer les gestes de tous les jours... », je compris que je ne m'étais pas trompé, que j'avais bien ressenti cette chose terrifiante. Le père et le fils avaient commencé à remarquer peu à peu que ces mouvements que je tente d'expliquer par le mot « geste », ces attitudes quotidiennes qui vont de l'éclat de rire à la manière de se moucher, de la démarche au regard hostile jeté en coin, de la façon de serrer la main à celle de déboucher une bouteille, s'étaient mis à changer, à perdre de leur sincérité. Alors qu'ils contemplaient la foule, de leur poste d'observation au café des souteneurs, ils n'avaient pas remarqué tout de suite quel était le modèle choisi par l'homme de la rue, celui qui ne rencontre que les autres hommes de la rue. Ces gestes que les deux hommes qualifiaient de « trésor le plus précieux des gens de chez nous », les mouvements de leurs corps dans la vie quotidienne, se transformaient peu à peu, lentement, comme obéissant aux ordres d'un chef invisible et secret, puis finissaient par disparaître, remplacés par de nouvelles attitudes, calquées on ne savait sur quel modèle. Puis, un jour que le père travaillait sur une série de mannequins d'enfants, ils avaient brusquement compris la cause du phénomène : « C'est à cause de ces films de malheur ! » s'était écrié le fils.

Oui, les gestes de l'homme de la rue commençaient à perdre leur authenticité à cause de ces maudits films étrangers qu'on importait en veux-tu, en voilà, et que l'on présentait des heures durant dans les salles de cinéma. Les gens de chez nous abandonnaient, à une rapidité qui ne se remarquait pas encore, leurs gestes à eux ; ils s'étaient mis à adopter, à imiter les mouvements des autres peuples. Je ne veux pas abuser de votre patience en vous rapportant tous les détails énumérés par le fils de maître Bédii, pour prouver la légitimité de la colère qu'éprouvait son père, contre cette gesticulation incompréhensible, ces nouvelles attitudes si peu naturelles. Il me décrivit tous ces mouvements déplacés, mais étudiés, appris dans les films, que ce soit ces éclats de rire ou ces façons d'ouvrir une fenêtre, de claquer une porte, de tenir une tasse de thé, ou encore de passer une veste, ces hochements de tête, ces toussotements distingués, ces brusques fureurs, ces clins d'œil, ces coups de poing, ces haussements de sourcils et ces regards, la retenue ou au contraire la violence qui ont tué notre rudesse si naïve. Son père ne pouvait plus supporter le spectacle de ces gestes métissés. Il avait même décidé de ne plus quitter son atelier, tant il avait peur de subir l'influence de ces nouvelles manières factices et de nuire à l'originalité de ses « enfants ». Enfermé dorénavant dans la cave de sa maison, il avait déclaré qu'il avait depuis belle lurette percé « le mystère et le sens du secret, son essence ».

Alors que je contemplais les œuvres des quinze dernières années de sa vie, j'ai deviné, avec le sentiment d'effroi de l'« enfant sauvage » découvrant bien des années plus tard son identité, ce que signifiait cette mystérieuse « essence ». Parmi ces mannequins d'oncles, de tantes, d'amis, de connaissances, d'épiciers, d'ouvriers qui m'observaient, qui s'introduisaient dans ma vie, qui étaient « mes » représentants, il y en avait qui me ressemblaient ; j'étais même là, en personne, dans cette pénombre qui respirait le désespoir et la défaite. Les mannequins de mes compatriotes, la plupart couverts de poussière (il y avait parmi eux aussi bien des gangsters de Beyoglou que des jeunes filles absorbées par leur travail de couture, Djevdet bey le millionnaire et le docteur Selahattine l'encyclopédiste, et aussi des pompiers, des nains hallucinants, de vieux mendiants, et même des femmes enceintes), leurs ombres plus terrifiantes encore à la faible lueur des lampes, me faisaient penser à des divinités, ressentant douloureusement la perte de leur authenticité, à ces infortunés, torturés par l'idée qu'ils ne peuvent être un autre, à ces amants malheureux qui s'entre-tuent parce qu'ils ne peuvent pas s'aimer. Et tout comme moi, tout comme nous, eux aussi semblaient avoir un jour découvert, puis oublié, dans un passé aussi lointain qu'un paradis perdu, le sens d'une existence où ils s'étaient retrouvés par un pur hasard. Nous souffrions à cause des souvenirs que nous avions oubliés, nous nous sentions diminués, mais nous nous obstinions à rester nous-mêmes. Le sentiment de défaite et de tristesse qui s'immisçait dans nos gestes, dans tout ce qui faisait de nous ce que nous sommes, dans notre façon de nous moucher, de nous gratter la tête, d'avancer le pied, dans nos regards, était peut-être le châtiment de cette obstination. Alors que le fils de maître Bédii déclarait : « Mon père a toujours été persuadé que ses mannequins trouveraient un jour place dans les devantures ! » ou encore : « Mon père n'a jamais perdu l'espoir que les hommes de notre pays seraient un jour assez heureux pour ne plus chercher à imiter les autres ! », je me disais que cette foule de mannequins mourait d'envie — tout comme moi — de quitter au plus tôt cette cave qui sentait le moisi, de vivre au soleil en regardant les autres, en imitant les autres, en s'évertuant à devenir un autre, de connaître enfin le bonheur, tout comme nous.

Ce désir, je l'ai appris par la suite, s'est en partie réalisé. Un commerçant, qui cherchait toujours à attirer par l'extravagance de ses vitrines l'intérêt du client, avait acheté deux ou trois « produits » de l'atelier, peut-être parce qu'il savait qu'il les achèterait à bon marché. Mais les mannequins qu'il avait exposés ressemblaient tellement, avec leurs attitudes et leurs gestes, aux clients, de l'autre côté de la vitrine, à la foule des passants sur les trottoirs, ils étaient si ordinaires, si véridiques, si « bien de chez nous », que personne ne s'intéressa à eux. Là-dessus, le propriétaire du magasin, près de ses sous, les avait découpés à la scie, et une fois disparu l'ensemble qui donnait un sens à leurs gestes, leurs bras, leurs jambes, leurs pieds avaient été utilisés des années durant dans l'étroite devanture d'une petite boutique, pour présenter aux foules de Beyoglou des gants, des bottes, des chaussures ou des parapluies.

CHAPITRE VII

Les lettres du mont Kaf

« Est-ce qu'il faut vraiment qu'un
nom veuille dire quelque chose ? »

Lewis Carroll

Dès ses premiers pas dans la rue, après une nuit
d'insomnie, Galip comprit, à la surprenante clarté de
la blancheur recouvrant entièrement la grisaille
monotone de Nichantache, qu'il avait neigé bien plus
qu'il ne l'avait imaginé. La foule qui se pressait sur
les trottoirs ne semblait pas remarquer les gros
glaçons qui s'étaient formés aux corniches des
immeubles. Galip entra dans l'agence de la Banque
du Travail (la Banque de la Crasse, disait Ruya, chaque fois qu'elle évoquait la place de Nichantache,
dans la poussière, les fumées, les gaz qui jaillissaient
des pots d'échappement, le brouillard d'un bleu sale
qui montait des cheminées) ; il put y apprendre que
Ruya n'avait effectué aucun retrait important de leur
compte commun ces dix derniers jours, que le chauf-
fage ne fonctionnait pas dans la banque et que tout
le monde y était de bonne humeur parce que l'une
des employées outrageusement maquillées avait
gagné un lot de quelque importance au dernier tirage

de la Loterie nationale. Il dépassa les vitrines embuées des fleuristes, suivit les passages où allaient et venaient des commis avec leurs plateaux chargés de verres de thé, passa devant le lycée du Progrès de Chichli, où ils avaient été élèves, Ruya et lui, sous les marronniers aux branches décorées de longs glaçons fantomatiques, et pénétra dans la boutique d'Alâaddine. Coiffé du bonnet bleu dont Djélâl avait parlé dans une de ses chroniques neuf ans plus tôt, Alâaddine était en train de se moucher.

« Et alors, Alâaddine, tu es malade ? »

« J'ai pris froid. »

Galip lui demanda, en prononçant leurs noms avec soin, toutes les revues politiques de gauche, où l'ex-mari de Ruya publiait autrefois ses articles, celles qu'il soutenait et aussi celles qu'il ne soutenait pas. Avec, sur son visage, une expression enfantine, craintive et soupçonneuse, mais qui n'était jamais hostile, Alâaddine lui expliqua que ces revues-là, seuls les étudiants de l'Université les lisaient à présent : « Qu'est-ce que tu vas en faire, toi ? »

« C'est pour les mots croisés ! » lui répondit Galip.

Alâaddine lança un grand éclat de rire qui prouvait qu'il savait goûter la plaisanterie : « Dans ces trucs-là, on ne trouve jamais de jeux ! » dit-il avec le regret d'un amateur de rébus. « Tu ne veux pas aussi ces deux-là ? Elles viennent de paraître », ajouta-t-il.

« Bon bon ! Tu me les entoures d'un journal, hein ? » lui chuchota Galip, comme un vieux monsieur qui achète des magazines avec des photos de femmes nues.

Dans l'autobus qui le menait à Emineunu, il eut l'impression que le paquet qu'il portait était devenu étrangement lourd, et aussi le sentiment qu'un œil

111

l'épiait. Il ne s'agissait pas du regard de quelqu'un dans l'autobus, car les voyageurs, secoués comme dans une chaloupe sur une mer démontée, fixaient tous, l'air distrait, la chaussée et les trottoirs couverts de neige. Alors seulement, il remarqua qu'Alâaddine avait entouré les revues d'un vieux *Milliyet* et que la photographie de Djélâl le fixait, de sa lucarne en haut d'une page. Ce qui était dérangeant, c'était que sur cette photo que Galip retrouvait chaque matin depuis des années, Djélâl l'observait d'un regard tout à fait différent, avec l'air de lui dire : « Je te connais toi, va, et je te surveille ! » Galip posa le doigt sur cet « Œil » qui semblait lire dans son cœur, mais tout au long du trajet, il eut l'impression de sentir sa présence sous son doigt.

Dès qu'il entra dans son cabinet, il téléphone à Djélâl : en vain. Il déplia le journal avec précaution, le posa sur un coin du bureau, ouvrit les revues et se mit à les lire attentivement. Elles éveillèrent tout d'abord en lui des sentiments depuis longtemps oubliés d'enthousiasme, d'attente, de tension, et aussi des espoirs de victoire, de libération et de chaos déçus depuis longtemps ; il ne savait plus depuis quand. Plus tard, après avoir longuement téléphoné aux anciens amis de Ruya, dont il avait noté les noms au verso de la lettre d'adieu, ces souvenirs perdus parurent à Galip aussi attirants et aussi invraisemblables que les films qu'il allait voir, dans son enfance, dans les cinémas en plein air qui s'installaient, l'été, entre les murs de la mosquée et les jardinets des cafés. Quand il contemplait les productions en noir et blanc de la rue du Sapin-Vert [1],

---

1. Quartier de l'industrie cinématographique à Istanbul. *(N.d.T.)*

confronté à l'illogisme effarant du scénario, Galip s'imaginait qu'il n'avait absolument rien compris à l'intrigue, ou alors, méfiant, il se sentait invité à pénétrer dans un univers composé de pères aussi riches qu'impitoyables, de pauvres admirables, de cuisiniers et de valets de chambre, de mendiants, de voitures américaines aux ailes interminables, un univers transformé — involontairement — en conte de fées. (Ruya, elle, lui jurait qu'elle avait vu dans le premier film de la séance la même De Soto, avec la même plaque d'immatriculation.) Et alors qu'il contemplait avec dédain cet univers invraisemblable et s'étonnait d'entendre sangloter le spectateur assis à côté de lui, eh bien, exactement à ce moment-là, il se retrouvait brusquement, comme par un tour de magie, les larmes aux yeux, en train de partager les malheurs des bons, si pâles et si pitoyables, et des héros à la forte volonté, toujours prêts au sacrifice, qu'il voyait sur l'écran. Désireux d'être bien au courant de l'univers politique — avec son côté conte de fées en noir et blanc — des petites fractions gauchistes, avant de retrouver Ruya chez son premier mari, il téléphona à un ami qui collectionnait toutes les publications politiques :

« Je suppose que tu continues à garder toutes les revues ? » lui dit-il d'une voix pleine d'assurance. « Je voudrais consulter tes archives pour la défense d'un client qui a des ennuis. »

« Mais bien sûr ! » lui répondit Saïm avec sa bonne volonté de toujours, heureux d'être recherché pour ses archives ; il attendrait Galip le soir même, à huit heures et demie.

Galip travailla jusqu'à la tombée du soir. Il téléphona à plusieurs reprises à Djélâl, sans le trouver.

Et chaque fois qu'il raccrochait après avoir entendu la secrétaire lui dire que Djélâl bey « n'était pas encore arrivé » ou qu'il était « sorti à l'instant », il avait l'impression que l'œil de son cousin l'observait du journal qu'il avait posé sur l'une des étagères héritées de l'oncle Mélih. Tout en écoutant le récit d'un litige entre les copropriétaires d'une boutique au Grand Bazar, puis les discours d'une mère et de son fils, tous deux obèses, qui se coupaient sans cesse la parole (le sac de la mère était bourré de boîtes de médicaments), et même quand il tenta d'expliquer à un flic de la circulation au regard caché par ses lunettes noires, qui voulait intenter un procès à l'État, sous prétexte que sa retraite avait été mal calculée, que les deux années qu'il avait passées dans un asile d'aliénés ne pouvaient, selon les lois en vigueur, être prises en considération dans le calcul de ses points, il ressentit sans cesse la présence de Djélâl.

Il téléphona à tous les amis et amies de Ruya, l'un après l'autre. Et à chaque fois, il inventait quelque nouveau prétexte. À Madjidé, une copine du lycée, il demanda le numéro de téléphone de Gul, que Madjidé n'aimait pas du tout. Il voulait voir Gul au sujet d'un procès, expliqua-t-il. Et il apprit, de la bouche de la femme de chambre au langage châtié de la riche maison de Gul, que Gul, au si joli nom [1], avait accouché l'avant-veille de ses troisième et quatrième enfants, à la clinique de Gulbahtchè ; il pourrait entrevoir, à travers la vitre de la chambre des nouveau-nés, les charmants jumeaux qui avaient reçu les

---

1. Rose, en turc. *(N.d.T.)*

noms de Husnu et d'Achk [1], à condition de courir sur-le-champ à la clinique, entre trois et cinq heures. Fuguène, elle, se préparait à rendre à Ruya le *Que faire*, celui de Tchernychevski, et les Raymond Chandler qu'elle lui avait empruntés, et elle lui souhaitait un prompt rétablissement. Quant à Béhiyé, non, non, Galip faisait erreur, elle n'avait pas d'oncle travaillant au Bureau des narcotiques de la Direction de la police ; rien n'indiquait dans sa voix — Galip en était certain — qu'elle sût quoi que ce soit au sujet de Ruya. Sémih, lui, s'étonna : comment Galip avait-il appris l'existence de cet atelier de textiles clandestin, où se menaient, sous la direction d'ingénieurs et de techniciens, d'intenses activités destinées à la réalisation de la première fermeture Éclair *made in Turkey* ? Sémih ne savait rien de cette histoire de contrebande de bobines de fil, la plus récente, celle dont avaient parlé les journaux, il ne pouvait fournir aucun renseignement juridique là-dessus à Galip, et il priait Galip de transmettre à Ruya l'assurance de son amitié la plus sincère (Galip n'en doutait pas).

Il ne retrouva pas plus la piste de Ruya en téléphonant encore à bien d'autres connaissances, en prenant soin de déguiser sa voix et de décliner de fausses identités. Suleyman, qui tentait de caser à domicile des encyclopédies médicales anglaises vieilles de quarante ans, était tout à fait sincère, lui aussi, quand il répondit au directeur d'école qui le faisait appeler de toute urgence au téléphone, que non seulement il n'avait pas de fille du nom de Ruya, élève au cours moyen, mais qu'il n'avait pas d'enfant du tout. Tout

---

1. *Husn-u Achk* : long poème mystique, sous une forme romanesque, de Cheik Galip, poète célèbre de la fin du XVIIIᵉ siècle. *(N.d.T.)*

comme Ilyas, qui s'occupait de transport de bois de la mer Noire à Istanbul, avec les mahonnes de son père, quand il affirma qu'il n'avait pu oublier au cinéma Ruya un carnet où il aurait noté ses rêves, car cela faisait des mois qu'il n'était pas allé au cinéma et qu'il n'avait jamais tenu un carnet de ce genre. Sincère, Assime, importateur d'ascenseurs, l'était également quand il lui expliqua qu'il ne saurait être tenu responsable du dérangement des ascenseurs de l'immeuble Ruya, car c'était la première fois qu'il entendait parler d'une rue ou d'un immeuble portant ce nom. Tous avaient utilisé le mot Ruya sans aucune trace de gêne ou de sentiment de culpabilité, avec la naïveté de la sincérité. Quant à Tarik, qui le matin fabriquait de la mort-aux-rats dans le laboratoire du second mari de sa mère et consacrait ses soirées à écrire des poèmes où il était question de l'alchimie de la mort, il accueillit avec joie la proposition des étudiants de la Faculté de Droit de leur faire une conférence sur le thème du rêve et ses mystères, et promit de les attendre le soir même devant l'ancien café des souteneurs de la place de Taksim. Kémal et Bulent étaient tous deux absents, ils étaient en province : le premier s'était rendu à Izmir dans le dessein d'y recueillir, pour l'agenda que préparaient les machines à coudre Singer, les souvenirs d'une couturière qui, cinquante ans plus tôt, avait dansé une valse dans les bras d'Atatürk, devant la presse et sous les applaudissements de la foule, et qui s'était aussitôt installée devant sa machine à pédale Singer, pour y coudre d'un bel élan — *tic-tac tic-tac* — un pantalon d'homme à la mode occidentale. Le second parcourait à dos de mulet tous les villages et les cafés de l'est de l'Anatolie, pour y vendre des pions de jacquet magiques, sculptés dans les fémurs de ce vieil et saint homme ayant vécu il y a plus de mille ans, celui que les Européens appellent le Père Noël.

Tout comme il fut incapable de retrouver, dans le brouillard des erreurs et des confusions des lignes téléphoniques, brouillamini qui s'aggravait encore les jours de pluie et de neige, les autres amis dont il avait noté les noms sur sa liste, Galip ne put rencontrer ni le nom ni le pseudonyme de l'ex-mari de Ruya dans les pages de toutes les revues politiques qu'il lut jusqu'au soir, parmi les noms ou les pseudonymes des gauchistes qui avaient changé de fraction, des « repentis », de tous ceux qui avaient été tués ou torturés, des morts tués par balle perdue, de ceux qui avaient été ou allaient être enterrés, des lecteurs dont les lettres étaient publiées, de ceux à qui on répondait, des caricaturistes, des auteurs de poèmes et des cadres de la rédaction.

Quand le soir tomba, il se retrouva dans son fauteuil, désemparé et malheureux. Du rebord de la fenêtre, un corbeau curieux l'observait du coin de l'œil. Le tumulte de la foule du vendredi soir s'élevait du boulevard. Galip sombra peu à peu dans un sommeil irrésistible et bienheureux. Quand il se réveilla bien plus tard, la pièce était plongée dans le noir, mais il put deviner le regard du corbeau derrière la vitre, fixé sur lui, tout comme l'œil de Djélâl, du haut de sa lucarne. Il referma les tiroirs, lentement, dans le noir, chercha son manteau à tâtons, s'en revêtit et sortit du bureau. Il n'y avait plus une seule lumière dans les couloirs de l'immeuble. Au rez-de-chaussée, l'apprenti du cafetier lavait les chiottes à grande eau.

Il ressentit le froid en traversant le pont de Galata couvert de neige. Un vent violent soufflait du

Bosphore. À Karakeuy, il entra dans une crémerie aux tables de marbre et, évitant les grands miroirs qui se renvoyaient leurs reflets, il but un bouillon de poulet au vermicelle et mangea des œufs sur le plat. Le seul mur dépourvu de miroirs dans la salle était décoré d'un paysage de montagne emprunté à des cartes postales ou aux calendriers de la Pan Am ; la montagne au pic peint en blanc qui surgissait entre des sapins, au-dessus d'un lac aussi lisse qu'un miroir, rappelait bien plus le mont Kaf [1], que Galip et Ruya avaient si souvent gravi dans leur enfance, que les Alpes des cartes postales dont le peintre s'était inspiré.

Dans le wagon du métro qu'il prit pour passer à Beyoglou, Galip se surprit à discuter avec un vieil homme du célèbre « accident du Tunnel » qui s'était produit vingt ans plus tôt : si les wagons avaient quitté leurs rails, fracassant tout sur leur passage avec l'allégresse d'étalons heureux de vivre qui prennent le mors aux dents, et s'étaient retrouvés sur la place de Karakeuy, était-ce à cause de la rupture du câble qui les tirait ou parce que le machiniste était soûl ? Ce machiniste ivre était de Trabzon et concitoyen du vieillard anonyme...

Les rues du quartier de Djihanguir étaient désertes. Saïm et sa femme lui ouvrirent la porte avec bonne humeur, mais en toute hâte, dans la crainte de rater l'émission à la télé, celle que suivaient les chauffeurs et les concierges dans le café au sous-sol de l'immeuble.

Dans ce programme, intitulé « Ce que nous avons laissé derrière nous », il était question, sur un ton

---

1. Montagne mythique. *(N.d.T.)*

larmoyant, des mosquées, des fontaines et des caravansérails construits autrefois par les Ottomans, et qui se trouvaient aujourd'hui aux mains des Yougoslaves, des Albanais et des Grecs. Alors que Galip contemplait des images de mosquées pleines de tristesse du fond de son fauteuil pseudo-rococo, dont les ressorts avaient depuis belle lurette oublié leurs fonctions et où on l'avait installé, comme on installe le gosse des voisins venu suivre un match de football, Saïm et sa femme semblaient avoir oublié sa présence. Saïm ressemblait beaucoup à un champion de lutte très célèbre, mort depuis longtemps, mais dont la photographie, celle où il porte sa médaille d'or gagnée aux Olympiades, est accrochée aujourd'hui encore dans tous les magasins de fruits et légumes. La femme de Saïm rappelait une aimable souris bien grasse. Il y avait dans la pièce une vieille table couleur de poussière, une lampe couleur de poussière et, sur le mur, dans un cadre doré, le portrait d'un aïeul qui, plus qu'à Saïm, ressemblait à sa femme (comment s'appelle-t-elle donc, se demandait Galip avec lassitude : Remziyé ?) ; le calendrier d'une compagnie d'assurances, un cendrier portant le nom d'une banque, un service à liqueurs sur le buffet, ainsi qu'un sucrier en argent et des tasses à café, et enfin la « bibliothèque-archives » (la raison même de la visite de Galip) qui recouvrait deux murs de poussière et de paperasses, et de revues et encore de revues.

Cette bibliothèque, que dix ans plus tôt déjà, des copains de fac désignaient railleusement sous le qualificatif de « Archives de notre Révolution », Saïm l'avait créée — de son aveu même, en un instant de franchise surprenante chez lui — par « indécision ».

L'indécision de celui qui n'a pas le courage de choisir, « non pas entre deux classes ! » comme il disait alors, mais entre les fractions politiques.

En ces années-là, Saïm participait à toutes les réunions politiques, à tous les forums, il faisait la navette entre les universités et les cantines, écoutait tous les orateurs, suivait de près tous les points de vue, toutes les politiques, et comme il répugnait à poser trop de questions aux gens, il trouvait le moyen (« Excuse-moi, mais aurais-tu par hasard le communiqué que les " liquidateurs " distribuaient hier à l'Université technique ? ») de se procurer tout ce qui paraissait dans la presse de gauche, y compris les brochures de propagande, les tracts polycopiés et jusqu'à ceux qu'on distribuait dans les rues, et il lisait, il lisait. Ce fut sans doute parce qu'il n'avait pas le temps de tout lire et qu'il n'arrivait toujours pas à se choisir une « ligne politique » qu'il décida un jour d'amasser tout ce qu'il n'avait pas pu lire. Au cours des années, la lecture de cette littérature et la décision à prendre avaient perdu de leur importance, et le but de son existence était devenu « la construction d'un barrage » (telle était l'image utilisée par Saïm, qui était ingénieur des Ponts et Chaussées) destiné à endiguer ce fleuve de documentation de plus en plus important, et dont les affluents devenaient de plus en plus nombreux, pour en éviter, disait-il, le gaspillage.

Quand retomba le silence, une fois l'émission terminée et la télé éteinte, une fois posées les questions sur la santé des uns et des autres, et comme les époux le regardaient d'un air interrogateur, Galip se lança dans son histoire : un étudiant dont il assumait la défense était accusé d'un assassinat politique qu'il n'avait pas commis. Évidemment, il y avait une victime : à l'issue d'un hold-up, tenté avec une extrême maladresse par trois jeunes des plus maladroits, l'un de ces jeunes gens, qui courait affolé vers le taxi volé qui les attendait, avait percuté dans la foule des chalands une frêle grand-mère qui passait par là. Sous la violence du choc, la malheureuse avait roulé sur le sol, sa tête avait heurté le trottoir, elle en était morte sur-le-champ. « Et voilà comment arrivent les malheurs ! » déclara la femme de Saïm. Un seul des jeunes gens avait été appréhendé sur les lieux, en possession d'un revolver, un garçon « de très bonne famille », calme et discret. Évidemment, il avait refusé de livrer à la police les noms de ses camarades, pour lesquels il éprouvait une admiration et un respect sans bornes, et le plus étonnant, il avait persisté dans son refus, malgré les tortures ; pis encore, par son silence, il avait endossé la responsabilité de la mort de la vieille dame, alors qu'il n'y était pour rien, l'enquête menée par Galip le prouvait. Un certain Mehmet Yilmaz, étudiant en archéologie, celui-là même qui avait heurté la pauvre vieille et provoqué ainsi sa mort, avait été, lui, mitraillé par des inconnus, trois semaines plus tard, alors qu'il traçait des slogans codés sur les murs d'une usine, dans un bidonville qui venait de se créer derrière les hauteurs d'Umraniyé. Dans ces conditions, le jeune homme de bonne famille se retrouvait certes libre de révéler le nom du vrai coupable. Hélas ! Non seulement la police ne croyait pas que le Mehmet Yilmaz qui venait d'être tué était ce même Mehmet Yilmaz, mais de plus, les responsables du réseau qui avait organisé le hold-up prétendaient, contre toute attente, que Mehmet Yilmaz était toujours en vie, et qu'il continuait à publier des articles, avec toujours la même

121

farouche résolution, dans la revue qu'ils faisaient paraître. « Dans ces conditions », Galip, qui s'était chargé de l'affaire pas tout à fait sur la demande du jeune homme de bonne famille, mais sur celle de son père, riche et de bonne foi, désirait : 1) lire les articles en question afin de prouver que le nouveau Mehmet Yilmaz n'était pas l'ancien Mehmet Yilmaz ; 2) découvrir grâce aux pseudonymes utilisés l'identité de l'auteur de ces articles, qui les signait du nom de Mehmet Yilmaz, celui qui était mort ; 3) cette situation bizarre ayant été combinée, comme l'avaient sans doute compris Saïm et sa femme, par la fraction dirigée autrefois par l'ex-mari de Ruya, Galip voulait se faire une idée des activités de ce groupe, depuis ces six derniers mois. 4) Il avait l'intention de résoudre le mystère qui entourait ces auteurs fantômes, qui rédigeaient des articles à la place des morts et de ces faux noms et de certaines disparitions.

Ils entamèrent sur-le-champ ces recherches qui avaient éveillé une forte curiosité et même de l'émotion chez Saïm. Durant les deux premières heures, ils se contentèrent d'examiner les noms et pseudonymes des divers auteurs d'articles, tout en sirotant le thé et en dévorant les tranches de cake que leur servait la femme de Saïm (Galip avait enfin retrouvé son nom : Roukiyé). Plus tard, ils élargirent le terrain de leurs recherches en y englobant les noms et pseudonymes de tous les collaborateurs des revues, de tous les provocateurs et de tous les morts : l'envoûtement de cet univers à demi secret, fait d'avis de décès, de menaces, d'aveux, de bombes, de coquilles typographiques, de poèmes et de slogans, un monde déjà oublié alors qu'il subsistait encore, leur donna le vertige.

Ils découvrirent des noms de plume qui ne dissimulaient pas qu'ils étaient des pseudonymes, d'autres noms de plume qui en étaient issus, d'autres encore, constitués de syllabes empruntées aux précédents. Ils déchiffrèrent des acrostiches, des anagrammes qui manquaient de rigueur, des codes assez simplistes, sans parvenir à établir dans quelle proportion cette transparence avait été voulue ou était le fruit du hasard. Roukiyé s'était assise au bout de la table, devant laquelle Saïm et Galip s'étaient installés. Plus qu'une enquête menée pour sauver un jeune homme injustement accusé de meurtre, ou pour retrouver la trace d'une femme qui avait disparu, l'atmosphère de la pièce évoquait la mélancolie, où se mêlent agacement et routine, des parties de petits chevaux ou de tombola, au son de la radio, un soir de Nouvel An. Entre les rideaux entrouverts, on voyait la neige tomber à nouveau à gros flocons.

Avec l'enthousiasme de l'enseignant qui, ayant remarqué un nouvel élève très doué, continue à être le patient témoin de sa maturité et de sa réussite, Galip et Saïm suivaient avec fierté les aventures des pseudonymes, leurs allées et venues entre les revues, leurs succès et leurs échecs, et quand ils apprenaient que l'un ou l'autre des rédacteurs avait été arrêté, torturé, condamné ou porté disparu, ou quand ils tombaient sur la photographie de l'un d'eux, tombé sous les balles d'un inconnu, ils gardaient un moment le silence, avec une tristesse qui leur faisait oublier l'enthousiasme éveillé par leur enquête, puis ils découvraient un nouveau calembour, une nouvelle piste, une bizarrerie, et se replongeaient dans la vie qui surgissait des articles.

À en croire Saïm, de même que la majeure partie

des signatures et des personnages rencontrés dans ces revues étaient imaginaires, de même les réunions, les manifestations, les assemblées générales secrètes, les congrès de partis clandestins, les hold-up prétendument organisés par eux n'avaient jamais eu lieu. Saïm prit pour exemple l'histoire qu'il lut à haute voix d'un soulèvement populaire qui se serait produit vingt ans plus tôt dans la bourgade de Kutchuk-Tchérouh, entre Erzindjan et Kémah, dans l'est de l'Anatolie. À la suite de ce soulèvement, que l'une des revues relatait dans tous ses détails, un gouvernement provisoire avait été constitué, un timbre portant l'effigie d'une colombe avait été émis ; le sous-préfet avait reçu un vase sur la tête et en était mort, un quotidien entièrement rédigé en vers avait paru, les ophtalmos et les pharmaciens avaient gratuitement fourni des lunettes à tous les gens qui louchaient, on avait réuni assez de bois pour le poêle de l'école, mais alors que l'on construisait le pont destiné à relier la commune à la civilisation, les forces de l'ordre fidèles aux principes d'Atatürk étaient arrivées et avaient repris la situation en main, avant que les vaches aient entièrement dévoré les kilims imprégnés de l'odeur des pieds des fidèles, qui recouvraient le sol de terre battue de la mosquée, et ils avaient pendu les rebelles aux platanes de la place. Alors que, comme le démontra Saïm en soulignant le mystère de certaines lettres et de certaines cartes géographiques, il n'existait pas de commune du nom de Tchérouh et que les signatures des auteurs affirmant que cette rébellion était l'héritière d'une tradition toujours renaissante dans cette commune, pareille à un oiseau fabuleux, n'étaient toutes que des pseudonymes. Plongés dans la poésie à rimes et à *redif*[1] de ces anonymes, ils rencontrèrent bien une piste pouvant les mener à Mehmet Yilmaz (il était question d'un assassinat politique perpétré à Umraniyé, à l'époque où Galip avait situé son histoire), ils ne purent rien découvrir à ce sujet dans les numéros suivants de la revue, ce qui était d'ailleurs le cas pour la plupart des informations qu'ils tentaient de suivre, si bien qu'ils avaient l'impression de visionner des bribes de séquences de vieux films turcs.

C'est alors que Galip se leva pour téléphoner à la maison : d'une voix pleine de tendresse, il expliqua à Ruya qu'il comptait travailler avec Saïm tard dans la nuit et lui recommanda d'aller se coucher sans l'attendre. Le téléphone se trouvait à l'autre bout de la pièce. Saïm et sa femme le prièrent de transmettre toutes leurs amitiés à Ruya. Et bien sûr, Ruya en fit autant.

Alors que les deux hommes étaient plongés dans ce jeu, qui consistait à découvrir des pseudonymes, à les décoder, et à en créer de nouveaux avec les lettres qui les composaient, la femme de Saïm alla se coucher, les laissant seuls dans la pièce où toutes les surfaces disponibles étaient couvertes de journaux, de revues, de tracts et de paperasses. Il était minuit passé et, sur Istanbul, régnait le silence envoûtant de la neige. Galip savourait le charme des erreurs typographiques et des fautes d'orthographe d'une collection fort intéressante (Il y manque bien des choses, elle n'est pas complète ! protestait Saïm avec sa modestie de toujours) de tracts rassemblés parce qu'ils avaient tous été imprimés sur le même duplicateur aux caractères usés et qui avaient été autrefois

---

1. *Redif* : répétition de la rime finale. (*N.d.T.*)

distribués dans les restaurants universitaires puant le mégot froid, sous des tentes où des grévistes se protégeaient de la pluie et dans de petites gares perdues. Saïm rapporta de l'une des pièces voisines un livre qu'il qualifia, avec la fierté du collectionneur, d'« extrêmement rare », et qui était intitulé *L'Anti-Ibn Zerhani* ou *Le cheminement d'un mystique qui sut poser les pieds sur le sol*. Galip feuilleta attentivement le livre relié, dont les pages avaient été dactylographiées. « L'œuvre d'un ami qui vit dans une petite bourgade dans la région de Kayseri, elle ne figure même pas sur les cartes à petite échelle de la Turquie », lui expliqua Saïm. Le fils du cheik d'une minuscule confrérie. Son père lui avait inculqué dans son enfance les éléments de la religion et du mysticisme. Bien des années plus tard, alors qu'il lisait *La sagesse du mystère perdu*, d'Ibn Zerhani, mystique arabe du XIIIe siècle, il avait noté dans les marges du livre des remarques « matérialistes », imitant Lénine dans sa lecture de Hegel. Il avait ensuite recopié ces notes en les renforçant de parenthèses aussi verbeuses qu'inutiles. Puis, il avait rédigé une introduction assez longue, une sorte de commentaire sur des réflexions anonymes, mystérieuses, incompréhensibles, et y joignant enfin une « préface de l'éditeur », il avait dactylographié le tout, comme s'il s'agissait là de l'œuvre d'un autre. Il avait fait précéder ce texte d'une trentaine de pages, qui étaient le récit fabuleux de sa propre vie, religieuse et révolutionnaire. Le plus intéressant dans cette affabulation, c'était la façon qu'il avait de raconter comment il avait découvert, au cours d'une promenade en fin d'après-midi dans le cimetière de la bourgade, le lien étroit entre la philosophie mystique que les Occidentaux appellent le

126

panthéisme et ce qu'il appelait, lui, le « matérialisme philosophique », théorie qu'il avait échafaudée en réaction à son cheik de père. « C'est en retrouvant, dans ce cimetière où venaient paître les moutons et où somnolaient les fantômes, un corbeau qu'il avait vu au même endroit vingt ans plus tôt — tu sais que les corbeaux vivent plus de deux cents ans en Turquie — et seuls les cyprès étaient un peu plus hauts, bien sûr, qu'il avait fait cette découverte : la tête et les pattes de l'étrange créature éhontée, pourvue d'ailes et capable de voler que l'on nomme la " pensée transcendante ", peuvent bien changer, mais son corps et ses plumes demeurent toujours les mêmes ! Et ce corbeau que l'on voit sur la couverture du livre, il l'a dessiné lui-même. Ce livre prouve bien que tout Turc désireux de s'assurer l'immortalité est dans l'obligation d'être à lui tout seul et en même temps Johnson et Boswell, Goethe et Eckermann ! Il en a fait six copies. Je ne crois pas qu'il s'en trouve un exemplaire dans les archives des Renseignements généraux... »

On eût pu croire à la présence d'un fantôme dans la pièce, un lien rattachait tout à coup les deux hommes à l'auteur du livre, à son corbeau, à sa vie entièrement écoulée dans cette toute petite ville de province, entre sa maison et la boutique de maréchal-ferrant héritée de son père, à la puissance d'imagination issue de cette existence morose, triste et silencieuse. « Toutes les lettres, tous les mots, tous les rêves d'indépendance, tous les souvenirs de scandales ou de tortures ne racontent que la même histoire, rédigée dans la joie et la douleur de ces rêves et de ces souvenirs ! » avait envie de dire Galip. À croire que Saïm l'avait pêchée au hasard, cette histoire, quelque part dans sa collection de papiers, de journaux, de revues rassemblée depuis tant d'années avec la patience du pêcheur qui retire ses filets de la mer ; qu'il était conscient de son importance, mais que dans cette abondance du matériel qu'il avait amassé et classé, il n'avait pu en remarquer toute la signification, et aussi, qu'il avait égaré le mot clé nécessaire pour la décoder.

Quand ils rencontrèrent le nom de Mehmet Yilmaz dans une revue vieille de quatre ans, Galip, parce qu'il avait envie de rentrer chez lui, déclara qu'il ne s'agissait là que d'une coïncidence. Mais Saïm l'empêcha de partir : rien ne pouvait être coïncidence dans « ses » revues — il disait « mes » revues à présent. Dans les deux heures qui suivirent, déployant des efforts surhumains, bondissant d'une revue à l'autre, ouvrant les yeux comme des projecteurs, Saïm découvrit que Mehmet Yilmaz s'était transformé en Ahmet Yilmaz ; dans une revue sur la vie rurale, à la couverture ornée d'un puits, et où il était abondamment question de paysans et de poulets, Ahmet Yilmaz était devenu Mété Tchakmaz. Saïm n'eut guère de peine à réaliser que Mété Tchakmaz et Férit Tchakmaz étaient un seul et même homme. La même signature avait renoncé entre-temps aux articles théoriques pour devenir celle d'un parolier de chansons, de celles qui se chantent avec accompagnement de *saz* et de fumée de cigarette dans des salons pour noces et banquets. Mais cette nouvelle vocation avait été brève : la signature redevint celle d'un imprécateur, dont les articles prouvaient que tout le monde — sauf lui — collaborait avec la police, puis d'un « mathématicien-économiste » aussi coléreux qu'ambitieux, se donnant pour tâche la dénonciation des opinions et des mœurs perverses des académiciens anglais. Mais cet homme ne pouvait s'attarder bien longtemps sur les schémas sans joie, déplaisants, dans lesquels il tentait de se couler. Dans la collection d'une autre revue qu'il alla chercher dans la chambre à coucher en marchant sur la pointe des pieds, Saïm retrouva bien vite le personnage dans un numéro paru trois ans et deux mois plus tôt : à présent, il s'appelait Ali Wonderland et il décrivait dans tous ses détails l'existence qui serait celle de l'avenir radieux, des beaux jours à venir, quand les différences de classe auraient disparu ; les rues pavées demeureraient telles quelles, sans jamais être recouvertes d'asphalte ; les romans policiers qui n'étaient que perte de temps et les chroniques journalistiques qui troublaient les esprits seraient interdits ; on abandonnerait la coutume de se faire couper les cheveux à domicile. Et quand Galip découvrit que l'éducation des enfants serait confiée aux grands-pères et grand-mères habitant l'étage au-dessus, pour échapper au lavage de cerveau sous l'influence des préjugés imbéciles de leurs père et mère, il ne douta plus de l'identité de l'auteur et il comprit avec tristesse que Ruya avait partagé avec son ex-mari ses souvenirs d'enfance. Mais ce qui l'étonna le plus, ce fut d'apprendre, dans un autre numéro de la même revue, que la signature était celle d'un professeur de mathématiques de l'Académie des Sciences d'Albanie. Et au bas de la biographie de ce professeur, sans éprouver le besoin de se dissimuler derrière quelque pseudonyme, pareil à un insecte affolé pris dans la lumière de l'ampoule qui s'allume brusquement dans la cuisine, s'étalait en toutes lettres, muet, immobile, le nom de l'ancien mari de Ruya.

« Rien ne peut être aussi surprenant que la vie ! »
déclara fièrement Saïm, en cet instant de stupeur
muette. « Rien ? Sauf l'écrit ! »

Il retourna sur la pointe des pieds à la chambre à
coucher et revint avec deux grands cartons de mar-
garine Sana pleins à ras bord de revues. « Voici les
publications d'une fraction pro-albanaise. Je vais te
parler d'un étrange mystère que j'ai mis des années
à résoudre ; car je constate qu'il est lié à l'objet de tes
recherches. »

Il remit à bouillir de l'eau pour le thé, étala sur la
table les revues et les livres qu'il jugeait sans aucun
doute nécessaires et qu'il choisit dans les cartons et
sur les rayons de sa bibliothèque, puis entama son
récit :

« Cela se passait il y a six ans, un samedi après-
midi, alors que je feuilletais *Le Labeur du peuple*,
l'une des revues publiées par des partisans de la ligne
du Parti du Travail albanais et de son leader, Enver
Hodja (à cette époque, ces publications étaient au
nombre de trois et elles se combattaient impitoyablement), alors donc que je parcourais le dernier
numéro du *Labeur du peuple*, à la recherche d'un
sujet qui pourrait m'intéresser, un article et une photographie attirèrent mon attention. Il y était question
d'une cérémonie, organisée en l'honneur des nouveaux adhérents. Si j'y ai prêté attention, ce n'est pas
parce qu'on y parlait de ces gens qui adhéraient, en
récitant des poèmes et en jouant du *saz*, à une organisation marxiste, dans un pays où toute activité
communiste est interdite par la loi. Car les revues de
toutes les petites organisations gauchistes qui, pour
ne pas s'écrouler, doivent enfler le nombre de leurs
membres, ont coutume de publier, en bravant tous

130

les dangers, des informations de ce genre dans chaque numéro. Non, ce qui m'étonna, ce fut tout d'abord la légende, sous une photo en noir et blanc où l'on pouvait voir les posters de Mao et d'Enver Hodja, les déclamateurs de poésies et les spectateurs, qui tiraient tous sur leur cigarette avec passion, comme s'ils se soumettaient à un rite, cette légende donc, qui faisait allusion à douze piliers. Plus étrange encore, comme le montrait le reportage, les nouveaux adhérents portaient tous des prénoms *alevis* tels que Hassan, Husséyine ou Ali, ou encore, comme je le constatai par la suite, des noms de pères bektachis. Si j'avais ignoré la puissance de l'Ordre des Bektachis autrefois en Albanie, je n'aurais peut-être jamais remarqué cet incroyable mystère, mais moi, je me suis acharné avec encore plus d'énergie sur les faits et sur les articles. J'ai passé quatre ans à lire un tas de bouquins traitant des Bektachis, des janissaires, des Houroufis et des communistes albanais, et j'ai pu ainsi découvrir le secret d'un complot qui se trame depuis cent cinquante ans... »

Et tout en répétant : « Comme tu le sais, bien sûr... », Saïm entreprit de raconter à Galip les sept siècles d'histoire du mouvement bektachi, en commençant par Hadji Bektache Véli ; il lui parla des liens de l'Ordre avec les sources chamanistes, *alevi* et mystiques, de son rôle dans la fondation de l'État ottoman, dans la montée de sa puissance et des traditions de rébellion des janissaires, dont l'Ordre était l'âme. Quand on sait que chaque janissaire était également un bektachi, on comprend aisément comment le secret — jamais révélé — de l'Ordre a pu imprimer son sceau sur l'histoire d'Istanbul. Ce fut à cause des janissaires que les Bektachis furent

131

bannis une première fois de la capitale. En 1826, alors que le sultan Mahmout II faisait tirer le canon sur les casernes de l'armée, qui se refusait à adopter les nouvelles méthodes militaires venues de l'Occident, les couvents qui avaient toujours assuré l'unité spirituelle des janissaires furent fermés et les pères bektachis bannis d'Istanbul.

Vingt ans après cette première clandestinité, les Bektachis étaient revenus à Istanbul, sous le couvert de la confrérie des Nakchibendis. Et jusqu'à la République et l'interdiction par Atatürk de toutes les confréries, ils continuèrent, sous cette apparence, à mener leurs activités quatre-vingts ans encore. Pour le monde extérieur, ils étaient des nakchis, mais en réalité, ils vivaient comme des bektachis, en enfouissant leurs secrets au plus profond de leur cœur.

Dans un vieux journal de voyage d'un Anglais, posé sur la table, Galip examinait une gravure censée représenter une cérémonie bektachi, mais qui, plus que la réalité, reflétait les fantasmes du peintre voyageur : il y compta douze piliers exactement.

« Le troisième retour des Bektachis eut lieu six ans après la proclamation de la République, non plus cette fois sous l'apparence de la confrérie nakchibendi, mais sous le couvert du marxisme-léninisme », dit Saïm. Il se tut un long moment, puis énumérant avec exaltation tous les exemples qu'il avait pu trouver dans les brochures, les livres, les articles, les photographies et les gravures qu'il avait découpés et conservés, il affirma que tout concordait et se ressemblait étrangement dans la confrérie et dans l'organisation politique, les activités, les paroles, le vécu, les détails de la cérémonie, et avant l'accueil, les périodes de mise à l'épreuve et de pénitence à observer par le néophyte, les souffrances que doit subir alors le novice ; le culte voué aux saints, aux morts, aux martyrs de l'ordre ; et jusqu'aux modes d'expression de cette vénération ; le sens sacré qu'y prend le mot « voie » ; le *zikr*, répétition de certains mots et de certaines expressions destinée à assurer l'union et l'unité, quels que soient ces mots et ces expressions ; les signes grâce auxquels se reconnaissent les initiés : barbe, moustache, regards même ; récitation de poèmes avec accompagnement de *saz*, au cours des cérémonies, rimes et rythmes de ces poèmes, etc. « Et surtout », dit Saïm, « à supposer même qu'il ne s'agisse là que de coïncidences, si tout cela n'est qu'une mauvaise plaisanterie que me fait Dieu par le truchement de l'article, il aurait fallu que je sois aveugle pour ne pas remarquer ces jeux de mots, ces combinaisons de lettres que les Bektachis avaient hérités des Houroufis, et qui se retrouvent indubitablement dans les publications de ces fractions... » Dans le silence de la nuit, rompu seulement par les coups de sifflet des veilleurs de nuit dans de lointains quartiers, Saïm se mit à lire lentement, comme s'il récitait des prières, certaines anagrammes qu'il avait relevées, et il en compara les diverses significations.

À une heure encore plus tardive, alors que Galip ballottait entre le sommeil et la veille, entre l'image de Ruya et les souvenirs des jours heureux, Saïm se lança dans ce qu'il appelait « l'aspect le plus important et le plus surprenant du sujet » : non, les jeunes qui adhéraient à cette organisation politique ignoraient qu'ils étaient devenus bektachis ; non, à part quatre ou cinq personnes, la grande majorité des membres ignorait que ce plan avait été organisé

133

grâce à un pacte secret, conclu entre les dirigeants à l'échelon moyen du parti et certains cheiks bektachis albanais ; ces jeunes gens de bonne foi, prêts à tous les sacrifices, qui, en adhérant à l'organisation, changeaient complètement leur façon de vivre et leurs habitudes quotidiennes, étaient incapables d'imaginer que ces photographies, prises au cours de défilés, de cérémonies, de commémorations, de repas pris en commun, étaient considérées par des pères bektachis vivant en Albanie comme les preuves d'un prolongement de leur ordre. « Au point que j'ai tout d'abord cru qu'il s'agissait là d'un épouvantable complot, d'un incroyable secret, j'ai cru que ces jeunes gens étaient honteusement bernés », déclara Saïm. « J'en étais si bouleversé que pour la première fois depuis quinze ans, j'ai pensé à rédiger et à publier un article exposant ma découverte en tous ses détails, avec toutes ces présomptions concomitantes, mais très vite, j'ai renoncé à ce projet. » Et tout en prêtant l'oreille aux gémissements d'un tanker noir qui traversait le Bosphore sous la neige, en faisant légèrement trembler les vitres des fenêtres de la ville, il ajouta : « Car j'avais désormais compris que, même si on prouvait que la vie que nous vivons n'est que le rêve d'un autre, cela ne changerait rien à rien. »

Puis Saïm raconta l'histoire de la tribu des Zeribans, de l'est de l'Anatolie, installée sur le flanc d'une montagne déserte, « où ne passait jamais une caravane, que ne survolait jamais un oiseau » et dont les préparatifs d'un voyage qui devait les mener au mont Kaf durèrent deux cents ans. Que cette idée d'atteindre le mont Kaf — qu'ils ne réaliseraient jamais — soit née de la lecture de quelque grimoire sur l'interprétation de songes vieux de trois siècles ou que l'ajournement constant du départ ait été l'effet d'un accord conclu entre le pouvoir ottoman et les cheiks de la tribu, qui s'en transmettaient le secret d'une génération à l'autre, ne change rien à l'histoire. Expliquer aux jeunes appelés, qui, dans les petites villes d'Anatolie, emplissent les salles de cinéma le dimanche après-midi, que le prêtre cruel et fourbe qui, sur l'écran, s'apprête à faire boire du vin empoisonné au vaillant guerrier turc, est en réalité un acteur sans prétention et un bon musulman, à quoi cela servirait-il, si ce n'est à gâcher leur colère, qui est leur seul plaisir ? Un peu avant l'aube, alors que Galip somnolait sur le divan, Saïm affirma que très probablement en Albanie, dans un hôtel blanc de style colonial datant du début du siècle, dans un grand salon vide rappelant ceux que nous voyons dans nos rêves, où les recevaient certains hauts dignitaires du parti, les vieux pères bektachis contemplaient, les yeux mouillés de larmes, les photographies qu'on leur montrait de cette jeunesse turque, ignorant qu'au cours de ces cérémonies, il était question de solutions marxistes-léninistes enthousiastes et pas du tout du rituel secret de leur ordre. L'ignorance chez les alchimistes du fait qu'ils ne parviendraient jamais à découvrir la pierre philosophale, qu'ils cherchaient depuis des siècles, ne causait pas leur malheur, car c'était là la raison même de leur existence. L'illusionniste de nos jours a beau prévenir le spectateur que ce qu'il fait n'est qu'un truc, le spectateur qui suit ses gestes avec passion est heureux parce qu'il peut croire, ne serait-ce qu'un instant, assister à un sortilège et non à une supercherie. Nombreux sont les jeunes gens qui tombent amoureux sous l'effet d'une

135

parole, ou d'une histoire entendue, d'un livre lu en commun, à un certain instant de leur vie, et s'empressent sous le coup de l'émotion d'épouser l'objet de leur flamme, et qui vivent pourtant heureux tout le restant de leurs jours, sans jamais comprendre que leur amour était basé sur une illusion. Savoir qu'au fond, l'écriture — toutes les écritures — traite uniquement d'un rêve et pas du tout de la vie ne change rien à rien, déclara Saïm, tout en parcourant le journal que le concierge avait glissé sous la porte, pendant que sa femme ramassait les revues entassées sur la table pour y disposer le couvert du petit déjeuner.

CHAPITRE VIII

Les trois mousquetaires

> « Je lui ai demandé qui étaient ses
> ennemis. Il n'en finissait pas d'énumé-
> rer des noms. »
>
> Entretiens avec Yahya Kémal

Son enterrement se déroula exactement comme il le craignait depuis vingt ans et, comme il l'avait décrit trente-deux ans plus tôt, nous étions neuf en tout et pour tout : un garçon de salle et un ami de dortoir, pensionnaire comme lui de la petite maison de retraite privée à Uskudar, un journaliste à la retraite, dont le défunt avait favorisé les débuts à l'époque la plus brillante de sa carrière de billettiste, deux parents éloignés, l'air ahuri, qui ignoraient tout de sa vie et de son œuvre, une drôle de bonne femme, coiffée d'un chapeau à voilette orné d'une aigrette qui rappelait celle des turbans des sultans, l'imam, moi et l'écrivain dans son cercueil. Comme la descente du cercueil dans la fosse avait lieu au pire moment de la tempête de neige qui sévissait hier, l'imam n'a pas fait traîner les prières et nous nous sommes dépêchés de jeter des poignées de terre dans la fosse. Et puis, je ne sais pas trop comment, nous

nous sommes tous dispersés sur-le-champ. À l'arrêt de Kissikli, j'étais le seul à attendre le tramway. Arrivé sur la rive européenne, je suis allé à Beyoglou. On donnait à l'Alhambra un film avec Edward G. Robinson, je suis entré dans le cinéma et je me suis régalé à revoir le film. J'ai toujours adoré Edward G. Robinson ! Il jouait le rôle d'un modeste fonctionnaire, peintre amateur également sans talent, mais dans le but de conquérir la femme qu'il aimait, il changeait de personnalité et d'allure en se faisant passer pour un millionnaire. Cependant, la femme qu'il aimait — Joan Bennett — ne cessait de lui mentir, elle aussi. Trahi par elle, sa douleur était immense, et nous autres spectateurs, nous avons suivi le film avec une profonde tristesse.

Le jour où je fis la connaissance du « défunt » (dans ce second paragraphe, je tiens à employer, comme dans le premier, cette expression qu'il se plaisait à utiliser dans ses articles), le jour donc où je le rencontrai pour la première fois, lui était déjà septuagénaire et disposait d'une colonne quotidienne. Quant à moi, j'avais à peine la trentaine. Ce jour-là, j'allais voir un ami à Bakirkoy et je me préparais à prendre le train à Sirkédji quand je l'aperçus : le défunt et deux autres journalistes, légendaires pour moi depuis mon enfance, étaient assis à une table du restaurant de la gare, en bordure du perron, en train de boire du raki. Ce qui me parut le plus surprenant, ce ne fut pas de rencontrer, dans le vacarme et la foule morne de la gare de Sirkédji, ces trois vieillards, au moins septuagénaires, figures mythiques que je plaçais au premier rang de mon univers littéraire, mais de voir ces trois mousquetaires de la plume, qui s'étaient haïs et insultés tout au long de leur carrière, assis et buvant à la même table, pareils aux trois mousquetaires réunis au cabaret de Dumas père, vingt ans après. Tout au long de leur carrière littéraire d'un demi-siècle durant lequel ils avaient usé trois sultans, un calife et trois présidents de la République, ces trois polémistes avaient passé leur vie à se traiter mutuellement — outre d'autres accusations dont certaines étaient justifiées — d'athées, de Jeunes-Turcs, de cosmopolites, de nationalistes, de francs-maçons, de kémalistes, de partisans de la république, de traîtres à la patrie, de monarchistes, d'occidentalistes, de séides des confréries interdites, de plagiaires, de nazis, de juifs, d'Arabes, d'Arméniens, d'homosexuels, de renégats, d'intégristes, de communistes, de valets de l'impérialisme américain et tout récemment d'existentialistes, ce qui était la mode du jour. (L'un d'eux avait même affirmé dans un article que le plus grand des existentialistes avait été Ibn Arabî, et que les philosophes occidentaux s'étaient contentés de le piller et de le plagier, sept cents ans plus tard.) Après avoir attentivement et longuement observé les trois mousquetaires, et sans plus réfléchir, je me suis approché de leur table, je me suis présenté et je leur ai dit mon admiration en prenant soin de doser équitablement mes louanges.

Je voudrais que mes lecteurs me comprennent bien : j'étais enthousiaste, j'étais timide, j'étais jeune, inventif, brillant, j'avais du succès, et j'hésitais entre l'autosatisfaction et le manque d'assurance, entre la bonne foi illimitée et la roublardise. Certes, je conservais l'enthousiasme du jeune chroniqueur, encore novice, mais si je n'avais pas été intimement persuadé d'avoir déjà bien plus de lecteurs, de recevoir bien plus de courrier, et surtout d'écrire bien mieux qu'eux, et si je n'avais pas été certain que les deux premières de ces affirmations leur étaient connues pour leur malheur, je n'aurais pas trouvé en moi le courage d'approcher ces trois grands maîtres de ma profession.

C'est pourquoi la hauteur qu'ils me manifestèrent me fit plaisir, j'y vis un signe de victoire pour moi. Si je n'avais pas été un chroniqueur jeune et déjà connu, si je n'avais été qu'un lecteur anonyme leur exprimant son admiration, ils m'auraient certainement mieux accueilli. Ils ne me proposèrent pas aussitôt de m'asseoir à leur table ; je dus attendre. Ensuite, quand je fus assis, ils m'envoyèrent à la cuisine, comme si j'étais un garçon du restaurant ; j'y allai. Ils exprimèrent le désir de consulter un hebdomadaire ; je courus l'acheter chez le marchand de journaux. Je pelai une orange pour l'un d'eux, je m'empressai de ramasser la serviette que l'autre avait laissé tomber, et je répondis à leurs questions, comme ils l'attendaient de moi, avec beaucoup de modestie : hélas, non, je ne savais pas le français, mais je passais mes soirées, un dictionnaire à la main, à déchiffrer *Les Fleurs du mal*. Mon ignorance leur rendait ma réussite plus insupportable encore, mais ma modestie et ma confusion extrêmes atténuaient à leurs yeux la gravité de mes péchés.

Bien des années plus tard, quand je me surpris à me comporter exactement comme eux en présence de jeunes journalistes, je pus mieux comprendre qu'en se contentant de deviser entre eux, sans paraître me témoigner le moindre intérêt, leur seul désir, en vérité, était de m'impressionner. Je les écoutais, muet et respectueux. Pour quels motifs cet atomiste allemand, dont le nom s'étalait constamment, ces jours-là, sur les manchettes des journaux, s'était-il vu contraint de se convertir à l'islam ? Quand le saint patron des chroniqueurs turcs, Ahmet Mithat éfendi, avait coincé en pleine nuit et dans une rue sombre son rival, « Lastik » Ali bey, sorti vainqueur de la polémique qui les mettait aux prises, et lui avait administré une bonne correction, avait-il réussi à lui faire jurer de mettre fin à cette querelle ? Bergson était-il un mystique ou un matérialiste ? Qu'est-ce qui prouvait la présence d'un « second univers » mystérieusement dissimulé à l'intérieur de notre monde ? Quels étaient les poètes à qui il est reproché, dans les derniers versets de la vingt et unième sourate du Coran, de faire semblant de se conformer à certains préceptes auxquels ils ne croyaient pas ? Et par association d'idées : André Gide était-il vraiment homosexuel ou alors, sachant que ce sujet attirait l'intérêt des lecteurs, faisait-il semblant de l'être, tout comme le poète arabe Ebou Novvaz qui, en réalité, adorait les femmes ? Quand, dans le premier paragraphe de son roman *Kéréban le Têtu*, Jules Verne nous décrit la place de Top-Hané et la fontaine de Mahmout Ier, les erreurs qu'il commet viennent-elles du fait qu'il s'est servi d'une gravure de Melling ou est-ce parce qu'il a entièrement plagié la description qu'en fait Lamartine dans son *Voyage en Orient* ? Mevlâna avait-il introduit dans le tome V de son *Mesnevi* le conte de la femme qui mourut en faisant l'amour avec un âne pour l'historiette même ou pour la moralité qu'on pouvait en tirer ?

Alors qu'ils discutaient de cette dernière question avec sérieux et sans vulgarité, comme leurs regards se tournaient vers moi et que leurs sourcils blanchis semblaient m'envoyer des signaux, j'osai leur dire mon opinion : le conte avait bien été introduit dans le *Mesnevi*, comme tous les autres, pour l'intérêt qu'il présentait, ce que l'auteur avait voulu dissimuler sous le voile de la morale à en tirer. L'un d'eux (celui-là même dont j'ai suivi hier les obsèques) me dit alors : « Mon enfant, quand vous écrivez un article, le faites-vous pour en retirer une moralité ou pour le plaisir du lecteur ? » Pour leur prouver que j'avais sur toutes choses des idées bien arrêtées, je lui fournis la première réponse qui me passa par la tête : « Pour le plaisir, monsieur », lui dis-je. Ma réponse ne leur plut guère : « Vous êtes jeune, vous entamez à peine votre carrière », me dirent-ils. « Nous avons le devoir de vous donner quelques conseils. » Je bondis aussitôt de ma chaise avec enthousiasme. « Je voudrais bien noter ces conseils, messieurs ! » m'écriai-je, et je courus demander quelques feuilles de papier au patron du restaurant. Tous ces conseils au sujet de l'art de la chronique que j'ai alors notés à l'encre verte, sur ce papier à en-tête du restaurant de la gare, en utilisant le stylo orné d'émail que j'empruntai à l'un d'eux, je veux les partager avec vous, mes chers lecteurs, en ce long entretien dominical.

Je le sais, parmi mes lecteurs, il en est certains qui attendent avec impatience que je leur parle de ces grands journalistes, depuis longtemps oubliés aujourd'hui ; ils voudraient bien que je leur chuchote à l'oreille les noms de ces trois mousquetaires de la plume dont j'ai réussi jusqu'ici à dissimuler l'identité. Mais je ne le ferai pas. Non pas pour qu'ils continuent à reposer en paix dans leurs tombes, mais pour ne pas mêler les lecteurs qui auraient droit à connaître la vérité à ceux qui ne la méritent pas. C'est pourquoi je vais désigner chacun de ces trois chroniqueurs morts aujourd'hui sous un des pseudonymes utilisés pour signer leurs poèmes par trois sultans ottomans. Les lecteurs qui reconnaîtront sous leurs noms de plume les sultans en question pourront alors établir un parallèle entre les noms des souverains et les prénoms de mes illustres maîtres, et résoudre ainsi cette énigme, de peu d'importance d'ailleurs. Car la véritable énigme se cachait dans la mystérieuse partie d'échecs que se livraient ces vieillards à coups de conseils dans le domaine de l'orgueil. Comme je n'ai toujours pas pu résoudre ce mystère — pareil aux amateurs peu doués qui se contentent de commenter, dans une colonne de journal ou de revue, le jeu des grands maîtres, dont ils sont incapables de comprendre la tactique —, j'ai introduit, entre les conseils que me prodiguèrent mes trois maîtres ce jour-là et entre parenthèses, mes modestes commentaires et mes idées encore plus humbles.

A. Nom de plume du sultan : Bahti. En cette journée d'hiver, il portait un costume de couleur crème, taillé dans un tissu anglais (parce que chez nous, on utilise l'adjectif « anglais » pour qualifier tous les tissus coûteux), et une cravate foncée. Grand, soigné de sa personne, moustache blanche bien taillée. Se sert toujours d'une canne. Il a l'allure d'un gentleman anglais dans la purée. Mais peut-on être un gentleman si l'on n'a pas d'argent ? Je n'en sais rien.

B. Nom de plume du sultan : Baki. Cravate relâchée, de traviole, comme son visage. Vêtu d'une vieille veste fripée, couverte de taches. Sous la veste, apparaissent son gilet et la chaîne de la montre qu'il porte dans son gousset. Il est gros, négligé. A sans cesse une cigarette à la main ; il appelle affectueusement « mon unique amie » cette cigarette qui, trahissant cette amitié unilatérale, le fera mourir un jour d'une crise cardiaque.

C. Nom de plume du sultan : Cemali. Petit, nerveux. Les efforts qu'il prodigue pour manifester son goût de l'ordre et de la propreté n'arrivent pas à dissimuler son allure d'instituteur à la retraite. Vestes et pantalons d'employé aux PTT, toujours fanés, chaussures à semelle de caoutchouc épaisse provenant de l'usine d'État de Sumerbank. Lunettes à verres épais. Extrêmement myope. Une laideur que l'on peut qualifier d'agressive.

Et à présent, voici les conseils de chacun de ces grands hommes, ainsi que mes modestes commentaires : 1.C : Pour le journaliste qui dispose d'une chronique, écrire uniquement pour le plaisir du lecteur équivaut à se retrouver en pleine mer sans boussole. 2.B : Mais le chroniqueur n'est ni Ésope ni Mevlâna. La moralité doit toujours être tirée de la fable, et non la fable de la moralité. 3.C : Écrivez toujours en tenant compte de votre propre intelligence et non de celle du lecteur. 4.A : C'est la fable qui sert de boussole (renvoi manifeste à 1.C). 5.C : Impossible de parler de notre pays ou de l'Orient sans avoir pénétré les secrets de notre histoire nationale et de nos cimetières. 6.B : La clé des rapports Orient-Occident se trouve dans cette exclamation d'Arif le Barbu : « Ô infortunés tournés vers l'Occident — sur le navire silencieux qui les mène vers l'Orient ! » (Arif le Barbu était un personnage que B avait créé en s'inspirant d'un personnage réel.) 7.A-B-C : Prépare-toi un trésor de proverbes, d'expressions, d'anecdotes, de bons mots, de vers, de maximes. 8.C : Impossible de chercher la maxime qui couronnera ton article, c'est après avoir choisi la maxime que tu dois chercher le sujet qui y collera le mieux. 9.A : Ne t'installe jamais devant ta table de travail avant d'avoir trouvé la première phrase de ton article. 10.C : Tes convictions doivent être sincères. 11.A : Et même si elles ne le sont pas, ton lecteur doit être persuadé qu'elles le sont. 12.B : Ce qu'on appelle lecteur, c'est un enfant qui meurt d'envie d'aller au lunapark. 13.C : Le lecteur ne pardonne jamais quiconque blasphème le nom du Prophète, d'ailleurs le Seigneur frappe le blasphémateur de paralysie ! (Ayant deviné que le conseil 11.A constituait une discrète attaque contre lui, C fait ainsi allusion à la séquelle — imperceptible — d'une paralysie faciale, au coin de la bouche, chez A, auteur d'un article traitant de la vie conjugale et des activités commerciales de Mahomet.) 14.A : Parle toujours des nains avec affection, le lecteur les aime, lui aussi (réplique au 13.C avec une allusion à la petite taille de C). 15.B : Tenez, l'étrange maison des nains, édifiée autrefois à Uskudar, voilà un bon sujet de chronique. 16.C : La lutte, encore un bon sujet, mais quand elle est pratiquée comme un sport, et quand on en parle comme d'un sport. (Ayant pris le conseil 15 pour une critique qui lui serait adressée, C fait là allusion aux rumeurs de pédérastie courant sur B, grand amateur de lutte, et qui en parle souvent dans ses feuilletons.) 17.A : Le lecteur moyen est un homme qui vit péniblement, il est marié, père de quatre enfants, et il a l'âge mental d'un gamin de douze ans. 18.C : Le lecteur est aussi ingrat que le chat. 19.B : Le chat, qui est un animal très intelligent, n'est pas ingrat, mais il sait qu'il ne faut pas se fier aux écrivains qui n'aiment que les chiens. 20.A : Ne t'occupe pas de chats ou de chiens, mais des problèmes du pays. 21.B : Il faut connaître les adresses de tous les consulats. (Allusion aux rumeurs selon lesquelles, durant la Seconde Guerre mondiale, C aurait vécu des subsides du consulat allemand, et A de ceux du consulat britannique.) 22.B : Tu peux t'engager dans une polémique, à condition que tu puisses esquinter la partie adverse. 23.A : Ne t'engage dans la polémique que si tu es soutenu par ton patron. 24.C : Engage la polémique, mais munis-toi d'un épais manteau. (Allusion à l'excuse bien connue fournie par B quand il explique qu'il a préféré rester à Istanbul pendant l'Occupation, au lieu d'aller participer à la Guerre d'indépendance : « L'hiver à Ankara est trop rude pour moi ! ») 25.B : Réponds toujours aux lettres des lecteurs. Si personne ne t'écrit, adresse-toi des lettres et réponds-y ! 26.C : Notre maître à tous, notre sainte patronne, c'est Shéhérazade. Tout comme elle, tu ne fais qu'introduire des histoires de cinq ou six pages entre les événements qui constituent ce qu'on appelle la vie, ne l'oublie pas ! 27.B : Lis peu, mais lis ce que tu aimes, tu auras l'air plus cultivé que celui qui lit beaucoup, mais avec ennui. 28.B : Montre-toi entreprenant, efforce-toi de faire la connaissance de beaucoup de gens, pour amasser ainsi des souvenirs, et tu pourras écrire des articles à leur mort. 29.A : Prends surtout garde à ne pas terminer ton article en injuriant le défunt alors que tu l'as commencé en faisant son éloge. 30.A-B-C : Évite autant que possible les phrases suivantes : a) Il y a deux jours encore, le défunt était encore en vie. b) Notre métier est bien ingrat, nos articles sont oubliés dès le lendemain. c) Avez-vous suivi hier soir tel programme à la radio ? d) Comme les années passent vite ! e) Que dirait le défunt de ce scandale s'il était encore en vie ? f) Ils font telle chose tout autrement en Europe ! g) Le prix du pain, il y a X années, était de... h) Par la suite, cet incident éveilla en moi tel souvenir... 31.C : D'ailleurs, les expressions telles que « par la suite » et « puis » ne sont bonnes que pour les novices qui ne connaissent pas leur métier. 32.B : Dans une chronique ou un billet du jour, tout ce qui est art n'est pas de la chronique. Et tout ce qui est chronique n'est pas artistique. 33.C : Ne vante jamais ceux qui tuent la poésie en lui faisant subir les derniers outrages (pointe destinée à B, qui écrit des poèmes). 34.B : Écris avec simplicité, si tu veux être lu facilement. 35.C : Pour être lu aisément, écris de façon compliquée. 36.B : Mais alors tu auras un ulcère ! 37.A : Avec un ulcère, tu seras un artiste ! (Après cette gentillesse, ils ont ri tous les trois.) 38.B : Tâche de vieillir le plus tôt possible ! 39.C : Vieillis, tu pourras écrire une belle chronique sur l'automne ! (Ils se sont souri, affectueusement.) 40.A : Les trois grands thèmes, bien sûr, l'amour, la mort et la musique. 41.C : Mais qu'est-ce que l'amour ? Il faut au préalable s'être fait une opinion là-dessus. 42.B : Sois toujours à la recherche de l'amour. (Je dois rappeler à mes lecteurs que des hésitations, de longs silences se glissaient entre ces recommandations.) 43.C : Tiens secrètes tes amours, car tu es un écrivain ! 44.B : Aimer, c'est chercher. 45.C : Fuis les autres, pour qu'ils soient persuadés que tu as un secret. 46.A : Laisse deviner que tu as un secret, les femmes seront folles de toi. 47.C : Chaque femme est un miroir ! (Là-dessus, ils m'offrirent à boire, une seconde bouteille avait été débouchée.) 48.B : Ne nous oublie pas. (Je les ai assurés que je ne les oublierais pas, bien sûr, et j'ai écrit bien des chroniques en pensant à eux et aux histoires qu'ils racontaient, comme l'auront sûrement compris mes lecteurs les plus attentifs.) 49.A : Promène-toi dans les rues, observe les visages, voilà un sujet pour toi. 50.C : Fais deviner au lecteur que tu détiens des secrets historiques, mais que tu ne peux, hélas, en parler ! Là-dessus, C nous raconte une histoire, que je vous rappellerai dans une autre chronique, celle de l'amant qui disait à la femme qu'il aimait : « Je suis toi ! » ; et à cet instant-là, pour la première fois, j'ai éprouvé le sentiment qu'un lien secret unissait ces trois écrivains et leur permettait de prendre place autour d'une même table, amicalement, eux qui avaient passé un demi-siècle à s'injurier. 51.A : N'oublie pas non plus que le monde entier est hostile à notre pays. 52.B : Les gens de ce pays adorent leurs généraux, leur mère et leurs souvenirs d'enfance. Tu devras les aimer, toi aussi. 53.A : N'utilisez jamais d'épigraphe, car l'épigraphe réduit à néant l'effet de surprise de l'article. 54.B : Ou alors, si l'effet de surprise doit disparaître, supprime toi-même le mystère, prends-t'en aux faux prophètes qui font commerce du mystère ! 55.C : Quand tu utilises l'épigraphe, ne l'emprunte jamais aux livres de l'Occident, dont ni les auteurs ni les personnages ne nous ressemblent ; ne l'emprunte pas non plus aux livres que tu n'as pas lus, car c'est là exactement ce que fait le Dejjal. 56.A : N'oublie surtout pas, tu dois être tout à la fois ange et démon, Faux Messie et Lui. Car les lecteurs se lassent vite de ceux qui sont entièrement bons ou entièrement méchants. 57.B : Mais dès que le lecteur comprend que le Dejjal lui apparaît sous sa forme à Lui, dès qu'il devine que celui qu'il prend pour le Sauveur est en réalité le Faux Messie, dès qu'il réalise avec horreur qu'il a été dupé, il est capable, je te le jure, de t'abattre dans quelque venelle obscure. 58.A : C'est exact ; voilà pourquoi tu dois conserver le mystère, ne trahis surtout pas les secrets de ta profession ! 59.C. Ton secret est Amour, ne l'oublie surtout pas. Amour est le mot clé. 60.B. Non, le mot clé se lit sur nos visages, regarde et écoute. 61.A : C'est l'Amour, Amour, Amour ! 62.B. Ne crains pas le plagiat, tout le secret du peu de chose que nous savons, le secret de notre art, est caché dans notre miroir mystique. Tu connais l'histoire du concours entre les peintres que relate Mevlâna ? Mevlâna l'a empruntée à d'autres auteurs, mais lui aussi... (Je la connais, oui monsieur, lui dis-je.) 63.C : Quand tu auras vieilli, quand tu te poseras la question « l'homme peut-il être lui-même ? », tu te demanderas également si tu as pu ou non saisir ce mystère, ne l'oublie jamais ! (Je ne l'ai pas oublié !) 64.B : N'oublie jamais les vieux autobus, les livres écrits au petit bonheur, n'oublie pas ceux qui savent patienter, et ceux qui ne comprennent pas aussi bien que ceux qui comprennent !

Une chanson qui parlait d'amour et de chagrin et du vide de l'existence s'élevait de la gare, de l'intérieur du restaurant peut-être. Du coup, ils se désintéressèrent de moi et, se rappelant qu'ils étaient des Shéhérazades vieillies et moustachues, brusquement mélancoliques, amicaux, fraternels, ils se mirent à raconter des histoires, dont voici certaines :

L'histoire triste et comique de l'infortuné journaliste qui avait toujours rêvé de faire le récit de la visite de Mahomet tout au haut des Sept Cieux, et qui fut frappé de désespoir en apprenant que Dante avait écrit quelque chose d'analogue ; l'histoire du sultan fou et maniaque qui allait chasser les corbeaux dans les vergers, en compagnie de sa sœur ; celle de l'écrivain qui perdit tous ses rêves à partir du jour où sa femme s'enfuit avec un autre ; celle encore du lecteur qui s'imaginait être tout à la fois Proust et Albertine, ou celle du chroniqueur qui se déguisait en Mehmet le Conquérant, etc.

CHAPITRE IX

Quelqu'un me suit

> « Tantôt c'était la neige qui tombait,
> tantôt les ténèbres. »
>
> Cheik Galip

Tout au long du jour, Galip allait penser au vieux fauteuil qu'il aperçut à la sortie de l'appartement de son copain aux archives, alors qu'il descendait vers Karakeuy en passant par les vieilles rues et les étroits trottoirs en escaliers du quartier de Djihanguir, tout comme on ne retient d'un rêve de mauvais augure qu'un seul et unique détail. Le fauteuil avait été abandonné devant le rideau de fer baissé de l'un des ateliers de menuisiers, de tapissiers, de poseurs de linoléum ou de carton-pierre, dans une des venelles pentues derrière l'Arsenal, que Djélâl avait si souvent parcourues à l'époque où il menait une enquête sur le trafic d'opium et de haschisch à Istanbul. Le vernis des pieds et des accoudoirs du fauteuil était écaillé, le cuir du siège était déchiré ; des ressorts rouillés, pareils aux intestins qui surgissent du corps d'un cheval éventré, s'en échappaient comme d'une blessure.

Quand il atteignit enfin Karakeuy, Galip était sur le point de se persuader que l'aspect désertique

— bien qu'il fût plus de huit heures — de la place et de la rue où il avait remarqué le fauteuil était dû à l'approche de quelque catastrophe, dont tout le monde pouvait déchiffrer les présages. Et c'était toujours à cause de ce malheur imminent que les bateaux, qui auraient dû déjà reprendre leur service, étaient encore enchaînés les uns aux autres, que les embarcadères étaient demeurés vides, que les photographes « à la minute », les marchands ambulants, les mendiants au visage basané semblaient avoir décidé de passer leurs derniers jours dans le farniente. Galip s'accouda au garde-fou pour contempler l'eau trouble et il pensa tout d'abord aux gamins qui, autrefois, s'amassaient dans ce coin du port et plongeaient pour repêcher les pièces de monnaie que les touristes jetaient dans la mer ; puis il se posa la question : pourquoi, dans la chronique où il décrivait le jour où se retireraient les eaux du Bosphore, Djélâl n'avait-il pas évoqué ces oboles qui, des années plus tard, finiraient par acquérir une tout autre signification ?

Il retourna à son bureau et se mit à lire la chronique du jour de son cousin. D'ailleurs, elle n'était pas du jour ; Djélâl l'avait publiée bien des années plus tôt. Ce qui pouvait aussi bien signifier qu'il n'avait pas envoyé depuis longtemps de nouvelles chroniques au journal que constituer un message secret. La question posée dans l'article : « Avez-vous de la peine à être vous-même ? » — question énoncée par le principal personnage de la chronique, un coiffeur — n'avait peut-être pas le sens apparent que semblait lui accorder l'article et fournissait des indices secrets disposés çà et là dans un autre univers. Galip se souvenait de ce que lui avait expliqué

152

autrefois Djélâl à ce sujet : « La plupart des gens »,
avait dit son cousin, « ne remarquent pas les particularités essentielles des objets, parce qu'ils ont le
nez dessus, mais ils remarquent et reconnaissent
leurs particularités secondaires, celles qui sont marginales et qui attirent leur attention justement parce
qu'elles sont marginales. C'est pourquoi, dans mes
chroniques, je ne souligne jamais ce que je veux
expliquer à mes lecteurs, et je me contente d'y faire
négligemment allusion dans un coin de l'article, en
ne le dissimulant pas vraiment, bien sûr, mais
comme si je jouais à cache-cache avec des enfants,
et si je le fais, c'est parce qu'ils croient aussitôt,
comme des enfants, à ce qu'ils y découvrent. Le pire,
c'est qu'ils abandonnent finalement le journal sans
avoir rien compris, ni le sens étalé sous leur nez dans
tout le reste de l'article, ni les sens secrets nés du
hasard, qui exigent un tout petit peu de patience et
d'intelligence. »

Galip jeta le journal sur sa table de travail et,
cédant à une impulsion subite, quitta son bureau
dans l'intention d'aller au *Milliyet* pour y voir son
cousin. Djélâl se rendait de préférence à la rédaction
en fin de semaine, en l'absence des autres journalistes, Galip le savait et espérait le trouver seul dans son
bureau. Il lui dirait simplement que Ruya était légèrement souffrante, décida-t-il, tout en remontant
l'avenue. Puis il inventerait une histoire, un client
désespéré, parce que sa femme venait de le quitter.
Que dirait Djélâl d'une telle histoire ? Contrairement
à nos traditions et à toute l'histoire de notre pays, un
citoyen honnête, laborieux, raisonnable, et dont les
affaires sont prospères, est soudain abandonné par
une épouse qu'il aime beaucoup. Quel était le sens

profond d'un tel événement ? Que prouvait-il ? Quelle apocalypse annonçait-il ? Djélâl écouterait attentivement le récit de Galip, dans tous ses détails, puis il le relaterait à son tour. Et quand Djélâl racontait quelque chose, l'univers acquérait un sens ; toutes les réalités étalées sous notre nez se transformaient, devenaient les éléments stupéfiants d'une histoire haute en couleur que nous connaissions déjà, mais que nous ignorions connaître, et la vie devenait ainsi plus supportable. Les yeux fixés sur les branches trempées d'eau qui luisaient dans le jardin du consulat d'Iran, Galip se dit qu'il voulait vivre dans l'univers raconté par Djélâl et non dans son propre univers.

Il ne trouva pas Djélâl dans son bureau. Sa table de travail était bien rangée. Le cendrier était propre. On n'y voyait pas de tasse à thé vide. Galip s'installa dans le fauteuil violet où il avait l'habitude de prendre place à chaque visite. Il était convaincu qu'il entendrait très bientôt les éclats de rire de Djélâl dans une pièce voisine.

Et quand il finit par perdre cet espoir, bien des souvenirs avaient défilé dans sa mémoire : sa première visite au journal — sous prétexte d'y retirer une invitation pour un concours de culture générale, qui serait retransmis à la radio —, avec un copain de classe qui, plus tard, allait tomber amoureux de Ruya, une visite dont Galip n'avait pas averti ses parents. (Il nous aurait bien fait visiter l'imprimerie, mais il n'avait pas le temps, avait expliqué Galip, un peu gêné, sur le chemin du retour. « Tu as vu les photos de nanas sur son bureau ? » avait dit le copain.) Leur première visite avec Ruya à la rédaction. Djélâl leur avait fait visiter l'imprimerie. (« Voulez-vous devenir journaliste, vous aussi, ma petite demoiselle », avait demandé le vieux typographe à Ruya, et Ruya avait posé la même question à Galip, alors qu'ils rentraient à la maison.) Et cette pièce qui était pour lui un décor des *Mille et Une Nuits*, pleine de paperasses et de rêves, et où s'agençaient des existences et des histoires extraordinaires, qu'il était incapable d'imaginer lui-même.

Quand il se mit à fouiller en toute hâte les tiroirs de la table de travail de Djélâl, à la recherche de nouveaux documents et de nouvelles histoires, voici ce qu'il y découvrit : des lettres de lecteurs non décachetées, des crayons, des stylos, des coupures de journaux (un fait divers souligné à l'encre verte : après bien des années, un mari jaloux avait assassiné sa femme), des photographies — rien que des visages — découpées dans des magazines étrangers, des portraits (certaines notes, de l'écriture de Djélâl, sur des bouts de papier : « ne pas oublier : l'histoire du prince impérial »), des bouteilles d'encre vides, des boîtes d'allumettes, une horrible cravate, des livres fort primaires traitant du chamanisme, du houroufisme et des méthodes d'éducation de la mémoire, un flaçon de somnifères, des remèdes contre l'hypertension, des boutons, une montre-bracelet arrêtée, une paire de ciseaux et dans une enveloppe, décachetée celle-là, des photos jointes à la lettre d'un lecteur (sur l'une d'elles, Djélâl et un militaire au crâne chauve ; dans le jardin d'une guinguette, deux lutteurs au corps luisant d'huile et un chien de berger « kangal » à la gueule sympathique fixaient l'objectif), des crayons de couleur, des peignes, des fume-cigarette et des crayons à bille de toutes les couleurs.

Dans le sous-main, sur la table de travail, il décou-

vrit deux chemises, « Articles parus » et « Réserves ».
Dans le dossier des chroniques parues, se trouvaient
le texte dactylographié des six derniers articles de
Djélâl et une chronique dominicale à paraître le lendemain ; le texte en avait été sans doute composé,
puis illustré, avant d'être remis dans le dossier.

Dans la chemise des « Réserves », Galip ne trouva
que trois articles, parus plusieurs années plus tôt. Un
quatrième, celui qui paraîtrait probablement le
lundi, se trouvait sans doute au sous-sol. Il y avait
là suffisamment d'articles, de toute évidence, pour
tenir jusqu'au jeudi suivant. Pouvait-on en conclure
que Djélâl avait quitté la ville pour un voyage ou de
brèves vacances ? Mais Djélâl ne s'éloignait jamais
d'Istanbul.

Galip se rendit alors à la vaste salle de rédaction
pour s'y renseigner sur la présence de Djélâl et
s'approcha machinalement d'une table, devant
laquelle devisaient deux hommes d'un certain âge.
L'un d'eux, que tout le monde connaissait par son
nom de plume — Néchati —, était un vieillard atra-
bilaire qui s'était, quelques années plus tôt, lancé
dans une violente polémique avec Djélâl. À présent,
il publiait en feuilleton ses Mémoires d'un moralisme
coléreux, dans un coin du journal bien moins important que les colonnes réservées à Djélâl.

« Cela fait des jours que Djélâl bey ne vient pas »,
dit-il, avec sa gueule de bouledogue aussi revêche que
la photographie qui ornait sa lucarne dans le journal.
« Vous êtes de sa parentèle ? »

Quand l'autre journaliste lui demanda pourquoi il
voulait voir Djélâl bey, Galip se sentait sur le point
de retrouver son nom dans les méandres de sa
mémoire. Mais oui, il s'agissait bien du Sherlock

Holmes aux lunettes noires qui n'était pas homme à s'en laisser conter, chargé des pages de magazine du journal. Il était au courant de tout, il savait à quelle époque et dans quelle rue discrète de Beyoglou et dans quelles maisons de rendez-vous dirigées par Mme Une telle avaient travaillé certaines de nos actrices de cinéma, qui se dépensent en minauderies aujourd'hui, dans l'espoir de se donner des allures de grande dame ottomane. Il savait que la « chanteuse vedette » présentée comme une aristocrate argentine était en vérité une Algérienne musulmane, ancienne acrobate de cirque dans des petites villes de France.

« Vous êtes donc de ses parents », dit le rédacteur du magazine. « J'ai toujours cru que Djélâl bey n'avait pas d'autre proche que sa défunte mère. »

« Holà ! » s'écria le vieux polémiste. « Sans sa famille, Djélâl serait-il là où il est aujourd'hui ? Il avait un beau-frère, par exemple, un homme qui l'a beaucoup aidé, celui qui lui a enseigné son métier, c'est ce beau-frère, le mari de sa sœur aînée, un homme pieux, dévot même, que Djélâl a trahi par la suite. Le beau-frère était membre d'une confrérie Nakchibendi, qui continuait secrètement à pratiquer son rite dans une ancienne savonnerie. Chaque semaine, le beau-frère adressait aux Renseignements généraux un rapport sur ces cérémonies, où étaient utilisés des chaînes, des pressoirs à huile, des cierges et divers moules à savon. Et cela dans l'intention de prouver aux militaires que les activités des membres de la confrérie ne portaient aucun tort aux intérêts de l'État. Et il avait pris l'habitude de lire ces rapports au jeune Djélâl, qui appréciait l'écriture, pour lui donner le goût du style et des belles-lettres. Mais plus tard, quand, sous l'effet du vent qui se mit à souffler dans ces années-là, Djélâl adopta les idées de la gauche, il s'amusa cruellement à utiliser le style de ces rapports, en y mêlant des allégories et des métonymies qu'il empruntait aux traductions des œuvres d'Attar, d'Ebou Horassani, d'Ibn Arabî ou de Bottfolio. Comment voulez-vous que les lecteurs qui croient découvrir dans les images utilisées — métaphores se basant toujours chez lui sur des lieux communs — des passerelles reliant la modernité à notre passé culturel, puissent deviner que ces pastiches ont été imaginés non par Djélâl, mais par un autre ? Le beau-frère, dont Djélâl s'efforça de faire oublier l'existence, était un érudit dans le vrai sens du terme, il était doué de tous les talents : il avait inventé des ciseaux munis d'un miroir pour faciliter la tâche des coiffeurs, perfectionné un bistouri pour circoncision, permettant d'éviter ces fâcheux accidents qui assombrissent l'avenir de tant de nos fils, inventé une potence, où une chaîne remplaçait la corde huilée et un plancher glissant tenait lieu de tabouret, ce qui évitait bien des souffrances au supplicié. À l'époque où il avait encore besoin de l'affection de sa chère sœur et de son beau-frère, Djélâl parlait avec enthousiasme de toutes ces inventions dans la rubrique "Incroyable mais vrai" de notre journal. »

« Je m'excuse, mais la vérité est tout autre ! » protesta le rédacteur du magazine. « Djélâl vivait dans une solitude absolue à l'époque où il était chargé de cette rubrique. Et je vais à ce propos vous rapporter un événement dont j'ai été personnellement témoin. »

Il s'agissait d'une scène qui semblait empruntée aux films réalisés par les producteurs de la rue du

Sapin-Vert, de ces mélos où il est toujours question des années de solitude et de misère vécues par des jeunes gens au caractère plein de droiture qui, invariablement, parviennent à la fortune. Cela se passait dans les derniers jours de l'année, dans leur modeste maison située dans un quartier pauvre de la ville. Djélâl, tout jeune journaliste, annonce à sa mère que la branche riche de la famille l'a invité au réveillon du nouvel an dans la belle demeure familiale de Nichantache. Il va y passer une nuit dans le tapage et la bonne humeur, en compagnie des filles enjouées et des fils trop bruyants et trops gâtés de ses tantes et de ses oncles paternels, et puis, qui sait, ils iront s'amuser dans quelque lieu de plaisir en ville. Sa mère — qui gagne sa vie comme couturière —, tout heureuse à l'idée des joies qui attendent son fils, lui annonce une bonne nouvelle : elle a, dans le plus grand secret, réparé pour lui une vieille veste de son père. Tandis que Djélâl essaie cette veste qui lui va d'ailleurs à merveille, la mère (des larmes lui coulent des yeux devant cette scène : « Tout le portrait de ton père, mon enfant ! ») est ravie d'apprendre qu'un ami de son fils, journaliste comme lui, est également invité au réveillon. Mais ce soir-là, quand le journaliste, témoin oculaire de l'histoire, descend avec Djélâl les marches de l'escalier sombre et glacial de la vieille maison de bois et se retrouve dans la rue avec lui, il apprend la vérité : le pauvre Djélâl n'a jamais été invité au réveillon par ses riches parents ou par quelqu'un d'autre. Et, de plus, il se rend au journal pour y faire des heures supplémentaires, cette nuit-là, car il doit trouver de quoi payer l'opération de sa mère, qui a perdu la vue à force de coudre à la lueur d'une chandelle.

Après le silence qui suivit ces anecdotes, les deux journalistes ne prêtèrent aucune attention aux protestations de Galip, qui cherchait à leur expliquer que certains détails, dans ces deux histoires, ne cadraient guère avec la vie de Djélâl. Bien sûr, ils pouvaient s'être trompés sur certains liens de parenté ou sur certaines dates. Puisque le père de Djélâl bey était encore en vie (« Mais en êtes-vous sûr, monsieur ? »), ils pouvaient avoir confondu le père et le grand-père, la tante paternelle et la sœur aînée ; mais de toute évidence, ils n'avaient ni l'un ni l'autre l'intention d'attacher quelque importance à ces détails. Après avoir prié Galip de s'asseoir, et lui avoir offert une cigarette, en lui posant une question (« Quel est votre lien de parenté exact avec Djélâl, aviez-vous dit ? ») dont ils n'écoutèrent pas la réponse, ils se remirent à extraire, un à un, de leur sac à souvenirs les pions qu'ils plaçaient à leur gré sur un échiquier imaginaire.

Djélâl avait toujours baigné dans l'atmosphère d'affection sans bornes que lui portait sa famille, disait l'un. Au point que même aux jours si sombres où, exception faite des problèmes de la municipalité, tous les sujets étaient interdits aux journalistes, l'évocation d'un souvenir de son enfance, qui s'était écoulée dans une grande demeure dont chaque fenêtre s'ouvrait sur des tilleuls, lui suffisait pour rédiger un article splendide que ne comprenaient ni les lecteurs ni les censeurs.

Pas du tout ! répliquait l'autre. Djélâl avait si peu de contacts avec les gens, en dehors de sa profession, qu'il insistait pour se faire accompagner à toutes les réceptions ou réunions par un ami qui avait sa confiance et dont il imitait les gestes, le discours, la façon de s'habiller et même de manger.

Mais non, la vérité était bien différente ! Sinon, comment expliquer qu'un tout jeune journaliste, chargé des mots croisés, des rébus et des « Conseils à nos lectrices », ait pu, en l'espace de trois ans, avoir sa chronique quotidienne, la plus lue, non seulement dans son pays, mais également dans les Balkans et le Proche-Orient, et faire pleuvoir en toute impunité les calomnies autour de lui, si ce n'est parce qu'il disposait du soutien d'une puissante parentèle qui continuait à le protéger avec une affection qu'il ne méritait vraiment pas ?

Pas du tout ! Si Djélâl avait, dans une de ses chroniques, ridiculisé par ses railleries impitoyables et intolérantes la réception que l'un de nos hommes d'État progressistes, dans l'intention d'implanter chez nous la coutume de l'anniversaire, tradition d'une haute humanité qui constitua l'un des fondements de la civilisation occidentale, avait organisée en toute bonne foi pour les huit ans de son fils, avec un énorme gâteau à la fraise et à la crème, surmonté de huit bougies, et y avait convié des journalistes et une « madame » levantine pour tapoter sur un piano, ce n'était pas, comme on l'avait cru, pour des raisons idéologiques, politiques ou esthétiques, mais parce qu'il avait constaté avec amertume qu'il n'avait jamais connu lui-même une telle tendresse, paternelle ou autre.

Et aujourd'hui, s'il était toujours introuvable, si toutes les adresses ou les numéros de téléphone qu'il vous indiquait se révélaient être inexacts ou inventés de toutes pièces, c'était à cause d'une haine étrange, inexplicable, qu'il nourrissait contre tous ses parents,

161

proches ou lointains — et même contre toute l'humanité. (Galip leur avait en effet demandé où il pourrait
trouver Djélâl.)

Non et non ! Si Djélâl se cachait dans un coin perdu
de la ville, si, dans un exil volontaire, il se tenait à
l'écart de toute l'humanité, le motif en était tout
autre, bien sûr : il avait réalisé qu'il ne pourrait
jamais échapper au cruel sentiment de solitude,
d'incommunicabilité maladive qui, depuis le jour de
sa naissance, planait sur sa tête, telle une funeste
auréole. Dieu sait dans quelle retraite déserte et lointaine il se laissait glisser avec résignation dans les
bras d'une solitude sans espoir, à laquelle il n'échapperait jamais, tel le malade qui s'abandonne à un mal
incurable.

Galip tenta en vain d'apprendre où se trouvait cette
retraite lointaine et d'expliquer qu'une équipe de télévision « européenne » désirait rencontrer Djélâl.
Mais le nommé Néchati, chroniqueur et polémiste,
lui coupa la parole :

« D'ailleurs, le journal est sur le point de licencier
Djélâl bey. Tout le monde est au courant : les chroniques "à paraître" qu'il garde en réserve ne sont
que de vieux articles parus il y a vingt ans, qui ont
été dactylographiés à nouveau, tout le monde le
sait ! »

Le responsable du magazine protesta, comme
Galip s'y attendait et l'espérait : les chroniques de
Djélâl suscitaient plus d'intérêt que jamais, les coups
de téléphone se succédaient, il recevait au moins
vingt lettres par jour.

« Bien sûr ! » répliqua le polémiste. « Ces lettres lui
sont envoyées par des putains, des maquereaux, des
terroristes, des hédonistes, par des trafiquants de stu-

péfiants ou par ces anciens gangsters dont il chante les louanges dans ses articles. »

« Tu lis donc son courrier ? » demanda le responsable du magazine.

« Comme tu le fais toi-même ! » s'écria le polémiste.

Ils se redressèrent tous deux sur leurs sièges, tels des joueurs d'échecs satisfaits de leur ouverture. Le vieux journaliste tira du fond de sa poche une petite boîte et la montra à Galip du geste précis du prestidigitateur désignant aux spectateurs l'objet qu'il se prépare à faire disparaître : « Le seul point que nous ayons gardé en commun, Djélâl bey — que vous dites être un parent à vous — et moi : un remède contre l'excès d'acide gastrique. En désirez-vous ? »

Galip choisit une pilule blanche et l'avala, dans l'espoir de se voir autorisé à accéder à ce jeu, dont il n'arrivait à déterminer ni où il avait commencé, ni où il pouvait mener, mais auquel il était désireux de participer.

« Avez-vous apprécié notre petit jeu ? » lui demanda le vieux chroniqueur, en souriant.

« Je tente d'en découvrir les règles », lui répondit Galip, méfiant.

« Lisez-vous mes articles ? »

« Régulièrement. »

« Quand vous ouvrez le journal, qui lisez-vous le premier, Djélâl ou moi ? »

« Djélâl est un parent à moi. »

« Est-ce la seule raison, pour le lire le premier ? »

« Mais ses articles sont très bons ! » dit Galip.

« Ne comprenez-vous pas que tout le monde pourrait les écrire ? » s'écria le vieux journaliste. « D'autant plus que certains sont trop longs pour des chroniques. Ce sont plutôt des nouvelles ratées. Des joliesses soi-disant artistiques. Un verbiage creux. Djélâl bey a quelques trucs à lui, c'est tout. Il y est toujours question de souvenirs, de choses agréables, tout sucre, tout miel. Et il y glisse sans cesse quelque paradoxe. Il y utilise ce que les poètes du Divan appelaient la " feinte d'ignorance ", le jeu qui consiste à feindre d'ignorer ce que l'on connaît bien. Relater les choses réelles comme si elles ne s'étaient jamais passées, ou les choses qui ne se sont jamais passées comme des réalités. Et quand aucun de ces trucs n'est utilisable, dissimuler le vide de l'article sous un style emphatique, que ses admirateurs prennent pour de l'élégance. Tout un chacun est capable de mener ce petit jeu aussi bien que lui. Vous-même... Racontez-moi donc une histoire ! »

« Quel genre d'histoire ? »

« Ce qui vous passera par la tête. Une histoire, quoi. »

« La femme d'un homme qui l'adorait le quitta un beau jour, alors lui se mit à sa recherche », dit Galip. « Partout où il allait dans la ville, il rencontrait la piste de sa femme, il retrouvait ses traces, mais elle, il ne la retrouvait jamais. »

« Et alors ? »

« C'est tout. »

« Non, non, il doit y avoir une suite ! » s'écria le vieux journaliste. « Cet homme, que lit-il dans les pistes qu'il retrouve dans la ville ? La femme était-elle vraiment belle ? Pour qui l'avait-elle quitté ? »

« Dans tous les indices qu'il rencontrait dans la ville, il ne réussissait qu'à lire son propre passé, les traces de leur passé commun. Il ignorait pour qui elle l'avait quitté, ou alors, il ne voulait pas le savoir, car partout où il allait, partout où il rencontrait l'empreinte de ce passé commun, il se disait que l'homme que sa femme était allée rejoindre ou l'endroit où elle se trouvait faisaient nécessairement partie de son passé à lui. »

« C'est là un beau sujet », dit le vieil homme. « Une femme très belle qui meurt ou qui disparaît, disait Poe. Mais un conteur doit être plus résolu. Car le lecteur ne fait pas confiance à l'écrivain qui montre ses hésitations. Tentons donc de trouver une fin à cette histoire en utilisant les artifices de Djélâl. Souvenirs : la ville doit grouiller des souvenirs heureux du mari. Le style : les indices des souvenirs évoqués par des phrases élégantes ne doivent déboucher que sur le vide. Ignorance feinte : le personnage doit feindre d'ignorer pour qui sa femme l'a laissé tomber. Paradoxe : cet homme-là n'est que le personnage lui-même ! Comment trouvez-vous mon idée ? Vous voyez bien, vous êtes capable d'écrire ce genre de chroniques, vous aussi ! Tout le monde en est capable ! »

« Mais Djélâl est le seul à les écrire », dit Galip.

« Très juste ! Mais dorénavant, vous pourrez les écrire, vous aussi ! » déclara le chroniqueur, sur un ton qui indiquait qu'il voulait en rester là.

« Si vous tenez à le retrouver », dit le responsable du magazine, « vous n'avez qu'à consulter ses chroniques. Ses articles sont toujours bourrés de messages, qu'il envoie à droite, à gauche, partout autour de lui, de brefs messages personnels, vous comprenez ce que je veux dire ? »

Galip leur raconta alors comment, quand il n'était encore qu'un gamin, Djélâl lui avait montré dans certains de ses articles des phrases constituées avec les premiers et les derniers mots des paragraphes, ces jeux de lettres qu'il inventait pour duper la censure et le procureur responsable de la presse, les enchaînements des premières et des dernières syllabes de ses phrases, les phrases formées par les majuscules du texte, et aussi les calembours destinés à offusquer leur tante Hâlé.

« Votre tante Hâlé... S'agissait-il d'une vieille fille ? » demanda le responsable du magazine.

« Elle ne s'est jamais mariée, en effet », dit Galip.

Était-il vrai que Djélâl bey était en mauvais termes avec son père à cause d'un appartement ?

Galip lui répondit qu'il s'agissait là d'une « très vieille histoire ».

Un de ses oncles, qui était avocat, confondait-il vraiment les grosses des tribunaux, les recueils de lois et de jurisprudence avec les menus de restaurant et les horaires des bateaux ?

De l'avis de Galip, il pouvait bien s'agir là d'une histoire inventée de toutes pièces, comme le reste.

« Voyez-vous, jeune homme », lui dit alors le vieux journaliste d'une voix peu amène, « ce n'est pas Djélâl bey qui a fourni lui-même ces détails à mon collègue, détective amateur et féru d'houroufisme ; avec la patience de l'homme qui entreprend de creuser un puits avec une aiguille, il les a tous découverts lui-même, l'un après l'autre, dans les articles où votre cousin les cachait, dans les mots qu'il y utilisait. »

Le rédacteur du magazine déclara que tous ces jeux pouvaient avoir une signification profonde, qu'ils nous aidaient à percer certains mystères et qu'ils avaient peut-être permis à Djélâl de laisser tous ses confrères loin derrière lui, grâce à ses liens profonds avec tout ce qui était secret. Et cependant, Djélâl ne devait pas oublier cet axiome : le journaliste qui se monte trop le bourrichon finit à la fosse commune, ou alors ses confrères doivent se cotiser pour lui payer des obsèques.

« Dieu l'en garde, mais il est peut-être mort ! » dit le vieux journaliste. « Le petit jeu que nous jouons là vous plaît-il ? »

« Djélâl est-il vraiment devenu amnésique, ou s'agit-il encore d'un bobard ? » demanda le responsable du magazine.

« C'est une légende, mais également une réalité », dit Galip.

« Et ces adresses dans toute la ville, qu'il dissimule à tout le monde ? »

« C'est également vrai et faux. »

« Il est peut-être en train d'agoniser tout seul dans une de ces maisons », dit le chroniqueur. « Vous savez, lui-même adore ces jeux de conjectures. »

« Si c'était le cas, il aurait fait appel à l'un de ses proches », dit le rédacteur du magazine.

« Il n'a pas de proches ! » affirma le vieux journaliste. « Il n'a jamais éprouvé d'affection pour qui que ce soit. »

« Notre jeune ami n'est sûrement pas de cet avis », dit le responsable du magazine. « Mais vous ne nous avez même pas dit votre nom. »

Galip se présenta.

« Eh bien, Galip bey, parlez donc », dit le responsable du magazine. « Djélâl doit bien avoir des amis ou des parents dont il se sente assez proche pour les appeler, au cas où il serait pris d'un malaise, ou traverserait on ne sait quelle crise, dans l'une de ses retraites, pour leur livrer ses secrets littéraires ou choisir entre eux son légataire universel, n'est-ce pas ? Car c'est un homme qui n'est pas aussi seul qu'il le paraît. »

Galip réfléchit avant de répondre. « Non, il n'est pas vraiment seul », dit-il avec une certaine appréhension.

« À qui pourrait-il faire appel ? » demanda le responsable du magazine. « À vous peut-être ? »

« À sa sœur », dit Galip sans même prendre le temps de réfléchir. « Il a une sœur. Sa cadette de vingt ans, sa demi-sœur. C'est à elle qu'il s'adresserait. » Il se remit à réfléchir. Puis il se souvint du fauteuil au ventre lacéré d'où jaillissaient les ressorts rouillés. Il continuait à réfléchir.

« Vous commencez sans doute à saisir la logique de notre jeu », dit le vieux chroniqueur. « À en tirer les conséquences. Et même à y prendre plaisir. C'est pourquoi je vais vous parler franchement. Tous les Houroufis ont mal fini. Le fondateur du houroufisme, Fazlallah d'Esterabad, fut abattu comme un chien, son cadavre, traîné dans les rues et les marchés, une corde au pied. Savez-vous que lui aussi, comme Djélâl bey, débuta par l'interprétation des songes, il y a six cents ans ? Lui n'exerçait pas son art dans un journal, mais dans une grotte, à l'extérieur de la ville. »

« Avec des comparaisons de ce genre, jusqu'à quel point peut-on vraiment comprendre un homme, pénétrer les secrets de toute une vie ? » dit le responsable du magazine. « Depuis plus de trente ans, je recherche les secrets, qui n'en sont pas, des malheureux acteurs de chez nous, ces gens que nous appelons des stars en singeant les Américains. Je l'ai enfin compris : ceux qui prétendent que toute créature humaine est créée en double exemplaire se

168

trompent. Personne ne ressemble à personne. Chacune des pauvres filles de ce pays a sa misère à elle. Chacune de nos étoiles est une pauvre starlette, qui brille toute seule, dans son coin du ciel. »

« Si l'on ne tient pas compte de son original à Hollywood », déclara le vieux journaliste. « Ne vous ai-je pas parlé des originaux dont Djélâl bey n'est qu'une pâle copie ? Outre ceux que je vous ai déjà cités, il a tout piqué à Dante, à Dostoïevski, à Mevlâna, à Cheik Galip, il les a tous plagiés. »

« Toute histoire est unique en elle-même ! » dit le responsable du magazine. « Toute histoire est histoire parce qu'elle n'a pas de semblable. Tout écrivain est un pauvre écrivain unique en son genre. »

« Je ne partage pas cette opinion ! » s'écria le vieux journaliste. « Prenons par exemple cette chronique que Djélâl avait intitulée " Le jour où se retireront les eaux du Bosphore " et qui aurait été très appréciée. Ne s'agit-il pas d'un simple plagiat de livres vieux de milliers d'années, où sont décrits les signes annonçant l'Apocalypse, les temps de catastrophes et de destructions qui précéderont l'avènement du Messie ; le Coran et ses sourates sur la fin du monde, les écrits d'Ibn Haldun et d'Ebou Horassani ? Il y a simplement ajouté une histoire de gangsters. Cette chronique n'a aucune valeur artistique. Si elle a pu émouvoir une étroite frange de lecteurs, si des centaines de femmes hystériques ont téléphoné à la rédaction ce jour-là, ce n'est pas à cause des sottises que racontait cet article. Les lettres de l'alphabet contiennent des messages secrets, incompréhensibles pour des gens comme vous et moi, et que seuls peuvent appréhender les initiés qui en détiennent la clé. Les adeptes de cette confrérie, qui sont soit des putains, soit des

169

pédophiles, disséminés aux quatre coins du pays, considèrent ces messages comme autant d'ordres et téléphonent soir et matin à la rédaction, pour que nous ne mettions pas à la porte leur père spirituel, Djélâl bey, parce qu'il a écrit ces sornettes ! D'ailleurs, il y a toujours deux ou trois personnes qui l'attendent à la sortie du journal. Et comment pouvons-nous être sûrs que vous-même, Galip bey, n'êtes pas l'un de ces initiés ? »

« Galip bey m'a beaucoup plu ! » dit le rédacteur du magazine. « Nous avons retrouvé chez lui un peu de notre jeunesse. Il nous a inspiré tellement de sympathie que nous lui avons révélé certains de nos secrets. C'est ainsi que nous pouvons comprendre s'il est ou non un initié. Et la maladie que l'on nomme jalousie, comme me le disait Samiyé Samim, actrice célèbre en son temps, alors qu'elle vivait ses derniers jours dans une maison de retraite... Mais que se passe-t-il, jeune homme, vous nous quittez ? »

« Puisque tu t'en vas, mon enfant, réponds du moins à ma question », dit le vieux journaliste. « Pourquoi est-ce avec Djélâl que les gens de la télévision britannique veulent faire ce reportage, et non avec moi ? »

« Parce qu'il écrit mieux que vous », lui répliqua Galip, qui s'était levé et se dirigeait vers le couloir menant à l'escalier. Il entendit le vieux journaliste crier, d'une voix forte qui n'avait rien perdu de sa bonne humeur :

« Cette pilule que je t'ai fait avaler, es-tu sûr qu'il s'agissait d'un remède pour l'estomac ? »

Une fois dans la rue, Galip examina attentivement les alentours. Sur le trottoir d'en face, à l'endroit même où des élèves du lycée théologique avaient un

170

jour brûlé non seulement la chronique de Djélâl, qu'ils accusaient de blasphème, mais toutes les pages du journal, il aperçut deux hommes : l'un était chauve, l'autre se tenait près d'un étal d'oranges. Personne ne semblait guetter la sortie de Djélâl. Galip traversa la rue et acheta une orange. Il la pela et la mangea tout en marchant, avec soudain l'impression d'être suivi. Tout en traversant la place de Djagaloglou en direction de la rue où se trouvait son bureau, il se posa, sans y trouver de réponse, la question : pourquoi avait-il été saisi, à l'instant même, de ce sentiment ? Il descendit à pas lents la rue pentue, tout en regardant les vitrines des libraires et en se demandant pourquoi ce sentiment lui semblait si réel. C'était comme s'il y avait un œil derrière lui, fixé sur sa nuque, presque imperceptible.

Quand il aperçut deux yeux dans la vitrine d'une librairie devant laquelle il ralentissait le pas à chaque fois qu'il passait par là, il fut pris d'émotion, tout comme s'il avait rencontré un proche et réalisé à l'instant même l'affection qu'il lui portait. La boutique appartenait aux éditions qui publiaient la plupart des romans policiers que Ruya ingurgitait à toute vitesse. La chouette à l'œil cruel qu'il retrouvait si souvent sur la couverture de cette série suivait d'un regard patient Galip et la foule du samedi, qui passait devant la petite vitrine. Il entra dans la librairie et y acheta trois volumes déjà anciens que Ruya n'avait sans doute pas lus, et le livre de la semaine : *Amour, pépées et whisky*. « En Turquie, aucune série n'a jusqu'ici atteint le numéro 126 ! Le chiffre qui figure sur nos romans policiers est la garantie de leur qualité », pouvait-on lire sur une pancarte, au-dessus de l'étagère. Comme on vendait dans la librairie d'autres livres que les séries « Les grands romans d'amour de la littérature » et « Les romans humoristiques de la Chouette », Galip demanda un livre sur le houroufisme. Un grand vieillard costaud qui, du fauteuil qu'il avait installé près de la porte du magasin, pouvait surveiller et le comptoir derrière lequel se tenait un jeune homme pâle et la foule qui défilait sur le trottoir couvert de boue, lui fournit la réponse à laquelle il s'attendait :

« Nous n'en avons pas. Allez voir chez Ismaïl le Grigou. » Et l'homme ajouta : « Je suis tombé un jour sur les brouillons des romans policiers que traduisait du français le prince Osman Djélalettine, qui était lui-même houroufi. Savez-vous comment il a été assassiné ? »

Quand Galip sortit du magasin, il examina la rue et les trottoirs, mais n'y découvrit rien d'inhabituel : une femme, la tête couverte d'un fichu, et un petit garçon au manteau trop grand, qui s'étaient arrêtés devant la vitrine d'un marchand de sandwiches, deux écolières aux collants du même vert, et un vieillard vêtu d'un paletot marron qui se préparait à traverser la rue. Pourtant, dès qu'il se remit à marcher, Galip sentit à nouveau le regard de l'Œil sur sa nuque.

Comme il n'avait jamais été suivi de sa vie et qu'il n'avait jamais eu l'impression de l'être jusque-là, les connaissances de Galip dans le domaine de la filature se réduisaient à des films et à certains passages des romans de Ruya. Bien que lisant rarement des policiers, il avait sur ce genre des idées qu'il aimait exposer : il fallait pouvoir écrire un roman où le dernier chapitre serait exactement le même que le premier ; écrire une histoire qui n'aurait pas de conclusion évidente, la fin réelle demeurant dissimulée à l'intérieur de l'histoire ; un roman qui se déroulerait exclusivement entre des aveugles, etc. Alors qu'il échafaudait ces hypothèses, que Ruya accueillait avec une moue dubitative, Galip rêvait de pouvoir devenir un jour un autre homme.

Quand il s'imagina que le mendiant unijambiste qui s'était installé au coin de la porte, à l'entrée de l'immeuble, était également aveugle, il décida que le cauchemar qu'il traversait provenait autant du manque de sommeil que de la disparition de Ruya. Il entra dans son bureau, et au lieu de s'asseoir devant sa table de travail, ouvrit la fenêtre, se pencha et observa un bon moment les mouvements de la rue en bas. Quand il s'installa enfin dans son fauteuil, il tendit machinalement la main, non vers le téléphone, mais vers le dossier où il plaçait le papier machine, en sortit une feuille blanche, et se mit à écrire, sans trop réfléchir :

« Endroits où peut se trouver Ruya : chez son ex-mari. Chez ses parents. Chez Banou. Quelque part chez des amis qui s'occupent de politique. Ou d'autres, qui s'intéressent moins à la politique. Une maison où l'on parle de poésie. Quelque part où l'on parle de tout. Quelque part, à Nichantache. Une maison quelconque. Une maison... » Décidant que le fait d'écrire l'empêchait de réfléchir, il posa son crayon à bille. Puis s'en empara à nouveau et biffa tout ce qu'il avait écrit, sauf les mots : « Chez son ex-mari. » Et il se remit à écrire : « Endroits où peuvent se trouver Ruya et Djélâl : Ruya et Djélâl dans l'une des maisons de Djélâl. Dans une chambre d'hôtel. Ruya et Djélâl vont au cinéma. Ruya et Djélâl ? Ruya avec Djélâl... »

Au fur et à mesure qu'il noircissait la feuille blanche, il se découvrait une ressemblance avec les per-

173

sonnages des romans policiers qu'il se plaisait à imaginer, sur le point de franchir une porte qui s'ouvrait sur un monde nouveau et qui lui faisait penser à Ruya et à l'homme nouveau qu'il rêvait de devenir. Vu de cette porte, le monde était un univers où le sentiment d'être suivi ne suscitait aucune appréhension. S'il pouvait se croire l'objet d'une filature, il lui fallait également se croire capable de s'asseoir devant sa table pour faire la liste de tous les indices pouvant servir à retrouver une personne disparue. Galip savait qu'il n'était pas l'homme qui ressemblait aux personnages des romans policiers ; mais le seul fait de croire qu'il lui ressemblait, qu'il pouvait être « comme lui » lui rendait moins lourde la pression qu'exerçaient sur lui les objets et les histoires autour de lui. Quand, un peu plus tard, le commis, dont les cheveux étaient divisés par une raie en deux parties étonnamment symétriques, lui apporta le repas qu'il avait commandé au restaurant voisin, sur le plateau graisseux, les carottes râpées et la viande rôtie accompagnée de pilaf lui parurent des mets extravagants qu'il découvrait pour la première fois de sa vie, tant son univers s'était rapproché de celui des romans policiers, à force de remplir les pages blanches des indices qu'il amassait.

Quand le téléphone sonna, au beau milieu de son repas, il saisit l'écouteur avec l'empressement qu'on met à répondre à un appel longuement attendu. Il s'agissait d'un faux numéro. Après avoir terminé son déjeuner, il débarrassa la table du plateau et fit son propre numéro à Nichantache. Il laissa longuement sonner le téléphone ; il imaginait Ruya sortant de son lit pour lui répondre, elle était rentrée, elle était fatiguée. Et pourtant, il ne s'étonna point de ne pas avoir de réponse. Il composa alors le numéro de la tante Hâlé.

Pour éviter les questions de sa tante, qui lui demandait des nouvelles de la santé de Ruya, et qui lui racontait qu'inquiète de ne trouver personne au bout du fil, la tante Suzan était passée chez eux pour y trouver porte close, Galip se mit à parler d'un trait : ils n'avaient pu avertir la famille parce que leur téléphone était en dérangement, Ruya s'était rétablie la nuit même, elle se portait comme un charme, elle n'avait vraiment plus rien, elle attendait Galip devant la porte, dans un taxi Chevrolet 56, heureuse de vivre, vêtue de son manteau violet, ils partaient pour Izmir tous les deux, ils allaient voir un vieil ami gravement malade, le bateau allait bientôt quitter le port, il téléphonait à sa tante d'une épicerie sur leur chemin, il remerciait l'épicier qui lui permettait d'utiliser son téléphone, avec tous ces clients qui attendaient, au revoir, tante Hâlé, au revoir ! Mais la tante Hâlé lui posa encore deux questions : avaient-ils bien refermé la porte en quittant la maison ? Ruya emportait-elle son pull vert ?

Au moment où Saïm l'appela, Galip se posait la question : à quel point pouvait-on se retrouver transformé à force d'étudier le plan d'une ville où l'on n'a jamais mis le pied et à force d'imaginer la vie de cette ville ? Saïm lui apprit qu'il avait poursuivi ses recherches dans ses archives après le départ de Galip et qu'il était tombé sur certains indices pouvant leur être utiles. Oui, Mehmet Yilmaz, responsable de la mort de la pauvre vieille, pouvait bel et bien être encore en vie, il allait et venait dans la ville, aussi visible qu'un fantôme, il se dissimulait, non pas comme ils l'avaient tout d'abord cru, sous les noms d'Ahmet Katchar ou de Haldoun Kara, mais sous celui de Mouammer Erguener, nom qui puait un peu moins la fiction. Saïm n'avait pas été trop surpris de rencontrer cette signature dans une revue qui défendait l'« opposition » en son ensemble. Il avait été bien plus étonné de constater que, dans la même revue, un article signé Salih Gueulbachi, qui s'en prenait violemment à deux chroniques de Djélâl, avait été écrit dans le même style et avec les mêmes fautes d'orthographe. Après s'être dit que ce nom et ce prénom rimaient avec ceux de l'ex-mari de Ruya et qu'ils étaient composés des mêmes consonnes, Saïm les avait retrouvés dans de vieux exemplaires d'une petite revue sur l'éducation, comme étant ceux du directeur de la rédaction. Il avait donc relevé pour Galip l'adresse du siège social qui se trouvait en banlieue : quartier Guntépé, rue Refet-Bey, nº 13, Sinanpacha, Bakirkeuy.

Après avoir raccroché, quand il découvrit le quartier Guntépé sur le plan de la ville, Galip en fut fort surpris, mais il ne s'agissait pas là de la stupeur qui aurait fait de lui un autre homme, comme il le souhaitait : le quartier Guntépé recouvrait entièrement la colline aride sur laquelle s'élevait le bidonville où Ruya et son premier mari s'étaient installés douze ans plus tôt, pour mieux y mener leur action au sein de la classe ouvrière. Comme le montrait le plan, la colline était à présent parcourue par des rues dont chacune portait le nom d'un héros de la Guerre d'indépendance. Dans un coin du plan, on pouvait voir la tache verte d'un parc, le minaret d'une mosquée, et une place sur laquelle un petit rectangle indiquait l'emplacement d'une statue d'Atatürk : la dernière des contrées dont Galip aurait pu rêver.

176

Après avoir à nouveau téléphoné au journal et appris que Djélâl bey « n'était pas encore arrivé », Galip appela Iskender. Tandis qu'il lui expliquait qu'il avait réussi à joindre son cousin, qu'il lui avait parlé de l'interview demandée par l'équipe de la télévision britannique, que Djélâl n'avait pas dit non, mais qu'il était très pris ces jours-ci, il entendait pleurer une petite fille, pas trop loin du téléphone. Iskender le rassura : les Anglais comptaient passer au moins six jours encore à Istanbul ; ils avaient beaucoup entendu parler de Djélâl, ils attendraient, il en était sûr. Galip pouvait toujours les retrouver au Péra-Palace.

Galip posa le plateau devant la porte et sortit de l'immeuble. Alors qu'il descendait la rue, il remarqua la couleur du ciel, une pâleur qu'il n'avait jamais vue jusque-là. À croire qu'il allait tomber une neige couleur de cendre et que ce phénomène ne surprendrait pas la foule du samedi. C'était peut-être pour s'y préparer que les piétons avançaient les yeux fixés sur la boue. Il remarqua que les livres qu'il portait sous son bras lui rendaient sa sérénité ; à croire que les romans de ce genre, parce qu'ils étaient écrits dans des pays lointains et magiques et traduits dans notre langue par des femmes mariées, sans profession, regrettant amèrement de n'avoir pu mener jusqu'au bout des études entamées dans des lycées où l'enseignement est donné dans des langues étrangères, permettaient à tous de vivre leur vie de tous les jours ; à croire que ces camelots aux vêtements fanés qui rechargeaient les briquets à gaz dans les entrées des immeubles de bureaux, ces bossus aussi délavés que de vieilles fringues, ces voyageurs silencieux et patients, qui attendaient l'autobus, pouvaient continuer à vivre leur existence quotidienne toujours grâce à ces polars.

Quand il descendit à Harbiyé de l'autobus qu'il avait pris à Emineunu, Galip remarqua la queue devant le cinéma Konak. C'était la foule de la séance de quatorze heures quarante-cinq du samedi après-midi. Vingt-cinq ans plus tôt, Ruya, certains de ses copains et Galip fréquentaient ces « matinées », dans la foule des lycéens au visage couvert d'acné, tous vêtus du même imperméable ; Galip dévalait rapidement les marches couvertes, comme elles l'étaient encore ce jour-là, de sciure, allait consulter les photos du « programme de la semaine prochaine », éclairées par de petites lampes, tout en surveillant Ruya dans un silence patient, pour voir avec qui elle parlait. En ce temps-là, la séance précédente semblait ne jamais devoir finir, les portes demeuraient obstinément closes, et l'instant où ils se retrouveraient, assis côte à côte, Ruya et lui, et où s'éteindraient les lumières, tardait à venir. Quand il apprit qu'il y avait encore des tickets pour la séance de quatorze heures quarante-cinq, il se sentit envahi par un étrange sentiment de liberté. La salle, réchauffée par l'haleine de la foule qui venait de l'évacuer, sentait le renfermé. Les lumières s'éteignirent, les spots de publicité défilèrent sur l'écran et Galip comprit qu'il allait s'endormir.

Dès qu'il se réveilla, il se redressa dans son fauteuil. Il y avait sur l'écran une femme, très belle, et aussi malheureuse que belle. Puis il vit une rivière, large et sereine, puis une ferme, une ferme américaine perdue dans la verdure. Ensuite, la femme si belle et si triste se mit à parler avec un homme d'un certain âge, un acteur que Galip n'avait jamais vu jusque-là dans un film. Et plus qu'aux paroles qu'ils échangeaient, Galip devinait à leurs gestes lents et calmes, et à l'expression de leurs visages, que leurs existences étaient pleines de soucis et de chagrins. Il ne le devinait pas, il en était sûr. La vie était faite de soucis, et dès qu'un souci prenait fin, un nouveau lui succédait, et dès que nous nous y accoutumions, survenaient de nouveaux malheurs, qui gravaient sur nos visages la même expression accablée, si bien que nous nous ressemblions tous. Et même si ces malheurs survenaient tous à la fois, nous savions depuis longtemps qu'ils allaient se déclencher, nous nous y attendions, nous nous y préparions, et pourtant, quand le malheur s'abattait sur nous, comme un cauchemar, nous nous retrouvions dans une étrange solitude, une solitude désespérée, infranchissable, mais dont nous imaginions qu'elle pourrait nous mener au bonheur si nous pouvions la partager avec d'autres. Galip sentit brusquement que le chagrin de la femme sur l'écran était le même que le sien, ou alors, ce n'était pas le chagrin qui leur était commun, mais leur univers, un univers bien ordonné où l'homme n'attend pas grand-chose de la vie, mais où personne n'en veut à personne, où la logique et l'absurde sont limités — un univers qui vous incite à la modestie. Au fur et à mesure que les événements se succédaient sur l'écran, quand la femme tirait de l'eau d'un puits, se lançait sur les routes à bord d'une camionnette Ford, ou quand elle prenait son enfant dans ses bras, ou le couchait dans son petit lit tout en lui parlant longuement, Galip se sentait très proche d'elle, au point d'avoir l'impression qu'il se voyait lui-même sur l'écran. Ce qui éveilla en lui le désir de la prendre dans ses bras, ce ne fut ni la beauté de la

179

femme ni son naturel, ce fut la conviction profonde qu'ils vivaient tous deux dans le même univers. Et s'il avait pu la serrer dans ses bras, cette femme si belle, si mince, aux cheveux châtain clair, aurait sûrement partagé cette conviction. Galip avait l'impression qu'il était tout seul à suivre le film, que personne ne voyait ce qui se déroulait sous ses yeux. Mais au bout d'un moment, quand une bagarre éclata dans une petite ville écrasée par la chaleur et traversée par une large route asphaltée, et quand un acteur « débordant de personnalité », aussi rapide que costaud, se mit à précipiter le cours des événements, Galip devina que cette communion avec l'héroïne était sur le point de prendre fin. Les sous-titres des dialogues se gravaient mot à mot dans ses yeux ; à présent il devinait les frémissements de la foule dans la salle comble. Il se leva, et dans la nuit survenue de bonne heure, il rentra chez lui sous la neige qui tombait à gros flocons.

Bien plus tard, étendu sous la couette à carreaux bleus, à moitié endormi, il se dit qu'il avait oublié dans la salle de cinéma les romans policiers qu'il avait achetés pour Ruya.

CHAPITRE X

L'Œil

> « Le nombre de pages qu'il écrivit
> quotidiennement durant cette période
> de sa vie ne fut jamais inférieur à cinq. »
>
> Abdurrahman Seref

L'incident que je vais vous relater m'est arrivé par
une nuit d'hiver. Je traversais une période des plus
sombres : j'avais déjà laissé derrière moi les premières années, les plus difficiles, de la profession de
journaliste, mais tout ce que j'avais dû faire pour
réussir quelque peu dans mon métier avait épuisé
l'enthousiasme avec lequel je m'étais lancé dans la
carrière. Quand, par de froides nuits d'hiver, je me
répétais : « J'ai réussi à tenir le coup ! », je savais bien
que j'étais épuisé. Comme je souffrais déjà, cet hiver-
là, d'insomnie, maladie dont je n'ai pu me débarrasser tout au long de mon existence, je restais parfois
très tard dans la nuit à la rédaction, en compagnie
du secrétaire de garde, pour terminer certains travaux que je n'aurais pu effectuer dans le tumulte de
la journée. J'étalais devant moi l'un des journaux
étrangers, percé d'un tas de fenêtres, là où on avait
déjà découpé des nouvelles, et j'examinais longue-

ment les illustrations de la rubrique « Incroyable mais vrai » (j'ai toujours estimé inutile et même nuisible pour l'imagination la connaissance d'une langue étrangère), puis je saisissais mon stylo pour mettre en paroles, dans une sorte d'enthousiasme artistique, ce que m'inspiraient les images.

Cette nuit-là, après avoir examiné dans un vieil exemplaire d'une revue française (*L'Illustration*) la photographie d'un être au visage étrange (un œil au bas du front, l'autre tout en haut), je me mis à griffonner un billet sur les « Tépégueuz » ou cyclopes. Après avoir résumé l'historique de ces créatures audacieuses, ces géants qui épouvantent les jeunes filles dans l'Épopée de Dédé Korkout et qui, chez Homère, portent le nom de Kuklops ; le monstre qui, dans l'*Histoire des Prophètes* de Boukhari, est le Dejjal lui-même et qui pénètre dans les harems des vizirs tout au long des contes des *Mille et Une Nuits*, ou qui, vêtu de violet, fait une brève apparition dans le *Paradis*, juste à l'instant où Dante rencontre sa bien-aimée Béatrice — qui m'est si chère ; qui s'attaque aux caravanes dans le *Mesnevi* de Mevlâna Djelâlettine et se dissimule sous l'apparence d'une négresse dans *Vathek*, un livre que j'aime beaucoup, je décrivis l'œil étrange et unique, sombre comme un puits, qu'il porte au milieu du front, j'expliquai la crainte qu'il nous inspire et pourquoi nous devons nous méfier et nous protéger de lui. Puis, continuant sur ma lancée, j'ajoutai à cette brève monographie deux petites histoires qui avaient surgi d'elles-mêmes sous ma plume : j'y parlais du Tépégueuz, l'homme à l'œil unique, qui vivait dans un des quartiers pauvres de la Corne d'Or, et dont on disait qu'il plongeait la nuit dans ses eaux troubles, pour se rendre on ne savait où, retrouver peut-être un autre Tépégueuz, élégant celui-là, au point qu'on l'avait surnommé le Lord — tant de filles s'étaient évanouies de terreur dans les bordels de luxe de Péra, à l'instant où il ôtait son colback après minuit —, et qui était peut-être le même que celui de la Corne d'Or.

Après avoir laissé l'article au dessinateur, qui adorait ce genre d'histoires, avec une note : « Surtout pas de moustache, s'il te plaît ! », je quittai le journal tard dans la nuit, et comme je ne voulais pas rentrer aussitôt dans une maison froide et déserte, je décidai de marcher dans les rues du vieil Istanbul. Comme toujours, je n'étais pas content de moi, mais j'étais assez satisfait de l'article et de l'histoire. Je m'imaginais que si je faisais suivre d'une longue promenade cette impression de victoire, j'arriverais à échapper au sentiment d'infortune qui pèse sans cesse sur moi, comme un mal chronique.

Je suivais des ruelles qui s'entrecroisaient en un lacis de courbes désordonnées, et qui devenaient de plus en plus étroites et de plus en plus noires. Je marchais en écoutant le bruit de mes pas, sous les fenêtres aveugles des maisons sombres dont les encorbellements tout de guingois touchaient presque ceux des façades sur l'autre trottoir. J'ai ainsi traversé des rues entièrement oubliées, où les bandes de chiens errants, les veilleurs de nuit somnolents, les fumeurs de haschisch et les fantômes eux-mêmes n'osent plus poser le pied.

Quand je me suis senti envahir par le sentiment qu'un œil me fixait de je ne sais où, je ne me suis pas aussitôt inquiété : je me disais qu'il s'agissait sans doute d'une illusion liée à mon article, car aucun œil ne m'apparaissait, comme je l'avais cru tout d'abord, dans les ténèbres d'un terrain vague, ni derrière une fenêtre dont l'encorbellement grillagé touchait presque le pavé. Cette chose, que je sentais me guetter, n'était qu'une illusion et je me refusais à y attacher de l'importance. Mais durant ces longs silences, uniquement troublés par les coups de sifflet des veilleurs de nuit et les hurlements des meutes de chiens qui se battaient dans de lointains faubourgs, ce sentiment d'être épié, observé, devenait si aigu et si dense que, très vite, je compris que je ne me débarrasserais pas de ce malaise oppressant en faisant mine de l'ignorer.

Un Œil, qui voyait tout et qui me retrouvait partout où j'allais, me guettait ouvertement à présent, et il n'avait rien à voir avec les personnages des histoires que j'avais inventées ; il n'était ni terrifiant ni laid ni comique ; son regard n'était pas froid, il ne m'était pas étranger, il m'était même, dirons-nous, familier. L'Œil me connaissait et moi, je le connaissais. Depuis longtemps déjà nous étions, l'un comme l'autre, au courant de nos existences. Mais pour que nous nous remarquions aussi clairement, il avait fallu que je suive cette rue-là, que j'éprouve cet étrange sentiment si tard dans la nuit, il avait fallu le choc brutal de cette apparition.

Je ne vous révélerai pas le nom de cette rue, située sur les hauteurs de la Corne d'Or ; de toute façon il ne dirait rien aux lecteurs qui ne connaissent pas bien Istanbul. Il vous suffit d'imaginer une rue pavée, bordée de maisons de bois noircies — dont j'ai pu retrouver telles quelles la plupart trente ans après cette expérience métaphysique —, soulignée par les silhouettes des balcons grillagés, par la pâle lumière d'un réverbère, qu'assombrissaient encore les branches d'arbres enchevêtrées. Les trottoirs étaient étroits et sales. Le mur d'une petite mosquée allait se perdre dans des ténèbres sans fin. Et au coin le plus sombre où convergeaient la rue et le mur, tout au bout de la perspective, cet Œil absurde — quel autre qualificatif pourrais-je lui trouver ? — m'attendait. J'espère m'être fait comprendre : s'il m'attendait, ce n'était ni pour m'effrayer ni pour me faire du mal, m'étrangler, me frapper d'un coup de couteau, mais au contraire, comme je l'ai compris plus tard, pour m'aider à pénétrer, à plonger dans cette expérience métaphysique qui rappelait plutôt un rêve.

Le silence était total. J'avais deviné dès le début que cette épreuve était liée à tout ce que mon métier de journaliste m'avait coûté, au vide que je ressentais en moi. C'est quand on est fatigué qu'on voit les cauchemars les plus réalistes. Là, il ne s'agissait pas d'un cauchemar, mais d'un sentiment très net, précis, transparent, mathématique, dirais-je. « Je sais que tout est vide en moi. » Voilà ce que je m'étais dit. Et je me suis arrêté, le dos au mur de la mosquée. « Il sait que mon cœur est vide. » Il connaissait mes pensées, il était au courant de tout ce que j'avais fait jusque-là, ce qui n'était pas le plus important, car l'Œil me désignait autre chose, quelque chose de très évident. Je l'avais créé, « Lui », et « Lui » m'avait créé ! Cette idée, j'ai cru tout d'abord qu'elle m'était venue par hasard, comme un mot stupide naît sous votre plume, et qu'elle allait disparaître, mais non, elle ne l'a pas fait. Ainsi, par la porte que m'ouvrait la pensée, j'ai pénétré dans un univers nouveau, tout comme ce lapin anglais roula dans le vide, en passant par un trou dans un champ.

Au début, cet Œil, c'était moi qui l'avais créé. De

toute évidence, pour qu'il me voie et pour qu'il me guette. Je ne voulais pas m'écarter de son regard. Je m'étais créé grâce à ce regard et j'étais satisfait de sa présence. Car j'existais parce que j'étais conscient du fait que j'étais sans cesse observé. À croire que je disparaîtrais si cet Œil ne me voyait plus. C'était là l'évidence même : oubliant que c'était moi qui l'avais créé, j'éprouvais de la reconnaissance pour cet Œil qui me faisait exister. Je voulais me conformer à ses ordres : parce que j'allais ainsi accéder à une existence plus agréable ; il était bien sûr difficile d'y parvenir, mais cela ne me causait aucune souffrance, c'était là un aspect de la vie qu'il fallait considérer comme normal. Si bien que l'univers « idéal » où j'avais roulé au moment où je m'étais adossé au mur de la mosquée n'avait rien d'un cauchemar, c'était une forme de bonheur, fait de souvenirs et d'images familières, tout comme l'étaient les tableaux des peintres dont j'inventais l'existence de toutes pièces, pour citer leurs bizarreries dans mes « Incroyable mais vrai ».

Je me suis vu au beau milieu de ce jardin de félicité, en pleine nuit, adossé au mur d'une mosquée, je contemplais ma propre pensée.

J'ai aussitôt compris que ce que je voyais, au centre de ma pensée ou de l'illusion, de cet univers chimérique — qualifiez-le comme vous voudrez —, ce n'était pas un homme qui me ressemblait, mais qu'il s'agissait bien de moi, et alors j'ai senti que mon regard était celui de l'Œil que je venais de découvrir. Ce qui signifiait que j'étais devenu cet Œil et que je me contemplais moi-même. Ce n'était pas là un sentiment étrange, ni étranger, il n'était même pas inquiétant. Dès l'instant où je m'étais vu, j'avais aussitôt compris que j'avais déjà l'habitude de m'observer du « dehors ». Depuis des années, à chaque fois que je me regardais ainsi, je m'efforçais de me reprendre, je me disais : « Tout va bien, tout est en ordre », ou alors : « Je ne me ressemble pas assez », « Je ne ressemble pas suffisamment à ce à quoi je veux ressembler », ou encore : « Je lui ressemble, mais j'ai encore des efforts à faire », voilà ce que je me disais, depuis des années, quand je me regardais de l'extérieur et je répétais tout heureux : « J'ai fini par ressembler à celui à qui je veux ressembler, je Lui ressemble et je suis devenu Lui ! »

Mais qui était-Il ? À cet instant de ma promenade au Pays des Merveilles, j'ai compris pourquoi ce Lui à qui je voulais ressembler m'était enfin apparu. Parce que, tout au long de cette longue promenade nocturne, je n'avais pas cherché à Lui ressembler, parce que je n'imitais rien ni personne. Comprenez-moi bien ; je ne crois pas que l'on puisse vivre sans rien imiter, sans éprouver le désir d'être un autre. Mais cette nuit-là, à cause de la fatigue sans doute, à cause du vide que je ressentais en moi, mon désir de ressembler à un autre s'était tellement affaibli que pour la première fois de ma vie, j'étais devenu son égal, à Lui dont j'exécutais les ordres depuis tant d'années. Vous auriez pu comprendre cette égalité toute relative, en observant l'aisance avec laquelle je pénétrais dans l'univers de rêve où il m'attirait. Certes, Il me tenait sous son regard, mais dans cette belle nuit d'hiver, j'étais libre, même si cette impression de liberté et d'égalité était née de ma fatigue et de ma défaite, et non d'une victoire de ma volonté ; c'était tout de même la porte ouverte à l'intimité et à la camaraderie entre Lui et moi. (Cette camaraderie doit se deviner à mon style.) Ainsi, pour la première fois depuis tant d'années, Lui me révélait ses secrets, et moi, je Le comprenais. Certes, c'était à moi-même que je m'adressais, mais n'était-ce pas là une façon de converser en chuchotant avec la deuxième, puis la troisième personne que nous dissimulons en nous-mêmes ?

Mes lecteurs toujours si attentifs l'auront deviné depuis belle lurette, grâce à l'agencement de mes mots, mais je vais tout de même le répéter : Lui, c'était l'Œil, bien sûr. La personne que je voulais être, c'était l'Œil. Ce n'était pas l'Œil que j'avais créé tout d'abord, mais celui que j'aurais voulu être. Et Lui, que je voulais être, avait lancé sur moi ce regard terrifiant, étouffant. L'Œil, qui restreignait ainsi ma liberté, ce regard impitoyable, qui lisait en moi, qui me jaugeait, planait au-dessus de ma tête, telle une planète de mauvais augure. (N'allez surtout pas conclure, en me lisant, que j'étais mécontent de ma situation, j'étais au contraire satisfait du panorama étincelant de lumière que me présentait l'Œil.)

Alors que je me contemplais moi-même, dans ce panorama dépouillé, géométrique (ce qui constituait d'ailleurs son charme), j'avais aussitôt compris que je L'avais créé, mais j'avais peine à réaliser comment j'y étais parvenu. À en juger par certains indices, le matériau que j'avais utilisé pour Le créer provenait de ma propre vie et de mes souvenirs. Chez Lui, que je voulais tant imiter, je retrouvais les héros des bandes dessinées de mon enfance, les écrivains, les « penseurs » dont je voyais les photos dans certaines revues étrangères, les poses prétentieuses qu'ils prenaient pour les photographes devant leur bibliothè-que ou leur table de travail, dans tous les endroits sacrés où ils développaient leur pensée aussi profonde que riche de signification. Bien sûr, j'aurais voulu leur ressembler, mais jusqu'à quel point ? Dans cette géographie métaphysique, j'ai également découvert d'autres indices, plus décevants, mais qui me révélaient quels détails de mon passé, quels personnages j'avais utilisés pour Le créer : un voisin aussi laborieux que riche, dont ma mère avait toujours parlé avec admiration ; le fantôme d'un général qui s'était voué au salut de son pays en optant pour l'occidentalisation ; le spectre du héros d'un livre que j'avais lu et relu ; un instituteur qui gardait le silence quand il voulait nous punir ; un camarade de classe qui vouvoyait ses parents et qui était assez riche pour se permettre de porter des chaussettes propres tous les jours ; les héros des films étrangers qui passaient dans les salles de Beyoglou ou de Chehzadé-Bachi, toujours si malins, prompts à la repartie, tous des battants, avec cette façon qu'ils avaient de tenir leur verre de whisky, de se conduire avec les femmes (les jolies), à l'aise, ironiques, n'hésitant jamais quand il leur fallait prendre une décision ; des écrivains célèbres ; des philosophes ; des savants ; des explorateurs, des inventeurs, dont je lisais la biographie dans les encyclopédies ou les préfaces ; certains militaires ; et même des personnages de contes, comme ce petit garçon qui réussit à sauver une ville d'une inondation parce qu'il ne s'était pas laissé gagner par le sommeil... Dans le Pays des Merveilles où je pénétrais en pleine nuit, adossé au mur de la mosquée, tous ces personnages défilaient sous mes yeux, à la queue leu leu, comme des lieux familiers surgissent çà et là sur une carte. J'en fus tout d'abord interloqué, je ressentis l'émotion enfantine de celui qui ver-

189

rait sur un plan, pour la première fois de sa vie, le quartier et la rue où il vit depuis des années. Puis ce fut l'amertume, la déception de cet homme qui voit un plan pour la première fois de sa vie et qui comprend qu'on s'est contenté d'y indiquer par de petits points, de petits traits, toutes les maisons, les immeubles, les rues, les parcs, tous ces endroits chargés pour lui de souvenirs, et dont la mémoire nécessite une vie entière, et qui les voit minuscules, sans importance, comparés à tous les autres points et aux autres signes qui noircissent la carte.

C'était avec tous ces souvenirs et ces personnages, eux-mêmes devenus des souvenirs, que je l'avais créé, Lui. Dans le regard que l'Œil me lançait et qui se métamorphosait en mon regard à moi, je retrouvais un gigantesque collage, une créature monstrueuse faite de cette multitude que je voyais défiler devant moi et dont je reconnaissais les visages, l'un après l'autre. À cet instant-là, dans ce regard, je revoyais toute ma vie, je me retrouvais moi-même. Je continuais à vivre, heureux d'être surveillé par ce regard, d'être obligé de mettre de l'ordre dans ma façon de vivre, en m'efforçant de L'atteindre, en L'imitant, persuadé qu'un jour, je serais Lui, ou que, du moins, je Lui ressemblerais. Ou plutôt, avec l'espoir de devenir un autre, d'être Lui ! Mes lecteurs ne devront pas s'imaginer que cette expérience métaphysique constituait une sorte de révélation, ou un phénomène didactique, destiné à apprendre à « ouvrir les yeux sur la réalité ». Au Pays des Merveilles où j'avais pénétré quand je m'étais adossé au mur de la mosquée, tout était disposé dans un ordre géométrique éclatant de lumière, purifié du péché et du crime, du plaisir et du châtiment. Dans un de mes rêves, j'avais vu au bout d'une rue comme celle-là, dans la même perspective, perchée dans le ciel du même bleu marine, la pleine lune se transformer lentement en un cadran de montre étincelant. Le paysage qui s'étalait sous mes yeux était, comme dans ce rêve, net, transparent et symétrique, on avait envie de le contempler tout son soûl et de désigner une à une toutes ces catégories si visibles, pour les dénombrer. Je ne dis pas que je ne l'ai pas fait. Je me répétais : « Le moi qui est adossé au mur de la mosquée veut devenir Lui », comme si je jouais à « la ligne de trois » et commentais l'emplacement des pions sur un marbre veiné de violet : l'homme que voilà veut devenir Lui, celui qu'il jalouse. Et Lui fait mine d'ignorer qu'Il n'est qu'une création de ce Moi qui L'imite. De là, d'ailleurs, vient l'assurance qui se lit dans le regard de l'Œil. Lui fait semblant d'avoir oublié que l'homme adossé au mur de la mosquée a créé l'Œil dans l'espoir de l'atteindre, mais l'homme adossé au mur connaît cette vérité à peine perceptible ; s'il réussit son coup, s'il atteint Lui, s'il devient Lui, alors l'Œil se retrouvera dans une impasse, dans le vide au sens le plus large, etc.

Je ressassais ces pensées, tout en me surveillant du dehors, puis ce Moi que je contemplais s'est remis à marcher en suivant le mur de la mosquée, et après le mur, les maisons de bois aux fenêtres grillagées qui se répétaient, toutes pareilles, les terrains vagues, les rideaux de fer des boutiques, la fontaine, le mur du cimetière, pour aller retrouver sa maison et son lit.

Tout comme nous traversons un bref instant de surprise lorsque, marchant dans la foule en observant autour de nous les visages des passants et les taches de couleur de leurs vêtements, nous apercevons brusquement notre reflet dans la vitrine d'un magasin ou dans un grand miroir, derrière une rangée de mannequins, j'étais saisi de stupeur en me contemplant de l'extérieur. Je savais pourtant, comme dans un rêve, qu'il n'y avait rien d'étonnant à ce que l'homme que je contemplais ne fût autre que moi-même. Ce qui était surprenant, c'était la sympathie incroyablement chaleureuse, l'affection que j'éprouvais pour lui. Je devinais à quel point il était susceptible, triste, pitoyable. J'étais le seul à savoir qu'il n'était pas ce qu'il semblait être. Tel un Dieu, tel un père, je voulais protéger cet enfant sensible, je mourais d'envie de prendre sous mon aile cette créature, aussi bonne que malheureuse. Mais après avoir longuement marché (à quoi pensait-il, pourquoi paraissait-il si triste, si las, si abattu ?), il atteignit l'avenue. De temps en temps, il lançait un regard distrait aux vitrines des épiceries ou des crémeries où toutes les lampes étaient éteintes. Il avait fourré ses mains dans ses poches. La tête basse, il marcha de Chehzadé-Bachi à Ounkapani sans s'intéresser aux taxis libres ni aux rares véhicules qui passaient près de lui. Il n'avait peut-être pas d'argent.

En passant sur le pont d'Ounkapani, il se tourna vers la Corne d'Or : un matelot qu'on distinguait à peine dans le noir tirait sur une corde pour abaisser la cheminée longue et mince d'un remorqueur, qui s'apprêtait à passer sous le pont. Il échangea quelques mots avec un ivrogne qu'il croisa sur l'avenue en pente raide de Chichané. Il ne manifesta aucun intérêt pour les vitrines violemment illuminées de l'avenue de l'Indépendance ; sauf pour l'une, celle d'un orfèvre, qu'il contempla longuement.

À quoi pouvait-il bien penser ? Je me le demandais, en l'observant affectueusement, en tremblant pour lui.

Sur la place de Taksim, il acheta à une buvette des cigarettes et une boîte d'allumettes ; il ouvrit le paquet, alluma une cigarette, avec les gestes très lents que nous remarquons si souvent chez nos concitoyens accablés par les soucis. Ah ! comme il était frêle et mélancolique, ce filet de fumée qui s'échappait de ses lèvres ! Je savais tout, je reconnaissais tout, j'avais tout vécu, tout traversé ; et cependant, j'étais inquiet, j'avais peur pour lui, comme si je me trouvais pour la première fois de ma vie en présence d'un homme, d'une existence. J'avais envie de lui crier : « Fais attention, mon petit » à chaque fois qu'il traversait une rue ; à chacun de ses pas, je remerciais le ciel, parce qu'il n'était pas arrivé malheur à cet homme que je suivais ; je distinguais les présages de quelque calamité dans les rues, sur les façades des immeubles sombres, sur les fenêtres où toutes les lumières étaient éteintes.

Dieu merci, il atteignit sain et sauf un immeuble à Nichantache (le « Cœur de la Ville », tel était le nom de l'immeuble). Quand il fut entré dans son logis au tout dernier étage, je m'imaginai qu'il s'endormirait aussitôt, en oubliant ses soucis que j'aurais tant voulu connaître pour l'aider à les surmonter, mais non, il s'assit dans un fauteuil pour feuilleter des journaux, alluma une cigarette. Puis il se mit à arpenter la pièce entre les vieux meubles et la table branlante, les rideaux fanés aux fenêtres, les livres et les papiers. Brusquement, il s'installa à sa table, en faisant grincer sa chaise, il saisit un stylo et se pencha sur une feuille de papier blanche.

Je me tenais tout à côté de lui, penché moi aussi sur la table en désordre, je l'observais de tout près ; lui continuait à écrire, avec une attention enfantine, l'air serein, avec le plaisir évident du spectateur qui suit un film qu'il aime, mais son regard exprimait une concentration introspective extrême. Moi, je le regardais avec la fierté du père qui lit la première lettre que lui a adressée son fils chéri. Vers la fin d'une phrase, il plissait légèrement les lèvres, ses yeux suivaient en clignotant les mots sur le papier. La page était presque remplie. J'ai sursauté en découvrant avec tristesse ce qu'il avait écrit : ce qu'il avait transcrit sur le papier, ce n'étaient pas les paroles qui refléteraient son âme, et que je mourais d'envie de connaître, il s'était contenté d'écrire mes phrases à moi, celles que vous venez de lire. Ce n'était pas son univers à lui, mais le mien ; ce n'étaient pas ses mots à lui, mais ceux que vous venez de parcourir à toute vitesse du regard (un peu moins vite, s'il vous plaît) : c'étaient les miens. J'ai tenté de m'y opposer, de lui demander d'utiliser ses propres mots, mais tout comme dans un rêve, je ne pouvais que le laisser faire. Et les mots et les phrases se succédaient, et chaque mot et chaque phrase me blessaient un peu plus.

Au début d'un paragraphe, il a cessé d'écrire, un long moment. Il s'est tourné vers moi, nos regards se sont croisés, à croire qu'il me voyait. Tout comme dans ces longs passages dans les livres d'autrefois, dans les vieilles revues, où l'auteur converse agréablement avec sa Muse, ou dans ces dessins humoristiques qui nous montrent l'écrivain souriant à une aimable petite muse de la taille de sa plume. C'est ainsi que nous nous sommes souri lui et moi et, avec optimisme, j'espérais que tout deviendrait plus clair entre nous, après ce regard complice : il comprendrait enfin la réalité et entreprendrait d'écrire les histoires de son propre univers, et je pourrais ainsi détenir la preuve qu'il était devenu lui-même.

Mais il n'en a rien été. Après m'avoir lancé un dernier sourire, l'air heureux, comme si toutes les questions avaient été élucidées, il cessa d'écrire, il se redressa dans l'attitude du joueur d'échecs qui a découvert une solution, puis traça encore quelques mots, les derniers, qui m'abandonnaient livré à moi-même, dans mon univers à moi, dans une pénombre où bien des choses demeuraient incompréhensibles.

CHAPITRE XI

Notre mémoire, nous l'avons perdue dans les salles de cinéma

« Le cinéma est nuisible non seulement pour les yeux de l'enfant, mais
pour son intelligence. »

Ulunay

Dès son réveil, Galip devina qu'il s'était remis à
neiger. Il l'avait peut-être remarqué dans son sommeil, car il avait ressenti le silence de la neige qui
couvrait le bruit de la ville, dans son rêve, un rêve
dont il se souvenait encore à l'instant où il s'était
réveillé, mais qu'il avait oublié dès qu'il avait regardé
par la fenêtre. Le soir était tombé depuis longtemps
déjà. Galip se doucha avec l'eau que le chauffe-bain
n'arrivait toujours pas à attiédir, puis s'habilla. Bien
longtemps après s'être rasé, il enfila la veste à rayures
qui lui allait si bien au dire de Ruya, le manteau de
gros lainage dont Djélâl avait le même, et quitta la
maison.

Il ne neigeait plus, mais une couche blanche
épaisse de quatre doigts recouvrait les trottoirs et les
voitures garées. Les passants qui venaient de faire
leurs achats du samedi soir avançaient, leurs paquets
à la main, avec précaution, comme s'ils posaient le

pied sur la surface d'une planète qu'ils venaient de découvrir.

Quand il arriva à la place de Nichantache, il fut tout heureux de constater qu'il n'y avait plus d'embouteillage sur l'avenue. Il acheta le *Milliyet* daté du lendemain à un marchand de journaux et de magazines à scandales et à femmes nues, qui installait son étal la nuit, dans l'encoignure d'une épicerie, puis il se rendit au restaurant du trottoir d'en face, choisit un coin d'où il ne pourrait être vu par les passants, et commanda de la soupe à la tomate et des boulettes de viande grillées. En attendant d'être servi, il ouvrit le journal, pour lire attentivement la chronique dominicale de son cousin.

Il se souvenait exactement de certaines phrases de cette chronique, vieille de plusieurs années, parce qu'il l'avait relue le matin même à la rédaction du journal : c'était celle où Djélâl parlait de la mémoire. Tout en buvant son café, il traça certains signes sur le texte, puis sortit du restaurant et trouva aussitôt un taxi pour le mener au quartier de Sinan-Pacha, à Bakirkeuy.

Durant tout le trajet, Galip eut l'impression que ce n'était pas Istanbul, mais une autre ville qu'il voyait défiler. Au carrefour des avenues de Gumuche-Souyou et de Dolma-Bahtchè, il s'était produit une collision entre trois autobus ; une foule de badauds s'étaient amassés sur le lieu de l'accident. Les arrêts d'autobus et de taxis collectifs étaient déserts. La neige était tombée sur la ville, oppressante. Les lumières des réverbères étaient plus pâles que jamais ; toute l'animation qui, la nuit, faisait d'Istanbul une ville avait cessé. Une nuit moyenâgeuse, avec ses portes closes et ses trottoirs déserts, s'était abattue sur la ville ; sur les coupoles des mosquées, sur les hangars et les bidonvilles, la neige n'était pas blanche, mais bleue. De leur taxi, Galip et le chauffeur purent voir tour à tour des putains au visage bleuâtre et aux lèvres violettes, tout autour d'Aksaray ; au pied des remparts, des gamins qui glissaient dans la neige, installés sur des échelles ; les gyrophares bleus des voitures de police qui surveillaient la sortie, de leur garage, des autobus qui fixaient les voyageurs de leurs gros yeux terrifiants. Le vieux chauffeur raconta à Galip une histoire incroyable, qui s'était passée il y avait fort longtemps, au cours d'un hiver également incroyable et lointain, quand avaient gelé les eaux de la Corne d'Or. À la lumière du plafonnier de la Plymouth modèle 59, Galip, lui, couvrait de lettres, de chiffres et de signes la chronique dominicale de Djélâl, sans parvenir à un résultat quelconque.

Le chauffeur lui ayant déclaré qu'il ne pouvait aller plus loin, il descendit du taxi à Sinan-Pacha et continua sa route à pied.

Le quartier de Guntépé était plus proche de la grand-rue qu'il ne l'était dans son souvenir. Après avoir gravi une ruelle très raide, qui s'élevait entre les maisons de béton à deux étages de l'ancien bidonville, dont tous les rideaux étaient tirés, et des magasins aux vitrines obscures, il atteignit une petite place. Le buste (et non la statue) d'Atatürk, dont il avait remarqué le petit rectangle le matin même dans le guide de la ville, était bien là. Se fiant à ce qu'il se rappelait du plan, il s'engagea dans une rue, à côté de la mosquée, d'assez belle taille et dont les murs étaient couverts de slogans politiques.

Devant ces maisons aux petits balcons de guingois

ou aux fenêtres trouées par un tuyau de poêle, il s'interdisait de penser à Ruya, mais quand il était venu là en pleine nuit dix ans plus tôt, il s'était approché sans faire de bruit d'une fenêtre ouverte et il avait vu ce qu'il se refusait à voir, avant de repartir aussitôt : dans la chaude nuit d'août, vêtue d'une robe de cotonnade sans manches, assise devant une table couverte de papiers, Ruya était plongée dans son travail, en roulant de temps en temps sur son doigt une boucle de ses cheveux ; son mari, qui tournait le dos à Galip, remuait une cuiller dans un verre de thé ; une phalène, condamnée à mourir à brève échéance, traçait quelques ultimes cercles, de plus en plus désordonnés, autour de l'ampoule nue, qui frôlait presque leurs têtes. Entre Ruya et son mari, il y avait sur la table une assiette de figues et une bombe d'insecticide. Galip se souvenait encore très bien du cliquetis de la cuiller dans le verre, du crissement des grillons dans les buissons tout proches. Par contre, la plaque accrochée à un poteau électrique et à moitié recouverte par la neige, et sur laquelle on pouvait lire « Rue Rifat-Bey », n'éveilla en lui aucun souvenir et ne le renseigna pas sur l'emplacement exact de la maison.

À un bout de la rue que Galip longea par deux fois, des gamins se lançaient des boules de neige, et à l'autre extrémité, la lumière d'un réverbère retombait sur une grande affiche de cinéma, en éclairant le visage d'une femme sans aucune particularité et à qui l'on avait crevé les yeux en les barbouillant de noir. Ce fut à contrecœur que Galip identifia la fenêtre, la morne façade sans crépi, la poignée de la porte qu'il n'avait pas osé toucher dix ans plus tôt ; tout ce qu'il avait fait semblant de ne pas reconnaître à son

199

premier passage, d'autant plus aisément que les maisons avaient toutes deux étages et qu'elles n'étaient pas numérotées. La maison avait été surélevée d'un étage. À présent, un mur entourait le jardin où le ciment avait remplacé la terre battue. Au rez-de-chaussée, il n'y avait aucune lumière. Mais la lueur bleue d'un téléviseur qui traversait les rideaux au premier étage, où l'on accédait par un escalier et par une autre porte, et la fumée de lignite couleur de soufre qui surgissait d'un tuyau de poêle braqué vers la rue comme le canon d'une arme, semblaient promettre au voyageur guidé par le Seigneur, qui frapperait à la porte à cette heure de la nuit, du feu dans l'âtre, de la nourriture bien chaude et des hôtes également chaleureux, fixant la télé d'un œil torve.

Alors qu'il gravissait prudemment les marches de l'escalier, un chien hurla lugubrement dans le jardin de la maison voisine. « Je ne vais pas parler longtemps avec Ruya », se répétait Galip, sans trop savoir s'il s'adressait à lui-même ou à l'ex-mari de ses souvenirs : il allait la prier de lui fournir les explications qu'elle n'avait pas jugé bon de lui donner dans sa lettre d'adieu, puis il lui demanderait de venir récupérer au plus vite toutes ses affaires : ses livres, ses paquets de cigarettes, ses bas dépareillés, ses boîtes de médicaments vides, ses barrettes et ses épingles à cheveux, les étuis de ses lunettes de myope, ses plaques de chocolat entamées, les Donald Duck en bois de son enfance. « Tout ce qui te rappelle à moi me fait du mal... » Bien sûr, il ne pourrait pas lui dire ça en présence de ce type ; le mieux, ce serait de la persuader de le suivre sur-le-champ, quelque part où ils pourraient discuter de la situation en personnes « responsables ». Une fois ce « quelque part » assuré et assumé ce qualificatif de « responsable », il lui serait possible de convaincre Ruya de bien d'autres choses, mais où aller dans ce quartier, où les cafés étaient à clientèle exclusivement masculine ? Et voilà qu'il avait déjà sonné...

Dès qu'il entendit une voix d'enfant s'écrier « Maman, on sonne ! », puis une autre voix attirer également l'attention sur cette évidence, celle d'une femme qui ne pouvait ni de près ni de loin ressembler à Ruya, sa copine de trente ans, son grand amour depuis vingt-cinq ans, Galip comprit l'idiotie qu'il avait faite en imaginant sa présence dans cette maison. Il pensa un court instant à filer sans demander son reste, mais la porte s'ouvrait déjà. Il reconnut l'ex-mari au premier regard, mais l'ex-mari, lui, ne le reconnut pas. Un homme d'âge moyen, de taille moyenne, exactement celui dont il avait si souvent évoqué l'image et auquel il ne penserait jamais plus.

Alors que Galip laissait le temps de le reconnaître à l'ex-mari, qui s'efforçait d'accommoder son regard aux ténèbres d'un monde extérieur rempli de dangers, la tête de la nouvelle épouse, celle d'un premier enfant puis celle d'un second surgirent tour à tour dans le cadre de la porte. « Qui est-ce, papa ? » Papa avait trouvé la réponse à cette question, il hésitait, interloqué : Galip décida que c'était là l'unique occasion de filer sans entrer dans la maison et il débita son petit discours, d'un seul trait.

Il s'excusait de les déranger si tard la nuit, mais l'affaire ne pouvait attendre ; il était venu — et il reviendrait certainement une autre fois pour une visite amicale, et même en compagnie de Ruya — le consulter au sujet d'un problème fort urgent, dans l'espoir d'obtenir des renseignements sur quelqu'un, un simple nom. Un étudiant, dont il assurait la défense, était accusé d'un crime qu'il n'avait pas commis ; oui, bien sûr, il y avait une victime, mais le véritable meurtrier, dont on disait qu'il errait dans la ville comme un fantôme, et sous un faux nom, avait autrefois...

Le temps d'arriver au bout de son récit, Galip avait été prié de bien vouloir entrer, on lui avait offert des pantoufles trop petites pour lui, pour remplacer les chaussures qu'il avait tenu à ôter, on lui avait fourré une tasse de café dans la main, en l'assurant que le thé était en train d'infuser. Quand, pour en revenir au sujet, Galip eut répété le nom de l'homme en question (il venait d'en inventer un nouveau, afin d'éviter toute coïncidence), l'ex-mari de Ruya prit la parole. Et au fur et à mesure qu'il parlait, Galip se disait qu'il finirait par se laisser envahir par ce discours, comme par le sommeil, et qu'il lui serait de plus en plus difficile de sortir de cette maison. Il devait s'en souvenir plus tard : il avait même tenté à un certain moment de se persuader qu'il pourrait, en l'écoutant, découvrir certains indices qui le mèneraient à Ruya, ce qui ressemblait aux efforts d'un patient qui va subir une opération très grave et qui essaie de se rassurer à l'instant même de l'anesthésie. Trois heures plus tard, quand il put enfin s'approcher de la porte, alors qu'il avait perdu tout espoir de l'ouvrir, voici ce qu'il avait retenu du discours tenu par l'ex-mari dans un torrent ininterrompu et irrépressible de paroles :

Nous avons cru savoir beaucoup de choses, alors que nous ne savions rien.

Nous savions, par exemple, que la plupart des juifs d'Europe centrale et des États-Unis descendaient des peuples de l'Empire juif Khazar, qui se maintint durant mille ans entre le Caucase et la Volga. Nous savions également que les Khazars étaient un peuple turc converti au judaïsme. Mais ce que nous ignorions, c'était que si ces juifs étaient turcs, des Turcs aussi étaient juifs. Et il était extrêmement intéressant d'étudier les vagues successives de ces deux grands peuples qui, pareils aux infortunés frères siamois, scellés l'un à l'autre, ont suivi tout au long de vingt siècles des courbes tangentes sans jamais se rejoindre, comme s'ils dansaient au rythme d'une musique secrète.

Quand l'ex-mari avait rapporté une carte de la pièce voisine, Galip avait brusquement émergé de la torpeur dans laquelle il s'était laissé glisser, comme s'il écoutait un conte de fées, il s'était levé, discrètement étiré pour ranimer ses muscles détendus par la chaleur, et il avait contemplé avec stupeur les flèches tracées à l'encre verte sur la planète inventée de toutes pièces, étalée sur la table...

Étant donné que l'histoire s'exprime toujours par des symétries, et cette vérité étant incontestable, disait l'ex-mari, nous devons donc nous préparer à traverser une période de malheurs ; qui serait aussi longue que celle de bonheur que nous avions vécue, etc.

Primo, « Ils » allaient créer un État dans les Détroits. « Ils » n'avaient pas l'intention d'installer des peuples nouveaux dans ce nouveau pays, comme cela s'était passé mille ans plus tôt, mais de transformer les populations déjà présentes en hommes nouveaux, qui seraient à leur service. Et pour deviner qu'ils comptaient nous voler notre mémoire, en nous transformant en misérables créatures sans passé, sans histoire, en dehors du temps, il n'était pas néces-

saire d'avoir lu Ibn Haldoun. Tout le monde le savait :
pour détruire notre mémoire, dans les obscurs collèges des missionnaires, sur les rives du Bosphore ou
dans les rues derrière Péra, on faisait ingurgiter aux
enfants turcs des mixtures mauves (« Remarquez le
choix de la couleur [1] », avait dit la femme, qui écoutait l'ex-mari avec une attention extrême). Mais plus
tard, toutes ces pratiques honteuses ayant été jugées
trop dangereuses par l'aile « humaniste » de l'Occident, étant donné leurs inconvénients chimiques,
« Ils » avaient eu recours aux méthodes « cinéma-
musique », beaucoup moins brutales et, à long terme,
plus efficaces.

Sans aucun doute, avec ces visages féminins qui
semblaient surgis des icônes, ces flots d'images aussi
répétitives que la musique puissante et symétrique
des orgues d'église ou des cantiques, cet étalage
éblouissant d'alcool ou d'autres boissons, d'armes,
d'avions et de vêtements, les méthodes du système
cinématographique s'avéraient bien plus perfor-
mantes et sûres que celles utilisées par les missionnaires en Afrique ou en Amérique latine. (Galip se
demanda à quels auditeurs avaient déjà été adressées
ces longues phrases, bien rodées de toute évidence.
Aux gens du quartier ? Aux collègues de travail ? Aux
passagers anonymes des taxis collectifs ? À la belle-
mère ?) À l'époque où avaient été ouvertes les premières salles de cinéma à Istanbul, à Chehzadé-Bachi
et à Beyoglou, des centaines de spectateurs avaient
été frappés de cécité. Les cris de révolte et de désespoir de ceux qui devinaient l'horrible traitement

1. *Eflatun :* Platon. Mais le mot désigne également le mauve.
(N.d.T.)

204

qu'on leur faisait subir dans ces salles avaient été étouffés par la police et par les aliénistes. Et les jeunes qui avaient eu la même réaction sincère pouvaient aisément être ramenés au calme aujourd'hui avec une paire de lunettes qu'offrait la Sécurité sociale pour leurs yeux rendus aveugles par des images nouvelles. Mais tous n'étaient pas dupes : l'ex-mari l'avait compris en voyant un jeune garçon d'une quinzaine d'années tirer désespérément des balles sur des affiches publicitaires, en pleine nuit, deux rues plus loin. Surpris avec des bidons d'essence à l'entrée d'une salle de cinéma, un autre gamin avait demandé à ceux qui voulaient lui administrer une raclée de lui rendre ses yeux, oui, ses yeux d'autrefois, ceux qui pouvaient voir les images... Un petit berger de la région de Malatya, devenu en une semaine un accro du cinéma, en avait oublié le chemin du retour et perdu entièrement la mémoire ; c'était dans les journaux, Galip bey ne l'avait-il pas lu ? Il aurait fallu des jours pour énumérer les malheurs de tous les misérables incapables de retourner à leur vie ancienne, parce que les rues, les vêtements, les femmes qu'ils voyaient sur l'écran étaient devenus l'objet de leurs désirs. Quant à ceux qui s'identifiaient avec les personnages qu'ils voyaient dans les films, on ne les considérait plus comme des « malades » ou des « délinquants », bien au contraire, nos nouveaux maîtres les associaient à leurs affaires. Nous étions tous devenus aveugles, tous tant que nous étions...

Le maître de maison, c'est-à-dire l'ex-mari de Ruya, lui posait la question : aucun des responsables de ce pays n'avait-il jamais remarqué le rapport direct entre la décadence d'Istanbul et l'importance du rôle joué dans nos vies par les salles de cinéma ?

Était-ce vraiment un hasard si, chez nous, les cinémas et les bordels s'ouvraient toujours dans les mêmes rues ? Une question encore : pourquoi les salles de cinéma étaient-elles toujours sombres, plongées dans les ténèbres ?

Dans cette même maison, il y avait dix ans déjà, Ruya et lui avaient tenté de vivre en se consacrant, sous le couvert de pseudonymes et de fausses identités, à une cause à laquelle ils croyaient de toute leur âme. (De temps en temps, Galip baissait la tête pour examiner ses ongles.) Ils s'acharnaient à traduire des tracts et des déclarations venus de pays où ils n'étaient jamais allés, et rédigés dans les langues de ces pays ; ils les traduisaient en s'efforçant d'adapter leur style à ces langues venues de pays lointains, et ces prophéties politiques que leur enseignaient des gens qu'ils n'avaient jamais vus, ils les rédigeaient en une langue synthétique, toute nouvelle, et ils les dactylographiaient ou les ronéotypaient pour les communiquer à des gens qu'ils ne verraient jamais. À vrai dire, ce qu'ils voulaient au fond, c'était devenir « un autre ». Et quel bonheur pour eux de constater que quelqu'un dont ils venaient de faire la connaissance avait pris leurs faux noms au sérieux ! Oubliant la fatigue des heures de travail à l'usine de piles électriques, les articles à rédiger, les enveloppes à remplir pour les tracts, l'un d'eux — lui ou Ruya — sortait de sa poche sa carte d'identité la plus récente pour la contempler. Avec l'enthousiasme et l'optimisme de la jeunesse, ils étaient si heureux de pouvoir se dire « J'ai changé, je suis devenu(e) un(e) autre » qu'ils inventaient des prétextes pour se le faire répéter ; ils découvraient grâce à ces nouvelles identités un sens nouveau à l'univers autour d'eux, devenu une encyclopédie toute neuve, pouvant se lire d'un bout à l'autre — et plus on la lisait, plus elle changeait, tout comme ils changeaient, eux aussi, si bien qu'après l'avoir entièrement lue, d'un bout à l'autre, ils se remettaient à la lire, à partir du premier volume, et ils se perdaient dans les pages, dans l'ivresse que leur procurait leur énième personnalité (alors que le maître de maison se perdait dans les pages de cette comparaison qu'il n'utilisait certainement pas pour la première fois, comme d'ailleurs tout le reste de son discours, Galip aperçut sur une étagère du buffet le *Trésor des connaissances* qu'un quotidien avait publié en fascicules). Mais à présent, au bout de tant d'années, il avait compris que cette transformation n'était qu'un leurre : s'imaginer que l'on puisse retourner au bonheur de l'identité initiale à force de devenir un autre, puis un autre, et encore un autre, n'était qu'un vain optimisme ! Ruya et lui avaient compris qu'ils s'étaient égarés quelque part au milieu du chemin, entre les signes, les lettres, les tracts, les photos, les visages, les revolvers, auxquels ils ne pouvaient plus donner de sens ! En ce temps-là, il n'y avait pas d'autres bâtiments sur cette colline aride... Un soir, Ruya avait fourré quelques affaires dans un petit sac et elle était retournée chez elle, où elle se sentait plus en sécurité, au sein de sa famille.

Le maître de maison, dont le regard rappelait parfois à Galip le Lapin Bunny d'un vieux magazine pour enfants, et qui, emporté par la violence de ses paroles, se levait et se mettait à arpenter la pièce en donnant le tournis à son hôte, était lui aussi arrivé à cette conclusion : pour faire échouer « leurs » plans, nous devions tout reprendre depuis le début. Galip pouvait le voir de ses yeux : cette maison était celle d'un petit-bourgeois, d'un homme appartenant à la classe « moyenne », celle d'un citoyen « traditionnel ». Tout ce qu'ils possédaient, c'étaient ces vieux fauteuils, aux housses de cotonnade fleurie, ces rideaux de tissu synthétique, ces assiettes émaillées bordées d'un vol de papillons, cet horrible « buffet », ce service à liqueurs jamais utilisé, et la bonbonnière dans laquelle on offre des confiseries aux visiteurs les jours de fêtes, et ce tapis, usé jusqu'à la corde, aux couleurs fanées. Son épouse n'était pas une femme remarquable, instruite comme Ruya, elle n'avait rien d'extraordinaire, il le savait, c'était une femme simple, sans prétention, comme sa mère à lui (la femme lança à Galip un sourire dont il ne put saisir le sens, puis elle sourit à son mari), c'était d'ailleurs sa cousine, la fille de sa propre tante. Et les enfants étaient comme eux. Ils menaient la vie qu'aurait continué à mener son père, s'il n'était pas mort. En choisissant délibérément cette façon de vivre, en la menant consciemment, il faisait échouer un complot vieux de deux mille ans, il refusait de devenir un autre que lui-même, il s'obstinait dans sa « propre identité ».

Et parmi tout ce que Galip bey pouvait voir dans cette pièce, rien n'était le fait du hasard, tout avait été disposé dans un but précis : l'horloge avait été choisie exprès, parce qu'une horloge et son tic-tac sont indispensables dans ce genre de maison. Le poste de télé avait été laissé allumé, comme un réverbère, car, à ces heures-là, dans ce genre de maison, la télé est toujours allumée ; le napperon au crochet avait été posé sur le poste parce que, dans ces familles-là, il y a toujours un napperon au crochet sur le téléviseur. Ce désordre sur la table, ces vieux journaux jetés là, une fois découpé le coupon de la tombola, la tache de confiture au bord de la boîte à chocolats transformée en coffret à couture, et jusqu'aux détails qu'il n'avait pas réglés lui-même, cette tasse dont l'anse cassée par les enfants faisait penser à une oreille, le linge qui séchait devant l'horrible poêle à charbon, tout était le résultat d'un plan soigneusement étudié, dans ses moindres détails. Quand il observait tout ce qui l'entourait, les sujets de leurs conversations, leur façon de s'asseoir sur des chaises autour de la table, il constatait avec joie que leurs paroles et leurs gestes étaient bien ceux des familles de ce type-là. Et il était heureux, si le bonheur consiste à vivre consciemment la vie qu'on désire vivre. Il était d'autant plus heureux qu'il avait réussi, grâce à son bonheur, à faire échouer un complot historique.

Désireux de voir une conclusion dans ces derniers mots, et à moitié inconscient en dépit d'innombrables tasses de thé et de café, Galip déclara qu'il s'était remis à neiger, il se leva et se dirigea vers la porte en titubant. Mais le maître de maison se planta entre Galip et son pardessus, et reprit son discours. Il était désolé de voir Galip bey retourner à Istanbul, là même où le déclin avait commencé. Istanbul était la pierre de touche de l'affaire : y vivre et même y poser le pied, c'était se résoudre à la défaite, à la capitulation. Cette ville terrifiante fourmillait désormais de ces images de dégénérescence qu'au début, on ne pouvait voir que dans les salles obscures des cinémas. Ces foules qui avaient perdu tout espoir, ces vieilles voitures, ces ponts qui s'enfonçaient lentement dans la mer, ces amas de bidons, cet asphalte troué comme une passoire, ces lettres gigantesques et indéchiffrables, ces affiches illisibles, ces panneaux déchirés qui avaient perdu toute signification, ces slogans dont la peinture avait coulé sur les murs, et les publicités pour boissons ou cigarettes, les minarets muets, les tas de pierres, la poussière, la boue, etc., on ne pouvait plus rien attendre de cette déchéance. Et si jamais un renouveau se produisait — et le maître de maison en était sûr, il n'était pas le seul à protester, à résister par sa façon de vivre —, ce renouveau commencerait dans ces nouveaux quartiers que l'on appelait avec mépris les « bidonvilles de béton », parce qu'ils étaient les seuls à avoir conservé intacte leur identité, il en était sûr et certain. Il était fier d'avoir été le fondateur de l'un de ces quartiers, un précurseur, qui avait montré la voie. Il invitait Galip à venir s'y installer, à y vivre, et le plus tôt possible. Galip pouvait même passer la nuit chez eux, ils auraient au moins l'occasion de poursuivre cette discussion.

Galip avait mis son pardessus, il avait pris congé de la femme silencieuse et des enfants indifférents, ouvert la porte ; il s'en allait. L'ex-mari de Ruya fixa un instant la neige avec attention, puis articula deux syllabes d'un ton qui plut à Galip : « Tout blanc. » Il avait fait la connaissance d'un cheik toujours vêtu de blanc, et tout de suite après, il avait eu un rêve entièrement blanc, et dans cette blancheur, ils étaient assis côte à côte, le Prophète et lui, à l'arrière d'une Cadillac toute blanche. À l'avant, se trouvaient le chauffeur, dont il ne voyait pas le visage, et les deux petits-fils de Mahomet, Hassan et Husséyine, encore gamins ; la Cadillac blanche traversait le quartier de Beyoglou, plein d'affiches de publicité, de cinémas et de bordels ; et les enfants se tournaient alors vers leur grand-père en faisant une grimace de dégoût...

Galip se préparait à descendre les marches de l'escalier, couvertes de neige, mais le maître de maison reprit la parole : ce n'était pas qu'il attachât trop d'importance aux rêves, mais il avait appris à déchiffrer certains signaux d'un caractère sacré. Il aurait bien voulu faire profiter Galip et Ruya de son savoir. D'autres ne se gênaient pas pour le faire. Il lui était bien agréable d'entendre aujourd'hui le premier ministre reprendre mot pour mot certaines des « analyses mondiales » que lui-même avait publiées, sous un pseudonyme, trois ans plus tôt, dans la période la plus active de sa vie politique. Bien sûr, « ces hommes-là » disposaient d'un vaste service de renseignements, qui lisait toute la presse, jusqu'aux plus petites revues, et qui, au besoin, les « leur » communiquait au plus haut niveau. L'autre jour encore, un article de Djélâl Salik avait attiré son attention ; il avait compris en le lisant que le journaliste avait, toujours par les mêmes voies, eu connaissance de ses propositions, mais le cas de Djélâl était désespéré : dans cette chronique quotidienne, pour laquelle il s'était vendu, il cherchait en vain une solution, forcément erronée, à une cause perdue...

Ce qui était intéressant dans ces deux exemples, c'était le fait que les idées d'un homme qui possédait la foi, mais que certains croyaient à bout de souffle — au point de ne même plus sonner à sa porte —, étaient utilisées — par on ne sait quelles voies — par des premiers ministres ou des chroniqueurs célèbres. L'ex-mari avait même songé à révéler à la presse comment ces deux éminentes personnalités avaient emprunté à l'un de ses articles, paru dans une revue

211

fractionniste — que personne ne lisait — certaines expressions, certaines phrases même, telles quelles ; il aurait pu, preuves à l'appui, dénoncer ce pillage éhonté, mais les conditions ne se prêtaient pas encore à une attaque de ce genre. Il lui fallait attendre, patiemment, il le savait, il savait aussi que tous ces gens viendraient un jour frapper à sa porte, il en était certain. Et cette visite de Galip bey, venu en pleine nuit, sous la neige, jusqu'à ce quartier lointain, pour se renseigner sur un pseudonyme — prétexte peu convaincant — n'en était-il pas le signe annonciateur ? Il était capable, lui, de déchiffrer tous ces signes, il fallait que Galip bey le sache. Et alors que Galip se retrouvait enfin dans la rue couverte de neige, il lui posait encore des questions, à voix basse : Galip bey était-il capable de relire notre histoire, sous cet angle ? Pouvait-il retrouver la grand-rue tout seul, sans se tromper de chemin ? Lui permettait-il de l'accompagner ? Quand Galip bey pourrait-il revenir le voir ? Bon, Galip bey voulait-il bien transmettre ses amitiés à Ruya ?

CHAPITRE XII

Le baiser

> « Si, comme je le crois, on peut ajouter l'habitude de lire des publications périodiques au catalogue que dressa Averroès des anti-mnémoniques ou substances affaiblissant la mémoire... »
>
> Coleridge

Il y a une semaine, quelqu'un m'a chargé de te transmettre ses amitiés. Je lui ai dit que je n'y manquerais certainement pas, mais le temps de prendre un taxi, j'avais oublié, non pas les amitiés à transmettre, mais celui qui m'en avait chargé. Et je ne le regrette pas. À mon avis, un mari intelligent doit toujours oublier les amitiés que d'autres hommes le prient de transmettre à sa femme. Car on ne sait jamais. Surtout si l'épouse est une femme au foyer : tout au long de sa vie, l'infortunée créature que l'on désigne sous le nom de « femme au foyer » ne rencontre jamais d'autres hommes que son mari, si lassant — sauf, bien sûr, pour ce qui est des épiciers et autres commerçants vus au hasard de ses courses ou au marché. Quand un homme se rappelle à son souvenir, elle se met à réfléchir sur cette politesse ; or,

213

elle a du temps à consacrer à la réflexion. Et c'est vrai que ces hommes-là sont d'une grande distinction ! Pour l'amour du ciel, cette coutume existait-elle autrefois ? Au bon vieux temps, les hommes bien élevés ne pouvaient transmettre l'assurance de leur respect qu'à tout un gynécée, dépourvu de personnalité. Ils étaient bien plus sûrs, les tramways à compartiment pour dames de ces temps-là...

Les lecteurs qui savent que je suis célibataire, que je n'ai jamais été marié et que je ne pourrai jamais me marier, parce que je suis journaliste, ont dû comprendre que j'ai cherché à les dérouter dès ma première phrase. Qui peut bien être ce « toi » à qui je m'adressais ? Abracadabra ! Votre vieux chroniqueur vous parlera aujourd'hui de sa mémoire qui flanche de jour en jour ! Venez avec moi aspirer le parfum des roses, qui se fanent tout comme moi, dans mon jardin secret, et vous pourrez juger de la situation. Mais ne vous rapprochez pas trop, demeurez à deux pas de distance s'il vous plaît, et avant que mes petites ruses soient toutes éventées, laissez-moi poursuivre en paix mes petits jeux d'écriture, qui n'ont d'ailleurs rien d'extraordinaire.

Il y a une trentaine d'années déjà, au début de ma carrière, au temps où j'étais reporter à Beyoglou, je faisais du porte-à-porte, traquant les informations, toujours en quête de quelque nouveau crime commis dans une boîte de nuit, dans les milieux de gangsters et de trafiquants de haschisch du quartier ou d'une histoire d'amour se terminant par un suicide. J'allais d'un hôtel à l'autre pour consulter les registres que me laissait lire l'employé de la réception, à qui je refilais deux livres et demie par mois, afin de ne pas rater l'arrivée à Istanbul d'une célébrité étrangère

— ou tout au moins d'un Occidental assez intéressant pour que je puisse le faire passer pour une célébrité. En ce temps-là, le monde ne fourmillait pas de célébrités comme aujourd'hui ; aucune d'elles ne se déplaçait jusqu'à Istanbul. Les gens que je présentais comme d'illustres personnalités à mes lecteurs, alors qu'ils étaient totalement inconnus dans leur pays, étaient toujours frappés de stupeur en découvrant leur photographie dans mon journal, mais c'était là un ahurissement qui tournait invariablement à l'ingratitude. L'un de ces inconnus, à qui j'avais ainsi prédit le succès et la réussite, y est réellement parvenu bien des années plus tard, vingt ans après l'information : « Le créateur de la mode féminine bien connu se trouvait hier dans notre ville », que j'avais fait passer dans mon journal ; ce couturier français est vraiment devenu un créateur célèbre et existentialiste, mais il ne m'a jamais remercié. Cet Occidental n'était qu'un ingrat.

Au temps donc où je m'occupais d'illustrissimes dépourvus de toute particularité, et des gangsters locaux (qu'on appelle la Mafia aujourd'hui), j'ai fait un jour la connaissance d'un vieux pharmacien qui pouvait être pour moi une source d'informations intéressantes. Cet homme était atteint des deux maladies dont je souffre moi-même aujourd'hui : insomnie et perte de la mémoire. Quand on est atteint de ces deux maux à la fois, alors qu'on s'imagine qu'on peut pallier l'un (la perte de la mémoire) avec les conséquences de l'autre (temps gagné grâce à l'insomnie), c'est exactement le contraire qui se produit.

Durant ses nuits d'insomnie, le vieux pharmacien voyait tous ses souvenirs lui échapper (tout comme

215

cela se passe chez moi), au point de se retrouver tout seul, dans la nuit et dans un temps figé, dans un univers incolore et inodore, dépourvu de toute particularité et de toute personnalité, l'univers de la « face cachée de la lune », dont on parlait beaucoup à l'époque dans des articles traduits de revues étrangères.

Au lieu de soigner comme moi sa maladie par l'écriture, le vieil homme avait mis au point un remède dans son officine. À la suite d'une conférence de presse destinée à faire connaître sa potion magique au public — nous étions deux, le reporter d'un quotidien du soir, fumeur invétéré de haschisch, et moi, et trois en tout et pour tout avec le pharmacien — et au cours de laquelle il ingurgita le contenu de plusieurs verres, qu'il emplissait avec affectation d'un liquide rosâtre, le pharmacien retrouva effectivement le sommeil qui le fuyait depuis tant d'années. Mais l'opinion publique, saisie d'enthousiasme en apprenant qu'un Turc avait enfin inventé quelque chose, ne sut jamais s'il avait récupéré les souvenirs paradisiaques de sa mémoire, car le vieux pharmacien ne se réveilla pas. Tout au long de son enterrement, qui eut lieu deux jours plus tard, sous un ciel sombre, je me demandai ce qu'il avait tant voulu se rappeler. Je me pose encore la question : quels sont les souvenirs dont notre mémoire rejette le poids au fur et à mesure que nous vieillissons, pareille à une bête de somme indocile qui rejette une charge trop lourde, ceux qu'elle déteste le plus ou ceux qui la fuient le plus facilement ?

J'ai oublié, moi, l'éclat des rayons du soleil qui venaient toucher nos corps à travers les rideaux de tulle, dans de petites chambres toujours situées dans quelque beau coin d'Istanbul. J'ai oublié devant quel cinéma exerçait ses activités le revendeur de tickets au marché noir, qui tomba amoureux de la jeune caissière grecque aux joues si pâles derrière son guichet, et finit par en perdre la raison. J'ai oublié depuis bien longtemps les noms de mes lecteurs bien-aimés qui faisaient les mêmes rêves que moi, à l'époque où j'étais chargé de l'interprétation de vos songes au journal ; et j'ai également oublié les secrets que je leur révélais dans les lettres que je leur adressais.

Après tant d'années, au moment où votre chroniqueur se retourne vers le temps perdu, à la recherche d'une branche pour s'y raccrocher dans son insomnie, si tard dans la nuit, il se souvient d'une journée terrifiante qu'il a vécue dans les rues d'Istanbul. J'avais été saisi du désir d'un baiser, désir qui embrasait mon corps et mon âme.

Dans l'une des plus vieilles salles de la ville, un samedi après-midi, alors que je suivais un policier américain, peut-être encore plus vieux que la salle (*L'âme de la cité*), j'avais pu voir sur l'écran un baiser assez bref. Il s'agissait d'un baiser ordinaire, guère différent des autres scènes d'amour des films en blanc et noir, scènes que nos censeurs coupaient au bout de quatre secondes, mais je ne sais pas pourquoi ni comment, le désir de poser mes lèvres sur celles de l'actrice, en appuyant de toutes mes forces, s'éveilla en moi, si intensément que je faillis suffoquer de chagrin. J'avais vingt-quatre ans, et je n'avais jamais encore embrassé une femme sur la bouche. Bien sûr, j'avais couché avec des femmes au bordel, mais ces femmes ne vous embrassent jamais, et d'ailleurs, je n'aurais jamais désiré toucher leur bouche de mes lèvres.

Le film n'était pas terminé quand je quittai la salle, je ressentais presque de la panique, comme si une femme qui avait envie de m'embrasser m'attendait quelque part dans la ville. Je m'en souviens encore, j'ai filé au pas de course vers le Tunnel, je suis revenu à toute vitesse jusqu'à Galatasaray, je m'efforçais désespérément — comme à la recherche de quelque chose à tâtons dans le noir — de retrouver un visage, un sourire, une silhouette de femme. Je n'avais ni parente ni amie que je puisse embrasser. Et aucun espoir de me découvrir une maîtresse : je ne connaissais personne qui puisse l'être ! À croire que cette ville pleine de monde était déserte !

Et pourtant, à Taksim, je me suis retrouvé embarqué dans un autobus. À l'époque où mon père nous avait abandonnés, de lointains parents, du côté de ma mère, nous avaient témoigné de l'intérêt. Ce couple avait une fille, de deux ans ma cadette, nous avions même joué quelquefois aux dames, à cette époque. Une heure plus tard, à l'instant même où je sonnais à leur porte, dans le quartier de Findikzadé, je me rappelai brusquement que cette fille — que je rêvais d'embrasser — était mariée depuis belle lurette. Ses parents — tous deux décédés aujourd'hui — me prièrent d'entrer. Ils paraissaient un peu surpris, ils n'avaient pas dû comprendre pourquoi je venais les voir après tant d'années. Nous avons parlé de balivernes (même le fait que je sois journaliste n'avait pas éveillé leur intérêt : un métier méprisable à leurs yeux et qui consistait à rapporter des ragots). Nous avons bu du thé, mangé des craquelins tout en écoutant le match de football retransmis à la radio. Pleins de bonne foi, ils insistaient pour me retenir à dîner, mais j'ai quitté brusquement la maison, en marmottant de vagues excuses.

Une fois dehors, quand je me suis retrouvé dans le froid, je brûlais toujours du désir d'embrasser une femme. Le visage glacé, la chair et le sang en flammes, je ressentais un malaise aussi profond qu'insupportable. J'ai pris le bateau pour aller à Kadikeuy. Un copain au lycée nous racontait les aventures d'une fille qui adorait embrasser les garçons — je veux dire qu'elle se laissait embrasser sans exiger le mariage. Tout en me dirigeant à pied vers Fénerbahtchè, où habitait ce copain, je me disais qu'à défaut de cette fille-là, il pouvait en connaître d'autres du même genre. Arrivé au quartier où habitait autrefois mon copain, j'ai erré en vain entre de vieilles demeures obscures et des cyprès noirs, je n'ai pu retrouver sa maison. Tout en longeant ces grandes bâtisses en bois, démolies depuis longtemps aujourd'hui, je contemplais les rares fenêtres où brillait une lumière en m'imaginant qu'il s'agissait de celles de la fille qui se laissait embrasser sans passer par le mariage. Je m'arrêtai devant l'une d'elles en me répétant : « Voilà où habite cette fille que je pourrais embrasser ! » Elle n'était pas bien loin de moi, il n'y avait entre nous que le mur d'un jardin, une porte, des escaliers de bois, mais moi, j'étais dans l'impossibilité de l'atteindre, je ne pouvais pas l'embrasser. Ce contact si normal, si terrifiant, incroyable et attrayant, aussi mystérieux, aussi étrange qu'un rêve, me paraissait à cet instant-là si proche et si lointain !

Je m'en souviens encore : dans le bateau qui me ramenait à la rive d'Europe, je me demandais ce qui se passerait si j'embrassais soudain — en simulant l'erreur — l'une des passagères, mais bien que je ne fusse pas en état de me montrer exigeant, je n'apercevais autour de moi aucun visage pouvant m'inspirer la moindre envie de l'embrasser. En d'autres périodes de ma vie, perdu dans les foules d'Istanbul, j'ai souvent éprouvé avec amertume et désespoir le sentiment de me trouver dans une ville déserte, mais jamais avec autant de violence que ce jour-là.

J'ai marché longuement sur les pavés mouillés. Je comptais bien sûr revenir un jour dans cette ville déserte, connu, célèbre, pour y obtenir ce dont je rêvais. Mais ce jour-là, votre chroniqueur ne pouvait que rentrer à l'appartement qu'il partageait avec sa mère, et sa seule consolation serait de relire — en turc — Balzac, qui me contait l'histoire de l'infortuné Rastignac ; en ce temps-là, je lisais non pour mon plaisir, mais par devoir, parce que je considérais — en bon Turc que je suis — que mes lectures me seraient utiles un jour, mais ce qui pourra être utile un jour n'est jamais d'aucune utilité à l'instant même ! C'est pourquoi, après m'être enfermé un bon moment dans ma chambre, j'en suis ressorti, à bout de patience. Je me souviens de m'être regardé dans le miroir de la salle de bains, en me disant qu'on peut toujours poser un baiser sur l'image de sa propre bouche, tout en évoquant les visages des deux protagonistes du film.

D'ailleurs, j'avais sans cesse sous les yeux les lèvres de ces acteurs (Joan Bennett et Dan Duryea). Mais ce serait le miroir seulement, et non ma bouche, que j'embrasserais. Alors, je suis ressorti de la salle de bains. Installée devant la table, perdue entre les monceaux de tissu et les patrons que lui avait apportés Dieu sait quelle riche parente de je ne sais plus quels lointains membres de notre famille, ma mère se

220

hâtait de terminer une robe du soir destinée à un mariage.

Je me mis à lui parler ; il s'agissait sans doute de mes projets d'avenir, de mes succès futurs et de mes rêves ; je lui racontai des histoires qui évoquaient mes illusions, mais elle ne m'écoutait pas avec beaucoup d'intérêt. Je compris alors que tout ce que je pouvais lui dire n'avait aucune importance ; la seule chose qui en eût à ses yeux, c'était que je passe un samedi soir avec elle en lui tenant compagnie. Et la colère me prit. Ce soir-là, elle était particulièrement bien coiffée, elle s'était mis un soupçon de rouge à lèvres, un rouge virant au brique, dont je me souviens encore. Je me tus, les yeux fixés sur ses lèvres, sur sa bouche dont on disait si souvent qu'elle ressemblait à la mienne.

« Pourquoi me regardes-tu de ce drôle d'air ? » me dit-elle, d'une voix craintive.

Il y eut alors un long silence. Je me suis levé, approché d'elle, mais je n'ai fait que deux pas, mes jambes tremblaient sous moi. Et sans plus l'approcher, je me suis mis à hurler, de toute ma voix. Je ne me rappelle pas exactement ce que je lui ai dit, mais ce fut encore une de ces querelles terrifiantes qui nous mettaient si souvent aux prises. Nous avions oublié toute crainte d'être entendus par les voisins, en un moment de fureur et de liberté où l'on est capable de dire n'importe quoi à son interlocuteur, de casser des tasses ou de renverser le poêle.

Quand je réussis enfin à me jeter hors de la maison, ma mère pleurait sur les mousselines, les bobines et les épingles d'importation (les premières épingles furent produites en Turquie en 1976, par la firme Atli). J'ai erré dans les rues tard dans la nuit,

221

je suis entré dans la cour de la Suleymaniyé, j'ai traversé le pont Atatürk, je suis retourné à Beyoglou. C'était comme si je n'étais plus moi-même, je me sentais poursuivi par la colère et la soif de vengeance, traqué par l'homme que j'aurais dû être.

Arrivé à Beyoglou, j'entrai dans une crémerie, uniquement pour ne plus être seul. Mais je ne regardais personne, de peur de rencontrer le regard d'un homme comme moi, s'efforçant de combler le vide de ces interminables samedis soir. Car ceux qui me ressemblent se reconnaissent aussitôt entre eux, et ils se méprisent. Un peu plus tard, un couple s'est approché de moi : l'homme me racontait quelque chose... Et savez-vous qui était ce fantôme aux cheveux gris, qui surgissait de mes souvenirs ? Mon ancien copain, celui dont je n'avais pas réussi à retrouver la maison à Fénerbahtchè ! Il s'était marié, il travaillait à la Société nationale des chemins de fer, ses cheveux étaient déjà gris, oui, il se souvenait très bien de ces années-là.

Un ancien copain, que l'on rencontre après bien des années, fait toujours mine de vous trouver fort intéressant et d'avoir partagé avec vous un tas de souvenirs et de secrets, uniquement dans le dessein de donner l'impression à sa femme, ou à l'ami se trouvant à ses côtés, que son propre passé a été passionnant. C'est ce que fit mon ancien copain ce jour-là, mais je ne m'en étonnai pas. Je refusai cependant de jouer le rôle qu'il voulait m'attribuer (dans l'espoir de rendre plus captivants ses souvenirs inventés de toutes pièces) et de prétendre mener encore la vie misérable et triste qu'il avait depuis longtemps abandonnée lui-même. Tout en plongeant ma cuiller dans le blanc-manger que j'ai toujours préféré sans sucre, je lui racontai que j'étais marié depuis longtemps, que je gagnais beaucoup d'argent, que tu m'attendais à la maison ; j'avais garé ma Chevrolet sur la place de Taksim, j'étais venu à la crémerie pour y acheter la crème au blanc de poulet dont tu avais eu subitement envie, nous habitions à Nichantache, je pouvais les déposer quelque part sur mon chemin. Non, merci ; il habitait toujours à Fénerbahtchè. Curieux comme il l'était, il m'a posé des questions sur toi, timidement tout d'abord, puis, apprenant que tu étais « d'une bonne famille », il a poussé plus loin ses investigations, afin de prouver à sa femme qu'il était lui-même très proche des bonnes familles. Je n'ai pas laissé échapper l'occasion : je lui ai affirmé qu'il te connaissait sûrement et qu'il devait se souvenir de toi. Ce qu'il a fait, ravi. Il m'a chargé de te transmettre ses respectueux hommages. Et quand nous sommes sortis de la crémerie (moi avec ta portion de crème au blanc de poulet à la main), je l'ai embrassé lui, puis sa femme, en affectant les manières des Occidentaux distingués que nous ont enseignées les films. Quels drôles de lecteurs vous faites, et quel drôle de pays que le nôtre.

CHAPITRE XIII

Regarde qui est là

« Nous aurions dû nous rencontrer il
y a bien longtemps. »

Turkan Soray

Après avoir quitté la maison de l'ex-mari de Ruya,
tout au long de l'avenue qu'il suivit, Galip ne rencontra aucun moyen de transport. Et les autobus interurbains qui passaient de temps en temps, avec une
détermination que rien n'aurait pu contenir, ne ralentissaient même pas en passant près de lui. Il décida
de continuer son chemin à pied. Et jusqu'à la gare
de Bakirkeuy, qui rappelait les vieux réfrigérateurs
déglingués que beaucoup d'épiciers utilisent comme
vitrines, avançant à grand-peine dans la neige, il imagina mille fois qu'il avait retrouvé Ruya, qu'ils avaient
repris leur train-train quotidien, les motifs pour lesquels elle l'avait « abandonné » s'étant avérés très
simples et compréhensibles ; ils les avaient déjà
oubliés ou presque. Toutefois, dans la vie commune
qui renaissait dans son imagination, Galip était toujours incapable de parler à Ruya de sa visite à l'ex-mari.

Dans le train, une demi-heure plus tard, un vieillard lui raconta une histoire qu'il avait vécue, quarante ans plus tôt, par une nuit d'hiver aussi glaciale que celle-ci. Durant ces années de restrictions où tout le monde s'attendait avec crainte à l'entrée en guerre du pays, l'escadron dont il faisait partie avait passé un hiver bien pénible dans un petit village de Thrace. Un matin, sur un ordre tenu secret, les hommes avaient quitté le village à cheval. Ils avaient atteint Istanbul après un voyage qui avait duré tout un jour, mais sitôt qu'ils avaient pénétré dans la ville, ils avaient dû attendre la nuit sur les collines qui dominent la Corne d'Or. Quand toute animation eut cessé dans la ville, ils étaient descendus dans les rues sombres, et à la froide lueur des réverbères teints en bleu pour des raisons de couvre-feu, ils avaient mené sans bruit leurs chevaux sur les pavés glacés, jusqu'aux abattoirs de Sutludjè. Dans le vacarme du train, Galip avait peine à distinguer certains mots, certaines syllabes du récit que le vieillard lui faisait des sanglantes scènes d'abattage : la panique des chevaux qui s'écroulaient l'un après l'autre et dont les intestins, qui jaillissaient de leur ventre comme les ressorts d'un vieux fauteuil, se répandaient sur les dalles couvertes de sang, le regard désespéré des bêtes qui attendaient leur tour, la rage des équarrisseurs, et surtout l'expression de culpabilité qui se lisait, la même pour tous, sur le visage des soldats quittant la ville au pas de route.

Aucun moyen de transport à la sortie de la gare de Sirkédji : Galip se demandait déjà s'il ne ferait pas mieux de continuer à pied jusqu'au bureau, pour y passer le reste de la nuit, quand il vit un taxi tracer un large U dans sa direction. Mais il s'arrêta au bord du trottoir, un peu plus haut : un homme noir et blanc, surgi des films en noir et blanc, qui portait une serviette à la main, ouvrit la portière et entra dans la voiture. Le chauffeur arrêta à nouveau le taxi, devant Galip cette fois, et déclara qu'il pouvait les mener jusqu'à Galatasaray, « le monsieur » et lui. Galip monta dans le taxi.

Quand il en redescendit, à Galatasaray, il regretta de n'avoir pas engagé la conversation avec cet homme surgi des films en noir et blanc. Tout en contemplant les bateaux des lignes du Bosphore, amarrés encore vides au pont de Karakeuy, mais dont toutes les lumières étaient déjà allumées, il avait bien pensé le faire : « Cher Monsieur, il y a bien des années de cela, par une nuit de neige comme celle-ci... » S'il avait commencé à lui raconter cette histoire, il en avait du moins l'impression, il aurait pu mener jusqu'au bout son récit et l'homme l'aurait certainement écouté avec intérêt.

Devant la vitrine d'un chausseur pour dames (Ruya chaussait du 37), un peu plus haut que le cinéma Atlas, un petit homme frêle s'approcha de lui. Il tenait à la main une de ces serviettes en simili-cuir, dont sont munis les releveurs des compteurs à gaz quand ils vont d'une maison à l'autre. « Vous intéressez-vous aux étoiles ? » lui demanda l'homme, à qui une veste boutonnée jusqu'au cou tenait lieu de pardessus. Galip le prit tout d'abord pour un confrère de l'homme qui, les nuits sans nuages, installe son télescope sur la place de Taksim et fait contempler, pour un billet de cent livres, les étoiles aux curieux, mais l'inconnu lui présentait déjà un album. Et sur les pages qu'il feuilletait sous ses yeux, Galip découvrit, éditées sur du papier de bonne qualité, des photos ahurissantes de certaines étoiles féminines de cinéma.

Bien sûr, il ne s'agissait pas des actrices elles-mêmes, mais de femmes qui portaient les mêmes robes et les mêmes bijoux qu'elles, et qui — c'était là le plus important — imitaient leur façon de se tenir, de fumer, d'entrouvrir les lèvres ou de les tendre pour un baiser. Sur chaque page, découpée dans quelque magazine, une photographie en couleurs de l'original, surmontée de son nom en gros caractères, était entourée d'autres photos, sur lesquelles son sosie s'efforçait de lui ressembler par des poses « suggestives ».

Dès qu'il remarqua l'intérêt que ces photos éveillaient chez Galip, le petit homme frêle l'entraîna vers une ruelle déserte menant au cinéma Mélek, et lui tendit l'album pour qu'il puisse le feuilleter à son gré. À la lumière d'une étrange vitrine où étaient exposés des bras, des jambes, des gants, des bas, des sacs et des parapluies, retenus par des fils invisibles, Galip put examiner avec attention des Turkan Soray, qui allumaient leur cigarette d'un geste las, ou qui dansaient, vêtues d'une robe tzigane fendue à l'extrême ; des Mujdé Ar, qui épluchaient une banane en fixant l'objectif d'un regard fripon, dans un grand éclat de rire effronté ; des Hulya Koçyigit, le nez chaussé de lunettes, qui ôtaient leur soutien-gorge pour le repriser, qui lavaient la vaisselle, en se penchant très bas, ou qui versaient des larmes innocentes. Mais l'homme, qui mettait la même attention à observer Galip, s'empara brusquement de l'album, du geste décidé de l'instituteur qui surprend un élève en train de lire un livre interdit, et il le fourra aussitôt dans sa serviette.

« Voulez-vous que je vous emmène chez elles ? »

« Mais... où sont-elles ? »

« Vous avez l'air d'un monsieur bien, suivez-moi. »

Alors qu'ils suivaient des ruelles sombres, Galip, que l'homme pressait de questions pour arrêter son choix, lui déclara qu'il avait un faible pour Turkan Soray.

« Mais c'est elle, en personne ! » dit l'homme en chuchotant, comme s'il lui livrait un secret. « Elle va être ravie, vous lui plairez beaucoup ! »

Aux abords du commissariat de Beyoglou, ils s'arrêtèrent devant une vieille maison de pierre, où, sur la façade, se lisaient encore deux mots : « ... des Amis » ; ils pénétrèrent dans un rez-de-chaussée qui sentait la poussière et les tissus, puis dans une pièce plongée dans la pénombre, où on ne voyait ni tissus ni machines à coudre, mais Galip eut aussitôt l'idée de compléter l'enseigne : « Atelier des Amis ». Une deuxième pièce, étincelante de lumière, celle-là, où ils entrèrent par une porte blanche très haute, rappela soudain à Galip qu'il lui fallait payer le maquereau.

« Turkan ! » cria l'homme tout en fourrant l'argent dans sa poche. « Regarde qui est là ! Tu as la visite d'Izzet ! »

Deux femmes qui jouaient aux cartes se tournèrent vers Galip avec de petits rires. La pièce, qui évoquait la scène d'un vieux théâtre minable, sentait le renfermé, le poêle au tirage défectueux, le parfum entêtant, et retentissait du bruit exténuant d'une musique pop locale. Allongée sur un divan dans la pose préférée de Ruya quand elle lisait ses romans policiers (une jambe sur le dossier du divan), une femme qui ne ressemblait ni à Ruya, ni à une star quelconque,

228

feuilletait un magazine satirique. Seul le nom de Mujdé Ar, écrit en toutes lettres sur sa blouse, permettait de deviner qu'il s'agissait là d'une doublure de cette actrice.

Un homme, vêtu en garçon de café, s'était assoupi en face de la télé, où les participants à une table ronde discutaient de l'importance de la conquête d'Istanbul dans l'histoire universelle.

Galip réussit à découvrir une vague ressemblance entre une jeune femme aux cheveux permanentés, vêtue d'un blue-jean, et une comédienne américaine, dont il avait oublié le nom, sans être sûr qu'il s'agissait là de la ressemblance désirée. Un homme entra par une autre porte, il s'approcha de la fausse Mujdé Ar et entreprit de déchiffrer son nom sur la blouse, en avalant la première syllabe, avec le sérieux des ivrognes et de tous ceux qui ne sont convaincus de la véracité des événements qu'ils vivent qu'après les avoir lus dans les gros titres des journaux.

Galip devina au rythme de sa démarche que la femme, à la robe tachetée comme une peau de léopard, qui s'approchait à présent de lui, devait être Turkan Soray. C'était peut-être celle qui ressemblait le plus à l'original. Sa longue chevelure blonde lui retombait sur l'épaule droite.

« Puis-je fumer ? » lui dit-elle avec un sourire enchanteur, tout en plaçant une cigarette sans filtre entre ses lèvres. « Vous avez du feu ? »

Galip alluma la cigarette avec son briquet, et la tête de la femme disparut dans un nuage de fumée incroyablement épais. Dans un étrange silence que le vacarme de la musique n'arrivait pas à troubler, quand la tête de la femme et ses yeux bordés de très longs cils surgirent à nouveau de la fumée — comme ceux d'une sainte faisant son apparition dans un nuage —, Galip se dit, pour la première fois de sa vie, qu'il pouvait coucher avec une autre femme que Ruya. Il tendit de l'argent à l'homme à l'allure de petit fonctionnaire qui l'avait présenté sous le nom d'Izzet.

Ils montèrent à l'étage et entrèrent dans une pièce meublée avec un peu plus de soin. La femme écrasa sa cigarette dans un cendrier qui faisait de la pub pour l'Akbank, et en sortit aussitôt une autre du paquet :

« Vous permettez ? » répéta-t-elle, toujours sur le même ton et avec le même geste affecté. La cigarette au coin des lèvres, elle lui lançait le même regard plein de superbe et le même sourire ensorcelant. « Vous voulez bien me l'allumer ? »

Galip la vit pencher la tête, toujours du même geste enchanteur, et en prenant soin d'exhiber ses seins, vers un briquet imaginaire, et comprit que ce geste et ces paroles sortaient tout droit de l'un des films de Turkan Soray, et qu'il lui fallait jouer lui-même le rôle masculin principal, tenu à l'écran par Izzet Gunay. Il alluma la cigarette et, peu à peu, les grands yeux noirs aux longs cils de la femme surgirent à nouveau d'un nuage toujours aussi incroyablement dense. Comment arrivait-elle à faire jaillir de sa bouche autant de fumée, ce nuage réalisable uniquement en studio ?

« Pourquoi te tais-tu ? » lui dit la femme en souriant.

« Je ne me tais pas », dit Galip.

« Tu as pourtant l'air bien dégourdi, mais serais-tu timide par hasard ? » dit la femme en feignant la curiosité et l'irritation. Elle répéta cette phrase avec les mêmes gestes. Ses énormes boucles d'oreilles frôlaient ses épaules nues.

Grâce aux photos — de celles que l'on exhibe dans les halls de cinéma —, Galip n'eut plus de doute : cette robe en tissu « léopard » au dos nu jusqu'aux hanches, Turkan Soray l'avait bien portée vingt ans plus tôt, dans un rôle d'entraîneuse, dans le film *Ma putain bien-aimée* dont elle partageait la vedette avec Izzet Gunay. Il put même retrouver certaines phrases du dialogue : (la tête penchée sur le côté, telle une enfant gâtée un peu mélancolique, ouvrant brusquement les mains qu'elle avait croisées sous le menton) « Impossible d'aller dormir à présent, dès que j'ai bu un verre, je ne pense plus qu'à m'amuser ! » ; (avec les façons d'une tante très gentille s'inquiétant de l'enfant des voisins) « Izzet, viens donc chez moi, tu pourras attendre la fermeture du pont ! » ; (prise soudain d'enthousiasme et d'émotion) « Avec toi, et ce jour même, tel était donc mon destin ! » ; (la dame bon chic bon genre) « Ravie de vous connaître... Enchantée d'avoir fait votre connaissance... Ravie... »

Galip était allé s'asseoir sur une chaise près de la porte. La femme, elle, s'était installée sur un tabouret, devant le miroir d'une petite chiffonnière, qui ressemblait assez à l'original du film ; elle peignait ses longs cheveux teints en blond. Dans le cadre du miroir, figurait d'ailleurs la photo de cette scène du film. Son dos était vraiment superbe. Elle s'adressa au reflet de Galip dans le miroir :

« Nous aurions dû nous rencontrer il y a bien longtemps... »

« Mais nous nous sommes rencontrés il y a bien longtemps », lui répliqua Galip, en la regardant dans le miroir. « Nous n'étions pas assis sur le même banc à l'école, mais quand, aux premiers jours tièdes du printemps, on ouvrait les fenêtres de la classe après de longues discussions pour ou contre, je contemplais, comme je le fais à présent, le reflet de ton visage sur la vitre que le tableau noir transformait en miroir. »

« Hum... Nous aurions dû nous rencontrer il y a bien longtemps. »

« Nous nous sommes rencontrés il y a bien longtemps », répéta Galip. « La première fois que je t'ai vue, tes jambes m'ont paru si délicates, si frêles, que j'ai eu peur de les voir se rompre. Il me semble que ta peau était plus épaisse quand tu étais gamine, mais quand tu as grandi, pendant les années de lycée, tu as pris des couleurs et ton teint est devenu incroyablement délicat. Durant les chaudes journées d'été, quand nous faisions les quatre cents coups à la maison, ou quand nous rentrions de la plage, en léchant nos cornets de glace achetés à Tarabya, et que nous nous griffions les bras pour tracer des mots sur notre peau blanchie par le sel, j'adorais le duvet sur tes bras si minces. J'adorais tes jambes rosies par les coups de soleil. J'aimais tant tes cheveux qui se répandaient sur ton visage, quand tu tendais le bras pour saisir quelque chose sur l'étagère au-dessus de ma tête... »

« Nous aurions dû nous rencontrer il y a bien longtemps. »

« J'aimais les traces laissées sur ton dos par les bretelles du maillot que tu avais emprunté à ta mère ; j'aimais ta façon de tirer sur tes mèches quand tu étais contrariée ; de saisir entre le pouce et le majeur le brin de tabac collé à ta langue, quand tu fumais encore des cigarettes sans filtre ; de contempler bouche bée les films sur l'écran ; et quand tu lisais tes polars, de grignoter distraitement les pistaches et les pois chiches grillés que tu piochais dans une assiette à portée de ta main ; j'aimais ta manie de toujours égarer tes clés, de plisser les paupières en refusant d'admettre ta myopie. Je t'aimais aussi, plein de crainte, quand tu tenais les yeux fixés au loin, quand je devinais que tu te retrouvais très loin de moi dans tes pensées. Je t'aimais avec terreur quand je devinais tes pensées et encore plus quand je ne les devinais pas, bon Dieu ! »

Il devina une vague appréhension sur le visage de Turkan Soray dans le miroir et se tut. La femme alla s'allonger sur le lit, à côté de la chiffonnière.

« Viens donc », lui dit-elle. « Rien n'en vaut la peine... Rien du tout, tu m'entends ? »

Mais Galip hésitait, il ne quittait pas sa chaise.

« Turkan Soray ne te plairait-elle pas ? » lui demanda la femme avec, dans la voix, une trace de jalousie dont Galip ne put décider si elle était réelle ou s'il s'agissait encore d'un jeu.

« Mais si, je l'aime beaucoup. »

« Tu aimais aussi ma façon de ciller, n'est-ce pas ? »

« Je l'aimais. »

« Ma façon de descendre les escaliers de la plage dans *La petite dodue*, d'allumer ma cigarette dans *Ma putain bien-aimée* et de fumer avec un fume-cigarette dans *La bombe sexy*, tu aimais tout cela, n'est-ce pas ? »

« Beaucoup. »

« Alors, approche-toi, mon chéri. »

« Continuons plutôt à parler. »

« De quoi ? »

Galip se tut ; il réfléchissait.

« Comment t'appelles-tu ? Que fais-tu dans la vie ? »

« Je suis avocat. »

« J'ai eu un avocat », dit la femme. « Il m'a bouffé tous mes sous, mais il n'a pas réussi à récupérer la voiture que mon mari avait fait immatriculer à mon nom. La voiture m'appartenait, elle était à moi, tu comprends, et à présent, il l'a offerte à une putain ; une Chevrolet 56, rouge comme les voitures des pompiers. Que veux-tu que je fasse d'un avocat incapable de me faire restituer ma voiture ? Serais-tu capable de la récupérer, toi ? »

« J'y arriverais », dit Galip.

« Tu pourrais ? » dit la femme. « Oui, tu y parviendrais sûrement, toi, j'en suis sûre. Si tu y arrives, je me marie avec toi ! Tu me sauverais de la vie que je mène. De la vie d'artiste de cinéma, quoi. J'en ai marre, de faire l'artiste. Les gens chez nous sont débiles ; à leurs yeux, une actrice de cinéma est une putain et non une artiste. Je ne suis pas une actrice, moi, mais une artiste, tu comprends ? »

« Bien sûr. »

« Est-ce que tu m'épouserais ? » lui dit-elle gaiement. « Si on se mariait, on irait se balader dans ma voiture. Tu m'épouserais, dis ? Mais il faudra que tu m'aimes. »

« Je t'épouserais, bien sûr. »

« Mais non, c'est à toi de me poser la question ! Dis-moi : veux-tu m'épouser ? »

« Veux-tu m'épouser, Turkan ? »

« Pas comme ça. Pose-moi la question avec du sentiment ; il faut que ça te vienne du fond du cœur, comme dans les films ! Et tout d'abord, lève-toi. Cette question, on ne la pose pas assis. »

234

Galip bondit aussitôt sur ses pieds, comme s'il se préparait à chanter la marche nationale :

« Turkan ! Veux-tu m'épouser, le veux-tu ? »

« C'est que je ne suis pas vierge », dit la femme. « Il m'est arrivé un accident. »

« Comment ça ? En montant à cheval ? Ou en glissant sur la rampe d'escalier ? »

« Non, en faisant du repassage. Tu rigoles, mais j'ai appris hier que le sultan avait donné l'ordre de te trancher le cou ! Es-tu marié ? »

« Oui. »

« Je tombe toujours sur des hommes mariés ! » s'écria la femme, d'un ton emprunté à *Ma putain bien-aimée*. « Mais cela n'a aucune importance. Ce qui est important, c'est la Société nationale des chemins de fer ! À ton avis, quel est le club qui remportera la coupe de Turquie ? Et puis, dis-moi, à ton avis, que va devenir ce pays ? À ton avis, quand donc l'armée va-t-elle mettre fin à l'anarchie ? Tu ferais bien de te faire couper les cheveux, tu sais... »

« Pas de remarque personnelle », lui dit Galip. « Ce n'est pas correct. »

« Mais je n'ai rien dit de mal ! » s'écria la femme en feignant l'étonnement ; elle cillait avec force en ouvrant très grands les yeux, comme Turkan Soray. « Je t'ai demandé si tu pouvais récupérer ma voiture, j'aurais accepté de t'épouser ; ou plutôt, voudrais-tu m'épouser si tu me retrouves ma voiture ? Son numéro d'immatriculation : 34 CG 19... " Le 19 mai 1919, il se mit en marche de Samsun et il sauva l'Anatolie ! " comme dit la marche. Une Chevrolet 56. »

« Parle-moi de la Chevrolet ! » dit Galip.

« Volontiers, mais bientôt ils vont venir frapper à la porte. La *vizita* touche à sa fin. »

« On ne dit pas *vizita*, en turc. »

« Qu'est-ce que tu racontes là ? »

« L'argent n'a pas d'importance », dit Galip.

« C'est également mon avis », dit la femme. « Une Chevrolet 56 rouge, exactement de la couleur de mes ongles, tiens ! J'ai un ongle cassé, tu as vu ? Peut-être que la Chevrolet est allée se flanquer quelque part. Avant que mon salaud de mari ne l'offre à cette putain, j'utilisais ma Chevrolet pour venir ici. Mais je ne la croise plus que dans la rue, à présent, je parle de la voiture, je la rencontre parfois au coin de la place de Taksim, c'est quelqu'un d'autre qui la conduit, ou alors devant le débarcadère de Karakeuy, quand j'attends quelqu'un. Mais toujours avec un autre chauffeur. La salope aime les voitures, ça se voit, elle la fait repeindre sans cesse. Un jour, ma Chevrolet est marron foncé, le lendemain, on y a changé les nickelages et les phares, et la voiture est café-au-lait. Le surlendemain, la voilà devenue une voiture de mariée, une voiture fleurie, elle est rose, et on a installé une poupée rose à l'avant, et puis, une semaine plus tard, on l'a repeinte en noir, et six flics à la moustache noire s'y entassent, c'est devenu un panier à salade. Il y a même " police " écrit dessus, impossible de s'y tromper. Bien sûr, à chaque fois, on a changé la plaque d'immatriculation pour m'empêcher de la reconnaître. »

« Évidemment. »

« Évidemment », répéta la femme. « Et tous ces chauffeurs, et tous ces flics, ce sont les gigolos de la bonne femme, mais mon cocu de mari ne remarque rien, le bougre. Eh oui, il m'a laissé tomber un beau jour… Est-ce qu'on t'a jamais laissé tomber, toi ? Quel jour sommes-nous, aujourd'hui ? »

« Le 12. »

« Comme le temps passe vite ! Et voilà que tu continues à me faire parler... Ou est-ce que tu vas me demander un traitement spécial ? Dis-le-moi, c'est sans importance, un monsieur distingué comme toi, tu m'as beaucoup plu, as-tu beaucoup d'argent sur toi, es-tu vraiment riche ? Ou un marchand de fruits et de légumes comme Izzet ? Non, tu es avocat. Pose-moi donc une devinette, monsieur l'avocat. Bon, je vais t'en poser une, moi : quelle est la différence entre le sultan et le pont du Bosphore ? »

« Je ne sais pas. »

« Et entre Atatürk et le Prophète ? »

« Je n'en sais rien. »

« Tu donnes trop facilement ta langue au chat ! » s'écria-t-elle, et s'éloignant du miroir où elle se contemplait, elle vint chuchoter la réponse à l'oreille de Galip, avec des gloussements. Puis elle lui entoura le cou de ses bras : « Marions-nous, marions-nous », murmura-t-elle. Gravissons ensemble le mont Kaf. Soyons l'un à l'autre. Devenons un autre homme, une autre femme... Prends-moi, prends-moi... »

Ils s'embrassèrent, toujours dans la même atmosphère de jeu. Qu'y avait-il chez cette femme qui lui rappelait Ruya ? Rien du tout, mais Galip se sentait bien avec elle. Quand ils retombèrent sur le lit, la femme eut un geste qui lui rappela Ruya, et pourtant elle ne l'avait pas fait exactement comme Ruya. Chaque fois que la langue de Ruya pénétrait dans sa bouche, Galip se disait qu'à cet instant-là, elle devenait une autre femme, toute différente, et cette idée le tourmentait. La pseudo-Turkan Soray, elle, poussa sa langue — plus longue et plus épaisse que celle de Ruya — dans la bouche de Galip, non pas en un geste

237

de triomphe, mais avec gentillesse et légèreté comme s'il s'agissait d'une plaisanterie, et Galip ressentit une transformation, non pas dans la femme qu'il tenait dans ses bras, mais en lui-même, et il s'en émut. La femme le repoussa toujours comme dans un jeu, et tout comme dans les scènes d'amour si peu réalistes qu'on voit dans les films turcs, ils roulèrent d'une extrémité du grand lit à l'autre, l'un sur l'autre, à tour de rôle. « Tu me fais tourner la tête ! » dit la femme, en imitant quelque fantôme absent et en feignant d'avoir le vertige. Galip remarqua alors qu'ils pouvaient se voir dans le miroir, d'une extrémité du lit à l'autre, et comprit pourquoi ces culbutes si agréables avaient été jugées nécessaires. Et quand la femme se déshabilla et l'aida à ôter ses vêtements, Galip suivit des yeux avec plaisir leurs images dans le miroir. Plus tard, ils y contemplèrent tout leur soûl les talents de la femme, comme s'il s'agissait d'une tierce personne, pareils aux membres du jury d'un concours de gymnastique, face à un candidat qui exécute les figures imposées — avec un peu plus de bonne humeur tout de même. Plus tard encore, à l'instant même où Galip se retrouva incapable d'observer le miroir : « Toi et moi, nous ne sommes plus les mêmes ! » dit la femme, tout en tressautant sur les ressorts silencieux. « Qui suis-je, moi, qui suis-je ? » demanda-t-elle. Mais Galip ne lui fournit pas la réponse qu'elle pouvait attendre. Il se laissait aller. Il entendit la femme murmurer « Deux fois deux quatre », puis « Écoute-moi, écoute-moi ! » et lui parler d'un vague sultan et des malheurs de son héritier, en utilisant force « on dit que... il paraît que... on croit que... », comme si elle lui racontait un conte de fées ou lui décrivait un rêve.

« Si moi c'est toi, et si toi c'est moi, qu'importe », ajouta la femme alors qu'ils se rhabillaient. Si tu es moi et si je suis toi, hein ! » Elle lui souriait, de la ruse dans le regard. « Elle t'a plu, ta Turkan Soray ? »

« Beaucoup. »

« Dans ce cas, viens à mon secours, aide-moi à échapper à cette existence, à m'en aller d'ici, allons autre part, toi et moi, loin d'ici, fuyons, marions-nous, pour refaire notre vie ! »

De quel film s'agissait-il là, de quelle scène ? Galip hésitait. C'était peut-être là ce que désirait la femme. Elle déclara qu'elle ne le croyait pas marié ; les hommes mariés, elle les connaissait trop bien. S'il l'épousait, s'il réussissait à récupérer la Chevrolet 56, ils iraient faire des balades tout au long du Bosphore, ils achèteraient des gaufres à Emirgân, et à Tarabya, ils contempleraient la mer, puis ils iraient dîner à Buyuk-Déré.

« Je déteste Buyuk-Déré », déclara Galip.

« Dans ce cas, c'est en vain que tu l'attends, Lui ! » dit la femme. « Il ne viendra jamais ! »

« Je ne suis pas pressé. »

« Moi si », s'entêta-t-elle. « Mais j'ai peur de ne pas le reconnaître quand il viendra. J'ai peur de le voir après tous les autres. D'être la dernière à le voir, Lui. »

« C'est qui, Lui ? » demanda Galip.

Elle eut un sourire mystérieux : « Tu ne vas donc jamais au cinéma, toi ? Tu ne connais pas la règle du jeu ? Dans notre pays, laisse-t-on en vie ceux qui parlent de ces choses-là ? C'est que je veux vivre, moi ! »

Elle lui racontait l'histoire d'une amie à elle, mystérieusement disparue, et qui avait sans aucun doute été exécutée et son cadavre jeté dans le Bosphore,

quand on frappa à la porte. Elle se tut. Galip quittait
la pièce. Elle chuchota dans son dos :

« Nous L'attendons, tous, tous. Nous L'attendons... »

CHAPITRE XIV

Nous L'attendons, tous

> « J'aime avec passion les choses mystérieuses. »
>
> Dostoïevski

Nous L'attendons tous. Tous, nous L'attendons depuis des siècles. Nous L'attendons, nous qui, angoissés et exténués par la foule du pont de Galata, contemplons avec douleur les eaux gris fer de la Corne d'Or ; nous qui rajoutons des bûches dans le poêle impuissant à chauffer notre unique pièce au pied des remparts ; nous qui gravissons les interminables escaliers d'une vieille maison grecque dans une ruelle du quartier de Djihanguir ; nous encore qui, dans une bourgade perdue d'Anatolie et dans l'attente du rendez-vous avec un copain, nous plongeons dans les mots croisés d'un journal d'Istanbul ; nous qui rêvons de prendre un jour un de ces avions dont les journaux parlent et publient les photos ; d'entrer dans des salons étincelants de lumières, d'enlacer des corps superbes ; nous L'attendons. C'est Lui encore que nous attendons, quand nous marchons, mélancoliques, sur des trottoirs couverts de boue, portant à la main des sacs de papier faits de

241

vieux journaux lus et relus, ou des sacs en plastique de la plus mauvaise qualité, qui imprègnent de leur odeur synthétique les pommes qu'ils contiennent, des filets à provisions qui laissent des traces violâtres sur la paume et sur les doigts de nos mains. Nous L'attendons, quand nous rentrons du cinéma où nous venons de suivre, avec un inlassable plaisir, les aventures d'hommes qui, chaque samedi soir, brisent vitres et bouteilles, et de femmes plus belles les unes que les autres ; quand nous revenons de la rue des bordels, où nous couchons avec des putains, qui exacerbent encore en nous le sentiment de solitude ; des tavernes où nos copains se moquent impitoyablement de nous parce que nous avons nos petites manies, ou encore de chez nos voisins, où nous n'avons même pas pu écouter à loisir la pièce du « Théâtre à la radio », car leurs enfants turbulents ne se décidaient pas à s'endormir, nous L'attendons tous. Parmi nous, certains affirment qu'Il fera son apparition quelque part, dans les quartiers pauvres, là où les gamins effrontés cassent les vitres des réverbères à coups de fronde. D'autres disent qu'Il surgira devant ces boutiques où des mécréants vendent des billets de la Loterie nationale ou des tickets du Loto sportif, des magazines avec des photos de femmes nues, des jouets, des cigarettes, des préservatifs, et tout un étrange bric-à-brac. Mais peu importe l'endroit où Il apparaîtra, que ce soit dans ces rôtisseries où des gamins malaxent de la viande hachée douze heures par jour ; où dans les salles de cinéma, où des milliers de prunelles deviennent un seul œil brûlant du même désir ; ou encore sur les vertes collines où des bergers, aussi innocents que les anges, sont envoûtés par les cyprès des cimetières, tout le monde affirme que l'heureux élu qui L'apercevra le premier L'identifiera sur-le-champ. Et nous pourrons alors tous comprendre que notre attente — aussi longue que l'infini et aussi brève que le temps d'un clin d'œil — aura pris fin, et que sera venu le temps de la Rédemption.

Le Coran n'est clair sur ce sujet que pour ceux qui savent déchiffrer les Écritures (verset 97 de la sourate Al-Isrâ, verset 23 de la sourate Az-Zumer, où il est dit que le Coran est descendu du ciel « en une Écriture en ses parties, semblables à des Répétées », etc.). Selon le livre *Le Commencement et l'Histoire* de Mutahhar Ibn Tahir, de Jérusalem, qui l'écrivit trois cent cinquante ans après la descente du ciel du Coran, les seules preuves dont nous disposions à ce sujet sont les paroles de Mahomet : « Quelqu'un, dont le nom, l'apparence et l'action ressembleront aux miens, montrera la Voie », et les témoignages de ceux qui transmirent telle ou telle hadis. Et trois cent cinquante ans plus tard encore, nous voyons Ibn Batuta faire une brève allusion à ce sujet dans son *Livre des voyages*, où il nous apprend que Son apparition est attendue, avec tout un rituel, dans les souterrains du Turbh Hakim-ul Vakt des chiites à Samarra. Trente ans plus tard, à en croire ce que Firuz Shah dicta à son secrétaire, dans les rues jaunes et poussiéreuses de Delhi, des milliers de malheureux guettaient Son arrivée, ainsi que le mystère des Lettres qu'Il leur dévoilerait. Toujours à la même époque, dans le *Mukaddime* où Ibn Haldun étudie une à une les hadis concernant Son avènement, en les débarrassant des sources chiites extrémistes, nous pouvons constater l'importance prise par un autre aspect du problème : en même temps que Lui, le Dejjal, ou Satan, ou encore l'Antéchrist, si nous voulons utiliser la conception et la terminologie occidentales, fera également son apparition, mais Lui le tuera en ces jours d'apocalypse et de rédemption.

Le plus surprenant, c'est que tout le monde espère et attend l'arrivée du Rédempteur, personne — ni mon cher lecteur Mehmet Yilmaz, qui m'a communiqué la « vision » qu'il eut de lui, dans une modeste bourgade d'Anatolie ; ni Ibn Arabî, qui, sept cents ans avant lui, décrivit dans son *Ankayi Mugrib* cette même vision ; ni le philosophe El-Kindi qui, il y a mille onze ans, Le vit dans un rêve mener les foules de ses fidèles délivrés à la conquête d'Istanbul, pour arracher la ville aux chrétiens ; ni même la vendeuse qui, des siècles et des siècles après la réalisation de ce songe, rêve de Lui dans sa mercerie, parmi les boîtes de bobines de fil et de boutons et les bas nylon —, personne n'a jamais pu imaginer Son visage.

Alors que nous pouvons très bien imaginer le Dejjal : il est roux et borgne, selon l'*Enbiya* de Bukhari, qui, dans le *Hadj*, nous apprend que son nom est inscrit sur son visage ; Dejjal a le cou très épais selon Tayalisi. Dans le *Tevhid* de Hodja Nizamettine éfendi qui Le découvre dans une vision mille ans plus tard à Istanbul, il a les yeux rouges et le visage osseux. À mes débuts dans le journalisme, dans une bande dessinée relatant les aventures d'un guerrier turc et qui paraissait dans le journal *Karagueuz*, fort populaire en Anatolie, Dejjal était représenté comme une brute à la bouche de traviole. Notre guerrier, qui nouait de nombreuses intrigues amoureuses avec les belles du Konstantinopolis d'avant la Conquête, menait, avec des ruses incroyables (dont je soufflais certaines au dessinateur), un combat acharné contre un Dejjal au front très large, au nez immense dans un visage imberbe. Alors donc que le Dejjal a toujours inspiré notre imagination visuelle, le fait que le seul de nos écrivains qui ait su évoquer sous tous ses aspects le Rédempteur attendu par tous soit le docteur Férit Kemal, réduit à écrire en français son roman *Le Grand Pacha* et à le publier à Paris en 1870 seulement, est considéré par beaucoup comme une grave lacune dans notre littérature.

Tout comme il est injuste d'estimer que *Le Grand Pacha*, cette œuvre qui Le décrit avec un réalisme extrême, ne fait pas partie de notre littérature parce que écrit en français, elles sont bien pitoyables, ces thèses reflétant un profond complexe d'infériorité, défendues dans des revues anti-occidentales telles que *Sadirvan* et *Buyuk Dogu*, et selon lesquelles le passage du Grand Inquisiteur dans *Les frères Karamazov* ne serait qu'un plagiat de cette petite plaquette. Cette légende de plagiats de l'Orient par l'Occident et de l'Occident par l'Orient m'inspire toujours la même réflexion : si l'univers des songes que nous appelons l'univers est une maison où nous pénétrons avec la stupeur du somnambule, les diverses littératures, elles, ressemblent à des horloges accrochées aux murs de cette demeure à laquelle nous voulons nous accoutumer. Par conséquent :

1. Il est stupide d'affirmer que telle ou telle des horloges qui tictaquent dans l'une des pièces de la maison des rêves est à l'heure ou non.

2. Il est également stupide de déclarer que l'une de ces horloges avance de cinq heures, car on pourrait en déduire, selon la même logique, que cette même horloge retarde de sept heures.

3. S'il est neuf heures trente-cinq à l'une de ces horloges, et si une autre horloge indique neuf heures trente-cinq au bout d'un certain temps, arriver à la conclusion que la seconde imite la première est absurde.

Un an avant de se rendre à l'enterrement d'Ibn Rushd (Averroès) à Cordoue, Ibn Arabî, auteur de plus de deux cents œuvres sur le soufisme, se trouvait à Fez ; il y rédigeait un livre inspiré par la vision relatée dans la sourate du Coran dont j'ai parlé plus haut (je supplie le typo d'utiliser à bon escient les indicatifs de lieu selon la position de cette ligne dans la colonne), celle donc d'Al-Isrâ, où il est dit que Mahomet, transporté une nuit à Quds (Jérusalem), gravit le ciel en utilisant une échelle (c'est l'Ascension nocturne, *Mirâj* en arabe) et que de là-haut, il put contempler le Paradis et l'Enfer. Étant donné qu'Ibn Arabî nous raconte dans son livre comment, conduit par son guide, il parcourut les Sept Cieux, ce qu'il y vit, ses conversations avec les Prophètes qu'il y rencontra, et qu'il écrivit ce livre à l'âge de trente-cinq ans (en 1198), en conclure que Nizhâm, la jeune fille qui apparaît dans cette vision, est l'original dont Béatrice n'est que la copie ; que la vérité est chez Ibn Arabî et l'erreur chez Dante ; que le *Kitab al-Isrâ ilâ Maqâm al-Asrâ* est l'original et *La Divine Comédie* un plagiat, est l'exemple même de la première des sottises dont je parlais tout à l'heure.

Le philosophe andalou Ibn Tufeyl ayant écrit au XIe siècle l'histoire d'un enfant qui, à la suite d'un naufrage, se retrouve seul sur une île déserte et qui y passe des années, en y découvrant, outre une biche qui le nourrit de son lait, la nature et les choses et la mer et les cieux et la mort et les « réalités divines », parvenir à la conclusion qu'Hayy Ibn Yakzan devance Robinson Crusoé de six cents ans, ou au contraire, constatant que le second écrivain a su décrire les choses et les outils avec beaucoup plus de détails que le premier, affirmer qu'Ibn Tufeyl retarde de six siècles sur Daniel Defoe est une illustration de la deuxième absurdité.

Au mois de mars 1761, à la suite d'une réflexion irrespectueuse et irréfléchie d'un ami peu discret venu lui rendre visite un vendredi soir, et qui, ayant remarqué une splendide armoire dans son cabinet de travail, s'était écrié : « Hodja éfendi, il y a autant de désordre dans ton armoire que dans ta tête ! », Hadji Veliyyudin éfendi, cheikhulislâm sous le règne de Mustafa III, fut saisi d'une brusque inspiration et entreprit la rédaction d'un long mesnevi, basé sur la comparaison entre sa raison et l'armoire de noyer, afin de prouver qu'il régnait dans l'une et dans l'autre le même ordre parfait. Du fait que dans ce mesnevi, l'auteur nous montre que, tout comme cette magnifique armoire à deux battants, quatre étagères et douze tiroirs, chef-d'œuvre d'un artisan arménien, notre raison comporte, elle aussi, douze compartiments, où sont emmagasinés le temps, l'espace, les écrits, les chiffres et un tas d'autres choses que nous nommons aujourd'hui causalité, existence, déterminisme, et qu'il le fait vingt ans avant que Kant ait publié le plus célèbre de ses livres, celui dans lequel il énumère les douze catégories de la raison pure, conclure que l'Allemand a plagié le Turc est un exemple de la stupidité numéro trois.

Le docteur Férit Kemal, qui traçait un portrait extrêmement vivant du Grand Rédempteur que nous attendons tous, n'aurait guère été étonné d'apprendre qu'un siècle plus tard, ses compatriotes s'intéresseraient à lui uniquement pour des stupidités de ce genre, car sa vie s'était écoulée dans une atmosphère d'indifférence et d'oubli, qui l'avait laissé livré à lui-même dans un silence de rêve. Aujourd'hui, je ne peux qu'imaginer son visage — dont ne nous est parvenue aucune photographie — comme celui, fantomatique, d'un somnambule. C'était un grand fumeur de haschisch. Nous apprenons, dans l'étude malveillante intitulée *Les nouveaux Ottomans et la Liberté* que lui consacra Abdurrahman Serif, qu'il accoutuma à l'opium bien de ses patients, à Paris. En 1866 — eh oui, un an avant le second voyage en Europe de Dostoïevski — il était parti pour Paris, poussé par un vague sentiment de révolte et le goût de la liberté. Il publia quelques articles dans les journaux *Hurriyet* et *Muhbir*, qui paraissaient en Europe ; mais alors que les Jeunes-Turcs finissaient par s'entendre avec le Sérail et rentraient l'un après l'autre en Turquie, lui était resté à Paris. Nous ne retrouvons pas d'autre trace de lui. Comme il fait allusion dans la préface de son livre aux *Paradis artificiels* de Baudelaire, il avait peut-être entendu parler de De Quincey, que j'aime tant ; il s'était peut-être livré lui-même à des expériences avec l'opium. Mais nous ne trouvons aucune allusion à de telles pratiques dans les pages où il nous parle de Lui. On y remarque au contraire une robuste logique, dont nous aurions bien besoin aujourd'hui. Si j'écris cette chronique, c'est pour parler de cette logique, pour faire connaître aux officiers patriotes de nos forces armées les idées irrécusables exposées dans *Le Grand Pacha*.

Mais si nous voulons comprendre cette logique, il nous faut auparavant pénétrer dans l'atmosphère évoquée par cette œuvre : imaginez un livre relié en bleu, imprimé sur un grossier papier jaune, par les éditions Poulet-Malassis en 1870 à Paris ; quatre-vingt-seize pages seulement. Imaginez aussi des illustrations, décors, objets, silhouettes, dues à un peintre français (de Tennielle) qui, plus que l'Istanbul de l'époque, rappellent les rues pavées, les trottoirs, les immeubles de l'Istanbul d'aujourd'hui, et qui font penser non pas aux cachots de pierre et aux instruments de torture si primitifs d'autrefois, mais aux trous à rats de béton et aux moyens de torture, « perroquet » ou « gégène », de notre époque.

Le livre débute par la description d'une ruelle d'Istanbul ; c'est la nuit. Le silence n'est rompu que par les coups de bâton des veilleurs de nuit sur la chaussée et les hurlements des hordes de chiens qui se battent dans les quartiers les plus reculés. Pas une lumière aux fenêtres à moucharabiehs des maisons de bois. Une vague fumée surgit d'un tuyau de poêle, elle se mêle à la brume légère qui retombe sur les toits et les coupoles. Dans ce profond silence, un bruit de pas sur le trottoir désert. Et pour tous ceux qui s'apprêtent à gagner leur lit glacial avec plusieurs gilets sur le dos, et ceux qui rêvent déjà sous deux ou trois couettes, ce bruit étrange, inattendu, annonce une bonne nouvelle.

Et le lendemain, ce sont les réjouissances, sous un ciel ensoleillé qui fait oublier les ténèbres et les angoisses de la nuit. Tous l'ont reconnu, identifié. Tous ont compris que l'heure est venue, que l'ère des malheurs, dont ils croyaient dans leur désespoir qu'elle ne prendrait jamais fin, est révolue à jamais. Dans cette atmosphère de fête, autour des manèges de chevaux de bois, au milieu de la foule — ces hommes et ces femmes qui se lancent des plaisanteries, ces enfants qui dévorent des sucres d'orge ou de la barbe à papa, ces ennemis de toujours à présent réconciliés, et tous ceux qui dansent au son des clarinettes et des grosses caisses —, Il est là. Plus qu'un surhomme libérateur qui avance parmi les déshérités qu'il veut mener aux beaux jours en volant de victoire en victoire, c'est le frère aîné qui se promène parmi les siens. Mais l'ombre d'une inquiétude, d'un pressentiment voile Son visage. Et alors qu'il marche ainsi dans les rues, plongé dans ses réflexions, voilà que les hommes du Grand Pacha s'emparent de lui et le jettent dans l'un des froids cachots à la voûte de pierre de la ville. Le Grand Pacha vient le voir en pleine nuit, une chandelle à la main, il parle avec lui jusqu'au matin.

Qui est ce *Grand Pacha* [1] ? Je ne traduis pas en turc le titre de ce personnage si particulier, parce que, tout comme l'écrivain, je laisse au lecteur le soin d'en décider, en toute liberté. Nous pouvons imaginer, étant donné son titre de pacha, qu'il s'agit d'un homme d'État important, d'un commandant illustre ou d'un militaire de haut grade. Si nous prenons en considération la logique de son discours, nous pouvons penser qu'il s'agit également d'un philosophe, ou d'un grand homme parvenu à la sagesse, d'un de ces personnages si nombreux dans notre histoire, plus soucieux des intérêts de l'État et de la nation que des leurs. Dans ce cachot, durant toute la nuit, le Grand Pacha parle, et Lui écoute. Et voici les paroles et la logique qui lui imposèrent le silence et finirent par le convaincre :

1. En français dans le texte *(N.d.T.)*

1. Comme tous les autres, j'ai aussitôt deviné qui tu étais ! (Ainsi débute le discours du Grand Pacha.) Je n'ai pas eu besoin d'avoir recours aux prédictions concernant ton apparition, ni aux Signes venus du ciel ou contenus dans le Coran, ni aux secrets des lettres et des chiffres, comme les hommes l'ont fait depuis des centaines et des milliers d'années. J'ai compris qui tu étais dès que j'ai lu, sur tous les visages, la joie et l'enthousiasme de la victoire. À présent, ce qu'ils attendent de toi, c'est que tu leur fasses oublier leurs soucis et leurs malheurs, que tu leur rendes l'espoir qu'ils ont perdu, que tu les mènes de victoire en victoire, mais tout cela, pourras-tu le faire ? Il y a des siècles, le Prophète a réussi à insuffler de l'espoir aux déshérités, car grâce à son épée, il a su, lui, les faire voler de victoire en victoire. Alors qu'aujourd'hui, si forte que soit notre foi, les armes des ennemis de l'Islam sont plus puissantes que les nôtres. Tout succès militaire est désormais impossible ! N'en sont-ils pas la preuve, ces faux Mehdis qui surgissent aux Indes ou en Afrique, et qui, après avoir infligé quelques revers aux Anglais ou aux Français, sont finalement écrasés, anéantis, provoquant ainsi de plus grandes désolations ? (Tout au long de ces pages, les comparaisons dans les domaines économique et militaire tendent à démontrer qu'il est désormais impossible, non seulement pour l'Islam, mais pour l'Orient tout entier, de remporter sur l'Occident une seule victoire importante. Avec l'honnêteté d'un politicien réaliste, le Grand Pacha met en balance le niveau des richesses occidentales et la misère de l'Orient. Et Lui, parce qu'il n'est pas un charlatan, mais parce qu'il est vraiment Lui, admet

par son silence mélancolique la réalité du sombre tableau qui lui est tracé.)

2. Mais cette terrifiante misère ne signifie naturellement pas que tout espoir de victoire soit interdit aux malheureux (ajoute le Grand Pacha, beaucoup plus tard, bien après minuit). Cela veut dire tout simplement que nous ne pouvons pas déclarer la guerre à l'ennemi de l'extérieur. Qu'en est-il alors de l'ennemi de l'intérieur ? La source de toutes nos misères, de nos malheurs ne pourrait-elle pas être les pécheurs, les usuriers, les despotes, les tyrans parmi nous, et aussi ceux qui simulent la vertu ? Tu vois bien, n'est-ce pas, que tu peux susciter chez nos frères déshérités l'espoir de la victoire et du bonheur en engageant la guerre contre l'ennemi de l'intérieur ? Tu vois donc qu'il s'agit là d'un combat à mener non pas avec d'héroïques soldats, mais en t'entourant de policiers, de délateurs, de bourreaux, de tortionnaires. Il faut désigner un coupable à tous les désespérés ; ils s'imagineront ainsi qu'avec l'élimination des responsables de leur misère, l'univers redeviendra un paradis. Et c'est là ce que nous nous contentons de faire depuis trois cents ans. Pour rendre l'espoir à nos frères, nous leur montrons du doigt des coupables. Et eux y croient, parce qu'ils ont autant besoin d'espoir que de pain. Parmi les coupables désignés, ceux qui sont les plus intelligents et les plus honnêtes, avant de subir leur châtiment, et parce qu'ils comprennent la logique de cette méthode, avouent toutes les fautes minimes qu'ils ont pu commettre, en les exagérant même, uniquement pour rendre un peu d'espoir à leurs malheureux frères. Nous accordons même leur grâce à certains d'entre eux ; ils viennent alors grossir nos rangs, ils se lancent avec

nous dans la chasse aux coupables. Tout autant que le Coran, c'est l'espoir qui maintient sur pied non seulement notre vie spirituelle et morale, mais également notre vie terrestre, matérielle. Car à nos yeux l'espoir et la liberté ne sont jamais dissociés de notre pain quotidien.

3. Je sais que tu es assez fort pour venir à bout de ce que nous attendons de toi ; que le sentiment de la justice qui t'anime te permettra de désigner les coupables, sans la moindre pitié, au point de les soumettre à la torture, à ton corps défendant. Car tu es Lui. Mais combien de temps réussiras-tu à abuser les foules avec cet espoir ? Elles finiront par constater que rien n'a été réglé. Et comme elles ne verront pas grossir leur miche de pain, l'espoir que tu leur auras inspiré s'épuisera peu à peu. Alors, les malheureux perdront à nouveau leur foi dans le Coran et dans l'univers d'ici-bas comme dans l'au-delà ; ils retomberont dans un sombre pessimisme, dans l'immoralité, dans la misère de l'âme. Pis encore, ils se mettront à douter de toi, à te haïr. Les anciens délateurs éprouveront des remords d'avoir livré de soi-disant coupables à tes tortionnaires et à tes bourreaux si zélés. Les policiers et les matons seront si las de l'absurdité des tortures qu'ils devront pratiquer que rien ne leur inspirera plus d'intérêt, ni les méthodes les plus nouvelles, ni l'espoir que tu auras voulu éveiller en eux. Ils se diront que leurs infortunées victimes, ces grappes humaines accrochées aux potences, ont été sacrifiées pour rien. Tu comprends sans aucun doute que les gens ne croiront plus en toi, pas plus qu'aux histoires que tu pourras leur raconter. Mais, tu le sais, il y aura plus grave encore : le jour où il ne restera plus d'histoire à laquelle ils pourront

253

croire, chacun d'eux s'en inventera une, chacun aura sa propre histoire, chacun voudra raconter son histoire à lui. Dans les rues sales des villes surpeuplées, sur les places couvertes de boue à l'agencement toujours défectueux, des millions de miséreux erreront d'un pas de somnambule. Chacun avec sa propre histoire, qu'il portera autour de sa tête comme une auréole de malchance. Et à leurs yeux, tu ne seras plus Toi, tu seras devenu le Dejjal et ils te confondront avec lui ; c'est à ses histoires à lui qu'ils voudront croire. Le Dejjal, ce pourra être moi, qui aurai remporté la victoire, ou n'importe qui d'autre. Il racontera à ces malheureux que tu les abuses depuis des années, que tu les nourris de mensonges en leur parlant d'espoir ; il leur dira que tu es le Dejjal. Il se peut aussi qu'on n'ait pas besoin d'aller jusque-là. Il se peut que par une nuit sombre, dans une rue sombre, le Dejjal lui-même, ou quelque pauvre hère convaincu d'avoir été trompé depuis des années, vide son arme sur toi, sur ton corps que tous avaient longtemps cru immortel. Ainsi, parce que tu leur as donné de l'espoir depuis tant d'années, parce que tu les as abusés depuis si longtemps, on découvrira ton cadavre sur un de ces trottoirs fangeux, dans une de ces rues couvertes de boue, auxquelles tu te seras habitué au point de les aimer.

CHAPITRE XV

Les histoires d'amour
de la nuit sous la neige

> « Les désœuvrés et les amateurs de
> contes et d'histoires... »
>
> Mevlâna

Galip venait de quitter la chambre de la fausse Tur-kan Soray, quand il rencontra à nouveau l'homme surgi d'un film noir et blanc, qui avait partagé avec lui un taxi entre Sirkedji et Galatasaray. Il se trouvait alors devant le commissariat de Beyoglou et n'arri-vait pas à décider ce qu'il allait faire, quand un car de police, dont le gyrophare s'allumait par intermit-tence, tourna le coin et s'immobilisa au bord du trot-toir. Galip s'arrêta, lui aussi. Il reconnut aussitôt l'homme qu'on faisait descendre en le bousculant par la porte arrière. Deux flics l'encadraient. Son allure de personnage de film noir et blanc avait disparu, et l'expression de son visage, animé à présent, conve-nait mieux aux teintes sans innocence de la nuit bleu marine. Au coin de sa bouche, on pouvait voir une trace rouge foncé, du sang qu'il ne tentait pas de net-toyer et où se reflétaient les violentes lumières qui protégeaient de tout assaut la façade du commissa-riat. L'un des flics tenait à la main la serviette

255

d'homme d'affaires que l'homme avait serrée si fort contre lui dans le taxi. Lui avançait la tête basse, avec la résignation du coupable passé aux aveux, ce qui ne l'empêchait pas de paraître extrêmement satisfait de lui. Quand il remarqua Galip devant le perron du commissariat, il lui lança un bref regard qui exprimait une bonne humeur étrange, un peu inquiétante même :

« Bonne nuit, cher monsieur ! »

« Bonne nuit », lui répondit Galip en hésitant.

« Qui c'est celui-là ? » demanda l'un des policiers en désignant Galip. Mais les flics poussaient déjà l'homme à l'intérieur du bâtiment et Galip ne put entendre la réponse.

Il était plus d'une heure du matin quand il atteignit l'avenue ; il y avait encore des passants sur les trottoirs couverts de neige. « Il y a un café ouvert toute la nuit dans l'une des rues parallèles aux jardins du consulat de Grande-Bretagne », se souvint-il, « fréquenté par les intellectuels, et non par les nouveaux riches venus de leur province bouffer leurs sous à Istanbul. » Ce genre d'informations, c'était toujours Ruya qui les découvrait dans les magazines qui parlent sur un ton ironique des nouveaux lieux à la mode.

Devant l'ancien hôtel Tokatliyan, il rencontra Iskender. On devinait à son haleine qu'il avait bu beaucoup de raki. Il était allé chercher au Péra-Palace les journalistes de la BBC pour leur faire vivre les mille et une nuits d'Istanbul (chiens fouillant les poubelles, marchands de tapis ou de drogue, danseuses du ventre au trop gros ventre, mauvais garçons de boîtes de nuit, etc.), et il les avait menés dans un établissement situé dans une rue perdue. Un type étrange, qui portait une serviette à la main, y avait provoqué une bagarre, pas avec eux, non, à cause d'un mot mal interprété, les flics étaient arrivés et l'avaient embarqué. Quelqu'un avait filé par une fenêtre. Bref, après tout ce bordel, d'autres clients, qu'ils ne connaissaient pas, étaient venus partager leur table, ce qui promettait une nuit agréable, Galip pouvait y participer s'il en avait envie. Galip suivit Iskender, à la recherche de cigarettes sans filtre, ils remontèrent, puis redescendirent l'avenue, et entrèrent dans une boîte de nuit qui s'appelait d'ailleurs « Club de Nuit ».

On y accueillit Galip avec bruit, bonne humeur et indifférence. Une très jolie femme, qui faisait partie de l'équipe des journalistes britanniques, racontait une histoire. L'orchestre *alla turca* s'était tu ; un prestidigitateur faisait sortir des boîtes d'autres boîtes et encore bien d'autres. La fille qui l'assistait avait les jambes mal foutues et on pouvait voir au-dessous de son nombril la cicatrice d'une césarienne. Galip se dit qu'elle était tout juste capable d'accoucher d'un lapin somnolent, comme celui qu'elle tenait dans ses bras. Après un numéro de « radio invisible », emprunté au répertoire du magicien Zati Sungur, l'illusionniste se remit à manipuler ses boîtes et les clients ne lui manifestèrent plus aucun intérêt.

À l'autre bout de la table, Iskender traduisait en turc ce que racontait la journaliste anglaise. Optimiste, Galip, qui avait raté le début de l'histoire, se persuada que le visage expressif de la jeune femme lui permettrait de tout saisir. D'après ce qu'il put comprendre, une femme (il s'agissait sûrement de la narratrice elle-même, se dit-il) cherchait à convaincre l'homme, qui la connaissait et l'aimait depuis l'âge de neuf ans, du pouvoir magique d'une inscription sur une monnaie byzantine retrouvée par un plongeur. Aveuglé par l'amour que la femme lui inspirait, l'homme était incapable de distinguer la formule magique sur la monnaie et ne pouvait que continuer à écrire des poèmes d'amour. « Ainsi, grâce à la monnaie byzantine trouvée par un plongeur tout au fond de la mer, les deux cousins purent enfin se marier. Mais la femme qui avait cru, elle, à l'envoûtement exercé par le visage gravé sur la monnaie, en avait vu sa vie transformée, alors que l'homme, lui, n'y avait rien compris ! » traduisit Iskender. Si bien que la femme avait passé dans une tour le restant de ses jours (Galip se dit qu'elle avait dû tout simplement plaquer le type). Et il trouva absurde le silence respectueux par lequel tous ceux qui étaient assis autour de la longue table accueillirent ces sentiments si « humains », quand il fut évident que l'histoire était terminée. Certes, il ne pouvait exiger de tous qu'ils soient contents comme lui d'apprendre qu'une jolie femme avait abandonné un imbécile. Mais quand on pensait à la beauté de la femme (puisqu'on la décrivait belle), cette fin triste, tragique même (ils s'étaient tous recueillis dans ce silence affecté et imbécile qui suit des paroles pompeuses) de l'histoire, dont il n'avait entendu qu'une partie, lui paraissait comique. Quand la journaliste se tut, Galip décida qu'elle n'était pas jolie, mais simplement sympathique.

La présentation d'Iskender apprit à Galip que l'homme de haute taille qui prit ensuite la parole était un écrivain dont il avait entendu parler. L'homme, qui portait des lunettes, déclara qu'il était question d'un écrivain dans l'histoire qu'il se préparait à leur raconter, et il recommanda à tous les présents de ne pas le confondre, lui, avec l'écrivain de l'histoire. Parce que l'homme avait un drôle de sourire et un petit air triste, comme s'il voulait s'attirer la sympathie de son auditoire, Galip ne put se faire une opinion sur sa sincérité.

À l'en croire, l'écrivain de l'histoire avait passé des années seul chez lui, à écrire des romans et des nouvelles qu'il ne lisait à personne, et que personne n'aurait d'ailleurs jamais publiés. Il était tellement obsédé par son travail (qui n'en était pas un pour lui à l'époque) que la solitude était devenue une habitude chez lui : non qu'il n'aimât pas ses semblables ou qu'il leur reprochât leur façon de vivre, mais il était devenu incapable de quitter sa table de travail, d'ouvrir sa porte aux autres et de se mêler à eux. À force de vivre toujours seul devant son bureau, toutes ses habitudes de « vie sociale » s'étaient émoussées, et quand il lui arrivait — très rarement — de se retrouver dans une foule, pris de panique, il se réfugiait dans un coin, en attendant le moment où il retournerait à sa tâche. Après avoir passé quatorze heures devant sa table de travail, à l'heure où s'élevait des minarets de la ville l'appel à la prière du matin, il regagnait son lit, rêvait à la femme qu'il aimait depuis tant d'années et qu'il n'avait vue qu'une seule fois, et par hasard de surcroît. Ce n'était pas sous l'effet de ce qu'on appelle amour ou désir sexuel qu'il pensait à elle. Ce qu'il éprouvait, c'était la nostalgie d'une camaraderie de rêve, qui serait l'opposé de la solitude.

Cependant, bien des années plus tard, l'écrivain, qui avouait qu'il ne comprenait l'amour que dans les livres et qu'il n'était guère attiré par le sexe, avait épousé la femme — qui était d'une beauté extraordinaire — de ses rêves. Tout comme les livres qu'il commençait à publier, ce mariage n'avait pas trop transformé sa vie. Il continuait à passer quatorze heures par jour devant sa table de travail, à construire ses phrases avec une lente patience, à fixer des heures durant la feuille blanche devant lui en réfléchissant sur les détails de ses nouvelles à venir. Le seul changement dans sa vie fut le parallélisme qu'il ressentait entre les rêveries qui s'emparaient de lui à l'aube, à l'heure toujours de la prière du matin, et les rêves que voyait sa femme si belle et si silencieuse, paisiblement endormie, quand il la rejoignait dans son lit. Quand il rêvassait, allongé à ses côtés, il avait l'impression d'un lien entre leurs rêves. Tout comme cette concordance qui apparaissait d'elle-même dans le rythme de leurs souffles, et qui rappelait les modulations d'une modeste petite musique. L'écrivain était très satisfait de sa nouvelle vie, et après tant d'années de solitude, l'obligation de dormir à côté de quelqu'un d'autre ne le gênait point ; il éprouvait même un grand plaisir à rêver en écoutant le souffle de sa femme et à se convaincre que leurs rêves se confondaient.

Le départ de sa femme, qui l'abandonna en plein hiver, sans prendre la peine d'invoquer un prétexte valable, marqua pour l'écrivain le début d'une période pénible. Il n'arrivait plus à rêvasser dans son lit comme autrefois, en écoutant l'appel à la prière du matin. Les rêves, qui lui venaient si aisément et qui lui assuraient un sommeil si serein autrefois et durant ses quelques années de mariage, n'étaient plus aussi éblouissants ni convaincants. Tout comme devant un roman qu'il ne parviendrait pas à écrire, il ressentait dans ses songes une indécision, une insuffisance qui l'entraînaient dans de redoutables impasses. Durant les premiers jours qui suivirent le départ de sa femme, cette chute de la qualité de ses rêves fut si considérable que l'écrivain, qui avait toujours pu s'endormir à l'heure de la prière du matin, ne retrouvait le sommeil que bien après les premiers chants d'oiseaux dans les arbres, une fois la ville désertée par les mouettes qui s'y rassemblaient la nuit sur les toits et le passage des camions des éboueurs et du premier autobus. Pis encore, cette baisse de qualité de ses rêves et de son sommeil se refléta dans ce qu'il écrivait. Il voyait bien qu'il n'arrivait plus à donner de la vie à la phrase la plus simple, même quand il la reprenait plus de vingt fois.

Pour sortir de cette crise qui ébranlait son univers, il s'était donné bien du mal ; il avait adopté un nouveau système de travail très strict : il s'efforçait de se remettre en mémoire chacun de ses anciens rêves, dans l'espoir de retrouver la paix qu'ils lui avaient procurée. Et en effet, quelques semaines plus tard, après un long sommeil, dans lequel il avait pu plonger en toute sérénité dès la prière du matin, il s'était dirigé d'un pas de somnambule vers sa table de travail et s'était mis à écrire des phrases aussi animées, aussi belles qu'il le souhaitait, il avait alors compris que la crise avait pris fin grâce à un drôle de subterfuge qu'il avait utilisé sans même s'en rendre compte.

Comme l'homme abandonné par sa femme était devenu incapable de rêver, l'écrivain évoquait tout d'abord le temps où personne ne partageait son lit, le temps où les rêves d'une jolie femme ne venaient pas se mêler aux siens. Il rêvait d'une façon si volontaire et si intense de sa personnalité d'autrefois qu'il finissait par se confondre avec l'homme qu'il avait été, et pouvait ainsi paisiblement s'endormir en ayant recours aux rêves de cet homme-là. S'étant accoutumé à cette double vie, il n'avait plus besoin de se forcer pour rêver ou pour écrire. Cet autre homme, il le devenait en accomplissant les mêmes gestes, en emplissant les mêmes cendriers des mêmes mégots, en buvant son café dans la même tasse, en se couchant aux mêmes heures et dans le même lit que lui ; il parvenait ainsi à s'endormir paisiblement en se faufilant dans le fantôme de son propre passé.

Sa femme lui étant revenue entre-temps toujours sans fournir d'explication valable (« Je rentre à la maison », lui avait-elle déclaré), il traversa à nouveau une période des plus pénibles. Car le même flou qui avait gâché sa vie aux premiers jours où il s'était retrouvé abandonné avait à nouveau envahi sa vie. Il se réveillait avec des cauchemars du sommeil qu'il avait tant de peine à trouver, ni son ancienne personnalité ni la nouvelle ne lui assurait plus aucune sérénité, il allait de l'une à l'autre comme un ivrogne qui ne retrouve plus la porte de sa maison. Un matin où il n'arrivait pas à s'endormir, il quitta son lit, saisit son oreiller et passa dans la pièce où se trouvaient sa table de travail et ses manuscrits, et qui puait la poussière et le radiateur ; il se recroquevilla sur le petit divan et sombra sur-le-champ dans un sommeil profond. À partir de ce jour-là, il prit l'habitude de dormir, non pas aux côtés de sa femme si silencieuse, si mystérieuse, avec ses rêves incompréhensibles, mais tout près de sa table de travail et de ses papiers. Dès qu'il ouvrait l'œil, il s'installait encore somnolent devant sa table et continuait, en toute sérénité, à écrire ses histoires, qui semblaient être le prolongement de ses rêves. C'est alors que surgit une nouvelle épreuve.

Avant le départ de sa femme, il avait écrit un livre que ses lecteurs avaient pris pour un roman historique ; c'était l'histoire de deux hommes qui se ressemblaient étrangement et qui finissaient par se substituer l'un à l'autre. Quand, pour dormir ou pour écrire en paix, l'écrivain revêtait le fantôme de son ancienne personnalité, il devenait celui qui écrivait cette histoire, et il ne retrouvait sa propre personnalité qu'en reprenant avec le même enthousiasme cette vieille histoire de sosies, puisqu'il ne pouvait pas plus connaître son avenir que celui de ce fantôme. Cet univers — où tout imitait tout, où toutes les histoires et tous les personnages n'étaient que l'imitation ou l'original d'autres histoires et d'autres personnages, et où toutes les histoires débouchaient sur d'autres histoires — lui parut si réel au bout d'un certain temps que, persuadé que personne ne voudrait croire à ces histoires basées sur des réalités par trop évidentes, il décida de pénétrer dans un univers « irréel », qu'il prendrait lui-même plaisir à décrire et auquel ses lecteurs prendraient plaisir à croire. Dans ce but donc, alors que sa femme si belle et si mystérieuse dormait silencieusement dans son lit, il prit l'habitude d'errer en pleine nuit dans les rues sombres des faubourgs pauvres, où tous les réverbères étaient brisés, dans les vieux souterrains byzantins, dans les cafés fréquentés par les fumeurs de haschisch et les marginaux, dans les tavernes et les boîtes de nuit. Ce qu'il y vit lui apprit que la vie de cette ville était aussi réelle qu'un univers de rêve et confirma chez lui l'idée que l'univers n'est qu'un livre.

Il aimait tellement lire cette vie, marcher des heures durant, chaque jour, en traînant dans les coins les plus reculés et en observant les visages, les signes, les histoires, qu'il rencontrait dans les pages sans cesse renouvelées que lui offrait la ville, que sa seule crainte à présent était de ne plus vouloir retourner à sa femme si belle qui dormait dans son lit ni à son roman inachevé.

L'histoire de l'écrivain fut accueillie par le silence, parce qu'elle insistait plus sur la solitude que sur l'amour, et plus que sur l'histoire elle-même, sur la façon de la raconter.

Comme chacun de nous se souvient d'avoir été, une fois au moins, abandonné sans raison, ce qui intrigue le plus dans cette histoire, ce sont les raisons qui poussèrent la femme de l'écrivain à l'abandonner, se dit Galip.

L'entraîneuse qui se mit à raconter l'histoire suivante répéta à plusieurs reprises qu'il s'agissait d'une histoire vécue et insista pour que « les amis touristes » en soient bien avertis ; cette histoire devait être une leçon et un exemple, non seulement pour la Turquie, mais pour le monde entier. L'histoire donc était récente, elle s'était déroulée dans la boîte de nuit où ils se trouvaient. Après bien des années, un cousin et une cousine s'y rencontrent, et la flamme de leurs amours d'enfance s'y ranime. La femme est une entraîneuse, mais l'homme un mauvais garçon (un maquereau, quoi, précisa l'entraîneuse en se tournant vers les touristes), il n'est donc pas question d'un quelconque problème d'honneur souillé à venger, qui pourrait amener l'homme à tuer la femme. En ce temps-là, le calme régnait dans les boîtes de nuit comme dans le reste du pays, les jeunes ne se tiraient pas dessus quand ils se croisaient dans les rues, ils s'embrassaient, ils ne lançaient pas des bombes, mais s'offraient des boîtes de bonbons à l'occasion des fêtes. L'homme et la femme vivaient heureux. Le père de la jeune femme étant décédé de mort subite, le cousin et la cousine partageaient une maison, mais ne dormaient pas dans le même lit, ils attendaient pour le faire, avec une grande impatience, le mariage...

Le jour tant attendu arriva enfin ; entourée de toutes les entraîneuses du quartier de Beyoglou, la jeune femme était en train de se maquiller et de se parfumer quand l'homme, sortant de chez le coiffeur après un « spécial rasage » pour nouveau marié, se laissa prendre dans les filets d'une femme d'une beauté incomparable qu'il rencontra dans la grand-rue. Il eut aussitôt le coup de foudre pour cette femme qui, après l'avoir mené au Péra-Palace, où ils s'aimèrent tout leur soûl, lui révéla son secret : l'infortunée était le fruit des amours adultérines de la reine d'Angleterre et du chah de Perse ! Dans le but de se venger de ses géniteurs qui avaient abandonné le fruit d'une seule nuit d'amour, cette femme était venue jusqu'en Turquie pour y exécuter une partie de son plan. Ce qu'elle demandait au maquereau, c'était de lui procurer un plan, dont une moitié se trouvait aux Renseignements généraux et l'autre dans une section de la police secrète.

Enflammé d'amour, le jeune homme courut à la boîte de nuit où devait se célébrer le mariage. Tous les invités étaient déjà partis, et la mariée sanglotait dans son coin. Il commença par la consoler et lui affirma qu'il était obligé de se consacrer à une « cause nationale ». Remettant la noce à plus tard,

265

ils s'adressèrent à toutes les maquerelles, à toutes les entraîneuses, aux danseuses du ventre, aux tenancières de bordels, aux Tziganes du quartier de Souloukoulé, pour obtenir des renseignements sur tous les flics qui fréquentaient les bas-fonds de la ville. Mais quand, s'étant procuré ainsi les deux moitiés de la carte, ils purent la reconstituer, la jeune femme comprit qu'elle avait été roulée par son cousin, abusée, comme le sont toutes les femmes du métier, et que son amant était en réalité amoureux de la fille du chah d'Iran et de la reine d'Angleterre. Elle fourra la carte dans son soutien-gorge, sur le sein gauche, et alla cacher son chagrin dans un bordel du quartier de la Tour de Galata, fréquenté par les hommes les plus vicieux et les femmes les plus déchues de la ville.

Sur l'ordre de la méchante princesse, le cousin se lança à sa recherche dans tous les coins d'Istanbul. Et au fur et à mesure de ses pérégrinations, il comprit qu'il aimait en réalité l'objet de ses recherches et non celle qui lui avait donné l'ordre de la retrouver : son grand amour n'était pas la princesse, mais bien sa cousine. Quand il la retrouva enfin dans la maison de passe près de la Tour de Galata, quand il put voir par un judas dérobé celle qu'il aimait depuis son enfance avoir recours à mille ruses « pour protéger sa vertu » face à un richard à nœud papillon, il enfonça la porte et la sauva. Une énorme verrue surgit sur l'œil qu'il avait collé au judas, d'où il avait pu — le cœur déchiré — épier sa bien-aimée, à demi nue, en train de tailler une pipe ; une verrue qui ne disparut jamais. Et sa cousine avait la même verrue sous le sein gauche, c'était quasiment le sceau de leur amour ! Et quand ils suivirent les flics, au cours d'une descente au Péra-Palace pour s'emparer de la méchante femme, ils découvrirent dans ses tiroirs des photos, des milliers de photos d'honnêtes jeunes gens photographiés à poil dans toutes sortes de postures ; ils avaient été séduits par la princesse dévoreuse d'hommes et leurs portraits avaient pris place dans ses collections à caractère politique. Outre ce large éventail politique, on y découvrit des centaines de livres interdits, ceux que nous voyons à la télé quand on nous y montre les « anarchistes » qui ont été arrêtés, des tracts surmontés de la faucille et du marteau, le testament du dernier sultan pédé et des plans de partage de la Turquie portant la croix byzantine. La police savait très bien que cette femme répandait subrepticement l'anarchie dans notre pays, à l'instar des maladies vénériennes, mais comme on avait également retrouvé des photographies d'un grand nombre de nos flics, nus eux aussi et la matraque à la main, on étouffa l'affaire avant que les journaux aient pu l'ébruiter. Les journaux, on les avait simplement autorisés à annoncer le mariage des deux cousins, avec une photo de la cérémonie. Là-dessus, la narratrice sortit de son sac une coupure de journal, qui fit le tour de la table, et où l'on pouvait la reconnaître, très élégante avec son manteau à col de renard et les perles qu'elle portait aux oreilles à l'instant même.

Par la suite, remarquant que son histoire était accueillie avec scepticisme et même par des sourires, l'entraîneuse se fâcha, jura qu'elle n'avait dit que la vérité, et se tourna pour appeler quelqu'un : l'homme qui avait réalisé toutes les photos porno de la princesse et de ses victimes était là... Et au photographe aux cheveux gris qui s'approchait de la table, elle annonça que « les hôtes étrangers » étaient prêts à se faire tirer le portrait et à lui laisser un bon pourboire s'il leur racontait une belle histoire d'amour. Sur quoi le vieux photographe se mit à raconter :

Il y avait de cela trente ans au moins, un domestique s'était présenté à son studio pour l'inviter à se rendre à une certaine adresse, sur l'avenue de Chichli. Curieux d'apprendre pourquoi il avait été choisi, lui qui ne travaillait que dans des boîtes de nuit, alors qu'il y avait tant de photographes plus célèbres que lui et spécialisés dans les mondanités, il se rendit à l'adresse indiquée. Une jeune femme, belle et veuve, lui proposa un marché : il devait lui apporter chaque matin, en échange d'une somme très élevée, les doubles des centaines de photos qu'il faisait chaque nuit dans les boîtes de nuit de Beyoglou.

Devinant que cette proposition, qu'il acceptait surtout par curiosité, cachait « une histoire d'amour », il avait décidé de suivre de près les faits et gestes de cette femme aux cheveux châtain clair et aux prunelles légèrement asymétriques. Au bout de deux ans seulement, il comprit qu'elle n'était pas à la recherche d'un homme qu'elle aurait connu ou dont elle aurait vu le portrait. Car parmi les centaines de photos qu'elle examinait chaque matin et sur celles qu'elle choisissait de temps en temps et qu'elle le chargeait d'agrandir, les visages, les âges même différaient beaucoup. Plus tard, poussée par la confiance née de ce travail mené en commun et du secret qu'ils partageaient, la femme se laissa aller à quelques confidences :

« C'est en vain que tu m'apportes ces photographies, avec ces visages vides, dénués de toute expression, ces regards stupides », lui disait-elle parfois. « Je n'y trouve aucune signification, je n'y lis aucune lettre ! » Quand elle parvenait à lire, disait-elle en insistant sur ce mot, sur un visage une certaine expression, de nouvelles photos de ce même visage la décevaient par la suite. « Si c'est là tout ce que nous pouvons découvrir dans les boîtes de nuit et les tavernes où se rendent les gens pour oublier leurs malheurs ou leur mélancolie, Dieu sait combien est vide le regard de ceux qui sont au travail, derrière un comptoir ou dans un bureau ! » répétait-elle.

Deux ou trois photographies avaient pourtant éveillé de l'espoir en eux. Sur l'une d'elles, après l'avoir longuement contemplée, la femme avait pu lire une certaine signification sur le visage ridé d'un vieil homme — un bijoutier, comme ils l'avaient appris par la suite —, mais cette signification était très ancienne, trop « stagnante ». Cette abondance de lettres lisibles dans les poches sous les yeux et entre les rides du front n'était plus que l'écho d'une ritournelle trop souvent reprise, et leur sens secret n'éclairait plus que le passé. Au bout de trois ans de recherches, ils finirent par découvrir un visage où grouillaient des lettres extrêmement tendues et qu'ils apprirent être celui d'un comptable. Ils passaient leur temps à contempler ce visage tourmenté, sur les agrandissements qui en avaient été faits, quand la femme, un triste matin, montra au photographe le même visage, paru dans les journaux avec la légende : « Cet homme a détourné vingt millions ! » L'agitation que causait chez lui l'idée d'être un criminel, de transgresser la loi, ayant pris fin, son visage, encadré par des policiers moustachus, semblait détendu à présent ; il fixait le lecteur d'un regard aussi vide que celui du mouton à la toison teinte au henné qu'on mène au sacrifice.

269

Bien sûr, tous les présents s'étaient mis d'accord, par des murmures ou des gestes, pour conclure que le véritable roman d'amour avait dû se dérouler entre la femme et le photographe. Mais à la fin de l'histoire, surgissait un autre personnage. Quand, par un beau matin d'été, sur la photographie d'un groupe de clients installés autour d'une table, dans une boîte de nuit, la femme remarqua un visage incroyablement lumineux, parmi tant d'autres dénués d'expression, elle décida sur-le-champ que les recherches qu'elle menait depuis onze ans n'avaient pas été vaines. Sur l'agrandissement d'une autre photo qui fut prise le soir même et toujours dans la même boîte de nuit, se lisait sur ce visage si jeune et si remarquable un sens aussi simple qu'évident : c'était l'amour. Les trois lettres de l'alphabet latin composant en turc le mot amour — ASK — se lisaient aisément sur le visage de cet homme qui avait trente-trois ans (ils apprirent également qu'il était horloger et qu'il tenait une petite boutique à Karagumruk). Furieuse contre le photographe qui ne les distinguait pas, la femme lui déclara que sa vue baissait. Les jours suivants, elle les passa en tremblant, telle une jeune fille se préparant à paraître devant des marieuses, elle souffrait déjà mille morts comme tous les amants qui se savent vaincus dès le début, mais qui, à la moindre lueur d'espoir, se plaisent à imaginer, en les analysant soigneusement, mille raisons d'être heureux. En l'espace d'une semaine, des centaines de photographies de l'horloger à l'incroyable visage, obtenues par ruse ou sous divers prétextes, furent accrochées aux murs du salon.

Le photographe passa une soirée encore à fixer sur la pellicule, de plus près et de façon plus détaillée, ce visage si remarquable, mais l'horloger cessa brusquement de fréquenter la boîte de nuit, ce qui rendit la femme folle d'inquiétude. Elle expédia le photographe à sa recherche à Karagumruk, mais il ne le trouva ni dans sa boutique ni à son domicile, une maison que lui avaient indiquée les gens du quartier. Et quand le photographe y retourna une semaine plus tard, la boutique était à vendre et l'homme avait déménagé. À partir de ce jour-là, la femme ne s'intéressa plus qu'à l'horloger, elle n'accordait plus un regard aux autres visages, même les plus intéressants, que le photographe continuait à lui fournir, « par amour de l'art ». Un matin de septembre, où soufflait un vent trop frais pour la saison, quand le photographe se présenta chez la femme avec « un spécimen » qui lui semblait digne d'intérêt, le concierge toujours trop curieux de l'immeuble lui annonça, avec un plaisir manifeste, que « la dame » avait déménagé sans laisser d'adresse. Il se dit alors avec mélancolie que cette histoire était terminée. Une nouvelle commençait peut-être pour lui, qu'il s'inventerait en évoquant le passé.

Mais la véritable fin de l'histoire, il l'apprit bien des années plus tard, par un gros titre en première page d'un journal qu'il parcourait distraitement : « Elle l'a vitriolé ! » Ni le nom de l'épouse jalouse ni son âge ni son adresse ne correspondaient à l'identité de la dame des beaux quartiers ; et le mari vitriolé n'était pas horloger, il s'agissait d'un procureur de la République en poste dans une petite ville du centre de l'Anatolie, d'où provenait la dépêche. De plus, aucun des détails fournis par le journal ne rappelait la femme dont le photographe continuait à rêver depuis des années, ni le bel horloger, et pourtant, dès qu'il avait lu le mot « vitriol », il avait deviné qu'il s'agissait là de leur couple, il avait compris qu'ils s'aimaient depuis des années, qu'ils s'étaient servis de lui pour prendre la fuite, et qu'ils avaient sans doute eu recours à cette ruse pour écarter un autre homme, aussi malchanceux que lui. Il comprit qu'il avait deviné juste en découvrant dans un journal à scandales le visage rongé par l'acide, mais heureux de l'horloger, entièrement débarrassé de toutes ses lettres et de toute signification.

Le photographe, qui observait particulièrement les journalistes étrangers, constata l'intérêt éveillé par son récit et révéla, comme s'il s'agissait d'un secret militaire, un ultime détail, qui le couronnerait : bien des années plus tard, le même journal à scandales avait à nouveau publié la photographie du visage à moitié liquéfié, en le présentant comme celui de la dernière victime d'un conflit qui s'éternisait dans le Proche-Orient, et l'avait accompagnée de cette légende si lourde de sens : « Tout est donc amour, dit-on. »

Tous les présents posèrent avec bonne humeur pour le photographe. Il y avait parmi eux deux ou trois journalistes et publicistes que Galip connaissait vaguement, un homme entièrement chauve qu'il avait vu il ne savait plus où, et quelques inconnus qui étaient venus se joindre à eux. Il régnait autour de la table l'atmosphère amicale, faite d'intérêt et de curiosité, qui unit des voyageurs passant une nuit dans la même auberge ou des gens qui ont traversé ensemble un accident sans gravité. La boîte de nuit était à moitié vide, le bruit avait cessé, les lumières de la scène étaient depuis longtemps éteintes.

Galip eut l'impression que ce local avait servi de

décor à *Ma putain bien-aimée*, le film où Turkan Soray jouait le rôle d'une entraîneuse ; il posa la question à l'un des garçons. L'homme, qui était d'un certain âge, encouragé par l'intérêt qu'il lisait dans tous les regards qui s'étaient tournés vers lui et sous l'effet des précédentes histoires dont il avait pu suivre des bribes, leur raconta à son tour une histoire.

Une histoire au sujet d'un film ; non, il ne s'agissait pas de celui de Turkan Soray, mais d'un autre, tourné dans la boîte de nuit et qu'il avait vu lui-même quatorze fois, la première semaine de sa projection au cinéma Ruya. Le producteur et la belle vedette lui ayant demandé de figurer dans deux ou trois scènes, il s'était exécuté avec joie. Or, le visage et les mains qu'il put voir deux mois plus tard, quand il alla voir le film, étaient bien les siens, mais dans une autre scène, son dos, ses épaules et sa nuque appartenaient à quelqu'un d'autre, et à chaque fois qu'il revoyait le film, il en frissonnait d'un étrange plaisir mêlé de crainte. Et puis, il n'avait jamais pu se faire à la voix qui sortait de sa bouche dans le film, et qui n'était pas la sienne, mais une voix qu'il devait reconnaître par la suite dans bien d'autres films. Quant à ses proches, ceux qui avaient vu le film n'avaient pas été intrigués comme lui par ces substitutions aussi déroutantes qu'inquiétantes. Ils n'avaient pas remarqué ce qu'on appelle les effets spéciaux au cinéma, ni compris qu'un petit artifice peut vous donner l'apparence d'un autre, ou vice versa.

Des années durant, le garçon avait vainement espéré revoir, dans les salles de Beyoglou où l'on projette deux films pendant les mois d'été, le film où il avait figuré. S'il avait pu le revoir, ne fût-ce qu'une fois, il aurait pu recommencer une nouvelle vie, il en était persuadé, non parce qu'il y aurait retrouvé sa jeunesse, mais pour une tout autre raison, beaucoup plus évidente : celle que ses proches n'avaient pas remarquée, mais que ces « clients si distingués » étaient certainement capables de comprendre.

Après que le garçon les eut quittés, tous les présents discutèrent longuement de cette « raison si évidente ». Pour la plupart, il s'agissait de l'amour, sans aucun doute : le garçon était amoureux soit de lui-même, soit de l'univers qu'il avait découvert en lui, soit alors de l'art du cinéma. L'entraîneuse mit fin à la discussion en déclarant que le garçon était pédé, comme tous les anciens lutteurs ; on l'avait vu se masturber, nu devant un miroir, et il avait été surpris dans les cuisines en train de peloter les marmitons.

Le chauve d'un certain âge que Galip avait l'impression de connaître protesta contre « ce préjugé dépourvu de tout fondement » émis par l'entraîneuse au sujet des représentants de notre sport national, et se mit à leur fournir force détails sur la vie familiale exemplaire de ces êtres exceptionnels qu'il avait eu l'occasion d'observer de très près, à une certaine époque, en Thrace. Cependant, Iskender expliquait à Galip qu'il avait rencontré ce vieux monsieur dans le hall du Péra-Palace, tout récemment, cette semaine même, alors qu'il était si occupé, débordé même, par l'organisation du programme d'activités des journalistes britanniques, et qu'il cherchait à joindre Djélâl — oui, c'était peut-être le jour où il avait téléphoné à Galip. Le vieux monsieur lui avait expliqué qu'il connaissait Djélâl et qu'il désirait le voir, lui aussi, au sujet d'une affaire personnelle. Par la suite, il était revenu proposer son aide à Iskender et aux journalistes étrangers, non `seulement pour retrouver Djélâl, mais aussi pour régler grâce à ses relations — il s'agissait d'un officier à la retraite — certains petits problèmes. Et il semblait ravi d'avoir ainsi l'occasion d'utiliser les quelques mots d'anglais qu'il connaissait. De toute évidence, un colonel à la retraite, désireux de consacrer son temps à des choses utiles, aimant la compagnie et connaissant très bien Istanbul.

Après avoir longuement parlé des lutteurs thraces, l'homme déclara qu'il allait à présent leur raconter l'histoire la plus intéressante de la soirée. À vrai dire, il s'agissait plus d'une question que d'une histoire. Surpris par une éclipse de soleil, les moutons d'un vieux berger avaient pris d'eux-mêmes le chemin du village ; après les avoir enfermés dans la bergerie, l'homme était rentré chez lui pour y découvrir sa femme, qu'il aimait beaucoup, au lit avec son amant. Après une brève hésitation, il avait saisi un couteau et les avait tués tous les deux, puis il était allé se livrer aux autorités. Pour sa défense devant le cadi, il avait affirmé qu'il avait tué, non pas sa femme et son amant, mais deux inconnus qu'il avait découverts dans son lit. Sa logique était simple : la femme, avec laquelle il avait vécu des années pleines d'amour, en qui il avait toute confiance, ne pouvait pas le trahir ainsi. Par conséquent, la femme qu'il avait surprise dans le lit était une autre, tout comme celui qui l'avait tuée était un autre. Le berger était d'autant plus persuadé de la réalité de ces surprenantes substitutions qu'il avait vu dans l'éclipse un signe venu du ciel. Bien sûr, il était prêt à subir le châtiment du crime commis par celui qui s'était brusquement introduit en lui, ce dont il se souvenait très bien. Mais il voulait que l'homme et la femme qu'il avait tués soient consi-

dérés comme deux malfaiteurs qui s'étaient intro-
duits chez lui pour honteusement profiter de sa couche. Après avoir subi sa peine, il comptait se mettre
en quête de son épouse, qu'il n'avait plus revue
depuis le jour de l'éclipse, et une fois qu'il l'aurait
retrouvée, il se lancerait dans la recherche — avec
l'aide de sa femme, peut-être — de sa véritable identité, celle qu'il avait perdue... Quelle avait bien pu
être la sentence du cadi ?

Tout en écoutant les réponses à la question du colonel à la retraite, Galip se dit qu'il avait lu ou entendu
quelque part cette histoire ; mais où, impossible de
s'en souvenir. Un bref instant, il crut avoir trouvé la
réponse aux questions qu'il se posait sur l'histoire du
berger et sur l'homme au crâne chauve : alors qu'il
contemplait l'un des clichés que le photographe
venait de développer, il eut la brève impression qu'il
allait tout se rappeler, il allait pouvoir dire à l'ex-mili-
taire qu'il avait découvert son indentité et, tout
comme dans l'histoire du photographe, percé le mystère de l'un de ces visages si difficiles à déchiffrer.
Quand arriva son tour de répondre à la question,
Galip déclara qu'à son avis, le cadi aurait dû accorder
son pardon au berger, et il devina aussitôt qu'il avait
réellement décelé le secret du visage de l'ancien militaire. Cet homme n'était plus celui qu'il était au
moment où il avait entamé son histoire ; que lui
était-il arrivé au cours de son récit, qu'est-ce qui
l'avait donc ainsi transformé ?

Quand ce fut à son tour de prendre la parole, Galip
décida de leur raconter l'histoire d'amour d'un vieux
journaliste solitaire, en ajoutant qu'il la tenait d'un
autre journaliste. Le vieux journaliste avait passé sa
vie à faire des traductions pour les magazines, à

écrire des articles sur les pièces de théâtre et les films nouveaux. Il ne s'était jamais marié, car il s'intéressait moins aux femmes qu'à leurs vêtements et leurs parures. Il vivait seul dans un deux-pièces, dans une ruelle de Beyoglou, seul avec un chat qui paraissait encore plus âgé et plus solitaire que lui. Le seul bouleversement qu'il ait connu dans une vie où rien ne s'était jamais passé fut causé par la lecture qu'il entreprit dans ses dernières années de l'interminable roman où Marcel Proust se lance à la recherche du temps perdu.

Le vieux journaliste avait tellement aimé cette œuvre que, pendant un certain temps, il en parla à tout venant, mais il ne tomba jamais sur quelqu'un capable de lire tous ces tomes en français, comme il l'avait fait lui-même en se donnant bien du mal, et de les apprécier, ni même de partager son enthousiasme. Si bien, que se repliant encore plus sur lui-même, il prit l'habitude de se raconter toutes les histoires et tous les détails de ces romans qu'il avait lus et relus Dieu sait combien de fois. Tout au long du jour, à chaque fois qu'il lui arrivait quelque ennui, ou qu'il se retrouvait obligé de subir la grossièreté, l'insensibilité des gens aussi ambitieux qu'incultes — car ces individus le sont toujours — qui l'entouraient, il se répétait : « De toute façon, je ne suis pas là, moi, en cet instant, je suis chez moi, dans ma chambre à coucher et j'imagine ce que fait mon Albertine à moi, qui dort encore dans la pièce voisine, et qui est sur le point de se réveiller, j'entends avec joie, avec ravissement, le doux bruit de ses pas quand elle va et vient dans la maison ! » Quand il marchait, mélancolique, dans une rue, il se répétait, tout comme le fait le narrateur chez Proust, qu'une femme jeune et belle l'attendait chez lui, une femme du nom d'Albertine, dont la seule idée de faire la connaissance lui aurait semblé autrefois le comble du bonheur ; et il se plaisait à imaginer ce qu'elle faisait en l'attendant. Et quand il retrouvait son deux-pièces dont le poêle tirait si mal, le vieux journaliste se remémorait avec tristesse les pages du tome suivant, celles qui suivent le départ d'Albertine, il ressentait dans son cœur la mélancolie de la maison déserte, il se rappelait leurs conversations et leurs rires, les visites d'Albertine qui attendait qu'il eût sonné pour venir le retrouver, les petits déjeuners pris avec elle, ses crises de jalousie continuelles, les détails de leur voyage à Venise ; il était tout à la fois Proust et Albertine, jusqu'au moment où ses yeux débordaient de larmes de douleur et de bonheur. Le dimanche matin, qu'il passait chez lui avec son chat tigré, quand la grossièreté de tout ce que racontait le journal le rendait furieux, ou quand il pensait aux railleries des voisins trop curieux, des cousins éloignés et dépourvus de toute compréhension, et des enfants mal élevés à la langue bien pendue, il faisait mine de retrouver une bague dans l'un des tiroirs de sa vieille commode, il se persuadait qu'il s'agissait de celle qu'Albertine oublie dans le tiroir d'une table de bois de rose, puis, se tournant vers le fantôme de la bonne, il lui disait à voix assez haute pour être entendue par le chat : « Non, Françoise, Albertine ne l'a pas oubliée, et il serait inutile de la lui renvoyer ; de toute façon, elle va revenir très bientôt. »

Si notre pays est si misérable et si pitoyable, c'est parce que personne n'y a connu Albertine, parce que personne n'a lu Proust, se disait le vieux journaliste ; le jour où il s'y trouvera des lecteurs capables de comprendre Proust et Albertine, alors peut-être tous ces pauvres bougres moustachus qui emplissent nos rues pourront-ils connaître une vie meilleure ; alors seulement, au lieu de jouer du couteau par jalousie au moindre soupçon, se mettront-ils à rêver en évoquant comme Proust le visage de leur bien-aimée. C'est parce qu'ils n'ont pas lu Proust, parce qu'ils n'ont pas connu Albertine, parce qu'ils ne savent pas que le vieux journaliste a lu Proust, parce qu'ils n'ont pas compris qu'il est tout à la fois et Proust et Albertine, que ces rédacteurs, ces traducteurs, qui trouvent du travail dans leur journal parce qu'ils sont supposés avoir une certaine culture, sont si obtus et si lamentables.

Ce qui était le plus étonnant dans cette histoire, ce n'était pas le fait que le vieux journaliste se prenait pour un romancier et pour un personnage de roman ; car tout Turc qui se prend d'amour pour le livre d'un écrivain occidental que personne n'a lu dans le pays, se persuade au bout d'un certain temps qu'il ne s'est pas contenté de lire et d'aimer le livre en question, mais il s'imagine sincèrement qu'il l'a écrit lui-même et, plus tard, se met à mépriser les gens autour de lui, non plus seulement parce qu'ils ne l'ont pas lu, mais parce qu'ils sont incapables d'écrire un roman comme le sien ! Oui, ce qui était le plus étrange dans cette histoire, ce n'était pas que le vieil homme se fût pris des années durant pour Proust ou pour Albertine, mais qu'il ait avoué à un jeune journaliste chargé d'une chronique ce secret qu'il dissimulait à tous depuis des années.

S'il le fit, ce fut peut-être parce qu'il ressentait pour lui une affection particulière ; ce chroniqueur avait un charme qui lui rappelait celui de Proust et d'Alber-

279

tine ; un beau garçon costaud, à la moustache en amande, un corps classique avec de belles hanches, des cils très longs, brun et pas très grand, comme Proust et Albertine ; sa peau douce, satinée, lumineuse, rappelait celle des Pakistanais. Mais toute ressemblance avec Proust s'arrêtait là : le jeune chroniqueur, dont les connaissances et les goûts dans le domaine de la littérature européenne se bornaient aux romans de Paul de Kock et de Pitigrilli, avait éclaté de rire au récit que lui avait fait le vieux journaliste de ses amours et de ses secrets, puis il lui avait annoncé qu'il utiliserait cette étonnante histoire dans l'une de ses chroniques.

Réalisant son erreur, le vieux journaliste l'avait supplié de tout oublier, mais en vain ; l'autre continuait à rire aux éclats. Rentré chez lui, le vieil homme avait compris que son univers s'était brusquement écroulé. Dans cette maison déserte, il était devenu incapable de penser à la jalousie de Proust ou aux beaux jours vécus avec Albertine ; il ne pouvait même plus se demander où Albertine était allée. Cette passion extraordinaire, envoûtante, qu'il était le seul à connaître dans cette ville, le seul à avoir vécue, cet amour si noble, qui était la seule fierté de sa vie, et que personne n'avait pu souiller, allait être grossièrement révélé, livré en pâture à des centaines de milliers de lecteurs bornés et stupides, c'était comme si l'Albertine qu'il chérissait depuis tant d'années allait être violée par ces brutes. Quand il se répétait que ces lecteurs imbéciles, qui ne s'intéressaient plus dans les journaux qu'aux détournements de l'ancien premier ministre ou aux défauts des programmes de radio, allaient découvrir, dans des journaux qu'ils utiliseraient par la suite pour leur poubelle ou pour nettoyer du poisson, le doux nom d'Albertine, qu'il avait tellement aimée, jalousée à en mourir, dont le départ l'avait fait sombrer dans le malheur, et dont il n'avait jamais, mais jamais oublié la façon de monter à bicyclette depuis le jour où il l'avait vue pour la première fois à Balbec ; il ne souhaitait plus que la mort.

C'est pourquoi dans un dernier sursaut de courage, il avait téléphoné au jeune chroniqueur à la peau satinée et à la moustache en amande, en lui déclarant qu'il l'avait estimé le seul, « vraiment le seul », à pouvoir comprendre cette passion inguérissable, son « cas humain » si exceptionnel, cette jalousie sans bornes et sans espoir ; il l'avait supplié de ne jamais parler de Proust ou d'Albertine dans l'une de ses chroniques. Et dans une ultime audace, il avait ajouté : « D'ailleurs, vous n'avez même pas lu l'œuvre de Marcel Proust. » « De qui ? Quel livre ? Pourquoi ? » lui avait alors demandé l'autre, qui avait depuis longtemps oublié l'histoire et les amours du vieux journaliste. Celui-ci lui avait à nouveau tout raconté, et le chroniqueur avait à nouveau ri aux éclats, impitoyable : « Oh oui ! Il faudra que j'écrive cette histoire ! » avait-il dit avec bonne humeur. Il se figurait sans doute que c'était là ce que le vieil homme attendait de lui.

Et il en avait fait une chronique, qui ressemblait à une nouvelle. Le vieux journaliste y était décrit comme dans l'histoire que vous venez d'entendre : un vieillard d'Istanbul, solitaire, pitoyable, qui tombait amoureux du personnage principal d'un drôle de roman, écrit par un Européen, et qui se prenait à la fois pour le personnage et pour le romancier. Tout comme le vrai, le vieux journaliste de la chronique avait un chat tigré. Et il était bouleversé en voyant qu'on se moquait de lui dans une chronique de journal. Le vieux journaliste de la chronique tirée de l'histoire du vieux journaliste, lui aussi, souhaitait mourir en découvrant dans le journal les noms de Proust et d'Albertine. Et dans l'histoire tirée de l'histoire tirée de l'histoire, les journalistes solitaires et les Proust et les Albertine venaient hanter l'un après l'autre les cauchemars des dernières nuits sans joie du vieux journaliste. Et quand il se réveillait de ces cauchemars, il ne lui restait même plus cet amour, qui, par ses illusions, l'avait rendu heureux, parce que secret. Quand on enfonça sa porte trois jours après la parution de cette chronique si cruelle, on découvrit que le vieux journaliste était mort silencieusement dans son sommeil, asphyxié par les émanations du poêle qui tirait si mal. Le chat tigré n'avait rien mangé depuis deux jours, mais il n'avait pas osé dévorer son maître...

Comme toutes celles qui l'avaient précédée, l'histoire de Galip, bien que triste, avait rempli de bonne humeur ses auditeurs grâce aux liens qu'elle avait créés entre eux. Certains — les journalistes étrangers entre autres — se levèrent pour danser avec les entraîneuses sur la musique d'une radio invisible, ils dansèrent, ils rirent beaucoup, ils prirent du bon temps, jusqu'à la fermeture du cabaret.

CHAPITRE XVI

Je dois être moi-même

> « Si l'on voulait être joyeux, mélancolique, ou rêveur, ou courtois, on n'avait tout simplement qu'à faire tous les gestes qui correspondent à ces états d'âme. »
>
> Patricia Highsmith

J'avais relaté le plus brièvement possible, dans ces mêmes colonnes, une expérience métaphysique que j'avais traversée par une nuit d'hiver, il y a vingt-six ans. Cette chronique, je l'ai publiée il y a onze ou douze ans, je ne sais plus très bien (quel dommage que je ne dispose pas en cet instant des « archives secrètes » auxquelles j'ai recours ces derniers temps, depuis que ma mémoire flanche si sérieusement). À la suite de cette chronique, qui était assez longue, j'avais reçu un important courrier de mes lecteurs. Outre les lettres des mécontents qui me reprochaient comme toujours d'avoir utilisé dans cette chronique une forme inhabituelle et traité d'un sujet inattendu (pourquoi donc n'y avais-je pas parlé comme d'habitude des problèmes du pays, pourquoi n'avais-je pas décrit la tristesse des rues d'Istanbul sous la pluie ?), il y avait celle d'un lecteur qui « avait l'impression », disait-il, de partager mon point de vue sur « un autre sujet très important ». Il désirait me rendre visite au plus tôt, pour me demander mon avis sur « certaines questions très personnelles et très graves », sur lesquelles, semblait-il, nous avions les mêmes idées.

J'avais presque oublié la lettre de ce lecteur qui exerçait la profession de coiffeur (ce qui était assez inaccoutumé), quand il se présenta un jour dans l'après-midi à la rédaction. C'était l'heure du bouclage, et nous nous dépêchions de compléter nos articles pour les envoyer à l'imprimerie. J'étais très pressé. De plus, je me disais que le coiffeur allait me parler de ses soucis et me reprocher de ne pas leur accorder assez de place dans mes chroniques. Je tentai de m'en débarrasser en lui demandant de revenir un autre jour. Il me rappela qu'il m'avait écrit pour m'avertir de sa visite et que, de toute façon, il n'aurait guère l'occasion de revenir. Il n'avait d'ailleurs que deux questions à me poser, des questions auxquelles je pouvais répondre sur-le-champ, me dit-il. Sa façon directe d'aborder le sujet me plut et je le priai de me poser ses questions :

« Avez-vous de la peine à être vous-même ? »

S'attendant à un dialogue sur un sujet original ou plaisant et dans l'espoir d'une blague dont nous pourrions rire par la suite tous ensemble, plusieurs de mes collègues s'étaient rapprochés de nous : il y avait là de jeunes journalistes, que j'aidais de mon mieux, et un reporter de football, grassouillet et bruyant, qui faisait toujours rire son entourage par ses facéties. Si bien que j'ai dû répondre à la question du coiffeur par le « bon mot » que l'on attend de moi dans ces situations. Le coiffeur l'écouta attentivement, comme si c'était bien là la réponse qu'il attendait, puis me posa la deuxième question :

« Y a-t-il un moyen d'être uniquement soi-même ? »

Cette question, il semblait la poser, non pour satisfaire sa propre curiosité, mais sur la demande de quelqu'un d'autre, à qui il aurait servi d'intermédiaire. De toute évidence, il l'avait préparée et apprise par cœur. L'effet de ma plaisanterie durait encore ; d'autres collègues qui avaient entendu nos rires étaient venus nous rejoindre. Dans ces conditions, au lieu de tenir au coiffeur un discours ontologique sur la possibilité d'être soi-même, quoi de plus naturel que de lancer une deuxième plaisanterie, également attendue par tous, et qui tomberait à pic. De plus, elle ne ferait qu'accentuer l'effet de la première et l'affaire tournerait à l'anecdote, une histoire plaisante que l'on se raconterait en mon absence. Après cette seconde plaisanterie que j'ai d'ailleurs oubliée : « C'est bien ce que j'avais compris ! » déclara le coiffeur, et il s'en alla.

Comme nos compatriotes ne prêtent attention aux mots à double sens que lorsque cette deuxième signification comporte une injure ou une humiliation, je ne me suis même pas demandé si le coiffeur avait été vexé par ma réponse. Je peux même dire qu'il m'a inspiré un peu de mépris, comme j'en éprouve pour les lecteurs incapables de réprimer leurs émotions, ceux par exemple qui, reconnaissant votre serviteur dans une pissotière, lui demandent, sans même lui laisser le temps de boutonner sa braguette, le sens de la vie ou encore s'il croit en Dieu.

Mais avec le temps... Ils ne me connaissent guère, ceux de mes lecteurs qui s'attendent à présent à ce que je leur explique combien j'ai regretté ma grossièreté, combien j'ai été convaincu de la justesse de la question posée par le coiffeur, que j'ai rêvé de lui et que je me suis réveillé accablé par le remords. Je n'ai plus pensé au coiffeur ; sauf une seule fois. Et même cette fois-là, le coiffeur n'était pas à l'origine de ma réflexion, suite d'une idée qui m'avait frappé bien des années plus tôt, avant de le connaître ; on ne peut même pas parler d'une réflexion, d'une idée ; une ritournelle, qui me revenait sans cesse depuis mon enfance, résonnait soudain à mes oreilles, elle venait des profondeurs de ma raison, de mon âme : « Je dois être moi-même, je dois être moi-même... »

À la fin d'une journée passée avec mes collègues, puis avec des parents, avant d'aller me coucher, je m'étais installé, tard dans la nuit, dans mon vieux fauteuil ; j'avais posé les pieds sur une étagère, et je tirais sur ma cigarette en contemplant le plafond. Le vacarme, les bavardages, les sempiternelles réclamations de tous ceux que j'avais rencontrés dans la journée semblaient s'être confondus en une seule voix, qui résonnait à mes oreilles, aussi entêtante, aussi lassante qu'une migraine persistante, ou plutôt une sourde rage de dents. C'est alors qu'a repris en contrepoint, dirais-je, cette ritournelle si familière que je n'ose appeler réflexion ; elle m'indiquait le moyen de me débarrasser du tumulte incessant de tous ces gens qui m'entouraient, en me réfugiant dans mes voix intérieures, mes joies et ma tranquillité, dans ma propre odeur même, elle me répétait : sois toi-même, sois toi-même, il le faut...

C'est alors que j'ai compris combien j'étais heureux de me retrouver en pleine nuit loin de la foule et du tumulte ignoble que les autres (l'imam au prêche du vendredi, mes anciens professeurs, ma tante, mon oncle, mon père, nos politiciens) appellent la vie, cette boue dans laquelle ils voudraient tant que je me vautre, que nous nous vautrions tous. J'étais si heureux de pouvoir me balader dans le jardin de mes rêveries, loin de leurs histoires insipides, que j'observais affectueusement mes jambes maigrichonnes et mes pauvres pieds posés sur la petite étagère ; je contemplais avec indulgence ma main si laide et si maladroite, qui rapprochait de mes lèvres la cigarette dont je rejetais la fumée vers le plafond. Pour une fois, je pouvais être moi-même ! Et parce que j'avais réussi à l'être, du coup j'étais devenu capable d'éprouver de l'affection pour moi-même. Au lieu de reprendre sans cesse les mêmes mots — comme l'idiot du quartier qui longe le mur de la mosquée en répétant le même mot à chaque pavé, ou le voyageur âgé qui, de la fenêtre du wagon, compte tous les poteaux télégraphiques —, la ritournelle se transforma : elle envahit de sa violence et de son impatience la pièce minable autour de moi et tout le monde réel, y compris moi-même. Sous l'effet de cette fureur, ce n'était plus la ritournelle, mais ma propre voix qui répétait dans une colère joyeuse : je dois être moi-même, sans me soucier des autres, de leurs voix, de leurs odeurs, de leurs souhaits, ni de leurs amours ou de leurs haines, me disais-je en contemplant mes pieds qui semblaient satisfaits de leur sort, ou en suivant du regard la fumée de ma cigarette, qui s'élevait vers le plafond ; si je n'arrive pas à être moi-même, je deviens l'homme qu'ils veulent que je devienne, et je refuse d'être l'homme qu'ils voudraient que je sois, et je préférerais n'être rien du tout, plutôt que de devenir l'individu insupportable qu'ils voudraient que je sois. Quand, dans ma jeunesse, j'allais voir mes oncles et mes tantes, je devenais l'homme dont ils disaient : « Dommage qu'il fasse du journalisme, mais il se donne beaucoup de mal, et s'il continue à travailler comme il le fait, il réussira, *inchallah !* » Et après avoir travaillé durant des années et des années pour éviter d'être cet homme-là, chaque fois que je me rendais à l'immeuble où mon père et sa seconde femme étaient également venus s'installer, l'homme d'un certain d'âge que j'étais alors devenait celui dont ils disaient : « Il a beaucoup travaillé, et il a tout de même assez bien réussi ! » Pis encore, comme je n'arrivais pas, moi non plus, à me voir autrement, cette personnalité que je n'aimais pas du tout me collait à la peau et, quand je me trouvais avec eux, au bout d'un moment je me surprenais en train de prononcer des paroles qui n'étaient pas les miennes, mais celles de cet individu-là. Et quand je rentrais le soir chez moi, je me remémorais, pour me punir de les avoir prononcés, tous les mots empruntés à celui que je ne voulais pas être, et pour pouvoir être un peu moi-même, je me répétais, jusqu'à en étouffer de tristesse, des phrases banales telles que : « J'ai fait allusion cette semaine même à ce sujet dans un long article », « J'ai traité de ce problème dans ma dernière chronique dominicale », « Voici ce que je dis dans l'article de demain », « J'examine longuement la question dans ma chronique de mardi prochain ».

Toute mon existence grouillait de ces mauvais souvenirs. Et afin de mieux apprécier le plaisir d'être enfin moi-même, confortablement assis dans ce fauteuil, les pieds sur l'étagère, j'évoquais l'une après l'autre toutes les occasions où je n'avais pu l'être.

Je me suis souvenu d'avoir fait tout mon service militaire avec la réputation d'être « un type qui ne cesse de plaisanter, même dans les situations les plus pénibles », parce que dès les premiers jours, mes « copains de régiment » avaient décidé que j'étais un rigolo. Et aussi d'avoir souvent agi en homme distrait, « plongé dans des réflexions profondes et même sublimes », parce que j'avais moi-même décidé, à en juger par leurs regards, que la foule des désœuvrés sortis pour fumer une cigarette à l'entracte, dans les cinémas où j'allais voir de mauvais films — moins pour y passer le temps que parce que j'ai toujours aimé me trouver seul dans la pénombre des salles fraîches —, me considérait comme « un jeune homme de grande valeur promis à un brillant avenir ». Je me suis aussi rappelé qu'à l'époque où nous n'avions tous en tête que des projets de coups d'État militaires et où nous rêvions chaque jour de prendre le pouvoir, j'étais devenu un grand patriote, au point de passer des nuits blanches à l'idée que les militaires pourraient tarder à passer à l'action et que les malheurs de mon pays allaient durer plus longtemps. J'ai pensé aux jours où, dans les maisons de rendez-vous que je fréquentais en cachette, je jouais au désespéré, qui vient de vivre une triste histoire d'amour, et cela uniquement parce que les putains sont plus gentilles avec les malheureux en amour. Ou encore à l'époque où, devant passer devant un poste de police, je m'efforçais de prendre l'allure du citoyen paisible et respectueux des lois, si je n'avais pas trouvé le temps de gagner l'autre trottoir. Je me suis souvenu d'avoir fait mine de m'amuser en jouant à la tombola, pour faire comme les autres, chez mes grands-parents chez qui j'étais allé célébrer le réveillon du nouvel an, pour la seule raison que je n'avais pas eu le courage de passer seul cette horrible nuit. Je me suis revu, m'épuisant en efforts en présence de femmes qui m'attiraient, et dans le seul but de leur plaire, pour devenir, selon le cas, un homme qui ne pense qu'au mariage, au courage et au « combat pour la vie », ou jouant au citoyen décidé à se consacrer uniquement au salut du pays, ou encore à l'homme sensible déçu par l'indifférence et l'incompréhension si répandues chez nous, au « poète secret », pour reprendre une formule éculée. Et finalement, je me suis rappelé que je n'étais jamais moi-même chez mon coiffeur, que je vais voir une fois tous les deux mois, et que, dans ce salon, j'imitais la résultante de toutes les individualités que j'imitais.

Pourtant, c'était pour me détendre que je me rendais chez mon coiffeur (il s'agit bien sûr d'un autre coiffeur que celui dont j'ai parlé au début de cette chronique). Mais dès que j'examinais dans le miroir, comme le faisait le coiffeur, les cheveux à couper, la tête qui portait ces cheveux, les épaules, le tronc au-dessous de cette tête, je comprenais immédiatement que l'homme assis dans le fauteuil et que je contemplais dans le miroir était un autre que moi. La tête que saisissait le coiffeur tout en me demandant la taille souhaitée, le cou, les épaules, le tronc au-dessous de cette tête n'étaient pas les miens, mais ceux du journaliste Djélâl bey. Et moi, je n'avais rien à voir avec cet homme-là. J'étais persuadé que le coiffeur le remarquerait, tout était si évident ! Mais lui ne voyait jamais rien. De plus, comme s'il voulait insister sur le fait que j'étais « le chroniqueur », il me posait les questions qu'on pose à un journaliste : « S'il y avait une guerre aujourd'hui, serions-nous capables de vaincre les Grecs ? », « Est-il vrai que la femme du premier ministre est une putain ? », « Est-ce à cause des marchands de fruits et légumes que la vie est si chère ? ». Une force mystérieuse, dont j'ignorais l'origine, m'empêchait de répondre moi-même à ces questions, et c'était le journaliste, que je contemplais dans le miroir avec une étrange stupeur, qui lui murmurait, avec son ton prétentieux de toujours, des réponses de ce genre : « La paix est une bonne chose... Ce n'est pas en envoyant les gens à la potence qu'on réussit à faire baisser les prix ! »

Je haïssais ce journaliste, persuadé qu'il savait tout, capable pourtant de constater son ignorance et qui avait appris, avec un brin de prétention, à considérer avec tolérance ses lacunes ou ses excès. Je haïssais également le coiffeur qui, avec ses questions, faisait encore plus de moi « le chroniqueur Djélâl bey ». Et c'est en ressassant ces souvenirs désagréables que j'ai soudain pensé au coiffeur qui était venu me rendre visite pour me poser ses étranges questions.

Et alors, à cette heure tardive de la nuit, installé dans mon fauteuil qui me permet d'être moi-même, les pieds posés sur l'étagère, j'écoutais la petite ritournelle, où perçait une nouvelle colère, et qui me ramenait mes mauvais souvenirs, et je me répétais : « Eh oui, monsieur le coiffeur, on ne nous permet pas d'être nous-mêmes, on ne nous le permet pas, on ne nous le permettra jamais ! » Mais ces mots, que je prononçais sur le rythme de la ritournelle et avec la rage qu'elle exprimait, me plongeaient un peu plus encore dans la sérénité à laquelle j'espérais. Alors, j'ai décidé que dans toute cette histoire, dans la visite du coiffeur qui m'était revenue à la mémoire par l'intermédiaire d'un autre coiffeur, il y avait un sens, un ordonnancement, et même, dirais-je, cette « mystérieuse symétrie » dont j'ai parlé dans d'autres chroniques et que seuls mes lecteurs les plus fidèles auront pu remarquer. C'était là un signe concernant mon avenir : l'acheminement de l'homme qui parvient à redevenir lui-même, seul, assis dans son fauteuil, après une longue journée et une longue soirée, ressemble au retour chez lui du voyageur au bout d'un voyage plein d'aventures et qui a duré plusieurs années.

CHAPITRE XVII

M'avez-vous reconnue ?

> « Aujourd'hui, quand je jette un
> regard sur cette époque, il me semble
> deviner une foule qui marche dans
> l'obscurité. »
>
> Ahmet Rasim

Tous ceux qui s'étaient raconté des histoires ne se dispersèrent pas dès leur sortie de la boîte de nuit ; immobiles sous la neige qui tombait légère, ils se tournaient les uns vers les autres, dans l'espoir de quelque nouvelle distraction, dont ils n'avaient aucune idée ; ils ressemblaient à ces badauds qui ont été témoins d'un incendie ou d'un crime, et qui se figent sur place, dans l'attente d'une nouvelle catastrophe. « Il ne s'agit pas d'un endroit ouvert à n'importe qui, Iskender bey », déclara le monsieur chauve qui s'était coiffé d'un immense feutre. « Nous sommes trop nombreux. Je préfère y mener seulement les Anglais, pour qu'ils y découvrent un autre aspect de notre pays. Vous pouvez venir, vous aussi, bien sûr... », ajouta-t-il en se tournant vers Galip.

Ils se mirent en route, dans la direction de Tépébachi, emmenant avec eux une femme antiquaire et un architecte d'un certain âge, à la moustache en brosse, dont ils n'avaient pu se débarrasser.

« Êtes-vous jamais allé chez Djélâl bey à Nichantache ou à Chichli ? » demanda l'homme au feutre, alors qu'ils passaient devant le consulat américain. « Pourquoi me posez-vous cette question ? » lui répondit Galip en regardant de près le visage de l'homme, qu'il trouva dépourvu d'expression. « Iskender bey m'a dit que vous étiez le cousin du journaliste Djélâl Salik. N'êtes-vous pas à sa recherche ? Il serait bon qu'il puisse parler aux Anglais des problèmes de notre pays. Vous voyez, le monde entier commence à nous témoigner de l'intérêt. » « Ce serait très bien, naturellement », dit Galip. « Connaissez-vous ses adresses ? » demanda l'homme au feutre. « Non, il ne les donne à personne », dit Galip. « Est-il vrai qu'il s'enferme chez lui pendant des jours avec des femmes ? » demanda l'homme. « Mais non », dit Galip. « Excusez-moi », dit l'homme, « bien sûr, ce ne sont que des racontars. Tout ce que les gens ne vont pas inventer ! On ne peut pas les en empêcher ; comme dit le dicton, la bouche humaine n'est pas une bourse dont on puisse resserrer le cordon ! Surtout quand il s'agit d'un personnage légendaire comme Djélâl bey ! Je le connais bien, moi. » « Ah oui ? » « Il m'a même invité un jour chez lui, c'était à Nichantache. » « Où ça ? » demanda Galip. « La maison a été démolie depuis. C'était une maison de pierre à un étage. Ce soir-là, il s'était beaucoup plaint de sa solitude. Il m'avait recommandé d'aller le voir toutes les fois que j'en aurais envie. » « Mais c'est lui qui recherche la solitude ! » dit Galip. « Vous ne le connaissez peut-être pas très bien », dit l'homme. « J'ai comme un pressentiment, quelque chose en moi me dit qu'il m'appelle au secours. Vous ne connaissez donc aucune de ses adresses ? » « Aucune », dit Galip. « Nous pensons tous à Djélâl, c'est sans doute parce que nous retrouvons tous en lui une part de nous-mêmes. » « Il s'agit d'une personnalité exceptionnelle ! » conclut l'homme au chapeau de feutre. Et Galip et lui se mirent à discuter des chroniques les plus récentes du journaliste.

Dans une des rues qui mènent au Tunnel, ils entendirent le coup de sifflet d'un veilleur de nuit retentir avec une violence réservée aux faubourgs, et ils se tournèrent tous vers les trottoirs couverts de neige, qu'éclairait un néon violet. Quand ils s'engagèrent enfin dans l'une des rues qui débouchent sur la Tour de Galata, Galip eut l'impression que les étages des immeubles, des deux côtés de la rue, se rapprochaient les uns des autres, comme un rideau de scène se refermant avec lenteur. Au sommet de la tour, des lumières rouges indiquaient qu'il allait encore neiger. Il était deux heures du matin. Tout près d'eux, le rideau de fer d'une boutique s'abaissa avec vacarme.

Après avoir quelque peu erré dans le quartier, ils entrèrent dans une ruelle inconnue de Galip. Ils avançaient en silence sur le trottoir où la neige avait gelé. L'homme au chapeau de feutre frappa à la porte vétuste d'une maison à un étage. Au bout d'un long moment seulement, une lumière s'alluma à l'étage, une fenêtre s'ouvrit, une tête bleuâtre y apparut.

« Viens ouvrir, c'est moi », dit l'homme au chapeau de feutre. « Nous avons des visites, des étrangers, des Anglais. » Il se tourna avec un petit sourire confus vers les Anglais.

Un homme d'une trentaine d'années, au visage pâle, mal rasé, barbouillé de sommeil, leur ouvrit la porte, sur laquelle on pouvait lire : « Atelier de mannequins Merih. » Il portait un pantalon noir et une veste de pyjama à rayures bleues. Après avoir serré la main à chacun des nouveaux venus, en leur lançant un regard complice, comme s'ils étaient tous membres d'une association secrète, il les conduisit à une pièce resplendissante de lumière, qui sentait la peinture, et qui était encombrée de boîtes, de moules, de bidons et de diverses parties du corps humain. Tout en leur distribuant des brochures qu'il alla prendre dans un coin, il se mit à parler d'une voix monotone.

« Notre entreprise produit les mannequins les plus intelligents des Balkans et du Proche-Orient. Au bout de cent ans d'existence, les résultats que nous obtenons aujourd'hui attestent du niveau atteint par la Turquie dans les domaines de l'industrialisation et de la modernisation. Aujourd'hui, il ne s'agit pas seulement d'assurer à cent pour cent la production de bras, de jambes, de hanches répondant aux besoins de notre pays... »

L'homme au crâne chauve lui coupa la parole, d'un air gêné : « Djebbar bey, les visiteurs que voilà sont venus visiter sous votre conduite vos sous-sols, vos caves, vos souterrains, voir de leurs yeux les infortunées créatures qui s'y entassent, tout ce qui a fait de nous ce que nous sommes, notre histoire, quoi... »

Le guide appuya sur un bouton d'un geste coléreux, et les centaines de bras, de jambes, de têtes, de troncs disparurent dans des ténèbres silencieuses ; une ampoule nue éclaira un petit palier qui débouchait sur un escalier. Ils en descendirent les marches, tous ensemble ; une odeur de moisi les frappa au visage, et Galip se figea sur place. Djebbar s'approcha de lui, avec une aisance étonnante :

« Ne crains rien, tu trouveras ici ce que tu cherches ! » lui dit-il d'un ton entendu. « C'est Lui qui m'a envoyé ! Il ne veut pas que tu t'engages dans les voies de la perdition ! » Galip se demanda si l'homme s'adressait également aux autres.

« Voici les premières œuvres de mon père », déclara le guide quand ils se retrouvèrent dans une pièce au bas de l'escalier, en leur présentant des mannequins. Et dans la pièce suivante, alors qu'ils contemplaient à la faible lumière d'une ampoule les mannequins de nombreux personnages, marins, corsaires, scribes, vêtus de leurs uniformes ottomans, paysans assis en tailleur autour d'une natte posée sur le plancher, il continua à marmotter de vagues commentaires. Ce ne fut que dans la troisième pièce, où étaient exposés une lavandière, un blasphémateur à qui on avait arraché la tête et un bourreau chargé de ses instruments de travail, que Galip put enfin comprendre ce qu'il disait :

« Il y a cent ans, quand il créa les personnages que vous venez de voir, mon grand-père était animé d'une idée très simple et que tout le monde devrait partager : les mannequins exposés dans les vitrines de nos magasins doivent être fabriqués en prenant pour modèles les gens de notre pays, s'était-il dit. Mais les malheureuses victimes d'un complot international et historique qui se trame depuis deux siècles l'empêchèrent de mener à bien son œuvre. »

Au fur et à mesure qu'ils descendaient des escaliers, qu'ils franchissaient des portes donnant accès par quelques marches à d'autres souterrains, ils pouvaient voir des centaines de mannequins, entassés

297

dans des caves où l'eau suintait du plafond et que traversait un cordon électrique muni d'ampoules, tendu comme une corde à linge.

Ils purent ainsi contempler entre autres le maréchal Fevzi Tchakmak, qui, au cours des trente années qu'il passa à la tête de l'état-major, obsédé par sa crainte d'éventuels collaborateurs avec l'ennemi, pensa à faire sauter tous les ponts du pays, à démolir tous les minarets que des espions utiliseraient éventuellement pour adresser des signaux aux Russes, et projeta de transformer Istanbul en ville fantôme, après l'avoir vidée de ses habitants, afin qu'elle ne soit plus qu'un labyrinthe où s'égarerait l'ennemi ; des paysans de la région de Konya, qui avaient fini par tous se ressembler exactement — mère, père, fille, oncle, grand-père — à force de mariages consanguins ; et des chiffonniers, qui, par leur porte-à-porte, avaient fini par nous arracher, sans même s'en rendre compte, toutes les vieilleries qui avaient fait de nous ce que nous étions ; des artistes et des comédiens célèbres, dépourvus de toute personnalité dans les films qu'ils interprètent, aussi incapables d'être eux-mêmes que d'être un autre, ou qui ne peuvent que s'interpréter eux-mêmes ; les benêts, si pitoyables, qui consacrent leur existence à des traductions ou à des adaptations afin de transmettre à l'Orient la science et l'art de l'Occident ; les utopistes qui, dans l'espoir de percer dans les rues tortueuses d'Istanbul des boulevards bordés de tilleuls comme à Berlin, ou des avenues en forme d'étoile, reliées par des ponts, comme à Paris, s'esquintent tout au long de leur vie sur des plans, une loupe à la main, et qui — après avoir rêvé de trottoirs modernes où nos généraux à la retraite pourront faire chier leurs chiens qu'ils promèneront au bout d'une laisse comme le font les Occidentaux — meurent sans avoir pu réaliser un seul de leurs projets, si bien que l'emplacement même de leur tombe est aussitôt oublié ; des fonctionnaires des services de renseignements, mis d'office à la retraite à cause de leur attachement aux méthodes traditionnelles dans le domaine de la torture et leur refus des nouvelles valeurs internationales dans ce même domaine ; des marchands ambulants qui, une perche en travers des épaules, vendent dans leurs plateaux du yaourt, des thonines ou du millet fermenté. Entre les « Panoramas de cafés », présentés par le guide comme « une série commencée par mon grand-père, que mon père a développée et que j'ai moi-même reprise », ils purent contempler les chômeurs qui tiennent toujours la tête rentrée dans les épaules ; les veinards qui, lorsqu'ils jouent aux dames ou au trictrac, arrivent à oublier l'époque où ils vivent et jusqu'à leur propre identité ; et tous nos concitoyens qui, leur verre de thé ou leur cigarette bon marché à la main, fixent un point à l'infini, réfugiés dans leurs réflexions, comme s'ils s'efforçaient de se remémorer la raison de leur existence, et aussi ceux qui, n'y parvenant pas, se vengent en malmenant les dés ou les cartes et même leur voisin.

« Sur son lit de mort, mon grand-père avait clairement conscience du pouvoir des forces internationales qu'il avait dû affronter ! » expliquait le guide. « Ces forces étrangères occultes qui voulaient empêcher notre nation de conserver son identité, en la privant des gestes, des mouvements de notre vie quotidienne — qui constituent notre trésor le plus précieux —, réussirent à chasser mon grand-père des magasins, des vitrines de la grand-rue de Beyoglou. Quand mon père, tout comme mon grand-père sur son lit de mort, comprit que dans l'avenir, seul lui avait été laissé le sous-sol de notre ville, il ignorait encore qu'Istanbul avait été, tout au long de son histoire, doublée d'une ville souterraine. Il le comprit au fur et à mesure qu'il creusait de nouvelles caves dans la glaise pour y installer ses mannequins, et qu'il y découvrait de nouvelles galeries. »

Tout en descendant les marches de l'escalier qui menait à ces galeries et qu'ils dépassaient des caveaux et des boyaux qui ne pouvaient plus être qualifiés du nom de pièces, les visiteurs purent voir les mannequins de centaines d'hommes sans espoir. À la lumière des ampoules nues, les mannequins rappelaient à Galip ses concitoyens si patients, recouverts de la poussière et de la boue des siècles, qui attendent à un arrêt depuis longtemps supprimé un autobus qui ne viendra jamais, et aussi cette illusion qu'il ressentait parfois en marchant dans les rues d'Istanbul, celle que tous ces malheureux étaient frères. Il put voir des vendeurs de billets de tombola, leur sacoche à la main ; des étudiants au visage ironique et nerveux ; des apprentis de boutiques de pistaches ; des amateurs d'oiseaux et des chasseurs de trésors ; et ceux qui lisaient Dante afin de prouver que l'Occident avait pillé l'Orient dans tous les domaines de la science et de l'art ; ceux qui dessinaient des cartes pour démontrer que les minarets sont des signaux adressés à un autre univers ; tout un groupe d'élèves d'une école coranique qui, ayant heurté un câble de haute tension, en étaient demeurés frappés d'une stupeur d'un bleu électrique et qui s'étaient brusquement rappelé des événements insignifiants vieux de deux siècles. Galip comprit que ces mannequins qui s'alignaient dans ces caveaux aux murs couverts de boue étaient divisés en catégories : pécheurs, faussaires, usurpateurs d'identité. Il vit des époux malheureux, des morts n'ayant jamais connu la paix, des soldats, morts pour la patrie, surgissant de leurs tombes. Des hommes mystérieux, avec des lettres inscrites sur leur front ou sur tout leur visage, des sages qui révélèrent les secrets de ces lettres et les célébrités qui sont leurs héritiers aujourd'hui.

Dans un coin, parmi les mannequins des écrivains et des artistes de notre temps, se trouvait celui de Djélâl, vêtu de l'imperméable qu'il portait vingt ans plus tôt. Le guide leur expliqua en passant que cet écrivain, sur qui son père avait fondé bien des espoirs, avait utilisé dans un but malhonnête les secrets des lettres que l'artisan lui avait enseignés, et qu'il avait vendu son âme pour une réussite médiocre. Un article, que Djélâl avait écrit sur son père et son grand-père vingt ans plus tôt, avait été encadré et accroché au cou du mannequin, qui semblait ainsi porter son propre édit de mort. Les poumons envahis par l'âcre odeur de moisi et d'humidité qui se dégageait des murs des caves creusées sans permis — comme le font tant de boutiquiers —, Galip écoutait le guide leur raconter comment, victime d'innombrables trahisons, son père avait fini par reporter tous ses espoirs sur les secrets des lettres, qu'il avait découverts au cours de ses voyages en Anatolie et qu'il avait exposés à la vue de tous sur les visages de ses mannequins : dans les jours mêmes où il les y gravait, il avait vu s'ouvrir, l'une après l'autre, les galeries souterraines qui donnent son caractère à Istanbul. Galip s'immobilisa un long moment devant le mannequin au tronc épais, aux mains petites et au doux regard de Djélâl. « C'est à cause de toi que je n'ai jamais pu être moi-même ! » se dit-il. « C'est à cause de toi que j'ai cru à toutes ces histoires qui ont fait de moi un autre toi ! » Il contempla longuement, attentivement, le mannequin de son cousin, tout comme le fils examine une photo, prise des années plus tôt, de son père. Il s'en souvenait bien : le tissu du pantalon avait été acheté au rabais chez un parent éloigné qui tenait boutique à Sirkedji. Djélâl aimait beaucoup cet imperméable parce qu'il le faisait ressembler aux personnages des romans policiers anglais. Sur la veste, les coutures des poches avaient craqué, à cause de cette habitude qu'il avait d'y fourrer les mains avec force. Galip se dit encore qu'on ne voyait plus depuis quelques années, sur le menton et la pomme d'Adam de son cousin, les éraflures causées par le rasoir. Et aussi, que Djélâl utilisait aujourd'hui encore le même crayon à bille que celui qu'on avait glissé dans la poche de sa veste. Il aimait Djélâl et il avait peur de lui ; il aurait aimé être à sa place et il le fuyait ; il désirait le voir et il voulait l'oublier. Il saisit le revers de la veste comme pour exiger de lui le sens de sa propre vie qu'il n'avait encore pu déchiffrer, un secret que Djélâl connaissait, mais qu'il lui dissimulait, le mystère de l'autre univers qui se cache dans notre avenir, le moyen de sortir d'un jeu, plaisant au début, et qui se transformait en cauchemar. Il pouvait entendre au loin la voix de leur guide, qui exprimait autant l'enthousiasme que l'accoutumance :

« Ces mannequins, à qui il attribuait un contenu, grâce aux lettres qu'il gravait sur leurs visages, des significations que l'on ne rencontrait plus dans notre société, dans nos rues ou dans nos maisons, mon père les façonnait avec une telle rapidité que nous ne trouvions plus de place pour eux dans les caves que nous creusions. C'est pourquoi on ne saurait attribuer au hasard la découverte, à la même époque, des conduites qui nous relient aux sous-sols, aux souterrains de l'histoire. Mon père le voyait clairement : désormais notre histoire à nous serait souterraine, la vie " en bas " indiquait la fin de l'effondrement " en haut " ; ces galeries qui débouchaient l'une après l'autre au-dessous de notre maison, ces voies souterraines où grouillaient les squelettes, c'était là autant d'occasions historiques de retrouver une vie et un sens, grâce aux visages des vrais citoyens, ceux que nous créons, nous ! »

Quand Galip lâcha le revers de sa veste, le mannequin de Djélâl se balança lourdement sur ses pieds, de droite à gauche, comme un soldat de plomb. Galip se dit qu'il n'oublierait jamais cette vision étrange, terrifiante et comique, il recula de deux pas et alluma une cigarette. Il n'avait pas du tout envie de suivre les autres jusqu'à l'entrée de la ville souterraine, où, disait le guide, « les mannequins grouilleront un jour comme les squelettes ».

Alors que le guide désignait à ses hôtes l'entrée du tunnel creusé sur l'autre rive de la Corne d'Or, il y a mille trois cent six ans par les Byzantins, dans la crainte d'un assaut des armées d'Attila, et dont une extrémité atteignait cette rive, et leur racontait sur un ton de colère l'histoire des squelettes qu'on pouvait apercevoir en pénétrant dans ce boyau avec une lampe, et des trésors sur lesquels veillaient ces squelettes et qui avaient été cachés là à l'arrivée des envahisseurs latins, il y avait six cent soixante ans, et des tables et des chaises entièrement dissimulées par des toiles d'araignée, Galip se souvint d'une énigme, liée à ces images et à ces histoires, qu'il avait lue dans un article de Djélâl, bien des années auparavant. Toujours avec la même passion, le guide poursuivait son récit : comme l'avait compris son père, cette fuite dans un monde souterrain signifiait — irréfutablement — l'écroulement inévitable du monde extérieur. Dès qu'une galerie, dès qu'un profond tunnel était creusé, à Bizantion, Buzos, Nova Roma, Romani, Tsargrad, Miklaggard, Konstantinopolis, Cospoli, Istin-Polin, pour des raisons impératives, des bouleversements inouïs se produisaient à la surface du sol, et la civilisation souterraine se vengeait ainsi à chaque fois du monde extérieur qui l'avait forcée à se terrer. Et Galip pensa alors à une chronique où Djélâl comparait les étages des immeubles au prolongement des civilisations souterraines. Le guide, lui, expliquait, toujours avec la même rage, que son père avait rêvé de remplir de ses mannequins toutes les voies souterraines, où abondaient les trésors gardés par les rats, les squelettes et les toiles d'araignée, pour faire participer ses créatures à la gigantesque destruction, à l'apocalypse inévitable annoncées par cette vie souterraine ; oui, avec ses visions d'une gigantesque cérémonie de destruction, son père avait pu donner un sens nouveau à sa vie, et lui-même suivait cette voie, avec ces mannequins dont il couvrait les visages des secrets contenus dans les lettres, ajouta-t-il d'une voix émue. Galip n'en douta plus : l'homme courait chaque matin acheter le *Milliyet* avant tout le monde pour y lire aussitôt la chronique de Djélâl, avec passion, jalousie et haine, et avec cette colère qui se devinait dans sa voix. Et quand le guide leur annonça que les visiteurs qui se sentaient capables d'affronter le spectacle de squelettes blottis l'un contre l'autre pour l'éternité (ceux des Byzantins, pris de panique, qui avaient cherché sous terre un refuge lors du siège de la ville par les Abbassides, ceux aussi des Juifs qui y avaient fui les envahisseurs croisés) pouvaient, s'ils le désiraient, pénétrer dans ce tunnel inimaginable, où on pouvait encore voir des colliers et des bracelets en or accrochés à la voûte, Galip fut convaincu que l'homme avait lu les chroniques les plus récentes de son cousin. Le guide leur expliquait que les squelettes des Génois, des Amalfiens, des Pisans qui avaient pu prendre la fuite, il y avait sept cents ans, lorsque les Byzantins avaient massacré les Italiens, qui étaient alors plus de six mille dans la ville, et ceux, vieux de six cents ans, des rescapés de la grande peste, introduite dans le port par un navire venu d'Azak, assis côte à côte autour des tables apportées dans le souterrain au cours du siège de Byzance par les Avars, y attendaient patiemment le jour du Jugement dernier. Et Galip se disait qu'il avait en lui la patience de Djélâl. L'homme leur racontait à présent que pour fuir le pillage de Byzance par les Ottomans, les habitants de la ville allèrent se réfugier dans le souterrain, s'étendant de Sainte-Sophie à Sainte-Irène, et qui débouchait sur le Pantokrator. Ce souterrain, devenu insuffisant pour les besoins, dut être par la suite prolongé jusqu'à cette rive de la Corne d'Or. Il s'y trouvait aussi les squelettes de ceux, qui, deux siècles plus tard, s'y cachèrent pour échapper à l'édit de Murat IV interdisant l'usage du café et du tabac ; recouverts d'une fine couche de poussière, comme sous une neige légère, munis de leurs moulins à café, cafetières et tasses, narguilés, pipes, blagues à tabac ou à opium, ils y attendaient l'arrivée des mannequins qui leur annonceraient la délivrance. Et Galip se disait que la même poussière soyeuse recouvrirait un jour le squelette de Djélâl. Le guide leur annonça qu'ils pourraient voir, s'ils le désiraient, le squelette de l'un des fils d'Ahmet III, forcé, après l'échec d'une conspiration de palais, de se cacher dans les mêmes galeries où s'étaient réfugiés les Juifs chassés de Byzance sept siècles plus tôt ; celui aussi de la jeune Géorgienne qui s'évada du Harem avec son amant ; mais qu'ils allaient également y rencontrer les faux-monnayeurs d'aujourd'hui, qui vont y tester les couleurs de leurs billets de banque encore humides, ou quelque Lady Macbeth musulmane, réduite à descendre dans le sous-sol — le petit théâtre installé dans une cave ne comportant pas de loge où elle puisse se changer —, assise devant le miroir d'une table de toilette, en train de se teindre les mains dans un baril de sang de buffle, acheté à des bouchers clandestins, d'un beau ton de rouge que nul ne vit certainement sur une autre scène au monde. Ou encore de jeunes chimistes autochtones, saisis par la frénésie de l'exportation, penchés sur des alambics où se distille une superbe héroïne, qu'ils comptent expédier en Amérique à bord de vieux cargos bulgares rouillés. Et Galip se disait qu'on pouvait lire tous ces détails sur le visage de Djélâl tout comme dans ses chroniques.

Bien plus tard, après avoir montré à ses « hôtes » tous les souterrains et tous les mannequins, l'homme leur révéla le rêve de son père, qui était également le sien : par une chaude journée d'été, alors que toute la ville là-haut, envahie par les ordures et les nuages de mouches et de poussière, somnole sous la pesante chaleur de midi, en bas, dans ces souterrains froids, sombres et humides, tous ensemble, entre les squelettes patients et les mannequins qui frémissent de la vie des gens de chez nous, organiser une grande fête, une gigantesque cérémonie, qui célébrerait et la vie et la mort, au-delà du temps et de l'histoire et des lois et des interdits. Les visiteurs imaginaient avec un certain effroi l'exaltation et l'horreur de la fête, les squelettes et les mannequins joyeusement lancés dans leur danse macabre, le bruit des coupes et des tasses brisées, la musique et les silences, et le cliquetis des ossements en train de copuler, et sur le chemin du retour, après avoir lu la douleur sur les visages de centaines de mannequins de « citoyens anonymes », dont leur guide n'éprouvait même plus le besoin de conter le destin, Galip, lui, sentait peser sur ses épaules toutes les histoires qu'il avait entendues et tous les visages qu'il avait vus. La faiblesse qui lui coupait les jambes n'était causée ni par les raidillons qu'ils gravissaient ni par la lassitude de cette longue journée ; il ressentait dans son propre corps la fatigue qu'il avait lue sur les visages de ses frères, tous ceux qui surgissaient sous ses yeux tout au long des marches glissantes, dans les caves humides éclairées par des ampoules nues, qu'ils traversaient sans cesse. Ces cous trop longs, ces dos voûtés, ces hanches déformées, ces jambes torses, et aussi les histoires et les malheurs des hommes de son pays, lui semblaient être le prolongement de son corps à lui. Parce qu'il avait l'impression que tous ces visages étaient son propre visage, que tous ces désespoirs étaient les siens, il ne voulait plus regarder ces mannequins grouillants de vie qui se rapprochaient de lui, ni croiser leurs regards, mais incapable de

307

détourner les yeux, il se sentait aussi étroitement lié à eux que peuvent l'être des jumeaux. À un moment, tout comme il le faisait autrefois quand, encore tout jeune, il lisait les chroniques de son cousin, il tenta de se persuader qu'il y avait, au-delà du monde visible, un secret très simple, et qu'il échapperait à ses effets s'il pouvait le percer, un mystère qui libérerait l'homme, si sa formule était découverte ; mais comme à chaque fois qu'il lisait les articles de Djélâl, il se sentait si profondément plongé dans cet univers qu'à chaque effort pour tenter de résoudre le mystère, il se retrouvait désarmé comme un enfant ou un amnésique. Il ne savait pas ce que signifiait l'univers que lui désignaient les mannequins ; il ne savait pas ce qu'il faisait là avec tous ces gens qu'il ne connaissait pas, il ignorait aussi la signification des lettres et des nombres, tout comme le mystère de sa propre existence. De plus, il remarquait qu'à mesure qu'ils montaient plus haut, qu'ils se rapprochaient de la surface de la terre, et parce qu'il s'éloignait de plus en plus des secrets des profondeurs, il commençait à oublier ce qu'il y avait vu et ce qu'il y avait appris. Dans l'une des pièces du haut, quand il vit toute une série de « citoyens ordinaires » sur lesquels le guide ne s'attarda pas, il sentit qu'il partageait leurs pensées et leur destin. Autrefois, tous ensemble, ils avaient vécu une vie qui avait un sens, mais pour une raison inconnue, ils avaient perdu ce sens, exactement comme ils avaient perdu leur mémoire. Et à chaque fois qu'ils tentaient de le retrouver, comme ils se perdaient dans les méandres couverts de toiles d'araignée de leur mémoire, et qu'ils ne pouvaient plus découvrir le chemin du retour dans les venelles ténébreuses de leur raison, et parce qu'ils ne trouvaient jamais la clé d'une nouvelle vie, tombée dans le puits sans fond de leurs souvenirs, ils ressentaient les tourments que subissent ceux qui ont tout perdu, leur maison, leur pays, leur passé, leur histoire. La douleur de se retrouver loin de chez soi, de s'être égaré sur le chemin du retour était si violente, si insupportable qu'il valait mieux patienter, tout simplement, sans tenter même de retrouver le sens perdu ou le mystère, se résigner à attendre en silence que l'éternité s'écoule. Mais à mesure qu'il se rapprochait de la surface de la terre, Galip devinait qu'il ne pourrait jamais se résoudre à cette attente oppressante ; qu'il ne retrouverait jamais sa sérénité sans avoir trouvé ce qu'il cherchait. Ne valait-il pas mieux être la mauvaise copie d'un autre, plutôt que d'être quelqu'un sans passé, sans mémoire et sans rêves ? Quand il arriva au sommet de l'escalier de fer, il voulut s'imaginer à la place de Djélâl, et tenta d'ironiser sur les mannequins et sur l'idée qui avait conduit à leur création : tout cela n'était que la systématisation maniaque d'une idée farfelue, une caricature minable, une mauvaise plaisanterie, des sottises incohérentes. Et comme pour lui prouver qu'il avait raison, le guide, lui-même si caricatural, expliquait que son père n'avait jamais cru à l'interdiction de l'image dans l'Islam ; ce qu'on appelle la pensée, disait-il, n'était-ce pas une copie, une image, ne venaient-ils pas de voir toute une série de copies ? Ils se retrouvèrent enfin dans la toute première salle ; et voilà que l'artisan expliquait aux visiteurs que, pour maintenir sur pied cette « conception grandiose », il leur fallait « agir sur le marché des mannequins » et les priait de déposer dans la boîte verte des « dons » la « contribution » qui leur conviendrait.

Galip jeta un billet de mille livres dans la boîte ; son regard croisa celui de l'antiquaire.

« M'avez-vous reconnue ? » lui dit-elle ; elle avait une expression enfantine, plaisante, et le regard du rêveur qui vient de se réveiller. « Tous les contes de ma grand-mère disaient donc la vérité. » Ses yeux étincelaient dans la pénombre comme ceux d'un chat.

« Pardon ? » dit Galip, un peu confus.

« Tu ne m'as pas reconnue », lui dit la femme. « Nous étions ensemble en quatrième... Belkis... »

« Belkis ! » répéta Galip ; et il se dit que parmi tous les visages des filles de la classe, il ne se souvenait que de celui de Ruya.

« J'ai ma voiture », dit la femme. « J'habite à Nichantache, moi aussi. Je peux te déposer. »

Ils sortirent à l'air frais et se dispersèrent. Les journalistes anglais prirent la direction du Péra-Palace. L'homme au feutre tendit sa carte de visite à Galip et s'engagea dans les ruelles du quartier de Djihanguir. Iskender prit un taxi. L'architecte à la moustache en brosse se mit à marcher avec Galip et Belkis. Tout de suite après le cinéma Atlas, ils s'arrêtèrent devant un cuisinier ambulant, installé au coin de la rue, pour manger une assiette de pilaf. Près de la place de Taksim, ils se plongèrent dans la contemplation des montres exposées dans la devanture aux vitres givrées d'une horlogerie, comme s'ils regardaient de mystérieux jouets. Dans le bleu marine brumeux de la nuit, Galip examina soigneusement l'affiche en lambeaux, bleu marine elle aussi, d'un film, puis dans la vitrine d'un photographe, le portrait d'un ancien premier ministre pendu depuis longtemps. L'architecte leur proposa alors de les emmener à la mosquée de Suleymaniyé. Il pourrait leur faire découvrir un phénomène fort curieux, plus intéressant encore que ce qu'il appelait « l'enfer aux mannequins » : la mosquée, vieille de quatre cents ans, remuait lentement sur ses fondations... Ils montèrent dans la voiture de Belkis, qu'elle avait garée dans une ruelle, derrière la place de Taksim, et se mirent en route, silencieux. « Terrifiant ! C'est terrifiant ! » eut envie de dire Galip, alors que la voiture passait entre les rangées de maisons à deux étages, plongées dans l'obscurité. Une neige légère tombait, toute la ville dormait.

Quand ils atteignirent la mosquée, après un long parcours, l'architecte avait terminé son récit : chargé des travaux de restauration, il connaissait bien les souterrains de la mosquée, et un imam prêt à leur ouvrir les portes pour quelques sous. Le moteur s'arrêta. Galip déclara qu'il les attendrait dans la voiture.

« Mais tu vas geler ! » lui dit Belkis.

Galip remarqua qu'elle avait définitivement cessé de le vouvoyer. Avec son lourd manteau et le fichu dont elle s'était coiffée, elle ressemblait à l'une de ses tantes éloignées. Les pâtes d'amande que leur offrait cette tante, qu'ils allaient voir pour les fêtes, étaient si sucrées que Galip devait avaler un verre d'eau avant de s'attaquer au second morceau, qu'elle lui tendait avec insistance. Pourquoi Ruya ne participait-elle jamais à ces visites familiales des jours de fête ?

« Je n'ai pas envie de venir », dit-il d'un ton décidé.

« Mais pourquoi donc ? » dit la femme. « Nous

monterons ensuite en haut du minaret. » Elle se tourna vers l'architecte : « Pourrons-nous y monter ? »

Il y eut un silence. Un chien aboya quelque part, pas trop loin. Galip entendit le grondement de la ville sous la neige.

« Vous y monterez tous les deux », dit l'architecte. « Avec tous ces escaliers, mon cœur ne tiendrait pas le coup. »

L'idée de monter en haut du minaret avait plu à Galip, qui sortit de la voiture. Ils franchirent une première cour, dont les arbres couverts de neige étaient illuminés par quelques ampoules, et pénétrèrent dans le cloître. Vue de si près, la masse de pierre leur apparut plus petite et se transforma en un bâtiment familier qui ne pouvait plus leur dissimuler ses secrets. La couche de neige qui recouvrait les marbres était sombre et criblée de trous, comme la surface de la lune, sur les images publicitaires d'une marque de montres étrangère.

Dans un coin de la galerie, l'architecte se mit à tripoter sans façon le cadenas d'une porte métallique, tout en leur expliquant que la mosquée glissait de cinq à dix centimètres vers la Corne d'Or chaque année ; elle était entraînée par son poids et aussi par le mouvement de la colline sur laquelle elle avait été bâtie. D'ailleurs, elle aurait dû glisser plus rapidement encore, mais les murs de pierre qui tournent et retournent entre les fondations, et « dont le secret n'avait pas été percé jusqu'ici », « ce système d'égouts dont la technique n'avait jamais été égalée », l'ensemble des souterrains, des canaux et des réservoirs, calculé avec une si minutieuse précision il y avait quatre cents ans, ralentissaient le mouvement de la mos-

312

quée. Le cadenas finit par céder, la porte s'ouvrit sur
un conduit obscur, et Galip lut dans les yeux étincel-
lants de la jeune femme une immense curiosité de la
vie. Belkis n'était peut-être pas singulièrement belle,
mais dès qu'on la regardait, on se demandait ce
qu'elle allait faire ou dire. « Les Occidentaux n'ont
jamais pu percer ce secret ! » déclara l'architecte avec
un enthousiasme exagéré d'ivrogne, et il pénétra
dans le conduit. Galip, lui, resta dans la cour.

Il écoutait les bruits qui lui parvenaient du conduit,
quand l'imam surgit de l'ombre des colonnes givrées
par le froid. L'homme ne semblait pas mécontent
d'avoir été réveillé si tôt le matin. Lui aussi prêta
l'oreille aux voix qui montaient du souterrain, puis
demanda : « La dame est-elle une touriste étrangère ? » « Non », lui répondit Galip, qui se dit que la
barbe de l'imam le faisait paraître beaucoup plus âgé
qu'il ne l'était. « Tu es enseignant, toi aussi ? » lui
demanda l'imam. « Un enseignant, oui. » « Professeur, comme Fikret bey ? » « Oui. » « Est-il vrai que
la mosquée remue ? » « C'est vrai. C'est justement
pourquoi nous sommes là. » « Dieu vous bénisse
pour votre intérêt ! » dit l'imam, qui avait l'air un peu
méfiant, « la femme est-elle accompagnée d'un
enfant ? » « Mais non... » « C'est qu'il y a un enfant,
qui se cache tout au fond de la mosquée. » « Il paraît
que cela fait des siècles qu'elle glisse... », dit Galip,
mal à l'aise. « Je sais bien », dit l'imam. « Il est interdit d'entrer dans ce souterrain, mais une touriste, une
étrangère, y est entrée avec son enfant, je les ai vus.
Et elle était seule quand elle est ressortie. L'enfant
est resté à l'intérieur. » « Vous auriez dû prévenir la
police », dit Galip. « Pas la peine », dit l'imam. « Par
la suite, les photos de la femme et de l'enfant ont

paru dans les journaux. Il paraît qu'il s'agissait du petit-fils du roi d'Abyssinie. Mais il faut le faire sortir de là... » « Que voyait-on sur le visage de l'enfant ? » demanda Galip. « Tu vois bien, tu es au courant, toi aussi », dit l'imam, toujours méfiant. « J'étais incapable de fixer l'enfant dans les yeux ! » Galip insista : « Qu'y avait-il d'écrit sur son visage ? » « Un tas de choses ! » dit l'imam, qui semblait avoir perdu toute son assurance. « Sais-tu lire les visages, toi ? » demanda Galip. L'imam se taisait. « Pour retrouver un visage perdu, suffit-il de courir derrière la signification de ce visage ? » insista Galip. « Tu dois mieux le savoir que moi », dit l'imam, inquiet. « La mosquée est-elle ouverte à présent ? » « Je viens d'ouvrir la porte », dit l'imam. « Les fidèles seront bientôt là pour la première prière du matin. »

La mosquée était vide. Les néons éclairaient davantage les murs nus que les tapis violets, qui s'étalaient très loin comme la surface de la mer. Galip sentit ses pieds geler dans ses chaussettes. Il examina la coupole, les colonnes, la gigantesque masse de pierre au-dessus de sa tête, dans le désir d'en être impressionné. Mais aucun sentiment ne s'éveilla en lui, sauf le désir d'être impressionné, un sentiment d'attente, une vague curiosité pour ce qui allait se passer... Tout comme les pierres avec lesquelles elle avait été bâtie, la présence de la mosquée était en elle-même énorme, renfermée, se suffisant à elle-même. Le lieu ne vous attirait pas, ne vous renvoyait pas à autre chose : De même que rien ne signifiait rien, tout pouvait être signe de tout. Galip crut apercevoir une brève lumière bleue, puis entendit des battements rapides, ceux d'une aile de pigeon peut-être. Mais aussitôt, les lieux retrouvèrent leur calme, leur silence, dans l'attente d'une signification nouvelle. Il se dit alors qu'autour de lui, les pierres, les objets étaient encore plus dépouillés que nécessaire. Les choses semblaient le supplier de leur donner un sens. Au bout d'un moment, deux vieillards s'approchèrent à pas lents en chuchotant entre eux, et vinrent s'accroupir devant le *mihrab*. Et Galip cessa d'entendre l'appel des choses autour de lui.

C'est peut-être pourquoi il ne s'attendait à rien de nouveau quand il se retrouva dans l'escalier du minaret. L'architecte lui avait appris que Belkis était déjà montée, sans l'attendre. Au début, Galip gravit rapidement les marches, mais il dut ralentir très vite : les battements de son cœur lui frappaient violemment les tempes. Et quand des douleurs le prirent aux jambes et aux hanches, il dut s'asseoir. Et il continua à s'asseoir avant de reprendre son ascension, à chaque fois qu'il dépassait l'une des ampoules nues qui éclairaient l'escalier. Il se mit à monter plus vite quand il entendit les pas de la jeune femme au-dessus de sa tête, mais il lui fallut du temps pour la rejoindre sur la galerie du minaret. Côte à côte, ils contemplèrent en silence Istanbul plongée dans l'obscurité, les rares lumières de la ville et la neige qui tombait.

Quand Galip remarqua que les ténèbres s'éclaircissaient peu à peu, la ville semblait encore demeurer pour longtemps plongée dans la nuit, pareille à la face obscure d'une étoile lointaine. Ensuite, grelottant de froid, il se dit que la lumière qui touchait les murs des mosquées, les fumées des cheminées, les amas de béton ne venait pas de l'extérieur, mais semblait surgir de l'intérieur de la ville. Tout comme la surface d'une planète, encore en train de compléter sa révolution, on aurait dit que les différents frag-

315

ments de cette ville, tout en pentes, couverte de béton, de pierre, de briques, de bois de charpente, de coupoles et de plexiglas, allaient s'entrouvrir lentement pour laisser passer la lueur rougeâtre d'un sous-sol plein de mystères. Mais cette imprécision ne dura guère. Les lettres géantes de publicité pour banques ou pour cigarettes apparaissaient peu à peu, les unes après les autres, entre les murs, les cheminées et les toits, et ils entendirent la voix de l'imam récitant la prière du matin, qui surgissait des haut-parleurs tout près d'eux.

Tout en descendant l'escalier, Belkis demanda des nouvelles de Ruya. Galip lui dit que sa femme l'attendait à la maison, qu'elle adorait lire des romans policiers la nuit, et qu'il lui avait acheté trois polars le matin même.

Belkis lui posa la même question, quand ils se retrouvèrent seuls dans la Murat si banale — ils avaient déposé l'architecte à la moustache en brosse à l'avenue de Djihanguir, toujours aussi large et toujours aussi déserte. À présent, ils se dirigeaient vers la place de Taksim. Galip lui expliqua que Ruya ne travaillait pas actuellement, qu'elle lisait des romans policiers, et que de temps en temps, elle traduisait sans se presser l'un de ces romans. Alors qu'ils faisaient le tour de la place, la jeune femme lui demanda comment Ruya faisait ces traductions : très lentement, lui dit Galip ; le matin, il partait pour son bureau, Ruya débarrassait la table où ils venaient de prendre le petit déjeuner, pour s'y installer, mais à vrai dire, il ne l'avait jamais vue en train de travailler, et il n'arrivait pas à l'imaginer. En réponse à une nouvelle question, il expliqua, toujours avec l'air absent d'un somnambule, qu'il lui arrivait, certains matins, de quitter la maison sans attendre que Ruya ait quitté son lit. Il ajouta qu'une fois par semaine, ils allaient dîner chez leur tante paternelle (pour Ruya), maternelle (pour Galip) et que, le soir, ils allaient parfois au cinéma Konak.

« Je sais bien », dit Belkis. « Je vous y ai souvent rencontrés. Toi, l'air heureux de vivre, tu examinais les photographies dans le hall, tu tenais affectueusement le bras de ta femme, et tu la guidais dans la foule, vers la porte qui mène aux balcons. Mais Ruya, elle, cherchait sur les affiches et dans la foule un visage qui pourrait lui ouvrir les portes d'un autre univers. Je devinais qu'elle tentait de déchiffrer le sens secret des visages, quelque part très loin de toi. »

Galip garda le silence.

« À l'entracte, alors que tu lançais des signaux à la vendeuse qui faisait cliqueter une pièce de monnaie sur sa boîte, pour lui acheter le chocolat à la noix de coco ou l'esquimau glacé qui ferait plaisir à ta femme, en bon mari bien sage, satisfait de sa vie, et que tu cherchais de la monnaie dans tes poches, je devinais, moi, que même dans les publicités de balai-brosse ou de presse-citron, qu'elle contemplait, l'air malheureux, sur l'écran, à la morne lumière de la salle, elle cherchait les traces de mystérieux messages qui la mèneraient à une autre contrée. »

Galip continuait à se taire.

« Vers minuit, les gens sortaient du Konak, se pressant moins les uns contre les autres que contre les manteaux et les imperméables des autres, je vous voyais marcher, bras dessus bras dessous, dans la direction de votre maison, en regardant droit devant vous. »

« Finalement, tu as dû nous voir une seule fois au

317

cinéma », dit Galip d'une voix où perçait une vague colère.

« Je vous ai vus, pas une, mais une douzaine de fois au cinéma, plus de soixante fois dans la rue, trois fois au restaurant, six fois dans des boutiques. Et quand je rentrais chez moi, je m'imaginais, tout comme je le faisais quand nous étions des enfants, que la fille qui était avec toi, c'était moi, et non pas Ruya. »

Il y eut un silence. Puis elle reprit la parole alors qu'ils passaient devant le cinéma qu'ils venaient d'évoquer.

« Quand nous étions encore au collège, aux récréations, quand elle riait des histoires que lui racontaient les garçons, qui se mouillaient les cheveux pour se recoiffer avec le peigne qu'ils sortaient de leur poche revolver et qui accrochaient tous leur porte-clés à la ceinture de leur pantalon, je me disais que c'était moi, et non Ruya, que tu suivais de l'œil sans même lever la tête de ton livre posé sur le pupitre. Les matins d'hiver, je me répétais que la fille souriante que je voyais traverser la rue, qui ne regardait même pas autour d'elle, parce que tu étais là pour la guider, c'était moi, et non Ruya. Les samedis après-midi, je vous voyais parfois vous diriger vers l'arrêt des taxis collectifs en direction de la place de Taksim, en compagnie d'un oncle qui vous faisait sourire ; j'imaginais que l'on nous emmenait à Beyoglou, toi et moi. »

« Combien de temps a duré ce jeu ? » demanda Galip en ouvrant la radio.

« Il ne s'agissait pas d'un jeu », dit la femme, sans ralentir. « Je ne vais pas passer par votre rue », ajouta-t-elle.

« Je me souviens de cette chanson », dit Galip, en se tournant vers la rue où il habitait, comme s'il regardait une carte postale représentant une ville lointaine. « C'était Trini Lopez qui la chantait. »

Dans la rue et aux fenêtres de l'appartement, rien n'indiquait le retour de Ruya. Galip éprouva le besoin de faire quelque chose et changea de poste : une voix masculine, affectueuse et polie, parlait des mesures à prendre pour protéger nos granges des mulots.

« Et toi, tu ne t'es jamais mariée ? » dit-il quand la voiture s'engagea dans l'une des rues derrière la place de Nichantache.

« Je suis veuve », dit Belkis. « J'ai perdu mon mari. »

« Je ne me souviens pas du tout de toi à l'école », dit soudain Galip, avec une cruauté sans raison. « Je me souviens d'un autre visage, qui ressemblait au tien : une petite juive timide, très sympathique : Mary Tavachi. Son père était le fabricant des bas Vogue. À la fin de l'année, certains des garçons, et même des professeurs, lui réclamaient des calendriers Vogue, on y voyait des femmes en train d'enfiler leurs bas. Elle les leur apportait, confuse... »

« Nous avons été très heureux, Nihat et moi, durant les premières années de notre mariage », reprit la femme après un silence. « Il était sensible, réservé ; il fumait beaucoup. Le dimanche, il parcourait les journaux et écoutait les retransmissions de matches de football à la radio. Il a essayé de jouer de la flûte, il en avait trouvé une je ne sais où. Il buvait très peu, mais la plupart du temps, son visage était plus triste que ceux des ivrognes les plus pitoyables. Puis il s'est plaint timidement de maux de tête. Nous avons alors appris que, depuis des années, il faisait patiemment pousser une énorme tumeur dans un coin de son cerveau. Tu sais, ces gamins entêtés et silencieux, qui cachent quelque chose dans leur poing, on a beau faire, ils ne l'ouvrent pas. Tout comme eux, il a obstinément protégé cette tumeur dans son cerveau. Tout comme ces gosses, qui ont un petit sourire quand ils finissent par desserrer les doigts pour vous offrir la bille qu'ils cachaient dans leur paume, il m'a lancé un sourire si heureux, quand il est parti pour la salle d'opération. Il y est mort discrètement. »

Dans une rue que Galip n'empruntait jamais, mais qu'il connaissait aussi bien que celle où il habitait, pas très loin de chez la tante Hâlé, ils entrèrent dans un immeuble dont la façade et la porte ressemblaient étrangement à celles de l'immeuble le « Cœur de la Ville ».

« Je sais qu'en mourant, il s'est en quelque sorte vengé de moi », dit la femme, dans le vieil ascenseur. « Tout comme j'étais une copie de Ruya, il avait compris qu'il devait être ta copie à toi. Car certains soirs, quand j'avais bu un peu trop de cognac, je ne pouvais m'empêcher de parler longuement de toi et de Ruya. »

Après un silence, ils entrèrent dans l'appartement et Galip s'assit, au milieu de meubles qui ressemblaient aux siens. « Je me souviens de Nihat, à l'école », dit-il avec crainte, comme s'il voulait s'excuser.

« À ton avis, te ressemblait-il ? »

Galip dut se forcer pour faire surgir deux ou trois scènes du fond de sa mémoire : Nihat et lui, chacun porte à la main un billet signé par leurs parents, pour être exempté de la gym, et le prof les traite de mollassons ; un jour de printemps trop chaud, Nihat et lui se désaltèrent, la bouche collée aux robinets des lavabos, dans les chiottes puantes. Nihat était gros, peu dégourdi, lent, pesant, guère brillant. En dépit de sa bonne volonté, Galip n'arrivait pas à éprouver de la sympathie pour ce garçon qui lui aurait ressemblé et dont il ne se souvenait pas trop.

« C'est vrai », dit-il. « Nous nous ressemblions un peu. »

« Il ne te ressemblait pas du tout », dit Belkis. Ses yeux étincelèrent d'une lueur dangereuse, comme au moment où elle avait pour la première fois attiré son attention. « Il ne te ressemblait pas du tout. Mais nous étions dans la même classe. J'avais réussi à me faire regarder par lui de la même façon que tu regardais Ruya. À l'heure du déjeuner, quand nous étions au milk-bar, Ruya et moi, en train de fumer des cigarettes avec les garçons, je le voyais passer sur le trottoir, lancer un regard soucieux vers le groupe joyeux dont, il le savait, je faisais partie. Durant les tristes soirées d'automne, où il fait noir si tôt, quand je regardais les mornes lumières des immeubles retomber sur les arbres dénudés, je savais qu'il regardait ces arbres, lui aussi, ces arbres en pensant à moi, comme toi, tu pensais à Ruya. »

Quand ils s'installèrent devant la table pour prendre un petit déjeuner, la lumière du soleil pénétrait à flots dans la pièce, entre les rideaux ouverts.

« Je sais combien il est difficile d'être soi-même », dit Belkis, abordant brusquement le sujet, comme le font ceux dont le sujet de réflexion est le même depuis longtemps. « Mais je ne l'ai compris qu'après l'âge de trente ans. Jusque-là, je m'imaginais qu'il s'agissait d'une imitation, ou alors d'une simple jalousie. Dans mes insomnies, allongée sur le dos, je contemplais les ombres au plafond, je désirais tellement être à la place d'une autre ; je me persuadais que je serais capable de me dépouiller de ma peau, comme la main qui ôte son gant, et que je pourrais par la force de mon désir m'introduire dans la peau d'une autre et commencer une vie nouvelle. Il y avait des moments où je souffrais tellement de penser à cette autre femme, de ne pas pouvoir vivre ma propre vie comme elle vivait la sienne, que des larmes coulaient de mes yeux quand je me retrouvais assise seule dans une salle de cinéma, ou quand je contemplais les gens plongés dans leur propre univers, dans la foule d'un marché. »

Songeuse, elle passait et repassait la lame de son couteau sur une fine tranche de pain grillé, comme si elle était en train de la beurrer.

« Au bout de tant d'années, je n'arrive toujours pas à comprendre pourquoi on s'ingénie à vouloir vivre la vie d'un autre, et non la sienne », poursuivit-elle. « Je ne peux pas non plus m'expliquer pourquoi je voulais être à la place de Ruya et non d'une autre. Tout ce que je peux dire, c'est que, pendant de longues années, j'ai cru qu'il s'agissait d'une maladie que je devais tenir secrète. J'avais honte de cette maladie, de mon âme touchée par cette maladie, de mon corps condamné à la porter. Je me disais que ma vie n'était qu'une copie de la "vraie vie", celle que j'aurais dû vivre, une copie pâle, pitoyable dont il fallait avoir honte comme de toutes les copies. À cette époque-là, pour me délivrer de cette détresse, je ne pouvais qu'imiter encore plus mon modèle, mon "original". J'ai même pensé un moment à changer d'école, de quartier ou de milieu, mais je savais que m'éloigner de vous ne servirait qu'à me faire encore plus penser à vous. Les après-midi d'automne, je n'avais envie de rien faire, je passais des heures dans un fauteuil à contempler les gouttes d'eau glissant sur les vitres. Je pensais à vous : à Ruya et à Galip. D'après les indices dont je pouvais disposer, je pensais à ce que Galip et Ruya faisaient à cette même minute. Si bien qu'au bout de deux ou trois heures, je me mettais à croire que celle qui était assise dans ce fauteuil, dans cette pièce sombre, n'était plus moi mais Ruya, et cette idée terrifiante me procurait un plaisir extrême. »

Parce que la jeune femme se levait sans cesse pour aller chercher du thé et du pain grillé dans la cuisine, et parce qu'elle parlait avec un sourire tranquille, comme si elle racontait une drôle d'histoire concernant une connaissance lointaine, Galip pouvait l'écouter sans trop de gêne.

« Cette maladie a duré jusqu'à la mort de mon mari. Elle dure peut-être encore, mais je ne la vis plus comme une maladie. Dans cette période de solitude et de regrets qui a suivi sa mort, j'ai décidé qu'il était impossible d'être soi-même. J'éprouvais de violents remords — ce qui constituait d'ailleurs une autre forme de la même maladie. Je brûlais du désir de revivre tout ce que j'avais vécu durant tant d'années aux côtés de Nihat, de la même façon, mais en étant simplement moi-même. La nuit où je compris que les regrets ne pouvaient qu'empoisonner le restant de mes jours, cette idée bizarre me traversa l'esprit : de même que je n'avais pu être moi-même dans la première partie de ma vie, parce que je voulais être une autre, j'allais en passer la seconde toujours sans être moi-même, parce que je regretterais les années où je n'avais pu l'être. Cette idée m'a paru si comique que ce terrible désespoir, qui semblait être le lot de mon passé et de mon avenir, prit à mes yeux l'aspect d'un destin normal que je partageais avec tous les autres et sur lequel je ne voulais plus m'appesantir. Personne ne peut être soi-même : cette vérité première, que je ne devais jamais plus oublier, je l'avais désormais comprise. Je savais que ce vieillard, remarqué un jour, plongé dans ses soucis, dans la foule qui se pressait à un arrêt d'autobus, conservait encore en lui les fantômes de tous ceux qu'il avait voulu être, bien des années plus tôt. Je savais que cette mère saine, vigoureuse, qui avait mené son enfant dans un parc, un matin d'hiver, pour profiter du soleil, était la victime de l'image d'une autre mère qui, elle aussi, menait son enfant dans un parc. Je savais que les foules mélancoliques qui sortent, l'air songeur, des salles de cinéma, ou qui se pressent dans les rues ou les cafés bruyants, sont, matin et soir, hantées par les fantômes des originaux dont elles voudraient prendre la place. »

Toujours assis devant la table, ils allumèrent une cigarette. La femme continuait à parler et, dans la chambre de plus en plus chaude, Galip sentait une envie de dormir insurmontable et un sentiment de culpabilité que l'on n'éprouve que dans les rêves l'envahir lentement. Il demanda l'autorisation de s'étendre sur un divan, près du radiateur, pour faire un petit somme. Mais Belkis entreprit de lui raconter l'histoire du prince héritier, qui, disait-elle, traitait de « tous ces sujets ».

Oui, il était une fois un prince qui avait découvert le problème le plus important de la vie : pouvoir être soi-même, ou ne pas y parvenir. Mais alors que Galip commençait à imaginer les couleurs de l'histoire, il s'endormit en sentant qu'il devenait un autre, puis un homme qui sombrait dans le sommeil.

CHAPITRE XVIII

Le puits sombre de l'immeuble

> « L'aspect de cette vénérable demeure
> m'a toujours impressionné comme une
> physionomie humaine. »
>
> Nathaniel Hawthorne

Bien des années plus tard, je suis retourné voir l'immeuble, à la tombée du soir. J'étais passé bien souvent par cette rue toujours animée, sur ces trottoirs où, à l'heure du déjeuner, des lycéens débraillés, mais portant cravate, se bousculaient, leur cartable à la main ; où, le soir, se hâtaient les maris rentrant du travail, et les mères au foyer, sorties d'un cinéma ou d'un salon de thé. Mais je n'y étais jamais retourné pour revoir cet immeuble, qui avait autrefois eu tellement d'importance pour moi.

C'était donc un soir d'hiver. Il avait fait sombre très tôt, la fumée qui surgissait des cheminées retombait comme une nuit de brouillard sur cette rue étroite. Il y avait de la lumière à deux étages seulement : la lumière morne, sans âme, de bureaux où l'on travaillait tard. Le reste de la façade était plongé dans l'obscurité. Des rideaux sombres étaient tirés sur ces appartements sombres, aux lampes éteintes, les fenêtres étaient aussi effrayantes et vides que des yeux d'aveugle. Si je comparais l'immeuble avec ce qu'il avait été dans le passé, il offrait une image glaciale, désagréable ; impossible d'imaginer qu'une famille ait autrefois vécu dans ces étages, dans le vacarme d'une affectueuse promiscuité.

J'ai tiré plaisir de cet aspect de délabrement et de déclin du bâtiment, comme si j'y voyais le châtiment de tous ses péchés de jeunesse ; j'ai été pris de ce sentiment, je le sais, parce que je n'avais jamais pu goûter la part de bonheur qui aurait dû me revenir de ces péchés. Je sais aussi que je savourai un certain plaisir de vengeance devant ce spectacle de décrépitude. Mais sur l'instant, je pensai à tout autre chose : qu'étaient donc devenus les mystères que cachait le puits, devenu par la suite puits d'aération, avec tout ce qu'il contenait ?

Je pensais au puits qui se trouvait tout à côté de l'immeuble, ce puits qui me faisait trembler de peur la nuit, et comme moi, tous les enfants charmants, les jolies petites filles et même les adultes, qui emplissaient alors l'immeuble. Tout comme les puits des contes de fées, il grouillait sans aucun doute de chauves-souris, de serpents venimeux, de scorpions et de rats. J'étais convaincu qu'il s'agissait là du puits décrit par Cheik Galip dans son *Husn-u Achk* et de celui dont parle Mevlâna dans son *Mesnevi*. On retrouvait parfois coupée la corde qui retenait les seaux qu'on y plongeait ; on racontait aussi qu'il s'y trouvait, tout au fond, un démon, un nègre de la taille de l'immeuble ! Ne vous approchez surtout pas du puits, les enfants, nous disait-on. Retenu à la taille par une corde, le concierge y était descendu un jour, il était revenu de cette expédition dans l'apesanteur

327

et dans l'infini des ténèbres les larmes aux yeux et les poumons encrassés de goudron de cigarette. Je savais aussi que la gardienne du puits, la sorcière des déserts, évoquée par Cheik Galip, se dissimulait sous l'apparence de la femme au visage lunaire du concierge ; et que le puits était étroitement lié à un secret, enfoui dans les profondeurs de la mémoire des habitants de l'immeuble, un secret dont ils avaient peur, comme d'une faute qui ne saurait être éternellement cachée. Tout comme certains animaux qui recouvrent de terre leurs excréments, dont ils ont honte, les créatures qui vivaient dans l'immeuble finirent par oublier le puits et ses secrets et aussi les souvenirs qui y étaient liés : un beau matin, je venais à peine de sortir d'un cauchemar couleur de nuit, hanté par des visages humains dépourvus d'expression, quand je constatai qu'on était en train de recouvrir le puits. J'ai alors compris, épouvanté, et toujours avec le même sentiment de cauchemar, qu'un puits à l'envers allait s'élever à présent à partir du trou qui portait le nom de puits. Pour parler de ce nouvel espace, qui rapprochait de nos fenêtres le mystère et la mort, on utilisa désormais des termes nouveaux, on l'appela « puits d'aération », et surtout le « trou noir ».

Et en effet, ce volume que les habitants de l'immeuble qualifiaient avec dégoût et tristesse de « trou noir » (sans aucune allusion à l'aération ou à l'éclairage, à la différence des autres habitants d'Istanbul) n'avait pas dès le début servi de puits d'aération. Quand l'immeuble avait été construit, des terrains vagues le flanquaient des deux côtés ; on ne voyait pas encore ces bâtiments hideux qui, par la suite, bordèrent la rue d'une longue muraille crasseuse.

Puis l'un de ces terrains avait été vendu à un promoteur. Très vite, les fenêtres de la cuisine, celles du long couloir et de la petite pièce, utilisée de façon différente selon l'étage (cagibi, lingerie, chambre de bonne, chambre d'enfant, chambre d'amis pauvres, chambre à coucher d'une tante lointaine), qui donnaient jusque-là sur la mosquée, la ligne de tramway, le lycée de jeunes filles, la boutique d'Alâaddine et évidemment sur le puits, se retrouvèrent à trois mètres à peine de distance des fenêtres du nouvel immeuble voisin. Si bien qu'entre les murs de béton ternis par la crasse et les fenêtres des deux bâtiments, qui se reflétaient les unes les autres, en joignant à leur image celle des étages inférieurs, se constitua un volume empli d'une atmosphère lourde, inerte et sombre, qui rappelait la profondeur dans l'infini de l'ancien puits.

Les pigeons eurent vite fait de découvrir ce vide, qui retrouva rapidement son ancienne odeur si désagréable. Entassant leurs inépuisables déchets tout autour des fenêtres, dans des coins que la main humaine ne pouvait ni n'osait atteindre, sur les embrasures qui s'effritaient soudain, tout au long des saillies du béton, dans les coudes des gouttières, se créèrent des lieux convenant à leurs propres odeurs, à leur sécurité et à leur progéniture de plus en plus nombreuse. Les mouettes impertinentes qui sont, dit-on, messagères de catastrophes météorologiques, mais aussi de certaines mauvaises nouvelles moins déterminées, venaient de temps en temps les rejoindre, ainsi que des corbeaux égarés dans la nuit et qui se heurtaient aux fenêtres aveugles, dans ce sombre puits perdu. On découvrait souvent les charognes de ces créatures ailées à moitié dévorées par les rats dans la courette, où l'on avait accès en passant courbé en deux par la petite porte de fer — semblable à celle d'un cachot, et qui grinçait aussi fort qu'une porte de cachot — de la loge du concierge, basse de plafond et sans air. On découvrait bien d'autres choses encore sur ce sol, d'aspect repoussant, couvert d'ordures qu'on n'aurait même pas pu qualifier de fumier : coquilles d'œufs de pigeon que les rats allaient dénicher en se faufilant par les gouttières, bas et chaussettes dépareillés, couteaux et fourchettes malchanceux tombés des nappes fleuries ou des draps sentant encore le sommeil, secoués au-dessus de cet abîme vert-de-gris, mégots, débris de vitre, d'ampoules ou de miroir, ressorts de sommiers rouillés, poupons roses manchots qui s'obstinaient à ouvrir et à refermer tristement leurs paupières aux cils de nylon, pages déchiquetées prudemment en tout petits morceaux de certains journaux ou de magazines susceptibles d'être qualifiés de « subversifs », ballons crevés, culottes d'enfant souillées, fragments terrifiants de photographies, etc.

De temps en temps, brandissant avec dégoût à bout de bras l'un de ces objets, le concierge allait l'exhiber d'un étage à l'autre, mais les habitants de l'immeuble refusaient tous de reconnaître qu'ils étaient propriétaires de ces choses douteuses resurgies de la fange d'un autre univers : « Ce n'est pas à nous », affirmaient-ils. « C'est en bas que tu as trouvé ça ? »

Cet « en bas » représentait une peur qu'ils tentaient de fuir, mais qu'ils n'arrivaient pas à chasser de leur mémoire. Ils en parlaient comme d'une maladie contagieuse, honteuse : le puits d'aération était un cloaque, où ils pouvaient très bien rouler eux-mêmes un jour par mégarde, entre tous ces objets minables que le puits avait engloutis ; un nid de nuisances qui s'était sournoisement introduit parmi eux. De toute évidence, c'était là-dedans que les enfants ramassaient tous ces microbes dont on parlait tellement dans les journaux et qui les frappaient de maladies mystérieuses ; c'était « en bas » qu'ils apprenaient la peur des fantômes et de la mort, dont ils parlaient déjà à leur âge. C'était d'en bas que montaient les odeurs étranges qui s'introduisaient par les interstices des fenêtres et qui envahissaient la maison en même temps que la peur ; c'était même à croire que les emmerdes et la poisse se faufilaient par là ! Les sombres nuages qui s'abattaient sur eux (faillites, endettement, pères désertant le foyer, amours quasi incestueuses, divorces, trahisons, jalousies, décès), semblables aux lourdes émanations bleu marine qui montaient du trou, étaient entièrement liés dans l'esprit de tous à l'histoire du puits. Tout comme des livres dont les pages se confondaient dans leur mémoire parce qu'ils voulaient les oublier.

Dieu merci, il se trouve toujours quelqu'un pour découvrir des trésors en feuilletant ces pages interdites. Les enfants (ah, ces enfants !) frissonnants dans l'obscurité du corridor, dont on n'allumait jamais la lampe pour réduire la consommation d'électricité, se glissaient entre les rideaux soigneusement tirés et, curieux et craintifs, ils collaient leur front aux vitres des fenêtres donnant sur le puits. Les jours où toute la famille allait dîner à l'étage du grand-père, la bonne utilisait le puits d'aération pour annoncer, en criant de toute sa voix, à ceux de l'étage d'en bas et aussi à tous les locataires de l'immeuble voisin, que le dîner était prêt. Les soirs où ils n'y avaient pas été conviés, la mère et le fils, relégués au dernier étage, lançaient de temps en temps un regard par la fenêtre, qu'ils tenaient ouverte, de leur cuisine, pour épier les plats du menu et les intrigues d'en bas. Certaines nuits, un sourd-muet contemplait le fond de la courette, jusqu'au moment où sa vieille mère le surprenait devant la fenêtre. Les jours de pluie, la petite bonne, aussi larmoyante que les gouttières, rêvassait, les yeux fixés sur le puits. Ce que faisait également un certain jeune homme, qui devait plus tard revenir victorieux à l'un de ces étages, abandonnés par une famille en plein déclin incapable de s'y cramponner...

Examinons, nous aussi, et au petit bonheur, les trésors que l'on découvrait de ces fenêtres : derrière les vitres embuées des cuisines, les silhouettes de femmes ou de jeunes filles dont on n'entendait pas la voix ; les mouvements d'un spectre qui faisait ses prières dans la pénombre d'une chambre ; sur une couette, à côté d'un magazine illustré, la jambe d'une vieille femme étendue sur un lit (avec un peu de patience, on pouvait voir une main tourner les pages du magazine, ou gratter la jambe d'un geste paresseux) ; le front appuyé sur la vitre, un jeune homme, décidé à revenir un jour victorieux près du puits perdu, pour résoudre les mystères que tous les habitants de l'immeuble dissimulaient si soigneusement (le même jeune homme, contemplant son visage dans la vitre d'en face, apercevait parfois sur une autre vitre, plus bas, le reflet de la seconde femme de son père, à la beauté si envoûtante, plongée dans la rêverie, elle aussi). Quelques détails encore : ces silhouettes sont encadrées par les têtes et les corps des pigeons tapis dans le noir ; l'atmosphère est d'un bleu marine très foncé ; les rideaux remuent ; dans les pièces, les lumières s'allument pour aussitôt s'éteindre, en laissant derrière elles une trace orangée étincelante dans les réminiscences mélancoliques, mêlées à un sentiment de culpabilité, qui remonteront dans les mémoires quand elles se tourneront vers les mêmes fenêtres et les mêmes images... Nous ne vivons pas longtemps, nous ne voyons pas grand-chose, nous en savons encore moins. Rêvons du moins. Bon dimanche, chers lecteurs.

CHAPITRE XIX

Les signes dans la ville

> « Je crois me rappeler que je me suis
> sentie un peu différente, mais si je ne
> suis pas la même, la question qui se
> pose est la suivante : qui diable puis-je
> bien être ? »
>
> Lewis Carroll

À son réveil, Galip découvrit en face de lui une tout autre femme : Belkis s'était changée, elle portait une jupe vert pétrole qui rappela à Galip qu'il se trouvait dans un lieu qu'il ne connaissait pas, avec une femme qu'il ne connaissait pas. Le visage et les cheveux de Belkis s'étaient entièrement transformés. Elle avait noué ses cheveux en chignon exactement comme Ava Gardner dans *Cinquante-cinq jours à Pékin* et utilisé le rouge à lèvres Supertechnirama du même film. Tout en contemplant le nouveau visage de la femme, Galip se dit que tout le monde le trompait, et depuis longtemps.

Un peu plus tard, il alla prendre son journal dans la poche de son manteau, que la jeune femme avait soigneusement suspendu à un cintre dans le placard ; il l'étala sur la table, à présent débarrassée, toujours

334

avec le même soin, des restes du petit déjeuner, et relut la chronique de Djélâl. Les mots et les syllabes qu'il y avait soulignés lui parurent aussi dépourvus de sens que les notes qu'il y avait ajoutées en marge. Il lui sembla évident que les lettres destinées à découvrir le secret caché dans l'article ne lui fournissaient aucune piste. Du coup, il eut l'impression qu'il n'y avait là aucun secret. Les phrases qu'il relisait semblaient indiquer non seulement ce que disaient les mots, mais bien d'autres choses encore. Dans cette chronique dominicale où Djélâl racontait l'histoire du personnage qui, devenu amnésique, était incapable de livrer à l'humanité l'incroyable découverte qu'il venait de faire, chaque phrase lui paraissait appartenir à une autre histoire, connue de tous, au sujet d'un tout autre cas. Cela était si clair, si évident qu'il n'était même pas nécessaire de choisir certains mots, certaines syllabes, certaines lettres de la chronique pour les disposer d'une autre façon. Et pour comprendre le sens secret, « invisible » de la chronique, il suffisait tout simplement de la relire avec cette conviction. Tant que son regard glissait d'un mot à l'autre, il se persuadait qu'il allait y découvrir non seulement l'endroit où se cachaient Djélâl et Ruya, la signification de ce lieu, mais encore tous les secrets de la ville, et même de la vie ; mais dès qu'il redressait la tête et qu'il apercevait le nouveau visage de Belkis, il perdait son bel optimisme. Pour le conserver, il essaya un bon moment de se contenter de relire l'article encore et encore, sans toutefois réussir à en extraire clairement cette signification secrète qu'il croyait y trouver si facilement. Il se réjouissait de se sentir sur le point d'atteindre la connaissance des secrets de la vie et de l'univers, mais quand il voulait exprimer clairement, syllabe par syllabe, ce qu'il cherchait, c'était le visage de la femme qui l'observait de loin qui surgissait sous ses yeux. Au bout d'un moment, il décida qu'il n'approcherait pas du secret par l'intuition ou la foi, mais par la raison, et il se mit à souligner d'autres mots, d'autres syllabes et à prendre des notes en marge de l'article. Il était très absorbé par ce travail quand Belkis s'approcha de la table.

« C'est la chronique de Djélâl Salik ? » dit-elle. « C'est ton oncle, n'est-ce pas ? Sais-tu pourquoi la nuit dernière, dans le souterrain, son mannequin m'a paru aussi terrifiant ? »

« Je le sais », dit Galip. « Mais c'est le fils de mon oncle. Pas mon oncle. »

« C'est que le mannequin lui ressemblait tellement ! » reprit Belkis. « Quand je me promenais dans le quartier dans l'espoir de vous voir, c'était toujours lui que je rencontrais. Et toujours avec les mêmes vêtements. »

« Il s'agissait bien de son imperméable, il l'a beaucoup porté autrefois », dit Galip.

« Il le porte toujours, et il erre dans le quartier comme un fantôme », dit Belkis. « Ces notes-là, qu'est-ce que c'est ? »

« Ça n'a rien à voir avec l'article », dit Galip en repliant le journal. « C'est l'histoire d'un explorateur polaire qui disparaît. Un autre va à sa recherche, il disparaît à son tour. Le premier disparu, dont le second était venu élucider la disparition, vit en réalité sous un faux nom, dans une ville perdue, oubliée de tous, mais un jour, il y est assassiné. L'homme qui est tué sous ce faux nom... »

Il termina son histoire, mais il comprit qu'il lui

fallait la reprendre à partir du début, et il fut pris d'une profonde irritation contre tous ceux qui l'obligeaient à se répéter. « Il suffit que chacun de nous soit lui-même et il ne sera plus nécessaire de raconter des histoires », avait-il envie de dire. Tout en reprenant son récit, il s'était levé et avait fourré le journal soigneusement replié dans la poche de son vieux manteau.

« Tu t'en vas ? » lui demanda timidement Belkis.

« Je n'ai pas encore terminé mon histoire », lui répliqua-t-il avec colère.

Et alors qu'il la terminait, il eut l'impression que la jeune femme portait un masque. S'il lui arrachait ce masque aux lèvres peintes en rouge Supertechnirama, la signification du visage qui en surgirait pourrait être clairement, nettement déchiffrée, se disait-il, mais quelle devait-elle être ? Il n'arrivait pas à le décider. Comme il le faisait dans son enfance quand l'ennui l'envahissait, il se jouait le jeu « pourquoi existons-nous ? » et, parce que ce jeu, tout comme dans son enfance, il pouvait le jouer en faisant autre chose, il continuait à raconter son histoire. Il se dit alors que Djélâl éveillait autant d'intérêt chez les femmes parce qu'il était capable de raconter une histoire tout en pensant à autre chose. Mais Belkis le regardait, lui, non pas comme une femme en train d'écouter parler Djélâl, mais comme quelqu'un qui n'arrivait pas à cacher la signification de son visage.

« Est-ce que Ruya ne s'inquiète jamais de toi ? » lui dit Belkis.

« Jamais. Combien de fois m'est-il arrivé de rentrer très tard dans la nuit. J'ai dû souvent disparaître des nuits entières parce que je devais m'occuper de militants en cavale, d'escrocs laissant derrière eux des fausses traites, de locataires mystérieusement disparus sans payer leur loyer, de paumés devenus bigames sous une fausse identité. »

« Mais il est midi passé », dit Belkis. « Si j'étais à sa place, si je t'attendais à la maison, je voudrais bien que tu me téléphones. »

« Je n'ai pas envie de téléphoner. »

« Si j'étais celle qui t'attend, moi je serais malade d'inquiétude », reprit Belkis. « Je t'attendrais à la fenêtre, je guetterais la sonnerie du téléphone. Et je serais encore plus malheureuse à l'idée que tu ne cherches même pas à me joindre, bien que me sachant inquiète, malheureuse. Vas-y, téléphone-lui. Dis-lui que tu es ici, chez moi. »

La jeune femme vint poser l'appareil devant lui, comme si elle lui tendait un jouet. Galip téléphona chez lui. Personne ne répondit.

« Il n'y a personne à la maison. »

« Mais où peut-elle bien être ? » dit la femme, plus par jeu que par curiosité.

« Je n'en sais rien », dit Galip.

Il alla reprendre son journal, s'installa à nouveau devant la table pour relire la chronique. Il la lut et relut si longuement que les mots finirent par perdre toute signification et se transformèrent en dessins composés de lettres. Puis il se dit qu'il était lui-même capable d'écrire cet article et qu'il pouvait écrire comme Djélâl. Au bout d'un moment, il alla prendre son manteau dans le placard, l'endossa, découpa la page de la chronique, la replia soigneusement et la fourra dans sa poche.

« Tu t'en vas ? » dit Belkis. « Ne pars pas... »

De la fenêtre d'un taxi qu'il avait eu bien de la peine à trouver, Galip lança un dernier regard vers cette rue si familière ; il avait peur de ne jamais oublier le visage de Belkıs au moment où elle avait insisté pour qu'il ne parte pas. Ce qu'il aurait voulu, lui, c'était que se grave dans sa mémoire l'image de la jeune femme avec un autre visage, avec une autre histoire. Il avait eu envie de s'adresser au chauffeur sur le ton des héros des polars de Ruya, mais il s'était contenté de lui expliquer qu'il désirait se rendre au pont de Galata.

Sur le pont, qu'il franchissait à pied, il fut envahi par le sentiment d'être sur le point de découvrir, dans la foule dominicale, un secret qu'il cherchait depuis des années et dont il venait à peine de réaliser qu'il le cherchait. Comme dans un rêve, il sentait vaguement que cette attente n'était qu'une erreur, et pourtant, ces deux vérités se contredisaient dans sa tête sans le gêner. Il voyait des soldats en permission, des pêcheurs à la ligne, des familles nombreuses qui marchaient très vite pour ne pas rater leur bateau. Eux n'en savaient rien, mais ils vivaient tous dans le secret que Galip s'efforçait de résoudre. Quand Galip y parviendrait, ce père de famille qui se rendait en visite, un bébé dans les bras et son fils chaussé de baskets à ses côtés, cette mère et sa fille dans un autobus, toutes deux coiffées d'un fichu, pourraient alors remarquer la réalité qui déterminait si profondément leur vie depuis des années.

Sur le trottoir du côté de la mer de Marmara, il marchait en observant de près les passants : leurs visages semblaient s'éclairer un bref instant, perdre leur expression usée, épuisée, vieille de tant d'années. Ils lançaient un bref regard à l'homme qui s'approchait d'eux d'un air si résolu, et Galip les fixait dans les yeux, les regardait avec insistance, comme pour lire leur secret sur leur visage.

Les manteaux et les vestes de la plupart étaient usés, râpés et fanés. L'univers était pour eux aussi normal que le trottoir sous leurs pieds ; et pourtant, ils n'étaient pas solidement installés dans ce monde. Tous étaient songeurs, distraits, mais à la moindre provocation, une curiosité enfouie au plus profond de leur mémoire leur rappelait un secret caché dans leur passé et surgissait un bref instant sur le masque figé de leur visage. « Je voudrais tant les déranger », se dit Galip, « leur raconter l'histoire du prince héritier ! » Cette histoire à laquelle il venait de penser était nouvelle pour lui, mais il avait l'impression de l'avoir vécue lui-même, de s'en souvenir.

Sur le pont, la plupart des passants étaient chargés de sacs en plastique débordants d'autres sacs en papier, d'objets en plastique ou en métal, de journaux, de cartons d'emballage que Galip examinait, attentivement, comme s'il n'en avait jamais vu jusque-là, tout en tentant de déchiffrer les mots qui y étaient imprimés. Aussitôt, il sentit que les mots et les lettres sur les sacs étaient autant d'indices désignant l'« autre vérité », la « réalité fondamentale », et l'espoir l'envahit. Mais tout comme les visages qui passaient près de lui ne s'illuminaient qu'un instant pour s'éteindre à nouveau, les mots ou les syllabes qu'il apercevait sur les sacs disparaissaient très vite, les uns après les autres, après avoir brièvement étincelé d'un sens nouveau. Et pourtant Galip continuait à lire : « Crémerie... Atakoy... Turksan... Fruits... Montre de... Palais de... »

Quand il aperçut sur un sac, près d'un vieillard qui pêchait à la ligne, non plus des lettres, mais l'image d'une cigogne, il se dit qu'il était possible de déchiffrer les images aussi bien que les mots. Il remarqua ainsi sur un sac les visages de deux enfants — un garçon et une fille — et de leurs parents, rayonnants de joie et regardant avec espoir le monde autour d'eux. Deux poissons sur un autre sac. Il put encore voir des chaussures, des cartes de la Turquie, des silhouettes de bâtiments, des paquets de cigarettes, des chats noirs, des coqs, des fers à cheval, des minarets, des baklavas, des arbres. De toute évidence, ces images étaient des signaux, mais quel secret indiquaient-elles ? Sur le sac d'une vieille femme qui vendait des graines pour les pigeons, devant la Mosquée-Neuve, il aperçut l'image d'une chouette. Et il comprit aussitôt que cette chouette était celle de la couverture des romans policiers de Ruya, ou une de ses sœurs, qui se cachait là, sournoisement, et il sentit clairement l'existence d'une main mystérieuse, qui tirait toutes les ficelles. Ce qu'il lui fallait découvrir, déchiffrer, c'étaient bien ces combines, ces petits jeux, le sens secret de la vie, mais à part lui, personne ne semblait s'y intéresser. Alors qu'ils étaient tous plongés jusqu'à la gorge dans un secret qu'ils avaient perdu depuis longtemps !

Dans le dessein d'examiner la chouette de près, Galip acheta une pleine assiette de millet à la vieille femme qui ressemblait à une sorcière, et jeta le grain aux pigeons. Une horrible masse noire de pigeons s'abattit sur le millet en se refermant avec bruit comme un parapluie. La chouette sur le sac était bien la même que celle des polars de Ruya ! Un couple qui contemplait avec fierté une petite fille jetant du grain aux oiseaux irrita Galip ; il leur en voulut de ne remarquer ni cette chouette ni cette vérité évidente ni les autres signes, de ne rien voir. Pas la moindre intuition chez cet homme et cette femme. Ils avaient tout oublié. Galip rêva d'être le héros du roman policier qu'il imaginait Ruya en train de lire, en l'attendant à la maison. Le nœud si compliqué qu'il lui fallait trancher se trouvait entre lui et cette main mystérieuse qui réussissait à tout disposer, à tout régler et à demeurer secrète.

Il lui suffit de rencontrer aux abords de la Suleymaniyé un apprenti qui portait dans un cadre la reproduction en perles de verre de cette mosquée pour décider que, tout comme les mots, les lettres et les images sur les sacs, les choses qu'ils racontaient ou désignaient étaient autant de signaux ; le tableau aux couleurs criardes était plus réel que la mosquée elle-même. Non seulement les mots, les images, les tableaux, mais tous les objets qu'il apercevait autour de lui étaient les pions du jeu mené par la main mystérieuse. Dès qu'il le comprit, il décida également que le nom même du quartier de la Porte aux Cachots, dont il parcourait les rues enchevêtrées, avait un sens particulier que personne ne remarquait. Tout comme le joueur qui a patiemment assemblé les éléments d'un puzzle, il se sentait sur le point de tout remettre en place.

Il en avait l'intuition : les sécateurs et les tournevis, les panneaux d'interdiction de se garer, les bidons de sauce tomate, les calendriers sur les murs des gargotes, l'arche byzantine sur laquelle on avait accroché des lettres en plexiglas, les lourds cadenas au bas des rideaux de fer, tout ce qu'il apercevait dans les échoppes de bric et de broc du quartier, sur ses trottoirs défoncés, étaient autant de signaux menant au sens caché. Et il se sentait capable, s'il en avait envie, de déchiffrer ces objets et ces signes tout comme les visages des passants. Devinant que cette paire de tenailles signifiait : « attention » ; les olives dans ce bocal : « patience » ; le chauffeur à la mine réjouie qui figurait sur une publicité pour une marque de pneus : « le but est tout proche », il décida qu'il se rapprochait du sien grâce à son attention et à sa patience. Mais des signes bien plus difficiles à lire grouillaient autour de lui : câbles téléphoniques, publicité pour un spécialiste en circoncision, panneaux de la circulation, paquets de lessive, pelles sans manche, slogans politiques illisibles, glaçons, plaques d'abonnements électriques, flèches indicatrices, bouts de papier blanc... Très bientôt, ils lui seraient peut-être accessibles, mais tout demeurait encore confus, bruyant, harassant. Alors que les héros des romans policiers de Ruya vivaient, eux, dans un univers paisible, serein, environné des indices que leur fournissait l'auteur.

Et pourtant, la mosquée d'Ahi Tchélébi fut pour lui une consolation, le signe d'une histoire intelligible : il y avait de cela bien des années, dans une de ses chroniques, Djélâl avait évoqué un rêve, où il s'était retrouvé dans cette petite mosquée en compagnie du Prophète et de quelques saints hommes. Une chiromancienne, qu'il était allé consulter à Kassime-Pacha pour se faire expliquer ce rêve, lui avait prédit qu'il passerait sa vie à écrire ; il imaginerait et décrirait tant de choses qu'il se souviendrait de toute sa vie comme d'un long voyage, même s'il ne mettait jamais plus le pied dehors. Galip avait découvert bien plus tard que cette chronique avait été inspirée par un passage très connu du *Livre des voyages* d'Evliya Tchélébi.

Ainsi, se dit Galip, alors qu'il passait devant les Halles, cette histoire avait pour moi un certain sens quand je l'ai lue, elle a acquis un sens entièrement différent quand je l'ai relue. Une troisième lecture de cette même chronique, puis une quatrième, devraient donc lui assurer de nouvelles significations, il n'en doutait pas ; même si les histoires que contait Djélâl fournissaient à chaque lecture d'autres indices, elles donnaient à Galip l'impression qu'il se rapprochait d'un certain but, à force de franchir des portes qui s'ouvraient les unes sur les autres, tout comme dans les rébus et les labyrinthes des illustrés pour enfants. Si bien que tout en traversant, songeur, les ruelles sans queue ni tête qui entourent la halle aux fruits et légumes, il eut envie de se retrouver au plus tôt dans un endroit où il pourrait relire toutes les chroniques de son cousin.

À la sortie des Halles, il remarqua sur un trottoir l'étalage d'un chineur : l'homme avait disposé sur un drap toute une série d'objets qui parurent aussitôt envoûtants à Galip. Il était sorti des Halles abruti par le vacarme et les odeurs incroyables qui y régnaient et sans être parvenu à une conclusion. Il y avait sur le drap deux coudes de tuyau de poêle, de vieux disques, une paire de souliers noirs, un socle de lampe, des tenailles désarticulées, un téléphone noir, deux ressorts de sommier, un fume-cigarette orné de nacre, une horloge depuis longtemps arrêtée, de vieux billets de banque russes, un robinet en laiton, un bibelot représentant une déesse avec des flèches sur le dos (Diane ?), un cadre vide, un vieil appareil de radio, deux boutons de porte, un sucrier.

Galip les énuméra en prononçant soigneusement leurs noms et les examina avec attention. Ce qui les rendait si envoûtants, lui semblait-il, ce n'était pas leur nature, mais la façon dont ils étaient disposés. Ces objets qu'on aurait pu retrouver à l'étalage de n'importe quel chiffonnier, le vieil homme les avait disposés quatre par quatre sur quatre rangs, on aurait dit un grand jeu de dames. Il y avait entre ces objets une distance bien calculée comme celle qui sépare des pions, ils ne se touchaient pas ; la simplicité et la rigueur de leur position ne semblaient pas être le fruit du hasard, mais celui d'un plan bien ordonné. Si bien que Galip pensa aussitôt aux tests des manuels de langues étrangères : des illustrations y représentent seize objets, disposés côte à côte, et l'élève leur attribue leurs noms au fur et à mesure qu'il les apprend. Tuyau, disque, téléphone, souliers, tenailles, avait envie de répéter Galip à haute voix, mais il devinait avec effroi que tous ces objets lui indiquaient une signification autre que l'apparente. Il examinait un robinet de laiton, il se disait que cet objet indiquait un robinet, comme dans les manuels, mais il se disait aussitôt, tout ému, que ce robinet indiquait également quelque chose d'autre. Tout comme le téléphone du manuel, le téléphone noir posé sur le drap conduisait certes au concept du téléphone, c'est-à-dire un appareil bien connu qui, une fois fixé à une fiche, vous relie à d'autres voix, dès que vous en tournez le cadran, mais il avait aussi une autre signification qui fit frémir Galip.

Comment pourrait-il pénétrer dans l'univers mystérieux de ces doubles significations et en découvrir le secret ? Il se trouvait sur le seuil de cet univers, il le sentait, il en était heureux, mais il n'arrivait pas à le franchir. Dans les polars de Ruya, au moment où se dénouait l'intrigue, l'univers dissimulé jusque-là sous des voiles superposés s'éclairait, mais au même instant, le premier univers sombrait dans les ténèbres de l'indifférence. Quand, la bouche pleine des pois chiches grillés qu'elle achetait chez Alâad-dine, Ruya s'écriait en pleine nuit : « L'assassin, c'était le major à la retraite, il s'est vengé parce qu'il avait été insulté ! », Galip devinait que sa femme avait oublié tous les détails dont fourmillait le livre, briquets luxueux, majordomes, tables de la salle à manger, tasses de porcelaine, pistolets ; sa mémoire ne retenait que l'univers dont tous ces objets et ces porcelaines indiquaient les sens nouveaux et secrets. Les objets qui permettaient à Ruya et au détective de déboucher sur un monde nouveau à la fin de ces romans, si mal traduits, n'assuraient à présent à Galip que le seul espoir d'y parvenir à son tour. Et dans ce but, il fixa attentivement le visage du chiffonnier qui avait disposé ces mystérieux objets sur le drap, comme s'il avait voulu y glisser un sens caché.

« Combien ce téléphone ? »

« Es-tu acheteur ? » lui dit le chiffonnier, avec prudence, pour se préparer au marchandage.

Cette question inattendue portant sur son identité stupéfia Galip. « Voilà qu'eux aussi voient en moi un signe menant à d'autres pistes ! » se dit-il. Le monde dans lequel il rêvait de pénétrer n'était pas celui-ci, mais l'univers que Djélâl avait créé en y consacrant tant d'années. Il devinait que son cousin s'était bâti au fil des ans, en attribuant des noms aux choses et en racontant des histoires dans ses chroniques, un univers où il se dissimulait et dont il ne livrait la clé à personne. Le visage de l'homme, qui s'était éclairé un bref instant dans l'espoir d'une affaire, était redevenu morne.

346

« À quoi ça sert, ça ? » lui demanda Galip en lui montrant le petit socle de lampe.

« C'est un pied de table », dit le chiffonnier, « mais les gens l'utilisent aussi pour les tringles à rideaux... Ça peut aussi servir de bouton de porte... »

« À présent, je ne vais plus observer que les visages », se dit Galip quand il se retrouva sur le pont Atatürk. Tout comme les points d'interrogation qui se font de plus en plus grands dans les bulles des « comics », l'expression du visage de chaque passant s'inscrivait un bref instant avec éclat dans sa mémoire, puis le visage s'éloignait, avec la question qui s'y lisait, en laissant derrière lui une trace légère. Il lui sembla à un moment pouvoir établir un lien entre le panorama de la ville vue du pont et les diverses significations que gravaient dans son cerveau les visages qui défilaient, mais ce n'était là qu'une illusion. Il était peut-être possible de retrouver sur le visage de ses concitoyens la décrépitude de la cité, ses adversités, sa splendeur perdue, sa mélancolie et ses misères, mais il ne s'agissait là que des traces d'une histoire, d'une défaite, d'une culpabilité collectives et non de celles d'un secret, étalées dans un but précis. Le bleu gris et froid des eaux de la Corne d'Or, qui se couvraient d'écume derrière les remorqueurs, avait viré à un marron redoutable.

Jusqu'à l'instant où il entra dans un café, dans une petite rue derrière le Tunnel, Galip avait remarqué soixante-treize visages. Il s'installa à une table, satisfait de tout ce qu'il avait vu. Il demanda un verre de thé au garçon, puis, d'un geste machinal, il tira de sa poche le journal et se mit à relire la chronique de Djélâl. Les phrases, les mots, les lettres n'avaient plus rien de nouveau pour lui, mais à mesure qu'il les scrutait, il y découvrait certaines idées qui ne lui étaient jamais venues jusque-là ; ces idées étaient bien les siennes, elles ne surgissaient pas de l'article, mais elles se trouvaient bizarrement dans la chronique. Quand il conclut à ce parallélisme entre ses idées et celles de son cousin, il ressentit la sérénité qui l'envahissait quand, enfant, il se croyait capable de bien imiter celui qu'il aurait voulu être.

Sur la table, il y avait une feuille de papier, pliée en forme de cône. Les restes des graines de tournesol sur la table indiquaient qu'un marchand ambulant avait vendu ces graines contenues dans un cornet de papier au client qui avait précédé Galip. Il remarqua ensuite que le cornet était fait d'une page arrachée à un cahier d'écolier. Sur l'envers de la feuille, on pouvait voir l'écriture appliquée d'un enfant : « 6 novembre 1972. Unité 12. Devoir : notre maison. Notre jardin. Dans notre jardin, il y a quatre arbres, deux peupliers, un grand saule, un petit saule. Notre père a construit les murs de notre jardin avec des pierres et du fil de fer. La maison est un abri qui protège les hommes du froid en hiver et de la chaleur en été. La maison nous garde de tous les dangers. Notre maison a une porte, six fenêtres et deux cheminées. » Galip retrouva la maison, le jardin et les arbres dans le dessin exécuté avec des crayons de couleur au-dessous du devoir. Les tuiles du toit avaient été tout d'abord soigneusement dessinées, une par une, puis hâtivement barbouillées de rouge. Galip constata que le nombre de portes, de fenêtres, d'arbres et de cheminées confirmait le texte, ce qui le tranquillisa encore plus.

Toujours avec la même sérénité, il retourna la page et se mit à écrire, très rapidement. Tout comme les mots utilisés par l'enfant, ceux qu'il écrivait entre les lignes indiquaient certains faits réels, il n'en avait pas le moindre doute. C'était comme s'il avait depuis de longues années perdu sa langue et son vocabulaire et qu'il les eût retrouvés grâce à ce devoir. Quand il atteignit le bas de la page où il avait aligné, en tout petits caractères, les indices qu'il avait réunis : « Comme c'était simple, en vérité ! Pour pouvoir être certain que Djélâl pense comme moi, il me faut observer encore plus de visages, voilà tout ! » se dit-il.

Il vida son verre de thé en contemplant les visages autour de lui, puis sortit du café. Dans une ruelle, derrière le lycée de Galata-Saray, il croisa une vieille femme, un fichu sur la tête, qui se parlait à haute voix. Sur le visage d'une petite fille qui sortait d'une épicerie en se faufilant sous le rideau de fer à moitié abaissé, il lut que toutes les existences se ressemblaient. Celui d'une jeune fille aux vêtements fanés, les yeux fixés sur ses souliers aux semelles de caoutchouc qui glissaient sur la neige gelée, montrait qu'elle savait bien ce que signifiait l'inquiétude.

Il entra dans un autre café, s'installa, sortit de sa poche le devoir et se mit à le relire rapidement, comme il avait l'habitude de parcourir les chroniques de Djélâl. Si, à force de lire et de relire ses articles, il réussissait à s'approprier la mémoire de son cousin, il arriverait peut-être à découvrir l'endroit où il se trouvait. Mais pour acquérir cette mémoire, il lui fallait tout d'abord connaître le lieu où était conservé tout ce qu'avait écrit Djélâl. Le devoir qu'il relisait lui avait permis de deviner que ce « musée » était une maison : « Un endroit qui nous garde de tous les dangers. » Plus il lisait le devoir sur « la maison », plus il retrouvait la naïveté de l'enfant qui peut tranquillement nommer toutes les choses autour de lui, et il se sentit sur le point de désigner l'endroit où Ruya et son frère l'attendaient. Chaque fois que cette idée le faisait tressaillir d'enthousiasme, il ne pouvait que noter de nouveaux indices au dos du devoir.

Il avait éliminé certains de ces indices quand il ressortit du café, et en avait fait passer d'autres au premier plan : Ruya et Djélâl ne pouvaient se trouver à l'extérieur de la ville, car Djélâl était incapable de vivre autre part qu'à Istanbul. Il ne pouvait s'agir de la rive d'Asie, car pour Djélâl, elle n'était pas suffisamment chargée d'histoire. Ruya et Djélâl ne pouvaient pas s'être réfugiés chez un ami, car ils n'avaient pas d'amis de ce genre. Ruya ne pouvait pas se trouver chez une amie à elle ; Djélâl ne l'y aurait jamais accompagnée. Ils ne pouvaient pas se trouver dans des chambres d'hôtel, car ils y auraient été privés de leurs souvenirs, et parce qu'un couple — même s'il s'agit d'un frère et d'une sœur — éveille toujours des soupçons dans un hôtel.

Au café suivant, il avait acquis au moins une certitude : il était dans la bonne voie. Il se dirigeait vers la place de Taksim, en passant par les petites rues derrière Beyoglou, il allait tout droit vers Nichantache et Chichli, jusqu'au cœur de son passé. Il se souvint que dans l'une de ses chroniques, Djélâl avait longuement évoqué les chevaux que l'on voit dans les rues d'Istanbul. Il remarqua sur un mur le portrait d'un champion de lutte mort depuis longtemps et dont Djélâl avait souvent parlé. La photo, en noir et blanc, avait été arrachée à quelque vieil exemplaire du magazine *Hayat*, dont les reproductions encadrées ornent les murs de tant de salons de coiffure, de boutiques de légumes et d'ateliers de tailleurs.

Tout en examinant le visage du champion, les poings sur les hanches et la médaille olympique sur la poitrine, qui souriait d'un air modeste, Galip se rappela qu'il était mort dans un accident de la route. Si bien que cette modestie qu'on pouvait lire sur le visage de l'homme se confondit dans son esprit avec cet accident, comme cela arrivait si souvent chez lui, et il en conclut à contrecœur que cet accident était également un signe.

Les coïncidences de ce genre, qui mêlaient les faits et les images pour les transformer en autant d'histoires nouvelles, étaient donc indispensables. Il sortit du café et reprit la direction de la place de Taksim, en passant toujours par des ruelles. « Quand je vois par exemple », se disait-il, « cette vieille rosse à moitié crevée attelée à cette charrette, au bord de l'étroit trottoir de la rue Hasnun-Galip, je ressens le besoin de remonter au souvenir du grand cheval dont je voyais l'image dans l'abécédaire, à l'époque où grand-mère m'apprenait à lire. Ce grand cheval, sous lequel était écrit le mot *cheval*, me rappelle à son tour l'appartement situé au dernier étage de l'immeuble sur l'avenue Techvikiyé, où Djélâl habitait seul à la même date, et qu'il avait meublé en fonction de ses souvenirs. Et alors je me dis que cet appartement est peut-être le symbole de la place que Djélâl a tenue dans ma vie. »

Mais cela faisait des années que Djélâl avait quitté cet appartement. Galip se dit qu'il interprétait peut-être mal les signes et il hésita : il était sûr et certain qu'il finirait par s'égarer dans la ville s'il se mettait à douter de ses intuitions. Ce qui l'empêchait de s'écrouler, c'étaient des histoires, des histoires qu'il aurait à découvrir grâce à son intuition, comme un aveugle arrive à trouver et à identifier les choses à tâtons. Il avait réussi à tenir le coup parce qu'il s'était créé une histoire, de toutes pièces, avec les signes qu'il avait pu rencontrer dans cette ville, au cours des trois jours qu'il y errait, en collant son nez sur toutes les apparences. Et le monde autour de lui et les gens, eux aussi, arrivaient à se maintenir grâce aux histoires, il en était également certain.

Quand il entra dans un nouveau café, il se sentit capable d'examiner sa situation avec le même optimisme. Les mots avec lesquels il avait énuméré les indices lui parurent aussi simples et compréhensibles que les mots du devoir, au recto de la page. À l'autre bout du café, sur un téléviseur en noir et blanc, on voyait des types jouer au football sur un terrain couvert de neige. Le ballon et les limites tracées au charbon dans la boue étaient noirs. À part les clients qui jouaient aux cartes sur les tables de bois nu, tout le monde regardait ce ballon noir.

Il sortit du café et se dit que le secret qu'il tentait de percer devait être aussi dépouillé, aussi simple que ce match en noir et blanc. La seule chose à faire, c'était de continuer à marcher jusqu'à l'endroit où le mèneraient ses pas, tout en observant les images et les visages. Il y avait un tas de cafés à Istanbul, on aurait pu parcourir la ville en entrant dans un café tous les deux cents mètres.

Aux abords de la place de Taksim, il se retrouva soudain parmi une foule de spectateurs qui sortaient d'un cinéma. Les visages des gens qui descendaient les marches de l'escalier bras dessus bras dessous, ou les mains dans les poches, ou qui fixaient le sol devant eux d'un regard distrait, étaient si lourds de sens que Galip se dit que le cauchemar qu'il était en train de vivre était une histoire vraiment sans importance. Sur tous ces visages se lisait la sérénité de ceux qui oublient leurs malheurs parce qu'ils sont entièrement plongés dans une histoire : ces gens-là étaient tout à la fois là, dans cette rue minable, et là-bas, au cœur de l'histoire dans laquelle ils avaient aussitôt voulu s'installer. Leur mémoire, depuis longtemps vidée par les défaites et les soucis, s'était à présent emplie d'une histoire compliquée qui leur faisait oublier toutes leurs tristesses et leurs souvenirs. « Eux arrivent à se persuader qu'ils sont un autre ! » se dit Galip avec nostalgie. Il eut envie un instant d'aller voir le film que la foule venait de contempler, pour se perdre dans une histoire, lui aussi, et devenir un autre. Mais ces gens qui se dispersaient dans les rues, il les voyait déjà retourner à l'univers écœurant des choses mille fois rabâchées, tout en regardant les vitrines dépourvues de tout intérêt. « Ils lâchent déjà prise ! » se dit Galip.

Alors que, pour pouvoir devenir un autre, on devait utiliser toutes ses forces... Au moment où il atteignit la place, il se sentit extrêmement résolu, capable de mettre en branle toute sa volonté dans ce but. « Je suis devenu un autre ! » se dit-il. C'était là un sentiment très agréable ; il avait l'impression que non seulement le trottoir couvert de glace sous ses pieds, et la place entourée de panneaux de publicité pour Coca-Cola ou pour des marques de conserves, mais aussi sa propre personnalité, en étaient entièrement transformés. Il était même possible d'imaginer qu'on pouvait changer le monde à force de se répéter la même phrase, mais il était inutile d'aller si loin. « Je suis un autre ! » se répéta-t-il. Et il sentit s'élever en lui, comme une vie nouvelle, une musique chargée

353

des souvenirs et des tristesses de cet autre qu'il ne voulait pas nommer. Et dans cette musique, la place de Taksim, l'un des centres principaux de la géographie de son existence, se transforma peu à peu, avec ses autobus qui la parcouraient, pareils à de gigantesques dindes, ses trolleybus qui se déplaçaient avec lenteur, comme des langoustes indécises ; avec ses coins et ses recoins décidés à demeurer toujours plongés dans la pénombre, elle se métamorphosa, elle devint une place « moderne », maquillée et bariolée, dans un pays ruiné, ayant perdu tout espoir, une place où Galip posait le pied pour la première fois de sa vie. Le monument de la République, entièrement couvert de neige, les larges escaliers de temple grec qui ne menaient nulle part, et l'Opéra, que Galip avait pu voir dix ans plus tôt brûler à grandes flammes avec une certaine satisfaction, purent ainsi devenir les fragments réels du pays imaginaire qu'ils prétendaient annoncer. Dans les files d'attente affolées qui se pressaient devant les arrêts d'autobus, parmi tous ceux qui se bousculaient pour monter dans les véhicules, Galip ne put remarquer un seul visage mystérieux ; il ne vit pas un seul sac de plastique susceptible de lui fournir quelque indice d'un autre univers dissimulé sous de multiples voiles.

Il marcha ainsi jusqu'à Nichantache, en passant par Harbiyé, sans plus ressentir le besoin d'entrer dans des cafés pour y déchiffrer des visages. Beaucoup plus tard, quand il serait certain d'avoir découvert l'endroit qu'il avait tant cherché, et qu'il s'efforcerait de se souvenir de l'identité qu'il avait alors adoptée tout au long du chemin, il serait pris de doutes : « Même alors, je n'avais pas réussi à me persuader vraiment que j'étais moi-même Djélâl ! » se dirait-il, quand il se retrouverait devant les coupures de journaux, les cahiers et les vieux articles, qui éclairciraient tout le passé de son cousin ; « c'est qu'à cette époque, je n'avais pu me reléguer entièrement à l'arrière-plan ». Il avait regardé tout ce qui l'entourait avec la mentalité du voyageur qui a raté son avion, et qui doit passer une demi-journée dans une ville qu'il n'aurait, sinon, jamais eu l'idée de visiter : le monument à Atatürk rappelait qu'il s'agissait d'un militaire ayant joué un rôle important dans l'histoire du pays ; sur les trottoirs couverts de neige, les foules devant les cinémas scintillants de lumières signifiaient que, le dimanche après-midi, les gens essayaient de tromper leur ennui avec les rêves d'autres pays ; derrière les vitrines de leurs boutiques, les marchands de sandwiches et de *beurek*, le couteau à la main, les yeux fixés sur les trottoirs, étaient autant d'allusions au fait que les illusions et les souvenirs douloureux finissaient par disparaître sous les cendres ; sur le boulevard, les arbres sombres et nus, devenus encore plus sombre avec le soir, symbolisaient la tristesse qui s'était abattue sur tout le pays. « Que peut-on bien faire dans cette ville, bon Dieu, dans cette rue, à cette heure ? » s'était murmuré Galip, mais il savait que ce cri, il l'avait emprunté à un vieil article de Djélâl qu'il avait découpé et conservé.

La nuit était tombée quand il atteignit Nichantache. L'atmosphère des soirs d'hiver, aux heures où des bouchons se forment dans la ville, où se combinent les gaz d'échappement des voitures et les fumées qui s'élèvent des cheminées des immeubles, imprégnait les trottoirs étroits. Galip aspira avec satisfaction cette odeur qui lui brûlait la gorge et qui, à son avis, était bizarrement propre à ce quartier. Au coin de la place, le désir d'être un autre l'envahit avec une force telle qu'il eut l'impression de voir pour la première fois, comme autant de choses nouvelles, différentes, les façades des maisons, les vitrines des magasins, les panneaux des banques, les lettres de néon, qu'il avait pourtant contemplés des milliers et des milliers de fois. Un sentiment de légèreté et d'aventure, qui transformait subitement le quartier où il vivait depuis tant d'années, s'empara de lui, comme s'il ne devait jamais plus l'abandonner.

Au lieu de traverser et de rentrer chez lui, Galip s'engagea à droite, dans l'avenue Techvikiyé. Le sentiment qui l'avait à présent entièrement envahi le rendait si heureux, les possibilités que lui offrait la personnalité qu'il avait endossée étaient si séduisantes qu'il dévorait des yeux ces images devenues nouvelles avec l'avidité du malade quittant l'hôpital après avoir vécu des années durant entre les mêmes quatre murs. « La vitrine de cette crémerie, devant laquelle je passe chaque jour depuis des années, ressemblait donc à une vitrine de bijoutier brillamment éclairée, et je ne l'avais jamais remarqué ! Et comme cette avenue est étroite, et ces trottoirs défoncés ! » avait-il envie de se répéter.

Quand il était gamin, il se plaisait à abandonner derrière lui son corps et son esprit, pour observer de l'extérieur le nouveau « lui » qu'il devenait ainsi. Et, tout comme il suivait alors dans son imagination le parcours de celui dont il avait adopté la personnalité, il se dit : « Il se trouve en ce moment devant la Banque Ottomane, à présent il passe devant le " Cœur de la Ville ", où il a habité tant d'années avec son père, sa mère, son grand-père, sa grand-mère, il ne tourne même pas la tête vers l'immeuble. À présent il s'arrête devant la pharmacie, il regarde la vitrine ; le fils de l'infirmière qui venait faire des piqûres à domicile est assis derrière la caisse. Maintenant il passe sans la moindre appréhension devant le commissariat. Puis il contemple avec affection, comme s'il regardait de vieux amis, les mannequins disposés entre les machines Singer. À présent, du pas décidé des gens qui savent où ils vont, il se dirige vers un secret, vers le foyer d'un complot minutieusement élaboré depuis des années... »

Après avoir traversé et suivi d'un bout à l'autre l'avenue dans l'autre sens, il traversa à nouveau et marcha jusqu'à la mosquée, en passant devant les balcons, les panneaux publicitaires et les rares tilleuls. Puis, toujours sur le même trottoir, il redescendit l'avenue. Il s'arrêtait chaque fois un peu plus haut ou un peu plus bas, pour revenir sur ses pas, élargissant ainsi son terrain d'investigation, il observait attentivement certains détails, que son autre malheureuse personnalité ne lui avait pas permis jusque-là de remarquer, et il les gravait dans un coin de sa mémoire : il y avait un couteau à cran d'arrêt dans la vitrine de la boutique d'Alâaddine, entre les piles de vieux journaux, les pistolets pour enfants et les boîtes de bas nylon ; le panneau « Direction obligatoire », qui était censé indiquer l'avenue Techvikiyé, était tourné vers le « Cœur de la Ville » ; les bouts de pain rassis abandonnés sur le muret de la mosquée avaient moisi, malgré le froid ; les slogans politiques tracés près de la porte du lycée de jeunes filles comportaient certains mots à double sens ; et c'était encore le « Cœur de la Ville » que fixait Atatürk, à travers la vitre grise de poussière de sa photo accrochée au mur, dans l'une des classes dont les lampes étaient restées allumées ; et dans la vitrine du fleuriste, une main mystérieuse avait piqué de minuscules épingles de nourrice aux boutons de roses. Jusqu'aux mannequins à la fière allure, derrière les vitres d'un nouveau magasin de vêtements de cuir, qui tournaient leurs visages vers le « Cœur de la Ville », vers l'appartement au dernier étage où avait vécu Djélâl autrefois et où s'étaient installés par la suite Ruya et ses parents.

Et tout comme eux, Galip contempla longuement le dernier étage de l'immeuble. Quand il se sentit devenu, tout comme les mannequins, une copie de personnages imaginés dans d'autres pays, et des héros, qui ne s'en laissaient pas conter, des romans policiers traduits qu'il ne lisait jamais, mais dont il avait si souvent entendu parler par Ruya, l'idée que Djélâl et sa sœur pouvaient très bien se trouver à l'étage que lui désignaient les mannequins de leur regard lui parut logique. Il s'éloigna aussitôt de l'immeuble, comme s'il prenait la fuite, et se remit à marcher vers la mosquée.

Mais il dut pour cela user de toute son énergie, comme si ses pieds refusaient de lui obéir, comme s'ils voulaient pénétrer au plus tôt dans le « Cœur de la Ville », gravir au pas de course les marches si familières de l'escalier pour le mener au dernier étage, entrer dans l'appartement, dans un lieu sombre et inquiétant, pour découvrir il ne savait quoi. Galip se refusait à évoquer cette image, mais plus il se forçait à s'éloigner de l'immeuble, plus il sentait que ses jambes le ramenaient à toutes les réponses lourdes de sens que lui indiquaient depuis tant d'années ces trottoirs, ces magasins, ces lettres sur les panneaux de publicité ou de circulation. Et quand il comprit qu'ils étaient là, l'intuition d'un malheur, l'angoisse l'envahirent entièrement. Quand il atteignit le coin de la rue et la boutique d'Alâaddine, il ne savait plus si cette peur s'accentuait parce qu'il était tout près du commissariat ou parce qu'il avait remarqué que le panneau « Direction obligatoire » ne désignait plus le « Cœur de la Ville ». Sa fatigue, la confusion de son esprit étaient si grandes qu'il lui fallait s'asseoir pour réfléchir un peu.

Il s'installa dans la vieille buvette, au coin de l'arrêt des taxis collectifs Techvikiyé-Emineunu, commanda du *beurek* et du thé. Quoi de plus normal pour Djélâl, si attaché à son passé, à sa mémoire défaillante, que de louer ou d'acheter l'appartement où il avait passé son enfance et sa jeunesse ? Alors que ceux qui, autrefois, l'avaient forcé à s'en éloigner croupissaient, parce qu'ils n'avaient plus d'argent, dans un vieil appartement poussiéreux, dans une rue écartée, il était ainsi revenu, victorieux, aux lieux d'où il avait été chassé. Le fait d'avoir dissimulé cette revanche à toute la famille, à l'exception de Ruya, l'art avec lequel il avait su brouiller toutes les pistes alors qu'il habitait sur l'avenue même, semblèrent à Galip convenir au caractère de Djélâl.

Dans les minutes qui suivirent, Galip consacra toute son attention à une famille qui venait d'entrer dans la buvette : le père, la mère, les enfants — un garçon et une fille — pour un dîner sommaire, à la sortie de la séance de cinéma du dimanche après-midi. Les parents avaient l'âge de Galip. De temps en temps, le père se plongeait dans la lecture du journal qu'il avait sorti de sa poche. La mère, elle, tentait de calmer avec des froncements de sourcils les querelles des enfants, quand elles devenaient trop bruyantes. Ses mains faisaient sans cesse la navette entre la table et son sac, d'où elle retirait, avec la rapidité et l'adresse du prestidigitateur qui fait surgir de son chapeau les objets les plus hétéroclites, toutes sortes de choses : un mouchoir pour le garçon dont le nez coulait, une pilule rouge qu'elle déposait dans la paume du père, une barrette pour les cheveux de la fille, un briquet pour la cigarette du père qui était en train de lire la chronique de Djélâl, le même mouchoir pour le garçon et ainsi de suite.

Au moment où Galip avalait sa dernière bouchée et vidait son verre de thé, il avait réalisé que le père avait été son condisciple au collège et au lycée. Et quand il le lui rappela, s'arrêtant impulsivement alors qu'il se dirigeait vers la porte, il remarqua sur le cou et la joue droite de l'homme les cicatrices de terribles brûlures. Il se rappela aussi que la femme avait été une élève bavarde et débrouillarde, dans la même classe que Ruya et lui, au lycée Chichli-Terakki. Alors que les adultes conversaient ainsi et que les enfants en profitaient pour régler leur différend, tout au long du processus d'évocation du passé et de questions sur le présent, ils en vinrent naturellement à parler avec beaucoup d'affection de Ruya, composante du couple symétrique. Galip leur expliqua qu'ils n'avaient pas d'enfants, que Ruya l'attendait à la maison en lisant des romans policiers, qu'ils avaient l'intention d'aller au Konak, qu'il était allé acheter des billets pour la séance du soir et qu'il avait rencontré dans la rue une autre élève de la même classe, Belkis, une fille de taille moyenne, aux cheveux châtains...

« Il n'y a jamais eu de Belkis dans notre classe ! »

protestèrent l'homme et la femme, aussi fades l'un que l'autre, sur un ton tranchant et insipide comme eux ; il leur arrivait souvent de feuilleter les annuaires scolaires reliés, pour évoquer tous leurs camarades, avec les souvenirs et les anecdotes liés à chacun d'eux, voilà pourquoi ils étaient si sûrs de ce qu'ils affirmaient.

Galip sortit de la buvette et se retrouva dans le froid, il se mit à marcher très vite vers la place de Nichantache. Il avait décidé que Djélâl et Ruya se rendraient au Konak pour la séance de dix-neuf heures quinze du dimanche soir. Il courut vers le cinéma, mais ils ne se trouvaient ni sur le trottoir ni dans le hall d'entrée. Il les y attendit un long moment et remarqua la photographie de l'actrice qu'il avait vue dans le film de la veille ; et à nouveau, le désir de se trouver à la place de cette femme s'éveilla en lui.

Il était tard quand il se retrouva une fois de plus en face du « Cœur de la Ville », après avoir fait un long détour en contemplant les magasins et en lisant les visages des passants tout au long des trottoirs. La lumière bleuâtre de la télévision, qui se reflète chaque soir à huit heures dans toutes les fenêtres, étincelait sur les façades de la rue, sauf dans le « Cœur de la Ville ». Galip examina avec attention les fenêtres sombres et distingua un bout de tissu bleu marine au balcon du dernier étage. Trente ans plus tôt, quand toute la famille habitait là, un morceau de tissu du même bleu marine constituait un signal destiné au marchand d'eau potable. L'homme qui distribuait les bidons d'eau, dont il chargeait sa charrette tirée par un cheval, comprenait ainsi à quel étage on manquait d'eau.

Décidant qu'il s'agissait encore d'un signal, Galip imagina plusieurs interprétations : Djélâl pouvait très bien lui signifier par là la présence de Ruya. Ou encore, Djélâl retournait ainsi avec nostalgie à certains détails de son passé. Vers huit heures et demie, Galip quitta son poste sur le trottoir et rentra chez lui.

Les lumières du salon aux vieux meubles où autrefois — et il ne s'agissait pas d'un passé bien ancien — ils s'installaient, Ruya et lui, avec des journaux et des livres, une cigarette à la main, dégageaient une foule de souvenirs insuportables, et d'une tristesse également insupportable, comme ces photos de paradis perdus banalisées par les journaux. Rien n'indiquait que Ruya y fût revenue ; pas la moindre trace de son passage. Les mêmes odeurs, les mêmes ombres y accueillaient avec mélancolie l'homme épuisé revenu au foyer conjugal. Galip abandonna les meubles silencieux sous les lumières nostalgiques et franchit le couloir sombre pour entrer dans la chambre à coucher plongée dans l'obscurité. Il ôta son manteau et se jeta sur le lit qu'il retrouva à tâtons. Les lumières du salon, celles des lampadaires dans la rue, qui pénétraient par la fenêtre du couloir, dessinaient des silhouettes démoniaques au mince visage sur le plafond de la chambre.

Quand il se leva bien plus tard, Galip savait très bien ce qu'il allait faire. Il lut le programme de la télévision dans le journal, puis les heures des séances, qui ne changeaient d'ailleurs jamais, des cinémas des environs et les films qu'on y donnait ; il relut une dernière fois la chronique de Djélâl, puis il ouvrit le réfrigérateur pour y prendre quelques olives et du fromage blanc où apparaissaient quelques moisissures, et mangea le tout avec du pain rassis. Il fourra ensuite quelques journaux dans une grande enveloppe qu'il découvrit dans l'armoire de Ruya, écrivit le nom de Djélâl sur l'enveloppe. À dix heures et quart, il avait quitté la maison et repris son attente en face du « Cœur de la Ville », un peu plus loin cette fois.

Au bout d'un moment, il vit les lampes de l'escalier s'allumer, et le vieux concierge de l'immeuble, Ismaïl, qui entreprit de vider dans une poubelle, au pied du grand châtaignier, les sacs d'ordures qu'il transportait de l'intérieur. Galip traversa la rue.

« Salut, Ismaïl éfendi. Je suis venu vous laisser cette enveloppe pour Djélâl. »

« Mais c'est Galip ! » dit l'homme, avec la joie et la légère hésitation du directeur de lycée qui rencontre un ancien élève, après bien des années. « Mais Djélâl n'est pas là ! » ajouta-t-il.

« Je sais qu'il est là, mais je ne le dis à personne », dit Galip tout en pénétrant dans l'immeuble d'un pas décidé. « N'en parle surtout pas à qui que ce soit, toi non plus ! Tu remettras cette enveloppe à Ismaïl éfendi, voilà tout ce qu'il m'a dit ! »

Galip descendit les marches de l'escalier où régnait depuis toujours la même odeur de gaz et d'huile brûlée et entra dans la loge. Installée toujours dans le même fauteuil, la femme d'Ismaïl, Kamer, regardait la télé, posée sur l'étagère où autrefois se trouvait la radio.

« Kamer, c'est moi ! »

« Aah ! » s'écria la femme. Elle se leva ; ils s'embrassèrent. « Vous nous aviez oubliés ! »

« Jamais de la vie ! » dit Galip.

363

« Je vous vois tous passer devant l'immeuble, mais vous ne venez jamais nous voir ! »

« J'ai apporté ça pour Djélâl », lui dit Galip en lui montrant l'enveloppe.

« C'est Ismaïl qui te l'a dit ? »

« Non, c'est Djélâl lui-même. Je sais, moi, qu'il habite ici. Mais n'en parlez surtout à personne ! »

« On n'y peut rien, nous autres, nous ne devons en parler à personne », dit la femme. « Il nous l'a tellement recommandé ! »

« Je sais bien », dit Galip. « Sont-ils là-haut à présent ? »

« Nous n'en savons jamais rien. Il arrive en pleine nuit, quand nous dormons déjà. Et il quitte l'immeuble toujours quand nous dormons. Nous ne le voyons jamais, et nous n'entendons que sa voix, on ne le voit jamais en personne. Nous montons chercher ses ordures, nous lui laissons le journal. Il y a des fois où les journaux restent là, sous la porte, pendant des jours. »

« Je ne vais pas monter », dit Galip.

Faisant mine de chercher un endroit où poser l'enveloppe, il examina la loge : la table, couverte de la même toile cirée à carreaux bleus ; les mêmes rideaux fanés, qui dissimulaient les jambes des passants sur le trottoir et les roues couvertes de boue des voitures ; la boîte à couture, le sucrier, le réchaud à gaz, le radiateur rouillé... Il aperçut la clé accrochée comme autrefois à un clou près de l'étagère, au-dessus du radiateur. La femme avait repris sa place dans son fauteuil.

« Je vais te faire du thé. Installe-toi là, au bord du lit. » Elle louchait vers la télévision. « Que fait madame Ruya ? Pourquoi n'avez-vous pas encore d'enfant ? »

Une jeune fille qui, de loin, rappelait Ruya apparut sur l'écran que la femme, à présent, regardait franchement. Un teint très blanc, des cheveux en désordre, à la couleur indéfinissable ; son regard faussement enfantin était dépourvu d'expression, elle se passait un bâton de rouge sur les lèvres avec ravissement.

« Elle est jolie », dit Galip sans élever la voix.

« Madame Ruya est bien plus belle ! » dit Kamer, à voix basse, elle aussi.

Tous deux contemplèrent la fille avec respect, avec une admiration presque craintive. D'un geste preste, Galip s'empara de la clé, la fourra dans sa poche, à côté du devoir d'écolier où il avait noté tous les indices. La femme n'avait rien remarqué.

« Où voulez-vous que je la mette, cette enveloppe ? »

« Donne-la-moi », dit Kamer.

Par la petite fenêtre qui donnait sur la rue, Galip put voir Ismaïl éfendi rentrer dans l'immeuble avec ses poubelles vides. Quand l'ascenseur se mit en marche, ce qui fit pâlir les lumières et brouilla un instant l'image sur l'écran, Galip prit congé.

Il gravit les marches du petit escalier et se dirigea vers la porte d'entrée, il l'ouvrit sans la franchir et la laissa se refermer bruyamment. Ensuite, il retourna vers le grand escalier, monta deux étages sur la pointe des pieds, saisi d'une émotion qu'il ne parvenait pas à maîtriser. Il s'assit sur le palier, entre le deuxième et le troisième étage, attendant le retour d'Ismaïl éfendi qui rapportait les poubelles vides aux étages supérieurs. Les lumières de l'escalier s'éteignirent un instant. « La minuterie est automatique », se murmura Galip, en réfléchissant sur le qualificatif qu'il avait utilisé, et qui évoquait pour lui les contrées lointaines et mystérieuses de son enfance. Les lampes se rallumèrent. L'ascenseur redescendit avec le concierge, et Galip se remit à gravir très lentement les marches. Sur la porte de l'appartement où il avait vécu autrefois avec ses parents, une plaque de laiton indiquait le nom d'un avocat. Sur celle de l'appartement de ses grands-parents, il put lire le nom d'un gynécologue. Il y avait une poubelle vide sur le palier.

Aucune indication, en revanche, sur la porte de Djélâl. Galip appuya sur la sonnette avec l'aisance de l'employé du gaz venu présenter sa quittance. Quand il sonna à nouveau, les lampes s'éteignirent dans l'escalier. Aucune lumière ne filtrait sous la porte. Il sonna une troisième, puis une quatrième fois, tout en cherchant la clé dans le puits perdu de sa poche, il l'y découvrit, mais continua à sonner. « Ils se cachent dans l'une des pièces, dans le salon », se dit-il ; « ils attendent sans faire de bruit, installés dans les fauteuils, face à face. » Il n'arriva pas tout de suite à introduire la clé dans la serrure, et en concluait déjà que ce n'était pas la bonne, mais tout comme une mémoire qui confond tous ses souvenirs peut brusquement, en un éclair de lucidité, découvrir à la fois sa propre stupidité et le chaos de l'univers, la clé pénétra dans la serrure ; avec un sentiment stupéfiant de symétrie et de bonheur, il vit la porte s'ouvrir sur un appartement plongé dans l'obscurité et, presque aussitôt, il entendit sonner le téléphone.

DEUXIÈME PARTIE

La maison fantôme

> « Il se sentit triste comme une maison démeublée. »
>
> Flaubert

Le téléphone s'était mis à sonner trois ou quatre secondes après l'ouverture de la porte, mais Galip s'affola à l'idée qu'un lien mécanique unissait la sonnerie et la porte, tout comme les impitoyables mugissements des alarmes dans les films de gangsters. Alors que le téléphone sonnait pour la troisième fois, Galip, persuadé qu'il allait se heurter à Djélâl, tentait de parvenir jusqu'à l'appareil dans le noir. À la quatrième sonnerie, il décida qu'il n'y avait personne dans l'appartement, mais à la cinquième, qu'il y avait sûrement quelqu'un, car on n'insiste pas si longuement au téléphone si l'on n'est pas certain que la maison n'est pas vide. À la cinquième sonnerie, il s'efforçait de reconstituer la topographie de l'appartement fantôme où il était entré pour la dernière fois quinze ans plus tôt ; il cherchait à tâtons les interrupteurs, et il s'étonna de rencontrer un meuble sur son chemin : il courut vers la sonnerie, dans le noir le plus complet, il se heurta à des meubles, en renversa quel-

369

ques-uns. Quand, après bien des recherches, il finit par trouver l'appareil, son corps avait instinctivement découvert un fauteuil et s'y était installé.

« Allô ? »

« Vous avez donc fini par rentrer ! » lui dit une voix inconnue.

« Oui... »

« Djélâl bey, cela fait des jours et des jours que je vous cherche. Je vous prie de m'excuser de vous déranger à cette heure tardive, mais il faut absolument que je vous voie, et au plus tôt. »

« Je n'ai pas reconnu votre voix... »

« Nous nous étions rencontrés, il y a bien longtemps, à un bal à l'occasion de la fête de la République. Je m'étais présenté à vous, Djélâl bey, mais vous ne vous souvenez probablement pas de moi. Au cours des années qui suivirent ce bal, je vous ai adressé deux lettres, signées de pseudonymes que j'ai moi-même oubliés. Dans l'une de ces lettres, je vous parlais d'une explication plausible du mystère qui entoure la mort du sultan Abdulhamit. Dans l'autre, il était question de cette machination qu'on désigne sous le nom du " crime de la malle ", crime qui aurait été commis par certains étudiants de l'Université. Je faisais allusion dans cette lettre au rôle joué par un agent secret qui disparut par la suite ; là-dessus vous aviez enquêté sur cette affaire, vous l'aviez résolue, avec votre profonde intelligence, et vous en aviez longuement parlé dans certaines de vos chroniques. »

« Oui. »

« En ce moment, j'ai un autre dossier, là devant moi. »

« Déposez-le au journal. »

« Je sais que vous n'y allez plus depuis longtemps.

En outre, j'ignore jusqu'à quel point je peux me fier aux gens de la rédaction, sur ce sujet si brûlant et si actuel. »

« Bon, dans ce cas, déposez-le chez mon concierge. »

« Mais je ne connais pas votre adresse. Aux PTT, les Renseignements ne fournissent pas l'adresse correspondant à un numéro. Et vous êtes peut-être inscrit sous un faux nom dans l'annuaire : on n'y trouve aucune indication au nom de Djélâl Salik. J'y ai bien découvert un Djélâleddine Roumi, mais il doit s'agir d'un nom de plume. »

« La personne qui vous a fourni ce numéro ne vous a-t-elle pas donné mon adresse ? »

« Non. »

« Comment avez-vous obtenu mon numéro de téléphone ? »

« Par un ami commun. Je vous expliquerai quand nous nous verrons. Cela fait des jours que je suis à votre recherche. J'ai essayé tous les moyens imaginables. J'ai téléphoné à vos proches. J'ai parlé avec votre tante, qui a l'air de beaucoup vous aimer. Je me suis rendu dans certains coins d'Istanbul qui vous sont chers, j'ai parcouru les rues de Kassime-Pacha et de Djihanguir, je suis allé au Konak, dans l'espoir de vous y rencontrer. C'est ainsi que j'ai appris qu'une équipe de la télévision anglaise, installée au Péra-Palace, avait l'intention de préparer une émission sur vous, ils vous cherchent partout, eux aussi. Êtes-vous au courant ? »

« De quoi traite le dossier en question ? »

« Je ne veux pas vous le révéler au téléphone. Donnez-moi votre adresse, il n'est pas encore bien tard,

371

et j'arriverai sur-le-champ. Vous habitez bien à Nichantache ? »

« Oui », dit Galip avec sang-froid. « Mais ce genre de sujets ne m'intéressent plus. »

« Que voulez-vous dire ? »

« Si vous me lisiez avec attention, vous auriez compris que ces sujets-là ne m'inspirent plus aucun intérêt. »

« Mais pas du tout, il s'agit d'un sujet qui vous intéressera et que vous traiterez dans vos articles. Vous pourrez même en parler aux gens de la télévision anglaise... Donnez-moi votre adresse. »

« Excuse-moi, mon vieux », dit Galip avec une bonne humeur qui le surprit lui-même. « Mais je ne fréquente plus les amateurs de littérature. »

Il reposa l'écouteur très calmement, tendit automatiquement le bras, et sa main découvrit l'interrupteur de la lampe de bureau tout à côté sur la table. L'étonnement et la crainte qui s'emparèrent de lui quand une pâle lumière orangée envahit la pièce, Galip devait les qualifier de « mirage » quand il y penserait plus tard.

La pièce était exactement la même que lorsque y vivait Djélâl, jeune journaliste, célibataire, vingt-cinq ans plus tôt. L'emplacement de tous les meubles, des rideaux, des lampes, leurs couleurs, leurs ombres et leurs odeurs étaient les mêmes. À croire que certains meubles, qui lui paraissaient neufs, imitaient certains des meubles d'autrefois, pour jouer un mauvais tour à Galip, pour lui faire croire qu'il n'avait jamais vécu ce quart de siècle. Mais quand il les examina de plus près, Galip se sentit sur le point de conclure que les meubles ne cherchaient pas à l'abuser, que le temps qu'il avait vécu depuis son enfance s'était brusquement évanoui, comme par enchantement, pour disparaître à jamais. Les meubles qui avaient soudain surgi de l'obscurité inquiétante n'étaient pas neufs ; s'ils lui avaient donné l'illusion du neuf, c'était parce qu'ils avaient brusquement resurgi devant lui, au bout de tant d'années, sous l'aspect qu'ils présentaient quand il les avait vus pour la dernière fois et qu'il avait oublié, alors que lui les imaginait usés, cassés, comme ses propres souvenirs ; disparus peut-être. Comme si les vieilles tables, les rideaux fanés, les cendriers sales, les fauteuils fatigués avaient refusé de se soumettre aux aventures et au destin que leur imposaient la vie et les souvenirs de Galip ; il se dit qu'un certain jour (celui où l'oncle Mélih, sa femme et sa fille étaient arrivés d'Izmir et s'étaient installés dans l'immeuble), les meubles s'étaient rebellés contre le destin qui avait été imaginé pour eux, et avaient cherché et trouvé le moyen de réaliser leur univers à eux. Une fois de plus, Galip comprit avec terreur que tous les meubles, tous les objets avaient été disposés dans l'appartement exactement comme ils l'étaient vingt-cinq ans plus tôt, quand Djélâl, jeune journaliste, y habitait avec sa mère.

La même table de noyer aux pattes de griffon, à la même place par rapport à la fenêtre aux mêmes rideaux vert pétrole, le fauteuil recouvert du même tissu de la Sumerbank (vingt-cinq ans s'étaient écoulés, mais les mêmes lévriers déchaînés y poursuivaient avec la même ardeur d'infortunées gazelles dans une forêt au feuillage violet) ; sur le dossier du fauteuil, la même tache (graisse, cheveux, brillantine...) rappelait toujours une silhouette humaine ; à l'intérieur d'une vitrine poussiéreuse, dans un plat de cuivre, le setter, surgi des films anglais, contemplait

373

avec la même patience le même univers ; les montres arrêtées, les tasses, les ciseaux à ongles disposés sur les radiateurs : ils étaient tous là, tels que Galip les avaient laissés un jour dans cette même lumière orangée pour ne plus jamais y penser. « Nous nous contentons d'oublier certaines choses. Pour d'autres, nous ne nous rappelons même pas les avoir oubliées. Ce sont celles-là qu'il faut nous efforcer de retrouver ! » avait écrit Djélâl dans une de ses chroniques les plus récentes. Galip s'en souvenait bien : quand les parents de Ruya étaient venus s'installer dans cet appartement et en avaient éloigné Djélâl, ces meubles avaient peu à peu changé de place, ils avaient vieilli, ils avaient été réparés, puis ils avaient fini par sombrer dans l'inconnu en ne laissant aucune trace dans les mémoires. Quand la sonnerie retentit à nouveau, il se pencha du vieux fauteuil où il s'était assis sans ôter son manteau vers l'appareil qui lui semblait si familier, sans penser à ce qu'il faisait, certain qu'il était de pouvoir imiter la voix de Djélâl.

C'était encore la même voix au téléphone. Sur la prière de Galip, l'homme se présenta, non plus par l'intermédiaire de souvenirs communs, mais déclina ses nom et prénom : Mahir Ikindji. Chez Galip, ces deux mots n'évoquèrent aucun visage, aucun personnage.

« Ils préparent un coup d'État. Il s'agit d'une petite organisation à l'intérieur de l'armée. Une association intégriste, une sorte de confrérie. Ils croient à l'arrivée du Messie. Ils croient que les temps sont venus. De plus, ils vont passer à l'action en se basant sur vos articles. »

« Je ne me suis jamais intéressé à ce genre d'idioties. »

« Oh que si, Djélâl bey, oh que si ! Si tu ne t'en souviens plus, c'est parce que tu perds la mémoire, comme tu l'as avoué dans tes articles, ou alors parce que tu as changé d'opinions. Tu ne veux pas t'en souvenir. Revois donc tes anciennes chroniques, relis-les, cela te rendra la mémoire. »

« Je ne me rappellerai rien du tout. »

« Mais si ! Car, tel que je te connais, tu n'es pas homme à te prélasser dans ton fauteuil à l'annonce d'un putsch militaire. »

« Oui, je ne suis pas ce genre d'homme. Et même plus rien du tout. »

« Je viens te retrouver sur-le-champ. Je vais te remettre en mémoire ton passé, les souvenirs que tu as perdus. Tu finiras par me donner raison et tu te consacreras entièrement à l'affaire. »

« Je voudrais bien, mais je ne peux pas te voir. »

« Je viens te voir, moi. »

« Si tu réussis à découvrir mon adresse. Je ne sors plus de chez moi. »

« Écoute-moi : dans l'annuaire d'Istanbul se trouvent les téléphones de trois cent dix mille abonnés. Étant donné que j'ai une idée du premier chiffre, je suis capable de vérifier cinq mille numéros par heure. Ce qui signifie que d'ici cinq jours tout au plus, je pourrai découvrir ton adresse et le nom sous lequel tu te caches, et que je suis très curieux de connaître. »

« Tu vas te donner bien de la peine pour rien ! » dit Galip en simulant l'assurance. « Mon numéro ne se trouve pas dans l'annuaire. »

« Tu adores les pseudonymes. Cela fait des années que je lis tout ce que tu écris ; tu as toujours adoré les noms de plume, les subterfuges, tous les trucs qu'on peut employer pour se faire passer pour un

375

autre. Au lieu de faire une demande pour ne pas figurer dans l'annuaire, tu as dû t'amuser à t'inventer un nouveau pseudonyme. J'ai déjà essayé certains surnoms que tu aimais bien, j'ai vérifié certaines de mes suppositions. »

« Lesquelles ? »

L'homme les énuméra. Galip reposa l'écouteur sur l'appareil, tira la fiche et se dit que tous les noms qu'il venait d'entendre allaient s'effacer de sa mémoire sans y laisser la moindre trace. Il sortit le dessin d'écolier de sa poche et les y nota. Le fait qu'un lecteur suivait et se rappelait encore mieux que lui tout ce qu'écrivait Djélâl lui parut si étrange, si surprenant que son corps lui sembla perdre sa réalité. Il se devina capable de s'attacher comme à un frère à ce lecteur si attentif, quoiqu'il lui inspirât de l'antipathie. S'il avait pu discuter avec cet homme des anciennes chroniques de Djélâl, le fauteuil dans lequel il était assis, cette pièce si irréelle auraient peut-être acquis un sens plus profond.

Avant l'arrivée de Ruya et de ses parents, quand, à l'âge de six ans, il montait à l'étage de Djélâl en cachette de son père et de sa mère — qui n'appréciaient guère ces visites — le dimanche après-midi, à l'heure où les autres membres de la famille écoutaient tous ensemble la retransmission du match à la radio (jusqu'à Vassif qui hochait la tête en faisant semblant d'entendre), c'était dans ce même fauteuil qu'il s'installait pour observer avec admiration la vitesse à laquelle Djélâl, une cigarette aux lèvres, rédigeait sur sa machine à écrire la suite d'un feuilleton sur les grands champions de lutte, que le grand spécialiste en la matière avait interrompu sur un coup de tête. Durant les froides soirées d'hiver, à l'époque où Djélâl n'avait pas encore dû quitter cet appartement et où ils y habitaient tous ensemble, lui, l'oncle Mélih, sa femme et sa fille, et alors que Galip y montait avec la permission de ses parents, moins pour écouter les souvenirs africains de l'oncle Mélih que pour contempler tante Suzan et Ruya — il commençait à peine à découvrir qu'elle était aussi incroyablement belle que sa mère —, c'était encore dans ce fauteuil qu'il s'asseyait, juste en face de Djélâl qui, par sa mimique, se gaussait des anecdotes de son père. Dans les mois suivants, quand Djélâl disparut brusquement et que les discussions entre le père de Galip et l'oncle Mélih faisaient sans cesse pleurer la grand-mère, tandis qu'ils se disputaient tous, en bas, dans l'appartement des grands-parents pour des histoires de propriété et de parts et d'étages, l'un d'eux disait alors : « Vous devriez envoyer les enfants là-haut », et ils se retrouvaient tous les deux entre ces meubles silencieux. Ruya s'asseyait au bord de ce fauteuil, ses pieds ne touchaient pas encore le plancher, et Galip la contemplait avec vénération. Cela se passait vingt-cinq ans plus tôt.

Il resta longtemps assis dans le fauteuil, silencieux. Puis, dans l'espoir de découvrir quelque indice qui le mènerait à l'endroit où Ruya et son frère se cachaient, il entreprit de fouiller systématiquement les autres pièces de la maison fantôme que Djélâl avait recréée pour retrouver ses propres souvenirs d'enfance et de jeunesse. Deux heures plus tard, après avoir erré dans les pièces et les couloirs, examiné avec soin le contenu des armoires et des placards, moins à la façon du mari détective malgré lui, lancé sur la piste de sa femme disparue, que comme l'amateur, éperdu d'amour et de respect, qui parcourt le premier musée consacré à l'objet de sa passion, il était parvenu aux conclusions suivantes :

À en juger par les deux tasses posées sur l'étagère que Galip avait renversée quand il s'était précipité dans le noir vers le téléphone, il arrivait à Djélâl de recevoir des visites. Mais les tasses de fine porcelaine s'étant brisées, il ne lui avait pas été possible d'en déduire quoi que ce soit en goûtant la fine couche de marc qui s'y était desséché (Ruya buvait toujours son café très sucré). Selon la date du plus ancien des *Milliyet* glissés sous la porte, Djélâl se trouvait dans l'appartement le jour de la disparition de Ruya. La chronique parue ce jour-là, intitulée « Le jour où se retireront les eaux du Bosphore », dont les coquilles avaient été corrigées avec un crayon à bille vert, de l'écriture toujours nerveuse de Djélâl, avait été posée à côté de la vieille Remington. Dans l'armoire de la chambre à coucher et dans celle du couloir à côté de la porte d'entrée, rien n'indiquait que Djélâl fût parti en voyage ou qu'il eût quitté la maison pour un certain temps. Du pyjama à rayures bleues des stocks de l'armée à une paire de souliers où la boue n'avait pas encore séché, du manteau bleu marine qu'il portait très souvent en cette saison, à ses gilets d'hiver et à ses innombrables sous-vêtements (dans l'une de ses chroniques anciennes, Djélâl prétendait que les hommes qui ont vécu dans la gêne durant leur enfance et leur jeunesse, et deviennent riches à un certain âge, sont tous frappés de la même maladie : la manie d'acheter des caleçons et des maillots de corps en telle quantité qu'ils n'en utilisent jamais la majeure partie), jusqu'aux chaussettes sales dans le sac à linge, la maison était celle d'un homme pouvant rentrer à tout instant, pour y reprendre aussitôt sa vie quotidienne.

Il était sans doute difficile de déduire à partir de détails tels que les draps ou les serviettes, la part de reconstitution de l'ancien décor, mais, de toute évidence, le principe de « maison fantôme » appliqué dans la salle de séjour l'avait été également dans les autres pièces de l'appartement. Ainsi, on retrouvait les murs d'un bleu enfantin de l'ancienne chambre de Ruya, la carcasse (une copie ?) du lit sur lequel la mère de Djélâl avait l'habitude d'entasser son matériel de couturière, les patrons, les tissus importés d'Europe que les belles dames de Nichantache ou de Chichli lui confiaient en y joignant un modèle ou une photographie. Si les odeurs — cela se comprenait aisément — se sont accumulées dans certains lieux, avec leur charge de vieilles évocations, pour répéter le passé, elles doivent être associées à un détail visuel qui les complète. Galip avait compris que les odeurs n'existent que grâce aux objets qui les entourent ; ainsi, ce mélange de parfum des savonnettes Puro d'autrefois qui lui montait au nez quand il s'approchait du beau divan où dormait alors Ruya, et d'eau de toilette Yorgui Tomatis, introuvable aujourd'hui, qu'utilisait l'oncle Mélih. Mais on ne retrouvait pas dans cette chambre la commode où s'entassaient les livres illustrés qu'on envoyait à Izmir pour Ruya, achetés à Beyoglou ou dans la boutique d'Alâaddine, les poupées, les épingles à cheveux, les bonbons, les crayons et les albums à colorier ; on n'y voyait pas non plus les savonnettes qui répandaient toujours le même parfum autour du lit de Ruya, ni les imitations des eaux de toilette Pe-Re-Ja, ni les chewing-gums à la menthe.

Il était bien difficile d'établir, à partir de ce décor fantôme, la fréquence des visites de Djélâl ou le temps qu'il y passait. Mais on pouvait penser que le nombre de mégots de Yeni-Harman et de Guélindjik, dans les vieux cendriers qui semblaient disposés au hasard çà et là, la netteté de la vaisselle dans les placards de la cuisine, la fraîcheur de la pâte dentifrice dans le tube Ipana laissé ouvert et impitoyablement étranglé, avec la rage qui avait inspiré l'article de Djélâl, écrit bien des années plus tôt, où il s'en prenait à cette marque, constituaient les éléments essentiels et constamment contrôlés de ce musée, entretenu avec une attention et un soin quasi maladifs. On pouvait aller encore plus loin et se dire que même la poussière accumulée au fond des luminaires, même les ombres qui traversaient cette poussière et allaient se refléter sur les murs aux couleurs fanées, et jusqu'aux images des déserts de l'Asie centrale ou des forêts d'Afrique que les formes de ces ombres éveillaient vingt-cinq ans plus tôt dans l'imagination de deux enfants d'Istanbul, tout comme les fantômes et les silhouettes terrifiantes des fouines et des loups dans les histoires de sorcières et de démons que leur racontaient leur grand-mère ou leurs tantes, constituaient des fragments de l'incomparable reconstitution qui avait été effectuée dans ce musée (Galip ressassait cette idée, ému au point qu'il avait de la peine à avaler sa salive). Voilà pourquoi il était impossible de calculer combien de temps cet appartement avait été habité, à partir des minuscules traînées d'eau devant la porte du balcon, qui n'avait pas été bien refermée, ou des moutons de poussière grise et soyeuse qui serpentaient le long des murs, ou du grincement des lattes du parquet dilatées sous l'effet de la chaleur dégagée par les vieux radiateurs. L'horloge pompeuse accrochée en face de la porte de la cuisine, et qui, comme se plaisait à répéter tante Hâlé, était la même exactement que celle qui tictaquait et sonnait gaiement les heures chez Djevdet bey [1], du temps de sa splendeur, semblait avoir été arrêtée volontairement, à une heure précise — indiquait-elle une mort ? —, comme le sont toutes les pendules dans tous les musées consacrés à Atatürk dans divers coins du pays, et qui témoignent toutes de la même fidélité maladive. Mais les neuf heures et les trente-cinq minutes indiquées par l'horloge étaient-elles les neuf heures trente-cinq du matin ou du soir, et quelle mort pouvaient-elles bien commémorer, Galip ne pensa pas à se poser la question.

Le poids fantomatique du passé, le sentiment de tristesse et de rancune que dégagent les vieux meubles, vendus parce qu'il n'y a plus de place pour eux dans la maison, et qui s'en vont vers on ne sait quels horizons lointains et vers l'oubli, en bringuebalant au rythme de la charrette du brocanteur, s'abattirent sur lui, au point qu'il en perdit tous ses moyens. Bien plus tard seulement, Galip passa dans le couloir, dans l'intention de fouiller, pour examiner les paperasses qui l'emplissaient, le seul meuble nouveau qu'il avait remarqué dans la maison, la bibliothèque de bois d'orme vitrée, qui occupait tout le mur entre le cabinet et la cuisine. Et voici ce qu'il y découvrit, après de brèves recherches, le tout rangé sur les étagères avec un soin maniaque :

Coupures de certains reportages, de certains faits divers, datant de l'époque où Djélâl était un jeune

---

1. Personnage d'un autre roman de l'auteur. *(N.d.T.)*

reporter ; coupures de tous les articles parlant de Djélâl, en bien ou en mal ; toutes les chroniques, tous les articles publiés par Djélâl sous des noms d'emprunt ; toutes les chroniques publiées sous son nom ; coupures de tous les « Incroyable mais vrai », « La clé de vos songes », « Autrefois, aujourd'hui », « Votre caractère par votre signature », « Votre visage, votre personnalité », mots croisés, devinettes et autres sujets du même genre, traités autrefois par Djélâl ; coupures de toutes les interviews accordées par Djélâl ; brouillons d'articles n'ayant pas paru pour diverses raisons ; notes personnelles ; dizaines de milliers de coupures d'articles, de photographies qu'il avait conservées au cours des années ; cahiers où il avait noté des rêves ou des rêveries ; détails « à ne pas oublier » ; lettres de lecteurs, par milliers, classées dans des boîtes de fruits secs ou de marrons glacés, ou encore dans des cartons à chaussures ; coupures de divers feuilletons rédigés en entier ou en partie par Djélâl, sous des pseudonymes ; doubles des centaines de lettres de Djélâl à ses lecteurs ; centaines de brochures, de magazines, de livres bizarres, d'annuaires des grandes écoles ou de l'École militaire ; boîtes bourrées de photographies découpées dans des journaux ou des illustrés ; photos porno ; photos d'insectes ou d'animaux étranges ; deux grands cartons pleins d'articles sur les houroufis et la science des lettres ; vieux tickets de matches de football, d'autobus, de cinéma, gribouillés de signes, de lettres, de symboles ; photographies collées sur des albums ; photographies en vrac ; prix décernés par les associations de journalistes ; billets de banque de la Russie tsariste, monnaies turques n'ayant plus cours ; carnets d'adresses et de numéros de téléphone...

Galip découvrit trois autres carnets d'adresses et retourna s'asseoir dans le fauteuil de la salle de séjour pour en lire soigneusement chaque page. Après des recherches qui durèrent quarante-cinq minutes, il conclut que toutes les personnes citées dans les carnets avaient joué un rôle dans la vie de Djélâl au cours des années 1950-1960 ; que leurs maisons avaient très probablement été démolies pour la plupart et que ces gens-là avaient dû changer d'adresse, et qu'il était donc impossible de retrouver Djélâl et Ruya grâce à ces numéros de téléphone. Après avoir rapidement examiné le bric-à-brac sur les étagères, il entreprit de lire les chroniques de Djélâl datant du début des années soixante-dix et les lettres qu'il avait reçues de ses lecteurs durant la même période, dans l'espoir d'y rencontrer la lettre que ce Mahir Ikindji affirmait avoir envoyée au sujet du « crime de la malle » et les chroniques de Djélâl sur le même sujet.

Galip s'était lui-même intéressé à cet assassinat politique, baptisé « le crime de la malle » par les journaux, parce qu'il avait connu certains des protagonistes de cette affaire, quand il était lycéen. Djélâl s'y était intéressé, lui, parce que dans un pays où, affirmait-il, tout était plagiat, quelques jeunes gens doués d'imagination et regroupés dans une fraction politique avaient, certainement sans s'en rendre compte, reproduit un roman de Dostoïevski (*Les Possédés*) jusque dans ses moindres détails. Tout en feuilletant des lettres de lecteurs datées de cette époque, Galip tentait de se souvenir des deux ou trois soirées où Djélâl lui avait parlé de ce meurtre. C'était une période sombre, froide et triste, qui était oubliée, à présent, et qu'il fallait oublier. Ruya était alors mariée avec ce « brave garçon » envers lequel Galip hésitait entre le respect et le mépris, si bien qu'il finissait par oublier son nom. Quand, se laissant emporter par une curiosité qui, à chaque fois, lui faisait ensuite regretter son intérêt, Galip prêtait l'oreille aux racontars ou tentait de se renseigner sur le couple, c'était toujours des nouvelles politiques qui lui parvenaient, bien plus que des détails qui lui auraient permis de décider si les jeunes mariés étaient heureux ou malheureux... Une nuit d'hiver, alors que Vassif était tranquillement occupé à nourrir ses poissons japonais (des *wakin* et des *watonai*, aux queues frangées, abâtardis par les unions consanguines) et que la tante Hâlé faisait les mots croisés du *Milliyet*, un œil sur la télévision, la grand-mère était morte, les yeux fixés sur le plafond froid de la froide pièce voisine. Vêtue d'un manteau fané, la tête couverte d'un fichu encore plus fané, Ruya était venue seule à l'enterrement (C'est bien mieux ainsi, avait déclaré l'oncle Mélih, qui ne cachait pas la haine que lui inspirait ce gendre aux origines provinciales, exprimant ainsi ouvertement l'opinion secrète de Galip), puis elle avait aussitôt disparu. Dans les jours qui suivirent l'enterrement, un soir où la famille s'était retrouvée à l'un des étages de l'immeuble, Djélâl avait demandé à Galip ce qu'il savait, lui, au sujet du crime de la malle, mais il n'avait pu obtenir de réponse à la question qui l'intéressait le plus : de tous les jeunes gens passionnés de politique que Galip avait connus, un seul avait-il lu le roman de l'écrivain russe ?

« Car tous les crimes sont des imitations, comme tous les livres. Voilà bien pourquoi je ne publierai jamais de livre sous mon nom », avait dit Djélâl ce soir-là. Et le lendemain soir, dans l'appartement de la défunte, où toute la famille s'était à nouveau rassemblée, quand ils s'étaient retrouvés en tête à tête, Galip et lui, tard dans la nuit, il était revenu sur le même sujet : « Mais les crimes les plus sordides présentent toujours quelque particularité qu'on ne retrouve pas dans les livres, même les plus mauvais », avait-il dit. Et dans un syllogisme qui, dans les années qui suivirent, devait procurer à Galip le goût d'une aventure chaque fois qu'il y penserait, Djélâl poursuivit le cheminement de sa pensée : « Ce qui est donc entièrement plagiat, ce ne sont pas les crimes, mais les livres. Les crimes qui imitent les livres, parce qu'ils deviennent copie d'une autre copie, chose qui nous est si chère, et les livres qui racontent des crimes, s'adressent les uns comme les autres à un sentiment qui se retrouve chez chacun de nous. L'homme ne peut abattre sa massue sur le crâne de sa victime que s'il peut se mettre à la place d'un autre (car personne ne peut en effet supporter de se voir en assassin). La créativité naît la plupart du temps de la colère, de cette colère qui fait tout oublier, mais la colère ne peut nous faire passer à l'action que par l'intermédiaire des méthodes que nous ont enseignées les autres : les couteaux, les pistolets, les poisons, les techniques littéraires, les formes du roman, les rimes, etc. L'assassin "issu du peuple" qui déclare : "Je n'avais plus ma tête à moi, monsieur le juge !" exprime cette vérité bien connue. Le meurtre est quelque chose que vous enseignent les autres, dans tous ses détails, avec toutes ses traditions ; on l'apprend dans les légendes, les contes, les mémoires, les journaux, en un mot dans la littérature. Le crime le plus élémentaire, l'homicide involontaire, par exemple, commis sous l'effet de la jalousie, est une imitation inconsciente, une copie de la littérature. Et si je faisais un article là-dessus, qu'en penses-tu ? » Mais il ne l'avait jamais écrit.

Bien après minuit, alors que Galip continuait à lire les vieilles chroniques trouvées dans la bibliothèque, les lampes du salon pâlirent peu à peu, tout comme des lustres éclairant un rideau de théâtre, puis le moteur du réfrigérateur poussa un gémissement mélancolique, avec la lassitude d'un camion trop chargé qui change de vitesse en remontant une côte raide et couverte de boue, et l'appartement fut plongé dans le noir. Comme tous les habitants d'Istanbul accoutumés à ces coupures, Galip se dit que le courant reviendrait bientôt et resta un long moment immobile dans son fauteuil, ses dossiers remplis de coupures de journaux sur les genoux. Il écoutait les bruits de l'immeuble, oubliés depuis tant d'années, le ronronnement des radiateurs, le silence des murs, les craquements des lattes du plancher, les gémissements des robinets et des conduites d'eau, le tic-tac étouffé d'une pendule dont il avait oublié l'emplacement, et le grondement inquiétant du puits d'aération. Il était très tard sans doute quand il se rendit à tâtons dans la chambre à coucher. Il se déshabilla et, tandis qu'il enfilait le pyjama de Djélâl, il pensa à l'histoire de l'infortuné écrivain qu'il avait entendue la veille dans la boîte de nuit, à ce personnage qui s'étendait dans le noir sur le lit vide et silencieux d'un autre. Il se coucha, mais ne put s'endormir aussitôt.

CHAPITRE II

N'arrivez-vous pas à dormir ?

« Le rêve est une seconde vie. »
Gérard de Nerval

Vous vous êtes mis au lit. Vous vous êtes installé entre des meubles et des objets qui vous sont familiers, entre vos draps et vos couvertures imprégnés de votre odeur et de vos souvenirs ; votre tête a retrouvé le moelleux coutumier de votre oreiller, vous vous êtes couché sur le côté ; vos jambes une fois ramenées vers votre ventre, vous courbez la tête, la taie toute fraîche de votre oreiller vous rafraîchit la joue ; très bientôt, vous vous endormirez, et vous oublierez tout dans le noir, tout.

Vous allez tout oublier : le pouvoir impitoyable de vos supérieurs, leurs paroles inconsidérées, leur bêtise, le travail que vous n'avez pu terminer, l'incompréhension, la déloyauté, l'injustice, l'indifférence, et ceux qui lancent contre vous des accusations et ceux qui sont sur le point de le faire, vos soucis d'argent, le temps qui passe trop vite, le temps qui ne se décide pas à passer, tout ce et tous ceux que vous ne reverrez plus, votre solitude, votre honte, vos défaites, vos infortunes, votre état si pitoyable, très bientôt vous aurez tout oublié. Et vous êtes heureux parce que vous allez tout oublier. Vous attendez.

Et avec vous, les meubles autour de vous attendent aussi, les armoires, si ordinaires, si familières, plongées dans le noir ou dans la pénombre, les tiroirs, les tables, les étagères, les chaises, les rideaux tirés, les vêtements que vous venez d'ôter, votre paquet de cigarettes, votre portefeuille et votre boîte d'allumettes dans la poche de votre veste, votre montre. Ils attendent, eux aussi.

Et au cours de cette attente, vous entendez les bruits coutumiers de la rue, d'une voiture qui passe sur les pavés, familiers eux aussi, et sur les flaques d'eau au bord du trottoir, une porte qui claque quelque part dans les environs, le moteur du vieux réfrigérateur, des chiens qui aboient au loin, la corne de brume qui vient de la mer, le rideau de fer d'une crémerie, brusquement abaissé. Avec le sommeil et les rêves qu'ils évoquent, ces bruits chargés de souvenirs qui débouchent sur le nouveau monde de l'oubli bienheureux vous rappellent que, très bientôt, vous allez tous les oublier, jusqu'aux meubles autour de vous, jusqu'à votre lit qui vous est si cher, et que vous allez glisser dans un autre univers. Vous êtes prêt.

Vous êtes prêt. On dirait que vous avez pris vos distances par rapport à votre corps, à vos hanches, à vos jambes, dont vous êtes si satisfait, même par rapport à vos bras, à vos mains, encore plus proches de vous. Vous êtes prêt, vous êtes si heureux d'être prêt que vous n'éprouvez plus le besoin de l'aide de ces prolongements de votre corps, vous savez, alors que vos yeux se ferment, que vous les oublierez eux aussi.

Sous vos paupières closes, vous savez qu'il a suffi

d'un faible mouvement musculaire pour que vos prunelles s'éloignent de la lumière. Certains que tout va bien, grâce à ce qu'évoquent ces odeurs et ces bruits familiers, vos yeux semblent vous communiquer, non plus la lumière presque imperceptible qui règne dans la pièce, mais les mille couleurs d'une lumière aussi éclatante qu'un feu d'artifice, qui embrase votre esprit de plus en plus détendu, et qui glisse de plus en plus dans la sérénité ; vous contemplez les taches et les éclairs bleus, les brumes et les coupoles violettes, les vagues bleu foncé tremblotantes, les ombres des cascades mauves, le balancement des laves violettes qui surgissent d'une bouche de volcan, le bleu de Prusse des étoiles étincelantes et silencieuses. Les formes et les couleurs se répètent, disparaissent, reparaissent, se transforment lentement, elles font apparaître certaines scènes oubliées, d'autres qui n'ont jamais eu lieu, des souvenirs réels ou imaginaires, vous vous émerveillez des mille couleurs qui se bousculent dans votre esprit.

Et pourtant, vous n'arrivez toujours pas à vous endormir.

N'est-il pas encore trop tôt pour vous avouer cette évidence ? Remémorez-vous ce que vous pensez les soirs où vous vous endormez paisiblement. Ne pensez surtout pas à ce que vous avez fait aujourd'hui, ni à ce que vous comptez faire demain ; évoquez plutôt des souvenirs agréables qui vous mèneront à l'oubli dans le sommeil : eux ont attendu votre retour et vous finissez par leur revenir, et ils en sont si heureux ! Ou alors, non, vous ne retournez pas vers eux, vous vous trouvez dans un train qui file entre des poteaux couverts de neige, avec à vos côtés, dans un sac, tout ce que vous aimez le plus ; ou encore, vous

389

prononcez à haute voix les si belles paroles qui vous viennent à l'esprit ; vous fournissez des réponses intelligentes ; tous comprennent leur erreur, ils se taisent et ressentent pour vous de l'admiration, même s'ils ne la manifestent pas ; vous serrez dans vos bras le corps qui est si beau et que vous aimez tant, et qui se serre contre vous ; vous retournez à ce jardin que vous n'avez jamais pu oublier, vous y cueillez des cerises bien mûres ; c'est l'été, c'est l'hiver, c'est le printemps ; et ce sera bientôt le matin, un matin tout bleu, un matin si beau, ensoleillé, un matin heureux où tout ira bien... Mais vous ne parvenez toujours pas à vous endormir...

Alors, faites comme moi : en remuant très lentement vos bras, vos jambes, sans trop les déranger, tournez-vous lentement dans votre lit, de sorte que votre tête atteigne l'autre extrémité de l'oreiller, et votre joue, un coin frais de la taie. Ensuite, pensez à la princesse Maria Paléologue qui, il y a sept cents ans, quitta Byzance pour devenir l'épouse du khan mongol Hûlagû. Elle partit de Constantinopolis, de la ville où vous vivez aujourd'hui, pour épouser Hûlagû, qui régnait en Iran, mais Hûlagû étant mort avant son arrivée, elle épousa alors Abaka, qui avait succédé à son père. Elle vécut quinze ans dans le palais du Grand Moghol puis, son mari ayant été assassiné, elle revint à ces sept collines, là même où vous désirez tant dormir paisiblement. Pour arriver à vous identifier à la princesse Maria, imaginez sa tristesse quand elle se mit en route, puis les jours qu'elle vécut dans l'église qu'elle fit bâtir à son retour sur la Corne d'Or, et où elle se retira. Pensez aux nains de la sultane Handan. La mère du sultan Ahmet Ier avait fait construire pour eux une maison à Uskudar, destinée à assurer le bonheur de ses petits amis qu'elle aimait tant ; ils y vécurent durant des années puis, toujours avec l'aide de la sultane, ils se construisirent un galion, qui devait les mener jusqu'à une contrée inconnue de tous, un paradis dont ils ignoraient même l'emplacement sur les cartes. Ils avaient quitté Istanbul avec ce bateau. Pensez au jour de leur départ, à la tristesse de la sultane se séparant de ses chers amis, à la mélancolie des nains agitant leurs mouchoirs pour lui dire adieu du haut du galion ; imaginez-les, comme si vous quittiez Istanbul, vous aussi, et tous les êtres qui vous sont chers.

Et quand tout cela n'a pas réussi à m'endormir, mes chers lecteurs, j'imagine alors un homme tourmenté, inquiet, qui va et vient sur le quai d'une gare déserte, où il attend un train qui n'arrive pas. Et dès que j'ai décidé de l'endroit où il compte se rendre, c'est que je suis devenu cet homme. Je pense à ceux qui s'escrimèrent dans un souterrain à la porte de Silivri, il y a sept cents ans, pour aider les Grecs qui assiégeaient Istanbul à pénétrer dans la ville. J'imagine la stupéfaction de l'homme qui découvrit l'autre signification des choses. Je rêve de l'autre univers, celui qui surgit du nôtre. Je me plais à imaginer mon ivresse dans cet univers-là, entouré de significations entièrement nouvelles. J'imagine l'étonnement bienheureux de l'amnésique. Je m'imagine abandonné dans une ville fantôme qui m'est inconnue ; là où vivaient autrefois des millions d'hommes, les quartiers, les rues, les ponts, les mosquées, les navires, tout est désert, et alors que j'errerais sur ces places vides et fantomatiques, je me souviendrais, les larmes aux yeux, de mon passé et de ma ville à moi, et je me verrais marcher à pas lents vers mon quartier, vers ma maison, et vers ce lit où je m'efforce de m'endormir. J'imagine que je suis François Champollion, qui, la nuit, quittait son lit pour déchiffrer les hiéroglyphes de la pierre de Rosette, mais un Champollion qui errerait dans les obscurs méandres de ma mémoire, plongé dans ce rêve de somnambule, s'engageant dans des impasses, pour y rencontrer des souvenirs perdus. J'imagine que je suis Mourat IV, en train de se déguiser la nuit pour aller vérifier l'efficacité de l'interdiction de l'alcool ; fort de la certitude que nul ne pourra s'en prendre à moi, puisque je suis accompagné de mes gardes, déguisés eux aussi, j'entreprends d'aller voir de mes yeux comment vivent mes sujets dans les mosquées, dans les rares boutiques encore ouvertes, et, parmi eux, ceux qui somnolent dans les fumeries d'opium dissimulées dans des passages secrets...

Il m'est arrivé de devenir un apprenti cardeur, qui va de porte en porte murmurer à l'oreille des boutiquiers la première et la dernière syllabe d'un mot de passe, alors que se fomente l'une des dernières révoltes des janissaires au XIXe siècle. Ou alors, je suis un messager venu de son *medressé*, réveiller d'un sommeil et d'un silence de tant d'années les fous de Dieu d'une confrérie interdite.

Et si je n'ai toujours pas pu m'endormir, chers lecteurs, je deviens l'amant infortuné, suivant les pistes de ses souvenirs, qui erre à la recherche de la bien-aimée perdue ; j'ouvre chacune des portes de la ville ; et partout où se fume de l'opium, partout où les gens assemblés se racontent des histoires, dans chaque maison où se chante une chanson, je cherche les traces de mon passé et celles de ma bien-aimée. Et si ma mémoire et mon imagination et mes rêves, que je traîne derrière moi, ne se sont toujours pas épuisés au cours de ces pérégrinations, dans un de ces instants bienheureux à la charnière du sommeil et de l'éveil, je m'introduis dans le premier espace connu qui se présente à moi, la maison d'un ami lointain, ou la demeure abandonnée d'un proche parent, ouvrant l'une après l'autre les portes, comme si je parcourais les recoins les plus oubliés de ma mémoire, et je pénètre dans la toute dernière pièce, je souffle la chandelle ; je m'étends sur le lit, je m'endors parmi des objets lointains, bizarres, étrangers.

CHAPITRE III

Qui a tué Chems de Tabriz ?

« Combien de temps encore vais-je te
rechercher porte par porte, maison par
maison ?
Combien de temps encore d'un coin
à l'autre, de rue en rue ? »

Mevlâna

Quand Galip se réveilla paisiblement le matin,
après un long sommeil profond, la lampe, vieille de
soixante ans, brûlait encore au plafond, avec une
lueur jaune comme du vieux papier. Toujours vêtu
du pyjama de Djélâl, Galip éteignit toutes les
lumières dans la maison, alla chercher le *Milliyet*
qu'on avait glissé sous la porte, et s'installa pour le
lire devant la table de travail de son cousin. Quand
il retrouva dans la chronique du jour les coquilles
qu'il y avait découvertes au cours de sa visite à la
rédaction, le samedi après-midi (*soyons nous-mêmes*
au lieu de *soyez vous-mêmes*), sa main se tendit
machinalement vers le tiroir, y trouva un crayon à
bille vert et corrigea le texte. Et quand il eut terminé
l'article, il imagina Djélâl, vêtu de ce même pyjama
à rayures bleues, assis à cette même table, en train

de faire des corrections avec le même crayon à bille tout en fumant une cigarette.

Il avait le sentiment d'être sur la bonne voie. Il déjeuna avec l'optimisme de l'homme qui, après une bonne nuit de sommeil, entame avec assurance une rude journée. Plein de confiance en lui-même, il lui semblait bien qu'il n'avait pas besoin de devenir un autre.

Il se prépara une tasse de café, choisit dans la bibliothèque des boîtes remplies de lettres, d'articles et de coupures de journaux, et les disposa sur la table. Il était persuadé qu'il finirait bien par trouver ce qu'il cherchait s'il examinait très attentivement cette paperasse ; il n'en doutait pas.

Tout au long des chroniques qui traitaient des sujets les plus divers : la vie cruelle des enfants abandonnés qui vivent sur les pontons du pont de Galata, les directeurs d'orphelinats bègues et méchants ; les concours de vol entre des touche-à-tout de la science qui, avec leurs ailes bricolées, se lancent dans le ciel du haut de la Tour de Galata comme s'ils se jetaient à l'eau ; la pédérastie dans l'histoire et l'histoire de ceux qui aujourd'hui en font commerce, Galip sut faire preuve de la patience et de l'attention nécessaires. Il lut ainsi avec la même bonne foi et la même confiance les souvenirs d'un ancien mécano du quartier de Béchiktache, qui avait conduit la première Ford T à Istanbul ; un article sur la nécessité de placer une horloge à musique dans chaque quartier de la ville ; la signification historique de l'interdiction en Égypte de tous les passages des *Mille et Une Nuits* où il est question de rendez-vous galants entre les femmes des harems et des esclaves noirs ; les avantages des tramways à chevaux d'autrefois où l'on pouvait grimper alors qu'ils étaient en marche ; l'histoire des perroquets qui avaient fui Istanbul, où ils avaient été remplacés par des corbeaux, et des chutes de neige subséquentes...

Au fur et à mesure qu'il les lisait, il se souvenait des jours où il avait lu ces chroniques pour la première fois, prenait des notes sur des bouts de papier, relisait certains paragraphes, s'arrêtait sur certains mots, replaçait la chronique dans sa boîte et en retirait amoureusement une autre.

Le soleil ne pénétrait pas dans la pièce, il effleurait à peine les rebords des fenêtres. Les rideaux étaient ouverts. De l'eau coulait goutte à goutte des stalactites de glace au bord du toit de l'immeuble d'en face et des gouttières débordantes de neige et d'ordures. Entre le triangle d'un toit couleur de brique et de neige sale et le rectangle d'une longue cheminée crachant entre ses dents noires de la fumée de lignite, apparaissait un bout de ciel d'un bleu étincelant. Chaque fois que Galip redressait la tête pour reposer ses yeux fatigués par la lecture sur l'espace entre le triangle et le rectangle, il y voyait le vol rapide des corbeaux en zébrer le bleu ; puis il retournait aux papiers devant lui et se disait que Djélâl, lui aussi, contemplait le vol des mêmes corbeaux quand il se lassait d'écrire.

Bien plus tard, quand le soleil alla frapper les fenêtres aux rideaux encore tirés de l'immeuble d'en face, le bel optimisme de Galip commença à se dissiper : les meubles, les mots, les sens cachés, tout était peut-être encore à sa place, mais plus il poursuivait sa lecture, plus il constatait avec amertume l'effacement de la réalité profonde grâce à laquelle cet ensemble tenait debout. Il lisait les chroniques que Djélâl avait consacrées aux divers Messies, aux faux prophètes, aux imposteurs devenus souverains, aux relations entre Mevlâna et Chems de Tabriz, à l'orfèvre Selâhaddine dont se rapprocha le grand poète après la mort de Chems, et à qui succéda Tchelebi Husamettine. Pour échapper au malaise qui l'envahissait, Galip alla même jusqu'à relire les « Incroyable mais vrai » autrefois choisis par Djélâl. Mais il n'arrivait pas à se débarrasser de cette angoisse alors qu'il relisait l'histoire du poète Figanî qui, ayant offensé par un distique le grand vizir du sultan Ibrahim, fut condamné à passer, ligoté sur un âne, par toutes les rues d'Istanbul ; ou encore celle de Cheik Eflâki qui, ayant épousé ses sœurs l'une après l'autre, avait involontairement causé leur mort. Il passa à des lettres qu'il découvrit dans une autre boîte, et s'étonna, comme au temps où il était gamin, du nombre et de la variété des lecteurs qui s'intéressaient à Djélâl ; mais les lettres des gens qui lui demandaient de l'argent, ou de ceux qui s'accusaient mutuellement de tous les crimes, ou qui affirmaient que les épouses de certains chroniqueurs qui polémiquaient avec Djélâl n'étaient que des putains, ou qui dénonçaient les conjurations des confréries religieuses ou les pots-de-vin touchés par les directeurs des bureaux d'achat des Monopoles, les lettres enfin de tous ceux qui clamaient leurs amours et leurs haines, ne servaient qu'à nourrir la méfiance qui grandissait en Galip.

Il savait que tout était lié à la transformation de l'image qu'il avait eue de Djélâl au moment où il s'était assis à sa table de travail. Le matin, quand les meubles et les objets étaient encore les extensions d'un monde intelligible, Djélâl était toujours à ses yeux le personnage dont il lisait les articles depuis des années, et dont il avait saisi — mais de loin — et adopté les aspects inconnus, en admettant qu'ils lui aient été inconnus. Au cours de l'après-midi, durant les heures où l'ascenseur fonctionna sans arrêt avec sa charge de femmes enceintes ou malades jusqu'au cabinet du gynécologue, à l'étage au-dessous, dès que Galip comprit que cette image de Djélâl se transformait étrangement en une image qu'il qualifia d'incomplète, il sentit que la table devant lui, le mobilier et la pièce autour de lui avaient changé. Les meubles étaient devenus désormais les signes inquiétants et hostiles d'un univers dont les mystères ne pouvaient être aisément percés.

Comme il devinait que cette transformation était liée à ce que Djélâl avait écrit sur Mevlâna, Galip décida d'étudier de plus près le sujet. Il eut vite fait de retrouver tous les articles concernant le poète et il entreprit de les lire rapidement.

Ce qui rapprochait Djélâl du poète mystique le plus influent de tous les temps, ce n'étaient ni les poèmes qu'il avait écrits en persan au xiiie siècle, à Konya, ni les citations trop rabâchées, données en exemple au cours de morale dans les collèges. Le rituel mevlevi où dansent les derviches aux pieds nus et aux immenses jupes, dont raffolent les touristes et les éditeurs de cartes postales, n'avait pas plus d'intérêt pour Djélâl que les belles phrases qu'utilisent comme épigraphes beaucoup d'écrivains médiocres. Mevlâna, qui inspire depuis plus de sept cents ans des dizaines de milliers de tomes de commentaires, et la confrérie qui se développa après sa mort, avaient séduit Djélâl simplement parce qu'il s'agissait là d'un sujet curieux dont tout chroniqueur peut et doit tirer profit. Ce qui l'avait le plus intéressé chez Mevlâna, c'étaient les rapports mystiques et sexuels que le poète avait eus à certaines époques de sa vie avec certains hommes et le mystère qui se dégageait de ces histoires et les conclusions qu'on pouvait en tirer.

Mevlâna, qui avait hérité de son père le poste de cheik à Konya, et que non seulement ses disciples, mais tous les habitants de la ville vénéraient et chérissaient, avait subi à l'âge de quarante-cinq ans l'influence d'un derviche errant de ville en ville du nom de Chems de Tabriz, qui ne lui ressemblait ni par sa façon de vivre ni par son savoir ni par ses qualités : une conduite inexplicable de l'avis de Djélâl. Les vaines tentatives des commentateurs depuis sept siècles pour la rendre « compréhensible » en sont bien la preuve. Après la disparition (ou l'assassinat) de Chems, et en dépit des protestations de ses disciples, Mevlâna désigna comme son successeur un orfèvre fort ignorant et dépourvu de qualités. À en croire Djélâl, ce choix révélait l'état psychique et sexuel de Mevlâna, et non pas « la puissante attirance soufique » qu'aurait exercée sur lui Chems de Tabriz, que tant de gens se sont évertués à prouver. D'ailleurs, après la mort du nouveau « successeur », Mevlâna choisit comme son « autre soi » un homme encore plus terne et banal que son prédécesseur.

De l'avis de Djélâl, imaginer, comme on le fait depuis des siècles, toutes sortes d'excuses pour rendre intelligibles ces trois relations qui paraissent incompréhensibles, attribuer aux trois « successeurs » d'extraordinaires vertus trop accablantes pour eux, et surtout, comme l'ont fait certains exégètes, inventer des arbres généalogiques destinés à prouver qu'ils descendaient tous trois de Mahomet ou d'Ali, c'était perdre de vue un élément fort important de la vie de Mevlâna. Cette particularité qui, disait-il, se reflète également dans l'œuvre du poète, Djélâl en avait parlé dans une chronique dominicale, à l'occasion de la commémoration de Mevlâna, célébrée chaque année à Konya. Quand Galip relut vingt ans plus tard cette chronique, qu'il avait trouvée ennuyeuse dans son enfance, comme tout ce qui avait trait à la religion, et dont il ne se souvenait que grâce à la série des timbres sur Mevlâna (cette année-là, les timbres à quinze piastres étaient roses, ceux à trente piastres étaient bleus et ceux à soixante piastres — très rares — étaient verts), il eut à nouveau le sentiment que tout avait changé autour de lui.

Aux yeux de Djélâl, il était vrai que Mevlâna avait exercé une forte influence sur le derviche errant Chems de Tabriz, dès leur première rencontre, à Konya, et qu'il avait subi lui-même son influence, comme l'ont raconté des milliers de fois tous les commentateurs qui placent cette rencontre au centre de leur ouvrage. Mais si cette influence put s'exercer si rapidement, ce ne fut pas, comme on le croit, parce que Mevlâna comprit aussitôt que ce derviche était un sage, à la suite du célèbre dialogue qui s'engagea entre les deux hommes, sur une question posée par Chems de Tabriz. Ce dialogue se basait sur une « parabole sur la modestie », dont on retrouve des milliers d'exemples dans les livres traitant du mysticisme, même les plus médiocres. Si Mevlâna était aussi sage et savant qu'on le dit, il n'a pu être impressionné par une parabole aussi éculée ; il a pu tout au plus simuler l'admiration.

Ce fut certainement ce qu'il fit ; il se conduisit

comme s'il avait découvert chez Chems une individualité d'une réelle profondeur, un esprit fascinant. À en croire Djélâl, ce jour-là, sous la pluie, Mevlâna, âgé d'environ quarante-cinq ans à l'époque, avait vraiment besoin de découvrir une telle « âme », un être sur le visage duquel il pourrait distinguer sa propre image. Si bien que dès sa rencontre avec Chems, il se persuada que c'était là l'être qu'il cherchait, et naturellement, il n'eut aucune difficulté à persuader Chems qu'il était vraiment cette personnalité de si grande valeur. Tout de suite après cette rencontre, qui eut lieu le 23 octobre 1244, ils s'enfermèrent dans une cellule de *medresse*, et n'en sortirent pas durant six mois. Qu'avaient-ils fait durant ces six mois dans cette cellule, de quoi avaient-ils conversé, cette question, de caractère « laïque », que les Mevlevis ont rarement traitée, Djélâl l'abordait dans sa chronique avec circonspection, pour éviter de choquer les sentiments de ses lecteurs dévots, avant de passer au sujet qui l'intéressait vraiment.

Mevlâna avait passé sa vie à la recherche d'un « autre », qui lui permettrait d'agir, qui lui insufflerait la flamme nécessaire, un miroir qui refléterait son propre visage et son propre esprit. Tout ce qu'ils firent dans cette cellule, tout ce qu'ils s'y dirent — exactement comme dans les œuvres de Mevlâna —, c'étaient les actions, les paroles, la voix d'une seule personne se cachant sous une double apparence, ou de plus d'une personne sous l'apparence d'une seule personne. Pour pouvoir supporter l'admiration de disciples niais (mais auxquels il était incapable de renoncer) et l'atmosphère étouffante d'une ville d'Anatolie au xiii° siècle, le poète avait besoin de disposer, non seulement des déguisements qu'il cachait dans son armoire, mais aussi de certains compagnons dont il ne se séparait jamais, ce qui lui permettait de respirer en s'abritant au besoin derrière leur personnalité. Pour mieux expliquer ce besoin profond, Djélâl avait eu recours à une comparaison souvent utilisée dans ses chroniques : « Tout comme ces habits de paysan que cache dans son armoire, pour s'en vêtir la nuit et parcourir les rues de sa capitale, le souverain las de régner sur un pays peuplé d'imbéciles, parmi les courtisans, les méchants et les misérables. »

Comme s'y attendait Galip, un mois après la parution de cette chronique, accueillie par des menaces de mort venues de lecteurs attachés à leur religion et les félicitations des citoyens républicains et laïques, Djélâl avait traité une fois encore du même sujet, que le patron du journal l'avait pourtant prié de ne plus aborder.

Dans cette seconde chronique, Djélâl rappelait tout d'abord certains faits fondamentaux, bien connus de tous les Mevlevis : les autres disciples, jaloux de l'intérêt manifesté par Mevlâna à ce derviche d'origine douteuse, avaient menacé Chems de mort. Làdessus, le 15 février 1246, par une froide journée d'hiver où il neigeait sur Konya (Galip goûtait fort cette manie qu'avait Djélâl de fournir des dates précises, ce qui lui rappelait les manuels scolaires fourmillants de fautes d'impression), Chems disparut. Incapable de supporter l'absence de son bien-aimé et aussi la perte de cet « autre » derrière lequel il pouvait se dissimuler, Mevlâna, ayant appris la présence de Chems à Damas, fit aussitôt revenir à Konya son « bien-aimé » (mot que Djélâl plaçait toujours entre guillemets pour éveiller davantage encore les soupçons des lecteurs) et l'avait aussitôt marié avec l'une de ses filles adoptives. Néanmoins, l'étau de jalousies et de haines ne fit que se resserrer autour de Chems, et bientôt, le quinzième jour, un jeudi, du mois de décembre 1247, Chems sera attiré dans un guet-apens — le propre fils de Mevlâna, Alâaddine, se trouvera parmi les meurtriers — et tué de plusieurs coups de poignard la même nuit, sous une bruine froide, et son cadavre sera jeté dans un puits, proche de la demeure de Mevlâna.

Dans la suite de l'article, qui décrivait le puits où fut jeté le cadavre de Chems, Galip retrouva des détails qui lui parurent familiers. Tout ce que Djélâl racontait sur ce puits, la solitude et la tristesse du mort, lui paraissait bien étrange et terrifiant, mais il avait également l'impression qu'il avait sous les yeux le puits vieux de sept cents ans où avait été lancé le cadavre, qu'il connaissait les pierres et le mortier à la mode du Khorassan qui y avaient été utilisés. Après avoir lu et relu l'article, poussé par un pressentiment, il en parcourut d'autres et découvrit que pour décrire le puits, Djélâl avait utilisé telles quelles certaines phrases d'une autre chronique, où il parlait d'un puits d'aération entre deux immeubles ; il remarqua également que Djélâl avait su adroitement conserver le même style dans les deux articles.

Frappé par ce petit jeu, qui ne l'aurait pas étonné s'il l'avait remarqué après s'être plongé dans les articles de son cousin consacrés aux Houroufis, Galip relut d'un autre œil les chroniques qu'il avait entassées sur la table. C'est alors qu'il comprit pourquoi les choses changeaient autour de lui, au fur et à mesure de sa lecture, pourquoi avaient disparu le sens profond et l'optimisme qui liaient les uns aux

autres les tables, les rideaux, les lampes, les cendriers, les chaises, et la paire de ciseaux posée sur le
radiateur, tout le bric-à-brac de la pièce.

Djélâl parlait de Mevlâna comme s'il parlait de lui-
même ; en s'aidant d'interpolations quasi ésotéri-
ques, qui ne se remarquaient pas au premier coup
d'œil, il réussissait ainsi à se mettre à la place du
poète. Quand Galip constata à nouveau que Djélâl
avait utilisé les mêmes phrases, les mêmes paragraphes dans certains articles où il parlait de lui-
même et dans des chroniques à sujet « historique »
où il était question de Mevlâna, et que de plus il y
usait du même style empreint de tristesse, il ne douta
plus de ces interpolations et de ces intercalations. Ce
qui rendait inquiétant ce jeu étrange, c'était que les
carnets intimes de Djélâl, les brouillons d'articles
qu'il n'avait pas publiés, ses notes sur l'histoire, ses
essais sur Cheik Galip, ses interprétations de rêves,
ses souvenirs d'Istanbul et les sujets qu'il avait traités
dans un grand nombre de ses chroniques ne faisaient
que l'étayer.

Dans sa rubrique « Incroyable mais vrai », Djélâl
avait rapporté des centaines de fois des histoires de
rois qui se prenaient pour un autre, d'empereurs de
Chine qui, pour devenir un autre, mettaient le feu à
leurs propres palais, de sultans chez qui le goût du
déguisement, pour aller se mêler la nuit à la population, était devenu une manie, au point qu'ils finissaient par négliger des jours durant leurs palais et
les affaires de l'État. Dans un cahier où Djélâl avait
rassemblé de courtes nouvelles inachevées, qui ressemblaient à des souvenirs, Galip put découvrir que
son cousin s'était, au cours d'une seule journée d'été,
pris successivement pour Leibniz, pour le grand

homme d'affaires Djevdet bey, pour le prophète Mahomet, pour un patron de journal, pour Anatole France, pour un cuisinier renommé, pour un imam fort connu pour ses prêches, pour Robinson Crusoé, pour Balzac et pour six autres personnages dont il avait ensuite biffé les noms. Galip examina ensuite des caricatures faites par son cousin à partir de timbres et d'affiches consacrés à Mevlâna, il découvrit également un dessin maladroit représentant un tombeau sur lequel on pouvait lire « Mevlâna Djélâl ». Une chronique inédite débutait ainsi : « Le *Mesnevi*, que l'on tient pour l'œuvre principale de Mevlâna, n'est qu'un plagiat du début jusqu'à la fin ! »

Puis Djélâl énumérait, en forçant quelque peu le trait, les similitudes relevées par les exégètes les plus académiques, qui hésitent entre la crainte de l'irrespect et le souci de la vérité. Telle histoire du *Mesnevi* avait été empruntée à *Kalila et Dimna* ; telle autre au *Mantik-ut Tayr* d'Attar ; telle anecdote avait été entièrement piquée à *Leylâ et Majnûn*, une autre chipée au *Menakib-i Evliya*. Dans la longue liste des sources ainsi pillées, Galip rencontra le *Kissas-i Enbiya*, *Les Mille et Une Nuits* et Ibn Zerhani. Djélâl avait ajouté à cette liste ce que Mevlâna pensait des emprunts dans la littérature. De plus en plus pessimiste à mesure que le soir tombait, Galip lut ce texte avec le sentiment qu'il ne s'agissait pas là uniquement des idées de Mevlâna, mais également de celles de Djélâl s'identifiant à Mevlâna.

À en croire Djélâl, comme tous ceux qui ne se résignent pas à être eux-mêmes et qui ne trouvent la paix que lorsqu'ils ont réussi à se fondre dans la personnalité d'un autre, Mevlâna, lui aussi, ne pouvait, quand il commençait à relater une histoire, que répéter ce qu'un autre avait dit. D'ailleurs, pour tous les malheureux qui brûlent du désir d'être un autre, raconter une histoire n'est qu'une ruse qu'ils ont découverte pour échapper à ce corps et à cet esprit qui les font périr d'ennui. Mevlâna voulait raconter une histoire, dans le seul dessein de raconter une histoire. Tout comme les *Mille et Une Nuits*, le *Mesnevi* était une composition étrange et désordonnée, où une deuxième histoire commence alors que la première n'est pas terminée, où l'on passe à une troisième avant la fin de la deuxième, et où les histoires inachevées sont sans cesse abandonnées, tout comme on se lasse d'une personnalité que l'on a adoptée pour en choisir une autre. Dans les tomes du *Mesnevi* qu'il feuilleta, Galip découvrit des passages soulignés dans certains contes érotiques, des pages entières couvertes de points d'interrogation et d'exclamation, de corrections et de gribouillages, le tout tracé à l'encre verte, et comme avec rage. Après avoir rapidement parcouru les histoires dont il était question dans ces pages maculées d'encre, Galip comprit que le sujet de bien des chroniques de Djélâl, qu'il avait lues dans sa jeunesse, n'étaient que des emprunts au *Mesnevi*, adaptés à l'Istanbul de nos jours.

Il se souvint des nuits où Djélâl leur parlait des heures durant de l'art du *naziré* [1] en affirmant qu'il s'agissait là du seul art véritable. Alors que Ruya dévorait les gâteaux achetés sur le chemin du retour,

1. Art qui consiste à écrire avec des métaphores et des jeux verbaux nouveaux sur des thèmes et des sujets tirés d'œuvres maîtresses déjà existantes. *(N.d.T.)*

Djélâl déclarait qu'il avait écrit un grand nombre de ses chroniques — toutes peut-être — avec l'aide d'autres écrivains ; l'important, ajoutait-il, ce n'est pas de « créer », mais de pouvoir dire quelque chose d'entièrement nouveau, à partir de chefs-d'œuvre merveilleux créés au cours des siècles par des milliers de cerveaux, en les modifiant légèrement, et il affirmait à nouveau qu'il avait toujours emprunté à d'autres les sujets de ses articles. Ce qui rendit Galip nerveux, en lui faisant perdre sa foi dans la réalité des meubles autour de lui, des papiers sur la table, ce ne fut pas d'apprendre que certaines histoires qu'il avait, des années durant, attribuées à Djélâl avaient été imaginées par d'autres, mais les conséquences qui découlaient de cette révélation.

Il se dit qu'il se trouvait peut-être quelque part dans Istanbul un appartement et une pièce exactement meublés comme cet appartement et cette pièce qui, eux, reconstituaient dans tous ses détails un passé vieux de vingt-cinq ans. Et même si, dans cette pièce-là, ne se trouvaient ni Djélâl en train de raconter une histoire, ni Ruya pour l'écouter avec bonne humeur, il y avait peut-être un pauvre type qui ressemblait à Galip et qui espérait retrouver la piste de sa femme disparue en relisant de vieilles collections de journaux. Tout comme les choses, les dessins, les symboles observés sur les objets ou sur les sacs de plastique indiquaient autre chose que ce qu'ils étaient, tout comme chaque chronique de Djélâl acquérait un sens nouveau à chaque lecture, se dit Galip, à chaque fois qu'il pensait à sa propre vie, il y découvrait un sens nouveau, et il se dit encore qu'il finirait par se perdre entre toutes ces significations qui se succédaient impitoyablement comme les wagons d'un train. Dehors, le soir était tombé ; une lueur glauque, quasi matérielle, qui faisait penser à l'odeur de moisissure et de mort d'obscurs souterrains tapissés de toiles d'araignée, s'accumulait dans la pièce. Galip comprit que le seul moyen d'échapper au cauchemar de cet autre monde fantomatique où il avait plongé sans le vouloir, c'était de continuer à lire de ses yeux fatigués, et il alluma la lampe sur le bureau.

Il revint ainsi au puits tapissé de toiles d'araignée où avait été jeté le cadavre de Chems. Dans la suite du récit, le poète, éperdu de chagrin par la perte de son ami, de son « bien-aimé », se refusait à admettre sa mort. Il ne voulait pas croire que son cadavre avait été jeté dans un puits ; furieux contre ceux qui voulaient lui montrer le puits, il s'inventait des prétextes pour s'en aller à la recherche de son bien-aimé. Pourquoi Chems ne serait-il pas retourné à Damas, comme lors de sa première disparition ?

Mevlâna se rendit donc à Damas et se mit à errer dans les rues de la ville à la recherche de son bien-aimé. Il parcourait chaque rue, pénétrait dans chaque taverne, dans chaque maison, pièce par pièce, il fouillait chaque recoin, soulevait chaque pierre ; il visita les mosquées, les *tekke*, tous les lieux que Chems s'était plu à fréquenter autrefois ; il alla voir ses anciens amis et leurs amis communs si bien que cette quête devint à ses yeux plus importante que l'objet de ses recherches. Arrivé à ce point de la chronique de Djélâl, le lecteur finissait par se retrouver dans les fumées d'opium, l'eau de rose et les chauves-souris d'un univers mystique et panthéiste, où celui qui cherche change de place avec celui qui est recherché, où il s'agit davantage d'avancer vers un but que de l'atteindre, où l'amour est plus important que l'objet de cet amour, qui n'est plus qu'un pré-texte. L'article démontrait brièvement que les diverses aventures vécues par Mevlâna dans les rues de la grande cité correspondent aux diverses étapes que le pèlerin de la confrérie doit franchir dans sa progression vers la vérité et la perfection : la scène où le poète apprend avec stupeur la disparition de son bien-aimé, la poursuite dans laquelle il se lance correspondent à l'étape de la probation, tout comme les scènes où apparaissent les anciens amis ou ennemis du bien-aimé, et celles où le poète examine tous les lieux fréquentés autrefois par le disparu et qui réveillent en lui de cruels souvenirs, tout comme ses objets personnels et ses vêtements, concordent avec les divers degrés de l'initiation. La scène du bordel symbolise la résorption dans l'amour, l'anéantissement dans l'enfer et le paradis des pages ornées de paraboles, de jeux et de pièges littéraires, rappelant les lettres que l'on découvrit chez Hallaj-i Mansur après son supplice, signifie l'itinéraire dans les vallées merveilleuses décrites par Attar. Si les narrateurs qui racontent à tour de rôle une histoire d'amour, la nuit, dans la taverne, sont empruntés au *Colloque des Oiseaux* d'Attar, le fait que le poète, ivre de fatigue à force de déambuler dans les rues, d'examiner les boutiques et les fenêtres fourmillantes de mystères dans la ville, comprend que ce qu'il est allé chercher au sommet du mont Kaf n'est autre que lui-même, est un exemple de la fusion de l'individu dans l'absolu, emprunté au même livre.

Le long article de Djélâl était émaillé de citations rimées et pompeuses empruntées aux nombreux poètes mystiques qui ont traité du problème de la fusion entre celui qui cherche et l'objet de sa recherche. Le vers célèbre de Mevlâna, fatigué de ses recherches de plusieurs mois dans les rues de Damas, s'y trouvait également, traduit en prose par Djélâl, qui avait horreur des traductions poétiques : « Puisque moi, je suis lui, pourquoi continuer à le chercher ? » avait déclaré un jour le poète, perdu dans les mystères de la ville. Parvenu à ce point culminant, Djélâl mettait ainsi fin à sa chronique, avec ce truisme littéraire que tous les Mevlevis répètent avec fierté. Après avoir franchi cette étape, Mevlâna avait rassemblé ses poèmes sous le titre *Divan de Chems de Tabriz* sans utiliser son propre nom.

Tout comme lorsqu'il était enfant, ce qui intéressa le plus Galip dans cette chronique, ce fut la « trame policière » du récit des recherches : Djélâl parvenait à une conclusion qui avait sans aucun doute irrité une fois de plus ceux de ses lecteurs qui éprouvaient du respect pour la religion, et amusé fort ses lecteurs laïques et républicains : « De toute évidence, celui qui fit assassiner Chems et ordonna de jeter son corps dans un puits n'était autre que Mevlâna lui-même ! » Cette théorie, Djélâl l'étayait en utilisant les méthodes souvent utilisées par le Parquet et la police, qu'il connaissait bien pour avoir été chargé par son journal des faits divers et de la chronique des tribunaux dans les années cinquante. Il rappelait, dans le style d'un procureur de la République de province, prêt à accuser n'importe qui, n'importe comment, que celui à qui profitait le crime dans cette affaire était Mevlâna lui-même, car il avait pu, grâce à ce meurtre, devenir le plus grand poète mystique de tous les temps, au lieu de rester un simple *hodja* parmi tant d'autres, et qu'il avait certainement désiré cette mort. Franchissant ainsi l'étroite passerelle juridique qui sépare le désir du meurtre et l'ordre de le commettre, que l'on ne retrouve que dans les romans chrétiens, il relevait des bizarreries, telles que le refus de croire à la mort de la victime, ou d'examiner le cadavre enfoui dans le puits, l'aliénation provoquée par la douleur, attitudes qui ne sont que des manifestations du sentiment de culpabilité, de petites ruses utilisées par les assassins manquant d'expérience. Puis il passait aussitôt à un autre sujet, qui plongea Galip dans le désespoir : que signifiaient dès lors ces recherches de plusieurs mois dans les rues de Damas, une fois le meurtre commis, ces enquêtes menées à plusieurs reprises dans toute la ville ?

Djélâl avait consacré bien plus de temps qu'il n'y paraissait à la rédaction de cette chronique ; Galip le comprit grâce à certaines indications notées dans des carnets, grâce aussi à un plan de la ville de Damas, qu'il retrouva dans une boîte où Djélâl conservait les billets de certains matches de football très célèbres (Turquie 3 Hongrie 1) et des tickets de cinéma (*La femme à la fenêtre* ou *Retour à la maison*). Sur le plan de la ville, les itinéraires suivis par Mevlâna avaient été soulignés avec un crayon à bille à l'encre verte. Étant donné que Mevlâna ne pouvait pas être à la recherche de Chems, puisqu'il le savait assassiné, le but qu'il poursuivait dans cette recherche était donc entièrement différent. Mais de quoi s'agissait-il ? Tous les endroits où s'était rendu le poète avaient été soulignés sur le plan ; les noms des quartiers, des caravansérails, des auberges, des tavernes où il avait posé le pied avaient été notés au verso. Djélâl avait certainement tenté de découvrir un sens caché, une symétrie secrète dans les lettres et les syllabes de tous les noms énumérés dans une liste interminable.

411

Bien après la tombée du soir, dans une boîte où Djélâl conservait tout un bric-à-brac datant de l'époque où il examinait dans une série de chroniques les énigmes policières des *Mille et Une Nuits* (« Ali l'Éveillé », « Le voleur malin », etc.), Galip découvrit un plan du Caire et un plan d'Istanbul édité en 1934 par la municipalité. Comme il s'y attendait, des flèches dessinées à l'encre verte indiquaient sur le plan du Caire les lieux où se déroulaient les histoires des *Mille et Une Nuits*. Il découvrit également sur le plan d'Istanbul, dans certains quartiers, des flèches tracées toujours à l'encre du même vert, sinon du même crayon à bille. Et quand il suivit le parcours des flèches vertes sur les lacis des cartes, il lui sembla voir le parcours de sa propre errance des derniers jours dans la ville. Pour se persuader qu'il ne s'agissait là que d'une illusion, il se dit que les flèches vertes conduisaient à des bâtiments, à des mosquées où il n'avait jamais pénétré, à des côtes qu'il n'avait jamais gravies, et pourtant il était passé par des bâtiments voisins, il était entré dans des mosquées toutes proches, il avait remonté des rues qui menaient à ces collines. Peu importait ce qui en apparaissait sur les cartes, mais toute la ville d'Istanbul grouillait donc de voyageurs ayant entrepris le même voyage !

Galip plaça côte à côte les plans du Caire, de Damas et d'Istanbul, comme le conseillait Djélâl dans une chronique, écrite bien des années plus tôt, en s'inspirant d'Edgar Allan Poe. Pour y arriver, il dut découper les pages du plan municipal relié, avec une lame de rasoir qu'il découvrit dans la salle de bains, et sur laquelle des poils de la barbe de Djélâl prouvaient qu'elle avait passé sur sa barbe. Quand il eut disposé les trois plans côte à côte, il ne sut trop que faire de ces réseaux de lignes et de signes de tailles différentes. Puis, comme ils le faisaient dans leur enfance, Ruya et lui, pour recopier une image dans un illustré, il plaça les trois plans l'un sur l'autre, sur la porte vitrée du salon, pour les examiner par transparence, à la lumière d'une lampe. Ensuite, tout comme la mère de Djélâl quand elle étudiait les patrons qu'elle étalait sur cette même table, il disposa côte à côte les plans des trois villes, qu'il tenta de considérer comme les pièces d'un puzzle. L'unique image qu'il put vaguement distinguer sur les cartes placées l'une sur l'autre fut celle du visage ridé et entièrement fortuit d'un homme très âgé.

Ce visage, il le contempla si longuement qu'il eut l'impression de le connaître depuis longtemps. Ce sentiment de familiarité et le silence de la nuit lui permirent de recouvrer son calme : une sérénité rassurante, parce qu'elle semblait déjà vécue, planifiée, prévue par un autre. Il se dit sincèrement que Djélâl lui indiquait une certaine direction. Son cousin avait écrit plusieurs chroniques sur la signification des visages, mais Galip se souvint aussi de certaines phrases sur la « paix intérieure » que ressentait Djélâl quand il contemplait les visages des actrices de cinéma étrangères. Et il décida aussitôt de relire les critiques de films qui dataient de ses débuts dans le journalisme.

Dans ces articles, Djélâl parlait avec tristesse et nostalgie des visages de certaines stars américaines, comme s'il décrivait des statues de marbre transparent, ou la surface soyeuse et cachée d'une planète, comme s'il évoquait certains contes de certains pays lointains, aussi légers que des rêves. Et quand il relut ces lignes, Galip comprit que le goût qui leur était

413

commun, à lui et à Djélâl, c'était celui de l'harmonie
de cette nostalgie, pareille à une douce mélodie, à
peine audible, bien plus que l'affection qu'ils portaient tous deux à Ruya ou l'intérêt qu'ils éprouvaient
pour tout ce qui était histoire. Il aimait — et il redou-
tait — tout ce qu'ils découvraient tous les deux sur
ces plans, sur ces cartes, sur les visages et dans les
mots. Il aurait bien voulu se plonger davantage dans
le contenu de ces critiques de films, pour y retrouver
la petite musique, mais il hésita, pris de crainte ; Djélâl n'utilisait jamais ce ton-là pour parler des acteurs
de cinéma turcs, même des plus célèbres. Leurs
visages à eux, disait-il, lui rappelaient des communiqués de guerres vieux d'un demi-siècle, dont on
aurait depuis longtemps perdu le code et la signification.

Il savait très bien, à présent, pourquoi l'optimisme
qui l'avait envahi le matin, quand il avait pris son
petit déjeuner et qu'il s'était installé à la table de travail, s'était à présent envolé. Après huit heures de
lecture, l'image qu'il avait de Djélâl s'était entièrement transformée, si bien qu'il avait l'impression
d'être lui-même devenu un autre. Alors qu'il ne ressentait pas du tout le besoin de devenir un autre le
matin encore, quand sa foi dans l'univers autour de
lui était encore intacte, quand il croyait naïvement
qu'un patient labeur lui permettrait de percer un
secret essentiel que lui dissimulait le monde. Mais à
présent, à mesure que les mystères de l'univers s'éloi-
gnaient de lui, que les objets et les écrits qui se trouvaient dans cette pièce et qu'il croyait connaître se
transformaient en objets incompréhensibles venus
d'un monde inconnu, ou en plans de visages qu'il ne
parvenait pas à identifier, Galip voulait se débarras-

ser de l'homme qu'il était devenu et qui jetait sur l'univers tout entier ce regard angoissant, dépourvu d'espoir ; il voulait devenir un autre. Quand, dans l'espoir de trouver un indice qui lui permettrait de découvrir les liens véritables de Djélâl avec Mevlâna et la philosophie de sa congrégation, il entreprit la lecture des chroniques où son cousin évoquait certains souvenirs, l'heure du dîner était arrivée et la lueur bleue des téléviseurs se reflétait sur l'avenue Techvikiyé.

Si Djélâl s'était si souvent penché sur l'histoire de la confrérie des Mevlevis, ce n'était pas seulement à cause de l'intérêt assez inexplicable que les lecteurs portaient à ce sujet, mais aussi parce que le second mari de sa mère avait été membre de cette confrérie. Cet homme (que la mère de Djélâl avait épousé parce qu'elle ne parvenait pas à vivre et à faire vivre son fils en faisant de la couture quand elle avait dû divorcer, l'oncle Mélih ne se décidant pas à rentrer d'Europe, puis d'Afrique du Nord) fréquentait un couvent de Mevlevis, situé à côté d'une citerne byzantine, dans une ruelle du quartier Yavuz-Sultan ; Galip le devina au portrait qu'avait tracé Djelâl — avec une ironie voltairienne et une hostilité bien laïque — d'un avocat « bossu et nasillard » qui allait suivre des cérémonies rituelles secrètes. Tout en découvrant ainsi qu'à l'époque où son cousin avait vécu sous le même toit que son beau-père, il avait dû, pour gagner sa vie, travailler comme « ouvreur » dans des cinémas de quartier, où il avait souvent rossé les clients — ou été rossé lui-même — à la suite de bagarres fréquentes dans ces salles obscures et trop remplies ; à la lecture de la chronique où Djélâl racontait qu'il vendait de la limonade pendant les entractes et que, dans le dessein d'accroître la consommation, il s'était entendu avec le boulanger pour ajouter du sel et du poivre dans les gâteaux secs, Galip, comme tout bon lecteur, se mit successivement à la place de tous les personnages, ouvreurs, pâtissiers, spectateurs irascibles et Djélâl lui-même.

Dans une autre chronique sur des souvenirs d'enfance, Djélâl évoquait les jours passés dans un atelier de reliure, qui sentait le papier et la glu, où il avait travaillé après avoir lâché son boulot d'ouvreur dans une salle de Chehzadé-Bachi, une phrase attira l'attention de Galip, parce qu'elle lui sembla un bref instant contenir une prémonition de sa situation actuelle. Il s'agissait d'une phrase très banale, utilisée par tous les écrivains qui s'inventent un passé douloureux, mais dont on peut tirer fierté. « Je lisais tout ce qui me tombait sous la main », avait écrit Djélâl. Et Galip, qui lisait tout ce qu'il découvrait au sujet de Djélâl, avait aussitôt compris que dans cette chronique, son cousin parlait non pas des jours passés dans l'atelier de reliure, mais bien de lui, Galip...

Jusqu'au moment où il sortit de l'appartement, tard dans la nuit, chaque fois qu'il se remémora cette phrase, Galip y vit la preuve que Djélâl était au courant de tout ce qu'il faisait, lui, Galip, instant par instant. Si bien que les efforts qu'il déployait depuis une semaine cessèrent à ses yeux d'être les éléments d'une enquête qu'il menait, à la recherche de Djélâl et de Ruya, pour devenir un jeu imaginé par Djélâl (peut-être aussi par Ruya). Comme cette idée concordait avec le goût qu'avait Djélâl de conduire à sa guise les gens là où il le voulait grâce aux petits pièges et aux vagues allusions qu'il utilisait dans ses chroniques, Galip se dit que les recherches qu'il poursuivait dans ce musée vivant étaient une manifestation de la liberté de choix de Djélâl, et non de la sienne.

Il voulait sortir au plus vite de cet appartement, non seulement parce qu'il ne pouvait plus supporter ce sentiment qu'il avait d'y suffoquer, et qu'il avait aussi les yeux douloureux à force de lire, mais surtout parce qu'il n'avait rien trouvé à manger dans la cuisine. Il emprunta dans le placard à côté de la porte d'entrée le paletot bleu marine de Djélâl, afin que le concierge et sa femme — certainement ensommeillés s'ils ne dormaient pas déjà — s'imaginent voir passer devant leur fenêtre les jambes et le paletot de Djélâl. Il descendit les escaliers sans allumer la minuterie et constata qu'aucune lumière ne filtrait de la petite fenêtre de la loge donnant sur la rue. Il laissa entrouverte la porte de l'immeuble dont il n'avait pas la clé. Aux premiers pas sur le trottoir, l'idée que l'homme au téléphone, à qui il refusait de penser depuis un bon moment, allait surgir dans l'obscurité lui donna le frisson. Il se dit que cet homme — il ne s'agissait pas d'un inconnu, il en était certain — détenait non pas un dossier concernant les préparatifs d'un nouveau coup d'État militaire, mais un secret beaucoup plus dangereux et terrifiant. La rue était déserte. Tout en marchant, il se demanda alors si la voix au téléphone n'était pas à sa poursuite. Mais non, il ne tentait pas de se mettre à la place d'un autre : « Je vois tout, clairement, tel quel », se murmura-t-il, alors qu'il passait devant le commissariat. Les policiers de garde, le fusil-mitrailleur à la main, lui lancèrent des regards méfiants et lourds de sommeil. Galip marchait en regardant droit devant lui, pour éviter de lire les lettres sur les panneaux publicitaires, dont les néons grésillaient, les affiches et les slogans poli-

417

tiques sur les murs. Tous les restaurants et les bistros du quartier étaient fermés.

Bien plus tard, après avoir longuement marché sur les trottoirs où la neige fondue coulait des gouttières dans un murmure mélancolique, au pied des marronniers, des platanes et des cyprès, prêtant l'oreille au bruit de ses pas et au tumulte qui lui parvenait des petits cafés de quartier, il entra dans une crémerie où il s'empiffra de potage, de poulet et de *kadayif*, puis il reprit la direction du « Cœur de la Ville » après s'être acheté des fruits, du pain et du fromage dans une buvette.

CHAPITRE IV

L'histoire de ceux qui ne peuvent pas raconter d'histoires

> « Oui ! dit le lecteur ravi, c'est du bon sens, c'est du génie. je le comprends et je l'admire. J'ai moi-même cent fois pensé la même chose. Autrement dit, cet homme m'a rappelé ma propre intelligence, et par conséquent, je l'admire. »
>
> Coleridge

L'article le plus important que j'aie jamais écrit, celui qui permettrait, sans même nous en rendre compte, de déchiffrer le mystère de toute notre vie, n'est certainement pas la chronique écrite il y a seize ans et quatre mois, dans laquelle je relevais les incroyables ressemblances qu'on remarque entre les plans de Damas, du Caire et d'Istanbul. (Ceux qui le désirent pourront apprendre de cette chronique que le Darb-el-Mustakim, le Khalili-Khan et notre Grand Bazar dessinent sur ces trois plans la même lettre de l'alphabet arabe, *Mim*, et ils pourront également y découvrir le visage évoqué par ces lettres.)

L'histoire la plus « lourde de sens » que j'aie relatée, ce n'est pas non plus celle, vieille de deux cent vingt ans, de l'infortuné Cheik Mahmout, qui, pour acquérir l'immortalité, vendit à un espion français les secrets de sa confrérie et s'en repentit amèrement par la suite. (Ceux qui voudront apprendre comment le cheik, à la recherche d'un homme prêt à se charger du poids de son immortalité, se rendait sur les champs de bataille pour tenter d'en persuader les combattants à l'agonie, baignant dans leur sang, pourront trouver tous les détails de cette histoire dans ma chronique.)

Quand je pense à toutes les histoires sur les gangsters de Beyoglou, les poètes frappés d'amnésie, les illusionnistes, les chanteuses à la double identité, les amants désespérés, dont j'ai parlé autrefois, je constate que j'ai toujours loupé le sujet le plus important ou alors que je me suis contenté de tourner autour du pot avec une étrange réserve. Mais je ne suis pas le seul à me conduire ainsi ! Cela fait trente ans que j'écris. Et j'ai consacré à la lecture autant d'années ou presque. Mais je n'ai jamais rencontré, en Orient comme en Occident, un seul écrivain qui ait attiré l'attention sur ce dont je vais parler à l'instant.

Et à présent, au fur et à mesure que vous lirez ce que je vais écrire, imaginez, s'il vous plaît, les visages que j'évoque. (D'ailleurs, lire, est-ce autre chose que d'attribuer une image, sur l'écran muet de notre intelligence, à tout ce que l'écrivain raconte avec des lettres ?) Sur l'écran de votre cerveau, faites défiler une boutique de marchand de couleurs, dans une ville de l'est de l'Anatolie. Par un froid après-midi d'hiver où la nuit tombe si vite, le coiffeur — qui a confié sa boutique à son apprenti parce que le marché est quasiment désert —, un vieux retraité, le frère cadet du coiffeur et un client du quartier, venus là moins pour faire des achats que pour bavarder, sont assis autour du poêle ; ils causent, ils évoquent des souvenirs de leur service militaire, ils parcourent les journaux, ils font des ragots, de temps en temps ils rigolent. Mais l'un d'eux est mal à l'aise, car il est celui qui parle le moins, sait le moins se faire écouter. Il s'agit du frère du coiffeur. Lui aussi a des histoires à narrer, des plaisanteries à rapporter, mais il a beau brûler d'envie de parler, il ne sait ni conter ni relater une histoire, il manque de brio. Tout au long de l'après-midi, dès qu'il tente d'en placer une, les autres lui coupent la parole, sans même le faire exprès, et à présent, imaginez, je vous prie, l'expression du visage du frère du coiffeur chaque fois que les autres l'interrompent, chaque fois qu'il est obligé de couper court à son histoire.

Et maintenant, imaginez, s'il vous plaît, une cérémonie de fiançailles au sein d'une famille, celle d'un médecin d'Istanbul, qui n'a guère pu gagner d'argent. Une famille occidentalisée. Certains des invités qui ont envahi la maison se retrouvent par hasard dans la chambre à coucher de la jeune fiancée, autour du lit sur lequel on a entassé les manteaux. Parmi eux, une jeune fille jolie et sympathique, et deux jeunes gens qui s'intéressent beaucoup à elle. L'un n'est pas très beau, ni très intelligent, mais il n'est pas timide, il a la parole facile. C'est pourquoi la jolie fille et les invités plus âgés qui se trouvent dans la pièce prêtent attention aux histoires qu'il raconte. À présent, imaginez l'autre jeune homme, bien plus intelligent et sensible que le bavard, mais qui ne sait pas se faire écouter.

Et enfin, imaginez trois sœurs, toutes mariées à deux ans d'intervalle. Deux mois après le mariage de la benjamine, elles se retrouvent chez leur mère.

421

Dans la maison d'un petit commerçant, où on entend le tic-tac d'une immense horloge et le tagada d'un canari qui s'énerve dans sa cage. Tout en buvant du thé dans la lueur grisâtre d'un après-midi d'hiver, la benjamine, qui a toujours été gaie et bavarde, décrit son expérience de femme mariée depuis les deux derniers mois, elle sait si bien décrire certaines situations, certains incidents comiques, que l'aînée, qui est aussi la plus belle, s'avoue avec mélancolie qu'il manque peut-être quelque chose dans sa vie — peut-être aussi chez son mari. Figurez-vous son beau visage empreint de tristesse.

Les avez-vous tous bien imaginés ? Tous ces visages ne se ressemblent-ils pas étrangement ? Ne voyez-vous pas une similitude entre eux, tout comme le lien invisible qui relie entre elles ces personnes si différentes les unes des autres ? Les silencieux, les muets, ceux qui ne savent pas raconter, qui semblent sans importance, tous ceux qui ne trouvent à chaque fois la réplique adéquate qu'une fois rentrés chez eux ; ceux encore dont les histoires n'intéressent personne, leurs visages ne semblent-ils pas plus expressifs, beaucoup moins vides que les autres ? À croire que, sur ces visages, grouillent les lettres de tous les mots des histoires qu'ils n'ont pu raconter ; à croire qu'ils portent les stigmates du silence, de l'humiliation et même de la défaite. Et parmi ces visages, vous avez peut-être reconnu le vôtre, n'est-ce pas ? Que nous sommes nombreux, pitoyables, et désespérés pour la plupart !

Mais je ne voudrais tout de même pas vous abuser : je ne suis pas l'un des vôtres. L'homme qui est capable de s'exprimer avec du papier et un crayon, qui réussit plus ou moins à faire lire par les autres

422

ce qu'il écrit, est plus ou moins épargné par cette maladie. Et voilà pourquoi je n'ai jamais rencontré d'écrivain qui parle avec justesse de ce sujet si important. À présent, à chaque fois que je saisis ma plume, je comprends qu'il ne me reste plus qu'un seul sujet à traiter : je vais désormais m'efforcer de pénétrer la poésie secrète de nos visages, le mystère terrifiant de nos visages. Il faut vous y préparer.

CHAPITRE V

Les devinettes sur les visages

« Généralement, on reconnaît les
gens à leur visage... »

Lewis Carroll

Quand, le mardi matin, Galip s'installa devant la
table où s'entassaient les articles, il était bien moins
optimiste que vingt-quatre heures plus tôt. Après une
journée de travail, l'image qu'il avait jusque-là de Djélâl avait subi une transformation qui lui paraissait
désagréable, si bien que l'objectif de son enquête lui
semblait très vague à présent. Il continuait pourtant
à lire les chroniques et les notes qu'il avait trouvées
dans la bibliothèque, car la lecture était le seul moyen
pour lui d'échafauder certaines théories au sujet de
l'endroit où se cachaient Djélâl et Ruya. Et il se ras-
sérénait à l'idée que lire, assis à cette table, était la
seule chose qu'il pût faire pour éviter il ne savait trop
quel malheur. De plus, relire les articles de Djélâl
dans cette pièce où, depuis son enfance, il s'était toujours senti heureux avec ses souvenirs, c'était bien
plus agréable que d'étudier les contrats de locataires
qui cherchaient à se protéger des agressions de leur
propriétaire, ou les dossiers des marchands de fer-

raille ou de tapis qui ne songeaient qu'à se voler les uns les autres. Il sentait en lui l'enthousiasme du fonctionnaire promu à un poste plus intéressant, qui a reçu une table de travail bien plus confortable que l'ancienne, même s'il doit ces avantages à quelque catastrophe.

Et sous l'effet de cet enthousiasme, tout en buvant un deuxième café, il examina à nouveau la liste des indices dont il disposait. La chronique intitulée « Infirmités et railleries » qu'il découvrit dans le *Milliyet* que le concierge avait glissé sous la porte, il se souvenait de l'avoir lue bien des années plus tôt : Djélâl n'avait donc pas remis un nouvel article à la rédaction. Cela faisait six fois de suite qu'une chronique ancienne reparaissait dans le journal. Et il ne restait plus qu'un seul article dans le dossier des « Réserves ». Ce qui signifiait qu'à partir de jeudi les colonnes réservées à Djélâl demeureraient vides, s'il n'envoyait pas au journal de nouveaux articles dans les trente-six heures. Jusque-là, Djélâl n'avait jamais abandonné sa chronique, comme le faisaient d'autres chroniqueurs, sous prétexte de congé ou de maladie. Et chaque fois qu'il pensait au vide qui pourrait ainsi apparaître à la deuxième page du journal, Galip ressentait avec terreur l'imminence de quelque malheur ; une catastrophe qui lui rappelait le retrait des eaux du Bosphore.

Afin d'être accessible à tout indice éventuel, il rebrancha le téléphone dont il avait tiré la fiche le soir où il avait pénétré dans l'appartement. Il tentait de se souvenir de tous les détails de la conversation qu'il avait eue avec cette voix qui s'était présentée sous le nom de Mahir Ikindji. Tout ce que l'inconnu avait raconté au sujet du « crime de la malle » et d'un coup d'État militaire lui rappela certaines chroniques de Djélâl. Il les chercha dans la boîte, les lut attentivement, et pensa à d'autres articles, à d'autres paragraphes encore, où il était question du Messie. Retrouver les traces de ces phrases disséminées dans diverses chroniques et la date de leur parution lui prit tellement de temps que, lorsqu'il revint s'asseoir à la table, il se sentait aussi épuisé qu'au bout d'une journée de travail.

Au début des années soixante, à l'époque où il évoquait sur un ton provocateur l'imminence d'un coup d'État militaire, Djélâl avait sans doute pensé à l'un des mobiles qui l'avaient poussé à écrire des articles sur Mevlâna : un journaliste qui veut faire accepter une idée à un grand nombre de lecteurs doit être capable de ramener à la surface les idées et les souvenirs plongés dans la vase de leur mémoire, telles les carcasses de galions enfouis dans la mer Noire depuis des siècles. C'est pourquoi Galip attendit, comme tout lecteur qui se respecte, tout en relisant dans ce but les anecdotes empruntées par Djélâl à diverses sources historiques, un frémissement dans le limon de sa propre mémoire. Tout en lisant comment le Douzième Imam allait un jour plonger dans la terreur les orfèvres des ruelles du Grand Bazar qui utilisent des balances faussées, ou comment le fils du cheik, dont parle Silahtar dans son *Histoire*, proclamé Messie par son père, s'attaqua aux forteresses, suivi de ses bandes de forgerons et de bergers kurdes ; ou encore l'histoire de l'apprenti plongeur qui, ayant vu en rêve le Prophète assis à l'arrière d'une Cadillac décapotable blanche, glissant sur les pavés couverts de fange de Beyoglou, se proclama Messie, lui aussi, afin d'entraîner les putains, les Tziganes, les voleurs à la tire, les mendiants, les clochards, les petits vendeurs de cigarettes au marché noir, les cireurs de chaussures dans le combat qu'il voulait mener contre les proxénètes et les grands gangsters, il imaginait tous ces événements teintés du rouge brique et de l'orangé de l'aurore de sa propre vie et de ses propres rêves. Il rencontra des histoires qui excitèrent sa mémoire autant que son imagination : quand il lut l'histoire de Mehmet le Chasseur, qui, prince héritier puis sultan durant des années, finit par se proclamer également prophète, Galip se souvint du soir où Djélâl avait évoqué la nécessité de former un faux Djélâl capable de le remplacer pour rédiger ses chroniques (un type capable de s'approprier ma mémoire, avait-il dit), ce qui avait fait sourire Ruya, au regard comme toujours bienveillant et quelque peu somnolent. Au même instant, Galip avait eu le sentiment de se laisser entraîner dans un jeu dangereux, qui pouvait déboucher sur un piège mortel.

Il relut l'un après l'autre les noms et les adresses qu'il avait découverts dans un agenda, en les comparant avec l'annuaire. Il fit certains numéros, qui avaient éveillé ses soupçons : il s'agissait d'un atelier à Lâléli, où l'on fabriquait des cuvettes, des seaux et des paniers à linge en matière plastique ; il suffisait de fournir un modèle, l'atelier vous livrait dans un délai d'une semaine plusieurs centaines de copies, de n'importe quelle forme et de n'importe quelle couleur. À la deuxième tentative, ce fut un enfant qui répondit : il habitait là, avec son père, sa mère et sa grand-mère ; son père était sorti. Avant que la mère, méfiante, ait pu s'emparer du téléphone, un frère aîné — que l'enfant n'avait pas mentionné — se mêla au dialogue, en affirmant qu'ils refusaient de décliner leur identité à un inconnu. « Qui est là, qui êtes-vous ? » demanda la mère, prudente et craintive. « Vous vous trompez de numéro. »

Il était déjà midi quand Galip entreprit de déchiffrer tout ce que Djélâl avait noté sur des tickets d'autobus ou de cinéma. Sur certains tickets, Djélâl avait écrit, d'une écriture très appliquée, ce qu'il avait pensé du film, et parfois même les noms des acteurs. Galip s'efforça de découvrir pourquoi certains de ces noms avaient été soulignés. Sur les tickets d'autobus aussi, il y avait des noms ou des mots. Sur l'un d'eux, on avait dessiné un visage, composé de lettres de l'alphabet latin. (À en juger par le tarif — quinze piastres — le ticket datait du début des années soixante.) Galip examina attentivement les lettres du visage. Puis il lut de vieilles critiques de films, certains des premiers reportages de Djélâl (« L'actrice américaine bien connue, Mary Marlove, se trouvait hier dans notre ville ! »), des schémas inachevés de mots croisés, des lettres de lecteurs qu'il choisit au hasard, et plusieurs coupures de journaux, traitant toutes de crimes commis dans le quartier de Beyoglou, et qui avaient attiré l'attention de Djélâl : la plupart de ces meurtres semblaient avoir été calqués l'un sur l'autre, non seulement parce qu'ils avaient été perpétrés avec des instruments tranchants généralement utilisés dans les cuisines, et toujours en pleine nuit, ou parce que l'assassin ou la victime — ou parfois les deux — étaient soûls comme des bourriques, mais surtout parce qu'ils étaient tous relatés dans un langage qui insistait sur la sentimentalité « macho », et sur un ton très moralisateur : « Ainsi finissent ceux qui se lancent dans les affaires louches ! » Pour traiter ce sujet, Djélâl avait utilisé certaines coupures décrivant « Les coins les plus remarquables d'Istanbul » (les quartiers de Taksim, Djihanguir, Lâleli, Kourtoulouche). Une série d'articles intitulés « Les premières dans notre histoire », découverts dans la même boîte, rappelèrent à Galip que le premier livre utilisant l'alphabet latin en Turquie avait été imprimé en 1928, par Kassime bey, propriétaire de la Bibliothèque de l'Enseignement public. Sur chaque feuillet du *Calendrier de l'enseignement public*, publié par le même éditeur, outre les recettes culinaires qu'appréciait fort Ruya, les citations d'Atatürk, des grands penseurs de l'Islam ou d'illustres étrangers tels que Benjamin Franklin ou Bottfolio, ou les calembours ou bons mots, on découvrait un cadran indiquant les heures des prières du jour. Quand, sur certains feuillets, Galip remarqua que Djélâl avait retouché au crayon le cadran horaire pour en faire un visage humain au long nez et aux longues moustaches, il se persuada qu'il avait découvert là un nouvel indice, et il le nota sur une feuille de papier blanc. Et tout en déjeunant d'un bout de pain, de fromage et d'une pomme, il examina avec un intérêt étrange la position de cette note sur le papier.

Sur les dernières pages d'un cahier qui contenait le résumé de romans policiers tels que *Le scarabée d'or* ou *La septième lettre*, des informations sur les codes et les décodes, relevées dans des livres sur la ligne Maginot ou les espions allemands, il découvrit des lignes tremblotantes tracées avec un crayon à bille à l'encre verte. Elles rappelaient un peu les lignes vertes traversant les plans du Caire, de Damas et d'Istanbul, ou peut-être un visage, parfois des fleurs ou les méandres d'un fleuve dans la plaine.

Après avoir étudié les courbes asymétriques et dépourvues de sens des quatre premières pages, Galip découvrit la clé du mystère à la cinquième page seulement : une fourmi avait été lâchée au milieu d'une page blanche, et le parcours hésitant de l'insecte affolé avait été souligné par le crayon à bille. Puis le cahier avait été refermé et, au beau milieu de la cinquième page, le cadavre desséché de l'insecte était resté collé à l'endroit où la fourmi épuisée avait tracé des cercles hésitants. Galip tenta alors de deviner à quand remontait la mort de l'infortunée fourmi, châtiée parce qu'elle ne parvenait à aucun résultat ; il se demanda aussi si cette étrange expérience avait un rapport quelconque avec les chroniques que son cousin avait consacrées à Mevlâna. Dans le quatrième tome de son *Mesnevi*, Mevlâna rapportait en effet l'histoire de la fourmi qui avait marché sur ses brouillons : l'insecte prenait tout d'abord les lettres de l'alphabet arabe pour des lis et des narcisses, puis il comprenait que c'était le calame qui créait ce jardin de fleurs, et que le calame était dirigé par la main, et que la main obéissait au cerveau. « Et il comprenait ensuite que cette intelligence était mue par une autre intelligence », avait ajouté Djélâl dans une chronique. Les images évoquées par le poète mystique se confondaient ainsi une fois de plus avec les rêves de Djélâl. Galip était peut-être sur le point d'établir un lien significatif entre ces articles et la date à laquelle ce cahier avait été utilisé, mais les dernières pages étaient entièrement consacrées aux grands incendies d'autrefois, aux quartiers d'Istanbul qu'ils avaient dévastés, et au nombre de grandes demeures en bois qui avaient alors disparu.

Il lut encore une chronique dans laquelle Djélâl

racontait les aventures d'un commis de bouquiniste qui, au début du siècle, faisait du porte-à-porte pour vendre des livres. Le jeune homme prenait le bateau pour se rendre chaque jour dans un quartier différent d'Istanbul ; il frappait à la porte des demeures les plus riches pour y vendre, après force marchandage, les livres entassés dans son ballot aux femmes du harem, aux vieillards qui ne sortaient plus guère de chez eux, aux fonctionnaires à la journée trop remplie, aux enfants rêveurs, mais l'essentiel de sa clientèle était constitué par les ministres, qui ne pouvaient quitter leurs demeures que pour se rendre à leur ministère, conformément à l'interdiction que le sultan Abdulhamit faisait contrôler par ses espions. Tout en lisant comment le jeune commis communiquait à ces pachas (à ses lecteurs, avait écrit Djélâl) des messages qu'il introduisait lui-même dans le texte des livres qu'il leur vendait, et qu'il leur apprenait à déchiffrer à l'aide de certains secrets des Houroufis, Galip se dit qu'il devenait peu à peu un autre homme, l'homme qu'il voulait être. Et au moment où il réalisa que les secrets du houroufisme n'étaient pas bien compliqués, mais aussi simples que le mystère des lettres et des signes, dévoilé à la fin d'un roman américain qui se passe sur les mers lointaines, et dont Djélâl avait offert la version simplifiée à Ruya, un samedi après-midi, quand ils étaient gosses, Galip était persuadé que l'on peut, à force de lire, devenir un autre. C'est alors que le téléphone sonna. Évidemment c'était le même homme qui téléphonait :

« Je suis bien content de constater que tu as rebranché le téléphone, Djélâl bey ! » dit la voix qui évoquait pour Galip un homme d'un certain âge. « Je me refusais à admettre qu'un homme de ta valeur puisse se tenir à l'écart de toute une ville, d'un pays tout entier, en ces jours où risquent de survenir les événements les plus terribles ! »

« À quelle page de l'annuaire en es-tu ? »

« Je me donne beaucoup de peine, mais ce travail avance beaucoup moins vite que je ne l'espérais. Quand on lit des chiffres durant des heures, on se met à penser à des choses auxquelles on ne pense jamais. À présent, je me suis mis à distinguer dans les chiffres des formules magiques, des dispositions symétriques, des répétitions, des clichés, des formes... Ce qui fait baisser mon rendement. »

« Y a-t-il aussi des visages ? »

« Oui, mais ils ne surgissent que grâce à des combinaisons de chiffres. Et puis, les chiffres ne s'expriment pas toujours, il leur arrive de garder le silence. Je devine parfois que les quatre me chuchotent je ne sais quoi, ils se succèdent sans cesse. Deux par deux au début, puis ils changent de colonne de façon symétrique, et les voilà soudain devenus des seize. Soudain, des sept s'introduisent dans la colonne que les quatre ont quittée, et ils me fredonnent la même mélodie. Je me répète qu'il ne s'agit là que de hasards dépourvus de sens, mais le numéro de téléphone 140 22 40, qui est celui d'un certain Timour Foudroyant, ne te fait-il pas aussitôt penser, à toi aussi, à la bataille d'Ankara de 1402, et à ce barbare de Timour [1] qui, à l'issue de sa victoire, ravala au rang de concubine l'épouse de Beyazit, dit la Foudre ? Toute notre histoire, toute la ville d'Istanbul grouillent dans cet annuaire. Je n'en tourne pas les pages dans l'espoir de rencontrer ces coïncidences, mais je n'arrive pas

---

1. Tamerlan. *(N.d.T.)*

à te retrouver, alors que je sais que tu es le seul homme capable de déjouer le plus grave de tous les complots fomentés jusqu'ici. Tu as tendu toi-même l'arc qui a lancé cette flèche, et tu es donc le seul capable d'arrêter ce coup d'État militaire, Djélâl bey ! »

« Et pourquoi ça ? »

« Ce n'est pas pour rien que je t'ai dit, lors de notre première conversation, qu'ils croyaient à la venue du Messie ! Il ne s'agit que d'une poignée de militaires, mais ils ont sans aucun doute lu certains de tes articles, il y a bien des années de cela. Et ils les ont lus en y croyant, tout comme j'y croyais, moi. Souviens-toi donc de certaines de tes chroniques, dans les premiers mois de 1961, de ton pastiche du " Grand Inquisiteur ", relis donc la conclusion de cet article prétentieux, où tu expliquais pourquoi tu ne croyais pas au bonheur de la famille réunie sur les billets de la Loterie nationale. (La mère est en train de tricoter, le père lit son journal — ta chronique peut-être —, étendu sur le plancher, le fils fait ses devoirs, le chat et la grand-mère somnolent près du poêle. " Si tout le monde est si heureux, si toutes les familles ressemblent à la mienne, pourquoi vend-on autant de billets de loterie ? " y disais-tu.) Relis aussi certaines de tes critiques de cinéma. Pourquoi t'es-tu tellement moqué des films turcs à cette époque ? Pourquoi, dans ces films que tant de gens contemplaient avec plus ou moins de plaisir, et qui exprimaient tout de même les sentiments de notre peuple, ne voyais-tu que le décor, la bouteille d'eau de toilette sur la table de nuit, au chevet du lit, les photographies disposées sur les pianos jamais ouverts, voués aux toiles d'araignée, les cartes postales encadrant les miroirs, les chiens de porcelaine plongés dans le sommeil sur la TSF familiale ? »

« Je n'en sais rien. »

« Mais bien sûr que tu le sais ! Pour faire de tous ces détails le symbole de notre misère et de notre décadence ! Tu parlais sur le même ton des ordures misérables jetées dans les puits d'aération entre les immeubles, des familles qui vivaient dans des appartements situés à divers étages du même immeuble et, conséquence de cette promiscuité, des cousins qui épousaient leurs cousines, ou des fauteuils toujours recouverts de housses pour les protéger de l'usure ! Tu nous fournissais tous ces éléments comme autant de signes pitoyables de la décadence inéluctable, de la platitude, de la banalité dans lesquelles nous étions plongés. Mais ensuite, tu nous faisais deviner, dans tes articles traitant prétendument de l'histoire, que la délivrance est toujours possible, et que dans les pires moments, un sauveur pourrait apparaître qui nous délivrerait de la misère. Et ce serait alors le retour, sous une autre apparence, la résurrection d'un rédempteur ayant vécu des centaines d'années plus tôt, il surgirait cette fois à Istanbul, au bout de cinq siècles, sous l'apparence de Mevlâna Djélâleddine ou de Cheik Galip, ou bien encore d'un chroniqueur ! Quand tu parlais ainsi, quand tu évoquais la détresse des femmes faisant la queue devant une fontaine dans les quartiers pauvres, les pitoyables cris d'amour gravés dans le dossier de bois des banquettes des vieux tramways, il y avait de jeunes officiers qui croyaient à ce que tu leur racontais. Ils étaient persuadés que le retour du Mehdi auquel ils croyaient marquerait la fin de cette tristesse et de cette misère, et que tout rentrerait dans l'ordre. C'est

434

toi qui le leur as fait croire ! Tu les as connus ! C'était à leur intention que tu écrivais tout cela ! »

« Bon, mais que veux-tu de moi à présent ? »

« Tout ce que je veux, c'est te rencontrer. »

« Pourquoi ? Ce fameux dossier n'existe pas, n'est-ce pas ? »

« Je veux te voir, je t'expliquerai tout. »

« Et le nom que tu m'as indiqué n'est pas le tien, n'est-ce pas ? »

« Je veux te voir », répéta la voix ; cette voix affectée, mais étrangement triste et convaincante, de l'acteur chargé de la sonorisation ou du doublage d'un film et qui prononce les mots : « Je vous aime... » « Tu comprendras pourquoi quand on se verra. Personne ne peut te connaître aussi bien que moi, personne ! Je sais que tu passes tes nuits à rêvasser, à ingurgiter le thé et le café que tu te prépares toi-même, à fumer des Maltépé que tu fais sécher sur le radiateur. Je sais que tu écris tes articles à la machine, que tu les corriges avec un crayon à bille à encre verte, et que tu n'es pas content de toi ni satisfait de ta vie. Je sais que tu passes tes nuits à arpenter ta chambre, que tu désires toujours être à la place d'un autre, mais que tu ne parviens jamais à décider qui serait cet autre... »

« Tout cela, je l'ai souvent raconté dans mes chroniques », dit Galip.

« Je sais aussi que tu n'aimes pas ton père, et qu'à son retour d'Afrique avec sa seconde femme, il t'a mis à la porte de l'appartement sous les combles où tu avais trouvé refuge. Je suis également au courant de tous les ennuis matériels que tu as subis, tout au long des années où tu as été obligé d'aller vivre chez ta mère. Ah, mon pauvre frère ! Quand tu étais un

435

misérable petit reporter dans le quartier de Beyoglou, tu as inventé des crimes invraisemblables pour éveiller l'intérêt des lecteurs ! Tu as interviewé au Péra-Palace des vedettes qui n'avaient jamais existé, dans des films américains qui n'avaient jamais été réalisés ! Tu as même fumé l'opium pour pouvoir rédiger les aveux d'un fumeur d'opium turc ! Tu as reçu une raclée au cours d'un voyage que tu avais entrepris en Anatolie, pour pouvoir terminer une série de vies de champions de lutte que tu publiais sous un pseudonyme ! Dans ta rubrique " Incroyable mais vrai ", tu as raconté, les larmes aux yeux, ta propre vie, et personne n'a été fichu de s'en apercevoir ! Je sais aussi que tu as les mains toujours moites, que tu as eu deux accidents de voiture, que tu n'as toujours pas pu te trouver des chaussures qui ne prennent pas l'eau. Et que tu as toujours vécu seul, en dépit de ta peur de la solitude. Tu aimes monter en haut des minarets, tu aimes les magazines pornographiques, tu aimes t'attarder dans la boutique d'Alâaddine, tu aimes bavarder avec ta sœur. Qui donc pourrait être au courant de tout cela, à part moi ? »

« Une foule de gens », répondit Galip. « Car tous ces détails peuvent être connus grâce à mes chroniques. Vas-tu me dire pourquoi tu veux me voir, en réalité ? »

« À cause du coup d'État ! »

« Je raccroche... »

« Je te le jure ! » dit la voix affolée, désespérée. « Je te dirais tout si je pouvais te rencontrer ! »

Galip retira la fiche du téléphone. Il s'empara d'un annuaire qu'il avait remarqué la veille dans la bibliothèque du corridor et prit place dans le fauteuil où s'installait Djélâl quand il rentrait chez lui, fourbu.

Il s'agissait de l'annuaire, soigneusement relié, de la promotion 1947 de l'École militaire. Outre les photographies, accompagnées de maximes et de citations d'Atatürk, du Président de la République, du commandant de l'état-major, de tous les chefs des corps d'armée, du commandant et des professeurs de l'École militaire, l'annuaire contenait les photographies tirées avec soin des élèves de la promotion. Tout en tournant les pages, séparées par des feuillets de papier pelure, Galip n'arrivait pas à comprendre ce qui l'avait poussé à examiner l'album, à la suite de la conversation qu'il avait eue au téléphone ; il se disait que tous les visages, tous les regards se ressemblaient étrangement, tout comme les képis ou les insignes. Il avait l'impression de feuilleter une vieille revue de numismatique, découverte dans l'une des boîtes poussiéreuses pleines de livres minables vendus au rabais que les bouquinistes placent devant la porte de leur boutique, et qu'il contemplait les reproductions des vieilles monnaies d'argent, dont seuls les spécialistes peuvent distinguer l'origine et l'effigie. Il sentait monter en lui la petite musique qu'il entendait quand il arpentait les rues, ou lorsqu'il se retrouvait dans la foule des passagers d'un bateau. Il aimait regarder les visages.

Et tout en continuant à parcourir les pages de l'annuaire, il retrouva le sentiment qu'il éprouvait, enfant, quand il feuilletait l'illustré dont il avait attendu la parution durant des semaines et qui sentait si bon le papier et l'encre d'imprimerie. Il y avait toujours un lien entre toutes choses, comme il est dit dans les livres. Il commençait à voir sur les photographies l'expression fugitive des visages qu'il croisait dans les rues, et il prenait le même plaisir à

437

contempler tout son soûl les visages et à déchiffrer leur signification.

Mis à part les généraux qui s'étaient contentés de lancer des clins d'œil encourageants aux conspirateurs, sans s'exposer eux-mêmes au danger, la plupart de ceux qui avaient fomenté les complots voués à l'échec au début des années soixante faisaient certainement partie des jeunes officiers dont les photographies se trouvaient dans cet annuaire. Mais Galip ne découvrit aucun lien entre les coups d'État militaires et les mots, les dessins que Djélâl avait gribouillés sur les pages de l'album, et même sur les intercalaires de papier pelure. Une barbe, une paire de moustaches avaient été tracées — comme le ferait un enfant — sur certains visages ; sur d'autres, les pommettes ou les moustaches avaient été accentuées par des traits de crayon. Sur d'autres encore, les rides du front avaient été transformées en marques du destin, où l'on pouvait lire des lettres de l'alphabet latin, des mots dépourvus de sens. Les poches sous les yeux de certains avaient été soulignées d'arcs de cercle qui en faisaient autant de O ou de C ; des étoiles, des lunettes, des cornes agrémentaient certains visages. Les maxillaires, le front, l'arête du nez avaient été accentués de lignes noires ; des traits noirs semblaient mesurer les proportions entre la largeur et la hauteur d'autres visages, entre le nez et la lèvre, le front et le menton. Au-dessous de quelques photographies, il y avait un renvoi à d'autres pages et à d'autres photos. Sur le visage d'un grand nombre d'élèves officiers, on avait ajouté des boutons, des verrues, des taches, des cicatrices d'abcès d'Alep, des hématomes ou des brûlures. À côté d'un visage si ouvert et si lumineux qu'il était impossible d'y ajou-

ter une rature ou une lettre, Galip put lire ces mots :
« Les photos retouchées tuent les âmes ! »

Cette phrase, Galip la retrouva dans d'autres
annuaires qu'il découvrit dans le même coin du placard ; sur les photographies figurant dans les
annuaires de l'École d'ingénieurs, des professeurs de
l'École de médecine, des élus à l'Assemblée nationale
en 1950, des ingénieurs et des administrateurs du
réseau ferroviaire Sivas-Kayséri, du Comité d'embel-
lissement de la ville de Bursa, et même sur celles des
engagés volontaires du quartier d'Alsandjak, à Izmir,
à l'époque de la guerre de Corée, il retrouva les
mêmes gribouillages. La plupart des visages avaient
été partagés en deux par un trait vertical, dans le but
évident de faire ressortir les lettres dessinées sur les
deux moitiés. Galip feuilletait rapidement les pages,
mais il lui arrivait aussi de s'attarder longuement sur
un visage, tout comme s'il s'efforçait de saisir un souvenir vaguement remémoré, au moment même où il
allait rouler dans le gouffre de l'oubli, ou à retrouver
l'emplacement d'une maison, où il aurait été mené
une seule fois et en pleine nuit. Certains de ces
visages ne fournissaient rien de plus que ce qu'ils pro-
mettaient de prime abord ; d'autres débitaient brusquement une histoire que leur surface lisse, sereine,
ne laissait pas prévoir. À ces moments-là, Galip se
souvenait de certaines couleurs, du sourire mélancolique d'une serveuse de restaurant, entrevue des
années plus tôt dans un film étranger ; il se rappelait
le dernier passage à la radio d'une mélodie qu'il
aurait voulu réentendre, mais qu'il ratait à chaque
fois.

À la tombée du soir, Galip avait transporté sur la
table de travail tous les agendas, les albums, tous les

cartons remplis de photographies découpées dans des journaux ou des magazines, il les fouillait au petit bonheur, comme pris d'ivresse. Il découvrait des visages anonymes, photographiés on ne savait où, ni quand ni comment ; des jeunes filles, des messieurs à l'air distingué coiffés d'un feutre, des femmes aux cheveux dissimulés sous un fichu, des jeunes gens au visage ouvert, des désespérés depuis longtemps perdus. Il voyait des visages malheureux dont on devinait où et pourquoi ils avaient été photographiés. Deux honnêtes citoyens suivaient des yeux, l'air inquiet, leur maire qui remettait des requêtes au premier ministre, sous les regards bienveillants des ministres et de leurs gardes du corps ; une mère qui avait réussi à sauver des flammes son enfant et un ballot, au cours de l'incendie de Déréboyou, dans le quartier de Béchiktache ; une file de femmes, devant les guichets de l'Alhambra, où l'on donne les films d'Abdulvahap, le chanteur égyptien ; la danseuse du ventre, illustre étoile du cinéma, appréhendée en possession de haschisch, entourée des policiers du commissariat de Beyoglou ; le visage soudain défait du comptable, inculpé de détournement de fonds. Galip avait l'impression que toutes les photographies, qu'il puisait au hasard dans les cartons, cherchaient à lui expliquer pourquoi elles avaient été prises et pourquoi elles avaient été conservées. « Que peut-il y avoir de plus révélateur, de plus curieux, de plus persuasif qu'une photographie, un document dans lequel se cache l'expression d'un visage ? » se dit Galip.

Derrière les visages, même les plus vides, dont les retouches et les trucages avaient détourné l'expression et le sens, il devinait une mélancolie, une histoire lourde de souvenirs et de craintes, un secret bien gardé, une douleur qui se reflétait dans les yeux, les sourcils, le regard, faute de pouvoir s'exprimer par des mots. Si bien qu'il finit par avoir les larmes aux yeux alors qu'il examinait le visage réjoui et aba-sourdi de l'apprenti cardeur, heureux gagnant du gros lot de la Loterie nationale ; celui de l'employé aux assurances qui venait de poignarder sa femme ou encore celui d'une Miss Turquie, troisième parmi les reines de beauté, qui se préparait à représenter « le plus dignement possible » notre pays dans toute l'Europe.

Et parce qu'il retrouvait sur certains de ces visages les traces d'une mélancolie qu'il observait parfois dans les chroniques de Djélâl, il décida que son cou-sin les avait écrites, ces chroniques-là, en contem-plant ces photos : celle où il était question du linge mis à sécher dans les jardinets des maisons pauvres, derrière les dépôts d'usines, Djélâl l'avait certaine-ment écrite en scrutant le visage de notre champion de boxe amateur (cinquante-sept kilos). La rédaction de la chronique qui expliquait que les ruelles aux multiples détours de Galata ne sont en vérité tor-tueuses qu'aux yeux des touristes étrangers, avait sûrement été entreprise à partir du visage blanchâtre et violacé de notre chanteuse nationale, âgée de cent onze ans, qui par ses allusions s'enorgueillissait d'avoir couché avec Atatürk. Ceux des cadavres, encore coiffés de leur calot, des pèlerins qui avaient péri dans un accident de la route, au retour de La Mecque, rappelèrent à Galip une chronique sur les vieilles gravures et les vieux plans d'Istanbul. Djélâl y affirmait que l'emplacement des trésors disparus était indiqué sur certains de ces plans, et que sur des gravures exécutées par des peintres étrangers, certains signes avaient été tracés, accusant des personnages vêtus à l'européenne d'être des ennemis de notre pays, venus à Istanbul dans l'intention insensée d'attenter à la vie du sultan. Galip se dit qu'il existait certainement un lien entre les plans des villes, soulignés à l'encre verte, et cette chronique, rédigée sans doute par Djélâl dans l'une des périodes où il vivait reclus durant plus d'une semaine, seul dans un appartement ignoré de tous, dans un coin d'Istanbul.

Il se mit alors à lire à haute voix, syllabe par syllabe, les noms de quartiers sur le plan d'Istanbul. Certains de ces noms, parce qu'il les avait utilisés des milliers de fois depuis des années dans sa vie de tous les jours, étaient tellement chargés de souvenirs qu'ils ne lui rappelaient plus rien de défini, comme les mots « eau » ou « choses ». En revanche, les noms de quartiers qui avaient joué un rôle moins important dans son existence provoquaient chez lui des associations d'images immédiates, dès qu'ils étaient répétés à haute voix. Galip se souvint d'une série d'articles où Djélâl évoquait certains quartiers d'Istanbul. Ces chroniques, qu'il retrouva dans la bibliothèque, étaient toutes intitulées « Les coins secrets d'Istanbul », mais à mesure qu'il les relisait, il constatait qu'elles ne lui apprenaient pas grand-chose sur les secrets de ces coins et qu'elles étaient simplement faites de petites anecdotes. Cette déception, qui l'aurait simplement fait sourire dans d'autres occasions, l'exaspéra au point qu'il se dit que, tout au long de sa carrière de journaliste, Djélâl avait non seulement abusé ses lecteurs, mais qu'il s'était sciemment menti à lui-même. Alors qu'il lisait successivement l'histoire d'une querelle dans un tramway de la ligne Fatih-Harbiyé ; celle du gamin envoyé par ses parents à l'épicerie du coin et qui avait quitté sa maison à Férikeuy pour ne plus jamais y revenir, et la description du tic-tac musical qui emplissait une boutique d'horloger du quartier de l'Arsenal, Galip se murmura qu'il ne se laisserait jamais plus avoir. Mais très vite, quand il se dit que Djélâl pouvait très bien se cacher quelque part à Harbiyé, à Férikeuy ou à Top-Hané, sa colère se tourna non plus vers Djélâl, qui l'aurait attiré dans un piège, mais vers sa tournure d'esprit à lui, qui lui faisait découvrir des pistes et des indices dans tous les articles de son cousin. Et il eut horreur de cet esprit, incapable de subsister sans se nourrir d'histoires, comme on a soudain horreur d'un gamin qui exige d'être continuellement amusé ; et brusquement, il décida qu'il n'y avait pas de place en ce monde pour tout ce qui était indices, signes, doubles ou triples sens, secrets, mystères ; il ne s'agissait là que des fruits de son imagination, de ses propres illusions, de son esprit qui s'entêtait à découvrir et à déchiffrer tous les signes. Le désir s'éveilla en lui de vivre dans un univers où chaque objet ne serait tout simplement que l'objet qu'il se trouve être ; un monde où ni les mots imprimés ou écrits, ni les lettres composant ces mots, ni les visages, ni les réverbères dans la rue, ni la table de travail de Djélâl, ni cette bibliothèque héritée de l'oncle Mélih, ni ces ciseaux ou ce crayon à bille portant encore les empreintes de Ruya, ne seraient plus les signes équivoques d'un secret. Il se demanda comment il pourrait accéder à cet univers où le crayon à bille vert serait simplement un crayon à bille vert, et où il ne voudrait pas être un autre que lui-même. Tel l'enfant qui s'imagine vivre dans le

443

lointain pays qu'il voit dans un film, Galip, pour se persuader qu'il vivait dans cet univers-là, examina les plans étalés sur la table : il lui sembla tout d'abord voir son propre visage, aussi ridé que le front d'un vieillard, puis plusieurs visages de sultans qui se confondirent sous ses yeux ; un visage qui ne lui était pas étranger, celui peut-être d'un certain prince héritier, les suivit, mais s'effaça, le temps de le reconnaître.

Plus tard, il s'installa dans le fauteuil en se disant qu'il pourrait regarder les visages collectionnés par Djélâl comme s'il s'agissait là des images de ce nouvel univers où il voulait vivre. Sur les photographies qu'il puisait au hasard dans les boîtes, il s'efforçait d'examiner les visages sans y découvrir un signe ou un secret. Si bien que chaque visage lui apparaissait comme la description d'un objet concret, comportant simplement un nez, une bouche, une paire d'yeux, tout comme les photographies sur les cartes de séjour ou d'identité. Dès qu'il ressentait une brève émotion, celle qui s'empare de l'employé devant un beau visage de femme empreint de douleur, dont la photographie figure dans un dossier d'assurance, il se ressaisissait aussitôt et passait à une autre, dont il ne se dégageait aucune mélancolie, qui ne racontait aucune histoire. Et pour ne pas se laisser prendre au piège de tout ce que disaient les visages, il évitait de lire les légendes au-dessous des photos, et les mots qu'y avait tracés Djélâl. Après avoir longuement contemplé ces images d'hommes et de femmes, en s'efforçant de n'y discerner que des cartes et des plans, alors que les bouchons du soir se formaient sur la place de Nichantache et qu'à nouveau ses yeux s'emplissaient de larmes, il n'avait pu trier qu'une très petite partie des photographies que Djélâl avait rassemblées en trente ans.

CHAPITRE VI

Le bourreau et le visage en pleurs

> « Ne pleure pas, je t'en prie, ne pleure
> pas ! »
>
> Halit Ziya

Pourquoi un homme qui pleure à chaudes larmes nous émeut-il tant ? Une femme en pleurs est à nos yeux une partie touchante et affligeante de notre vie quotidienne ; nous accueillons ce spectacle avec sincérité et tendresse. Un homme qui pleure, lui, nous emplit le cœur d'un sentiment de détresse. À croire que cet homme est parvenu à l'issue d'un univers, ou à l'extrême bout du rouleau, à la limite de toutes ses capacités, de ses possibilités, tout comme le sentiment que l'on éprouve devant la mort d'un être cher. Ou alors, c'est qu'il y a dans son univers à lui quelque chose qui ne cadre pas avec le nôtre, quelque chose de dérangeant, et même de terrifiant. Nous avons tous connu la stupeur et le trouble de rencontrer une contrée qui nous était inconnue sur la carte que nous imaginions si bien connaître, et que nous appelons un visage. En lisant l'*Histoire des Bourreaux* d'Edirnéli Kadri, je suis tombé sur une histoire qui est relatée dans le tome VI de l'*Histoire* de Naïma et dans l'*Histoire des Icoglans* de Mehmet Halifé.

Il y a trois cents ans à peine, par une nuit de printemps, le bourreau le plus célèbre de l'époque, Kara Eumer, se rapprochait au pas de son cheval de la forteresse d'Erzurum. Il y était envoyé sur l'ordre du sultan ; le Bostandji-Bachi lui avait remis en main propre un firman le chargeant d'exécuter Abdi pacha, gouverneur de la forteresse. Il était fort satisfait d'avoir fait en douze jours le chemin d'Istanbul à Erzurum, qu'un voyageur ordinaire parcourait à l'époque en un mois. La fraîcheur de la nuit lui faisait oublier sa fatigue, il ressentait cependant un doute, un abattement inhabituels. Comme si planait sur lui l'ombre d'un mauvais sort, d'une incertitude qui l'empêcherait de remplir honorablement sa tâche, de faire preuve de ses talents.

Évidemment, ce qu'il allait faire n'était guère facile : il allait pénétrer seul dans la demeure gardée par des hommes d'armes, d'un pacha qu'il ne connaissait pas, qu'il n'avait jamais vu ; il lui remettrait le firman, il signifierait par son assurance au pacha et à son entourage l'inanité d'une rébellion contre les ordres impériaux ; et s'il ne parvenait pas à leur donner cette impression, si le pacha tardait à réaliser cette inutilité, ce qui était très peu probable, il lui faudrait l'abattre sur-le-champ, avant que l'entourage ait trouvé le temps de passer à l'action. Ce n'était certes pas le manque d'expérience qui provoquait chez lui cette appréhension : au cours de trente ans de vie professionnelle, il avait exécuté une vingtaine de princes impériaux, deux grands vizirs, six vizirs, vingt-trois pachas et plus de six cents fripons ou honnêtes gens, coupables ou innocents,

447

chrétiens ou musulmans, hommes ou femmes, vieillards ou enfants, et depuis ses années d'apprentis-
sage, il avait infligé la torture à des milliers d'êtres
humains.

Le lendemain donc, par un beau matin de printemps, avant d'entrer dans la ville, le bourreau mit
pied à terre au bord d'un ruisseau, y fit ses ablutions,
récita ses prières, en prêtant l'oreille au joyeux
gazouillis des oiseaux. Il lui arrivait rarement de
demander à Dieu de l'aider à accomplir sa tâche,
mais comme toujours, le Seigneur accéda aux prières
de cette créature si consciencieuse. Tout se passa
bien. Dès qu'il aperçut le bourreau au crâne rasé sous
son bonnet de feutre rouge et le lacet bien graissé
qu'il portait à la ceinture, le pacha devina aussitôt ce
qui l'attendait, mais ne fit aucune difficulté. Peut-
être s'était-il depuis longtemps préparé à son sort
parce qu'il connaissait bien ses crimes.

Tout d'abord, il lut et relut le firman, avec chaque
fois la même attention (ce qui est là une caractéristique des citoyens respectueux de la loi) ; il posa
ensuite les lèvres sur le firman, le porta à son front,
avec toutes les marques du respect (une façon de
faire que l'on rencontre chez ceux qui peuvent encore
chercher à en imposer et que Kara Eumer trouvait
fort stupide) ; il déclara qu'il désirait lire le Coran et
faire ses prières (un besoin propre à ceux qui cherchent à gagner du temps ou aux croyants sincères).
Après avoir terminé ses dévotions, il distribua à son
entourage les pierres précieuses, les bagues ou autres
bijoux qu'il portait sur lui : « En souvenir de moi ! »
disait-il, mais dans le but évident de ne pas les abandonner à son bourreau (autre réaction propre à ceux
qui sont très attachés au monde et assez superficiels

pour en vouloir à leur bourreau). Et puis, comme la plupart de ceux chez qui se manifestaient non pas une ou deux de ces réactions, mais toutes à la fois, il tenta finalement de se débattre en injuriant le bourreau avant que celui-ci ait pu lui passer le lacet au cou. Mais un violent coup de poing à la mâchoire suffit à lui couper bras et jambes, il se résigna. Il pleurait.

Il s'agissait là d'une réaction fréquente chez les victimes à ce moment-là. Mais sur le visage couvert de larmes du pacha, le bourreau aperçut quelque chose de si étrange que, pour la première fois en trente ans de vie professionnelle, il hésita. Et dans un geste inhabituel chez lui, il recouvrit d'une pièce de tissu le visage du pacha avant de l'étrangler. C'était là une précaution qu'il avait toujours blâmée quand il l'avait rencontrée chez ses collègues ; car, il en était convaincu, un bourreau, s'il voulait accomplir un travail aussi parfait que rapide, devait être capable de regarder jusqu'au bout sa victime dans les yeux.

Une fois sûr que le pacha était bien mort, il s'empressa de détacher la tête du corps, avec un rasoir spécial qu'on appelait le « chiffre » ; il la fourra encore toute chaude dans le sac de cuir plein de miel dont il s'était muni. Car, pour prouver qu'il avait bien exécuté sa tâche, il lui fallait emporter cette tête et la remettre aux responsables chargés de l'identifier à Istanbul, et cela sans lui laisser le temps de se décomposer. Et alors qu'il la plaçait soigneusement dans le sac, il revit avec stupeur le regard larmoyant du pacha, et cette expression aussi surprenante que terrifiante, pour ne plus l'oublier jusqu'aux derniers jours — assez proches d'ailleurs — de sa vie.

Il sauta en selle et sortit aussitôt de la ville, car il

tenait toujours à se trouver au moins à deux jours de distance du lieu de l'exécution, quand le corps décapité serait mis en terre, après des funérailles qui se dérouleraient dans les larmes et la désolation, au point que tous les participants en auraient le cœur barbouillé. Après avoir chevauché sans trêve un jour et demi, il atteignit la forteresse de Kemah. Il prit son souper dans le caravansérail, se retira aussitôt dans une cellule et s'endormit.

Quand il surgit du fond d'un sommeil de plomb qui avait duré douze heures, il rêvait qu'il se trouvait à Edirné, la ville où s'était écoulée son enfance. Il s'approchait d'un énorme bocal, rempli de la confiture de figues que sa mère avait fait cuire et recuire, au point que le parfum aigre-doux des fruits avait envahi non seulement la maison et le jardin, mais le quartier tout entier. Il comprenait tout d'abord que les petites boules vertes qu'il avait prises pour des figues étaient les yeux d'une tête qui pleurait ; il débouchait le bocal, avec l'impression de commettre une faute, non parce qu'il s'agissait là d'une action interdite, mais plutôt du fait d'être témoin de la terreur dont le visage larmoyant était empreint ; et quand les sanglots d'un homme mûr surgissaient du bocal, il se figeait sur place, paralysé par l'impuissance.

La nuit suivante, alors qu'il dormait profondément dans une autre cellule, dans un autre caravansérail, il revécut une fin de journée de sa prime jeunesse : il se retrouvait toujours à Edirné, dans une ruelle, peu avant la tombée du soir. Sur l'invite d'un ami qu'il ne parvenait pas à reconnaître, il voyait le soleil baisser à une extrémité du ciel, et à l'autre, s'élever la face blême de la pleine lune. Puis, à mesure que disparaissait le soleil et que tombait la nuit, le visage rond de la lune s'illuminait, se précisait, et on comprenait très vite que ce visage resplendissant était celui, couvert de larmes, d'un homme. Et ce qui transformait les rues d'Edirné, qui devenaient celles d'une ville inconnue, entièrement différente, ce n'était pas, comme on pourrait le croire, la tristesse de l'astre devenu un visage larmoyant, mais son aspect énigmatique.

Au matin, le bourreau se dit que cette découverte, faite dans son sommeil, résultait de ses propres souvenirs : tout au long de sa vie professionnelle, il avait vu des milliers de visages d'hommes en larmes ; mais aucun d'eux n'avait suscité en lui le moindre sentiment de crainte ou de cruauté, ni même de culpabilité. Contrairement à ce qu'on pourrait croire, ses victimes lui avaient toujours inspiré quelque tristesse, mais cette pitié était aussitôt contrebalancée par une logique d'obligation, de loi, de non-retour. Car il savait que les malheureux qu'il étranglait, écartelait ou décapitait connaissaient toujours mieux que leur bourreau l'enchaînement des motifs qui les avait menés à la mort. Il n'y avait rien d'insupportable dans l'image d'un homme qui allait au supplice en suppliant, en se débattant, secoué de sanglots ou de hoquets, le visage couvert de larmes et de morve. À l'opposé de certains imbéciles qui exigent des hommes sur le point d'être exécutés des attitudes affectées, des discours héroïques susceptibles de passer à la postérité et à la légende, le bourreau n'éprouvait aucun mépris pour ces hommes en larmes ; mais à l'opposé d'imbéciles d'une autre catégorie, qui ne comprenaient rien à la cruauté inéluctable et liée aux hasards de la vie, il ne se laissait jamais aller à une compassion qui lui aurait lié bras et jambes.

Mais alors, qu'est-ce qui le paralysait donc dans ses rêves ? Alors qu'il passait entre de profonds ravins couverts de rochers, par un beau matin étincelant de soleil, le sac de cuir suspendu aux arçons, le bourreau se dit que cette indécision qui l'avait envahi avant d'entrer dans Erzurum était sans doute liée à l'imperceptible pressentiment funeste qui avait obscurci son âme. Sur le visage — qu'il aurait dû normalement oublier aussitôt — de sa victime, il avait distingué un secret, au point qu'il avait dû le dissimuler sous un morceau de bure avant de l'étrangler. Tout au long du jour, qui n'en finissait pas, le bourreau mena son cheval entre des rochers abrupts, aux formes étranges — un voilier à la coque ronde comme une marmite, un lion auquel un figuier tenait lieu de tête —, entre des sapins et des hêtres qui lui semblaient inconnus et plus stupéfiants que d'habitude ; alors que le cheval avançait sur un gravier étrange, bizarre même, sur des rives aux eaux glaciales, il ne pensa plus une seule fois au visage de la tête coupée qu'il portait en croupe. À présent, ce qu'il y avait de plus étonnant à ses yeux, c'était l'univers, un monde nouveau qu'il redécouvrait, qu'il discernait pour la première fois.

Pour la première fois, il constatait que les arbres ressemblaient aux ombres qui s'agitaient dans sa mémoire, durant ses nuits d'insomnie. Pour la première fois, il remarquait que les bergers au cœur pur, qui faisaient paître leurs troupeaux de moutons sur les talus verdoyants, portaient leur tête sur leurs épaules comme s'il s'agissait d'une charge qui ne leur appartenait même pas. Pour la première fois, il comprenait que les minuscules hameaux d'une dizaine de maisons, perchés sur les flancs des montagnes, rappelaient des chaussures alignées à l'entrée des mosquées. Pour la première fois, il devinait que les montagnes violettes qui se dressaient à l'ouest et qu'il franchirait douze heures plus tard, les nuages, issus des miniatures, qui les surplombaient, lui indiquaient que l'univers est un lieu nu, entièrement nu. Il parvenait à présent à comprendre que tous les végétaux, tous les animaux, toutes les choses étaient les signes d'un univers aussi terrifiant que les cauchemars, aussi vide que le désespoir, aussi vieux que les souvenirs. À mesure qu'il avançait vers l'ouest et que les ombres s'allongeaient et changeaient de signification, le bourreau découvrait des indices, des signes qu'il n'arrivait pas à déchiffrer et qui semblaient pleuvoir l'un après l'autre autour de lui, comme du sang s'échappant goutte à goutte d'un vase fêlé.

Il se restaura dans un caravansérail qu'il atteignit à la tombée du soir, mais il se sentit incapable de dormir enfermé dans une cellule avec le sac ; il savait qu'il ne pourrait supporter le cauchemar terrifiant qui envahirait peu à peu son sommeil, comme le pus qui s'écoule d'un abcès crevé, ce visage désolé, couvert de larmes qui lui apparaîtrait comme chaque nuit sous une autre forme. Il se reposa un long moment en contemplant avec étonnement la foule des visages autour de lui, puis reprit son chemin.

La nuit était silencieuse et froide, sans souffle de vent ; son cheval harassé trouvait de lui-même son chemin. Il avança ainsi un bon bout de temps sans rien voir et sans se poser la moindre question embarrassante : parce qu'il faisait trop noir, se dirait-il plus tard. Car, dès que la lune surgit entre les nuages, les arbres, les rochers, les ombres se transformèrent lentement en autant d'indices d'un mystère insoluble. Le plus effrayant, ce n'étaient ni les pierres tombales mélancoliques des cimetières, ni les cyprès solitaires, ni les hurlements des loups dans la nuit silencieuse. Ce qui rendait à ses yeux l'univers si surprenant, au point qu'il le devinait terrifiant, c'étaient les efforts que cet univers faisait pour lui raconter une histoire, oui, il semblait vouloir dire quelque chose au bourreau, lui indiquer une certaine signification ; mais tout comme dans les rêves, ces explications se perdaient dans une imprécision brumeuse. Et vers le matin, le bourreau entendit des sanglots tout proches.

Au point du jour, il se dit que ces sanglots n'étaient qu'un jeu du vent à travers les branches ; plus tard, il décida que ce n'étaient là que les conséquences de la fatigue et du manque de sommeil. Vers midi, les sanglots, qui sortaient du sac derrière lui, étaient devenus si distincts qu'il sauta à bas de sa monture, tout comme on quitte un lit bien chaud en pleine nuit pour mettre fin au grincement agaçant d'une fenêtre mal fermée, et tira très fort sur les cordes qui fermaient le sac. Mais un peu plus tard, sous la pluie qui s'était mise à tomber, non seulement il continuerait à entendre les sanglots, mais il sentirait aussi sur sa peau les larmes de la tête coupée.

Quand le soleil refit son apparition, il comprit qu'il y avait un lien entre le mystère de l'univers et ce qui se lisait sur le visage en larmes, à croire que l'univers, qui lui était autrefois connu, familier, compréhensible, échappait à l'anéantissement grâce à l'expression normale, ordinaire, des visages. De même que tout se transforme quand une coupe enchantée vole en éclats, quand se brise une carafe de cristal magique, tout le sens de l'univers s'était évanoui depuis que cette étrange expression avait surgi sur le visage en larmes, livrant le bourreau à une terrifiante solitude. Alors que ses vêtements trempés par la pluie séchaient au soleil, il comprit soudain qu'il lui fallait changer l'expression collée au visage comme un masque s'il voulait que tout retourne à l'ordre ancien. D'autre part, sa conscience professionnelle lui ordonnait de ramener à Istanbul telle quelle la tête qu'il avait plongée, sans lui laisser le temps de refroidir, dans le sac plein de miel.

Après avoir passé en selle, sans fermer l'œil, une nuit épouvantable, à lui faire perdre la raison, dans le bruit ininterrompu des sanglots, qui avaient pris la forme d'une ritournelle agaçante, le bourreau trouva le monde entièrement transformé, au point qu'il avait peine à croire qu'il était encore lui-même. Les platanes, les pins, les chemins bourbeux, les fontaines, dont les gens s'écartaient avec terreur à sa vue, surgissaient d'un monde qu'il ne reconnaissait pas, qu'il ignorait complètement. Dans une bourgade qu'il atteignit à la mi-journée et qu'il n'avait jamais traversée jusque-là, il eut de la peine à identifier la nourriture qu'il se contenta d'avaler instinctivement, comme une bête. Quand il s'étendit à l'ombre d'un arbre, à la sortie du village, pour permettre à son cheval de se reposer, il comprit que ce qu'il avait appelé jusque-là ciel était une étrange coupole bleue. Au coucher du soleil, il remonta en selle. Il lui restait encore six journées de route. Il avait compris à présent qu'il ne pourrait jamais atteindre Istanbul s'il ne faisait pas cesser les sanglots, s'il n'arrivait pas à faire changer le visage d'expression, s'il ne réussissait pas à accomplir le tour de magie qui lui permettrait de rendre à l'univers son ancien visage familier.

À la tombée du soir, il découvrit un puits aux abords d'un village, où il entendait aboyer des chiens, et descendit de cheval. Il s'empara du sac de cuir, l'ouvrit, en sortit la tête qu'il saisit par les cheveux. Il la lava à grande eau, mais avec délicatesse, comme s'il s'agissait d'un nouveau-né. Après l'avoir soigneusement essuyée avec un chiffon, lui séchant bien les cheveux et les oreilles, il l'examina au clair de lune : on n'y remarquait aucune altération et elle exprimait toujours le même désespoir, insupportable, inoubliable ; elle continuait à pleurer.

Il la posa sur la margelle, alla chercher dans les arçons de sa selle ses instruments de travail, ses deux coutelas et d'épaisses barres de fer qu'il utilisait pour les supplices. Tout d'abord, avec ses couteaux, il tenta de transformer le visage en tirant avec force sur les commissures des lèvres, sur la peau et les os. Après de longs efforts, il avait déchiqueté les lèvres, mais il avait réussi à dessiner sur la bouche un sourire à peine esquissé, un peu de traviole même. Puis il se lança dans un travail plus délicat : il s'attacha à ouvrir les yeux que la douleur avait plissés. Après de longs efforts épuisants, quand il parvint enfin à rendre souriant le visage, il était à bout de forces, et il ne se sentait plus aussi tendu. Il se réjouit même de voir sur la peau la trace violette du coup de poing qu'il avait dû lancer à Abdi pacha avant de l'étrangler. Plein d'une joie enfantine, il courut remettre ses instruments dans les arçons.

Mais quand il revint au puits, la tête avait disparu. Un bref instant, il crut à un mauvais tour qu'elle lui aurait joué. Quand il comprit qu'elle avait roulé dans le puits, il n'hésita pas un instant, courut à la maison la plus proche et frappa très fort à la porte pour en réveiller les habitants. Il suffit au vieux paysan et à son fils d'apercevoir le bourreau pour que, terrifiés, ils obéissent sur-le-champ à ses ordres. Jusqu'au matin, ils travaillèrent tous trois à retirer la tête du puits qui n'était pas très profond. Au point du jour, le jeune garçon, qu'ils avaient descendu dans le puits, retenu à la taille par une corde, revint à la surface en hurlant de terreur, avec la tête qu'il avait saisie par les cheveux. Elle avait été bien abîmée, mais elle ne pleurait plus. Le bourreau, qui avait recouvré son calme, l'essuya avec soin, la replongea dans le sac de miel, offrit quelques piastres au jeune homme et à son père, et repartit tout heureux vers l'ouest.

Au lever du soleil, alors que les oiseaux gazouillaient dans les arbres en fleurs, le bourreau, dans une joie de vivre et un enthousiasme sans bornes, aussi immenses que le ciel, comprit que l'univers était redevenu l'ancien univers familier. Il n'entendait plus de sanglots surgir du sac. Il descendit de cheval vers midi, au bord d'un lac enserré entre des collines couvertes de sapins et, dans son bonheur, se laissa aller au sommeil profond qu'il avait attendu en vain depuis tant de jours. Avant de s'endormir pourtant, il s'était redressé d'un bond, avec allégresse, avait couru jusqu'au lac pour y contempler l'image de son visage, et il avait, une fois encore, constaté que l'univers n'avait pas changé.

Cinq jours plus tard, à Istanbul, quand des témoins qui avaient bien connu Abdi pacha affirmèrent que la tête coupée n'était pas la sienne, et que l'expression souriante qu'on pouvait y voir ne rappelait aucunement le défunt, le bourreau pensa au visage heureux qu'il avait pu contempler dans le miroir du lac. On l'accusa d'avoir touché de l'argent d'Abdi pacha et fourré dans le sac la tête d'un autre, de quelque innocent berger, par exemple, qu'il aurait tué en route et défiguré pour que personne ne s'aperçoive de la supercherie. Le bourreau ne chercha pas à se disculper, il savait que toute dénégation serait inutile : il avait déjà vu le bourreau chargé de le décapiter franchir le seuil.

L'histoire de l'innocent berger décapité à la place d'Abdi pacha se répandit très vite. Au point que le pacha, qui attendait de pied ferme l'arrivée du deuxième bourreau dans sa belle demeure à Erzurum, le fit aussitôt exécuter. Ainsi débuta la rébellion menée par Abdi pacha, que certains accusèrent d'être un imposteur, après avoir déchiffré les lettres sur son visage ; rébellion qui dura vingt ans et qui fit tomber six mille cinq cents têtes.

CHAPITRE VII

Le secret des lettres
et la disparition du secret

> « Des milliers et des milliers de
> secrets seront dévoilés
>   Le jour où se dévoilera ce visage
> secret. »

Attar

Quand arriva l'heure du dîner dans la ville, quand la circulation diminua sur la place de Nichantache et que se turent les coups de sifflet rageurs de l'agent chargé du trafic au coin de la place, Galip contemplait depuis si longtemps les photographies que la mélancolie, la tristesse ou la pitié, qu'avaient pu éveiller en lui les visages de ses compatriotes, s'étaient épuisées depuis belle lurette ; les larmes ne coulaient plus sur ses joues. Tout comme avaient disparu la bonne humeur, la joie ou l'émotion que ces physionomies avaient pu lui inspirer. À croire qu'il n'attendait plus rien de la vie. Il ressentait devant ces photos l'indifférence de celui qui a perdu sa mémoire, ses espoirs et son avenir. Dans un recoin de son cerveau, il sentait remuer lentement le silence qui semblait envahir tout son corps. Tout en mangeant le pain et le fromage qu'il avait trouvés dans la cuisine et en buvant le reste du thé de la veille, il continuait à contempler les photos sur lesquelles retombaient les miettes. L'agitation de la ville, aussi résolue qu'incroyable, avait pris fin, remplacée par les bruits de la nuit. À présent, il pouvait entendre le ronronnement du réfrigérateur, un rideau de fer s'abaisser à l'autre bout de la rue, un éclat de rire devant la boutique d'Alâaddine. Il prêtait parfois attentivement l'oreille au bruit de souliers à talons hauts qui avançaient à toute allure dans la rue. Il lui arrivait aussi d'oublier le silence alors qu'il examinait l'un des portraits avec une expression de peur, de terreur même sur son visage et une stupeur qui finissait par l'épuiser.

C'est alors qu'il se mit à réfléchir sur les rapports entre l'expression des visages et les secrets des lettres : plus dans le désir d'imiter les héros des policiers chers à Ruya que dans le dessein de déchiffrer ce que Djélâl avait gribouillé sur les photographies. « Pour pouvoir être comme les personnages des polars, capables, eux, de découvrir sans cesse de nouveaux indices », se disait Galip avec lassitude, « il suffit de croire que les choses qui nous entourent nous cachent des secrets ». Il alla chercher dans la bibliothèque du couloir les boîtes où Djélâl avait placé tous les livres, les brochures, les coupures de journaux et de revues traitant de la science des lettres et entassé des milliers de photographies, et se remit au travail.

Il découvrit des visages que constituaient des lettres de l'alphabet arabe : des *vav* et des *ayin* dessinaient les yeux, des *ze* et des *ri* traçaient les sourcils, les nez étaient des *elif*. Djélâl avait souligné chacune des lettres utilisées avec l'application et le soin du bon élève qui a entrepris d'apprendre l'alphabet ancien. Dans un vieux livre lithographié, Galip découvrit aussi des yeux d'où coulaient des larmes dans une combinaison de *vav* et de *djim* : le point au-dessus du *djim* était une larme qui glissait vers le bas de la page. Sur une vieille photographie en noir et blanc, il constata qu'on pouvait aisément retrouver ces mêmes lettres dans les sourcils, les yeux, le nez et les lèvres ; au bas de la photo, Djélâl avait écrit très lisiblement le nom d'un cheik bektachi. Il découvrit aussi des calligraphies de maximes ou de poésies (« Ah, mes anciennes amours ! »), des galions ballottés par les tempêtes, des éclairs qui s'abattaient du ciel et qui avaient la forme d'un œil ou d'un regard terrifiant, des rébus où les têtes humaines se confondaient avec les branches, le tout entièrement dessiné avec des lettres, jusqu'à des barbes dont chaque poil était une lettre. Il rencontra aussi des visages blêmes, découpés dans des photos, et auxquels on avait crevé les yeux, d'autres visages d'innocents aux lèvres souillées par des lettres qui portaient les traces du péché, des visages de pécheurs dont le destin terrifiant pouvait se lire dans les rides de leur front. Au-dessus de leur longue chemise blanche et du procès-verbal de leur exécution qu'ils portaient au cou, il vit l'expression hagarde de premiers ministres ou de brigands pendus, fixant le sol que leurs pieds ne pouvaient atteindre. Sur des photographies aux couleurs fanées envoyées par des lecteurs qui devinaient dans les yeux outrageusement fardés d'une actrice de cinéma bien connue ses talents de putain, sur celles des soi-disant sosies de Rudolph Valentino ou de Benito Mussolini, ou encore de sultans ou de pachas, il lisait les lettres qu'ils avaient soulignées sur leur propre photo ou sur celle des hommes à qui ils s'imaginaient ressembler. Dans les lettres de lecteurs qui avaient pu déchiffrer le message que leur envoyait Djélâl dans un article où il soulignait le sens très particulier de la lettre *h*, la dernière lettre du nom d'Allah, ou de ceux qui révélaient les symétries des mots *matin, visage, soleil*, qu'il avait utilisés dans ses chroniques durant un mois, une semaine ou une année, dans les longues lettres de ceux qui s'évertuaient à lui prouver que l'étude des lettres ne différait guère de l'idolâtrie, Galip retrouva les traces des jeux de lettres que Djélâl avait imaginés. Il examina des copies de miniatures représentant le fondateur du Houroufisme, Fazlallah d'Esterabad, sur lesquelles on avait ajouté des lettres des alphabets arabe et latin ; les mots ou les lettres qui ornaient des photographies de footballeurs et d'acteurs de cinéma, celles qu'on trouvait dans les paquets de gaufres et de chewing-gums aussi épais que des semelles de crêpe, qu'Alâaddine vendait dans sa boutique ; les photos d'assassins, de simples pêcheurs ou de chefs de confréries. Il découvrit des centaines, des milliers, des dizaines de milliers de photos de « gens de chez nous », grouillantes de lettres. De ces photos-là, il y en avait vraiment des milliers, prises dans tous les coins de l'Anatolie, dans les petites villes grises de poussière, les bourgades les plus lointaines, où le sol se crevasse l'été sous le soleil, de celles que rien ni personne — à part les loups affamés — ne peut atteindre en hiver, isolées qu'elles sont quatre mois durant par la neige ; dans les villages de contrebandiers sur la frontière de la Syrie, ceux où la moitié de la population mâle est unijambiste pour avoir marché sur des mines ; dans les villages de montagne qui attendent une route depuis toujours ; dans des bars et des boîtes de nuit des grandes villes, ou dans des abattoirs clandestins qui se cachent dans des grottes ; dans des cafés fréquentés par les trafiquants de haschisch ou les vendeurs de cigarettes au marché noir ; des bureaux de la « Direction » dans des gares lointaines et désertes ; des « salons » d'hôtels où passent leurs nuits les maquignons ; dans des bordels de Sogukoluk : des milliers de portraits « tirés » par des photographes, la tête fourrée sous un drap noir, qui font fonctionner leurs vieux Leica en manipulant, tel un alchimiste ou un diseur de bonne aventure, les plaques couvertes de produits chimiques, les obturateurs, les pompes et les soufflets de leurs appareils que des perles bleues protègent du mauvais œil, juchés sur leur trépied, installés aux abords des hôtels ou des administrations, à côté des tables où travaillent les écrivains publics. Il n'était guère difficile de deviner que les gens de chez nous, au moment où ils fixaient l'objectif, étaient saisis d'une vague peur de la mort, d'un sentiment du temps qui passe mêlé d'aspiration à l'immortalité, qui les faisaient frissonner. Galip pouvait aussitôt comprendre que ce désir profond était lié aux sentiments de défaite, de mort et de désespoir dont il découvrait les signes sur les visages des humains et sur les plans des villes. À croire que les cendres et les poussières d'un volcan avaient recouvert le passé d'une couche épaisse, quand la défaite avait succédé aux années de bonheur et que, pour découvrir le sens secret et oublié depuis longtemps des souvenirs, Galip était tenu de lire et de déchiffrer les signes qui avaient envahi les visages.

On devinait à certains détails notés au verso que certaines photos avaient été envoyées à Djélâl au début des années cinquante, à l'époque où il était chargé au journal non seulement des mots croisés, des critiques de films et de la chronique « Incroyable mais vrai », mais encore de la rubrique « Votre visage, votre personnalité ». On devinait aussi que d'autres lui avaient été envoyées plus tard, en réponse à un appel qu'il avait lancé (« Nous désirons voir les photographies de nos lecteurs et en publier certaines pour illustrer notre chronique ! ») ; ou encore des lettres, des bouts de papier, des mots griffonnés au verso permettaient de comprendre que certaines photos avaient été envoyées pour ajouter certains détails à des lettres dont Galip n'arrivait pas à saisir le contenu. Les gens fixaient l'objectif comme s'ils se remémoraient un souvenir lié à un passé très lointain, ou comme s'ils contemplaient l'éclat verdâtre d'un éclair luisant sur une côte lointaine, à peine visible ; comme si, d'un regard accoutumé, ils voyaient s'abîmer dans quelque sombre marécage leur propre destin ; ils avaient le regard de l'amnésique, convaincu que la mémoire perdue ne lui reviendra jamais plus. Tout en sentant que le silence de ces personnages envahissait de plus en plus son esprit, Galip comprenait clairement pourquoi Djélâl avait bien pu recouvrir de lettres ces photographies, ces coupures, ces visages, ces regards, et ce depuis tant d'années ; mais dès qu'il tentait d'utiliser ces motifs comme une clé pour s'expliquer les liens entre sa vie et celles de Djélâl et de Ruya, pour se demander comment il allait quitter cet appartement fantôme et quel allait être son avenir, il se sentait figé, un bref instant, comme les visages sur ces photos, et sa raison, qui aurait dû découvrir un lien logique entre les événements, s'égarait dans les brumes d'une certaine signification, qui se trouvait quelque part entre les visages et les lettres. Ce fut ainsi qu'il se rapprocha de la terreur qu'il découvrirait sur les visages et dans laquelle il sombrerait peu à peu.

Dans de vieux livres lithographiés, dans des plaquettes truffées de fautes d'orthographe, il découvrit tous les détails de la vie de Fazlallah, prophète et fondateur du Houroufisme : il était né en 1339 dans le Khorassan, à Esterabad, près de la mer Caspienne. Dès l'âge de dix-huit ans, il s'était consacré au mysticisme, il avait fait le pèlerinage de La Mecque et était devenu le disciple d'un certain Cheik Hassan. Tout en lisant comment Fazlallah avait accru son savoir au cours de ses voyages, en parcourant d'une ville à l'autre l'Iran et l'Azerbaïdjan ; tout en découvrant le sujet de ses entretiens avec des cheiks de Tebriz, de Chirvan ou de Bakou, Galip éprouvait un irrésistible besoin de tout recommencer, de vivre « une vie nouvelle », comme le disaient ces vieux bouquins. Les prophéties de Fazlallah sur son destin et sur sa mort — qui se réalisèrent toutes — donnèrent à Galip l'impression qu'il s'agissait là de choses tout à fait ordinaires, qui pourraient arriver à n'importe quel homme décidé à vivre la vie nouvelle à laquelle lui, Galip, aspirait. Dans un de ses rêves, Fazlallah avait vu deux huppes perchées sur un arbre, le prophète Salomon et lui-même dormaient au pied de l'arbre, sous le regard des oiseaux, et le rêve du prophète Salomon et celui de Fazlallah s'étaient confondus en un seul songe, et les deux oiseaux sur la branche étaient devenus un seul oiseau. Une autre fois, il avait rêvé d'un derviche qui venait lui rendre visite dans la caverne où il s'était retiré, mais par la suite, ce même derviche était venu le voir, en chair et en os, et lui avait appris qu'il avait lui-même vu en songe Fazlallah : assis côte à côte, ils feuilletaient un livre dans une caverne, ils distinguaient leurs visages dans les lettres du livre, et quand ils se tournaient l'un vers l'autre pour se regarder, ils voyaient sur leurs visages les lettres du livre.

Pour Fazlallah, le phonème, la voix, était la ligne de démarcation entre l'être et le non-être. Car, quand on passe du monde invisible au monde matériel, seul le son que produit toute chose est matériel. Pour s'en rendre compte, il suffisait de frapper l'une contre l'autre les choses « les plus muettes ». La forme la plus évoluée du bruit, c'est naturellement la parole, le phénomène le plus élevé qu'on appelle le « verbe », le mystère qu'on appelle le « mot » et qui est fait de lettres. Et il était possible de lire distinctement sur le visage humain les lettres, sens et essence de l'être, représentation de Dieu sur terre. Il y a sur nos visages deux sourcils, quatre rangées de cils, plus la racine des cheveux, soit au total sept lignes. Quand, à ces lignes, viennent s'ajouter les sept traits du nez, qui se développe plus tard, avec la puberté, le nombre de lettres s'élève à quatorze. Si l'on doublait ces chiffres, en additionnant leur valeur numérique et leur apparence matérielle, qui est plus poétique, il était clair que le chiffre vingt-huit, nombre des lettres utilisées par Mahomet et grâce auxquelles a été énoncé le Coran, n'était pas le fruit du hasard. Et quand Galip lut que, pour parvenir au total des trente-deux lettres du persan, langue que parlait Fazlallah et dans laquelle il écrivit son célèbre *Javidanname*, il fallait examiner plus attentivement la ligne des cheveux et celle au-dessous du menton, et les diviser par deux et les lire chacune comme deux lettres distinctes, il comprit pourquoi sur certaines photographies, la tête — visage et chevelure — était partagée en deux par une raie médiane rappelant la coiffure gominée des acteurs dans les films américains des années trente. Tout semblait très simple à présent à Galip ; heureux de cette simplicité enfantine, il comprit une fois encore ce qui avait attiré Djélâl dans ces jeux de lettres.

Tout comme le « Lui » dont Djélâl avait relaté l'histoire, Fazlallah s'était proclamé le Sauveur, le Prophète, le Messie attendu par les juifs, le Rédempteur que les chrétiens s'attendent à voir descendre du ciel, le Mehdi dont Mahomet annonce également la venue. Puis, après avoir rassemblé autour de lui sept disciples qui croyaient en lui, il avait entrepris de répandre sa foi. Quand Galip lut que Fazlallah, allant d'une ville à une autre, déclarait dans son prêche que l'univers ne livrait pas sa signification au premier coup d'œil, qu'il fourmillait de mystères et que, pour pénétrer ces secrets, il était indispensable de connaître le secret des lettres, il ressentit une profonde sérénité, comme si la preuve était faite que son univers à lui aussi grouillait de secrets, exactement comme il l'avait toujours cru et attendu. Il devinait aussi que la sérénité qui l'avait envahi était liée à la simplicité de cette preuve. S'il était exact que l'univers était un lieu plein de mystères, l'univers secret que lui désignaient la tasse à café, le cendrier, le coupe-papier qu'il voyait sur la table, et jusqu'à sa main, pareille à un crabe endormi, posée près du coupe-papier, cet univers secret dont cette main faisait partie existait vraiment. Et Ruya, elle aussi, s'y trouvait. Galip, lui, se tenait sur le seuil de cet univers, sur le point d'y pénétrer. Très bientôt, il y parviendrait, grâce au secret des lettres.

Et pour y arriver, il devait encore lire, très attentivement. Il relut le récit de la vie et de la mort de Fazlallah. Il apprit qu'il avait vu sa mort en rêve et qu'il était allé à la mort comme en un songe. Il avait été accusé d'athéisme et de blasphème ; on lui reprochait de ne pas adorer Dieu, mais l'homme, les lettres et les idoles ; de s'être proclamé Messie ; de ne pas croire au sens visible, réel, du Coran, mais à ses propres illusions qui, à ses yeux, constituaient le sens secret, invisible, du Livre. Il avait été arrêté, jugé et pendu.

Après l'exécution de Fazlallah et de ses proches disciples, les houroufis, persécutés en Iran, avaient pu se réfugier en Anatolie grâce au poète Nesimî, qui fut l'un des successeurs du prophète. Emportant avec lui les œuvres de Fazlallah et tous ses manuscrits traitant de sa doctrine dans un coffre vert, devenu légendaire par la suite chez les houroufis, il parcourut toutes les villes d'Anatolie, et trouva de nouveaux partisans dans les *medresse* déserts où somnolaient les araignées, dans les couvents où les derviches fumaient le haschisch et où grouillaient les lézards ; et afin de prouver à ses disciples que non seulement le Coran, mais l'univers tout entier débordaient de secrets, il avait recours à des jeux de mots et de lettres empruntés au jeu d'échecs qu'il aimait fort. Ce poète qui, en deux vers seulement, comparait l'une des lignes du visage de sa bien-aimée et un grain de beauté à une lettre et à un point, et cette lettre et ce point à une éponge et à une perle au fond de la mer, et se comparait lui-même au pêcheur d'éponges plongeant à la recherche de la perle, puis cet homme qui se jette de plein gré dans les bras de la mort au « fou d'amour » à la recherche de Dieu, et enfin comparait Dieu à sa bien-aimée — et la boucle était ainsi bouclée —, avait été arrêté à Alep, écorché vif après un très long procès ; son cadavre fut exhibé dans la ville, pendu à un gibet, puis débité en sept morceaux qui furent, pour l'exemple, enterrés dans sept des villes où il avait trouvé des disciples et où ses poèmes avaient été appris par cœur.

Le Houroufisme qui, grâce à Nesimî, se répandit rapidement dans l'Empire ottoman, exerça une forte influence sur Mehmet le Conquérant, quinze ans après la conquête d'Istanbul. Quand les oulémas apprirent que le sultan, citant les écrits de Fazlallah, se plaisait à discuter des mystères de l'univers, des interrogations posées par les lettres, et des secrets de Byzance, qu'il contemplait du palais où il venait de s'installer, et qu'il cherchait à découvrir comment chaque coupole, chaque cheminée, chaque arbre qu'il désignait du doigt à son entourage, pouvait constituer la clé des mystères d'un second univers, souterrain celui-là, ils fomentèrent un complot et firent brûler vifs tous les houroufis qui avaient pu s'introduire dans les bonnes grâces du souverain.

Dans un petit livre qui, à en croire une note ajoutée à la main sur la dernière page, aurait été imprimé clandestinement dans une imprimerie à Horassan, près d'Erzurum, au début de la Seconde Guerre mondiale, Galip découvrit une gravure : on y voyait se consumer sur des bûchers des houroufis décapités à la suite d'un complot raté contre Beyazit II, le fils du Conquérant. Sur une autre page, on voyait encore des membres de la secte, brûlés vifs pour ne pas s'être soumis à l'édit de bannissement du sultan Soliman ;

c'était toujours le même dessin enfantin et la même expression de terreur. Dans les flammes qui enveloppaient les corps des martyrs, on distinguait les *elif* et les *lam* qui composent le nom d'Allah. Plus étrange encore, des larmes dessinées avec des O, des U et des C de l'alphabet latin jaillissaient des yeux des suppliciés, brûlant à grand feu. Ce fut sur cette image que Galip rencontra la première application du Houroufisme à la réforme de l'alphabet de 1928, au passage des caractères arabes aux caractères latins, mais comme, à cette époque, il se préoccupait surtout du mystère qu'il voulait résoudre, il continua à lire le contenu de la boîte sans bien comprendre la signification de ce qu'il avait vu.

Il lut ainsi des pages et des pages sur le *kanz-i mahfî*, le « trésor secret » de la nature de Dieu ; tout le problème, c'était de trouver la voie qui mènerait à ce secret, de comprendre comment il se reflétait dans l'univers ; de réaliser que le mystère se manifestait partout, dans chaque objet, dans chaque chose et dans tout être humain. L'univers était un océan d'indices, et chaque goutte de cet océan avait le goût du sel qui pourrait mener au secret qui s'y dissimulait. Galip était persuadé qu'il pourrait se plonger dans les mystères de cet océan, s'il continuait à dévorer toutes ces pages de ses yeux rougis par la fatigue.

Tout comme ses manifestations se retrouvaient partout et dans tout, le mystère était partout et dans tout. Galip pouvait clairement constater, au fil de sa lecture, que les choses autour de lui étaient des indices du secret dont il se rapprochait lentement, comme le sont dans les poèmes le visage de la bien-aimée, les perles, les roses, les coupes de vin, les chevelures d'or, les nuits et les flammes. Le fait que le rideau frappé par la pâle lueur de la lampe, les vieux fauteuils qui se confondaient avec les souvenirs de Ruya, les ombres sur les murs, le téléphone à l'aspect terrifiant, étaient si lourds de sens et d'histoires, éveilla chez Galip — comme cela lui arrivait dans son enfance — l'impression d'entrer sans le remarquer dans un jeu : celui où chacun des joueurs en imitait un autre et où chaque chose imitait autre chose. Persuadé qu'il était capable de sortir de ce jeu dangereux en devenant un autre — comme il le faisait dans son enfance —, il continua son chemin en dépit d'une vague appréhension. « Si tu as peur, je peux allumer la lampe », disait-il quand, jouant dans le noir avec Ruya, il devinait chez elle cette même anxiété. « N'allume surtout pas ! » lui répondait Ruya la courageuse, qui aimait le jeu et la peur. Galip continua à lire.

Au début du xviie siècle, dans les années où les rébellions djélâli bouleversèrent l'Anatolie, certains houroufis allèrent s'installer dans les villages abandonnés par les paysans, qui fuyaient les pachas, les cadis, les brigands et les imams. Tout en s'efforçant de déchiffrer les strophes d'un assez long poème célébrant la vie pleine de joies et de sens de ces villages houroufis, Galip pensa une fois de plus aux souvenirs heureux de sa propre enfance.

En ces temps lointains et heureux, le sens de la vie et la façon de vivre ne faisaient qu'un. En ces temps paradisiaques, le mobilier dont nous remplissions nos maisons correspondait aux rêves que nous nous en faisions. En ces années si heureuses, tout le monde savait que les outils et les objets, les poignards et les calames que nous saisissions étaient la prolongation non seulement de nos corps, mais aussi de

471

nos âmes. En ce temps-là, quand les poètes parlaient d'un arbre, chacun pouvait s'imaginer un arbre tel qu'est l'arbre, chacun savait qu'il n'était pas nécessaire de faire preuve de beaucoup de talent, ni de compter le nombre de feuilles et de branches pour décrire l'arbre dans le poème ou l'arbre dans le jardin. En ce temps-là, tout le monde savait que les objets décrits et les mots utilisés pour les décrire étaient très proches les uns des autres, et qu'ils se confondaient les matins où la brume descendait sur le village fantôme. Ces matins-là, au réveil, ils étaient incapables de distinguer le rêve de la réalité, la vie de la poésie, les hommes et leurs noms. En ce temps-là, les vies et les histoires étaient si réelles que personne ne se demandait ce qui faisait partie de la vie ou de l'histoire. Les rêves se vivaient, les existences se commentaient. En ce temps-là, les visages étaient si expressifs que même ceux qui ne savaient pas lire, qui croyaient que l'alpha était le nom d'un fruit, qui prenaient l'*elif* pour une poutre ou le A pour un chapeau, pouvaient aussitôt déchiffrer les lettres qui se lisaient sur nos visages.

Tout en lisant comment, pour parler de l'heureuse et lointaine époque à laquelle les hommes ne connaissaient même pas le temps, les poètes décrivaient le soleil couleur d'orange immobile à l'horizon à la tombée du soir, et les galions dont les voiles enflaient sous l'effet d'un vent qui ne soufflait pas sur la mer lisse couleur de verre et de cendre, et qui ne changeaient jamais de place même quand ils avançaient ; quand il rencontra la description de mosquées toutes blanches qui se dressaient sur ces rives, pareilles à des mirages qui ne disparaîtraient jamais, et de leurs minarets plus blancs encore, Galip se dit que les rêves et la façon de vivre des houroufis, demeurés secrets du xviiᵉ siècle à nos jours, avaient bel et bien envahi Istanbul également. Quand il découvrit au fil de sa lecture les cigognes et les albatros qui battent des ailes entre les blancs minarets à trois galeries, et les phénix et les *Simorgh* et tous les autres oiseaux fabuleux qui planent depuis des siècles au-dessus des coupoles d'Istanbul, comme cloués au firmament ; quand il réalisa qu'une promenade dans les rues d'Istanbul, qui ne forment jamais d'angle droit quand elles se croisent, et dont on ne sait jamais où ni comment elles vont se croiser, est aussi vertigineuse et aussi distrayante qu'un tour sur la grande roue, qui lance le voyageur vers l'infini ; quand il apprit que par les chaudes nuits d'été et de clair de lune, quand les seaux remontaient des puits aussi pleins de mystères et de signes venus des étoiles que d'eau glaciale, les gens récitaient jusqu'au matin des poèmes qui parlaient de la signification et des indices de ces signes, Galip comprit que le véritable houroufisme avait vécu son âge d'or autrefois à Istanbul ; il comprit aussi que les années de bonheur qu'ils avaient connues, Ruya et lui, n'étaient plus que du passé. Cet âge d'or et de béatitude n'avait sûrement pas duré longtemps. Car tout de suite après cette époque où tous les mystères étaient révélés, la secte s'était repliée sur elle-même : pour rendre leurs secrets encore plus hermétiques, tout comme les houroufis installés dans les villages fantômes, certains plaçaient tous leurs espoirs dans des élixirs confectionnés avec du sang, du jaune d'œuf, des poils et des excréments, d'autres creusaient des souterrains sous leurs maisons, dans les coins les plus secrets d'Istanbul, pour y dissimuler leurs trésors.

Galip apprit encore que certains membres de la secte, qui eurent moins de chance que les perceurs de souterrains, furent arrêtés et pendus pour avoir participé à une révolte de janissaires, et les lettres devinrent illisibles sur leur visage déformé par le nœud coulant. Et les rhapsodes qui, leur *saz* à la main, se rendaient en pleine nuit dans les couvents de derviches des quartiers pauvres pour y chuchoter les secrets des houroufis, se heurtèrent très vite à un mur d'incompréhension. Tous ces détails prouvaient qu'une très grande désolation avait mis fin à l'âge d'or qu'avait connu la doctrine, dans les villages les plus reculés du pays ou dans les recoins les plus secrets, les ruelles les plus mystérieuses d'Istanbul.

Tout à la fin d'un vieux livre de poésie, aux pages rongées par les souris, où des moisissures vert-de-gris et vert bouteille s'épanouissaient dans une bonne odeur de papier et d'humidité, Galip découvrit une note : on pouvait trouver des informations sur le même sujet dans une autre brochure. Et sur les dernières pages de la brochure, à en croire une phrase assez longue et mal construite, que l'imprimeur de Horassan avait fourrée en tout petits caractères entre les derniers vers d'un poème monotone et des indications sur l'adresse de l'éditeur et de l'imprimeur, la date d'édition, la brochure en question, intitulée *Le secret des lettres et la disparition du secret*, septième ouvrage paru dans la même collection, également publiée à Horassan, près d'Erzurum, avait été rédigée par un certain F. M. Utchundju et s'était attiré les louanges de Sélime Katchmaz, journaliste à Istanbul.

Gagné par la somnolence et la fatigue, l'esprit embrumé par les fantômes de lettres et de mots et par le souvenir de Ruya, Galip tenta de se remémorer les débuts de la carrière de son cousin. À cette époque, l'intérêt que portait Djélâl aux jeux de lettres et de mots se bornait aux messages qu'il adressait à ses proches ou à ses petites amies par le biais de rubriques telles que « Incroyable mais vrai » ou « L'horoscope du jour ». Galip se mit à fouiller rageusement dans les tas de magazines, de journaux et de paperasses, à la recherche de la brochure. Après avoir mis la pagaille dans l'une des boîtes qu'il continuait à examiner sans espoir, il était près de minuit quand il découvrit l'ouvrage dissimulé entre les coupures de journaux, quelques articles faisant allusion à une polémique et qui n'avaient jamais été publiés, et des photographies bizarres. Et dans les rues régnait le silence des périodes d'état de siège et de couvre-feu, ce silence qui vous donne la chair de poule et vous plonge dans le désespoir.

Comme bien d'autres « œuvres » du même genre dont on annonçait la proche parution, *Le secret des lettres et la disparition du secret* avait été imprimé, plusieurs années plus tard et dans une autre ville : en 1962 et à Gordion, où il y avait donc une imprimerie à cette date, ce qui étonna fort Galip. Un livre de deux cent vingt pages. La couverture fanée était ornée d'une illustration noirâtre, due à un cliché défectueux et à de l'encre de mauvaise qualité : une route, entre deux files de marronniers, se perdait dans l'infini de la perspective. Derrière chacun des arbres se devinaient des lettres terrifiantes, à vous donner la chair de poule.

À première vue, le livre ressemblait aux nombreux essais que des officiers « idéalistes » publiaient dans ces années-là, du genre : « Pourquoi n'avons-nous pas atteint en deux cents ans le niveau de l'Occident ? » ou « Comment assurer le développement du pays ? » « Élève de l'École militaire ! C'est toi seul qui peux sauver ton pays ! » Le livre s'ouvrait sur cette apostrophe que l'on retrouvait dans la plupart de ces ouvrages, tous publiés à compte d'auteur dans quelque lointaine bourgade d'Anatolie. Mais quand il se mit à en parcourir les pages, Galip comprit qu'il se trouvait en présence d'un sujet bien différent. Il quitta le fauteuil, s'installa devant le bureau de Djélâl et, les coudes posés sur la table, il entreprit de lire attentivement le livre.

Le secret des lettres et la disparition du secret se composait de trois parties, dont les deux premières se retrouvaient dans le titre. « Le secret des lettres » débutait par le récit de la vie du fondateur du houroufisme. Mais F. M. Utchundju avait donné une dimension laïque au personnage : plus que le Fazlallah mystique, c'était le philosophe rationaliste, le mathématicien, le sémanticien qui passait au premier plan. Certes, Fazlallah était un prophète, un Mehdi, un martyr, un saint, un juste, mais c'était plus encore un philosophe subtil, un génie, et puis c'était surtout un homme de « chez nous ». Voilà pourquoi toute tentative d'expliquer ses idées — comme le faisaient les orientalistes occidentaux —, en évoquant l'influence du panthéisme ou de la Kabbale, de Plotin ou de Pythagore, ne pouvait être qu'un mauvais coup porté à Fazlallah, un recours à la pensée occidentale contre un homme qui s'y était opposé durant toute sa vie. Fazlallah était un pur Oriental.

À en croire F. M. Utchundju, l'Orient et l'Occident se partageaient le monde ; ils s'opposaient l'un à l'autre comme le recto et le verso, c'étaient deux antonymes, tout comme le bien et le mal, le noir et le blanc, l'ange et le démon. Il était impossible pour ces deux univers de vivre en paix, côte à côte, comme le croyaient les utopistes, qui se berçaient d'illusions. Tout au long de l'histoire, et à tour de rôle, l'un avait triomphé ; à tour de rôle, l'un était devenu le maître et avait réduit l'autre en esclavage. Toute une série d'exemples historiques particulièrement significatifs illustraient cette guerre gémellaire incessante : le livre citait Gordium (en turc *kordugum*, nœud extrêmement compliqué) où Alexandre avait tranché le nœud (c'est-à-dire le chiffre, disait l'auteur) d'un coup d'épée ; les Croisades ; les lettres et les chiffres au double sens figurant sur l'horloge que Haroun al-Rachid envoya à Charlemagne ; le passage des Alpes par Hannibal ; les victoires musulmanes en Andalousie (une page entière était consacrée au nombre de colonnes de la mosquée de Cordoue) ; il y était question de Mehmet le Conquérant, lui-même houroufi, et de sa conquête de l'Empire byzantin et de Constantinople ; de la ruine de l'Empire khazar comme des défaites subies par les Ottomans devant Venise et Doppio (le Château-Blanc).

Selon F. M. Utchundju, tous ces faits historiques exprimaient une idée très importante, que Fazlallah avait exprimée en termes voilés. Les périodes de domination de l'Occident ou de l'Orient n'obéissaient pas au hasard, mais à la logique. Celui de ces deux univers qui, à certains moments historiques, réussissait à percevoir le monde comme un lieu mystérieux, à sens multiples, grouillant de secrets, parvenait à vaincre, à écraser l'autre. Ceux pour qui l'univers était un lieu simple, à sens unique, dénué de mystères, étaient condamnés à la défaite et à l'esclavage, qui est l'issue inéluctable de la défaite.

F. M. Utchundju avait consacré la deuxième partie du livre à un examen minutieux de la disparition du secret. Que ce soit dans l'*idea* de la philosophie grecque, dans le Dieu des néo-platoniciens chrétiens, dans le Nirvana indien, dans l'Oiseau Simorgh d'Attar ou le « bien-aimé » de Mevlâna, dans le Trésor secret des houroufis, dans le noumène de Kant ou dans la description de l'assassin dans un roman policier, le mystère signifiait toujours le « centre » secret, caché, du monde. Et donc, disait F. M. Utchundju, si une civilisation a perdu l'idée de mystère, cela signifie que sa pensée est privée de « centre » et a perdu tout équilibre.

Dans les pages suivantes, Galip découvrit de longues phrases assez incompréhensibles sur les raisons qui avaient forcé Mevlâna à tuer son « bien-aimé », Chems de Tebriz, puis à se rendre à Damas pour faire durer le mystère qu'il avait « forgé de toutes pièces » avec cette mort ; sur le fait que ses allées et venues, ses « recherches » dans cette ville n'avaient pas suffi à maintenir cette idée de « mystère » ; puis sur le sens attribué aux divers points de Damas parcourus par le poète au cours de ses déambulations, dans l'espoir de retrouver le « centre » de sa pensée qui se perdait peu à peu. Commettre un meurtre, alors que l'assassin ne saurait être identifié, ou disparaître sans laisser de traces — passer à la trappe —, était, de l'avis de l'auteur, une méthode efficace pour recréer un secret disparu.

Plus loin, F. M. Utchundju passait au rapport « lettres/visage » qui est l'élément le plus important de la doctrine houroufi. Comme Fazlallah l'avait fait dans son *Javidanname*, il insistait sur l'idée que Dieu — invisible — se manifestait sur le visage humain ; il étudiait longuement les traits de ce visage, et les rapports de ces traits avec les lettres de l'alphabet arabe. Après de longues digressions quelque peu naïves sur la prosodie des poètes houroufis, tels que Nesimî, Rafii, Missali, Ruhi de Bagdad ou Gul-Baba, une logique se dégageait du livre : dans les époques de bonheur et de victoires, chez chacun de nous, le visage a un sens, tout comme le monde dans lequel nous vivons. Cette signification nous a été révélée par les houroufis, qui ont su percer les mystères de l'univers et discerner les lettres sur nos visages. Mais avec la disparition de la doctrine, les lettres s'étaient effacées sur les visages, tout comme s'était perdu le secret de l'univers. Nos visages étaient désormais vides, il n'était plus possible d'y lire quoi que ce soit : nos yeux, nos sourcils, notre nez, notre regard, notre expression, notre visage n'avaient plus aucun sens. Galip eut envie de se lever pour aller contempler son propre visage dans le miroir, mais il continua à lire avec la plus grande attention.

Tout était lié au vide de nos visages, qu'il s'agisse de l'étrange topographie qui fait penser à la face cachée de la lune et que nous retrouvons sur les visages des stars du cinéma turc, arabe ou indien, ou des résultats terrifiants et mystérieux que la photographie obtient quand elle s'intéresse à l'homme. Si les foules qui emplissent les rues d'Istanbul, du Caire ou de Damas se ressemblent tant, tels des fantômes qui emplissent la nuit de leurs gémissements ; si les hommes aux sourcils toujours froncés se laissent tous pousser la même moustache ; si les femmes, coiffées du même fichu, tiennent les yeux fixés sur le sol quand elles avancent sur les trottoirs couverts de boue, la raison en était toujours la même : le vide des visages. Par conséquent, la seule chose à faire, c'était de redonner une expression au vide de nos visages, de créer un système qui nous permettrait d'y découvrir les lettres de l'alphabet latin. Le chapitre II annonçait que ce système serait examiné dans la troisième partie, intitulée « La découverte du secret ».

Galip avait beaucoup apprécié ce F. M. Utchundju qui savait si bien utiliser les jeux verbaux et jongler avec le double sens des mots, avec une naïveté enfantine : il y avait chez cet homme quelque chose qui lui rappelait Djélâl.

CHAPITRE VIII

Une très longue partie d'échecs

> « Harun al-Rachid se déguisait parfois pour visiter incognito Bagdad et apprendre ainsi ce que son peuple pensait de lui et de son administration. Ce soir-là donc, une fois de plus... »
>
> Contes des *Mille et Une Nuits*

Un de nos lecteurs, désireux de garder l'anonymat, détient une lettre qui éclaire certains points demeurés obscurs d'une période de notre proche histoire : celle que l'on appelle le « passage à la démocratie ». Elle lui serait parvenue par toute une série de hasards, par des voies semées d'embûches et de perfidie, qu'il se refuse, à juste titre, à révéler. Cette lettre, qui aurait été écrite par le dictateur de l'époque à l'un de ses enfants se trouvant à l'étranger, je la publie telle quelle, sans rien changer à son style — celui d'un militaire de haut rang.

« Par cette nuit d'août, il y a six semaines, il faisait extrêmement chaud, même dans la pièce où est décédé le fondateur de notre République ; la chaleur était si suffocante qu'on avait l'impression que non seulement l'horloge chargée de dorures qui indique

481

à jamais neuf heures et quart, l'instant de la mort d'Atatürk — ce qui vous faisait bien rire parce qu'elle induisait en erreur ma pauvre mère —, mais toutes les montres s'étaient arrêtées dans le palais de Dolma-Bahtchè et dans Istanbul ; dans cette chaleur implacable, la pensée, le mouvement, le temps semblaient s'être pétrifiés. Aux fenêtres donnant sur le Bosphore, les rideaux toujours agités par la brise ne remuaient pas cette nuit-là. Dans la pénombre, les gardes alignés tout au long du quai se tenaient aussi immobiles que des mannequins, comme s'ils se trouvaient là non pas sur mon ordre, mais parce que le temps avait cessé de s'écouler. Pressentant que l'heure était venue de mettre à exécution ce que je rêvais de faire depuis tant d'années et que je ne m'étais jamais décidé à entreprendre, j'ai choisi dans l'armoire une tenue de paysan, je m'en suis revêtu. Et tout en me glissant hors du palais par la porte du Harem, inutilisée depuis si longtemps, j'ai pensé, pour me donner du courage, à tous les sultans qui durant cinq siècles étaient sortis par des portes dérobées dans tous les autres palais d'Istanbul — Topkapi, Beylerbey, Yildiz — ou encore par cette même porte, pour se plonger dans les ténèbres de la vie urbaine qu'ils désiraient tant retrouver, et qui étaient revenus sains et saufs de ces escapades.

« Comme Istanbul avait changé ! Décidément, les vitres de ma Chevrolet blindée ne sont pas seulement à l'épreuve des balles ; elles empêchent également la vie réelle de ma ville, cette ville que j'aime tant, de parvenir jusqu'à moi. Après m'être éloigné des murs du parc, alors que je marchais vers Karakeuy, j'ai acheté du halva à un marchand ambulant : le caramel avait un goût de brûlé. Dans des cafés encore ouverts, j'ai parlé avec des hommes qui jouaient aux cartes ou au trictrac, ou qui écoutaient la radio. J'ai vu des putes qui attendaient le client dans des boutiques de blanc-manger, des enfants mendier devant des restaurants en montrant du doigt les *kébap* exhibés dans les vitrines. Je suis entré dans les cours des mosquées pour me mêler aux foules qui en sortaient après la dernière prière. Dans les maisons de thé à la clientèle familiale, dans les quartiers pauvres, j'ai bu du thé et j'ai grignoté des graines de tournesol comme tout le monde. Dans une ruelle pavée de dalles, j'ai rencontré un jeune couple qui revenait d'une visite chez des voisins : tu aurais dû voir avec quel amour la femme, aux cheveux dissimulés sous un fichu, s'appuyait sur le bras de son mari, qui portait sur ses épaules un petit garçon à moitié endormi. J'ai eu les larmes aux yeux.

« Non, ce n'était pas du bonheur — ou du malheur — de mes concitoyens dont je me souciais. Même en cette nuit de liberté et de rêve, le spectacle — tout partiel et fragmenté qu'il fût — de leur vie réelle avait ravivé en moi le sentiment de me trouver en dehors de la réalité, la tristesse et la crainte d'être réveillé de mes songes. Et je m'efforçais de me débarrasser de ces illusions et de cette peur en contemplant Istanbul. À nouveau les larmes me montaient aux yeux, lorsque je regardais les vitrines des pâtisseries et les foules qui se déversaient des bateaux aux cheminées élégantes des Lignes maritimes municipales, rentrant de leur dernier trajet.

« L'heure du couvre-feu approchait. À Emineunu, dans l'espoir de profiter de la fraîcheur de l'eau, je suis allé trouver un batelier, je lui ai tendu cinquante piastres et je lui ai demandé de me déposer, sans se presser, sur l'autre rive, à Karakeuy ou à Kabatache. " As-tu perdu la tête ? " me dit-il. " Ne sais-tu donc pas que le général-président se balade chaque nuit à cette heure-ci, dans son bateau, et qu'il fait jeter en prison tous ceux qu'il rencontre en mer ? " J'ai tiré de ma poche toute une liasse de ces billets de banque roses, pour lesquels, je le sais, mes ennemis ont inventé tant d'infâmes calomnies, parce qu'on y a imprimé mon portrait ; et je les lui ai tendus dans le noir. " Si on gagne le large avec ta barque, pourras-tu me montrer le bateau du président ? " Il m'arracha les billets et me désigna l'avant de la barque : " Fourre-toi là, sous cette bâche, et ne bouge surtout pas ! Et Dieu nous ait en sa bonne garde ! " Il s'empara des rames.

« Où nous dirigions-nous, sur cette mer sombre, vers le Bosphore, vers la Corne d'Or ou vers la Marmara ? Je n'en savais rien. La mer calme était aussi silencieuse que la ville obscure. Du banc où je m'étais allongé, je pouvais sentir l'odeur légère de la brume sur l'eau. On entendit un bruit de moteur : " Le voilà, il arrive ! " chuchota le batelier. " Il est là chaque nuit ! " Notre barque alla se dissimuler entre les pontons couverts de moules du port. Je n'arrivais pas à détourner le regard du puissant faisceau de lumière qui tournait vers la droite, puis vers la gauche, et se déplaçait impitoyablement sur la ville, les côtes, la mer et les mosquées. J'ai vu le grand navire blanc qui se rapprochait lentement, je pouvais distinguer les gardes, leur gilet de sauvetage sur le dos, leurs armes à la main, et plus haut, quelques silhouettes sur la passerelle, et au-dessus de leurs têtes, tout en haut, seul, le faux général-président. J'avais de la peine à voir son visage parce qu'il se tenait dans le noir, mais je pus tout de même remarquer, à travers le léger brouillard, qu'il était vêtu comme moi. J'ai demandé au batelier de suivre le navire, mais en vain : il m'expliqua que l'heure du couvre-feu était arrivée et qu'il tenait à la vie, et il me ramena à Kabatache. J'ai suivi des ruelles désertes et je suis rentré au palais sans me faire remarquer.

« J'ai passé le reste de la nuit à penser à mon sosie, à ce faux pacha, non pour me demander de qui il s'agissait et ce qu'il cherchait là, sur la mer, en pleine nuit ; je pensais à lui parce que, grâce à lui, je pouvais réfléchir sur moi-même. Dans le dessein de pouvoir plus aisément suivre ce qu'il faisait, j'ai ordonné dès le lendemain matin aux commandants de l'état de siège de repousser d'une heure le couvre-feu. La radio communiqua aussitôt cet ordre, accompagné de l'un de mes discours. Et pour donner l'illusion d'un vent de libéralisation, j'ordonnai également de relâcher un certain nombre de prisonniers, ordre aussitôt exécuté.

« La nuit suivante fut-elle plus gaie à Istanbul ? Absolument pas ! Ce qui prouve que la tristesse constante dont souffre notre nation n'est pas causée par la pression politique, comme l'affirment mes opposants aux vues si superficielles, mais qu'elle se nourrit de raisons plus profondes, plus insurmontables. Les gens fumaient, mangeaient des glaces, grignotaient des graines de tournesol, les clients des cafés écoutaient toujours avec la même mélancolie et la même indifférence le discours dans lequel j'annonçais la réduction des heures de couvre-feu. Mais comme ils étaient réels ! Quand je me trouvais parmi eux, je ressentais la douleur du somnambule, incapable de retourner à la réalité parce qu'il ne peut pas s'y réveiller. Le batelier m'attendait à Emineunu, Dieu sait comment. Nous avons aussitôt gagné le large.

« Cette nuit-là, le vent soufflait, la mer était agitée. Le général-président nous fit attendre, comme si un signal l'avait averti de notre présence. Alors que, dissimulé par une bouée au large de Kabatache, je contemplais l'arrivée du navire, puis le général-président lui-même, je me dis qu'il était beau — beau et réel, si ces deux mots peuvent être utilisés côte à côte. Était-ce possible ? Au-dessus de la foule qui se pressait sur la passerelle, ses yeux étaient tournés comme des projecteurs sur Istanbul et sur les gens, il semblait fixer l'histoire. Que voyait-il ?

« Je fourrai une liasse de billets roses dans la poche du batelier ; il saisit les rames. Secoués, ballottés par les vagues, nous les avons rejoints à Kassime-Pacha, près de l'Arsenal, et nous avons pu les observer, mais de loin seulement. Ils se sont tous engouffrés dans des voitures bleu marine ou noires — dont ma Chevrolet — et ils ont disparu dans les ténèbres de Galata. Le batelier maugréait sans cesse, il répétait qu'il était tard et que l'heure du couvre-feu approchait.

« Après avoir si longuement été secoué par les vagues, je crus que le sentiment d'irréalité qui me saisit quand je posai le pied sur le quai n'était qu'une question d'équilibre. Il n'en était rien. Alors que je marchais dans les rues où on ne rencontrait plus personne, étant donné l'heure tardive, dans les avenues désertées sur mes ordres, je fus à nouveau envahi par ce sentiment de me retrouver dans l'irréel, un sentiment si fort que m'apparut une image qui semblait surgie d'un rêve. Sur la route de Findikli à Dolma-

Bahtchè, on ne voyait que des meutes de chiens errants. Seul un marchand de maïs bouilli poussait son chariot, à vingt mètres devant moi, en courant presque, et se retournait souvent pour m'observer. Je devinais à ses regards que je lui faisais peur et qu'il me fuyait, et moi, j'aurais voulu lui dire que la chose qu'il aurait dû craindre se cachait derrière les énormes marronniers qui bordaient la route. Mais j'étais incapable de le lui expliquer, comme cela se passe toujours dans les rêves, et, toujours comme dans les rêves, j'avais peur, parce que je ne pouvais lui dire ce que je voulais lui dire, ou au contraire, je ne pouvais le lui dire parce que j'avais peur. La chose qui me faisait peur, elle, se trouvait derrière les arbres qui défilaient des deux côtés de la route, de plus en plus vite parce que je pressais le pas, et parce que le marchand de maïs pressait le pas, lui aussi, parce que je pressais le pas. Cependant, je ne savais pas de quoi il s'agissait ; pis encore, je savais que cette menace n'était pas un rêve.

« Le lendemain matin, comme je ne voulais pas ressentir la même peur, j'ordonnai de repousser d'une bonne heure le couvre-feu et de relâcher encore un certain nombre de prisonniers. Je ne fis même pas de déclaration à ce sujet à la radio ; on diffusa un de mes vieux discours.

« Mais je savais, par l'expérience des vieillards à qui la vie enseigne que rien ne change jamais, que je verrais les mêmes images dans les rues de la ville. Je ne me trompais pas. Certains cinémas en plein air avaient reculé l'heure des séances, voilà tout. Les mains des vendeurs de barbe à papa étaient comme toujours barbouillées de rose ; et les visages des touristes occidentaux qui avaient le courage de sortir la

487

nuit, fût-ce en compagnie de leurs guides, étaient très blancs, comme toujours.

« Mon batelier m'attendait comme chaque soir au même endroit. Je peux en dire autant du faux pacha. Nous l'avons croisé tout de suite après avoir quitté la côte. La nuit était aussi calme que le premier soir, mais sans la moindre brume. Sur le miroir obscur de la mer, je pouvais voir se refléter, tout comme les minarets et les lumières de la ville, la silhouette du général-président, perchée sur la passerelle. Il était réel. De plus, dans cette nuit claire, il nous avait vus. Comme nous aurait vus tout être de chair et d'os dans cette nuit claire.

« Notre barque suivit le navire et se glissa derrière lui devant l'embarcadère de Kassime-Pacha. Je venais à peine de poser discrètement le pied sur le quai que des individus, qui ressemblaient plus à des videurs de boîte de nuit qu'à des militaires, se jetèrent sur moi : que faisais-je là, si tard dans la nuit ? Affolé, je protestai, l'heure du couvre-feu n'avait pas encore sonné, j'étais un pauvre paysan, je logeais dans un hôtel du quartier de Sirkedji, j'avais eu envie de faire une promenade en barque pour ma dernière nuit à Istanbul, avant de rentrer au village, je n'étais pas au courant du décret du président. Mais ce froussard de batelier passa aussitôt aux aveux, et les gardes expliquèrent ce qui s'était passé au général-président qui s'était rapproché de nous. Dans sa tenue « civile », le général-président me ressemblait encore plus, et moi je ressemblais à un paysan. Il nous fit répéter nos déclarations, puis donna ses ordres : le batelier pouvait repartir. Quant à moi, je devais le suivre.

« Assis côte à côte sur les sièges arrière, le général-président et moi étions seuls dans la Chevrolet blindée qui quittait le port. La présence du chauffeur, dont nous séparait une vitre insonore — détail qui n'existait pas dans ma Chevrolet à moi —, aussi silencieux et fantomatique que la voiture, n'atténuait pas notre solitude, elle ne faisait que l'accentuer.

« " Cette rencontre, nous l'attendions depuis des années ! " dit le général-président d'une voix qui me parut totalement différente de la mienne. " Je savais, moi, que je l'attendais, toi tu n'en savais rien, nous l'attendions tous les deux, mais nous ignorions qu'elle se passerait ainsi. "

« Il parlait d'une voix lasse, hésitante, moins ému par l'idée de pouvoir enfin me raconter son histoire que rasséréné par la joie d'y mettre fin. Lui et moi étions, disait-il, dans la même classe à l'École militaire. Les mêmes professeurs nous avaient prodigué les mêmes cours, nous avions participé aux mêmes entraînements par des nuits d'hiver glaciales, attendu tous les deux l'arrivée de l'eau aux robinets de notre caserne par les chaudes journées d'été ; les jours de permission, nous parcourions ensemble cette ville d'Istanbul que nous aimions tant, disait-il. Il avait, déjà à l'époque, prévu l'évolution des événements, affirma-t-il, même s'il n'en avait pas prévu les détails actuels.

« Déjà en ce temps-là, alors que nous menions un combat secret, lui et moi, pour obtenir les meilleures notes en maths, remporter le maximum de points au polygone de tir, pour nous assurer l'estime de nos camarades et pour terminer major de la classe, avec le meilleur dossier, il avait compris, disait-il, que je réussirais mieux que lui et que je logerais un jour dans des palais, où ma pauvre mère serait déconcertée par des horloges arrêtées. Je lui fis observer que ce combat — si nous l'avions vraiment mené — avait dû demeurer fort secret, car je ne me rappelais aucunement avoir vécu une rivalité quelconque durant mes années d'École militaire avec l'un de mes condisciples — ce en quoi je vous ai toujours conseillé de m'imiter —, tout comme je ne me souvenais pas d'avoir été son ami. Il n'en fut point démonté. Il me répliqua que j'étais trop sûr de moi pour avoir remarqué cette sourde rivalité, il y avait lui-même renoncé parce qu'il avait compris que j'étais bien trop supérieur, déjà à l'époque, à tous les élèves de notre classe, à tous ceux de l'École, aux lieutenants et même aux capitaines ; il s'était refusé à demeurer une pâle copie, une réussite de seconde classe. Il voulait être "lui-même", une réalité, il ne voulait pas être une ombre. Alors qu'il s'expliquait ainsi, je contemplais les rues désertes d'Istanbul par les vitres de la Chevrolet, dont je remarquais peu à peu qu'elle ne ressemblait pas tellement à la mienne, et de temps en temps, je tournais les yeux vers nos genoux et nos jambes, immobiles, tendus exactement dans la même position devant les sièges.

« Plus tard, il m'expliqua qu'il n'y avait jamais eu de place pour le hasard dans ses calculs. À cette époque, il n'était pas nécessaire d'être grand mage pour prévoir que notre peuple se soumettrait à un dictateur pour la seconde fois en quarante ans, et lui livrerait Istanbul, et que ce dictateur serait un militaire de notre génération. Ni pour en arriver à la conclusion que je serais ce soldat. Il avait ainsi, par une simple démarche intellectuelle, prévu tout l'avenir, alors qu'il était encore élève à l'École militaire. Ou ce serait moi qui deviendrais général-président, et lui se retrouverait dans l'Istanbul indécis de l'avenir, deviendrait une ombre quasi fantomatique se mouvant entre la réalité et l'effacement, entre le désespoir du présent et les fantômes du passé et de l'avenir ; ou bien, alors, il consacrerait sa vie à trouver un autre moyen de se réaliser. Quand il me raconta que, pour découvrir cette voie, il avait commis un délit assez grave pour le faire rayer des cadres de l'armée, mais assez bénin pour ne pas se retrouver en prison, et qu'il avait réussi à se faire pincer alors que, revêtu de l'uniforme du commandant de l'École, il passait en revue toutes les sentinelles, alors seulement, je me souvins de cet élève assez effacé. Après avoir quitté l'École, il s'était lancé dans le commerce. "Dans notre pays, ce qu'il y a de plus facile, c'est de s'enrichir, tout le monde le sait !" dit-il avec fierté. " Par contre, s'il y a tellement de pauvres chez nous, c'est parce qu'on enseigne aux gens, tout au long de leur vie, les moyens, non pas de devenir riches, mais de rester pauvres !" m'expliqua-t-il. Après un bref silence, il ajouta que c'était moi qui lui avais ainsi appris à s'assumer. "Toi !" s'écria-t-il en appuyant sur le mot. "Toi dont je découvre ce soir avec stupeur, au bout de tant d'années, que tu es encore moins réel que moi ! Pauvre bougre de paysan !"

« Un long, très long silence suivit. Dans les vêtements que mon aide de camp m'avait préparés en m'affirmant fièrement qu'il s'agissait là de la mise des paysans des environs de Konya, je me sentais, non pas ridicule, pis, exclu de la réalité, devenu, contre ma volonté, une partie d'un rêve. Je compris également que ce rêve n'était qu'un montage, réalisé à partir de diverses images d'Istanbul plongé dans le noir, qui défilaient silencieusement derrière nos vitres comme dans un film muet : des rues vides, des places, des trottoirs déserts. L'heure de mon couvre-feu avait sonné ; on aurait dit que la ville avait été évacuée.

« J'avais enfin compris que ce que mon ancien camarade de classe plein de fierté me montrait là, c'était ce fantôme de ville que j'avais créé moi-même. Nous passions devant des maisons de bois perdues entre d'immenses cyprès qui les faisaient paraître plus minuscules encore, dans des quartiers pauvres et périphériques qui se confondaient avec les cime-tières, au point d'atteindre le seuil de la contrée des songes. Nous avons suivi des rues pavées très pen-tues, abandonnées aux meutes de chiens qui se bat-taient entre eux ; nous en avons remonté d'autres, très raides, que les réverbères rendaient encore plus obscures. Tout en passant par ces rues fantomati-ques, aux murs croulants, aux cheminées démolies, aux fontaines sans eau, que j'aurais cru ne voir qu'en rêve, tout en contemplant avec une appréhension étrange les mosquées plongées dans le sommeil, pareilles dans la nuit à des géants de légendes ; alors que nous traversions des places aux horloges arrê-tées, aux bassins desséchés, aux statues oubliées depuis longtemps, qui me donnaient l'impression que le temps s'était arrêté, non seulement dans mon palais, mais dans la ville entière, je ne prêtais aucune attention au récit que me faisait mon double de ses réussites commerciales, ni aux anecdotes qu'il me racontait en prétendant qu'elles rappelaient notre situation (le conte du vieux berger qui surprend sa femme avec son amant et le passage des *Mille et Une Nuits* où Harun al-Rachid s'égare dans les rues de la ville). Un peu avant l'aube, l'avenue qui porte mon nom — le tien — me paraissait moins une réalité que le prolongement d'un rêve, comme toutes les autres avenues, les rues et les places.

« Il était en train de me rappeler le rêve de Mevlâna, connu sous le nom de l' "Histoire du concours de peinture" quand je rédigeai le communiqué qui annonçait mon abandon d'un titre trop pompeux et que je fis ensuite publier à la radio — ce communiqué dont nos amis occidentaux, là-bas, te demandent sans doute les raisons secrètes. Après cette longue nuit blanche, alors que je tentais de m'endormir, je rêvai que chaque nuit, les foules emplissaient les places, et que les horloges arrêtées se remettaient en branle ; qu'une vie plus réelle que celle des fantômes et des songes allait commencer dans les cafés où les gens grignotent des graines de tournesol, sur les ponts, devant les cinémas. Je ne sais pas à quel point ce rêve s'est réalisé, si la ville d'Istanbul s'est transformée en une carte dans laquelle je pourrais redevenir réel. Mais j'apprends par mes aides de camp que la liberté, comme toujours, inspire beaucoup plus mes ennemis que les rêves. Ils continuent à se rassembler dans les maisons de thé, dans les chambres d'hôtel, sous les ponts, pour fomenter contre moi de nouveaux complots. Les petits malins tracent toujours sur les murs du palais des messages codés, indéchiffrables, dit-on. Mais tout cela n'est guère important. Les temps où les sultans se déguisaient pour aller se mêler à leurs sujets sont révolus ; ces histoires ne se rencontrent plus que dans les livres.

« J'ai lu l'autre jour, c'était dans l'*Histoire des Ottomans* de Hammer, que le sultan Sélime le Redoutable, encore prince héritier, s'était rendu à Tabriz sous un déguisement de derviche. Comme il jouait à merveille aux échecs, il y avait rapidement acquis une certaine renommée, et le chah Ismaïl, lui-même grand amateur d'échecs, avait fait venir au palais ce jeune derviche. Sélime était sorti victorieux d'une partie qui avait duré fort longtemps. Je me suis alors posé la question : bien des années plus tard, quand le chah Ismaïl comprit que le jeune homme qui l'avait battu aux échecs n'était pas un derviche, mais le sultan Sélime le Redoutable, qui devait conquérir Tabriz à la suite de la bataille de Tchaldiran, a-t-il pu se souvenir de la succession des coups de la partie ? Mon double plein de fierté, lui, se rappelle certainement tous les coups de la partie que nous avons menée. À propos d'échecs, mon abonnement à *King and Pawn* a sans doute pris fin ; je ne reçois plus la revue. Je t'envoie de l'argent par l'intermédiaire de l'ambassade, pour que tu le renouvelles. »

La découverte des secrets

« Ce chapitre où se déchiffre clairement le texte de ton visage. »

Niyazi-i Misri

Avant de se plonger dans la lecture du chapitre III
du *Secret des lettres et la disparition du secret*, Galip
se prépara un café bien serré. Il alla se rincer le visage
à l'eau froide pour lutter contre le sommeil, tout en
évitant soigneusement de se regarder dans le miroir.
Quand il s'installa à nouveau, avec sa tasse de café,
devant la table de travail de Djélâl, il ressentait
l'ardeur d'un élève de lycée bien décidé à résoudre le
problème de maths sur lequel il sèche depuis des
jours.

Selon F. M. Utchundju, en ces temps où l'on attendait l'apparition en Anatolie, sur les terres turques,
d'un Mehdi qui sauverait l'Orient tout entier, la première chose à faire — si l'on voulait redécouvrir le
secret perdu —, c'était de fournir, en utilisant les
traits du visage humain, une base solide aux vingt-
neuf lettres de l'alphabet latin qui, à partir de 1928,
furent adoptées pour le turc. Avec des exemples pris
dans des écrits houroufis depuis longtemps tombés

dans l'oubli, dans les incantations bektachis, dans l'imagerie populaire de l'Anatolie, dans les traces très vagues que l'on pouvait encore retrouver dans les villages houroufis, dans les signes tracés sur les murs des couvents de confréries ou des vieilles demeures de pachas, et dans des milliers de calligraphies, l'auteur démontrait les valeurs acquises par certains sons, au cours de leur passage de l'arabe ou du persan au turc. Il avait retrouvé et souligné ces lettres sur certaines photographies, avec une précision troublante. Alors qu'il observait ces visages, sur lesquels, ajoutait l'auteur, il n'était même pas nécessaire de distinguer les lettres de l'alphabet latin pour en saisir aussitôt le sens, Galip frissonna comme il avait frissonné en regardant les photos découvertes dans la bibliothèque de Djélâl. Il examina les pages illustrées à partir de clichés de mauvaise qualité, de portraits de Fazlallah et de ses deux successeurs, d'un portrait de Mevlâna « exécuté d'après une miniature », et de celui de « notre champion olympique, le lutteur Hamit Kaplan », et il fut pris de peur quand il se retrouva devant une photographie de Djélâl, datant des années cinquante. Comme sur les autres, certaines lettres y avaient été soulignées par des flèches. Sur cette photo de Djélâl, âgé d'environ trente-cinq ans, F. M. Utchundju avait pu voir un U sur le nez, des Z au coin des yeux et, sur l'ensemble du visage, un H couché sur le flanc. Galip feuilleta rapidement le livre ; il constata qu'on avait ajouté à cette série d'images les portraits des cheiks houroufis et des imams les plus célèbres, revenus sur terre après un petit voyage dans l'au-delà ; les photographies d'acteurs de cinéma américains au « visage expressif », tels que Greta Garbo, Humphrey Bogart,

Edward G. Robinson et Bette Davis ; celles des bourreaux les plus connus et celles de certains gangsters
de Beyoglou dont Djélâl avait relaté les aventures.
Plus loin, l'auteur affirmait que chacune des lettres
qu'il avait soulignées sur les visages avait une double
signification : le sens du rôle qu'elle jouait dans l'écriture, et le sens secret révélé par le visage.

Si nous admettons que chaque lettre possède une
signification secrète, correspondant à un concept,
disait ensuite F. M. Utchundju, en développant sa
pensée, chaque mot composé par des lettres a nécessairement un second sens, qui est secret. Il en va de
même pour les phrases, les paragraphes du discours,
en un mot tout ce qui est écrit. Mais puisque ces
significations peuvent s'exprimer par d'autres mots,
d'autres phrases, c'est-à-dire par d'autres lettres, il en
résultera une série illimitée de significations secrètes, que l'on peut « commenter » en passant d'une
interprétation à une autre et, de là, à une autre et à
une autre encore. Ce que nous pourrions comparer
à la toile d'araignée tissée à l'intérieur d'une ville par
les rues innombrables qui débouchent l'une sur
l'autre ; aux plans, dont chacun évoque un visage. Ce
qui fait que le lecteur qui tente de percer le mystère,
en se contentant de ses propres connaissances et en
utilisant les règles dont il dispose, est en tout point
semblable au voyageur qui pénètre dans le secret au
fur et à mesure qu'il parcourt les rues indiquées sur
le plan, mais qui, plus il va de l'avant, rencontre de
nouveaux secrets et les découvre dans les rues où il
marche, sur les parcours qu'il choisit, les pentes qu'il
gravit, sur son propre chemin et dans sa propre vie.
Aussi, le Rédempteur tant attendu — appelons-le
« Lui » ou Messie — surgirait au point même où les

lecteurs, les malheureux ou les amateurs d'histoires finissent par se perdre, à mesure qu'ils pénètrent dans les profondeurs du mystère. Ainsi le voyageur, pareil à celui de la Voie mystique, qui reconnaîtrait le signal lancé par le Mehdi, dans le vécu ou dans l'écrit, aux points d'intersection des visages dessinés par les plans, dans la ville et dans les signes, devrait découvrir son chemin en utilisant les clés et le code dont il disposait. Tout comme le passant qui trouve son chemin grâce à des panneaux installés dans les rues et les avenues, concluait F. M. Utchundju, avec une joie enfantine. Il s'agissait donc de pouvoir discerner dans le vécu et dans l'écrit les signes qu'y disposerait le Messie.

Selon F. M. Utchundju, pour résoudre ce problème, nous devions dès aujourd'hui nous mettre à la place du Mehdi, prévoir comment Il agirait, c'est-à-dire prévoir les coups, comme le fait le joueur d'échecs. Et il priait son lecteur — qu'il invitait à procéder à ces prévisions en sa compagnie — d'imaginer un homme capable de s'adresser, constamment et dans tous les cas, à une vaste masse de lecteurs. « Pensons par exemple à un journaliste », ajoutait-il aussitôt. Un chroniqueur, un éditorialiste, dont l'article est lu chaque jour par des centaines de milliers de personnes aux quatre coins du pays, sur les bateaux, dans les autobus, les taxis collectifs, les cafés ou les boutiques de barbier, était un bon exemple de l'individu capable de répandre les signes avec lesquels le Messie annoncerait la voie à suivre. Pour ceux qui ignoraient le secret, les articles de cet éditorialiste n'auraient qu'une seule signification : celle qui se dégageait de la simple lecture. Mais ceux qui avaient entendu parler des codes et des formules seraient capables d'en discerner le sens secret, à partir de l'autre sens des lettres. Si le Messie plaçait par exemple dans un de ses articles une phrase telle que : « Je réfléchissais sur tout cela en me contemplant de l'extérieur... », les lecteurs ordinaires ne feraient qu'en remarquer la bizarrerie ; mais les autres, ceux qui connaissaient le secret des lettres, remarqueraient aussitôt que cette phrase constituait le communiqué, l'appel tant attendu et, utilisant leur code, se lanceraient dans l'aventure qui les mènerait à une vie, à une voie nouvelles.

Le titre du chapitre III, « La découverte des secrets », faisait donc allusion, non seulement à la redécouverte du secret qui, parce que perdu, avait causé la soumission de l'Orient à l'Occident, mais aussi aux phrases que le Mehdi dissimulerait dans ses articles.

F. M. Utchundju examinait ensuite, en les critiquant, les codes qu'Edgar Allan Poe propose dans son article « Quelques mots sur les écrits secrets ». Il affirmait que, parmi ces méthodes, celles du changement de l'ordre alphabétique avait été utilisée par Halladj-i Mansur dans ses lettres codées, et qu'elle était la plus proche de la méthode que choisira le Messie. Dans les dernières lignes du livre, il parvenait soudain à une conclusion d'une très grande importance : les lettres que chaque « voyageur de la Voie » pouvait lire sur son propre visage constituaient le point de départ de tous les codes, de toutes les formules. Tout homme désireux de s'engager sur la Voie, de créer un monde nouveau, devait tout d'abord déchiffrer les lettres qui apparaissaient sur son propre visage. Ce livre sans ambition était un guide pour le lecteur, un guide lui permettant de découvrir ces lettres. Ce n'était là qu'une introduction aux codes et aux formules permettant de parvenir au secret. Placer ces formules dans les articles serait évidemment la tâche du Mehdi, qui, bientôt, s'élèverait dans le firmament comme un soleil.

Quand Galip se dit que ce mot était également une allusion au nom du bien-aimé de Mevlâna (Chems, « soleil » en persan), il avait abandonné le livre et se dirigeait vers les toilettes pour se regarder dans le miroir. Une idée vague jusque-là se transformait franchement en épouvante : « Djélâl a dû depuis belle lurette lire ce qui est écrit sur mon visage ! » Il retrouva le sentiment de catastrophe qu'il éprouvait dans ses années d'enfance et d'adolescence, quand il avait commis une faute, ou qu'il se persuadait d'être devenu quelqu'un d'autre ou d'être mêlé à quelque mystère, quand tout était fichu et que rien ne pourrait s'arranger. « Je suis devenu un autre ! » se dit-il, comme un enfant plongé dans son jeu, et aussi comme un homme lancé dans un voyage sans retour.

Il était exactement trois heures douze ; dans l'appartement comme dans la ville régnait ce silence magique qui ne peut se remarquer qu'à ces heures-là ; et plus que le silence, l'impression de silence, car il pouvait entendre, à peine perceptible, le vrombissement lancinant d'une chaudière, dans l'un des immeubles voisins, ou d'un générateur dans un navire au loin. Il avait décidé depuis longtemps que l'heure était venue, mais il se retenait encore un peu avant de passer à l'action.

L'idée qu'il s'efforçait d'écarter depuis trois jours lui traversa l'esprit : si Djélâl n'avait pas envoyé un nouvel article à la rédaction, les colonnes de sa chronique quotidienne demeureraient vides à partir du lendemain, pour la première fois depuis tant d'années. Galip se refusa à l'imaginer : il avait l'impression que s'il ne paraissait pas un nouvel article, Djélâl et Ruya ne pourraient plus l'attendre, en plaisantant et en se moquant de lui, tapis dans leur cachette, quelque part dans la ville. Et brusquement, alors qu'il lisait une des vieilles chroniques, choisie au hasard dans la bibliothèque, il se dit : « Je suis capable d'écrire ça, moi aussi ! » Il disposait d'une recette, désormais. Et il ne s'agissait pas de celle que le vieux journaliste lui avait fournie trois jours plus tôt. « J'ai lu tous tes articles, je sais tout sur toi, j'ai tout lu, tout ! » Ce dernier mot, il l'avait murmuré presque à haute voix. Il était en train de lire une autre chronique, tirée toujours au hasard de la bibliothèque, il ne la lisait pas, non, il la parcourait en articulant les mots silencieusement, et il s'attardait sur le double sens qu'il s'efforçait de découvrir dans certains mots, certaines lettres, et il avait de plus en plus l'impression de se rapprocher de Djélâl. Lire, n'était-ce pas s'approprier peu à peu la mémoire d'un autre ?

À présent, il était prêt à se planter devant le miroir et à lire les lettres sur son visage. Il entra dans les toilettes et se regarda dans le miroir. Et ensuite, tout se passa très vite.

Bien plus tard, quand des mois se seraient écoulés, à chaque fois qu'il s'installerait dans ce même appartement, à la table de travail, entre ces meubles qui reconstituaient un passé vieux de trente ans avec une fidélité silencieuse et impitoyable, Galip penserait souvent à l'instant où il s'était regardé dans le miroir et, à chaque fois, le même mot lui reviendrait à l'esprit : c'est « terrible ». Alors qu'au moment où il

501

avait examiné son visage dans le miroir, il n'avait pas ressenti la peur que pouvait évoquer ce qualificatif, mais plutôt un sentiment de vide, un trou de mémoire, un manque de réaction. Car ce visage qu'il voyait dans le miroir à la lumière d'une ampoule nue, il l'avait tout d'abord contemplé comme il regardait les visages des premiers ministres ou des acteurs de cinéma, devenus si familiers à force de paraître dans les journaux. Il s'était regardé, non pas dans l'espoir de découvrir une solution au jeu mystérieux qu'il menait depuis des jours, mais comme s'il retrouvait un vieux manteau familier ou un banal matin d'hiver, comme s'il regardait sans le voir un vieux parapluie qui, pour lui, faisait partie de son destin. « En ce temps-là, j'étais tellement accoutumé à vivre avec moi-même que je ne remarquais pas mon visage », se dirait-il, bien plus tard encore. Mais cette indifférence n'avait guère duré. Car dès qu'il avait pu observer son visage dans le miroir comme il examinait depuis des jours les visages sur les photographies et les illustrations, il avait très vite commencé à y distinguer les ombres des lettres.

La première chose qui lui parut étrange, ce fut de pouvoir se regarder comme s'il s'agissait d'un bout de papier où des mots ont été gribouillés, de voir en ce visage un panneau adressant des signaux à d'autres visages, d'autres regards, mais il ne s'en était pas préoccupé sur le coup, car il pouvait à présent distinguer clairement les lettres qui apparaissaient entre ses yeux et ses sourcils. Très vite, elles étaient devenues si précises qu'il s'était étonné de ne pas les avoir remarquées plus tôt. Il s'était bien dit qu'il pouvait s'agir d'une illusion d'optique ou d'une accoutumance de l'œil, pour avoir vu trop de lettres sur les visages, sur les photographies, que tout cela faisait partie d'un trucage, d'un trompe-l'œil, d'un jeu mené avec bonne foi ; mais quand il détournait les yeux du miroir, puis s'y regardait à nouveau, il retrouvait les lettres là où il les avait laissées. Elles ne disparaissaient pas pour reparaître, comme ces dessins dans les magazines d'enfants où l'on distingue tantôt les branches d'un arbre, tantôt le voleur dissimulé entre ces branches ; elles avaient bien leur place dans la topographie du visage que Galip rasait machinalement chaque matin, elles faisaient partie de la surface qu'on appelle l'ovale du visage, elles étaient dans les yeux, les sourcils, l'arête du nez, là même où les houroufis avaient obstinément introduit la lettre *elif*. Au point qu'à présent il était plus facile de déchiffrer les lettres que de ne pas les remarquer. Galip s'y était bien efforcé, pour se débarrasser de ce masque irritant collé à son visage ; il tentait d'avoir recours à la condescendance qu'il avait toujours réussi à conserver, dans un coin de sa raison, depuis le moment où il s'était lancé dans l'examen attentif de l'imagerie et de la littérature houroufis. Il avait cherché à remettre en branle son scepticisme qui estimait enfantines, artificielles et ridicules toutes ces histoires sur les lettres et la figure humaine. Mais les lignes et les courbes de son visage formaient si clairement certaines lettres qu'il n'avait pu s'éloigner du miroir.

C'est à ce moment précis qu'il fut envahi par le sentiment qu'il devait qualifier de « terrible » par la suite. Tout s'était passé si vite, il avait si rapidement pu voir les lettres sur son visage et lire le mot qu'elles composaient, qu'il ne saurait jamais par la suite s'il avait été saisi de terreur en voyant son visage devenir un masque chargé de signes, ou par l'horreur de ce que signifiaient ces lettres. Les lettres indiquaient une réalité qu'il connaissait bien, mais qu'il cherchait depuis des années à oublier, une vérité dont il se souvenait bien, mais qu'il croyait avoir oubliée, qu'il ignorait bien qu'il l'eût apprise, un secret qu'il se rappellerait avec des mots entièrement différents, quand il chercherait à en faire la description par écrit. Mais dès qu'il les avait lues sur son visage, avec une netteté qui ne laissait subsister aucun doute, il s'était dit que tout était simple et compréhensible ; qu'il savait de quoi il s'agissait et qu'il ne devait pas s'en étonner. Ce qu'il qualifierait ensuite de « terrible » n'était peut-être pas la stupeur provoquée par un fait aussi simple qu'évident, tout comme est effrayant le fait que la pensée peut en un éclair percevoir un verre à thé comme un objet incroyablement surprenant et que l'œil peut aussitôt voir le même verre tel qu'il est.

Quand il décida que ce que désignaient les lettres sur son visage n'était pas une illusion, Galip s'éloigna du miroir et ressortit dans le couloir. Il avait deviné que ce sentiment qu'il estimerait « terrifiant » provenait moins de la transformation de son visage, devenu un masque ou le visage d'un autre ou encore un panneau de signalisation, que de ce que ce panneau lui avait montré. Car finalement, en vertu des règles du jeu, ces lettres pouvaient se retrouver sur toutes les figures humaines. Il en était persuadé, au point de se demander s'il ne cherchait pas à se duper lui-même. Mais au moment où il examinait les étagères de la bibliothèque dans le couloir, une douleur fulgurante l'envahit, il eut si violemment envie de revoir Ruya et Djélâl qu'il eut de la peine à se tenir debout. À croire que son corps comme son âme l'abandonnaient, le laissaient seul avec des péchés qu'il n'avait jamais commis ; à croire que sa mémoire ne gardait plus que des réminiscences de défaite et de ruine ; à croire que la mélancolie et le souvenir d'une histoire et d'un mystère que les autres avaient voulu oublier et avaient eu le bonheur d'oublier continuaient à peser sur sa mémoire et ses épaules à lui.

Par la suite, chaque fois qu'il tenterait de se rappeler ce qu'il avait fait après s'être regardé dans le miroir, au cours des quatre ou cinq minutes qui s'étaient alors écoulées — car tout s'était passé très vite —, il se souviendrait du bref laps de temps qu'il avait vécu entre la bibliothèque du couloir et les fenêtres qui donnaient sur le puits d'aération ; quand, après avoir pénétré dans la terreur, il avait eu tant de mal à respirer qu'il ne songeait qu'à s'éloigner du miroir demeuré dans l'obscurité et qu'une sueur froide perlait sur son front. Il pensa à retourner au miroir, en s'imaginant qu'il pourrait arracher ce masque si mince sur son visage, comme on détache la croûte sur une plaie, dans l'espoir qu'il ne pourrait plus lire les lettres qui apparaîtraient alors, tout comme il n'arrivait pas à déchiffrer les lettres et les signes qu'il rencontrait dans les rues, sur les affiches ou sur les sacs de plastique. Pour oublier sa douleur, il tenta de lire un article qu'il tira au hasard de la bibliothèque. Mais désormais, il avait tout compris ; il connaissait tout ce que Djélâl avait écrit, comme s'il l'avait écrit lui-même. Tout comme il le ferait souvent par la suite, il s'imagina aveugle, des billes de marbre avaient remplacé ses yeux, sa bouche était devenue un four, ses narines n'étaient plus que des trous creusés par des vis rouillées. Chaque fois qu'il pensait à son visage, il se disait que Djélâl avait vu les lettres qui s'y dessinaient, qu'il avait toujours su que Galip les déchiffrerait un jour, et qu'ils s'étaient ensemble lancés dans ce jeu. Mais il ne serait jamais certain d'avoir clairement pensé à tout cela dès le début. Il avait envie de pleurer sans y parvenir, il avait de la peine à respirer et ne put réprimer un gémissement ; sa main se tendit d'elle-même vers l'espagnolette, il voulait revoir le fond du puits d'aération, ce qu'ils appelaient le « trou noir » : là où il y avait eu un puits autrefois. Il eut l'impression d'imiter quelqu'un, comme un enfant, sans trop savoir qui il imitait.

Il avait ouvert la fenêtre, il s'était penché vers le trou, les coudes appuyés sur le rebord, tendu vers le puits perdu. Une odeur fétide en montait, la puanteur des excréments de pigeon, des ordures qui s'y accumulaient depuis plus d'un demi-siècle, de la crasse de l'immeuble, les relents des fumées de la ville, de la boue, de l'asphalte, du désespoir. Les gens avaient toujours jeté là ce qu'ils voulaient oublier. Galip eut envie de se lancer dans ces ténèbres d'où rien ne revenait jamais, parmi ces fragments de souvenirs dont il ne subsistait plus la moindre trace dans la mémoire de ceux qui avaient autrefois vécu dans cet immeuble ; de se jeter dans ce cylindre sombre, que Djélâl avait si patiemment élaboré des années durant et célébré avec les thèmes du puits, du mystère et de la peur dans la poésie ancienne ; mais il se contenta de fixer le trou noir, tout en s'efforçant de rassembler ses idées, comme le fait l'ivrogne. Ses souvenirs des années d'enfance qu'ils avaient vécues dans l'immeuble, Ruya et lui, étaient intimement liés à cette odeur. Elle avait contribué à la formation de l'enfant naïf, du jeune homme débordant de bonne foi, de l'heureux mari qu'il avait été, du simple citoyen vivant sans le savoir à la lisière du mystère. Son désir de revoir Ruya et Djélâl se fit si violent qu'il eut envie de crier ; c'était comme dans un rêve, où une partie de son corps se détacherait de lui, serait emportée très loin dans le noir, vers un piège auquel il n'échapperait qu'en hurlant de toute sa voix. Il contemplait le trou, il sentait sur son visage l'humidité glaciale de la nuit d'hiver et de la neige. Il avait l'impression que la douleur qu'il portait en lui depuis des jours était enfin partagée par d'autres ; le motif de la peur avait été découvert, il voyait clairement ce qu'il appellerait plus tard les raisons secrètes de la défaite, de la misère et de la ruine, tout avait été préparé depuis bien longtemps, comme sa propre vie, tombée dans un piège que Djélâl avait monté dans tous ses détails. Penché à mi-corps par la fenêtre qui donnait sur le puits, il contempla longuement l'emplacement du puits d'autrefois. Bien après avoir ressenti le froid sur son visage, sur son cou, sur son front, il se redressa et referma la fenêtre.

Tout ce qui suivit fut clair, intelligible, accessible. Quand, bien plus tard, il penserait à ce qu'il avait fait cette nuit-là jusqu'à l'aube, il estimerait tous ses gestes logiques, nécessaires et adéquats ; il se souviendrait de la lucidité et de la précision qui les avaient marqués. Il retourna à la salle de séjour et se laissa tomber dans un fauteuil pour prendre un peu de repos. Puis il remit de l'ordre sur la table de travail, rangea soigneusement les papiers, les coupures de journaux, les photographies dans leurs boîtes et les boîtes à leur place exacte dans la bibliothèque. Il ne se contenta pas de faire disparaître le fouillis qu'il avait provoqué en deux jours dans l'appartement, mais il rangea également tout ce que Djélâl y avait laissé en désordre : il vida les cendriers, lava les verres et les tasses, entrouvrit les fenêtres pour aérer les pièces. Il se rinça le visage, se prépara un autre café bien serré, puis installa la lourde Remington antique de Djélâl sur le bureau qu'il avait soigneusement rangé, et s'assit dans son fauteuil. Il découvrit dans un tiroir le papier machine, toujours le même depuis tant d'années, glissa une feuille dans le cylindre et se mit aussitôt à taper.

Il travailla sans se lever pendant près de deux heures. Conscient que tout, désormais, était bien à sa place, il écrivait avec l'enthousiasme que lui insufflait le papier vierge. À mesure qu'il tapait sur les touches du clavier dont le bruit lui rappelait une musique familière, il comprenait mieux qu'il savait ce qu'il allait écrire et qu'il y pensait depuis bien longtemps. De temps en temps, il éprouvait le besoin de ralentir, de réfléchir sur le mot qui conviendrait le mieux, mais il écrivait « sans se forcer », selon l'expression de Djélâl ; il se laissait aller au fil des idées et des phrases.

« Je me suis regardé dans le miroir et j'ai lu mon visage » fut la première phrase du premier article. Le deuxième commençait par : « J'ai vu en rêve que j'étais finalement devenu l'homme que je voulais être depuis tant d'années. » Il se lança dans le troisième avec de vieilles anecdotes sur le quartier de Beyoglou. Le deuxième et le troisième, il les rédigea plus facilement que le premier, avec une mélancolie et un espoir encore plus profonds. Ces chroniques trouveraient parfaitement leur place dans la lucarne de Djélâl, il en était persuadé. Et il signa les trois articles de la signature de Djélâl, qu'il avait imitée des milliers de fois dans ses cahiers d'écolier.

Au point du jour, à l'heure où passaient les éboueurs dans le fracas des poubelles qui heurtaient le camion, Galip examina longuement la photo de Djélâl dans le livre de F. M. Utchundju. Sous l'une des autres photographies qui illustraient le livre, toutes aussi pâles et fanées, on ne voyait aucune légende : Galip se dit qu'il devait s'agir du portrait de l'auteur. Il lut attentivement sa biographie, en tête du livre, en calculant son âge à l'époque où l'homme avait été mêlé au putsch militaire raté de 1962. Il devait avoir l'âge de Djélâl, puisqu'il avait pu suivre les premiers exploits du champion de lutte Hamit Kaplan, alors qu'il avait rejoint son premier poste en Anatolie, avec le grade de lieutenant. Galip examina à nouveau les annuaires des promotions de l'École militaire des années 1944-1945-1946. Il y rencontra quelques visages qui auraient tous pu être — en plus jeunes — celui de la photo anonyme dans « La découverte des secrets ». Mais le crâne chauve qui était le trait le plus caractéristique de ce portrait était évidemment invisible sous le képi des jeunes militaires.

À huit heures et demie, il revêtit son paletot et, les trois articles soigneusement pliés dans la poche de sa veste, il sortit rapidement du « Cœur de la Ville », avec la hâte du bon père de famille qui se rend à son travail, et traversa la rue. Personne ne l'avait remarqué ; en tout cas, personne ne l'avait hélé. Le temps était clair, le ciel d'un bleu hivernal, les trottoirs couverts de neige, de glace et de boue. Il pénétra dans le passage où se trouvait le « Salon Vénus », la boutique du coiffeur qui, dans son enfance, venait raser chaque matin le grand-père et où, des années durant, ils étaient allés se faire couper les cheveux, Djélâl et lui ; il entra dans la boutique tout au fond du passage, celle du serrurier, à qui il confia la clé de l'appartement de son cousin. Puis, il acheta le *Milliyet* chez le marchand de journaux du coin et entra dans la crémerie « Au Bon Lait », où Djélâl allait parfois prendre son petit déjeuner, il commanda du thé, des œufs sur le plat, du miel et de la crème de bufflonne. Tout en déjeunant et en lisant la chronique de Djélâl, il se dit que les héros des polars de Ruya devaient certainement ressentir ce qu'il éprouvait lui-même, quand ils parvenaient à bâtir une histoire logique à partir des indices dont ils disposaient. Et à présent, il se trouvait dans l'état d'esprit du détective qui, ayant découvert la clé du mystère, se prépare à ouvrir de nouvelles portes avec cette clé.

La chronique du jour était la dernière de celles qu'il avait pu voir le samedi précédent dans le dossier des « Réserves » et, comme les autres, elle n'était pas inédite. Galip ne tenta même pas d'y découvrir le sens caché des lettres. Une fois son déjeuner terminé, quand il se retrouva dans la queue, à l'arrêt des taxis collectifs, il pensa à l'homme qu'il avait été jusque-là et à la vie que cet homme avait vécue : chaque matin, il lisait son journal dans le taxi, il pensait à l'heure à laquelle il rentrerait le soir, il évoquait l'image de sa femme, encore plongée dans le sommeil. Les larmes lui montèrent aux yeux.

« Pour se convaincre que le monde est radicalement transformé », se dit-il, alors que le taxi passait devant le palais de Dolma-Bahtchè, « il suffit donc de réaliser qu'on est soi-même devenu un autre homme. » La ville qui défilait derrière les vitres du taxi n'était pas l'Istanbul qu'il avait toujours connu, mais un autre Istanbul, dont il venait à peine de percer le mystère, une ville sur laquelle il écrirait plus tard bien d'autres articles.

À la rédaction du journal, le rédacteur en chef et les chefs de service étaient en réunion. Galip frappa légèrement à la porte du bureau de Djélâl, attendit un instant avant d'y entrer. Dans la pièce comme sur le bureau, rien n'avait changé depuis sa précédente visite. Galip s'installa à la table de travail et examina en toute hâte le contenu des tiroirs : des invitations à des vernissages depuis longtemps périmées, des « communiqués » envoyés par des fractions politiques de droite ou de gauche, les coupures de journaux qu'il avait déjà vues, des boutons, une cravate, un bracelet-montre, des bouteilles d'encre vides, des boîtes de médicaments et une paire de lunettes noires qu'il n'avait pas remarquée à sa dernière visite... Il les ajusta sur son nez avant de sortir du bureau. Il entra ensuite dans la grande salle de rédaction. Néchati, le vieux polémiste, travaillait, installé derrière sa table. La chaise à côté de lui — celle qu'occupait le rédacteur du magazine, lors de la précédente visite de Galip — était libre. Il alla s'y asseoir. « Vous souvenez-vous de moi ? » demanda-t-il au bout d'un moment au vieux journaliste.

« Bien sûr ! Vous aussi, vous êtes une fleur dans le jardin de ma mémoire ! » répondit Néchati sans lever la tête. « Qui donc a dit que la mémoire était un jardin ? »

« C'est Djélâl Salik. »

« Non, c'est Bottfolio », dit le vieux journaliste, et il leva la tête. « Dans sa traduction très classique d'Ibn Zerhani. Comme toujours, Djélâl Salik lui a

511

chipé cette image. Comme vous lui avez chipé ses lunettes, vous. »

« Ce sont les miennes », protesta Galip.

« Les lunettes ont donc un double, tout comme les humains. Passez-les-moi donc. »

Galip ôta ses lunettes et les lui tendit. Le vieil homme les examina brièvement, puis les chaussa ; il ressembla soudain à l'un des légendaires gangsters des années cinquante, propriétaire de bordels, de boîtes de nuit et de cafés chantants, qui avait disparu un jour avec sa Cadillac, et dont Djélâl avait souvent parlé dans ses chroniques. Il se tourna vers Galip avec un sourire étrange.

« Voilà pourquoi l'on dit qu'il faut être capable de voir de temps en temps le monde avec les yeux d'un autre. Alors seulement, on peut percevoir les secrets de l'univers et des hommes, c'est ce qu'on a dit, en tout cas. Cette citation, c'est de qui ? »

« F. M. Utchundju », dit Galip.

« Pas du tout ! Lui, ce n'est qu'un crétin », dit le vieil homme. « Un pauvre type, un raté... Qui donc t'a parlé de lui ? »

« Djélâl m'avait raconté qu'il s'agissait d'un pseudonyme qu'il avait utilisé des années durant. »

« Ce qui signifie que lorsqu'on sombre dans le gâtisme, on ne se contente pas de renier son passé et ses écrits, on se souvient des autres en se prenant pour eux. Mais je ne crois pas du tout que ce mariolle de Djélâl soit devenu gâteux à ce point. Il a menti sciemment, il doit y trouver son intérêt. F. M. Utchundju est un être de chair et d'os, il a bel et bien existé. Un officier qui faisait pleuvoir les lettres au journal, il y a vingt-cinq ans. Comme nous en avions publié une ou deux pour ne pas le vexer, il avait pris l'habitude de venir chaque jour au journal, avec des airs prétentieux, comme s'il faisait partie de notre rédaction. Puis il a disparu un beau jour ; on ne l'a plus vu pendant vingt ans. Mais il y a une semaine, il a refait son apparition, avec son crâne chauve bien luisant ; il était venu me voir, parce que mes articles lui plaisaient beaucoup, c'est ce qu'il prétendait. Il faisait vraiment pitié. Il me racontait que des signes étaient apparus. »

« Quels signes ? »

« Ne fais pas l'innocent. Ou alors, Djélâl ne t'en parle-t-il pas ? Tu sais bien : les temps sont venus, les signes sont là, dans la rue, tous ensemble, toutes ces blagues, quoi. Le Jugement dernier, la révolution, la délivrance de l'Orient, etc. »

« L'autre jour encore, nous avons parlé de vous à ce sujet, les oreilles ont dû vous tinter... »

« Et où se cache-t-il ? »

« Je ne sais plus. »

« Ils sont en réunion chez le rédacteur en chef », dit le vieux chroniqueur. « Il va se retrouver à la porte, ton oncle Djélâl, parce qu'il ne nous envoie plus de nouveaux articles. Ils vont me confier sa chronique, en page deux, mais je refuserai, dis-le-lui. »

« Avant-hier encore, quand il m'expliquait le putsch auquel vous vous êtes mêlés, tous les deux, au début des années soixante, Djélâl parlait de vous avec beaucoup d'affection. »

« C'est faux ! Il me déteste, il nous déteste tous, parce qu'il a trahi le mouvement », dit le vieux journaliste sans ôter les lunettes noires qui ne semblaient pas le gêner ; à présent, il ressemblait plus à un maître à penser qu'à un ancien gangster. « Il a vendu ses amis. Bien sûr, il n'a pas dû te raconter les choses

513

comme elles se sont passées ; il s'est sûrement vanté d'avoir tout organisé lui-même, mais comme toujours, ton oncle Djélâl ne s'est mêlé aux événements qu'à partir du moment où tout le monde était persuadé de la réussite du coup d'État. À l'époque où se constituaient les réseaux de lecteurs aux quatre coins de l'Anatolie, où les images de pyramides, de minarets, de symboles maçonniques, œil triangulaire, compas mystérieux, de lézards, de coupoles seldjoukides, de vieux roubles marqués datant du temps des tsars ou de têtes de loup, circulaient de main en main, Djélâl passait son temps à collectionner les photographies de ses lecteurs, comme les gamins collectionnent les photos d'acteurs de cinéma. Un jour, il inventait cette histoire d'atelier de mannequins ; un autre, il parlait d'un Œil qui le poursuivait la nuit dans les ruelles. Nous avons compris qu'il voulait se joindre à nous, nous l'avons accepté. Nous nous disions qu'il ouvrirait ses colonnes à la cause, qu'il pourrait entraîner par ses écrits certains militaires, encore réticents. Tu parles ! On était alors entourés de dingues, de resquilleurs, de types du genre de ton F. M. Utchundju. Ton cousin a commencé par tous les embobiner. Puis, par le biais de codes, de formules secrètes, de petits jeux alphanumériques, il a noué des contacts avec une autre clique, des gens douteux. Après s'être assuré ces relations, qu'il considérait comme autant de victoires, il venait nous trouver pour marchander le portefeuille ministériel qui lui serait attribué. Et, pour accroître ses atouts dans ce marchandage, il prétendait avoir des contacts avec quelques ringards des anciennes confréries religieuses, ou avec les groupes qui attendent le Messie, ou encore avec de soi-disant émissaires des quelques princes ottomans qui végètent en France ou au Portugal ; il jurait qu'il recevait de certains personnages, entièrement imaginaires, des lettres qu'il pourrait nous montrer plus tard ; il affirmait que des descendants de pachas ou de cheiks lui rendaient visite pour lui remettre des grimoires ou des testaments pleins de secrets ; qu'il recevait ici en pleine nuit d'étranges visiteurs. Tous ces personnages n'étaient que le fruit de son imagination. Et quand cet homme, qui ne parlait même pas convenablement le français, tenta de répandre la rumeur qu'il serait nommé ministre des Affaires étrangères après la révolution, je décidai de dénoncer l'une de ses galéjades. C'était l'époque où il rapportait dans ses chroniques de drôles d'histoires, qu'il affirmait être le testament d'un mystérieux personnage ; ou encore les divagations, bourrées de prophètes, de Messies ou d'apocalypses, des affiliés d'une certaine conjuration, qui se préparaient à dévoiler un secret lié à notre histoire. J'ai alors écrit un article où je citais Ibn Zerhani et Bottfolio, et qui rétablissait la vérité. Djélâl n'était qu'un poltron ! Il s'est aussitôt éloigné de nous et s'est joint à un autre groupe. Pour prouver à ses nouveaux amis, dont les liens avec les jeunes officiers étaient plus étroits, que les personnages que j'affirmais être imaginaires étaient bien vivants, on raconte qu'il se déguisait la nuit pour les interpréter. Il paraît qu'il est même apparu un soir sous l'aspect du Messie, ou de Mehmet le Conquérant, je ne sais plus, devant la foule ahurie qui faisait la queue devant un cinéma, il leur a fait tout un prêchi-prêcha pour les convaincre de changer de vie en changeant de mise ; les films américains étant aussi dépourvus d'espoir que les films de chez nous, nous n'avions même pas intérêt à les plagier, disait-il ; ce qu'il voulait, c'était monter la foule contre les producteurs de la rue du Sapin-Vert. À cette époque-là, c'était la Turquie tout entière qui attendait un Sauveur, et non seulement les petits-bourgeois minables qui vivent dans les quartiers pauvres d'Istanbul, dans de vieilles maisons de bois croulantes, dans des rues couvertes de boue, dont il parle si souvent dans ses chroniques. Les gens croyaient avec la même sincérité, avec le même espoir que toujours, qu'un coup d'État militaire ferait baisser le prix du pain, que les portes du paradis leur seraient ouvertes si les responsables étaient châtiés. Mais à cause de l'avidité de Djélâl, de sa manie de s'assurer toutes les sympathies, les comploteurs se sont fractionnés, le putsch a échoué. Au lieu d'aller encercler la Maison de la Radio, les tanks sont rentrés dans leurs casernes. Résultat : nous traînons toujours la misère, comme tu le vois. Parce que nous avons honte des Européens, nous allons même voter, de temps en temps, afin de pouvoir affirmer aux journalistes étrangers venus suivre nos élections que nous ne sommes en rien différents d'eux. Tout cela ne signifie pourtant pas qu'il faille perdre tout espoir ; que nous ne pourrons jamais nous en sortir. Le moyen de nous en sortir existe. Si les types de la télévision britannique avaient manifesté le désir de faire une interview non pas avec monsieur Djélâl Salik, mais avec moi, je leur aurais expliqué pourquoi l'Orient peut vivre dans le bonheur, des milliers d'années encore, et rester l'Orient. Galip bey, mon enfant, ton cousin Djélâl n'est qu'un détraqué, un pauvre type. Si nous voulons vraiment retrouver notre identité, nous n'avons aucunement besoin de dissimuler comme lui dans nos placards des perruques, des fausses barbes ou des costumes historiques, des tenues bizarres. Mahmout Ier se promenait chaque nuit incognito dans la ville ; sais-tu comment il s'habillait ? Il remplaçait par un fez son turban impérial, il prenait une canne, voilà tout ! Nous n'avons pas besoin de nous maquiller des heures durant, chaque soir, comme le fait Djélâl, de nous procurer des accoutrements bizarres ou des guenilles de mendiant. Notre univers est un univers entier, il n'est pas morcelé. Dans cet univers, il en est un autre, qui n'est pas secret, dissimulé, comme celui des Occidentaux, derrière des décors, des images, il ne nous suffit pas d'écarter les voiles pour découvrir victorieusement la réalité. Notre modeste univers est partout, il n'a pas de centre, on ne le retrouve pas sur les cartes géographiques. Et c'est là qu'est notre secret. Il est difficile de le saisir. Très malaisé. Il faut pour cela avoir subi de longues épreuves. Combien y a-t-il parmi nous d'hommes assez sages pour admettre qu'ils sont eux-mêmes l'univers dont ils cherchent à percer le secret, et que l'univers tout entier est dans l'homme qui cherche à percer ce secret ? Je vous le demande. C'est seulement après avoir atteint ce niveau de perfection qu'on a le droit de passer pour un autre, de se déguiser. Il est un seul sentiment que nous partagions, ton oncle Djélâl et moi : comme lui, j'éprouve de la pitié pour nos malheureux acteurs de cinéma, nos stars, qui ne peuvent pas être eux-mêmes, ni devenir un autre. Et j'ai encore plus pitié des gens de chez nous qui se reconnaissent en ces acteurs. Notre pays aurait pu être sauvé, l'Orient tout entier aurait pu l'être, mais ton oncle, ou plutôt ton cousin Djélâl, nous a trahis pour satisfaire ses ambitions. Et aujourd'hui, il a peur de ce qu'il a fait, il se cache de tous, sous ces drôles de déguisements qu'il dissimule dans ses placards. Et pourquoi donc se cache-t-il ? »

« Vous le savez bien », dit Galip, « il se commet chaque jour une quinzaine d'assassinats politiques. »

« Il ne s'agit pas de crimes politiques, mais de crimes causés par l'intolérance ! D'ailleurs, si de faux marxistes, de faux fascistes, de faux intégristes se bouffent le nez, s'ils s'entre-tuent, en quoi cela regarde-t-il Djélâl ? Il n'intéresse plus personne. Du fait même de se cacher, il attire la mort, pour nous prouver qu'il est assez important pour être assassiné. À l'époque du Parti démocrate, il y avait un journaliste, aujourd'hui décédé, un brave homme, aussi paisible que poltron ; pour attirer l'attention, il envoyait au Parquet, chaque jour, et sous de faux noms, des lettres qui le dénonçaient. Tout cela pour que des poursuites soient engagées contre lui et qu'on parle de lui. Et de surcroît, il affirmait que c'était nous, ses collègues, qui écrivions ces lettres. Tu vois ? Avec sa mémoire, ce cher Djélâl a perdu son passé, qui était le seul lien entre lui et ce pays. S'il est incapable d'écrire de nouveaux articles, ce n'est pas l'effet du hasard. »

« C'est lui qui m'envoie », dit Galip. Il sortit les articles de sa poche. « Il m'a demandé d'apporter ses nouvelles chroniques. »

« Passe-les-moi. »

Alors que le vieux journaliste lisait les articles sans ôter les lunettes noires, Galip put voir que le livre ouvert devant lui était une traduction des *Mémoires d'outre-tombe*, une traduction ancienne, imprimée en caractères arabes. Le journaliste fit signe à un long type qui sortait de la salle de rédaction.

« Voilà les nouvelles chroniques de ce cher Djélâl »,
lui dit-il. « Toujours la même recherche, la même... »

« Il faut les envoyer tout de suite au typo », dit
l'homme. « Nous avions décidé de publier une des
anciennes. »

« Je vous apporterai ses articles dorénavant, du
moins pendant un certain temps », dit Galip.

« Pourquoi ne le voit-on plus ? » dit le grand type.
« D'autant plus que les gens qui désirent le voir sont
très nombreux ces jours-ci. »

« Ils passent leurs nuits à se balader sous un déguisement, ces deux-là », dit le vieux journaliste, en désignant Galip d'un mouvement du nez. Et, alors que
le grand type s'éloignait en riant, il se tourna vers
Galip : « Vous vous rendez dans les rues hantées par
les fantômes, n'est-ce pas, à la recherche des affaires
louches, des mystères bizarres, des revenants, des
cadavres vieux de cent vingt ans, vous errez dans les
terrains vagues, entre les mosquées aux minarets en
ruine et les maisons vides, dans les couvents abandonnés, chez les faux-monnayeurs ou dans les labo-
ratoires clandestins d'héroïne, vous deux, avec vos
accoutrements bizarres, vos masques, ces lunettes
noires, hein ? Tu as bougrement changé depuis la
dernière fois, Galip bey, mon gars. Le teint blême et
l'œil cave. Tu es devenu un autre homme. Elles n'en
finissent pas, les nuits d'Istanbul... Un spectre que
ses remords empêchent de dormir, hein... »

« Puis-je vous demander mes lunettes, monsieur ?
Il faut que je m'en aille. »

CHAPITRE X

Son héros, c'était donc moi

> « De la personnalité dans le style :
> l'écriture doit commencer par l'imita-
> tion de ce qui a été écrit. Ce qui est natu-
> rel. Les enfants eux aussi ne commen-
> cent-ils pas à parler en imitant les
> autres ? »
>
> Tahir-ul Mevlévi

Je me suis levé et j'ai lu mon visage. Le miroir était
une mer silencieuse et mon visage, un papier pâle,
avec des mots tracés à l'encre verte de la mer. « Oh
mon chéri, ton visage est blanc comme du papier ! »
me disait ta mère, ta jolie maman, la femme de mon
oncle, quand autrefois mon regard était par trop
dénué d'expression. J'avais le regard vide, car j'avais
sans le savoir peur de ce qui était écrit sur mon
visage ; car j'avais peur de ne pas te retrouver là où
je t'avais laissée. Là où je t'avais laissée, entre les
vieilles tables, les chaises fatiguées, les lampes pâles,
les rideaux, les journaux, les cigarettes. L'hiver, le soir
tombait vite. Et dès qu'il faisait sombre, dès que les
portes se refermaient, que s'allumaient les lampes, je
pensais au coin où tu étais assise, toi, au-delà de la

porte, à des étages différents quand on était gosses, de l'autre côté de la porte quand on a grandi.

Lecteur, mon cher lecteur, toi qui devines que je parle de la petite cousine qui vit sous le même toit, la même cheminée que moi : quand tu liras ces lignes, mets-toi à ma place, et fais attention aux repères que je te fournis, car quand je parle de moi, je sais que c'est de toi que je parle, et quand je raconte ton histoire, tu sais, toi, que ce sont mes souvenirs à moi que je relate.

Je me suis regardé dans le miroir et j'ai lu mon visage. Mon visage était la pierre de Rosette que je déchiffrais dans mon rêve. Mon visage était une pierre tombale, qui avait perdu le turban qui le surmontait. Mon visage était un miroir de peau, où le lecteur pouvait se contempler ; nous respirions par les mêmes pores, lui et moi ; nous deux, toi et moi, quand la fumée de nos cigarettes emplissait la salle de séjour où s'empilaient les polars que tu dévorais ; le moteur du réfrigérateur s'activait mélancoliquement dans la cuisine plongée dans l'obscurité ; de l'abat-jour aux tons de parchemin, la lumière de la lampe sur la table, qui avait la couleur de ta peau, retombait sur mes doigts sans innocence et sur tes jambes si longues.

Le héros si triste et si débrouillard du livre que tu lisais, c'était moi ; le voyageur qui, en compagnie de son guide, courait sur les dalles de marbre, entre les immenses colonnes et les rochers sombres, vers les esclaves d'un univers souterrain grouillant de vie ; qui gravissait les marches des Sept Cieux tapissés d'étoiles, c'était moi. Le privé qui criait à sa bien-aimée, à l'autre bout du pont sur l'abîme : « Moi, c'est toi ! ». Le malin qui, protégé par l'auteur, est toujours capable de déceler les traces du poison dans le cendrier, c'était moi... Tu tournais la page, impatiente, intriguée. J'ai commis des crimes, par amour. J'ai franchi l'Euphrate avec mon cheval ; je me suis enterré dans les pyramides ; j'ai assassiné des cardinaux : « Qu'est-ce qu'il raconte, ce bouquin ? » Tu étais une femme mariée, une femme au foyer ; j'étais le mari qui rentre le soir à la maison. « Oh rien ! » Quand le dernier autobus passait trop vite devant l'immeuble, nos deux fauteuils tremblotaient, face à face. Toi, ton livre à la couverture cartonnée à la main ; moi, avec le journal que je n'arrivais pas à lire, je te posais la question : « Si c'était moi, le héros de ton roman, m'aimerais-tu ? » « Ne dis pas de bêtises ! » Dans les livres que tu lisais, il était question du silence impitoyable de la nuit. Je savais, moi, ce que signifiait la cruauté du silence.

Je me suis dit que ta mère avait raison, mon visage a toujours été pâle. Cinq lettres sur ce visage. Au-dessus du grand cheval dans l'abécédaire, on pouvait lire : cheval. Au-dessus d'une branche, un B majuscule. Deux B, *baba*, papa en français, maman, tonton, tatie, famille. Le mont Kaf encerclé de serpents, ça n'existait pas vraiment. Avec les virgules, j'allais au pas de course, je ralentissais aux points, et les interjections m'étonnaient ! Comme le monde était surprenant dans les livres et sur les cartes ! Le ranger qui s'appelait Tom Mix vivait là, dans le Nevada. « Poigne de Fer », le héros du Texas, se trouvait exactement là, à Boston. Et Kara-Oglan avec son épée, dans le centre de l'Asie. « L'Homme aux mille visages », « le Buveur de cognac » et Rody et l'Homme Chauve-Souris. Alâaddine, Alâaddine, s'il te plaît, le numéro cent vingt-cinq de *Texas* est-il arrivé ? « Arrêtez », disait grand-mère qui nous chipait les magazines pour les lire, « asseyez-vous ! Si cette saleté de magazine n'a pas encore paru, je vous raconterai une histoire. » Elle nous la racontait, la cigarette aux lèvres. Nous grimpions au sommet du mont Kaf, nous deux, pour y cueillir la pomme magique, nous en redescendions en nous laissant glisser le long des rames de haricots, nous pénétrions dans les maisons en passant par la cheminée, nous suivions des pistes. À part nous, ceux qui suivaient le mieux les pistes, c'étaient Sherlock Holmes, et puis Plume-Blanche, le copain de Pecos Bill, et ensuite Ali le Boiteux, l'ami de Mehmed le Mince. Lecteur, holà mon lecteur, la piste de mes lettres à moi, arrives-tu à la suivre ? Car je n'en savais rien, moi, mais mon visage est une carte géographique, et je ne m'en étais jamais aperçu. « Et ensuite », disais-tu en balançant tes jambes du haut de ta chaise, en face de grand-mère, « et ensuite, grand-mère ? »

Et ensuite, bien des années plus tard, au temps où j'étais le mari fatigué qui rentrait le soir du boulot, quand je sortais de ma serviette le magazine que je venais d'acheter chez Alâaddine, tu me l'arrachais des mains et, assise toujours sur la même chaise, tu balançais les jambes — ô mon Dieu ! — toujours avec la même décision. Moi, je fixais sur toi le même regard vide, et je me posais la question, avec crainte : « À quoi pense-t-elle ? Quels sont les secrets qui se dissimulent dans le jardin mystérieux de ses pensées ? » Par-dessus ton épaule cachée par tes longs cheveux, je cherchais à découvrir le secret du jardin de tes pensées, dans le magazine aux photos en couleurs, le secret qui te poussait à balancer tes jambes : gratte-ciel à New York, feux d'artifice à Paris, révo-

523

lutionnaires beaux garçons, millionnaires à l'air décidé. (Tourne la page, tourne la page.) Avions avec piscine, superstars au foulard rose, génies universels, et communiqués les plus récents. (Tourne la page.) Jeunes étoiles de Hollywood, chanteurs engagés, princes et princesses internationaux. (Tourne la page.) Nouvelle locale : une table ronde, avec deux poètes et trois critiques littéraires, sur les bienfaits de la lecture.

Moi, je n'étais toujours pas parvenu à résoudre l'énigme, mais toi, au bout de bien des pages et de bien des heures, et après le passage, tard dans la nuit, des hordes de chiens errants devant l'immeuble, tu avais terminé les mots croisés : déesse de la Santé chez les Sumériens : Bo ; une plaine en Italie : Pô ; une règle spéciale : Té ; une note : Ré ; une rivière qui coule d'aval en amont : alphabet ; une montagne qui se dressait autrefois sur la plaine des lettres arabes : Kaf ; un mot magique : foi ; théâtre irréel : rêve ; bel acteur de cinéma sur la photo ci-dessus : c'est toujours toi qui trouves la réponse, moi, je ne le reconnais jamais. Dans le silence de la nuit, quand tu levais la tête du magazine, la moitié du visage éclairée, l'autre, un miroir sombre, tu posais la question, mais je ne savais jamais si tu t'adressais à moi ou au personnage aussi beau que célèbre, au centre de la grille : « Et si je me faisais couper les cheveux ? » Et moi, à nouveau, je fixais sur toi un regard vide, eh oui, mon cher lecteur !

Jamais je n'ai pu te convaincre des raisons pour lesquelles je croyais à un monde sans héros. Jamais je n'ai pu t'expliquer que les malheureux écrivains qui inventent ces héros ne sont en rien des héros. Jamais je n'ai pu t'expliquer que ces gens dont les photos paraissent dans les magazines sont d'une autre espèce que la nôtre. Jamais je n'ai pu te convaincre de l'obligation où tu étais de vivre comme tous les autres. Jamais je n'ai pu te faire accepter que dans cette vie comme les autres, je devais avoir une place, moi aussi.

CHAPITRE XI

Mon frère

> « De tous les monarques dont j'ai
> entendu parler, celui qui, à mon avis, se
> rapproche le plus de l'Esprit de Dieu fut
> le calife de Bagdad, Harun al-Rachid,
> qui, comme vous le savez, avait un goût
> pour le déguisement. »
>
> Izak Dinesen

Après avoir quitté l'immeuble du *Milliyet*, les lunettes noires sur le nez, Galip ne prit pas la direction de son bureau, mais celle du Grand Bazar. Le manque de sommeil l'accabla soudain au point qu'Istanbul lui sembla être une ville entièrement différente. Les sacs en cuir, les pipes en écume de mer, les moulins à café n'étaient plus des objets propres à une ville qui avait fini par ressembler aux hommes qui y avaient vécu depuis des milliers d'années, mais évoquaient une signalisation inquiétante, dans une contrée mystérieuse où des millions de gens purgeaient pour une certaine période une peine de bannissement. « Le plus étrange », se dit Galip qui s'égarait dans le labyrinthe des venelles du Grand Bazar, « c'est que je garde encore assez d'optimisme pour imaginer que je pourrais être moi-même, après avoir lu ces lettres sur mon visage. »

Quand il entra dans le marché aux pantoufles, il était sur le point de se convaincre que c'était lui, et non la ville, qui avait changé. Ce qui était impossible, puisqu'il avait percé le secret de la ville, il l'avait décidé dès le moment où il avait pu déchiffrer les lettres sur son visage. Planté devant la vitrine d'un marchand de tapis, quelque chose le poussa à croire qu'il avait déjà vu les tapis exposés, qu'il y avait posé le pied, des années durant, avec des souliers crottés ou de vieilles pantoufles ; il connaissait bien, se disait-il, le marchand qui buvait du café sur le seuil de son échoppe, et qui le surveillait d'un œil soupçonneux ; l'histoire, pleine de petites fraudes et d'escroqueries sans envergure, de cette boutique qui sentait la poussière, lui était, semblait-il, aussi familière que sa propre vie. Il eut la même impression devant les vitrines des orfèvres, des antiquaires et des marchands de chaussures. Deux ruelles plus loin, il se dit encore qu'il connaissait toutes les marchandises qui se vendaient dans le Grand Bazar, depuis les aiguières de cuivre jusqu'aux balances à fléau ; tous les vendeurs guettant le chaland derrière leur comptoir, tous les passants. Toute la ville d'Istanbul lui était familière ; elle n'avait plus aucun secret pour lui.

Avec la sérénité que lui procurait ce sentiment, il déambulait dans les ruelles comme dans un rêve. Pour la première fois de sa vie, le moindre bric-à-brac qu'il voyait dans les vitrines, les visages qu'il croisait lui semblaient aussi surprenants que ceux qui hantaient ses rêves, mais également rassurants, familiers, comme les traits des convives qu'un repas de famille réunit. Quand il passa devant les vitrines étincelantes des orfèvres, il se demanda si la sérénité qu'il éprouvait n'était pas liée au secret des lettres qu'il avait lues avec stupeur sur son visage. Mais depuis qu'il les avait déchiffrées, il se refusait à penser au pauvre type, accablé par le passé, qu'il avait abandonné derrière lui. La seule chose qui rendait mystérieux l'univers, c'était la présence du double que l'on héberge en soi, du frère jumeau avec qui l'on vit. Après avoir traversé le marché aux bottiers, où, sur le seuil des magasins, les vendeurs désœuvrés bayaient aux corneilles, il remarqua des cartes postales aux couleurs brillantes, des vues d'Istanbul, exposées à l'entrée d'une minuscule boutique et, après avoir vu ces paysages, il décida que ce double, il l'avait laissé derrière lui depuis belle lurette. Les vues de la ville étaient si banales, si ordinaires, si familières, qu'en examinant les bateaux des Lignes municipales accostant le pont de Galata, les cheminées du palais de Topkapi et la Tour de Léandre, ou encore le pont sur le Bosphore, il lui sembla que cette ville n'avait plus aucun secret pour lui. Mais ce sentiment disparut quand il pénétra dans les ruelles du marché aux orfèvres, où les vitres vert bouteille se reflétaient les unes les autres. « Quelqu'un me suit ! » se dit-il avec effroi.

Il n'y avait pourtant personne de louche autour de lui. Mais ce sentiment de l'approche d'une catastrophe inévitable l'envahissait. Il pressa le pas. Arrivé au marché aux colbacks, il tourna à droite, suivit toute la rue et sortit du Grand Bazar. Il avait l'intention de traverser, sans ralentir, le marché aux bouquinistes, mais quand il se retrouva devant la librairie « Elif », ce nom, qui lui avait toujours paru si

normal, se transforma brusquement en un signe.
L'*elif*, première lettre du nom d'Allah et première lettre de l'alphabet arabe, dont sont nées toutes les autres lettres et, par conséquent, l'univers tout entier, selon les houroufis, et le plus étrange, le nom au-dessus de la devanture avait été écrit en lettres latines, comme l'avait prévu F. M. Utchundju. Galip aurait bien voulu ne voir là qu'un nom, très courant, et non un signe, quand il remarqua soudain la boutique de Cheik Mouammer éfendi : la librairie du cheik de la confrérie des Zamanis, fréquentée autrefois par les veuves nécessiteuses des quartiers pauvres et par des millionnaires américains aussi pitoyables qu'elles, était fermée. Galip se refusa à attribuer cette fermeture à un motif très banal : le cheik était peut-être mort, ou plus simplement, il n'avait pas voulu sortir de chez lui par une journée aussi froide. Au contraire, il y vit un autre signe du mystère que recelait cette ville. « Si je continue à voir ces signes disséminés dans la ville », se dit-il en avançant entre les Commentaires du Coran et les romans policiers traduits de l'anglais, entassés par les bouquinistes devant leurs boutiques, « c'est que je n'ai toujours pas pu comprendre ce que m'ont montré les lettres sur mon visage. » Mais le vrai motif était tout autre. Chaque fois qu'il se répétait qu'il était suivi, il pressait involontairement le pas ; la ville n'était plus un lieu paisible où fourmillaient des objets et des signes familiers, elle devenait un univers grouillant de mystères et de dangers. Galip comprit qu'il lui fallait marcher vite, encore plus vite, s'il voulait semer l'ombre qui le suivait et se débarrasser du sentiment de mystère qui le dérangeait si fort.

Il traversa la place de Beyazit pour entrer à toute

allure dans l'avenue des Tisseurs-de-tentes, s'engagea dans la rue des Samovars, parce qu'il en aimait le nom, descendit la rue parallèle, celle des Narguilés, vers la Corne d'Or, puis remonta la rue des Mortiers. Il put voir des ateliers où l'on fabriquait des ustensiles en matière plastique, des dinanderies, des serrureries. « Il était donc écrit que je rencontre ces boutiques sur mon chemin, au moment où j'entame une vie nouvelle », se dit-il. Il vit des magasins où l'on vendait des seaux, des cuvettes, des perles de verroterie, des paillettes, des uniformes pour policiers et militaires. Il marcha un long moment dans la direction de la Tour de Beyazit, qu'il s'était fixé comme but, puis revint sur ses pas et, passant entre les camions, les étalages d'oranges, les vieux réfrigérateurs, les charrettes des portefaix, les tas d'ordures et les slogans politiques tracés sur les murs de l'Université, il se dirigea cette fois vers la Suleymaniyè. Il entra dans la cour de la mosquée, passa sous les cyprès, mais la boue l'obligea à rejoindre la rue, du côté des *medresse*. À présent, il marchait entre des maisons de bois à la peinture écaillée, qui s'épaulaient l'une l'autre. Les tuyaux de poêle qui surgissaient des fenêtres du premier étage des maisons croulantes lui firent penser à des périscopes rongés par la rouille ou à des bouches de canon menaçantes, des canons de fusil qui se tendaient vers la rue, se disait-il, en évitant d'utiliser le mot « comme », parce qu'il se refusait à établir des rapports entre les choses.

Pour retrouver la rue du Jouvenceau, il s'engagea dans la rue de la Fontaine-aux-nains, dont le nom le frappa si fort qu'il se demanda s'il ne s'agissait pas là d'un signe de plus. Du coup, il décida que les signes grouillaient dans les rues pavées et s'en alla vers les avenues asphaltées ; il se retrouva sur l'avenue de Chehzadé-Bachi, où il rencontra des marchands de craquelins, des chauffeurs de minibus collectifs qui buvaient du thé, et des étudiants qui, une pizza à la main, examinaient les affiches d'un cinéma : trois films à la suite, dont deux de karaté, avec Bruce Lee ; sur les pancartes déchirées et les photographies fanées du troisième, Djuneyit Akin, dans le rôle d'un bey des marches seldjoukides, rossait des Byzantins et couchait avec leurs femmes. Galip prit la fuite, comme s'il avait peur de se retrouver frappé de cécité s'il contemplait plus longtemps les visages orangés des acteurs, sur les photographies disposées dans le hall. En passant près de la mosquée du Prince-Héritier, il s'efforça de ne pas penser à l'autre prince impérial, celui dont l'histoire le poursuivait. Mais les signes mystérieux continuaient à fourmiller autour de lui, sur les panneaux de signalisation rongés par la rouille, sur les enseignes en plexiglas de gargotes ou d'hôtels, sur les affiches vantant les mérites de chanteurs « arabesques » ou de marques de détergent, dans les graffitis informes sur les murs. Même s'il parvenait, grâce à des efforts surhumains, à éviter de se fixer sur les signes, il imaginait, tout en longeant l'aqueduc de Bozdogan, les prêtres byzantins à la barbe rousse des films « historiques » de son enfance ; et quand il passa devant la boutique si connue pour son jus de millet fermenté, il se souvint du soir de fête, il y avait tant d'années de cela, où l'oncle Mélih, qui s'était soûlé avec d'innombrables verres de liqueur, avait loué des taxis pour emmener toute la famille boire de cette fameuse *boza*. Et ces images devenaient aussitôt des signes, ceux d'un mystère demeuré enfoui dans son passé.

Alors qu'il traversait au pas de course le boulevard Atatürk, il décida une fois de plus qu'il verrait désormais les images et les lettres que lui proposait la ville, telles quelles, et non pas comme les fragments d'un mystère. Il pénétra à toute vitesse dans l'avenue des Tisseurs-de-tentes, passa de là dans la rue des Ferrons, et marcha un bon moment sans regarder les noms des rues qu'il suivait. Il y vit des immeubles minables accolés à des maisons de bois aux balcons de fer rouillé, des camions modèle 1950 au long nez, des enfants qui jouaient avec de vieux pneus, des poteaux électriques de guingois, des trottoirs percés de tranchées abandonnées, des chats qui fouillaient les poubelles, des vieilles femmes qui fumaient une cigarette à la fenêtre, leurs cheveux couverts d'un fichu, des vendeurs ambulants de yogourt, des égoutiers, des ateliers de matelassiers.

Alors qu'il se dirigeait vers l'avenue de la Patrie, en suivant celle des Marchands-de-tapis, il tourna brusquement à gauche, et changea deux fois de trottoir. Il entra dans une épicerie pour y boire du yaourt à l'eau, et se dit que ce sentiment qu'il avait d'être « suivi », il l'avait appris dans les romans policiers chers à Ruya. Et pourtant, il savait bien qu'il ne pourrait plus y échapper, pas plus qu'à l'idée d'un mystère dans la ville. Il entra dans la rue des Deux-Tourterelles, tourna à nouveau à gauche à la première occasion, et se remit à avancer au pas de course dans la rue de l'Érudit. Aux premiers feux, il traversa l'avenue Fevzi-Pacha en courant entre les minibus. Quand une plaque lui apprit que la rue dans laquelle il s'était engagé s'appelait la rue du Cirque-aux-lions, il fut saisi de terreur un bref instant : si la main mystérieuse dont il avait soupçonné la présence quatre jours plus tôt, sur le pont de Galata, persistait à placer à son intention des signes çà et là dans Istanbul, le secret, dont il ne doutait plus, était encore bien loin.

Dans le marché aux poissons où il y avait foule, il passa devant les étals où l'on vendait des turbots, des éperlans, des muges, et se retrouva dans la cour de la mosquée de Fatih, sur laquelle débouchaient toutes les ruelles de la halle. La vaste place était déserte. Un seul promeneur : un homme au manteau et à la barbe noirs, qui avançait sur la neige avec des allures de corbeau. Le petit cimetière était également désert. La porte du turbeh du Conquérant était verrouillée. Tout en examinant par une fenêtre l'intérieur de l'édifice, Galip prêtait l'oreille au bruit sourd de la ville : appels des boutiquiers de la halle, klaxons, cris d'enfants dans une lointaine école communale, vrombissements de moteurs, piaillements de moineaux, croassements des corbeaux qui couvraient les branches des arbres, tohu-bohu des minibus et des motos, claquement des portes et des fenêtres qui s'ouvraient et se refermaient quelque part très près, vacarme qui montait des immeubles en construction, des maisons, des rues, des arbres, des jardins publics, de la mer, des bateaux, des quartiers de la ville et de la ville entière. L'homme dont Galip contemplait le turbeh à travers la vitre poussiéreuse, et qu'il aurait voulu imiter, Mehmet le Conquérant, était parvenu, lui, grâce aux écrits des houroufis qu'il avait pu étudier, à déchiffrer le mystère de cette ville qu'il avait conquise cinq siècles avant la naissance de Galip ; et il avait entrepris de comprendre, peu à peu, un univers où toute chose — chaque porte, chaque cheminée, chaque rue, chaque pont, chaque platane — était un signe qui désignait une autre chose.

« Si tous les manuscrits houroufis et les houroufis eux-mêmes n'avaient pas été brûlés à l'issue d'un vaste complot dirigé contre eux, et si le sultan était parvenu à résoudre le mystère de la ville, qu'aurait-il pu découvrir, alors qu'il parcourait les rues de Byzance nouvellement conquise, en contemplant, comme je suis en train de le faire, les murs croulants, les platanes centenaires, les rues poussiéreuses, les terrains vagues ? » se dit Galip qui se dirigeait vers Zeyrek, en passant par la rue du Calligraphe-Izzet. Et quand il atteignit les bâtiments aussi vieux qu'inquiétants des Dépôts de tabacs, à Djibali, il se murmura la réponse à sa propre question, réponse qu'il connaissait depuis qu'il avait lu les lettres sur son visage : « Il reconnut certainement une ville qu'il voyait pour la première fois, comme s'il l'avait déjà parcourue des milliers de fois. » Mais Istanbul ressemblait toujours à une ville nouvellement conquise, et c'était là le plus surprenant. Galip n'arrivait pas à se convaincre qu'il avait déjà vu, qu'il connaissait ces rues couvertes de boue, ces trottoirs défoncés, ces vieilles voitures, ces autobus plus vétustes encore, ces murs en ruine, ces arbres pitoyables d'un gris de plomb, tous ces visages empreints de tristesse, qui se ressemblaient tous, ces chiens qui n'avaient plus que la peau sur les os.

Après avoir compris qu'il ne pourrait pas échapper à l'ombre qui le suivait, mais dont il doutait de la présence, il continua à avancer en passant entre des arcades byzantines tombant en ruine, entre les ateliers, les tas de bidons qui bordaient la Corne d'Or, les ouvriers en salopette qui mangeaient leur casse-croûte ou jouaient au football dans la boue, et il sentit monter en lui le désir de voir en cette ville un havre de paix peuplé d'images familières, un désir si violent qu'il tenta de jouer à être un autre, comme il le faisait quand il était gamin ; il s'imagina être Mehmet le Conquérant lui-même. Après avoir marché un bon moment envahi par ce désir enfantin qui ne lui paraissait ni fou ni ridicule, il se souvint d'une chronique de Djélâl écrite il y avait bien des années, à l'occasion de la commémoration de la conquête d'Istanbul : son cousin y affirmait que, parmi les cent vingt-quatre souverains qui avaient régné à Istanbul au cours des seize cent cinquante années écoulées depuis Constantin jusqu'à nos jours, le Conquérant avait été le seul à ne pas éprouver le besoin de parcourir sous un déguisement la ville en pleine nuit. « Pour des motifs bien connus de certains de nos lecteurs », disait Djélâl dans cet article, que Galip évoquait, ballotté dans la foule des passagers de l'autobus Sirkédji-Eyup, qui bringuebalait sur les pavés. Plus tard, dans un autre autobus qu'il avait pris à Ounkapani et qui se dirigeait vers la place de Taksim, il s'étonna de la rapidité avec laquelle l'homme qui le suivait avait réussi, tout comme lui, à changer d'autobus. Il sentait son regard sur sa nuque, plus proche que jamais. Quand il changea une troisième fois d'autobus, sur la place de Taksim, il se dit que s'il engageait la conversation avec le vieux monsieur assis à côté de lui, il pourrait se transformer en un autre et échapper ainsi à l'ombre qui ne le lâchait pas.

« Vous croyez qu'il va continuer à neiger ? » dit-il en regardant par la fenêtre.

« Qui sait ? » lui répondit l'homme ; il allait peut-être dire autre chose, mais Galip lui coupa la parole :

« Que signifie cette neige ? » dit-il. « Que nous annonce-t-elle ? Connaissez-vous l'histoire de la clé, du grand Mevlâna ? Cette clé, j'ai eu la chance de la voir en rêve la nuit dernière. Autour de moi, tout était blanc, blanc comme cette neige. Je me suis soudain réveillé, je ressentais une douleur violente à la poitrine, quelque chose de froid, de glacial. J'ai cru tout d'abord qu'une boule de neige pesait sur mon cœur, ou une boule de cristal. Il n'en était rien : sur mon cœur, il y avait la clé de diamant du grand poète. Alors, j'ai saisi la clé, je me suis levé, j'ai tenté de l'utiliser pour ouvrir la porte de ma chambre, elle a tourné dans le pêne. Mais je me trouvais à présent dans une autre chambre, où il y avait un homme qui dormait dans son lit, qui me ressemblait, mais qui n'était pas moi. J'ai ouvert l'autre porte de cette pièce-là avec la clé qui était posée sur le cœur de l'homme endormi. Et l'autre clé, la première, je l'ai posée sur le cœur du dormeur, et je suis entré dans une troisième pièce. Et c'était toujours la même chose, des doubles qui me ressemblaient, mais plus beaux que moi, et sur leur cœur, il y avait une clé... De même dans l'autre pièce et dans une autre encore et dans la pièce qui lui succédait, j'ai vu encore qu'il y en avait d'autres dans ces pièces, des ombres, des fantômes somnambules comme moi, qui tenaient tous des clés à la main. Et dans chaque pièce un lit, et dans chaque lit, un homme qui rêvait comme moi ! Et j'ai alors compris que je me trouvais dans le marché du paradis. Un marché où on ne trouve ni ventes ni achats ni or ni argent ; on n'y voit que des visages et des doubles. On peut choisir le double qui vous convient, on se passe le visage choisi sur la figure, comme un masque, pour commencer une vie nouvelle. Mais le double que je cherche, je le sais, se trouve dans la dernière des mille et une pièces, et voilà que la dernière des clés n'en ouvre pas la porte. C'est alors que je comprends : je pourrais ouvrir cette porte avec la première des clés, celle que j'ai trouvée sur ma poitrine, celle qui était froide comme la neige, mais où est-elle à présent, qui la détient, quelle était la pièce, quel était le lit que j'ai quittés, je suis incapable de le savoir, et pris d'un terrible regret, en larmes, je comprends que je vais errer, pour l'éternité, comme tous ces autres désespérés, d'une porte à une autre, d'une pièce à une autre, m'emparant d'une clé, en abandonnant une autre, saisi d'étonnement à la vue de chacun des doubles que je découvre plongés dans le sommeil, pour l'éternité... »

« Regarde », dit le vieux, « regarde donc ! »

Derrière les verres noirs de ses lunettes, Galip regarda l'endroit que l'homme lui montrait du doigt et il se tut. Juste devant la Maison de la Radio, il y avait un mort sur le trottoir, et autour de lui, deux ou trois personnes qui criaient et appelaient à l'aide, et aussi des badauds aussitôt rassemblés. Ce fut l'embouteillage ; tous les passagers de l'autobus, ceux qui étaient assis et ceux qui se cramponnaient aux barres métalliques, se penchèrent vers les fenêtres pour contempler avec crainte, avec terreur même, mais en silence, le mort couvert de sang.

La circulation reprit, mais le silence dura un long moment. Galip descendit de l'autobus devant le cinéma Konak et entra dans le Bazar d'Ankara pour y acheter du thon salé, du tarama, de la langue fumée, des pommes et des bananes. Puis il marcha très vite vers le « Cœur de la Ville ». Il se sentait trans-formé, au point qu'il ne désirait plus être un autre. Arrivé à l'immeuble, il descendit dans la loge du concierge. Ismaïl, Kamer hanim et le benjamin de leurs petits-enfants, installés autour de la table cou-verte d'une toile cirée bleue, mangeaient du hachis aux pommes de terre ; ils baignaient dans une atmo-sphère de bonheur familial qui parut extrêmement lointain à Galip : à croire que la scène se passait bien des siècles plus tôt.

« Bon appétit », dit Galip. Il y eut un silence, et il ajouta : « Il paraît que vous n'avez pas remis l'enve-loppe à Djélâl. »

« Nous avons sonné, sonné, il n'était pas chez lui », dit la femme du concierge.

« Il y est en ce moment. Où est l'enveloppe ? »

« Il est chez lui ? » dit Ismaïl éfendi. Puisque tu y montes, donne-lui cette facture d'électricité. »

Il s'était levé et examinait l'une après l'autre, d'un regard de myope, les factures entassées sur la télé. Galip sortit la clé de sa poche et l'accrocha preste-ment à un clou, au bord de l'étagère, au-dessus du radiateur. Les autres n'avaient rien vu. Il s'empara de l'enveloppe et de la facture et sortit de la loge.

« Tu diras à Djélâl de ne pas s'inquiéter, je ne parle de lui à personne ! » cria derrière lui Kamer hanim, avec un entrain un peu forcé.

Galip savoura le plaisir de remonter pour la pre-mière fois depuis des années dans le vieil ascenseur qui sentait comme autrefois le lubrifiant et l'encaus-tique ; quand il se mettait en branle, il gémissait comme un vieillard souffrant de lumbago. Le miroir devant lequel ils comparaient autrefois leur taille, Ruya et lui, était toujours là. Mais Galip ne s'y contempla pas, il avait trop peur de se retrouver assailli par la terreur des lettres.

Une fois dans l'appartement, il trouva à peine le temps de se débarrasser de son manteau et de sa veste, de les accrocher au portemanteau : la sonnerie du téléphone retentit. Avant de décrocher, il se précipita vers la salle de bains pour parer à toute éventualité, et se regarda dans le miroir durant quelques secondes avec courage et détermination. Non, ce n'était donc pas un hasard, les lettres étaient là, et l'univers et son secret. « Je le sais », se dit-il en décrochant le téléphone. « J'en suis sûr. » Il savait avant même de décrocher l'écouteur qu'il s'agissait de la voix, celle qui lui avait parlé de l'imminence d'un coup d'État militaire.

« Allô ! »

« Quel sera ton nom, cette fois-ci ? » dit Galip. « Ce ne sont pas les pseudonymes qui manquent, je finis par ne plus m'y retrouver ! »

« Voilà une entrée en matière bien adroite ! » dit la voix ; elle exprimait une assurance à laquelle Galip ne s'attendait pas. « Bon, choisis-moi donc un nom, Djélâl bey ! »

« Mehmet... »

« Mehmet, comme le Conquérant ? »

« Exactement. »

« Très bien. C'est moi, Mehmet. Je ne suis pas arrivé à trouver ton nom dans l'annuaire. Donne-moi ton adresse, pour que je puisse venir te voir. »

« Pourquoi te donnerais-je mon adresse, que je cache à tout le monde ? »

« Parce que je suis un citoyen ordinaire, parmi tant d'autres, rempli de bonnes intentions, qui désire

539

fournir à un journaliste célèbre les preuves de l'approche d'un putsch militaire qui sera sanglant. »

« Tu sais bien trop de choses sur moi pour être un citoyen comme les autres », dit Galip.

« Il y a six ans, j'ai rencontré quelqu'un à la gare de Kars », dit la voix baptisée Mehmet. « Un citoyen parmi tant d'autres. C'était un droguiste qui se rendait à Erzurum pour affaires. Tout au long du trajet, nous avons parlé de toi. Il savait pourquoi tu avais commencé le premier article signé de ton nom par le mot " écoute ", équivalent du mot persan *bichnov*, qui est le premier mot du *Mesnevi* de Mevlâna. De même, il savait que dans un article du mois de juillet 1956, tu avais comparé la vie aux romans-feuilletons, et que, dans une autre chronique parue un an plus tard exactement, tu avais déclaré que les romans-feuilletons ressemblaient à la vie ; il avait remarqué la symétrie secrète de ces comparaisons, il avait compris l'usage adroit que tu en faisais, car au cours de cette année-là, il avait deviné à ton style que tu avais repris au pied levé et signé d'un pseudonyme le feuilleton sur le noble art de la lutte, lâché par un chroniqueur bien connu qui s'était disputé avec le patron. Il savait aussi que, dans un article écrit à la même époque et qui commençait par cette phrase : " Les jolies femmes que vous croisez dans la rue, regardez-les donc avec affection, avec un sourire, comme on le fait en Europe, et non d'un air courroucé, en fronçant les sourcils ! ", la femme si belle que tu décrivais avec tant d'amour n'était autre que la seconde femme de ton père. Quand, six ans plus tard, tu comparais ironiquement à d'infortunés poissons japonais, prisonniers dans un aquarium, une famille nombreuse, confinée dans un appartement d'Istanbul la poussiéreuse, le droguiste savait, lui, que les poissons en question étaient ceux d'un oncle sourd-muet, et que la famille était la tienne. Cet homme qui n'avait jamais vu Istanbul, qui n'avait jamais posé le pied à l'ouest d'Erzurum, connaissait tous tes parents, dont tu n'avais jamais cité les noms ; il connaissait les maisons que tu as habitées, les rues de Nichantache, le commissariat au coin de la place et, en face, la boutique d'Alâaddine, la cour et le bassin de la mosquée de Techvikiyé, les derniers jardins que l'on peut encore trouver dans le quartier, la crémerie " Au Bon Lait ", les marronniers et les tilleuls qui bordent les trottoirs ; il les connaissait aussi bien que l'intérieur de sa petite boutique, située au pied de la forteresse de Kars, où, tout comme chez Alâaddine, il vendait tout un bric-à-brac allant des eaux de toilette aux lacets de souliers, des cigarettes aux aiguilles à coudre ou aux bobines de fil. Il savait aussi que, trois semaines après la parution d'une chronique où tu te moquais du " Concours des onze questions ", sponsorisé par les dentifrices Ipana à la radio d'Istanbul — à l'époque le réseau national n'avait pas encore été créé —, la question à mille deux cents livres avait porté sur toi, rien que pour te clouer le bec ; mais que toi, conformément à ce qu'il attendait de toi, tu avais dédaigné cette combine minable, et aussitôt conseillé à tes lecteurs de ne plus utiliser les pâtes dentifrices américaines et de se brosser les dents avec un savon à la menthe qu'ils pouvaient préparer de leurs propres mains bien lavées. Bien sûr, tu ignores que notre droguiste trop confiant s'est massé les gencives, des années durant, en utilisant cette formule que tu avais inventée de toutes pièces et qu'il a ainsi perdu toutes ses dents ! Le reste du voyage, le droguiste et moi l'avons passé à imaginer un jeu sur le thème : " Notre chroniqueur : Djélâl Salik ", et j'ai eu bien de la peine à y battre ce brave homme dont la plus grande peur était de rater la gare d'Erzurum. C'était un citoyen comme les autres, vieilli avant l'âge, qui n'avait pas assez d'argent pour se payer un râtelier, et dont l'unique plaisir — à part la lecture de tes chroniques — consistait à élever des oiseaux dans des cages disposées dans son jardin, et à raconter des histoires d'oiseaux. Tu vois, Djélâl bey, le citoyen-comme-les-autres — ne t'avise surtout plus de le sous-estimer ! — te connaît bien, lui aussi. Mais moi, je te connais encore mieux que le citoyen ordinaire. Voilà pourquoi nous allons parler, toi et moi, jusqu'au soir ! »

« Cette histoire de dentifrice, je l'ai reprise dans un autre article, quatre mois plus tard », dit Galip. « Et de quelle façon ? »

« Tu y parlais du doux parfum de menthe que dégagent les bouches charmantes des petits garçons et des petites filles qui, avant de se coucher, souhaitent en les embrassant une bonne nuit à leur père, à leurs oncles, à leurs tantes, paternels et maternels, à leurs demi-frères. Le moins qu'on puisse en dire, c'est que ce n'était pas une très bonne chronique ! »

« Et pour ce qui est des poissons japonais, as-tu d'autres exemples à me donner ? »

« Oui, il y a six ans, dans une chronique où tu parlais de la mort et du silence auquel tu aspirais. Et un mois plus tard, dans un autre article, tu faisais allusion aux poissons rouges en affirmant que tu ne recherchais que la paix et l'harmonie. Et puis, tu as souvent comparé l'aquarium au poste de télévision dans nos maisons. Tu as parlé des malheurs que les mariages consanguins ont provoqués chez les Wakins — tu fournissais des détails empruntés à l'*Encyclopaedia britannica*. Qui avait traduit l'article pour toi : ta sœur ou ton cousin ? »

« Poste de police ? »

« Ce mot évoque pour toi le bleu marine, le passage à tabac, la carte d'identité, la confusion du concept de citoyenneté, les tuyaux rouillés, les chaussures noires, les nuits sans étoiles, les gueules renfrognées, le sentiment d'un immobilisme métaphysique, la malchance, il te rappelle que tu es turc, et que les toits coulent ; il te rappelle aussi la mort, bien sûr. »

« Et tout cela, le droguiste le savait ? »

« Oui. Et bien d'autres choses encore. »

« Raconte-moi ce qu'il t'a demandé. »

« Cet homme, qui n'avait jamais vu un tramway de ses yeux et qui, très probablement, n'en verra jamais, m'a interrogé sur la différence des odeurs, dans les tramways à chevaux et les tramways tout court. Je lui ai expliqué que cette différence, sans tenir compte de l'odeur des chevaux en sueur, provenait des odeurs de moteur, de lubrifiant et d'électricité. Il m'a alors demandé si à Istanbul l'électricité avait une odeur. Tu ne l'avais pas spécifié dans ton article, et pourtant il en était arrivé à cette conclusion. Il m'a demandé de lui décrire l'odeur du journal qui sort de l'imprimerie. Réponse : à en croire l'une de tes chroniques de l'hiver 1958, un mélange de quinine, de soufre, de cave et de vin, une odeur qui vous donne le vertige. Il m'a dit que cette odeur, le journal la perdait en route, durant les trois jours qu'il mettait à aller d'Istanbul à Kars. La question la plus difficile, parmi celles que me posa le droguiste, concernait le parfum des lilas. J'ignorais que tu avais manifesté un intérêt particulier pour cette fleur. À en croire ce droguiste, qui parlait avec des yeux pétillants de joie, comme ceux d'un vieillard qui évoque ses souvenirs en les embellissant, tu aurais parlé à trois reprises de ce parfum : la première, c'est quand tu as raconté l'histoire de cet étrange prince impérial, qui vivait dans la solitude et l'attente de l'instant où il accéderait au trône, et qui étonnait si fort son entourage ; tu aurais dit que sa bien-aimée sentait le lilas. Les deux autres fois, tu te répétais, inspiré très probablement par la fille de l'un de tes proches, tu aurais décrit une petite fille, vêtue d'un tablier bien propre et bien repassé, les cheveux retenus par un ruban tout neuf, qui reprenait l'école à la fin des vacances, par une belle journée ensoleillée et mélancolique du début de l'automne, tu parlais du parfum de lilas qui se dégageait de ses cheveux, disais-tu dans la première chronique ; de sa tête, disais-tu un an plus tard. S'agissait-il là d'un événement qui s'était répété dans la vie réelle, ou de l'erreur d'un auteur qui se plagie lui-même ? »

Un long moment, Galip ne sut que répondre. « Je ne m'en souviens pas », dit-il enfin, comme s'il surgissait du sommeil. « Je me souviens bien d'avoir pensé à écrire l'histoire du prince, mais je ne me rappelle pas l'avoir fait. »

« Le droguiste s'en souvenait bien, lui. Et puis, il avait le sens des lieux, comme il avait le sens des odeurs. De même qu'à partir de tes chroniques, il imaginait Istanbul comme un méli-mélo d'odeurs, il connaissait aussi tous les quartiers de la ville : ceux où tu allais te promener, ceux que tu préférais, ceux que tu aimais à l'insu de tous, ceux qui te paraissaient empreints de mystère. Mais, de même qu'il ne parvenait pas à imaginer certaines odeurs, il n'avait aucune notion de la distance entre ces quartiers, ou de leur proximité. Il m'est souvent arrivé d'aller à ta recherche dans ces coins de la ville, que je connais très bien, moi aussi, et grâce à toi, mais comme ton numéro de téléphone m'a permis de deviner que tu te planques quelque part entre Nichantache et Chichli, cette fois-ci je ne me suis pas donné la peine d'aller t'y rechercher. J'ai conseillé au droguiste de t'écrire ; je te le dis parce que tu dois te poser la question. Le neveu qui lui lit tes chroniques sait lire, bien sûr, mais ne sait pas écrire. Le droguiste, lui, ne sait bien sûr ni lire ni écrire. Tu as écrit quelque part que la connaissance des lettres provoque un affaiblissement de la mémoire. Veux-tu que je te raconte comment j'ai pu triompher de cet homme, qui ne connaissait tes articles que parce qu'il les entendait, au moment où notre train à vapeur atteignait Erzurum à grand bruit ? »

« Inutile. »

« Il se souvenait de chacun des concepts utilisés dans tes chroniques, mais il semblait incapable de saisir leur signification. Ainsi, il n'avait aucune notion du plagiat, ce pillage littéraire. Son neveu ne lui lisait que tes articles dans le journal ; et lui n'éprouvait aucune curiosité pour le reste. À croire qu'il était persuadé que tout ce qui était publié dans le monde était écrit par un seul homme, ou au même moment. Je lui ai demandé pourquoi tu parlais si souvent de Mevlâna. Il n'a pas répondu. Je lui ai demandé quelle était la part de Poe et quelle était la tienne, dans ta chronique intitulée " Le mystère des écrits secrets ", qui date de 1961. Là, il m'a aussitôt répondu : il m'a affirmé que tout l'article

545

était de ta plume. Je l'ai interrogé sur le dilemme " original de l'histoire/récit de l'original ", qui constituait le point le plus important de la polémique — le droguiste utilisait, lui, le terme de " querelle " — qui vous mit aux prises, Néchati et toi, au sujet de Bottfolio et d'Ibn Zerhani. Il me déclara avec conviction que les lettres étaient la substance même des choses. Il n'avait donc rien compris. Et je l'avais battu ! »

« Mais dans cette polémique », déclara Galip, « les arguments que j'utilisais contre Néchati se basaient sur l'idée que les lettres sont l'essence de la chose nommée. »

« Il s'agit là de l'idée de Fazlallah, et non de Zerhani. Pour te dépêtrer de la situation dans laquelle tu t'étais fourré avec ton pastiche du " *Grand Inquisiteur* ", tu étais bien obligé d'utiliser Ibn Zerhani. À l'époque où tu écrivais ces articles, tu n'avais qu'une idée en tête : provoquer la disgrâce de Néchati et le faire flanquer à la porte du journal, je le sais. Dans la discussion " S'agit-il de traduction ou de plagiat ? ", tu as tendu un piège à Néchati, fou de jalousie ; tu l'as amené à déclarer qu'il s'agissait de plagiat. Ensuite, parce qu'il en était arrivé à affirmer que tu avais plagié Ibn Zerhani, qui avait lui-même plagié Bottfolio, tu as habilement donné l'impression qu'il insinuait que l'Orient ne pouvait être créateur, qu'il méprisait donc les Turcs, et brusquement, tu t'es lancé dans la défense de notre glorieuse histoire et de notre " culture nationale ", tout en poussant les lecteurs à adresser des lettres de protestation au patron. L'infortuné lecteur de notre pays, toujours sensible aux " croisades modernes ", toujours prêt à pourfendre les " dégénérés " qui osent affirmer que Sinan, " le plus grand architecte turc ", était en réalité un Arménien de Kayseri, a comme toujours sauté sur l'occasion ; les gens ont fait pleuvoir les lettres au patron pour protester contre ce " bâtard " de Néchati, et le malheureux, à qui la joie d'avoir découvert ton escroquerie littéraire avait fait perdre la tête, en a perdu sa chronique et son boulot. Tout le monde est au courant — jusqu'à l'oiseau dans le ciel ! — dans ce journal où il se retrouve à tes côtés, tout en n'étant plus qu'un écrivain passé de mode, il s'efforce par ses ragots de miner le sol sous tes pieds... »

« À propos de mines, qu'ai-je écrit sur le puits ? »

« C'est là un sujet très vaste, inépuisable, au point qu'il est honteux de poser cette question à un lecteur aussi fidèle que moi ! Je ne vais pas te rappeler le puits, thème de la poésie du Divan, le puits où fut jeté Chems de Mevlâna, le bien-aimé ; les puits d'où surgissent les djinns, les sorcières et les géants dans les *Mille et Une Nuits*, cette œuvre que tu as toujours pillée sans vergogne ; les puits d'aération coincés entre les immeubles, ou encore les ténèbres sans fond où tu affirmes que nos âmes seront jetées ; tu as trop souvent parlé de ces puits-là. Mais écoute plutôt ce que je vais te dire : en automne 1957, tu as écrit un article bien travaillé, plein de colère et de tristesse, sur les forêts de tristes minarets de béton (car tu n'avais aucune objection aux minarets de pierre), qui, agressives comme des forêts de lances, encerclent nos grandes villes et les petites cités nouvelles qui se constituent en bordure de nos villes. Dans cet article, qui ne retint guère l'attention de tes lecteurs, comme tous ceux où tu ne traites pas de la politique politicienne ou des scandales quotidiens, tu consacrais les dernières lignes à la description d'un jardin, envahi

par des fougères symétriques et des ronces asymétriques, derrière une mosquée au minaret courtaud,
dans un faubourg déshérité, et tu parlais d'un puits
perdu, sombre et silencieux. J'avais aussitôt compris
que par le biais de ce puits réel, que tu nous décrivais
en trois épithètes : *perdu, sombre* et *silencieux*, tu
nous conviais, par une habile allusion, à tourner nos
regards, non pas vers la hauteur des minarets, mais
vers les âmes et les serpents qui hantent les puits
noirs et desséchés de notre passé, enfouis dans notre
inconscient. Dix ans plus tard, par une nuit d'insomnie et de désespoir, où tu te battais seul contre les
fantômes de tes remords, tu écrivais un article qui
s'inspirait de ton triste passé et des cyclopes, tu y
parlais de l'Œil du remords, du sentiment de culpabilité, qui te poursuivait implacablement depuis des
années. Et si tu y comparais l'organe de la vue à " un
puits sombre, planté au beau milieu du front ", il ne
s'agissait certainement pas là d'une coïncidence,
mais d'une nécessité. »

Cette voix, derrière laquelle Galip devinait un
visage de spectre, un col blanc et une veste élimée,
lisait-elle ces phrases ou les construisait-elle sous
l'effet de ses souvenirs enthousiastes ? Galip se posait
la question. Et prenant son silence pour une appro-
bation, la voix lança un éclat de rire triomphal. Puis
elle se mit à chuchoter, comme pour livrer un secret,
sur un ton amical, fraternel, né du sentiment de partager avec son interlocuteur les extrémités d'un cordon ombilical issu de la même mère, ce fil téléphonique qui passait sous Dieu sait quelle colline de la
ville, se faufilait par des chemins tortueux, des
boyaux bourrés de monnaies byzantines et de crânes
ottomans, se tendait comme une corde à linge entre

les poteaux rouillés, les platanes et les marronniers, s'agrippait comme de la vigne vierge aux flancs des vieux bâtiments, aux murs décrépis. L'homme continuait à chuchoter : il aimait beaucoup Djélâl, il le respectait, il le connaissait très bien. Et Djélâl n'en doutait plus, n'est-ce pas ?

« Je n'en sais rien », dit Galip.

« Dès lors, pourquoi ne pas supprimer ces appareils tout noirs entre nous ? » proposa la voix : cette sonnerie se mettait parfois d'elle-même en branle, elle était plus effrayante qu'utile ; l'écouteur noir comme le goudron était aussi lourd qu'un haltère ; dès qu'on tournait le cadran, l'appareil se mettait à gémir, à émettre une mélodie grinçante, tout comme les anciens tourniquets à l'entrée des embarcadères des lignes Kadikeuy-Karakeuy : il lui arrivait souvent de vous relier non pas au numéro demandé, mais à celui qui bon lui semblait. « Tu as compris, Djélâl bey ? Donne-moi ton adresse, et j'arrive ! »

Pareil à l'instituteur embarrassé par les conclusions géniales de l'élève surdoué, Galip hésita. Puis, s'étonnant de la profusion des fleurs qui, à chaque réponse fournie par l'inconnu, s'épanouissaient dans le jardin de sa mémoire, et à chaque question, de l'infini de cette mémoire, surpris par le piège où il se laissait prendre peu à peu, il lança une nouvelle question :

« Bas nylon ? »

« Dans une chronique de 1958, tu racontais que deux ans plus tôt, c'est-à-dire à l'époque où ton nom ne figurait pas encore dans le journal, et où tu signais tes articles de pseudonymes qui ne connurent jamais le succès, comment, par une chaude journée d'été, dans un cinéma de Beyoglou (le Ruya) où tu étais entré pour échapper à la canicule, et aussi pour oublier ta détresse, alors que tu suivais sur l'écran le premier des deux films de la séance — tu en avais d'ailleurs raté le début — entre les gros rires des gangsters de Chicago, doublés par les acteurs minables des studios de Beyoglou, le crépitement des mitraillettes, le fracas des vitrines et des bouteilles brisées, un bruit tout proche t'avait fait sursauter : de longs ongles de femme crissaient sur des bas nylon. Dès que les lampes s'étaient rallumées à la fin du film, tu avais vu, deux rangs plus loin, un petit garçon d'une dizaine d'années, à l'air bien sage, et sa mère, élégante et belle. Tu avais longuement observé la façon qu'ils avaient de se parler, de s'écouter, avec attention et affection. Dans la chronique que tu écrirais deux ans plus tard sur ce sujet, tu nous expliquerais que, tout au long du second film, tu avais prêté l'oreille, non pas au cliquetis des épées et au fracas des tempêtes sur la mer, qui surgissaient des haut-parleurs, mais au crissement des ongles d'une main nerveuse sur des jambes livrées en pâture aux moustiques des nuits d'été à Istanbul ; et que, perdant tout intérêt pour les aventures des pirates sur l'écran, tu n'avais plus pensé qu'à cette amitié entre la mère et le fils. Comme tu l'expliqueras dans une autre chronique que tu écrivis douze ans plus tard, le patron t'avait passé un savon pour l'article aux bas nylon : ignorais-tu qu'il était dangereux, très dangereux même, d'évoquer la sexualité des femmes mariées et mères de famille ? que le lecteur turc ne pouvait tolérer de telles allusions ? et que si tu tenais à faire une carrière de chroniqueur, tu devais te méfier des femmes mariées et faire attention à ton style ? »

« Le style ? Une réponse brève, s'il te plaît. »

« Pour toi, le style, c'était la vie. Le style, pour toi, c'était la voix. C'était tes pensées. C'était ta véritable personnalité, qui s'exprimait par ton style et il n'y en avait pas qu'une, mais deux, trois... »

« Qui sont ? »

« La première, celle que tu appelles mon moi simple, la voix que tu livres à tous, que tu installes à la table familiale, au cours des repas avec tes parents, celle qui provoque des ragots, dans la fumée des cigarettes, après le dîner ; celle à qui tu dois tant de détails sur la vie quotidienne. La deuxième c'est celle de l'homme que tu aurais voulu être, un masque emprunté à ces gens admirables, qui ne connaissent jamais la sérénité en ce monde, qui vivent en un autre univers, dans la lumière diffuse de sa magie. Tu l'as écrit — et je l'ai lu, les larmes aux yeux : sans cette habitude de converser en chuchotant avec ce " héros ", dont tu as tout d'abord voulu être une simple copie, avant de désirer être " lui " ; de répéter les jeux de mots, les devinettes, les railleries, les pointes qu'il te soufflait à l'oreille, avec l'obstination des gâteux qui reprennent sans cesse les rengaines dont ils n'arrivent pas à se débarrasser, tu aurais été incapable de supporter la vie quotidienne, tu te serais retiré dans ton coin pour attendre la mort, comme le font tant de malheureux ! Ta troisième personnalité, celle que tu résumais par " personnalité sombre, style sombre ", elle te transportait — et moi aussi, bien sûr — dans un univers que ne pouvaient atteindre les deux premières, que tu qualifiais de " style objectif et style subjectif "... Je connais mieux que toi les articles que tu as écrits les nuits où tu étais malheureux au point que l'imitation et le masque s'avéraient insuffisants, mais ce que tu as fait dans ta vie, tu le sais mieux que moi, mon frère. Nous allons nous découvrir, nous allons nous comprendre, nous nous déguiserons ensemble, toi et moi ! Donne-moi ton adresse ! »

« Adresse ? »

« Les villes se constituent à partir d'adresses, les adresses à partir de lettres, et les lettres à partir de visages. Le lundi 12 octobre 1963, tu nous décrivais le quartier de Kourtoulouche en affirmant que c'était celui que tu préférais à Istanbul. Kourtoulouche, autrefois Tatavla, un quartier arménien. Cette chronique, je l'avais lue avec beaucoup de plaisir. »

« Le mot " lire " ? »

« Tu as écrit un jour, c'était en février 1962 s'il faut préciser la date, c'était dans cette période si fébrile de ta vie, quand tu préparais le terrain du coup d'État militaire qui devait sauver le pays de la misère, tu as donc écrit qu'un soir d'hiver, dans une rue sombre de Beyoglou, tu avais vu un immense miroir au cadre doré qu'on transportait, Dieu sait dans quel but étrange, d'une boîte de nuit où travaillaient des danseuses du ventre et des illusionnistes, à un autre cabaret ; le miroir s'était tout d'abord fêlé, sous l'effet du froid ou pour quelque autre raison, puis s'était brisé sous tes yeux en mille morceaux, et tu avais soudain compris que ce n'était pas par hasard si le même mot désigne en turc le " tain ", qui transforme la vitre en miroir, et le " secret ". Après avoir décrit dans ta chronique l'instant où tu avais eu cette inspiration, tu ajoutais : " Lire, c'est regarder le miroir ; celui qui connaît le ' secret ' peut le traverser ; et celui qui ignore le secret des lettres ne peut découvrir en

552

ce monde que la fadeur, la platitude de son propre visage. " »

« Et qu'était donc ce secret ? »

« Ce secret, à part toi, je suis le seul à le connaître. Tu sais bien qu'on ne peut en parler au téléphone. Donne-moi ton adresse. »

« Ce secret, c'était quoi ? »

« Dis-toi bien que pour le découvrir, un lecteur devrait te consacrer sa vie entière. Ce que j'ai fait, moi. Pour deviner ce secret, j'ai tout lu, tout ce que tu as pondu durant les années où tu ne signais pas encore tes articles, les feuilletons des auteurs à qui tu servais de nègre, les mots croisés, les jeux, les portraits, les reportages politiques ou à l'eau de rose ; tremblant de froid dans les bibliothèques publiques où les poêles n'étaient pas allumés, emmitouflé dans mon manteau, le chapeau sur la tête, des gants de laine aux mains, j'ai tout lu, et même ce que je soupçonnais avoir été écrit par toi ! Ce qui fait — étant donné que tu as régulièrement écrit huit pages en moyenne par jour tout au long de plus de trente ans — cent mille pages, soit trois cents livres de trois cent trente-trois pages. Ce pays devrait te dresser un monument rien que pour ça. »

« Et un autre à ta mémoire, pour avoir lu tout ça », dit Galip. « Bon, le mot " monument " ? »

« Au cours de l'un de mes voyages en Anatolie, dans une petite ville dont j'ai oublié le nom, alors que j'attendais l'heure du départ de l'autobus dans un jardin public donnant sur une place, un homme plutôt jeune est venu s'asseoir près de moi. On a engagé la conversation. Nous avons tout d'abord parlé de la statue d'Atatürk, qui montrait du doigt la gare routière, comme pour signifier que la seule chose à faire

553

dans cette bourgade sinistre était de la quitter sur-le-champ. Ensuite, j'amenai la conversation sur un de tes articles, celui où tu parlais des statues d'Atatürk, dont le nombre s'élève à plus de dix mille dans notre pays. Tu y affirmais que toutes ces horribles statues finiraient par s'animer, dans une nuit d'apocalypse, une nuit où les éclairs et le tonnerre déchireraient les ténèbres et où tremblerait le sol. Tu y décrivais les statues couvertes de fiente de pigeon, les unes vêtues à l'occidentale, les autres en grand uniforme de maréchal chargé de décorations, d'autres chevauchant des destriers redoutables, au sexe énorme, qui se cabraient de toute leur taille ; d'autres encore, coiffées d'un haut-de-forme, une cape fantomatique sur les épaules ; elles s'ébranleraient sans se hâter, elles descendraient de leurs socles entourés de gerbes et de couronnes desséchées, autour desquels, depuis tant d'années, tournaient sans cesse les vieux autobus gris de poussière, les charrettes et les mouches, et s'alignaient pour chanter la marche nationale, les soldats qui puaient la sueur et les élèves du lycée de jeunes filles, dont les vêtements sentaient la naphtaline ; elles disparaîtraient dans les ténèbres. Le jeune homme sensible et passionné, assis à mes côtés, avait lu cette chronique, où tu nous décrivais la terreur dont étaient saisis nos infortunés compatriotes, écoutant le bruit des bottes et des sabots de bronze ou de marbre, marteler les trottoirs des faubourgs populaires dans cette nuit de fin du monde, alors que tremblerait le sol et se fendraient les cieux. Ce jeune homme donc avait été tellement impressionné par cette chronique qu'il t'avait aussitôt écrit pour te demander la date exacte à laquelle se produiraient ces prodiges. À l'en croire, tu lui aurais envoyé une brève réponse, en lui demandant une photo d'identité. Après avoir reçu cette photo, tu lui aurais dévoilé un " secret ", celui des signes précurseurs de l'approche de ce jour-là. Bien sûr, il ne s'agissait pas du " secret ". Dans ce parc au gazon pelé, au bassin vide, ce jeune homme, déçu par des années d'attente, m'a révélé un secret qu'il aurait dû garder pour lui : outre le sens caché de certaines lettres, tu lui aurais fourni une phrase, qu'il rencontrerait un jour dans l'une de tes chroniques, et qui serait le Signe. Dès qu'il lirait cette phrase, le jeune homme déchiffrerait le sens caché de la chronique et passerait à l'action. »

« Et que disait-elle, cette phrase ? »

« " Ma vie entière était pleine de mauvais souvenirs de ce genre. " Telle était la phrase. L'avais-tu vraiment écrite, ou avait-il tout inventé, je n'en sais rien. Mais comme par hasard, alors que tu te plains ces derniers temps de ta mémoire qui flanche, et même de l'avoir complètement perdue, j'ai lu cette phrase, parmi d'autres, dans une de tes vieilles chroniques qui a été reprise ces jours-ci. Donne-moi ton adresse, je pourrai sur-le-champ t'expliquer ce que cela signifie. »

« Et les autres phrases dont tu parles ? »

« Donne-moi ton adresse ! Dis-la-moi ! Je sais à présent que tu ne t'intéresses plus ni à ces phrases ni à d'autres. Tu as perdu tout espoir pour ce pays, au point que tu ne t'intéresses plus à rien. Dans ce trou à rats où tu te caches, la haine au cœur, te voilà sur le point de perdre la boussole, à force de vivre seul, sans amis, sans copains. Donne-moi ton adresse, je te dirai où, dans le marché aux bouquinistes, tu pourras rencontrer les élèves du lycée de théologie qui troquent entre eux tes photos dédicacées, ou les arbitres de lutte libre qui apprécient les jeunes garçons. Ton adresse, donne-la-moi : je te ferai voir des gravures, montrant en pleine action dix-huit souverains ottomans qui se plaisaient à rencontrer dans des lieux secrets d'Istanbul des femmes de leur harem déguisées en putains européennes. Sais-tu que cette manie qui nécessitait quantité de robes et de bijoux avait été baptisée par les couturiers et les bordels les plus luxueux de Paris " le fantasme turc ", le savais-tu ? Sur une de ces gravures, où l'on voit le sultan Mahmout II faisant l'amour, incognito et à poil, dans quelque ruelle mal famée d'Istanbul, sais-tu que le souverain aux jambes nues porte les bottes de Napoléon pendant sa campagne d'Égypte ? Et que son épouse préférée, la future sultane douairière Bezmiâlem — qui donna son nom à un navire ottoman et qui fut la grand-mère de ce prince impérial dont tu aimes tant l'histoire —, y est représentée, une impudente croix de diamants et de rubis au cou ? »

« Le mot " croix " ? » dit Galip, presque gaiement ; pour la première fois depuis que sa femme l'avait abandonné, c'est-à-dire depuis cinq jours et quatre heures, il retrouvait du goût à la vie.

« Ce n'est certainement pas par hasard, je le sais bien, que la nouvelle du mariage d'Edward G. Robinson — le dur de la scène et de l'écran, l'homme qui sans cesse mâchouillait un cigare, un acteur que j'aimais beaucoup — avec Jane Adler, dessinatrice de mode à New York, et la photo qui montrait les nouveaux mariés à l'ombre d'une croix avait paru dans le journal juste au-dessous de la chronique que tu écrivis le 18 janvier 1958, et dans laquelle tu évoquais

556

la géométrie égyptienne archaïque, l'algèbre arabe et le néo-platonisme chez les Assyro-Chaldéens, pour prouver que la croix — en tant que forme — était l'antonyme, la négation, le " négatif " du croissant... Dis-moi où tu habites. Une semaine plus tard seulement, tu affirmais que l'éducation de nos enfants dans la crainte de la croix et dans l'exaltation du croissant provoquait chez eux une inhibition, qui les empêchait tout au long de leur adolescence de déchiffrer les visages magiques des acteurs de Hollywood, les maintenait dans une incertitude sexuelle qui les poussait à prendre toutes les femmes au visage lunaire pour leur mère ou leur tante ; et pour prouver la pertinence de cette idée, tu racontais que des contrôles effectués dans les dortoirs de tous les pensionnats pour boursiers d'État permettraient de découvrir que des centaines d'élèves avaient mouillé leur lit, la nuit qui suivit les cours d'histoire traitant des Croisades. Mieux encore : si tu me dis où tu habites, je pourrai t'apporter un tas d'histoires parlant de croix, des informations inouïes que j'ai découvertes dans les journaux de province, dans les bibliothèques municipales que je hantais, à la recherche de tout ce que tu avais écrit : le condamné à mort qui revient de la contrée de la mort parce que la corde de la potence s'est rompue décrit les croix qu'il a rencontrées au cours de la brève descente qu'il fit dans les enfers : *Courrier d'Erdjiyès*, Kayseri 1962. " Notre rédacteur en chef a adressé ce jour un télégramme au président de la République, pour lui dire qu'il serait plus conforme à notre culture nationale de remplacer par un (.) la lettre qui a la forme d'une croix " : *Konya-la-Verte*, Konya 1951. Et tant d'autres encore ! Je pourrais te les apporter sur-le-champ si tu me donnais ton adresse... Je ne te dirai pas que tu pourras t'en servir pour tes articles, je sais que tu as horreur des chroniqueurs pour qui la vie est du matériel à utiliser. Je t'apporterai toutes les coupures entassées dans des cartons, là sur la table devant moi. Nous les lirons ensemble, nous pourrons en rire ou en pleurer, toi et moi. Allons, dis-moi où tu habites, je t'apporterai cette série d'articles parus dans la presse locale, au sujet de ces bègues à Iskendéroune, qui se retrouvent délivrés de leur infirmité uniquement dans les boîtes de nuit, parce qu'ils osent parler aux seules entraîneuses de la haine qu'ils éprouvent pour leur père. Dis-moi où tu habites... Je t'apporterai cet article où il est question d'un garçon de café analphabète, incapable au surplus de parler correctement le turc, qui, bien que ne sachant pas un mot de persan, récitait des poèmes d'Omar Khayyam inédits, parce que " leurs âmes étaient sœurs ", disait-il, et faisait toutes sortes de prédictions sur l'amour et la mort. Dis-moi ton adresse... Je te ferai lire aussi l'histoire des rêves de ce typographe de Bayburt, journaliste à ses heures, qui, à partir du moment où il remarqua les défaillances de sa mémoire, publia en dernière page du journal — dont il était également le patron — toutes ses connaissances, tous ses souvenirs, toute l'histoire de sa vie ; et il le fit jusqu'à la nuit de sa mort. Parmi les feuilles mortes, les roses fanées, les fruits desséchés du vaste jardin qu'il décrivit dans son dernier rêve, je sais que tu retrouveras ta propre histoire, mon frère. Je sais aussi que pour retarder le dessiccation de ta mémoire, tu prends des remèdes pour la circulation du sang ; je sais que tu vas pêcher, un à un, tes souvenirs, dans ce puits ingrat et perdu, en passant des heures, chaque jour, couché sur le dos, les pieds au mur, et le visage congestionné à force d'avoir la tête en bas, pour que le sang irrigue ton cerveau, tu cherches à te rappeler le 16 mars 1957, par exemple. " Le 16 mars 1957 ", te dis-tu, après bien des efforts, " en compagnie de tous les copains du journal, nous déjeunions à la rôtisserie près de la préfecture, je leur ai parlé des masques que la jalousie peut nous coller au visage ! " Et toujours en te forçant, tu te dis encore : " Au mois de mai 1962, oui, oui, quand je me suis réveillé après une longue et incroyable séance d'amour, en plein jour, cela se passait dans une maison à Kourtoulouche, dans une ruelle, j'ai déclaré à la femme étendue à mes côtés que les grains de beauté sur son corps nu me rappelaient ma belle-mère. " Mais le doute s'empare aussitôt de toi, ce doute que tu qualifieras d'impitoyable ; ces mots, les as-tu dits à cette femme ou à l'autre, la femme au teint si blanc, cela se passait-il dans cette maison de pierre, où l'on entendait, à travers les fenêtres qui fermaient toujours mal, le vacarme incessant du marché de Béchiktache, ou alors t'adressais-tu à la femme aux yeux de brume, celle qui t'aimait au point de prendre le risque de rentrer tard chez elle pour y retrouver son mari et ses enfants ; celle qui sortit de la garçonnière dont les fenêtres donnaient sur les arbres du parc de Djihanguir pour aller jusqu'à Beyoglou, t'acheter le briquet que tu désirais avec un entêtement d'enfant gâté, pour une raison qui t'échappa bien vite, comme tu l'écrivis plus tard dans une chronique ? Dis-moi ton adresse ; je t'apporterai du Mnemonics, ce dernier médicament sorti en Europe qui, en un clin d'œil, élargira les artères de ton cerveau, bouchées par la nicotine et les mauvais souvenirs, et te ramènera aux plus beaux jours du paradis perdu. Dès que tu auras commencé à verser chaque matin dans ton thé vingt gouttes de ce liquide mauve — et non pas deux, comme l'indique la notice —, tu retrouveras une infinité de souvenirs, oubliés depuis longtemps, au point que tu as oublié les avoir oubliés. Tout comme on découvre soudain derrière une vieille armoire les crayons de couleur, les peignes ou les billes mauves de son enfance... Si tu me donnes ton adresse, tu pourras te rappeler l'article où tu affirmais que chacun de nous porte une carte sur son visage, un plan fourmillant d'indications, sur tous les coins dont nous ne saurions nous passer dans la ville où nous vivons, et tu te rappelleras aussi pourquoi tu l'as écrit, cet article. Si tu me dis où tu habites, tu te souviendras pourquoi il t'a fallu raconter dans tes colonnes l'histoire du concours organisé entre des peintres célèbres que rapporte Mevlâna. Si tu me donnes ton adresse, tu te rappelleras pourquoi tu as écrit cette chronique abracadabrante où tu affirmais qu'il ne saurait y avoir de solitude vraiment sans espoir, car les femmes de nos rêves nous accompagnent même dans les moments où nous nous sentons le plus seuls ; et qu'en outre, ces femmes à qui leur intuition permet toujours de deviner ces rêves nous attendront, se mettront à notre recherche et finiront même par nous trouver, du moins pour certaines. Donne-moi ton adresse, pour que je te rappelle, moi, tout ce dont tu ne peux plus te souvenir, mon pauvre frère, tu es en train de perdre peu à peu tous les paradis et les enfers dont tu rêves ou que tu as vécus. Dis-moi où tu habites, pour que je vole aussitôt à ton secours, avant que ta mémoire n'ait entièrement sombré dans le puits perdu de l'oubli. Je sais tout de toi, j'ai lu tout ce que tu as écrit : je suis le seul à pouvoir t'aider à recréer cet univers, à écrire à nouveau ces chroniques magiques, qui se répandaient dans tout le pays, le jour comme des aigles rapaces, et la nuit comme autant d'astucieux fantômes. Quand je serai venu te rejoindre, tu pourras à nouveau rédiger ces articles qui enflammaient les cœurs des adolescents dans les cafés des villages les plus reculés de l'Anatolie ; qui faisaient pleurer à chaudes larmes les instituteurs et les écoliers, dans leurs villages perdus dans les montagnes ; qui éveillaient la fureur de vivre chez les jeunes mères qui, dans les ruelles des petites villes de province, attendent la mort en lisant des romans-photos. Dis-moi où tu habites ; on discutera jusqu'au matin, toi et moi, et tu retrouveras non seulement ton passé perdu, mais aussi ton amour pour ce pays et pour ses hommes. Pense un peu à ces hommes sans espoir qui t'écrivent des bourgades blotties au pied des montagnes couvertes de neige, et où la poste ne passe qu'une fois tous les quinze jours. Pense à tous les crétins qui t'écrivent pour te demander ton avis, avant de rompre leurs fiançailles ou de faire le pèlerinage de La Mecque ou d'aller voter ; aux infortunés potaches qui, pendant les cours de géographie, lisent tes articles, au dernier rang de la classe ; aux pitoyables préposés aux écritures qui attendent la retraite, derrière leur bureau relégué dans un coin de la pièce, tout en lisant furtivement ta chronique ; à tous les malheureux qui, sans toi, seraient incapables de trouver le soir au café un sujet de conversation autre que les programmes de la radio. Pense à tous ceux qui te lisent aux arrêts d'autobus dépourvus d'abri, dans les halls de cinéma mélancoliques et crasseux, ou encore dans des lointaines gares désertes. Ils attendent de toi un miracle, tous tant qu'ils sont ! Tu es obligé de leur assurer les prodiges qu'ils attendent ! Donne-moi ton adresse, nous ferons bien mieux, à nous deux. Dis-leur que le jour du salut est proche, que bientôt, ils ne seront plus obligés de faire la queue, un bidon de plastique à la main, devant la fontaine du quartier, pour attendre que l'eau veuille bien couler ; dis-leur que les lycéennes fugueuses ne se retrouveront plus dans les bordels de Galata et qu'elles pourront devenir un jour des étoiles de cinéma ; jure-leur que par un miracle qui se réalisera très bientôt, tous les billets de la Loterie nationale seront gagnants, que les ivrognes ne battront plus leurs femmes en rentrant le soir à la maison ; à partir de ce jour prodigieux, on ajoutera des wagons aux trains de banlieue, et sur les places de toutes les villes, des fanfares donneront des concerts, comme en Europe ; dis-leur aussi que nous serons tous héroïques et célèbres ; dis-leur qu'un jour très proche, les hommes pourront coucher avec toutes les femmes qu'ils désirent — y compris leur mère, si ça leur chante — et que par quelque prodige, la femme dans leur lit sera toujours à leurs yeux une vierge angélique, une sœur. Dis-leur que des documents secrets ont été enfin découverts, qui dévoilent le secret historique qui nous maintient dans la misère depuis des siècles ; que le réseau d'hommes de foi qui enserre toute l'Anatolie est sur le point de passer à l'action ; dis-leur encore qu'on a enfin identifié les pédés, les curés, les banquiers, les putains, et leurs collabos locaux qui ont fomenté ce complot international qui nous condamne à la misère. Montre-leur du doigt leurs ennemis, ils connaîtront alors la paix parce qu'ils

562

auront leur bouc émissaire, qu'ils pourront rendre responsable de tous leurs malheurs. Fais-leur entrevoir les moyens de se débarrasser de ces ennemis, ils pourront alors, aux heures où ils trembleront de rage et d'infortune, s'imaginer capables d'accomplir un jour quelque chose de très, très important ; explique-leur bien que la misère qu'ils ont traînée durant toute leur vie, ils la doivent à ces ignobles individus : en accablant les autres du poids de leurs péchés, ils se donneront bonne conscience. Mon frère, je le sais, grâce à ta plume, tous les rêves, les histoires les plus folles, les miracles les plus incroyables pourront se réaliser. Et cela se fera grâce aux mots merveilleux, aux extraordinaires souvenirs que tu pêcheras dans le puits perdu de ta mémoire. Si notre droguiste de Kars a pu, des années durant, apprendre en y croyant très fort tout ce que tu racontais sur les rues où s'est passée ton enfance, c'est parce qu'il devinait les rêves dissimulés entre les lignes ; rends-lui ses rêves. Il fut un temps où tes chroniques faisaient frissonner les plus déshérités, leur donnaient la chair de poule, bouleversaient leur mémoire, les faisaient croire aux jours heureux qui viendraient, comme si ces articles leur rappelaient les jours de fête de leur enfance avec leurs balançoires et leurs manèges. Donne-moi ton adresse. Et tu pourras te remettre à écrire ces choses-là. Dans ce pays maudit, les gens comme toi, que peuvent-ils faire, si ce n'est écrire ? Je sais que tu écris parce que tu es incapable de faire autre chose, par impuissance tout simplement. Ah ! si tu savais combien de fois j'ai pu imaginer, depuis des années, tes moments de désarroi ! Tu t'émouvais quand tu regardais les portraits de généraux ou les natures mortes accrochées dans les boutiques de fruits et

563

légumes ; tu étais pris de tristesse quand, dans les cafés miteux des faubourgs, tu voyais tes frères au regard mélancolique et dur jouer au " soixante-six " avec des cartes ramollies par l'humidité. Et moi, quand je voyais aux heures blêmes du matin une mère et son enfant faire la queue devant les magasins d'État pour viandes et poissons, dans l'espoir d'y faire des achats à prix réduit ; quand, au cours de mes voyages en Anatolie, mon train passait près des petites places où se tiennent les " marchés à main-d'œuvre ", ou quand, le dimanche après-midi, je remarquais les pères de famille assis avec leur femme et leurs enfants, dans des parcs dépourvus d'arbres et de gazon, au sol boueux, qui tiraient sur leur cigarette en attendant que passent ces interminables heures d'ennui, je me demandais ce que tu en aurais pensé, toi. Je me disais que si tu avais pu voir ces visages, tu te serais installé dès ton retour dans ta chambre, devant ta vieille table de travail, qui convient si bien à ce pauvre pays oublié de tous, pour écrire leurs histoires sur tes feuilles de mauvais papier blanc où l'encre se délaie. Je me plaisais à t'imaginer, le front penché sur le papier, je te voyais quitter ton fauteuil en pleine nuit, triste, désespéré, ouvrir le réfrigérateur et en examiner l'intérieur d'un œil distrait, sans rien y voir, sans rien y prendre, comme tu l'avais raconté dans une de tes chroniques, je te voyais ensuite errer dans l'appartement ou autour de ton bureau, pareil à un somnambule. Ah, mon cher frère, tu étais si seul, tu étais si triste, tu étais malheureux ! Et comme je t'aimais ! Pendant des années, je n'ai fait que penser à toi quand je lisais ta chronique. Donne-moi ton adresse, je t'en supplie, réponds-moi au moins. Je te raconterai comment j'ai pu voir des lettres, semblables à de grosses araignées mortes, collées sur les visages des élèves de l'École militaire que je rencontrai un jour sur le bateau de Yalova, et comment ces garçons bien bâtis s'affolaient comme des gamins quand ils se retrouvaient seuls avec moi dans les toilettes crasseuses du bateau. Je te parlerai du marchand de billets de loterie aveugle, qui se balade avec les réponses que tu lui as envoyées, et qui, le soir, dès le premier verre de raki, les fait lire à tous les clients de la taverne ; et chaque fois, il leur fait remarquer avec fierté le secret que tu lui révèles entre les lignes, et chaque matin, il se fait lire par son fils le *Milliyet* dans l'espoir d'y découvrir la phrase qui complétera tes révélations. Sur les enveloppes de ces lettres, on pouvait déchiffrer le cachet du bureau de poste de Techvikiyé... Allô, tu m'écoutes ? Dis-moi au moins que tu es encore là, bon Dieu ! Je t'entends respirer. Écoute-moi bien, je vais te dire des phrases que j'ai préparées avec le plus grand soin ; écoute-les attentivement. Quand tu nous as expliqué pourquoi les cheminées des anciens bateaux du Bosphore, qui crachaient des jets de fumée mélancoliques, te semblaient si frêles, si élégantes, j'ai compris, moi, ce que tu voulais dire. Je t'ai compris, moi, quand tu nous as raconté pourquoi l'atmosphère de ces noces de province, où les femmes dansent entre elles et les hommes avec les hommes, te semblait soudain irrespirable. Le jour où tu nous as révélé que l'angoisse dont tu es saisi quand tu passes dans les faubourgs populaires, entre les maisons de bois tombant en ruine, enserrées par les cimetières, se transforme en larmes une fois rentré chez toi tard dans la nuit, je t'ai compris. Quand tu nous as raconté que dans les vieux cinoches, ceux où

565

les gamins s'installent à l'entrée pour revendre leurs *Tom Mix* ou leurs *Texas* et où passent les péplums sur l'histoire romaine ou dont les héros sont Hercule ou Samson, à certains moments, quand le visage mélancolique et les longues jambes minces d'une actrice américaine de troisième ordre, dans le rôle de la belle esclave, apparaissent sur l'écran, le silence qui s'abat sur la salle où frétillait jusque-là une clientèle masculine te désolait au point d'avoir brusquement envie de mourir, je t'ai bien compris. Qu'en penses-tu ? Mais toi, est-ce que tu me comprends ? Réponds-moi donc, salaud ! Je suis le lecteur " introuvable ", celui que tout écrivain s'estime heureux de rencontrer, ne serait-ce qu'une seule fois dans sa vie ! Dis-moi où tu habites, je t'apporterai les photos de tes admiratrices des lycées de jeunes filles : il y en a cent vingt-sept exactement. Avec au verso une adresse pour certaines, et pour d'autres, des phrases chantant tes louanges recopiées de leurs " recueils d'impressions ". Parmi ces filles, trente-trois portent des lunettes, onze des appareils dentaires, six ont un long cou de cygne, et vingt-quatre sont coiffées en queue-de-cheval, ce que tu aimes fort, je le sais. Elles sont toutes amoureuses de toi, elles sont vraiment folles de toi, je t'assure. Donne-moi ton adresse, je t'apporterai la liste des femmes toutes sincèrement convaincues d'avoir été l'objet de tes pensées quand, dans une de tes chroniques du début des années soixante, tu écrivais sur un ton badin : " Avez-vous écouté la radio hier soir ? Quand j'ai suivi ' L'heure des amoureux ', moi, je n'avais qu'une idée en tête. " Sais-tu que tu as autant d'admiratrices dans les milieux les plus snobs que parmi les épouses de fonctionnaires ou de militaires des petites villes de province ou les écolières émotives et passionnées ? Si tu me dis où tu habites, je pourrai te montrer un tas de photographies de femmes de chez nous qui semblent toujours déguisées, tant dans ces bals " mondains " si déprimants que dans leur vie de tous les jours, et sur ces photos, tu pourras les voir avec ces mêmes accoutrements. Tu as écrit un jour avec raison qu'il n'y avait pas chez nous de " vie privée ", que nous étions même incapables de saisir la signification de cette expression, rencontrée dans les traductions de romans étrangers ou dans les " actualités " que nos hebdomadaires piquent dans les magazines de l'Occident. Et quand tu verras les photos de ces femmes chaussées de bottes aux talons très hauts, cachant leur visage derrière un masque diabolique... Allons, vas-y, donne-moi ton adresse, je t'en prie. Je t'apporterai sur-le-champ toutes les photos de visages incroyables que je collectionne depuis vingt ans : ces amants jaloux qui se sont lancé du vitriol au visage — la photographie a été prise aussitôt après le drame. Il y a aussi celles de fanatiques avec ou sans barbe, surpris en flagrant délit au cours d'une cérémonie rituelle secrète, avec des lettres de l'alphabet arabe peintes sur le visage ; celles de rebelles kurdes aux visages brûlés par le napalm et du coup vidés de toutes leurs lettres ; celles de l'exécution de violeurs, discrètement pendus dans de petites villes de province, des photos de leur dossier, que j'ai pu obtenir en graissant la patte au greffier : au moment où la nuque est brisée par la corde, le pendu ne tire pas la langue, contrairement à ce que l'on voit sur les caricatures. Par contre, les lettres deviennent plus lisibles sur le visage. Je sais à présent quel désir secret te poussait à déclarer dans une de tes vieilles chro-

niques que tu préférais les exécutions et les bourreaux d'autrefois. Tout comme je connais ton goût
pour les codes secrets et les jeux verbaux et les vieux
grimoires, je sais bien quels déguisements tu utilises
quand tu viens en pleine nuit te mêler à la foule des
gens simples que nous sommes, dans le dessein de
recréer une atmosphère de mystère depuis longtemps disparue. Je suis au courant des tours pen-
dables que vous vous plaisez, ta sœur et toi, à jouer
à son avocat de mari, quand vous passez la nuit à
vous moquer de tout et de tout le monde, et à lui
lancer ses quatre vérités. Je sais également que tu ne
disais que la vérité quand tu affirmais, en réponse à
des lectrices irritées par des chroniques où tu te
moquais des avocats, que ce n'était pas de la corpo-
ration que tu te raillais. À présent, donne-moi ton
adresse ! Je connais aussi la signification exacte de
tous ces chiens, ces têtes coupées, ces chevaux et ces
sorcières qui hantent sans cesse tes rêves. Et toutes
les histoires sur l'amour que t'ont inspirées les petites
images que les chauffeurs de taxi aiment coller près
de leur rétroviseur, femmes nues, joueur de football,
pistolet, drapeau, crâne, fleurs... Je connais aussi certaines des phrases clés que tu refiles à tes admirateurs si pitoyables pour te débarrasser d'eux, je sais
encore que tu gardes toujours à portée de la main les
cahiers où tu notes ces phrases, tout comme les
déguisements pseudo-historiques que tu utilises... »
   Bien plus tard, après avoir discrètement retiré la
fiche du téléphone et examiné les placards, les
cahiers, les notes et les vieux vêtements, avec les
gestes d'un somnambule à la recherche de ses souvenirs, Galip se coucha dans le lit de Djélâl, vêtu de
son pyjama, et se laissa glisser dans un sommeil pro-

fond, tout en écoutant les bruits nocturnes de la place de Nichantache. Et il comprit une fois de plus que ce qu'il y avait de plus beau dans le sommeil, c'était la possibilité qu'il vous offre d'oublier l'écart désespérant entre l'être que vous êtes et celui que vous voudriez devenir ; et de confondre avec une immense sérénité ce que vous ressentez et ce que vous n'avez jamais ressenti, ce que vous avez vu et ce que vous n'avez jamais vu, et ce que vous savez et ce que vous ignorez.

CHAPITRE XII

L'histoire est entrée dans le miroir

« Alors qu'ils se tenaient enlacés
leur image pénétra dans le miroir. »
Cheik Galip

J'ai rêvé que j'avais fini par devenir l'homme que je veux être depuis tant d'années. Juste au milieu de cette vie que l'on appelle « rêve », dans la forêt des immeubles de la ville couverte de boue, quelque part entre les rues sombres et les visages encore plus sombres, alors que je dormais épuisé par la détresse, je t'ai rencontrée. Je comprenais que tu pouvais m'aimer, même si je n'arrivais pas à devenir un autre ; je comprenais aussi que je devais m'accepter tel que j'étais, avec la résignation que je ressens quand je regarde ma propre photo d'identité ; je comprenais combien il était stupide de me donner tant de mal pour devenir un autre : dans un rêve, ou alors dans une histoire. À mesure que nous avancions, les rues sombres et les horribles immeubles qui se rapprochaient de nous d'un air menaçant s'écartaient pour nous laisser passer ; plus nous marchions, plus les trottoirs et les magasins retrouvaient un sens.

Cela fait combien d'années que nous avons, toi et moi, découvert pour la première fois ce jeu magique que nous rencontrons si souvent dans la vie ? Cela s'était passé avant les fêtes, un jour où nos mères nous avaient menés au rayon pour enfants d'un grand magasin (en ce temps si beau et si heureux où les rayons ne s'étaient pas encore séparés, pour toi et moi, en « dames » et « messieurs »), au moment où nous nous retrouvâmes par hasard, debout entre deux grands miroirs, placés face à face dans un coin obscur du grand magasin, pour nous plus ennuyeux encore que le plus ennuyeux des cours de religion, nous avions alors aperçu nos images se multiplier en se réduisant et en se confondant à l'infini.

Deux ans plus tard, un jour où nous lisions dans le plus grand silence la rubrique « Les grandes découvertes » dans *La Semaine des Enfants*, après avoir bien ri de certains copains qui avaient envoyé leur photo au « Club des Amis des bêtes », nous avions soudain remarqué la couverture : une petite fille en train de lire l'illustré que nous avions en main, et en examinant plus attentivement le journal qu'elle tenait, nous avions observé que les images se multipliaient en s'emboîtant les unes dans les autres : la petite fille aux cheveux roux qui lisait *La Semaine des Enfants* sur la couverture était la même que celle qui lisait le même magazine sur la couverture du magazine que nous tenions nous-mêmes à la main et qui était la même, en diminuant sans cesse de taille, que la petite fille sur la couverture du magazine qu'elle tenait à la main, et que le magazine était toujours le même, lui aussi.

Tout comme — au cours des années où nous continuions à grandir et à nous éloigner l'un de l'autre —

sur le bocal de purée d'olives nouvellement parue sur le marché, et que je ne pouvais voir que sur votre table, le dimanche matin à l'heure du petit déjeuner, parce que nous n'en mangions pas chez nous : sur l'étiquette du bocal, dont le slogan publicitaire à la radio était « Oh ! Vous mangez du caviar, à ce que je vois ! — Mais non, c'est de la purée d'olives Ender ! », on voyait une famille aussi heureuse qu'exemplaire : le père, la mère, le petit garçon et la petite fille, réunis autour de la table du petit déjeuner. Quand je t'ai fait remarquer qu'il y avait sur cette table le même bocal de purée d'olives et que la famille heureuse et le bocal rapetissaient d'image en image, au point de devenir invisibles à l'œil nu, nous connaissions déjà le début de l'histoire que je vais te raconter, mais nous en ignorions la fin.

Il était une fois une petite fille et un petit garçon qui appartenaient à la même famille. Ils grandissaient à des étages différents d'un même immeuble, gravissaient les mêmes escaliers, mangeaient les mêmes *lokoums* et les mêmes bonbons « Au Lion », ils faisaient ensemble leurs devoirs, attrapaient les mêmes maladies, allaient se cacher ensemble pour se faire peur l'un à l'autre. Ils avaient le même âge. Ils allaient à la même école, et ils s'y rendaient ensemble. Les films qu'ils voyaient, les disques et les programmes de radio qu'ils écoutaient étaient les mêmes ; ils lisaient les mêmes livres et la même *Semaine des Enfants*, ils allaient fouiller les mêmes placards, les mêmes malles d'où surgissaient des nappes, de vieux fez ou de vieilles bottes. Un jour que le frère de la petite fille, déjà jeune homme, et qui leur racontait des histoires dont ils raffolaient, était venu rendre visite aux divers étages de l'immeuble, ils lui avaient chipé un livre qu'ils l'avaient vu lire et en avaient entrepris la lecture.

Ce livre, qui faisait bien rire le petit garçon et la petite fille avec ses mots désuets, ses tournures pompeuses et ses expressions empruntées au persan, les avait tout d'abord ennuyés ; ils l'avaient abandonné, puis repris par curiosité, dans l'espoir d'y découvrir une scène de torture, un corps nu ou la photo d'un sous-marin, si bien qu'ils avaient fini par lire d'un bout à l'autre ce livre qui était très, très long. Mais quelque part, au début, il se passait entre les deux principaux personnages une scène d'amour si belle que le petit garçon avait désiré être à la place du jeune héros. L'amour y était si bien décrit qu'il avait eu envie d'être amoureux, comme dans le livre. Et quand il remarqua dans sa propre conduite les manifestations d'une passion dont il avait rêvé que le conte lui fournirait tous les indices (impatience au cours des repas, impossibilité d'avaler un verre d'eau même quand il avait très soif, prétextes divers imaginés pour aller retrouver la petite fille), il comprit qu'il était tombé amoureux d'elle à l'instant magique où ils avaient posé les yeux sur les pages de ce livre, qu'ils feuilletaient ensemble.

Bon, mais quelle était donc l'histoire contée par le livre qu'ils tenaient tous les deux ? Il s'agissait d'une histoire qui s'était passée il y avait très, très longtemps, celle d'une jeune fille et d'un jeune garçon, nés dans la même tribu. Ils vivaient à la limite du désert, ils s'appelaient Husn (Belle) et Achk (Amour). Ils étaient nés la même nuit, ils avaient reçu les leçons du même maître, ils s'étaient promenés autour du même bassin aux eaux limpides, et ils étaient tombés amoureux l'un de l'autre. Quand, plus

573

tard, Amour demanda à épouser Belle, les anciens de la tribu lui fixèrent une condition pour la lui accorder : il devait se rendre à la Citadelle des Cœurs pour en rapporter un élixir magique. Achk se mit en route et il connut bien des malheurs sur son chemin : il tomba dans un puits où une sorcière au visage peinturluré le retint prisonnier ; les milliers de visages et de doubles, qu'il rencontra dans un autre puits, lui firent perdre la raison ; il tomba amoureux de la fille de l'Empereur de Chine parce qu'elle ressemblait à sa bien-aimée ; il réussit à échapper aux puits, mais se retrouva captif dans des forteresses ; il fut poursuivi par des ennemis, il poursuivit des ennemis, il affronta les tourmentes de l'hiver, il parcourut les routes, il suivit des signes et des pistes, il se plongea dans le secret des lettres, il raconta des histoires, il écouta les histoires qu'on lui racontait. Finalement, un certain Suhan, qui le suivait sous un déguisement et qui l'avait sauvé de tous ces malheurs, lui dit : « Tu es ta bien-aimée, et ta bien-aimée, c'est toi. Ne l'as-tu toujours pas compris ? » Et alors, le jeune homme se rappela comment il était tombé amoureux de Belle, à l'époque où ils suivaient les leçons d'un même maître, et alors qu'ils lisaient le même livre.

Et ce livre qu'ils avaient lu ensemble contait l'histoire d'un souverain, du nom de Chah-Hurrem, amoureux d'un beau jeune homme nommé Djavid, et tu as sans doute deviné — bien avant ce pauvre benêt de sultan — que dans cette histoire également, les deux amants seront pris d'amour, eux aussi, quand ils liront ensemble une troisième histoire d'amour. Et dans cette troisième histoire d'amour, les deux personnages s'éprenaient l'un de l'autre alors qu'ils découvraient dans un livre l'histoire de deux

574

amants eux-mêmes saisis par la passion en lisant une histoire d'amour.

Quand, bien des années après les miroirs du grand magasin, la couverture de *La Semaine des Enfants* et l'étiquette du bocal de purée d'olives noires, je découvris que ces contes d'amour s'emboîtaient les uns dans les autres, tout comme les jardins de nos mémoires, et qu'ils constituaient une série d'histoires dont les portes s'ouvraient l'une après l'autre, tu avais fui la maison et moi, je m'étais plongé dans les histoires et dans ma propre histoire. Toutes ces histoires d'amour, qui se passaient les unes dans les déserts de l'Arabie ou à Damas, dans les steppes de l'Asie ou dans le Khorassan, les autres au pied des Alpes, à Vérone, ou sur les rives du Tigre à Bagdad, étaient tristes, toutes étaient mélancoliques, toutes étaient poignantes. Plus touchant encore, toutes se retenaient facilement et le lecteur pouvait aisément se mettre à la place du plus naïf, du plus malheureux des héros, de celui qui avait subi le plus d'épreuves.

Si, un jour, quelqu'un (moi peut-être) veut raconter notre histoire, dont je ne peux encore imaginer comment elle se terminera, le lecteur pourra-t-il se substituer à l'un de nous, comme je le fais, moi, quand je lis ces histoires, les mémoires retiendront-elles notre histoire, je n'en sais rien, mais j'ai voulu rédiger des « avertissements au lecteur », comme en comportent les histoires de ce genre, qui servent à distinguer et à différencier les sujets et les personnages de ces livres, et qui les rendent incomparables.

Quand nous allions en visite quelque part, toi et moi, dans une pièce envahie par la fumée bleue des cigarettes, et que tu semblais écouter avec attention l'histoire contée par un narrateur assis à trois pas de

distance, et quand, tard dans la nuit, je voyais apparaître peu à peu sur ton visage cette expression qui
signifiait « je ne suis plus ici », je t'aimais ; quand,
après toute une semaine de négligence et de paresse,
tu te mettais sans conviction à la recherche d'une
ceinture parmi tes chemisiers, tes pulls verts et toutes
ces vieilles chemises de nuit dont tu ne te décidais
jamais à te débarrasser, j'aimais le sentiment de
défaite qui se lisait sur ton visage devant l'incroyable
fouillis du placard dont tu ouvrais les portes. À l'époque où, encore gamine, il te prit l'envie de devenir
peintre, quand tu t'installais à côté de grand-père
pour te lancer dans le dessin d'un arbre, et que tu
riais sans te vexer de ses plaisanteries incongrues, je
t'aimais ; j'aimais aussi ta stupeur simulée quand la
portière du taxi se refermait sur le pan de ton manteau violet, ou quand tu voyais la pièce de cinq livres
que tu serrais entre tes doigts t'échapper soudain
pour aller rouler dans la grille du caniveau, en dessinant un arc de cercle parfait ; je t'aimais quand, par
une belle journée d'avril étincelante de lumière, tu
constatais sur notre petit balcon que le mouchoir que
tu y avais accroché le matin n'était toujours pas sec
et que tu avais été abusée par le soleil ; et je t'aimais
aussi quand, tout de suite après, tu prêtais l'oreille,
l'air mélancolique, aux gazouillis des enfants dans le
terrain vague, derrière l'immeuble ; je t'aimais quand
tu racontais à un tiers un film que nous avions vu
ensemble, toi et moi, et que je réalisais avec crainte
combien ta mémoire et tes souvenirs étaient différents des miens ; je t'aimais quand je te voyais te réfugier dans un coin pour consulter à la dérobée les
perles de ce professeur qui publie dans un journal
abondamment illustré de pompeux articles sur les

mariages consanguins ; je n'aimais pas du tout ce que tu lisais, mais je t'aimais quand je te voyais lire, et ta lèvre supérieure s'avancer légèrement, comme chez les héroïnes de Tolstoï ; j'aimais ta façon de lancer un regard à ton reflet dans le miroir de l'ascenseur, comme si tu regardais une autre, et tout de suite après, de te mettre à fouiller dans ton sac pour y chercher quelque chose qui t'était revenu à la mémoire tout de suite après ce regard, Dieu sait pourquoi ; j'aimais aussi cette façon que tu avais d'enfiler en toute hâte tes souliers à talons hauts qui t'attendaient depuis des heures côte à côte, l'un pareil à un mince voilier couché sur le flanc, l'autre faisant le gros dos tel un chat, et plus tard, à ton retour à la maison, au moment où tu les abandonnais à leur boue et à leur solitude asymétrique, j'aimais contempler les mouvements souples de tes hanches, tout d'abord, puis de tes jambes et de tes pieds ; je t'aimais, quand des pensées mélancoliques t'emmenaient je ne savais où, et que tu tenais les yeux fixés sur le cendrier, où s'entassaient les mégots et les allumettes, leur tête noire penchée avec résignation ; je t'aimais dans les rues où nous marchions côte à côte, quand surgissait brusquement devant nous un coin jusque-là inconnu, ou une lumière toute nouvelle, à croire que le soleil ce matin-là s'était levé à l'ouest, et ce n'étaient pas les rues, c'était toi que j'aimais ; par les jours d'hiver où le vent se mettait soudain à souffler du sud en faisant fondre la neige et dispersait les nuages de pollution au-dessus d'Istanbul, c'était toi que j'aimais et non le mont Olympe que tu me montrais du doigt, en frissonnant, la tête rentrée entre les épaules, au-delà des antennes, des minarets et des Iles ; je t'aimais quand tu regardais avec tristesse et pitié la vieille rosse épuisée, attelée à la charrette chargée de bidons du marchand d'eau ; je t'aimais quand tu te moquais des gens qui vous recommandent de ne jamais faire l'aumône, parce que tous les mendiants sont en réalité très riches ; je t'aimais aussi pour ton rire joyeux quand, à la sortie d'un cinéma, tu découvrais un raccourci pour nous retrouver sur le trottoir avant tout le monde alors que tous les autres surgissaient péniblement des profondeurs en suivant le labyrinthe des escaliers. J'aimais ta façon de détacher du *Calendrier des Sciences et des Heures* le feuillet qui nous rapprochait tous les deux de la mort ; de lire d'une voix grave et un peu mélancolique — comme s'il s'agissait de l'annonce de cette mort de plus en plus proche — le menu conseillé pour le jour : pois chiches à la viande, pilaf, légumes en saumure, compote de fruits divers ; et quand, après m'avoir patiemment expliqué que pour ouvrir le tube de crème d'anchois « L'aigle », il fallait ôter tout d'abord la rondelle de carton avant de revisser à fond le bouchon, tu ajoutais : « Avec les compliments de la maison Veneris » ; et quand, les matins d'hiver, je remarquais que ton visage était du même blanc très pâle que le ciel au-dessus de la ville, je t'aimais avec une sourde inquiétude, tout comme, lorsque nous étions gosses, je te regardais passer d'un trottoir à l'autre, dans une course folle et joyeuse, à travers le flot de voitures de l'avenue ; je t'aimais quand tu observais avec un petit sourire le corbeau qui venait se percher sur un cercueil, posé sur la dalle de la cour de la mosquée ; je t'aimais quand tu m'interprétais les querelles entre tes parents, en imitant les voix du théâtre radiophonique ; je t'aimais quand retenant doucement ta tête entre mes mains, je distinguais avec terreur la direction que prenait notre vie ; je t'aimais quand je retrouvais près du vase à fleurs l'alliance que tu avais abandonnée là, pour une raison que j'ignorais, quelques jours plus tôt ; je t'aimais quand, après une longue étreinte, qui évoquait le lent envol d'oiseaux mythiques, je devinais que tu avais participé à cette joie empreinte de gravité avec tout ton humour et ton imagination. Je t'aimais quand tu me montrais l'étoile parfaite qui apparaissait dans la pomme que tu avais coupée à l'horizontale ; je t'aimais quand, au beau milieu de la journée, je découvrais sur mon bureau un cheveu à toi, en me demandant comment il était venu jusque-là ; quand, debout tous les deux dans un autobus bondé, je remarquais avec tristesse combien se ressemblaient peu nos mains posées côte à côte, parmi toutes celles qui agrippaient la barre de maintien ; je t'aimais, comme si je reconnaissais en toi mon propre corps, comme si j'étais à la recherche de mon âme qui m'avait abandonné, comme si je comprenais avec autant de douleur que de joie que j'étais un autre ; j'aimais l'expression mystérieuse qui surgissait sur ton visage quand tu regardais passer un train qui s'en allait vers une destination inconnue, ou à la tombée du soir, à l'heure où les nuages de corbeaux traversent le ciel à grands cris, comme pris de folie, ou encore, à la suite d'une longue coupure d'électricité, lorsque la pénombre de la maison et la clarté de l'extérieur se cèdent mutuellement la place, peu à peu, je retrouvais à nouveau, avec le même sentiment de jalousie et de désespoir, ton visage à l'expression mélancolique et énigmatique.

CHAPITRE XIII

Je ne suis pas un malade mental mais tout simplement un lecteur fidèle

> « J'ai fait de ta personne un miroir de ma personne. »
>
> Suleyman Tchélébi

Galip surgit le jeudi matin au point du jour, du sommeil dans lequel il avait sombré le mercredi soir, après avoir passé deux nuits blanches ; il ne s'agissait pourtant pas d'un vrai réveil. Comme il s'en souviendrait bien plus tard, quand il tenterait de s'expliquer point par point tous les événements et toutes ses pensées, il se retrouva, entre le moment où il quitta son lit à quatre heures du matin, et celui où il se recoucha à sept heures après avoir entendu l'appel à la prière, parmi « les merveilles de la contrée des légendes, entre le sommeil et l'éveil », selon l'expression souvent utilisée par Djélâl dans ses chroniques.

Comme tous ceux qui, après une longue période d'insomnie et d'épuisement, s'éveillent au beau milieu d'un sommeil profond, ou qui se retrouvent dans un lit qui leur est étranger, Galip avait eu de la peine à reconnaître le lit, la pièce et la maison où il se réveillait ; mais il s'était donné peu de peine pour

échapper à cet égarement de sa mémoire, si envoûtant.

Ainsi, quand il aperçut là où il l'avait posé avant
de se coucher, tout près de la table de travail, le carton où Djélâl rangeait ses déguisements, il n'éprouva
aucune surprise et alla en sortir l'un après l'autre tous
les objets qui lui étaient familiers : un chapeau
melon, de hauts turbans de sultan, des cafetans, des
cannes, des bottes, des ceintures et des chemises de
soie tachées, des postiches, perruques et barbes, de
toutes les tailles et de toutes les couleurs, des montres
de gousset, des montures de lunettes, des tarbouches
et des fez, des poignards, des bracelets de force, des
parures de janissaire, tout un fatras d'objets hétéroclites qu'on peut trouver dans la boutique d'Erol bey
à Beyoglou, le fournisseur bien connu de costumes
et d'objets aux cinéastes qui tournent des films historiques. Tout comme s'il voulait retrouver un souvenir refoulé bien loin dans sa mémoire, il tenta
ensuite d'imaginer Djélâl, ainsi déguisé, errant en
pleine nuit dans les rues de Beyoglou. Mais tout
comme les toits bleuâtres, les rues sans prétention et
les personnages fantomatiques qui avaient hanté le
rêve qu'il venait de faire, ces séances de déguisement
lui apparurent comme l'une des légendes de « cette
contrée qui se trouve entre l'éveil et le sommeil » :
quelque chose de merveilleux, ni mystérieux, ni réel,
ni compréhensible, ni tout à fait incompréhensible.
Dans ce rêve, il était à la recherche d'une adresse,
dans un quartier qui se situait dans Damas, mais
aussi dans Istanbul, et encore au pied de la forteresse
de Kars ; il n'avait aucun mal à découvrir ce qu'il
cherchait, il l'avait trouvé aussi aisément que des

mots très simples dans les mots croisés des magazines.

Comme il avait encore ce rêve à l'esprit, à l'instant où il aperçut un carnet d'adresses sur la table de travail, il s'étonna de cette coïncidence ; il en fut tout heureux, comme s'il se retrouvait devant un indice fourni par une main secrète et ingénieuse, ou la trace laissée par une divinité facétieuse, qui se plaisait, comme un enfant, à jouer à cache-cache. Heureux soudain de vivre, il examina en souriant les adresses et les notes qui les accompagnaient. Dieu seul savait combien étaient nombreux les admirateurs et les amateurs qui attendaient aux quatre coins d'Istanbul ou de l'Anatolie le jour où ils découvriraient ces phrases dans une chronique de Djélâl ; certains les avaient peut-être déjà rencontrées. Encore perdu dans les brumes du sommeil et du rêve, Galip tenta de se souvenir : avait-il déjà rencontré ces phrases dans les chroniques de son cousin, les avait-il déjà lues des années plus tôt ? Il ne se souvenait pas d'avoir lu certaines de ces formules, mais il les avait entendues plusieurs fois de la bouche de Djélâl : « Ce qui rend prodigieux un prodige, c'est sa banalité, et ce qui fait la banalité, c'est son côté prodigieux. »

Il se souvenait d'avoir déjà prêté attention à certaines citations, même s'il ne se rappelait pas les avoir lues de la plume de Djélâl ou s'il les tenait de lui. Ainsi, ce vers de Cheik Galip, vieux de deux cents ans, que l'on trouve dans sa description des années d'études de Husn et d'Achk :

« Secret est Roi — témoigne-lui des égards. »

Il y en avait d'autres, dont il était certain qu'il ne les avait jamais lues ni chez Djélâl ni chez un autre, ni entendues de la bouche de son cousin, mais qui lui semblaient familières, comme déjà lues, chez Djélâl ou chez un autre. Cette phrase par exemple, destinée à fournir un indice à un lecteur, un certain Fahrettine Dalkiran, domicilié à Sérendjebey, dans le quartier de Béchiktache : « En ces jours de liberté et d'apocalypse, où nombreux sont ceux qui rêvent de rosser leur instituteur en lui faisant pisser le sang, ou encore de tuer gaiement leur père — ce qui est beaucoup plus simple —, ce monsieur, qui était un homme plein de bon sens, au point d'imaginer que son jumeau, qu'il rêvait de retrouver depuis tant d'années, ne lui apparaîtrait plus que dans la mort, avait préféré renoncer au monde, il vivait reclus dans une retraite ignorée de tous et ne mettait plus le nez dehors. » Qui donc était ce « monsieur » ?

Un peu avant l'aube, Galip remit instinctivement la fiche du téléphone ; il fit sa toilette, déjeuna avec ce qu'il trouva dans le réfrigérateur, puis, un peu après l'heure de la prière du matin, alla s'étendre sur le lit de Djélâl. Avant de s'endormir, alors qu'il était encore dans la contrée qui s'étend entre la veille et le sommeil, plus près du songe que de la rêverie, il se retrouva enfant avec Ruya : ils étaient allés faire une promenade en barque. Ils étaient seuls, il n'y avait personne d'autre dans la barque, ni les tantes, ni les mères ; ni même le batelier. Galip était un peu inquiet de se retrouver seul avec Ruya.

Le téléphone sonnait quand il se réveilla. Et le temps de courir à l'appareil, il décida que ce n'était pas Ruya qui l'appelait, mais à nouveau l'homme qui lui avait déjà téléphoné. Il se figea sur place quand il entendit une voix de femme :

« Djélâl ? C'est toi, Djélâl ? »

La voix d'une femme qui n'était plus très jeune, et qui ne lui était pas du tout familière.

« Oui. »

« Où es-tu donc, mon amour, où as-tu disparu ? Cela fait des jours que je suis à ta recherche, je t'ai cherché partout, ah ! »

La dernière syllabe se prolongea, se transforma en pleurs et en sanglots.

« Je n'arrive pas à reconnaître votre voix », dit Galip.

« *Votre voix !* » dit la femme en imitant sa voix à lui. « *Votre voix !* Il dit *votre voix* en s'adressant à moi ! Me voilà devenue *votre voix !* »

Il y eut un silence, puis elle déclara, avec l'assurance du joueur qui se fie à ses cartes, sur un ton où perçaient la fierté et aussi le plaisir de partager un secret : « C'est Éminé, voyons ! »

Le nom n'éveilla aucun écho dans la mémoire de Galip.

« Ah oui ? »

« Oui ? C'est tout ce que tu trouves à me dire ? »

« Au bout de tant d'années... », murmura Galip.

« Eh oui, mon amour, au bout de tant d'années enfin. Quand j'ai lu ta chronique, quand j'ai lu l'appel que tu m'y lançais, sais-tu ce que j'ai ressenti ? Cela fait vingt ans que j'attendais ce jour. Peux-tu imaginer ma réaction quand j'ai lu cette phrase que j'attendais depuis vingt ans ? J'ai eu envie de crier, d'en appeler au monde entier. J'étais comme folle, j'ai eu bien de la peine à me retenir, j'ai pleuré. Tu sais qu'ils ont mis Mehmet à la retraite, parce qu'il avait été mêlé au coup d'État. Mais chaque matin, il quitte la maison, il a toujours quelque chose à faire. J'ai filé, moi aussi, tout de suite après son départ, je me suis précipitée à Kourtoulouche, jusqu'à notre petite rue, mais je n'ai rien trouvé là-bas, rien du tout. Tout y avait changé, tout avait été démoli, il n'y reste plus rien. Même la maison avait disparu, notre maison ! Je me suis mise à pleurer en pleine rue. Les gens ont eu pitié de moi, on m'a fait boire un verre d'eau. Je suis aussitôt rentrée chez moi, j'ai fait mes valises, je me suis enfuie avant le retour de Mehmet. Djélâl, mon amour, dis-moi à présent comment je peux te retrouver. Cela fait une semaine que je traîne dans les rues, que je loge dans des chambres d'hôtel, que je demande l'hospitalité à de lointains parents à qui je n'arrive pas à dissimuler ma honte. Combien de fois n'ai-je pas téléphoné au journal ! À chaque fois, c'était la même réponse : " Nous ignorons où il se trouve. " J'ai téléphoné à ta famille. Avec toujours la même réponse. J'ai appelé ce numéro ; personne ne répondait. Je n'ai emporté que très peu d'affaires et je ne peux pas retourner à la maison en chercher d'autres. Il paraît que Mehmet me cherche partout, qu'il est fou d'inquiétude. Je lui ai laissé une lettre, très brève, sans lui fournir d'explications. Il ne sait pas pourquoi j'ai quitté la maison. Personne n'est au courant, je n'ai rien dit à personne, je n'ai révélé à personne le secret, qui est la seule fierté de ma vie, mon amour, notre amour, mon chéri. Mais que va-t-il se passer maintenant ? J'ai peur. Je suis seule à présent. Je n'ai plus de responsabilités envers qui que ce soit. Tu ne seras plus malheureux comme autrefois, quand ton petit lapin te quittait pour rentrer à la maison pour le dîner, pour y retrouver son mari. Mes fils sont grands, l'un travaille en Allemagne, l'autre fait son service militaire. Je pourrai te consacrer tout mon temps, toute ma vie, tout ! Je repasserai ton linge, je mettrai de l'ordre sur ta table de travail, je classerai tes articles, tes chroniques ! Je changerai tes taies d'oreiller. Dire que je ne t'ai jamais vu que dans cette chambre où nous nous retrouvions, cette pièce sans meubles, sans armoire. Je suis si curieuse de découvrir ta maison, tes affaires, tes livres. Où es-tu à présent, mon amour ? Comment vais-je te retrouver ? Pourquoi ne m'as-tu pas indiqué ton adresse dans la chronique, en utilisant notre code ? Dis-moi ton adresse. Toi aussi, tu penses à moi depuis toutes ces années, n'est-ce pas ? Nous serons à nouveau seuls, toi et moi, dans notre chambre, comme autrefois, dans cette petite maison où, l'après-midi, le soleil se glissait entre les feuilles des tilleuls pour caresser nos visages, nos verres de thé, nos mains qui se connaissaient si bien... Mais cette maison n'existe plus, Djélâl, elle a été démolie, elle a disparu, tout comme les vieilles boutiques, et nos voisins arméniens ne sont plus là... Tu ne le savais pas ? Ce que tu voulais, c'est que je retourne là-bas pour y pleurer ? Pourquoi ne m'as-tu rien dit dans ta chronique ? Tu aurais pu le faire, toi qui es capable de tout dire dans tes articles. À présent, parle-moi, après vingt ans de silence, dis-moi quelque chose ! Est-ce que tu as toujours les mains moites quand tu te sens gêné ? Et dans ton sommeil, as-tu toujours la même expression enfantine ? Raconte... Dis-moi " mon amour" ! Comment allons-nous nous voir ? »

« Chère madame », répondit Galip avec prudence. « Chère madame, j'ai tout oublié, moi. Il s'agit d'une erreur. Cela fait des jours que je ne remets plus de nouvelles chroniques au journal. Alors, eux, ils publient mes articles vieux de trente ans. Vous comprenez ? »

« Non. »

« Je n'ai jamais eu l'intention d'adresser de message, ni à vous ni à personne, de rappeler quoi que ce soit. Je n'écris plus rien. Si bien qu'au journal ils publient mes anciennes chroniques. La phrase à laquelle vous faites allusion se trouvait donc dans un article vieux de trente ans. »

« Tu mens ! » cria la femme. « Tu mens ! Tu m'aimes. Tu m'as tellement aimée. Tu n'as fait que parler de moi dans tous tes articles. Dans ceux que tu as consacrés aux plus beaux coins d'Istanbul, c'était bien notre rue, la rue de la maison où nous nous sommes tant aimés, c'était notre quartier à nous que tu décrivais, notre coin à nous ; il ne s'agissait pas d'une garçonnière quelconque. Les tilleuls que tu apercevais dans le jardin, c'étaient les nôtres. Quand tu parlais du visage rond comme la lune du bien-aimé de Mevlâna, tu ne faisais pas de la littérature, c'était moi que tu décrivais, moi ta bien-aimée au visage lunaire... Tu parlais des cerises de mes lèvres, des croissants de lune de mes sourcils, tout cela, c'était bien moi qui te l'inspirais. Quand les Américains sont allés sur la lune et que tu parlais des petites taches sombres qu'on aperçoit à la surface de l'astre, j'ai compris que tu faisais allusion aux grains de beauté sur ma joue. Ne le nie pas, mon amour. Et quand tu parlais du " vide sans fin si terrifiant des puits sombres ", il s'agissait bien de mes yeux noirs ; j'en avais pleuré, je t'en remercie. Quand tu écrivais : " je suis retourné à cet immeuble ", tu pensais bien sûr à la petite maison à deux étages, mais pour que personne ne puisse deviner notre amour secret, notre amour interdit, tu parlais d'un grand immeuble de

587

six étages, avec ascenseur, situé à Nichantache, je sais bien. Alors que nous nous retrouvions dans cette maison à Kourtoulouche, il y a dix-huit ans... Cinq fois exactement. Je t'en prie, ne cherche pas à le nier, je sais que tu m'aimes. »

« Chère madame, comme vous le dites vous-même, tout cela s'est passé il y a si longtemps... », dit Galip. « Je ne me souviens plus de rien. Peu à peu, j'oublie tout... »

« Djélâl, mon cher Djélâl, mon amour, ce n'est pas toi qui parles ainsi ! Je n'arrive pas à le croire. Y a-t-il quelqu'un là où tu es, qui t'empêche de parler ? N'es-tu pas seul ? Dis-moi seulement la vérité, dis-moi que tu m'aimes depuis des années, je ne veux rien de plus. J'ai attendu dix-huit ans, je suis capable de t'attendre dix-huit ans encore. Dis-moi une seule fois, une fois seulement, que tu m'aimes. Bon, dis-moi au moins que tu m'as aimée, et je raccrocherai le téléphone pour toujours. »

« Je t'ai aimée, oui. »

« Dis-moi : mon amour... »

« Mon amour. »

« Ah non, pas comme ça ! Dis-le-moi du fond du cœur ! »

« Je vous en prie, madame ! Laissons le passé demeurer le passé. J'ai vieilli, et vous n'êtes peut-être plus très jeune vous-même. Je ne suis pas du tout l'homme que vous imaginez. Je vous en prie, oublions au plus vite l'erreur causée par cette chronique, ce mauvais tour que nous a joué le manque d'attention. »

« Oh mon Dieu ! Mais que vais-je devenir, moi ? »

« Vous allez rentrer chez vous, retrouver votre

mari. Il vous pardonnera s'il vous aime. Vous inventerez une histoire, et s'il vous aime, il vous croira aussitôt. Retournez chez vous au plus tôt, sans blesser davantage votre fidèle époux, qui vous aime. »

« Je voudrais te revoir, une seule fois, après toutes ces années, au bout de dix-huit ans ! »

« Je ne suis plus l'homme que j'étais il y a dix-huit ans, chère madame. »

« Ce n'est pas vrai, tu es toujours cet homme. Je lis tous tes articles. Je sais tout de toi. J'ai tellement pensé à toi ! Tellement ! Dis-moi : le jour du Salut dont tu parles, il est proche, n'est-ce pas ? Et qui est ce Sauveur ? Moi aussi, je l'attends. Et " Lui ", c'est toi. Je le sais. Beaucoup de gens le savent. Tu détiens le mystère. Ce n'est pas sur un cheval blanc, mais dans une Cadillac blanche que tu feras ton apparition. C'est notre rêve à tous. Je t'ai tant aimé, mon Djélâl chéri. Permets-moi de te revoir, rien qu'une fois, laisse-moi te regarder de loin : dans un parc, dans le parc de Matchka par exemple. Viens au parc de Matchka, à cinq heures ! »

« Chère madame, je vais raccrocher, en vous priant de m'excuser. Mais auparavant, en tant qu'homme d'un certain âge qui a renoncé à toutes les vanités de ce monde, en me fiant aussi à ces sentiments que vous voulez bien me témoigner et dont je n'ai jamais été digne, je vais vous adresser une prière. Pouvez-vous me dire comment vous avez obtenu mon numéro de téléphone ? Disposez-vous également de l'une de mes adresses ? Tout cela est très important pour moi. »

« Si je te le dis, me permettras-tu de te voir, rien qu'une fois ? »

Il y eut un silence.

« Je vous le promets », dit Galip.

Un autre silence.

« Mais donne-moi tout d'abord ton adresse », dit la femme d'une voix où perçait la ruse. « Je ne me fie plus à toi, après toutes ces années, je te l'avoue. »

Galip réfléchit. Il pouvait entendre à l'autre bout du fil le souffle nerveux, irrégulier comme celui d'une locomotive à bout de forces, d'une femme — de deux peut-être, se disait-il — et, à l'arrière-plan, une vague musique de radio, du genre qualifié de « musique populaire » dans les programmes, et qui évoquait pour lui les dernières années et les dernières cigarettes de son grand-père et de sa grand-mère, beaucoup plus que l'amour, l'abandon et la douleur dont il était question dans ces chansons. Il s'efforça d'imaginer une pièce, et dans un coin de la pièce, un vieux poste de radio, énorme, et à l'autre bout de la pièce, une femme asthmatique, aux yeux larmoyants, assise dans un fauteuil très usé, le téléphone à la main. Mais ce fut la chambre, deux étages plus bas, où grand-mère et grand-père passaient leur vie, il y avait bien longtemps de cela, en tirant sur leur cigarette, qui surgit dans sa mémoire. Ruya et lui y jouaient à l'homme invisible.

« Ces adresses... », dit Galip après un silence. Mais la femme se mit à crier de toutes ses forces ;

« Non, non, ne dis rien ! Il écoute ! Il est là. C'est lui qui m'oblige à parler. Djélâl, mon amour, ne nous dis pas où tu habites, ce qu'il veut, c'est te trouver, pour te tuer ! Ah, oh, ah ! »

Dans l'écouteur qu'il appuyait très fort sur son oreille, Galip entendait ces gémissements, et aussi d'étranges bruits métalliques, terrifiants, des craquements incompréhensibles, il imaginait une empoignade. Et soudain, il y eut comme une explosion : la détonation d'un pistolet, peut-être, ou alors, le téléphone était tombé au cours d'une bousculade. Et brusquement, ce fut le silence, mais qui n'était pas total : Galip pouvait entendre les « Coquin, coquin, tu n'es qu'un fripon ! » répétés de Béhiyé Aksoy à la radio, et les sanglots de la femme, qui lui parvenaient à présent de loin, d'aussi loin que le poste. Il entendait aussi respirer la personne qui avait saisi l'écouteur, mais qui ne disait rien. Ces bruits divers durèrent très longtemps. À la radio débuta une autre chanson ; mais les sanglots devenus monotones de la femme et le souffle dans l'appareil étaient toujours les mêmes.

« Allô ! » dit Galip à bout de nerfs. « Allô ! Allô ! »

« C'est moi ! » dit enfin une voix masculine ; c'était la voix que Galip entendait depuis des jours, la voix de toujours. L'homme avait parlé avec calme, avec sérénité, comme s'il cherchait à calmer Galip, comme s'il voulait mettre fin à un sujet désagréable. « Hier, Éminé m'a tout avoué. Je suis allé la chercher, je l'ai ramenée à la maison. Pour toi, mon petit monsieur, je n'éprouve que du dégoût, et je vais te donner une bonne leçon ! » Et il ajouta, d'une voix neutre, sur le ton d'un arbitre annonçant les résultats d'un jeu qui a duré trop longtemps et qui n'a satisfait personne : « Je vais te tuer ! »

Il y eut un silence.

« Et si tu m'écoutais un peu, moi ? » dit Galip avec l'aisance de sa profession. « Cette chronique a paru par erreur. Il s'agissait d'un de mes vieux articles. »

« Laisse tomber », dit celui qui avait affirmé s'appeler Mehmet. Quel pouvait bien être son nom de famille ? « Je t'ai écouté tout à l'heure. Ces histoires-là, je les ai trop entendues. Et ce n'est pas pour ça que je vais te tuer, même si tu mérites la mort pour ce que tu as fait. Sais-tu pourquoi je vais te tuer ? » Il ne posait pas la question pour obtenir de Djélâl — ou de Galip — une réponse, il avait dû la préparer dans sa tête depuis belle lurette. Et Galip l'écouta, parce qu'il en avait pris l'habitude : « Si je te tue, ce ne sera pas parce que tu as trahi la cause de ces militaires, qui auraient pu sauver ce pays de feignants ; ni parce que tu t'es moqué ensuite de ces vaillants officiers qui s'étaient lancés par amour de la patrie dans ce combat que tu as ridiculisé, ces hommes courageux qui ont subi ensuite mille misè-res ; ni parce que, tranquillement assis à ta table de travail, tu imaginais des intrigues machiavéliques, alors qu'eux, bravant tous les périls, prêts au sacri-fice, se lançaient dans l'aventure à laquelle tu les avais poussés avec tes écrits, alors qu'ils t'avaient ouvert leurs portes avec une affectueuse admiration, et dévoilé les plans du coup d'État. Ce ne sera pas non plus parce que tu as pu ourdir ces intrigues, parmi ces hommes sans ambition, qui aimaient leur pays, et tu as pu le faire parce que tu t'es introduit chez eux en gagnant leur confiance ! Si je te tue, ce ne sera pas — et je m'arrête là — parce que tu as tourné la tête à ma pauvre femme, déboussolée comme elle l'était à cette époque où tous, nous nous laissions emporter par l'enthousiasme révolution-naire. Non. Je vais te tuer parce que tu nous as tous abusés, parce que tu as trompé le pays tout entier ; parce que, des années durant, tu as fait avaler à tout le pays — et à moi le premier — tes rêveries stupides, tes fantasmes sans queue ni tête, tes mensonges éhontés, en les faisant passer pour d'aimables bouffonneries, ou des subtilités séduisantes, des discours sérieux. Mais mes yeux se sont enfin dessillés. Et je veux qu'il en soit de même pour tous les autres. Ce droguiste, dont tu as écouté l'histoire en te moquant de lui, eh bien, je vais venger cet homme que tu as écarté avec un petit rire de tes pensées. J'ai compris que ta mort était la seule solution, après tous ces jours que j'ai passés à parcourir la ville, pouce par pouce, pour retrouver ta trace. Ce pays, et moi le premier, doit absolument garder cette leçon en mémoire. Nous avons trop l'habitude d'abandonner nos écrivains morts à leur sommeil éternel, dans le puits sombre de l'oubli, dès le premier automne qui suit leurs funérailles, c'est bien toi qui l'as écrit, n'est-ce pas ? »

« Je suis entièrement d'accord avec toi et du plus profond de mon cœur », dit Galip. « Mais je te l'ai déjà expliqué, après ces quelques articles que j'écris pour me débarrasser des dernières bribes de souvenirs que conserve encore ma mémoire de plus en plus défaillante, je renonce à l'écriture, pour de bon. À propos, comment as-tu trouvé ma chronique d'aujourd'hui ? »

« Salaud ! Sais-tu ce que signifient la responsabilité, la loyauté, la fidélité, le sacrifice ? Que t'inspirent ces mots, quand tu ne les utilises pas pour te railler de tes lecteurs, ou pour lancer un signal comique à une pauvre créature que tu as réussi à séduire ? Humanité, fraternité, sais-tu seulement ce que cela veut dire ? »

Galip tenta de répondre affirmativement, moins dans l'espoir de défendre Djélâl que parce que la question lui semblait intéressante. Mais à l'autre bout du fil, le nommé Mehmet — de quel Mehmet

ou Muhammet pouvait-il bien s'agir ? — s'était déjà
lancé dans un torrent d'injures, pitoyables et tirées
par les cheveux.

« Tais-toi, en voilà assez ! » cria l'homme, quand
son répertoire d'insultes se trouva épuisé. Au silence
qui suivit ces mots, Galip devina que l'homme s'était
ainsi adressé à la femme, qui continuait à pleurer
dans un coin de la pièce. Il put entendre sa voix, qui
semblait fournir une explication, et le déclic du poste
qu'on fermait.

« Tu as écrit ces articles prétentieux sur les amours
consanguines, parce que tu savais qu'elle était la fille
de mon oncle paternel », reprit la voix qui avait
déclaré s'appeler Mehmet. « Tu savais que les
citoyens de ce pays épousent, pour une moitié, les
filles de leurs oncles paternels, et pour l'autre, les fils
de leurs tantes maternelles ; et pourtant tu as écrit
ces chroniques scandaleuses, impudentes, où tu
tournais en dérision les mariages entre les membres
d'une même famille. Non, mon cher monsieur, j'ai
épousé ma cousine, non parce que je n'avais pas eu
l'occasion de rencontrer une autre jeune fille, ni
parce que toutes les femmes, à part celles de ma
famille, m'effrayaient ; ce n'était pas parce que j'étais
persuadé qu'à part ma mère, mes tantes, maternelles
ou paternelles, et leurs filles, nulle femme au monde
ne pouvait ressentir à mon égard un véritable sentiment, ni même avoir la patience de me supporter !
Si je l'ai épousée, c'est parce que je l'aimais. Aimer
une fille qui a partagé tes jeux depuis son enfance,
peux-tu même le concevoir ? Aimer une seule femme
dans sa vie, sais-tu ce que cela signifie ? Cette femme,
qui pleure en ce moment à cause de toi, je l'aime
depuis cinquante ans. Je l'aime depuis mon enfance,

tu comprends, et je l'aime toujours. Aimer, sais-tu seulement ce que cela signifie ? Contempler avec une incessante nostalgie un être qui vous complète, le voir comme si on se voyait soi-même en rêve ? L'amour, sais-tu ce que c'est ? Tous ces mots, ont-ils été pour toi autre chose que du matériau pour ces articles minables que tu bâcles, en un tournemain, à l'intention de tes lecteurs débiles, toujours prêts à se laisser avoir par tes bobards ? Tu me fais pitié, je te méprise, j'ai de la peine pour toi. Tout au long de ta vie, as-tu jamais fait autre chose que jongler avec les mots, les étirer dans tous les sens ? Réponds-moi ! »

« C'était là mon métier, mon cher ami », dit Galip.

« Ton métier ! » cria la voix à l'autre bout du fil. « Tu nous as trompés, abusés, humiliés ! Tu m'inspirais une telle confiance que je te donnais raison quand je lisais tes chroniques tape-à-l'œil où tu me prouvais cruellement que ma vie entière n'était qu'un défilé de misères, une série d'idioties et d'erreurs, un enfer grouillant de cauchemars, un chef-d'œuvre de mesquineries basé sur la petitesse et la vulgarité. Pis encore, au lieu de me sentir humilié, mortifié, j'éprouvais au contraire de la fierté, parce que j'avais eu l'honneur de rencontrer et de connaître un écrivain à la plume aussi acérée, aux pensées aussi sublimes ; parce que je m'étais trouvé avec lui sur le même bateau, celui d'un coup d'État militaire, qui coula dès sa mise à l'eau. Je t'admirais tellement, fumier, que lorsque tu affirmais que la seule raison de toutes les misères de ma vie, c'était ma propre veulerie, et pas seulement la mienne, mais celle de tout un peuple ; je me demandais tristement pourquoi j'étais si lâche, et quelle était l'erreur qui m'avait ainsi accoutumé à la couardise ; tu étais à mes yeux l'image même du courage, toi que je sais aujourd'hui bien plus poltron que moi. Tu étais mon idole, je relisais cent fois ces chroniques où, parce que tu n'éprouvais plus aucun intérêt pour nous, tu te contentais d'évoquer tes souvenirs de jeunesse, si quelconques, si peu différents des nôtres, les escaliers sombres, puant l'oignon rissolé, du vieil immeuble où tu as passé une partie de ton enfance ; ces articles où tu décrivais tes rêves hantés de fantômes et de sorcières, ou tes expériences métaphysiques sans queue ni tête ; je les lisais et relisais pour en découvrir le sens caché, je les faisais lire à ma femme, et après en avoir discuté avec elle le soir, des heures durant, je me disais que la seule chose à croire, c'était le secret auquel la chronique faisait allusion, je me persuadais que j'avais compris ce fameux sens secret, entièrement dépourvu de sens. »

« Je n'ai jamais voulu provoquer des admirations de ce genre », tenta de dire Galip.

« Tu mens ! Tout au long de ta carrière de journaliste, tu t'es donné du mal pour racoler les gens comme moi. Tu as répondu à leurs lettres, tu leur as demandé leurs photographies, tu as étudié leur écriture, tu as fait mine de leur révéler des secrets, de leur fournir des formules et des mots magiques... »

« Tout cela c'était pour la révolution, une révolution militaire ! Pour annoncer la fin des temps, l'arrivée du Messie, l'heure de la libération... »

« Mais ensuite ? Quand tu y as renoncé ? »

« Après tout, grâce à ces articles, les lecteurs finissaient par croire à quelque chose, eux aussi. »

« Ils croyaient en toi, tu adorais ça... Mais écoutemoi. Je t'admirais tellement que je trépignais de joie quand, assis dans mon fauteuil, je lisais tes articles,

les larmes me coulaient des yeux, je ne tenais plus en place, je me levais, j'arpentais la pièce, j'allais errer dans les rues, je rêvais de toi. Qui pis est, je pensais tellement à toi, je rêvais tellement de toi, que la ligne de démarcation entre nos deux personnalités finissait par disparaître dans les brumes et les fumées de mes rêves. Non, je n'ai jamais perdu la tête au point d'imaginer que j'étais l'auteur de ces articles. Je ne suis qu'un lecteur fidèle, je ne suis pas un malade mental, ne l'oublie pas. Mais j'avais l'impression que, par quelque détour compliqué, indéterminable, j'étais pour quelque chose dans l'alignement de ces phrases éblouissantes, dans cette recherche d'idées et de style ; que tu aurais été incapable de pondre tous ces prétendus chefs-d'œuvre si je n'avais pas été là ! Mais comprends-moi bien : je ne fais pas allusion aux idées que tu m'as chipées des années durant, que tu m'as volées sans éprouver une seule fois le besoin de m'en demander l'autorisation. Je ne parle pas non plus de ce que m'a inspiré la science des lettres, des découvertes en ce domaine que j'exposais dans la dernière partie de mon livre, ce livre que j'ai eu tant de mal à faire publier. D'ailleurs, toutes ces idées t'appartenaient. Ce que je cherche à t'expliquer, c'est le sentiment que nous avons eu les mêmes idées, toi et moi, le sentiment que j'étais pour quelque chose dans ta réussite. Tu comprends ? »

« Je comprends », dit Galip. « J'avais même écrit quelque chose sur ce sujet... »

« C'est exact, dans cet article justement qui vient d'être publié à nouveau, par une coïncidence malencontreuse. Mais tu n'as rien compris. Sinon, tu te rangerais à mon avis. Et voilà pourquoi je vais te tuer ! Parce que tu as toujours fait semblant de comprendre, bien que tu n'aies jamais rien compris ; parce que tu as réussi à pénétrer honteusement nos âmes, au point de hanter nos rêves la nuit, alors que tu ne t'es jamais trouvé à nos côtés. Pour me persuader que j'avais une part dans tes chroniques si étincelantes, après les avoir lues avec voracité durant tant d'années, je tentais de me rappeler si, aux temps heureux où nous étions amis, nous avions pu partager les mêmes idées ou parlé du même sujet, toi et moi. J'y pensais avec tant de force, je pensais si souvent à toi que, lorsque je faisais la connaissance d'un de tes admirateurs, j'avais l'impression que les louanges qu'il te prodiguait s'adressaient également à moi, que j'étais aussi célèbre que toi. À mes yeux, les rumeurs qui circulaient sur ta vie secrète, mystérieuse, prouvaient que tout comme toi, je n'étais pas un homme parmi tant d'autres ; tes pouvoirs magiques se communiquaient un peu à moi ; je devenais une légende, comme toi. Grâce à toi, j'étais plein d'enthousiasme ; je devenais un autre, grâce à toi. Au début, quand j'entendais, dans un bateau des Lignes municipales, deux de nos concitoyens parler de toi, le journal à la main, j'avais toujours envie de leur crier à tue-tête : " Je connais Djélâl Salik, messieurs, je le connais même de très près ! ", pour savourer leur stupéfaction, leur admiration ; j'avais envie de leur parler de nos secrets. Plus tard, ce besoin se fit de plus en plus violent ; dès que je remarquais des gens qui parlaient de toi ou qui lisaient tes articles, j'étais pris d'une envie furieuse de leur crier : " Messieurs, vous vous trouvez en ce moment très près de Djélâl Salik ! Je peux même vous dire que Djélâl Salik, c'est moi ! " Cette idée était pour moi si bouleversante, si vertigineuse, que mon cœur se mettait à battre la chamade, chaque fois qu'elle me traversait l'esprit ; la sueur perlait sur mon front, je me sentais défaillir de plaisir en imaginant l'émerveillement que je lirais sur les visages de ces ahuris. Si je n'ai jamais crié ces mots à tue-tête, hurlé mon triomphe et mon bonheur, ce n'est pas que je les trouvais stupides ou exagérés, non, c'est qu'il me suffisait de me les répéter, à moi. Tu comprends ce que je veux dire ? »

« Je comprends, oui. »

« Tes articles, je les lisais avec un sentiment de victoire, en me sentant aussi intelligent que toi. Ils m'applaudissaient, moi aussi ; tu n'étais pas le seul, j'en étais persuadé. Nous étions à part, toi et moi, bien loin de ces masses. Je te comprenais si bien ! Tout comme toi, je m'étais mis à haïr ces foules qui emplissaient les salles de cinéma, les foires, les kermesses, les stades de football. À ton avis, on ne ferait jamais rien de ces gens-là, ils commettraient toujours les mêmes sottises, ils se laisseraient toujours duper par les mêmes fables ; aux pires moments de leur misère et de leur infortune, quand ils semblaient si désarmés, si innocents, disais-tu, ils n'étaient pas seulement des victimes, ils étaient coupables, eux aussi, complices tout au moins. Tu ne pouvais plus supporter ces charlatans dont ils attendaient toujours leur salut, tu en avais marre de leurs coups d'État militaires, de leur démocratie, de leur torture, et même de leurs cinémas. Voilà pourquoi je t'aimais. Pendant des années, chaque fois que je lisais ta chronique du jour, je me disais : " Et voilà pourquoi j'aime Djélâl Salik ! ", et je t'aimais ; pris d'un enthousiasme toujours renouvelé, les larmes coulaient sur mes joues... Te serais-tu jamais douté de l'existence d'un lecteur comme moi, si je ne t'avais pas prouvé, hier, avec la bonne humeur d'un pinson, que j'avais lu tous tes articles, même les plus anciens ? »

« Je m'en doutais un peu... »

« Alors, écoute-moi bien... Aux pires moments de solitude de ma pauvre vie, ou aux instants les plus insignifiants, les plus banals qui constituent notre misérable univers, quand, par exemple, je me faisais pincer le doigt par une portière de taxi refermée par une brute mal dégrossie, ou encore, quand je remplissais des formulaires pour obtenir une petite retraite complémentaire et qu'il me fallait subir patiemment les rebuffades d'un bon à rien, c'est-à-dire quand je me retrouvais en pleine misère psychologique, je me cramponnais comme à une bouée à cette idée : "Qu'aurait fait Djélâl Salik s'il s'était trouvé dans cette situation ? Qu'aurait-il dit ? Est-ce que je réagis comme il l'aurait fait ?" Cette question est devenue une véritable manie chez moi, durant ces vingt dernières années. Je me la répétais quand, invité à une noce chez des parents, je me joignais à la farandole, pour faire comme les autres et ne pas gâcher leur gaieté ; ou quand, dans le petit café où je m'étais rendu pour tuer le temps, je lançais de grands éclats de rire de bonheur, parce que j'avais gagné à une partie de cartes ; et je me disais brusquement : "Djélâl Salik n'aurait jamais fait ce que je fais là !" Ce qui suffisait pour me gâcher ma soirée, pour gâcher ma vie ! Je l'ai passée à me poser des questions : "Que ferait à présent Djélâl Salik ? Que peut bien faire à présent Djélâl Salik ? À quoi peut bien penser Djélâl Salik en ce moment ?" Passe encore si j'en étais resté là ! Une autre question venait alors m'obséder : "Qu'est-ce que Djélâl Salik peut bien penser de moi ? " Rarement, très rarement, quand j'étais capable de réfléchir assez logiquement pour me dire que tu ne pouvais pas te souvenir de moi, ni penser à moi, et que tu n'aurais jamais la moindre pensée pour moi, la question changeait de forme : " Si Djélâl Salik me voyait en ce moment, que penserait-il de moi ? Que dirait Djélâl Salik s'il me voyait griller ma première cigarette encore en pyjama, après le petit déjeuner ? Qu'aurait pensé de moi Djélâl Salik s'il m'avait vu engueuler le loubard qui s'en prenait à la dame mariée et court vêtue assise à côté de moi dans le bateau ? Quels seraient les sentiments de Djélâl Salik à mon égard s'il apprenait que je découpe tous ses articles pour les classer dans un dossier de marque Onka ? »

« Mon cher ami, mon cher lecteur », dit Galip, « dis-moi pourquoi tu n'as jamais cherché à me contacter durant toutes ces années ? »

« Crois-tu que je n'y ai jamais songé ? J'avais peur. Oh, comprends-moi bien. Je n'avais pas peur de m'abaisser devant toi, de ne pouvoir m'empêcher de te passer de la pommade, comme cela se passe dans ces cas-là, d'accueillir avec émerveillement tes propos les plus banals, comme s'il s'agissait de paroles d'une extrême sagesse, ou alors, au contraire, avec des éclats de rire intempestifs, au mauvais moment, en croyant que telle était la réaction que tu attendais de moi... Non, j'avais bien dépassé toutes ces situations que j'ai imaginées des milliers de fois. »

« Et tu es bien plus intelligent que ce que tu me décris là donnerait à penser », lui dit Galip gentiment.

« Ce que je craignais, c'était qu'au cours de cette

rencontre, après t'avoir adressé des louanges sincères, mais flagorneuses aussi, comme tout ce que je
viens de te raconter, nous ne trouvions ensuite plus
rien à nous dire, toi et moi. »

« Mais il n'en a rien été, comme tu le vois », lui dit
Galip. « Vois donc comme nous bavardons agréablement, toi et moi... »

Il y eut un silence.

« Je vais te tuer », dit la voix. « Je vais te tuer ! À
cause de toi je n'ai jamais pu être moi-même. »

« On ne peut jamais être soi-même. »

« Tu l'as écrit bien souvent, mais tu ne peux le ressentir comme je le ressens, moi ; cette vérité, tu ne
pourras jamais la comprendre aussi bien que moi...
Ce que toi, tu appelais " secret ", c'était pour moi le
fait que tu devinais cette vérité, que tu la décrivais
sans l'avoir comprise... Car cette vérité, on ne peut
la découvrir sans être soi-même alors qu'on a
constaté qu'on n'était pas soi-même. Ce qui ne peut
être vrai au même moment. Saisis-tu le paradoxe ? »

« Mais moi, je suis moi-même et je suis aussi un
autre », dit Galip.

« Non, ce que tu dis là, tu n'y crois pas du fond du
cœur », dit l'homme à l'autre bout du fil. « Et voilà
pourquoi tu vas mourir. Tu es convaincant, comme
tu l'as toujours été dans tes chroniques, mais tu ne
crois pas toi-même à ce que tu racontes, et tu réussis
à convaincre parce que tu n'y crois pas, toi. Mais
quand ceux que tu arrives à convaincre comprennent
que tu es capable de faire croire aux autres ce à quoi
tu ne crois pas toi-même, ils sont pris de peur ! »

« De peur ? »

« J'ai peur de ce que tu appelles le " secret ", ne
comprends-tu pas ? De cette imprécision, de ce flou,

de ce petit jeu d'imposture qu'on appelle " écriture ", j'ai peur des visages noirs des lettres. Durant des années, à chaque fois que je lisais tes chroniques, j'ai eu l'impression que je me trouvais à la fois là où je les lisais, assis dans mon fauteuil ou installé à ma table de travail, mais aussi à un tout autre endroit, quelque part près de l'écrivain qui me racontait ces histoires. Se douter qu'on a été abusé par quelqu'un qui ne croit pas à ce qu'il vous dit, sais-tu ce que cela signifie ? Savoir que ceux qui vous font croire à quelque chose n'y croient pas eux-mêmes ? Je ne me plains pas de n'avoir pu être moi-même, à cause de toi. Ma pauvre vie, si pitoyable, en a été enrichie. J'ai pu ainsi surgir de l'obscurité de ma banalité, devenir toi, mais je n'ai jamais été sûr de cette entité magique que j'appelle " toi ". Je n'en sais rien, mais je le savais sans le savoir. Est-ce que l'on peut dès lors dire qu'on sait ? Quand celle qui est ma femme depuis trente ans a disparu en me laissant une lettre de quelques lignes sur la table de la salle à manger, sans me fournir d'explications, je crois bien que je savais où elle était allée. Mais je ne savais pas que je le savais. Et comme je l'ignorais, tout le temps que j'ai parcouru la ville dans tous les sens, ce n'était pas toi, mais elle que je cherchais. Et cependant, tout en étant à sa recherche à elle, je te cherchais aussi, sans le savoir : j'errais dans la ville, rue par rue, à la recherche de ses secrets, et une idée terrifiante me poursuivait ; dès le premier jour, je me posais la question : " Que dirait Djélâl Salik s'il apprenait que ma femme m'a quitté comme elle l'a fait, si brusquement et sans raison ? " J'avais aussitôt décidé que ma situation était un cas " à la Djélâl Salik ". J'aurais voulu tout te raconter. Je me disais que c'était là le sujet par excellence à discuter avec toi, ce sujet que je cherchais en vain depuis tant d'années. Cette idée m'a tellement ému que pour la première fois depuis tant d'années, j'ai trouvé le courage de me mettre à ta recherche. Mais je n'arrivais pas à te trouver, tu n'étais nulle part. Oui, je savais tout, mais je ne savais pas que je le savais. Je disposais de quelques numéros de téléphone, je me les étais procurés, tout au long des années, en me disant que je te téléphonerais peut-être un jour. J'ai appelé ces numéros, tu n'étais pas là. J'ai téléphoné à toute ta famille : à ta tante qui t'aime beaucoup, à ta belle-mère qui semble t'être passionnément attachée, à ton père, qui n'arrive toujours pas à dissimuler l'intérêt qu'il te porte, à tes oncles, tous te sont vraiment très attachés, mais toi, tu n'étais pas là. Je suis allé au *Milliyet*, tu n'y étais pas. Je n'étais d'ailleurs pas le seul à t'y chercher, il y avait aussi ton cousin Galip, le mari de ta sœur, il voulait te faire rencontrer les gens de la télévision britannique, pour une interview. Je l'ai suivi, instinctivement. Je me disais que ce garçon rêveur, qui a tout du somnambule, devait connaître l'endroit où tu te cachais. Je me répétais, il doit connaître sa cachette, lui, et de plus, il doit savoir qu'il la connaît. Je l'ai donc suivi comme son ombre dans toute la ville. J'étais là à quelques pas derrière lui, nous avons suivi des rues, nous sommes entrés dans de vieux hans de pierre, dans de vieilles boutiques, dans des passages cloisonnés de miroirs, des salles de cinéma crasseuses, nous avons parcouru tout le Grand Bazar, pouce par pouce, des faubourgs aux rues sans trottoirs, nous avons traversé des ponts, nous avons pénétré dans les coins les plus sombres, dans des quartiers inconnus d'Istanbul, nous avons marché dans la poussière, dans la boue, les ordures. Nous n'arrivions nulle part et nous continuions à marcher. Nous marchions comme si nous connaissions par cœur la ville, et tout nous était inconnu. Je l'ai perdu, puis retrouvé, je l'ai perdu à nouveau, je l'ai retrouvé, je l'ai perdu une fois de plus, et finalement, il m'a trouvé, lui, dans une boîte de nuit minable. Et là, dans un groupe installé autour de la même table, nous avons raconté des histoires, à tour de rôle. J'aime bien raconter des histoires, mais je ne me trouve jamais d'auditeur. Ce jour-là, ils m'écoutaient. Et là, au beau milieu de mon histoire, alors que les regards intrigués, impatients, de mes auditeurs cherchaient, comme toujours dans ces cas, à lire sur mon visage la fin de mon récit, et que je craignais, moi, que le dénouement puisse s'y déchiffrer, et que j'étais partagé entre ces pensées et mon histoire, j'ai brusquement compris que ma femme m'avait quitté pour toi. Et je me suis dit : " Je savais donc qu'elle était partie pour rejoindre Djélâl. " Je le savais, mais je ne savais pas que je le savais. Ce que je recherchais, c'était sans doute cet état d'âme. J'avais réussi à franchir une porte qui donnait sur mon âme, à pénétrer dans un univers nouveau. Pour la première fois au bout de tant d'années, j'avais réussi à être tout à la fois moi-même et un autre, comme je l'avais tant désiré. D'une part, j'avais envie de mentir en déclarant : " J'avais lu cette histoire dans la chronique d'un journaliste », et de l'autre, je me sentais parvenu à la sérénité que je poursuivais en vain depuis des années. Alors que je parcourais Istanbul rue après rue, que j'avançais sur des trottoirs défoncés, devant des boutiques crottées, tout en lisant la tristesse sur les visages de mes concitoyens, alors que j'examinais tes vieilles chroniques dans l'espoir d'y découvrir ta cachette, cette maudite sérénité ressemblait fort à un sentiment que je décelais avec terreur. Mais à présent, j'avais terminé mon histoire et deviné où se trouvait ma femme. J'avais également découvert la conclusion de ce que j'avais compris un peu plus tôt, en écoutant les histoires du garçon, du photographe, et de ce grand échalas d'écrivain. J'avais été trahi, j'avais été trompé tout au long de ma vie ! Oh, mon Dieu ! Ces mots ont-ils un sens pour toi ? »

« Oui. »

« Dans ce cas, écoute-moi. Voici la conclusion à laquelle je suis parvenu, au sujet de cette évidence que tu appelais " secret " et que tu nous faisais poursuivre depuis des années, cette vérité que tu exprimais sans la connaître, sans la comprendre : dans ce pays, personne ne peut être soi-même ! Dans ce pays de vaincus et d'opprimés, exister, c'est être un autre ! Je suis un autre, donc je suis ! Bon, mais si cet autre que je voudrais être n'était qu'un autre ? Voilà ce que je veux dire quand j'affirme que j'ai été abusé, floué. Car l'homme dont je lisais les écrits, en qui j'avais foi, n'aurait pas été capable de voler sa femme à celui qui l'admirait si aveuglément. Cette nuit-là, dans cette boîte de nuit, j'aurais voulu crier aux garçons, aux putains, aux photographes, aux cocus assis autour de la table, qui se racontaient des histoires, oui, j'aurais voulu leur crier : " Vous les vaincus, les opprimés, vous les maudits, les oubliés, les obscurs, n'ayez pas peur, personne n'est soi-même ! Personne ! Pas même les riches, les sultans, les célébrités, les stars, les riches, les veinards, à la place desquels vous voudriez être ! Débarrassez-vous d'eux ! Vous découvrirez alors vous-mêmes l'histoire qu'ils vous racontent comme s'ils vous livraient un secret. Tuez-les ! Créez vous-même votre secret, découvrez vous-même votre mystère ! " Tu comprends ce que je veux dire ? Je vais te tuer. Je ne le ferai pas sous l'effet d'un désir de vengeance ou d'une colère bestiale, comme la plupart des maris trompés, mais parce que je refuse de me laisser attirer dans l'univers nouveau où tu veux me pousser. Et alors, toute la ville d'Istanbul, toutes les lettres, et tous les indices et les visages que tu introduis dans tes chroniques retrouveront leur véritable secret. " Djélâl Salik a été assassiné ! " titreront les journaux. " Mystérieux assassinat ! " Un meurtre mystérieux qui ne sera jamais élucidé. L'univers en perdra peut-être son secret, s'il en a un. Dans ces jours qui rappelleront l'apparition du Messie et la fin des temps, des troubles se produiront à Istanbul, mais moi et beaucoup d'autres, nous redécouvrirons ainsi la sagesse et les secrets perdus. Car personne ne pourra résoudre le mystère qui se cache derrière ce meurtre. Pourrait-il s'agir de la découverte, de la redécouverte du mystère, auquel je fais allusion dans ce modeste ouvrage que j'ai publié grâce à toi, mystère que tu comprends si bien ? »

« Il n'en sera rien », déclara Galip. « Tu peux bien commettre le crime le plus mystérieux du monde, eux, ces pauvres et ces opprimés, ces crétins et ces oubliés de la vie, se mettront tout de suite d'accord pour imaginer une histoire prouvant une absence totale de mystère. Et, grâce à cette histoire à laquelle ils croiront aussi rapidement qu'ils l'auront inventée, mon assassinat se transformera en une péripétie très simple d'un banal complot. Avant même mes funérailles, tout le monde aura décidé que ma mort est due à un complot mettant en danger notre intégrité nationale, ou alors à une aventure amoureuse vieille de plusieurs années qui aurait débouché sur un drame de la jalousie. L'assassin était l'instrument des trafiquants de drogue, non, des putschistes, diront les uns ; ce meurtre a été organisé par la confrérie des nakchibendis, non, par le syndicat des proxénètes, diront les autres ; ce sont les descendants du dernier des sultans qui sont les instigateurs de ce sale boulot, ou alors les ennemis de notre patrie, ceux qui mettent le feu à notre drapeau ; savez-vous qu'il s'agit là d'un coup monté par ceux qui veulent nuire à notre démocratie et à notre République ! Ceux qui préparent une nouvelle croisade contre nous participaient au complot ! jureront les gens. Le cadavre de l'un de nos journalistes les plus prestigieux, mystérieusement découvert en plein cœur d'Istanbul, dans la boue d'un trottoir, parmi les tas d'ordures, les restes de légumes, les charognes de chiens crevés, et les vieux billets de la Loterie nationale... Comment expliquer autrement à ces empotés que nous devons découvrir un secret enfoui quelque part, très loin dans notre passé, dans la lie de nos souvenirs, entre les mots et les phrases, au bord extrême de l'oubli, mais toujours présent sous ses déguisements ? »

« C'est avec l'expérience que m'ont assurée trente années de journalisme que je te parle », dit Galip, « ils ne se rappelleront rien. Rien du tout. D'autre part, il n'est pas dit que tu réussiras à me retrouver et à te débrouiller pour me tuer. Il est possible que tu me rates ou que tu n'arrives qu'à me blesser. Et alors qu'ils seront en train de te tabasser — je n'évoque même pas la torture — au poste de police, moi, je serai devenu un héros, et je serai obligé d'écouter les idioties que me débitera le premier ministre, venu me souhaiter un prompt rétablissement. Crois-moi, le jeu n'en vaut pas la chandelle. Ils ne veulent plus croire à l'existence d'un secret derrière cet univers, un secret qu'ils ne perceront jamais ! »

« Qui pourra me prouver que toute mon existence n'a pas été une duperie, une mauvaise plaisanterie ? »

« Moi ! » dit Galip. « Écoute-moi... »

« En persan, *bichnov* ? Non, je ne veux pas t'écouter... »

« Crois-moi, j'y croyais, moi aussi, j'y croyais comme toi. »

« Et même si je te croyais ? » s'écria Mehmet. « Même si j'y croyais, moi, pour garder un sens à ma vie, que deviendront les apprentis dans les boutiques de matelassiers, eux qui cherchent à épeler le sens perdu de leur existence en se servant des messages codés que tu leur adresses dans tes articles ? Que deviendront ces vierges romantiques passant leur vie à attendre des fiancés qui ne reviendront jamais d'Allemagne et qui ne leur demanderont jamais d'aller les y rejoindre, et qui rêvent du mobilier, des presse-citron, des lampes à tête de poisson, ou des draps ornés de dentelles qu'elles imaginent grâce à tes articles et qu'elles espèrent utiliser aux jours heureux, paradisiaques, que tu leur promets ? Que feront ces poinçonneurs d'autobus à la retraite, qui réussissent à voir sur leur propre visage, grâce à une méthode fournie par tes chroniques, le plan de l'appartement où, titres de propriété en main, ils s'installeront dans le paradis qui leur est promis ? Que deviendront les employés du cadastre, les releveurs de compteurs à gaz, les marchands de craquelins, les mendiants qui, inspirés par tes écrits, s'estiment capables de calculer, grâce à la méthode de la valeur numérique des lettres de l'alphabet arabe, le jour où le Mehdi, celui qui doit sauver ce pauvre pays, fera son apparition dans les rues encore pavées à l'albanaise — comme tu peux le voir, je n'arrive pas à échapper à ton vocabulaire —, que deviendront notre droguiste et tous tes lecteurs — tes malheureux lecteurs — quand ils comprendront, grâce à toi, qu'ils sont eux-mêmes l'oiseau mythique qu'ils poursuivent ? »

« Oublie-les », dit Galip, craignant d'entendre la voix au téléphone prolonger l'énumération. « Oublie-les, oublie-les tous, ne pense plus à eux. Pense plutôt aux derniers souverains ottomans qui parcouraient la ville sous un déguisement. Pense au conformisme des gangsters de Beyoglou, qui, fidèles à leurs traditions, continuent à torturer leurs victimes, avant de les tuer, au cas où elles auraient un magot planqué quelque part ou détiendraient quelque secret. Demande-toi pourquoi les retoucheurs de nos rédactions colorient toujours le ciel avec du bleu de Prusse et transforment la boue de notre pays en gazon anglais sur les originaux en noir et blanc des photographies de footballeurs, de danseuses, de Miss Turquie, de ponts, de mosquées, toutes découpées dans *La Vie, La Voix, Dimanche, La Poste, Le Jour, L'Éventail, La Fée, Revue, La Semaine,* que l'on retrouve épinglées sur les murs de deux mille cinq cents salons de coiffure. Songe aux dictionnaires turcs qu'il faut consulter afin de découvrir les centaines de milliers de mots utilisables dans la description des milliers d'odeurs et les milliers et milliers de synthèses d'odeur, dans les escaliers sombres et effrayants de nos immeubles. »

« Ah, salaud d'écrivain ! »

« Le premier bateau à vapeur que les Turcs achetèrent en Angleterre s'appelait *Swift* ; il y a là un mystère, songes-y donc. Songe à la passion de l'ordre et de la symétrie de ce calligraphe gaucher qui, parce qu'il aimait la lecture du marc de café, reproduisit le marc des milliers de tasses de café qu'il but tout au long de sa vie, et aussi tous les dessins qui se formaient dans les tasses, en dessinant également les tasses, et qui ajoutait de sa superbe calligraphie, tout autour des dessins, ce que révélait la lecture de ce marc, nous laissant ainsi une œuvre de trois cents pages manuscrites ! »

« Tu ne pourras plus m'embobiner, cette fois-ci ! »

« Quand les centaines de milliers de puits, creusés au cours de deux mille cinq cents années dans les jardins de notre ville, se retrouvèrent comblés de pierres et de béton, à l'époque où furent creusées les fondations de tous ces immeubles, songe à tout ce qui y demeura enfoui : scorpions, grenouilles, sauterelles de toutes tailles, pièces d'or étincelantes, lyciennes, phrygiennes, romaines, byzantines, ottomanes, diamants et rubis, crucifix, tableaux, icônes interdites, livres, brochures, plans de trésors cachés, crânes d'infortunées victimes de meurtres jamais élucidés... »

« Tu penses encore à cette histoire du cadavre de Chems de Tabriz, qui fut jeté dans un puits ? »

« ... et à tout ce qui pèse là-dessus : le béton, la ferraille, les appartements, les portes, les vieux concierges, les parquets aux rainures noircies comme des ongles crasseux, les mères soucieuses, les pères irascibles, le armoires aux battants qui ne se referment pas, les sœurs, les demi-sœurs... »

« Et Chems de Tabriz, c'est toi, hein ? Le Dejjal ? Le Messie, c'est toi ? »

« ... le cousin qui a épousé la demi-sœur, l'ascenseur hydraulique, le miroir dans l'ascenseur... »

« Bon, bon, tout cela, tu l'as déjà écrit. »

« ... les coins secrets que les enfants découvrent pour y jouer, les draps des trousseaux, le tissu de soie que l'arrière-arrière-grand-père avait acheté à un commerçant chinois, alors qu'il était gouverneur à Damas, et que personne n'a encore osé utiliser... »

« Et toi, tu cherches encore à m'appâter, c'est ça ? »

« ... songe à tous les mystères de notre vie. Celui-ci, par exemple : pourquoi les bourreaux d'antan appelaient-ils le " chiffre " le rasoir à la lame très affilée qu'ils utilisaient pour détacher du corps du supplicié la tête qui serait exposée sur la dalle patibulaire ? Songe à la sagesse du colonel retraité qui rebaptisa les pièces du jeu d'échecs en fonction des membres de la vaste famille moyenne turque : le roi était devenu la " mère ", la reine, le " père ", le fou s'appelait l'" oncle ", le cavalier la " tante ", mais il avait préféré utiliser le mot " chacal ", pour désigner les pièces. »

« Après que tu eus trahi notre cause, sais-tu que je ne t'ai vu qu'une seule fois, je crois bien que tu étais bizarrement déguisé en Mehmet le Conquérant, en tenue de houroufi. »

« Imagine la sérénité sans bornes de l'homme qui passe des heures à sa table de travail, le soir, à résoudre les mots croisés du journal ou des énigmes puisées dans la poésie du Divan. À part les papiers et les mots éclairés par la lampe, tout dans la pièce est plongé dans l'ombre — les cendriers, les rideaux, les montres, et aussi le temps, les souvenirs, les chagrins, la tristesse, la colère, les trahisons, les défaites, surtout les défaites. Dis-toi bien que le sentiment d'apesanteur qui envahit l'amateur de mots croisés devant le vide mystérieux des lettres à l'horizontale et à la verticale, ne saurait être comparé qu'aux pièges inouïs que procure le déguisement. »

« Écoute, l'ami », dit la voix à l'autre bout du fil avec une assurance qui surprit Galip, « laissons tomber pour le moment tous ces pièges, ces petits jeux, toutes les lettres et leurs doubles, tout cela est dépassé. Bien sûr, je t'avais tendu un piège, mais ça n'a pas marché. Tu le sais et je le reconnais : il n'est pas question de nouveau coup d'État, je ne dispose d'aucun dossier, ton nom ne figure pas dans l'annuaire. Ma femme et moi t'aimons, nous t'apprécions, nous t'admirons vraiment. Toute notre vie s'est passée en ta compagnie, et cela va continuer. À présent, oublions tout. Nous allons venir te voir, Éminé et moi. Ce soir. Nous bavarderons, comme si rien ne s'était passé. Tu parleras tout ton soûl, comme tu me parles en ce moment. Dis-moi oui, je t'en prie ! Fais-nous confiance, je ferai tout ce que tu me demanderas de faire, je t'apporterai tout ce que tu voudras ! »

Galip réfléchit un moment.

« Dis-moi toutes les adresses, tous les numéros de téléphone dont tu disposes à mon sujet. »

« Tout de suite... D'ailleurs, je ne pourrai jamais les oublier ! »

L'homme alla chercher son carnet, la femme saisit le téléphone.

« Tu peux lui faire confiance », lui chuchota-t-elle.

« Il est sincère, il regrette vraiment ce qu'il a fait. Il t'aime vraiment. Il avait l'intention de faire une folie, mais il y a renoncé, depuis longtemps. Il ne s'en prendra plus qu'à moi, il ne te fera rien à toi, c'est un poltron, je te le garantis. Tout s'est arrangé, Dieu merci ! Ce soir, je porterai la jupe que tu aimes tant, celle à carreaux bleus. Nous ferons tout ce que tu voudras, mon amour, tout ce que tu exigeras ! Autre chose encore : pour te ressembler, cette tenue du Conquérant, et aussi les lettres qu'il a pu lire sur les visages des membres de ta famille... »

Le bruit de pas de son mari se rapprochait ; elle se tut.

L'homme reprit l'appareil. Sur la dernière page d'un livre qu'il tira de l'étagère la plus proche (il s'agissait des *Caractères* de La Bruyère), Galip nota soigneusement tous les numéros de téléphone et les adresses que l'autre lui dictait, il les lui fit répéter plusieurs fois. Il se préparait à lui annoncer qu'il avait changé d'avis, qu'il ne voulait pas les voir, qu'il n'avait pas de temps à perdre avec des admirateurs trop obstinés, mais au dernier moment, il y renonça. Il venait d'avoir une idée. Quand, bien plus tard, il tenterait de se remémorer plus ou moins clairement ce qui s'était passé cette nuit-là, il s'avouerait qu'il s'était laissé prendre à la curiosité : « À la curiosité de voir le couple, même de loin », se dirait-il. « J'avais sans doute l'intention, après les avoir retrouvés grâce à ces adresses et à ces numéros de téléphone, de rapporter à Ruya et à Djélâl cette invraisemblable histoire, mais aussi de leur décrire l'homme et la femme, leur aspect, leur façon de marcher, de s'habiller. »

« Je ne vais pas vous donner mon adresse », dit-il. « Mais nous pouvons nous rencontrer quelque part.

À neuf heures ce soir, à Nichantache, devant la boutique d'Alâaddine, par exemple. »

Cette petite concession suffit au bonheur du couple, au point que Galip se sentit gêné par l'atmosphère de gratitude éperdue qu'il devinait à l'autre bout du fil : Djélâl bey désirait-il un cake aux amandes, ou des petits fours de chez Omur, ou alors, étant donné que la conversation serait longue, une grande bouteille de cognac, peut-être, avec des noisettes et des pistaches ?

« Je vais t'apporter ma collection de photographies, celle des visages, et aussi celle des lycéennes ! » cria le mari d'une voix qui révélait sa fatigue ; et quand il lança un éclat de rire bizarre, effrayant, Galip devina la présence d'une autre bouteille de cognac, devant le couple, largement entamée celle-là. Ils répétèrent l'heure et le lieu du rendez-vous, tous deux empressés et sincères, et ils raccrochèrent.

CHAPITRE XIV

Les mystérieux tableaux

> « J'ai emprunté son mystère à ton
> *Mesnevi*. »
>
> Cheik Galip

Ce fut au début de l'été 1952, le premier samedi du mois de juin exactement, que s'ouvrit, dans l'une des ruelles qui mènent de la rue des bordels à Beyoglou, au consulat de Grande-Bretagne, le plus grand des tripots, non seulement d'Istanbul et de Turquie, mais aussi des Balkans et même du Proche-Orient. Cette date faste marquait la fin d'un concours fort ambitieux, qui avait duré six mois. Car le gangster le plus célèbre de Beyoglou à cette époque — celui-là même qui devait, bien des années plus tard, disparaître dans le Bosphore avec sa Cadillac et devenir ainsi un personnage légendaire — avait décidé de faire décorer le vaste hall de son établissement avec des paysages d'Istanbul.

Cet homme avait fait exécuter ces peintures, non pour encourager cet art, dans lequel nous souffrons d'un grand retard à cause des interdictions de l'islam (je parle de la peinture et non de la prostitution), mais pour offrir dans son palais de tous les plaisirs, outre la musique, l'alcool, la drogue et les filles, le spectacle des beautés d'Istanbul, à sa clientèle si choisie, qui accourrait des quatre coins de la ville et de toute l'Anatolie. Nos peintres académiques qui, compas et équerre en main, plagient les cubistes de l'Occident et transforment en calissons nos jeunes villageoises ayant rejeté, parce qu'ils n'acceptent que les commandes des grandes banques, la proposition du gangster, celui-ci fit appel aux peintres d'enseignes ou en bâtiment, ceux qui décorent les plafonds des maisons bourgeoises en province, les palissades de nos cinémas en plein air, les tentes d'avaleurs de serpents dans les foires et jusqu'aux charrettes et aux camions. Au bout de plusieurs mois de recherches, les deux artisans retenus rivalisant entre eux de prétention — comme le font tous les vrais artistes —, notre gangster, s'inspirant des méthodes de nos banques, avait créé le concours, accompagné d'une somme coquette, du Meilleur Peintre d'Istanbul, et mis deux des murs de l'entrée de son palais à la disposition de ces artisans pleins d'ambition.

Les peintres, qui se défiaient l'un de l'autre, avaient, dès le premier jour, fait tendre entre eux un épais rideau. Ce vieux rideau tout rapiécé, on pouvait encore le voir cent quatre-vingts jours plus tard, le soir de l'inauguration du palais des plaisirs, dans le hall où s'entassaient les fauteuils aux moulures dorées, tapissés de velours côtelé rouge, les tapis de Gordion, les chandeliers d'argent, les vases de cristal, les portraits d'Atatürk, les services de porcelaine, les guéridons incrustés de nacre. Quand le patron tira le rideau de toile de jute, en présence des nombreux invités triés sur le volet, et parmi eux, le préfet lui-

617

même, le tripot ayant été officiellement baptisé « Club de la Sauvegarde des Arts Turcs Classiques » —, toutes les personnes présentes purent découvrir sur l'un des murs une « vue splendide » d'Istanbul, et sur l'autre, un immense miroir où se reflétait le même paysage, encore plus beau, encore plus envoûtant, encore plus étincelant à la lumière des chandeliers d'argent.

Bien sûr, ce fut le peintre qui avait posé le miroir qui remporta la récompense. Mais durant des années, la plupart des clients du tripot se retrouvèrent envoûtés par ces images d'une incroyable beauté. Ils les appréciaient chacun à sa façon, au point qu'ils passaient des heures à les contempler, allant d'un mur à l'autre, dans l'espoir de percer le mystère de leur séduction.

Le chien errant tout crotté à la triste mine du premier mur se transformait dans le miroir : toujours mélancolique, mais plein de ruse aussi ; et quand le spectateur se retournait vers la peinture, il remarquait que la ruse y avait bien été représentée, et il découvrait chez le chien un mouvement qui éveillait ses soupçons ; et quand il se tournait à nouveau vers le miroir, il y voyait certains tressaillements, certains indices troublants, qui donnaient l'impression du mouvement, si bien que, tout à fait désorienté, il avait peine à se retenir pour ne pas courir à nouveau vers la peinture.

Un client d'un certain âge et d'un tempérament enclin à l'angoisse avait même vu dans le miroir couler à grande eau la fontaine, que l'on voyait sur la petite place, au bout de la rue suivie par le chien mélancolique. Mais quand il s'était à nouveau tourné vers la peinture, avec l'affolement du vieillard distrait qui se souvient brusquement d'être sorti sans refermer un robinet, il avait constaté que la fontaine n'y coulait pas. Retourné devant le miroir, et ayant vu couler l'eau toujours avec la même abondance, il avait bien tenté de faire partager sa découverte aux « filles de joie » ; mais accueilli avec indifférence par les entraîneuses, que ces jeux incessants entre l'original et le miroir n'émouvaient plus depuis longtemps, le malheureux s'était résigné à retourner à la solitude, à une existence étriquée qui s'était écoulée dans l'incompréhension de ses proches.

Ce sujet n'était toutefois pas totalement indifférent aux filles qui travaillaient dans le palais des plaisirs ; par les nuits d'hiver blanches de neige qu'elles passaient dans l'attente et l'ennui, à se raconter les mêmes sempiternelles histoires, elles se servaient du tableau et des jeux magiques du miroir comme d'une pierre de touche amusante, pour définir la personnalité de leurs hôtes : il y avait les clients pressés, peu sensibles, débordés, qui ne remarquaient pas les mystérieuses discordances entre le paysage et son image dans le miroir ; ceux-là passaient leur temps à ressasser leurs propres soucis ou se contentaient d'obtenir au plus tôt des entraîneuses — qu'ils étaient incapables de distinguer entre elles — ce que tous les hommes attendaient d'elles. D'autres remarquaient bien les jeux du miroir et de la peinture, mais n'y attachaient pas d'importance ; il s'agissait d'hommes audacieux, qui en avaient vu d'autres, se fichaient de tout, et dont il fallait se méfier. Il y avait encore ceux qui, pris d'une incurable manie de symétrie, s'entêtaient comme des enfants à mettre fin sur-le-champ à ces incongruités entre le miroir et la peinture et qui, par leur agitation et leurs réclamations, passaient leur temps à harceler les entraîneuses, les garçons et les maquereaux. Ces gens-là étaient de mauvais coucheurs, rapiats et calculateurs, incapables de tout oublier autour d'eux quand ils buvaient et même quand ils faisaient l'amour ; leur rage de tout planifier faisait d'eux de piètres amants, des amis de cœur peu fiables.

Alors que les occupants des lieux s'accoutumaient aux lubies du miroir, le commissaire de police de Beyoglou, qui honorait fréquemment la boîte de nuit de sa présence — grâce à l'affection de certains anges tutélaires bien plus qu'à sa fortune personnelle —, rencontra un jour dans le miroir le regard du personnage chauve que le peintre avait représenté le pistolet à la main, dans une rue sombre, et comprit aussitôt qu'il s'agissait là de l'auteur du « meurtre de la place de Chichli », crime célèbre et jamais élucidé, et persuadé que l'artiste qui avait placé là le miroir détenait la clé de l'énigme, il engagea aussitôt une enquête à son sujet.

Au cours d'une moite nuit d'été, où les eaux sales des caniveaux se transformaient en vapeur avant même d'atteindre les grilles des égouts, le fils d'un riche propriétaire terrien, qui avait garé sa Mercedes devant un panneau « stationnement interdit », décida que la jeune fille vertueuse de toute évidence, qu'il voyait dans le miroir tisser un tapis dans un quartier pauvre d'Istanbul, était celle qu'il aimait secrètement depuis des années et qu'il tentait en vain de retrouver. Mais quand il tourna la tête vers la peinture, il se retrouva face à face avec l'une des paysannes, toutes aussi ternes que malheureuses, qui vivaient dans l'un des multiples villages appartenant à son père.

À en croire le patron du tripot, qui devait, quelques années plus tard, découvrir lui-même les mystères de l'au-delà, en conduisant, comme on mène un cheval, sa Cadillac dans les courants du Bosphore, toutes ces aimables plaisanteries, ces coïncidences si amusantes, et ces prétendus secrets de l'univers n'étaient en aucun cas dus à des jeux du miroir ou de la peinture ; à l'instant où les clients, soûls de raki ou de haschisch, se mettaient à planer dans les brumes de leur mélancolie et de leurs chagrins, ils redécouvraient cet univers de bonheur dont ils avaient toujours rêvé, et dans la joie enfantine de retrouver ce paradis perdu, les énigmes de leurs rêves se confondaient avec les images qu'ils voyaient. En dépit de son réalisme, on pouvait voir le célèbre gangster, en compagnie des enfants des entraîneuses qui attendaient que leurs mères épuisées les emmènent au cinéma, le dimanche matin, jouer avec bonne humeur à découvrir les « sept différences entre les deux images », tout comme s'il cherchait à résoudre une énigme dans le supplément de son quotidien favori.

Mais il n'y avait pas que sept différences entre la peinture et le miroir ; les dissemblances, les transformations stupéfiantes qui s'y opéraient, étaient innombrables. Le paysage d'Istanbul faisait bien penser par sa technique aux peintures qu'on peut voir sur les ridelles de charrettes ou sur les tréteaux des fêtes foraines ; mais il rappelait par son esprit ces gravures trop obscures qui vous donnent froid dans le dos, et la conception, la prise en main du sujet constituaient réellement une vaste fresque. L'oiseau gigantesque posé tout au sommet de l'ensemble battait lentement des ailes dans le miroir, pareil à un oiseau de légende ; les façades délavées des vieilles demeures de bois se transformaient en autant de visages terrifiants ; les manèges de chevaux de bois de la fête foraine s'animaient et se teintaient de mille couleurs ; tous les vieux tramways, les charrettes, les ponts, les minarets, les assassins, les crémiers, les parcs, les cafés du front de mer, les bateaux des Lignes municipales, les enseignes se métamorphosaient en autant d'indices menant à un univers entièrement différent. Le livre à couverture noire, que le peintre avait placé ironiquement dans la main d'un mendiant aveugle, se scindait dans le miroir ; il y devenait un récit à l'histoire morcelée et à la signification dédoublée, et dès qu'on se tournait vers le mur, il redevenait un livre unique où tout son mystère s'était perdu. Une de nos étoiles de cinéma aux cils immenses, aux lèvres rouges, au regard langoureux, que le peintre avait représentée en s'inspirant de ses panneaux pour fêtes foraines, devenait dans le miroir « la mère » à la poitrine généreuse, pauvre et fière, de tout un peuple, et dès que le regard embrumé par l'alcool du visiteur, fixait à nouveau le mur, il pouvait constater, avec stupéfaction et quelque plaisir aussi, que la mère avait disparu et laissé sa place à l'épouse familière et fidèle.

Mais ce qui stupéfiait le plus les clients du palais des plaisirs, c'était de voir dans le miroir les significations nouvelles, les signes bizarres, l'univers inconnu qui apparaissaient sur les visages des personnages que le peintre avait disposés çà et là à l'intérieur du paysage, et dont le nombre semblait croître sans arrêt, comme sur ceux des foules qui grouillaient sur les ponts. Quand, sur le visage de tel passant, simple citoyen parmi tant d'autres, avec sa mélancolie et son regard morose, ou de tel autre, coiffé d'un chapeau de feutre, dynamique et travailleur celui-là, l'air satisfait de lui, se dessinaient dans le miroir les lignes d'un plan urbain, et surgissaient les éléments d'une histoire ou d'un secret, le client éméché, qui voyait de plus sa propre image s'installer dans le miroir, alors qu'il allait et venait entre les fauteuils de velours rouge, avait l'impression de percer un secret réservé à très peu d'élus. Tout le monde savait que ces clients-là, ceux à qui les entraîneuses témoignaient beaucoup d'égards, ne pourraient tenir en place tant qu'ils n'auraient pas résolu le secret de la peinture et du miroir, et qu'ils étaient prêts à affronter d'innombrables voyages, d'innombrables aventures et d'innombrables bagarres, tant qu'ils n'auraient pas découvert l'explication de ces mystères.

Plus tard, bien des années après le plongeon du patron dans l'inconnu des eaux du Bosphore, lors d'une visite du commissaire de police de Beyoglou à la boîte de nuit passée de mode à présent, les consommatrices vieillies devinèrent à son expression chagrine qu'il faisait partie de ces êtres inquiets.

Il était venu, disait-il, examiner une fois encore le miroir, dans l'espoir d'élucider le mystère du « meurtre de la place de Chichli ». On lui expliqua qu'une semaine plus tôt, au cours d'une rixe entre de mauvais garçons, provoquée plus par le désœuvrement et l'ennui que par des querelles de femmes ou d'argent, le miroir s'était écroulé sur les combattants et s'était brisé en mille morceaux, dans un immense fracas. Si bien que le commissaire, qui approchait de la retraite, n'avait pu découvrir dans les débris de verre ni l'auteur de ce mystérieux assassinat, ni le secret qui se cachait derrière le miroir.

CHAPITRE XV

Ce n'est pas le conteur,
mais le conte

> « Ma façon d'écrire est plutôt de pen-
> ser tout haut, au gré de mon humeur,
> que de beaucoup considérer qui
> m'écoute. »
>
> De Quincey

Peu avant que fût décidé le rendez-vous devant la
boutique d'Alâaddine, la voix au téléphone avait dicté
à Galip sept numéros qui auraient été ceux de Djélâl.
Galip doutait si peu de retrouver Ruya et son frère
grâce à l'un de ces numéros, qu'il s'imaginait déjà les
rues, les appartements et les seuils de porte où ils
pourraient refaire leur apparition. Il savait aussi que
dès qu'il les aurait revus et dès leurs premiers mots,
il trouverait logiques et fondées toutes les raisons
qu'ils lui fourniraient pour expliquer leur disparition.
D'ailleurs, il en était certain : « Mais nous aussi,
Galip, nous t'avons cherché partout, tu n'étais ni à la
maison, ni à ton cabinet, où étais-tu donc passé ? »
lui diraient aussitôt Djélâl et Ruya.

Il se leva du fauteuil qu'il n'avait pas quitté depuis
des heures, ôta le pyjama de Djélâl, il se lava, se rasa,
s'habilla. Quand il examina son visage dans le miroir,

les lettres qu'il put y lire aisément ne lui donnèrent pas l'impression d'être la conséquence d'un mystérieux complot ou d'un jeu délirant, ni une illusion d'optique qui aurait pu le faire douter de sa propre identité. Ces lettres faisaient partie du monde réel, tout comme la savonnette Lux rose — celle qu'utilisait Silvana Mangano — ou le vieux rasoir posé devant le miroir.

Dans le *Milliyet* qui avait été glissé sous la porte, il lut ses phrases à lui parues dans les colonnes de Djélâl comme s'il s'agissait des phrases d'un autre. Elles appartenaient bien à Djélâl, puisqu'elles paraissaient sous sa photo dans la lucarne. Pourtant, il savait bien qu'il avait lui-même écrit ces mots. Ce qui ne lui paraissait pas contradictoire, mais au contraire, lui semblait être le prolongement d'un univers accessible. Il s'imaginait Djélâl, quelque part, dans l'une des maisons dont il détenait les numéros de téléphone, en train de lire dans ses propres colonnes un article écrit par un autre ; mais il était sûr que son cousin n'y verrait pas une agression ou une supercherie. Selon toute probabilité, il ne comprendrait même pas qu'il ne s'agissait pas là de l'une de ses vieilles chroniques.

Après avoir dévoré du pain, du tarama, de la langue fumée et une banane, Galip décida de reprendre le travail entrepris dans le dessein de renforcer ses liens avec le monde réel. Il téléphona à l'un de ses amis, avocat, avec lequel il suivait certains procès politiques, et lui expliqua qu'un voyage imprévu l'avait obligé à s'absenter depuis quelques jours d'Istanbul. Il put ainsi apprendre que l'un des procès avançait comme toujours avec une extrême lenteur, que le tribunal avait rendu son arrêt dans un autre

procès, toujours politique, et que leurs clients avaient
été condamnés à six ans de prison chacun, pour recel
de malfaiteurs, du fait d'avoir donné asile à des
membres d'une organisation communiste clandes-
tine. Galip se rappela alors qu'il venait de lire la nouvelle dans le journal, mais d'un œil distrait, sans établir de lien entre le jugement et son dossier, et il fut
pris de colère, sans trop savoir contre qui et pour
quelle raison il se fâchait. Il téléphona ensuite chez
lui, comme s'il s'agissait là de la chose la plus natu-
relle du monde : « Si Ruya est à la maison, je lui ferai
une blague à mon tour », décida-t-il ; il déguiserait
sa voix et prétendrait être à la recherche de Djélâl.
Mais personne ne lui répondit.

Il téléphona ensuite à Iskender pour lui affirmer
qu'il espérait retrouver bientôt Djélâl, et il lui
demanda combien de jours encore l'équipe de la télévision britannique comptait passer à Istanbul. « C'est
leur dernier soir », lui dit Iskender. « Ils repartent
pour Londres demain matin de bonne heure. » Galip
lui répéta qu'il retrouverait très bientôt Djélâl : Djélâl
désirait voir les types de la télévision, il l'avait dit,
pour leur faire certaines révélations sur des sujets
« brûlants » ; lui aussi attachait une grande importance à cette interview. « Dans ce cas », dit Iskender,
« il faut que j'organise un rendez-vous pour ce soir,
ils tiennent beaucoup à le voir, eux aussi. » « En ce
moment, il doit se trouver à ce numéro », lui répondit Galip, en lui communiquant celui qui était noté
sur l'appareil.

Pour téléphoner à la tante Hâlé, Galip déguisa sa
voix, il se présenta comme un lecteur aussi fidèle
qu'admiratif, désireux de féliciter Djélâl bey pour sa
chronique du jour. Et tout en parlant, il se posait la

question : étaient-ils allés avertir la police parce qu'ils n'avaient plus de nouvelles de Ruya et de Galip ? Ou attendaient-ils encore leur retour d'Izmir ? Et si Ruya était allée les voir pour tout leur raconter ? Durant tous ces jours, Djélâl s'était-il manifesté ? Les renseignements que lui fournit la tante Hâlé, de sa voix posée, à savoir que Djélâl bey ne se trouvait pas chez ses parents et qu'il valait mieux téléphoner à la rédaction du journal, n'étaient pas de nature à répondre aux questions qu'il se posait. Et à deux heures vingt exactement, Galip entreprit de téléphoner aux sept numéros qu'il avait notés sur la dernière page des *Caractères*.

Quand, après avoir fait ces sept numéros, il comprit que ces téléphones étaient ceux de familles inconnues, d'enfants bavards — de ceux que l'on retrouve partout —, d'oncles à la voix stridente ou grossière, de rôtisseries, d'agences immobilières où des employés prétentieux affirmaient qu'ils ne s'étaient jamais intéressés à l'identité des précédents abonnés, d'une couturière bon chic bon genre qui lui déclara que ce numéro était le sien depuis des années et d'un jeune couple qui ne rentrerait que bien plus tard, il était déjà sept heures. Mais tout en se colletant avec le téléphone, il avait découvert, sur l'étagère inférieure de la bibliothèque de bois d'orme, dix photographies, parmi celles qui emplissaient une boîte à laquelle il ne s'était pas intéressé jusque-là.

Une excursion sur la rive du Bosphore, dans le café au pied du grand platane à Emirgân, l'oncle Mélih avec veste et cravate, la belle tante Suzan, qui ressemblait terriblement à Ruya, et un inconnu qui pouvait être l'imam de la mosquée d'Emirgân, s'il ne s'agissait pas de l'un des étranges copains que Djélâl traînait toujours avec lui ; Ruya, âgée de onze ans, fixait avec curiosité l'appareil que tenait sans doute Djélâl... Vêtue de la robe à bretelles qu'elle portait l'été où elle passa du premier au second cours complémentaire, Ruya, aux côtés de Vassif, montre les poissons de l'aquarium à un chaton de deux mois, qui est Charbon, le chat de la tante Hâlé. Esma hanim les regarde en riant, les yeux plissés parce qu'elle a une cigarette à la bouche, tout en ajustant son fichu, bien qu'elle ne soit pas sûre de se trouver dans le champ de l'objectif... Un jour d'hiver, Ruya, révolutionnaire et négligée, qui, au cours de la premmière année de son premier mariage, rendait fort rarement visite à sa mère, à ses oncles et à ses tantes, dort à poings fermés sur le lit de grand-mère, prise de fatigue après s'être rempli l'estomac, au cours du repas qui rassemblait la famille à l'occasion des fêtes du Ramadan ; elle y avait fait son apparition sans prévenir personne : elle dort, couchée en chien de fusil, le visage enfoui dans l'oreiller, dans la même pose exactement qu'il y a sept jours et onze heures, quand Galip l'a vue pour la dernière fois... Alignée devant l'entrée du « Cœur de la Ville », la famille au grand complet, plus le concierge et sa femme Kamer, posent en face de l'objectif ; Ruya, les cheveux retenus par des rubans, dans les bras de Djélâl, elle contemple sur le trottoir un chien errant qui doit être mort depuis longtemps... Tante Suzan, Esma hanim et Ruya, dans la foule plantée tout au long des trottoirs de l'avenue de Techvikiyé, du lycée de jeunes filles à la boutique d'Alâaddine, regardent passer de Gaulle, qu'on ne voit pas sur la photo, où n'apparaît que le nez de sa voiture... Assise devant la coiffeuse de sa mère, où s'alignent les poudriers, les tubes de crème Pertev, les flacons d'eau de toilette et d'eau de rose, les vaporisateurs, les limes à ongles et les épingles à cheveux, Ruya fourre sa tête aux cheveux courts entre les volets du miroir, ce qui porte à trois, à cinq, à neuf, à dix-sept, à trente-trois le nombre de Ruya... Ruya à quinze ans, vêtue d'une robe de cotonnade sans manches, qui ignore qu'on la photographie, elle est penchée sur un journal où se reflète le soleil qui entre par la fenêtre ouverte, avec sur le visage cette expression qui a toujours fait peur à Galip, parce qu'elle lui fait sentir qu'il est laissé « dehors », elle tire sur une mèche de ses cheveux, un bol de pois chiches grillés à côté d'elle, elle fait des mots croisés, avec un crayon dont elle mordille le bout gommé... Ruya, il y a tout au plus cinq mois, puisqu'elle porte au cou le soleil hittite que Galip lui a offert pour son dernier anniversaire, elle lance un éclat de rire joyeux dans cette même pièce, celle où Galip va et vient depuis des heures, à côté du téléphone que Galip vient d'utiliser, assise dans le fauteuil où Galip est assis en ce moment... Dans une guinguette que Galip n'arrive pas à situer, l'air triste à cause des querelles entre ses parents, querelles qui s'envenimaient dès qu'ils sortaient de chez eux, Ruya fait la tête... Sur la plage de Kilyos, où elle était allée en vacances l'année où elle avait terminé le lycée, la mer blanche d'écume derrière elle, et à côté d'elle, une bicyclette qui n'est pas la sienne, mais elle a posé son joli bras sur la selle, comme si le vélo lui appartenait, elle porte un bikini, qui laisse à découvert la cicatrice de son opération de l'appendicite, les grains de beauté jumeaux, gros comme des lentilles, entre son nombril et la cicatrice, et les ombres légères de ses côtes sous sa peau soyeuse ; elle tient un maga-

zine dont Galip n'arrive pas à lire le nom, non pas
que la photo soit floue, mais à cause de ses larmes,
Ruya veut paraître gaie, mais elle sourit avec cette
mélancolie, cette tristesse dont son mari, qui contemple ces photos, n'a jamais pu percer le sens.

À présent, Galip se retrouvait avec ses larmes au
cœur même du mystère, Il avait l'impression de se
trouver dans un endroit bien connu, mais qu'il ignorait connaître ; ou entre les pages d'un livre déjà lu,
mais qu'il relisait avec la même émotion parce qu'il
avait oublié qu'il l'avait lu. Il savait qu'il avait déjà
connu le sentiment de frustration et de catastrophe
qui l'avait envahi, et aussi que cette douleur était si
fulgurante que l'homme ne pouvait la ressentir
qu'une seule fois dans sa vie. Il estimait que le chagrin de se sentir dupé, floué, abandonné, lui était propre et qu'il ne pouvait accabler personne d'autre ;
mais il devinait aussi vaguement que cette douleur
n'était que la conséquence d'un piège que quelqu'un
lui avait tendu, un piège préparé avec soin, calculé
comme le joueur d'échecs élabore son coup.

Respirant avec peine, toujours immobile dans son
fauteuil, il n'essuyait pas les larmes qui coulaient sur
les photographies de Ruya. De la place de Nichantache lui parvenaient les bruits du vendredi soir. Le
ronflement des moteurs épuisés des autobus bourrés
de voyageurs, des voitures dont les avertisseurs
résonnaient aveuglément au moindre embouteillage,
les coups de sifflet nerveux du flic au coin de l'avenue, les haut-parleurs des magasins de disques et de
cassettes aux entrées des passages et le brouhaha de
la foule qui se pressait sur les trottoirs faisaient trembler les vitres et parfois le mobilier dans la pièce.
Quand il prêta attention à ces craquements, Galip se

dit que ces meubles et ces objets autour de lui possédaient un univers, un temps qui leur étaient propres, extérieurs à l'espace et au temps partagés par tous.

Il rêvassait : Ruya était avec lui, mais pas dans cette pièce, ils étaient à la maison, ils dîneraient dehors, puis ils iraient voir un film au Konak. Au retour, ils achèteraient la dernière édition des journaux, s'installeraient dans leurs fauteuils pour les lire. Il imagina aussi une autre version : un être au visage de spectre lui disait : « Depuis des années, je sais, moi, qui tu es, mais toi, tu ne me connais même pas. » Et quand Galip se rappelait l'identité de celui qui prononçait ces mots, il comprenait que ce spectre le guettait depuis des années, puis, très vite, que ce n'était pas lui, mais Ruya qu'il guettait. Il lui était arrivé autrefois de surveiller discrètement Ruya et Djélâl, et à chaque fois, il avait ressenti une frayeur à laquelle il ne s'attendait pas. « C'était comme si j'étais mort et que j'observais de loin, avec douleur, comment la vie continuait sans moi. » Il alla s'asseoir à la table de travail, rédigea d'un jet une chronique qui commençait par cette phrase, et la signa du nom de Djélâl. Quelqu'un le surveillait, il en était certain ; et même s'il ne s'agissait pas d'un être humain, il y avait un œil, au moins, qui le guettait.

Le bourdonnement des télévisions qui lui parvenait des immeubles mitoyens prenait peu à peu la place du vacarme de la place de Nichantache. Quand il entendit le signal musical des informations de vingt heures, Galip se dit que toute la population de la ville d'Istanbul se trouvait réunie autour de la table, dans les salles à manger, et que six millions d'hommes et de femmes avaient les yeux fixés sur l'écran de la

631

télévision. Il pensa à se masturber. Et il se sentit gêné par la présence incessante de l'œil qu'il imaginait. Le désir qu'il ressentait d'être lui-même, et seulement lui-même, devint si violent qu'il eut envie de tout casser dans la pièce, et aussi de tuer ceux à qui il devait d'en être arrivé là. Il se demandait s'il n'allait pas débrancher le téléphone quand la sonnerie retentit.

C'était Iskender : il avait rencontré les journalistes de la télévision britannique, ils étaient ravis, ils attendaient Djélâl pour un enregistrement, au Péra-Palace, dans une chambre de l'hôtel. Galip avait-il pu le joindre ?

« Mais oui, certainement, oui ! » dit Galip, étonné de la fureur qui l'avait pris. « Djélâl est d'accord. Il se prépare à faire des révélations d'une grande importance. Nous serons à dix heures au Péra-Palace. »

Après avoir raccroché, il fut saisi d'une émotion qui balançait entre la peur et le bonheur, la sérénité et l'affolement, le désir de vengeance et l'amour des autres. Il se mit à chercher, en se dépêchant, entre les cahiers, les papiers, les vieux articles, les coupures de journaux, il ne savait trop quoi. Un indice pouvant prouver la présence des lettres sur son visage ? Mais ces lettres et leur signification étaient d'une telle évidence qu'il n'avait pas besoin de preuve. Une logique, qui pourrait l'aider à choisir les histoires qu'il allait raconter ? Mais à part sa colère et son émotion, il n'était pas en état de croire à quoi que ce fût. Un exemple pouvant mettre en évidence la beauté du secret ? Il savait qu'il lui suffirait de parler et de croire aux histoires qu'il allait raconter. Il fouilla encore dans la bibliothèque et dans les placards, parcourut en toute hâte les carnets d'adresses, lut syllabe par syllabe les « phrases clés » dans les chroniques, examina les plans des villes, contempla l'un après l'autre, toujours très rapidement, les visages sur les photos. Il s'était remis à fouiller dans le carton aux déguisements quand, à neuf heures moins trois minutes, il dut quitter l'appartement au pas de course, tourmenté par le regret d'avoir sciemment tardé à son rendez-vous.

À neuf heures deux exactement, il s'était posté dans la pénombre, devant l'entrée d'un immeuble, juste en face de la boutique d'Alâaddine ; mais sur l'autre trottoir, personne qui puisse être l'écrivain au crâne chauve ou sa femme. Il était furieux contre eux, parce que les numéros de téléphone qu'ils lui avaient fournis ne l'avaient mené à rien : qui cherchait à tromper l'autre ? Qui donc jouait la comédie ?

Au-delà de la devanture, où s'entassait tout un bric-à-brac, on pouvait voir en partie seulement l'intérieur de la boutique, encore bien éclairée, d'Alâaddine. Entre les pistolets d'enfant, les filets de balles en caoutchouc, les masques de Frankenstein ou d'ourang-outang, qui pendaient du plafond au bout de leurs ficelles, les emballages de jeux de salon, les bouteilles de liqueur ou de raki, les illustrés ou les hebdomadaires de sport, retenus par des pinces à linge dans la vitrine, les poupées dans leurs boîtes, Galip pouvait distinguer de temps en temps la silhouette d'Alâaddine, sa tête qui se penchait, se redressait ; il était en train de compter les rendus. Il n'y avait personne d'autre dans le magasin. La femme d'Alâaddine devait attendre dans sa cuisine le retour de son mari dont toute la journée se passait derrière son comptoir. Un client entra dans la boutique, et Alâaddine reprit son poste. Puis, ce fut au tour d'un couple âgé, et Galip sentit son cœur battre très fort. Le premier client, bizarrement vêtu, sortit de la boutique, suivi du couple ; le mari portait une grande bouteille à la main, ils s'éloignèrent bras dessus bras dessous. Il ne pouvait s'agir de ceux qu'il attendait, Galip le comprit aussitôt : ceux-là semblaient bien trop absorbés dans leur univers à eux. Un monsieur distingué, vêtu d'un paletot au col de fourrure, entra dans la boutique ; il parlait avec Alâaddine, et involontairement Galip se plut à imaginer ce qu'ils se disaient.

À présent, il n'y avait personne sur le trottoir qui attirât son attention, ni du côté de la place de Nichantache, ni dans la direction de la mosquée, ni dans la rue qui menait à Ihlamour : quelques passants à l'air songeur, des commis, des boutiquiers sans manteau qui marchaient très vite, des solitaires encore plus perdus dans le bleu-gris de la nuit. Et soudain, la rue et les trottoirs furent entièrement déserts ; Galip eut l'impression d'entendre grésiller le néon du panneau publicitaire, au-dessus de la vitrine où étaient exposées les machines à coudre. À part l'agent de police qui montait la garde devant le commissariat, le fusil automatique à la main, on ne voyait plus personne. Mais quand il leva la tête vers les branches sombres et dénudées du marronnier où Alâaddine faisait tenir par des pinces à linge les élastiques pour culottes et les magazines en couleurs, Galip fut pris de peur : il avait le sentiment d'être observé, en danger même. Il y eut un vacarme : une Dodge modèle 54 qui venait d'Ihlamour et un vieil autobus Skoda qui se dirigeait vers Nichantache avaient manqué se heurter. Dans l'autobus qui avait brutalement freiné, Galip put voir les voyageurs se lever, tourner tous la tête vers l'autre bout de la rue. À la faible lumière de l'autobus, à un mètre à peine de lui, Galip remarqua un visage fatigué, qui ne semblait pas du tout s'intéresser à l'événement, un homme à l'air épuisé, la soixantaine, avec un drôle de regard, plein de douleur, de chagrin. L'avait-il déjà rencontré ? Un avocat à la retraite ou un instituteur qui attendait la mort ? Profitant de cette rencontre que leur assurait la vie urbaine, ils se dévisagèrent sans se gêner, avec en tête peut-être les mêmes réflexions. Puis l'autobus embraya brusquement et ils se perdirent de vue, pour ne plus jamais se revoir sans doute. Dans la fumée bleue du pot d'échappement, Galip constata qu'il y avait à nouveau de l'animation sur le trottoir en face : deux jeunes gens s'étaient plantés devant la boutique d'Alâaddine, ils allumaient leur cigarette — des étudiants qui devaient attendre un troisième copain, avant la séance du vendredi soir. Et il y avait du monde à l'intérieur de la boutique d'Alâaddine : trois clients qui feuilletaient les magazines et un veilleur de nuit. Et voilà que soudain, un marchand d'oranges à l'énorme moustache s'était installé au coin de la rue, avec sa charrette à bras. Se trouvait-il là depuis longtemps, et Galip ne l'aurait-il pas remarqué ? Un couple chargé de paquets s'approchait, au bout du trottoir, du côté de la mosquée ; le jeune père portait un enfant dans les bras. Au même moment, dans la petite pâtisserie derrière lui, la vieille dame grecque éteignit les lumières, sortit emmitouflée dans un manteau râpé, elle sourit poliment à Galip, saisit avec un crochet le rideau de fer, qu'elle baissa dans un grand bruit. La boutique d'Alâaddine et les trottoirs étaient déserts, à présent. Le fou du quartier d'en haut, celui qui se prenait pour une célébrité du football, déboucha du côté du lycée de jeunes filles, vêtu d'un survêtement bleu marine et jaune, il passa devant Galip en poussant lentement devant lui une voiture d'enfant : dans ce landau dont les roues tournaient avec une petite musique qui plaisait à Galip, il transportait les journaux qu'il vendait devant le cinéma Indji, à Pangalti. Un vent souffla, qui n'était pas très violent. Galip eut froid tout à coup. Il était neuf heures vingt : « Je vais attendre, trois passants encore », décida-t-il. À présent, il ne pouvait plus voir Alâaddine dans son magasine pas plus que le policier de garde devant le commissariat. Dans un immeuble en face, la porte-fenêtre qui donnait sur un minuscule balcon s'ouvrit, Galip aperçut l'éclat rougeâtre d'une cigarette que l'homme lança dans la rue, avant de rentrer dans l'appartement. Les trottoirs étaient à peine mouillés ; les lumières à l'éclat métallique des néons et des panneaux publicitaires s'y reflétaient ; des bouts de papier, des mégots, des sacs de plastique, des ordures... Cette rue, qu'il connaissait si bien depuis son enfance, et dont il avait observé les transformations dans leurs moindres détails, ce quartier, ces immeubles au loin, dont les cheminées se détachaient sur le bleu marine de cette nuit maussade, lui parurent aussi lointains, aussi étrangers que les dinosaures des livres de son enfance. Et il se sentit devenir l'homme dont les yeux lançaient des rayons X, qu'il rêvait d'être quand il était gosse : il arrivait à percer le secret de l'univers, que lui désignaient les lettres sur les enseignes du magasin de tapis et du restaurant, les gâteaux et les croissants de la pâtisserie, les machines à coudre et les journaux dans les vitrines. Tous ces pauvres gens, qui avançaient d'un pas de somnambule sur les trottoirs, arrivaient à peine à vivre d'une vie étriquée, en se contentant de la seule signification dont ils disposaient, parce qu'ils avaient oublié le souvenir de cet univers, dont ils avaient connu autrefois les mystères ; tout comme ceux qui avaient oublié l'amour, la fraternité, l'héroïsme, et qui se contentaient de regarder ce qu'en disaient les films. Galip marcha jusqu'à la place de Techvikiyé, où il trouva un taxi.

Quand la voiture passa devant la boutique d'Alâaddine, il imagina que l'homme au crâne chauve se dissimulait dans un coin, comme il l'avait fait lui-même, et qu'il y attendait Djélâl. N'était-ce là qu'une illusion, ou avait-il réellement vu, à la lumière des néons, entre les mannequins étranges et inquiétants qui semblaient coudre à la machine, une ombre bizarrement accoutrée, inquiétante elle aussi, il n'en était pas sûr. Sur la place de Nichantache, il demanda au chauffeur de s'arrêter pour acheter la dernière édition — celle qu'on appelle l'édition des tavernes — du *Milliyet*. Il lut avec un sentiment de joie et de surprise, mêlé de curiosité, l'article qu'il avait rédigé, il le lut comme s'il s'agissait d'une chronique de Djélâl, tout en s'efforçant, mais sans y parvenir, d'imaginer son cousin en train de lire un article écrit par un autre, mais signé de son nom, et publié sous sa propre photo. Et il sentit monter en lui la colère contre Djélâl, mais aussi contre Ruya : « Vous verrez, vous deux ! » murmura-t-il. Mais voulait-il dire par là qu'il se vengerait d'eux, ou qu'il les félicitait pour avoir si bien monté ce coup ? De plus, il rêvait encore vaguement de les rencontrer au Péra-Palace. Alors que le taxi passait par les rues tortueuses de Tarlabachi, devant des hôtels aux lumières éteintes et des cafés borgnes aux murs nus, où se pressait une clientèle exclusivement masculine, il eut l'impression que tout Istanbul vivait dans l'attente d'il ne savait trop quoi. Puis il s'étonna, comme s'il la remarquait pour la première fois, de la vétusté des voitures, des autobus, des camions qu'ils croisaient.

Le hall du Péra-Palace débordait de lumières, il y faisait chaud. Dans le grand salon de droite, assis parmi des touristes sur l'un des vieux canapés, Iskender suivait le travail d'une équipe, qui utilisait le décor fin XIXe de l'hôtel, pour y tourner un film historique. Dans le salon bien illuminé, il régnait une atmosphère d'amitié et de gaieté. Galip se lança dans des explications :

« Djélâl n'a pas pu venir », dit-il à Iskender. « Un empêchement ; quelque chose de très grave, il est obligé de se cacher. C'est pourquoi il m'a demandé de parler à sa place. Je connais par cœur, dans tous leurs détails, les histoires qu'il faudra leur raconter. Je vais parler à sa place. »

« Mais vont-ils être d'accord ? Je ne sais trop. »

« Tu n'auras qu'à leur dire que je suis Djélâl Salik », répliqua Galip, agacé, et son irritation le surprit lui-même.

« Mais comment ça ? »

« Ce qui est important, ce n'est pas le narrateur, mais ce qu'il raconte. Et à présent, nous avons des choses à leur raconter. »

« Mais toi, ils te connaissent ! » protesta Iskender. « Tu leur as même raconté une histoire, cette nuit-là, quand on était dans la boîte de nuit. »

« Ils me connaissent, moi ? » dit Galip, tout en s'installant sur le canapé. « Le mot n'est pas correct : ils m'ont vu, voilà tout. De plus, aujourd'hui, je suis un autre. Ils ne connaissent ni l'homme qu'ils ont

638

vu ce soir-là, ni celui qu'ils vont voir aujourd'hui. Ils sont certainement persuadés que tous les Turcs se ressemblent. »

« Même si nous leur affirmons que tu n'es pas l'homme qu'ils ont vu cette nuit-là, et qu'il s'agit de quelqu'un d'autre, il est sûr et certain qu'ils attendent un Djélâl Salik bien plus âgé que toi ! » déclara Iskender.

« Que savent-ils de Djélâl ? » dit Galip. « Quelqu'un a dû leur dire : tâchez donc de voir ce journaliste célèbre en Turquie, ce sera très bon pour votre programme. Et eux ont dû noter son nom sur un bout de papier, mais ils n'ont sûrement demandé ni son âge ni quelle gueule il a ! »

Au même instant, des éclats de rire s'élevèrent du coin du salon où on tournait le film. Ils se tournèrent dans cette direction sans se lever.

« Pourquoi rient-ils ? » demanda Galip.

« Je n'ai pas entendu », dit Iskender, qui pourtant souriait comme s'il avait compris.

« Nous ne sommes pas nous-mêmes, tous, tant que nous sommes », dit Galip ; il chuchotait comme s'il lui confiait un secret. « Nous ne pouvons pas l'être. Tout le monde peut voir un autre en toi, as-tu le moindre doute là-dessus ? Es-tu si certain d'être toi-même ? Et même si tu l'es, es-tu certain de connaître l'homme que tu es si sûr d'être ? Qu'attendent-ils de nous, ces gens-là ? L'homme qu'ils veulent voir, n'est-ce pas un étranger dont les téléspectateurs anglais, qui regardent la télé après le repas du soir, pourront un instant partager les soucis, la tristesse, et dont les histoires pourront avoir quelque effet sur eux ? Moi, je dispose d'une histoire qui répond parfaitement à ces conditions. D'ailleurs, personne n'a besoin de me voir. Ils n'auront qu'à me filmer en laissant mon visage dans l'ombre. Un mystérieux journaliste turc, bien connu dans son pays, qui a peur d'un gouvernement répressif, des assassinats politiques et des coups d'État militaires — et musulman de surcroît, pour eux, c'est là le côté le plus intéressant, ne l'oublie pas ! —, a répondu aux questions de la BBC en demandant à demeurer incognito, n'est-ce pas beaucoup mieux ainsi ? »

« Bon », dit Iskender. « Je vais téléphoner à l'étage. Ils doivent nous attendre. »

Galip se mit à suivre le tournage, à l'autre bout du vaste salon. Un pacha ottoman barbu, coiffé d'un fez, vêtu d'un uniforme flambant neuf, tout étincelant avec ses décorations, ses médailles et sa ceinture dorée, conversait avec sa fille, qui écoutait docilement son père bien-aimé. Mais l'acteur ne regardait pas sa fille, il se tenait face à la caméra qui tournait laborieusement, et que les garçons observaient dans un silence respectueux.

« On ne nous assure plus aucune aide, nous avons perdu tout espoir, toutes nos forces ; nous n'avons plus rien, et l'univers tout entier est hostile aux Turcs ! » disait le pacha. « L'État ne va-t-il pas se retrouver dans l'obligation d'abandonner cette forteresse, Dieu seul le sait... »

« Mais non, mon père, il est encore là ! » protestait sa fille, en montrant au spectateur, plus qu'à son père, le livre qu'elle tenait à la main. Mais Galip ne put deviner à son discours de quoi elle parlait. La reprise de la scène ne lui permit pas davantage de s'expliquer de quel livre il s'agissait, ce qui l'intriguait encore plus depuis qu'il avait compris que ce n'était pas un Coran.

Quand, après avoir pris le vieil ascenseur, Iskender le fit entrer dans la chambre numéro 212, Galip était encore sous l'effet du sentiment de frustration qu'il éprouvait quand il ne parvenait pas à retrouver le titre d'un livre.

Les trois journalistes anglais, que Galip avait vus dans la boîte de nuit, étaient là. Munis d'un verre de raki, les hommes contrôlaient la caméra et les projecteurs. La femme, qui lisait un magazine, leva la tête à leur entrée.

« Notre journaliste bien connu, notre célèbre chroniqueur Djélâl Salik, en personne ! » dit Iskender, dans un anglais que Galip, en bon élève, se traduisit automatiquement et qui lui parut peu correct.

« Je suis ravie ! » s'écria la femme. « Enchanté ! » déclarèrent les deux hommes qui parlaient d'une seule voix, comme les jumeaux d'une bande dessinée célèbre. « Mais ne nous sommes-nous pas déjà rencontrés ? » demanda la journaliste.

« Elle te demande si vous ne vous êtes pas déjà rencontrés », traduisit Iskender.

« Où donc ? » demanda Galip en se tournant vers Iskender.

Iskender traduisit à nouveau : « Où ça ? »

« Dans un night-club », dit la femme.

« Cela fait des années que je ne suis pas entré dans un night-club, et je n'y entrerai pas de sitôt », dit Galip d'un ton convaincu. « Je crois bien que je n'ai jamais mis le pied dans une boîte de nuit. J'estime ce genre d'activités sociales, ces endroits trop fréquentés, peu favorables à la solitude, à l'équilibre mental dont j'ai besoin pour écrire. D'ailleurs, la violence de notre vie professionnelle, violence qui atteint des proportions inquiétantes, la densité de ma vie intellectuelle, les pressions subies, les assassinats politiques, encore plus démesurés, m'ont toujours empêché de mener une existence de ce genre. D'autre part, je n'ignore pas qu'il se trouve non seulement aux quatre coins d'Istanbul, mais un peu partout dans le pays, des gens qui se prennent pour Djélâl Salik, ou qui se font passer pour lui, poussés qu'ils y sont par un désir fort légitime. Les nuits où je me promène sous un déguisement dans cette ville, dans les bas-fonds des quartiers les plus pauvres, au cœur même de la vie de chez nous, si sombre, si mystérieuse, il m'arrive de rencontrer certains de ces hommes. Il m'est même arrivé de me lier d'amitié avec ces malheureux qui parviennent à devenir "moi", d'une façon qui me terrifie. Istanbul est une contrée très vaste, un pays incompréhensible ! »

Iskender entreprit de traduire cette déclaration et Galip se tourna vers la Corne d'Or et les lumières pâles des vieux quartiers qu'il voyait par la fenêtre ouverte : la municipalité avait illuminé « pour les touristes » la mosquée de Sélime le Terrible, mais une certaine quantité d'ampoules avaient dû être volées, comme à l'accoutumée, et la mosquée s'était transformée en un amas de pierres, étrange et redoutable, elle rappelait la bouche sombre d'un vieillard édenté. Quand la traduction fut terminée, la journaliste s'excusa de son erreur, avec une politesse où perçaient l'humour et le goût du jeu : elle avait confondu monsieur Salik avec ce romancier, celui qui était si grand, qui portait des lunettes et qui leur avait raconté une histoire cette nuit-là. Mais elle ne semblait guère convaincue de ce qu'elle disait. Elle avait sans doute décidé d'accepter la situation telle qu'elle se présentait et de considérer Galip comme un exemple intéressant, une spécificité du pays, et adopté l'attitude tolérante de l'intellectuel confronté à une culture étrangère : « Je ne comprends pas, mais je respecte. » Galip éprouva de la sympathie pour cette femme à l'intelligence compréhensive, goûtant la fantaisie, qui continuait à jouer le jeu, tout en sachant que les cartes étaient biseautées. Ne ressemblait-elle pas un peu à Ruya ?

Une fois Galip installé dans un fauteuil, qui rappelait une chaise électrique, au milieu de tout cet attirail de cordons, de projecteurs, de microphones et de caméras, ils le devinèrent sans doute mal à l'aise : courtois et souriant, l'un des hommes lui fourra un verre dans la main, et l'emplit d'eau et de raki selon ses indications. Toujours dans la même atmosphère ludique — d'ailleurs, tous trois souriaient constamment —, la journaliste introduisit une cassette dans le magnétoscope et appuya sur le bouton, avec le petit air coquin de quelqu'un qui s'apprête à montrer un film porno, et sur le petit écran, surgirent les images qu'ils avaient rassemblées tout au long de la semaine. Ils les fixaient en silence, avec une vague pointe d'humour, mais sans demeurer entièrement indifférents, toujours comme s'ils contemplaient un film pornographique : un mendiant acrobate qui exhibait avec bonne humeur ses bras et ses jambes torses ; un meeting politique enflammé et un leader au discours également enflammé ; deux vieillards jouant au trictrac ; des aperçus de tavernes et de boîtes de nuit ; un marchand de tapis fièrement planté devant sa vitrine ; des nomades qui gravissaient une route de montagne derrière leurs chameaux ; une locomotive à vapeur qui avançait en lançant des panaches de fumée ; dans un bidonville, des

643

gamins saluant de la main la caméra ; des femmes voilées devant des tas d'oranges à la devanture d'un marchand de fruits ; les restes, recouverts de journaux, de la victime d'un meurtre politique ; un vieux déménageur et sa charrette chargée d'un piano à queue...

« Je le connais ! » déclara soudain Galip. « C'est lui qui, il y a vingt-trois ans, a transporté nos meubles, quand nous avons déménagé du "Cœur de la Ville". »

Avec attention, mais toujours comme dans un jeu, ils examinèrent tous le vieil homme qui souriait à la caméra avec la même expression de plaisir, tout en introduisant la charrette et le piano dans la cour d'un vieil immeuble.

« Voilà donc revenu le piano du prince impérial », dit Galip. Il ne savait plus trop quelle voix il imitait, ni qui il était, mais il était sûr que tout allait bien. « Un prince héritier vivait dans le pavillon de chasse qui s'élevait jadis à l'emplacement même de cet immeuble. Je vais vous raconter son histoire ! »

Très vite, tout fut prêt. Iskender répéta qu'un journaliste turc très célèbre était venu faire une déclaration d'une portée historique, d'une extrême importance. Dans son laïus pour les auditeurs, la journaliste expliqua sur un ton enthousiaste qu'il serait question, dans le cadre de cette déclaration, des derniers souverains ottomans, du Parti communiste clandestin, du mystérieux héritage d'Atatürk, toujours tenu secret, des mouvements islamistes en Turquie, des assassinats politiques et de l'éventualité d'un coup d'État militaire.

« Autrefois, dans la ville où nous nous trouvons, vivait un prince impérial, qui avait découvert que, pour l'homme, le problème le plus important dans la vie, c'est de pouvoir ou ne pas pouvoir être lui-même », dit Galip en préambule. En racontant l'histoire, il ressentait si fortement la colère du prince qu'il se voyait lui-même comme un autre. Mais qui était cet autre ? Quand il dépeignit l'enfance du prince, il devina que ce nouveau lui-même n'était autre que le petit garçon du nom de Galip qu'il avait été. Quand il décrivit le prince se colletant avec les livres, il devint les auteurs de ces livres. Quand il parla de la solitude du prince dans son pavillon de chasse, il se mit dans la peau de chacun des personnages de l'histoire. Et quand il expliqua comment le prince dictait ses réflexions à son secrétaire, il lui sembla être l'homme qui transparaissait au travers de ces réflexions. Tout en racontant l'histoire du prince, sur le ton avec lequel Djélâl racontait ses propres histoires, il se sentait devenir le héros d'une histoire relatée par Djélâl. Il faisait le récit des derniers mois de la vie du prince, et se disait : « Djélâl aurait certainement raconté cette histoire comme je le fais, moi », et il en voulait à ceux qui se trouvaient dans la pièce parce qu'ils étaient incapables de s'en apercevoir. Il parlait avec rage, au point que les Anglais l'écoutaient avec intérêt, comme s'ils comprenaient le turc. Dès qu'il eut terminé le récit des derniers jours du prince, il reprit son introduction : « Autrefois, dans la ville où nous nous trouvons, vivait un prince de la famille impériale, qui avait découvert le problème essentiel de la vie, celui de pouvoir être soi-même — ou de ne pas y parvenir », répétat-il toujours avec la même conviction.

À son retour au « Cœur de la Ville », quatre heures plus tard, quand il réfléchirait à la différence entre les deux fois où il avait formulé cette phrase, il calculerait que Djélâl était encore vivant quand il l'avait utilisée pour la première fois, et que son cadavre, recouvert de journaux, était étendu sur le trottoir, en face du commissariat de Techvikiyé, devant la boutique d'Alâaddine, à la minute où il l'avait reprise. Il avait fait et refait ce récit, en insistant sur certains points qu'il découvrait lui-même à chaque fois. Et il avait fini par comprendre qu'il lui était possible de devenir un autre homme à chaque fois qu'il reprenait son histoire. Il faillit même déclarer : « Si je vous raconte l'histoire de ce prince, c'est pour devenir moi-même, comme lui. »

Il termina pour la dernière fois son récit, plein de ressentiment contre tous ceux qui ne lui permettaient pas de se sentir être lui-même ; persuadé que le seul moyen pour lui de résoudre les mystères de la vie et de la ville, dans lesquels il se retrouvait embarqué, était de raconter des histoires ; envahi par le sentiment de la mort et de la blancheur de neige de la fin de l'histoire. Il y eut un silence dans la pièce. Puis Iskender et les journalistes applaudirent brusquement, avec la spontanéité du public qui applaudit un bon acteur, à la fin d'une prestation magistrale.

CHAPITRE XVI

L'histoire du prince impérial

> « Comme ils étaient agréables, les
> anciens tramways ! »
>
> Ahmet Rasim

Autrefois, dans la ville où nous nous trouvons, vivait un prince impérial qui avait découvert le problème essentiel de la vie, celui de pouvoir être soi-même — ou de ne pas y parvenir. Cette découverte fut toute sa vie, et toute sa vie se résume en cette découverte. Cette brève définition de sa vie, qui fut brève elle aussi, ce fut le prince lui-même qui la donna quand, vers la fin de ses jours, il s'assura les services d'un secrétaire pour coucher par écrit la relation de sa découverte. Le prince dictait, le secrétaire écrivait.

En ce temps-là — il y a exactement cent ans — Istanbul n'était pas encore devenue cette ville où des millions de désœuvrés errent dans la stupeur, où s'amoncellent les ordures et où les égouts se déversent sous les ponts, où les fumées noires comme du goudron jaillissent des cheminées, et où les gens jouent impitoyablement des coudes aux arrêts d'autobus. En ce temps-là, les tramways à chevaux avançaient si lentement qu'on pouvait y monter ou en descendre en marche. Les bateaux du Bosphore se déplaçaient avec une telle lenteur que certains passagers en descendaient à l'un des embarcadères pour marcher jusqu'au suivant, en conversant sous les tilleuls, les marronniers et les platanes du chemin, et trouvaient même le temps de boire un verre de thé dans un café, avant de remonter dans le même bateau pour reprendre leur voyage. En ce temps-là, les noyers et les marronniers n'avaient pas encore été coupés pour se transformer en poteaux électriques, où tailleurs et circonciseurs pourraient coller leurs placards publicitaires. Ce n'étaient pas des décharges publiques et des collines pelées couvertes de pylônes électriques, de poteaux télégraphiques, qui s'étendaient là où finissait la ville, mais des bois, des forêts où allaient chasser des sultans mélancoliques et sévères. Et sur l'une de ces collines verdoyantes, qui allaient par la suite disparaître sous les immeubles, les canalisations et les routes pavées, le prince impérial vécut dans un pavillon de chasse durant vingt-deux ans et trois mois.

Faire recueillir par écrit ses réflexions fut pour le prince une façon de s'affirmer lui-même. Il était persuadé qu'il n'y parvenait que lorsqu'il dictait à son secrétaire, installé derrière une table d'acajou. Ainsi seulement, le prince arrivait à se débarrasser de l'emprise des voix qui lui résonnaient aux oreilles tout au long du jour, des histoires que d'autres racontaient et qui lui parvenaient quand il arpentait les pièces du pavillon de chasse, et surtout des idées des autres, dont les effets le poursuivaient même quand il se promenait dans les jardins entourés de murs très élevés. « Pour pouvoir être soi-même, il est indispensable de n'entendre en soi que sa propre voix, sa propre histoire, sa propre pensée ! » disait le prince, et le secrétaire notait ces mots.

Cela ne signifiait toutefois pas que le prince, quand il dictait, n'entendait que sa propre voix. Au contraire, il le savait bien, dès qu'il se mettait à raconter une histoire, il pensait à l'histoire d'un autre ; au moment même où il développait sa pensée, une pensée exprimée par un autre lui venait à l'esprit et il ressentait aussi la colère d'un autre, quand il était pris lui-même de colère. Il savait également que l'homme ne peut entendre sa propre voix qu'en l'élevant contre toutes les autres ; en racontant des histoires pour récuser celles des autres ; « en se débattant contre leurs glapissements », selon sa propre expression. Il était persuadé que la dictée de ses réflexions était un champ de bataille, où ce combat se terminerait à son avantage.

Alors qu'il se colletait ainsi, sur ce champ de bataille, avec les idées, les histoires et les mots, le prince allait et venait dans les salles du pavillon de chasse ; la phrase entamée sur les marches d'un escalier, il la modifiait en redescendant par un autre escalier, puis, avant de gravir à nouveau le premier escalier, ou encore assis ou étendu sur un divan, juste en face de la table de travail, il faisait relire au secrétaire ce qu'il venait d'écrire. « Relisez-moi tout ça », disait le prince, et le secrétaire relisait d'une voix monotone les dernières lignes dictées par son maître :

« Le prince impérial Osman Djélâlettine éfendi savait bien que sur ces terres maudites, le problème primordial était pour l'homme de pouvoir être lui-même, et que nous étions condamnés à la décadence, à la défaite, à l'esclavage tant que n'aurions pas trouvé une solution à ce problème. Tous les peuples qui n'ont pu trouver le moyen d'être eux-mêmes sont condamnés à la servitude, toutes les races à la déchéance, toutes les nations à l'anéantissement », disait Osman Djélâlettine éfendi, « à l'anéantissement ».

« Écrivez trois fois *l'anéantissement*, pas deux : trois », disait le prince impérial du haut des marches de l'escalier ou en arpentant le salon autour de la table du secrétaire. Mais la voix, le ton avec lesquels il avait prononcé ces mots le persuadaient soudain qu'il était en train d'imiter les manières de monsieur François, qui lui avait appris le français dans son enfance, la démarche nerveuse du précepteur et jusqu'à l'intonation doctorale qu'il adoptait lors de la leçon de « dictée » ; et le prince était brusquement la proie d'une crise, « qui paralysait ses facultés intellectuelles, faisait pâlir toutes les couleurs de son imagination ». Instruit par l'expérience des années et accoutumé à ces crises, le secrétaire posait sa plume et, le visage dissimulé sous un masque figé, vide de toute expression, il attendait que retombe la colère provoquée par la constatation du prince qu'il ne parvenait pas à être lui-même.

Les souvenirs des années d'enfance et de jeunesse du prince impérial Osman Djélâlettine éfendi étaient fort divers et parfois contradictoires. Le secrétaire se rappelait avoir très souvent transcrit dans le passé des scènes de bonheur d'une enfance et d'une adolescence qui s'étaient écoulées dans la gaieté et l'animation, à Istanbul, dans les palais, les demeures et les pavillons d'été ou de chasse de la dynastie impériale. Mais ce genre d'évocations ne se retrouvait plus que dans les premiers cahiers. « Ma mère Nourou-

Djihan Kadine éfendi étant de toutes ses épouses celle qu'il aimait le plus, j'étais, parmi les trente enfants de mon père Abdul-Médjit Han, son préféré », avait révélé le prince, bien des années plus tôt. Mais plus tard, à une autre occasion, alors qu'il évoquait à nouveau ses souvenirs de bonheur : « C'est parce que, de ses trente enfants, j'étais celui que mon père, le sultan Abdul-Médjit Han, aimait le plus, que ma mère, sa deuxième épouse, Nourou-Djihan Kadine éfendi, était celle qu'il préférait entre toutes », avait affirmé le prince.

Le secrétaire avait tout noté sous la dictée du prince : dans les appartements du Harem, au palais de Dolma-Bahtchè, la course éperdue dans le dédale des couloirs et des escaliers, dont il gravit les marches quatre à quatre, du petit prince qui cherche à échapper à la poursuite de son frère aîné Réchat, et l'eunuque noir, gardien du Harem, qui s'évanouit en recevant en pleine figure la porte que l'enfant lui a rabattue au nez ; la sultane Muniré, âgée de quatorze ans, qui épouse un balourd de quarante-cinq ans ; le soir de son mariage avec le pacha, elle serre son petit frère entre ses bras et lui jure qu'elle est malheureuse parce qu'elle va vivre loin de lui désormais, et pour cette raison seulement : « Elle pleura, et le col blanc du petit prince fut trempé par les larmes qu'elle versa », avait écrit le secrétaire. Au cours d'une réception au palais, en l'honneur des officiels anglais et français venus à Istanbul à l'occasion de la guerre de Crimée, la mère du prince lui permit de danser avec une petite Anglaise de onze ans, et toujours en compagnie de cette petite fille, l'enfant parcourut longuement les pages d'un livre illustré, où l'on pouvait voir des images de chemins de fer, de pingouins et de corsaires, avait noté le secrétaire. Le jour où un nouveau navire reçut le nom de la sultane Bezmi-Alem, sa grand-mère paternelle, le petit prince ayant réussi, à la suite d'un pari, à ingurgiter plus de deux kilos de *lokoums* aux pistaches et à l'eau de rose, avait appliqué une claque retentissante sur la nuque de son nigaud de frère aîné. Dans un grand magasin de Beyoglou, où les voitures du palais les avaient tous menés, frères et sœurs, indifférents aux étalages d'eaux de Cologne, de gants, de parapluies ou de chapeaux, ils s'étaient contentés d'acheter le tablier que portait le jeune commis, sous prétexte qu'ils pourraient l'utiliser dans les spectacles qu'ils organisaient entre eux, ce qui leur valut à tous une sévère punition quand on l'apprit au palais, avait noté le secrétaire. Il avait tout rapporté de l'enfance et de l'adolescence du prince ; les livres qu'il lisait, les noms de ses médecins, des anecdotes sur l'ambassadeur de Grande-Bretagne, les navires qui passaient sous ses fenêtres, les vagues du Bosphore, les grands vizirs, les grincements des portes, les voix aiguës des eunuques, les calèches et les attelages, le cliquetis de la pluie sur les vitres, les foules en pleurs à l'enterrement du sultan, les imitations que l'enfant faisait du professeur de piano italien, Guateli pacha le secrétaire avait tout noté. Et plus tard, chaque fois que le prince impérial reprendrait ces souvenirs, toujours avec les mêmes détails, mais en y joignant désormais des commentaires de haine et de colère, il ajouterait qu'il fallait toujours les évoquer dans un contexte de pâtisseries, de sucreries, de miroirs, de livres et de jouets en abondance, et de baisers qui lui avaient été donnés par des douzaines de femmes et de jeunes filles, dont l'âge variait entre sept et soixante-dix ans.

À partir du jour où il s'assura les services d'un secrétaire pour consigner ses réflexions et le récit de son passé, le prince impérial se plut à répéter : « Ces années si heureuses de mon enfance durèrent très longtemps. Le bonheur stupide de mon enfance dura si longtemps que, jusqu'à l'âge de vingt-neuf ans exactement, j'ai vécu comme un enfant heureux et stupide. Un empire qui fait mener à un prince susceptible de monter un jour sur le trône la vie d'un enfant heureux et stupide, et ce, jusqu'à l'âge de vingt-neuf ans, est naturellement condamné au démembrement, à l'effondrement et à l'anéantissement. » Jusqu'à l'âge de vingt-neuf ans, le prince avait connu les plaisirs, dans la mesure où un prince, se trouvant au cinquième rang parmi les héritiers du trône, pouvait prendre du bon temps ; il avait aimé des femmes, il avait lu des livres, acquis des biens et des meubles ; il s'était intéressé, superficiellement, à la musique et à la peinture, et plus superficiellement encore, à la carrière des armes ; il s'était marié, avait eu trois enfants, dont deux fils, et comme tout un chacun, s'était fait des amis et des ennemis. « Il me fallut donc atteindre l'âge de vingt-neuf ans pour me débarrasser de tous ces fardeaux, de tous ces objets et de ces femmes et de ces amis et de toutes mes idées stupides », ferait écrire plus tard le prince à son secrétaire. À l'âge de vingt-neuf ans, suite à certains événements historiques imprévus, il était brusquement passé du cinquième au troisième rang parmi les héritiers du trône. Mais, de l'avis du prince, seuls les imbéciles pouvaient qualifier ces événements d'imprévus. Après la maladie et la mort de son oncle Abdul-Aziz, dont l'esprit était aussi égaré que vagues ses idées et faible sa volonté, après l'accession au trône de son frère aîné, la seule évolution logique ne pouvait être que la déposition du souverain, quand il sombra très vite dans la folie. Et après avoir dicté ces phrases du haut du double escalier, dans le pavillon de chasse, le prince ajoutait que son frère Abdulhamit était aussi fou que celui à qui il avait succédé ; et quand il redescendait par l'autre rampe, il affirmait que le prince héritier qui le précédait à présent, et qui attendait tout comme lui, mais dans une autre demeure, d'accéder au trône, était encore plus fou que ses aînés. Et après avoir transcrit en noir et blanc et pour la millième fois ces paroles si périlleuses, le secrétaire notait patiemment les déclarations du prince, qui expliquait pourquoi tous ses frères étaient devenus fous ; pourquoi ils étaient condamnés à devenir fous, et pourquoi tous les princes héritiers ottomans ne pouvaient que devenir fous.

Car n'importe quel homme qui passe sa vie à attendre d'accéder au trône d'un empire est condamné à la folie, disait le prince ; car n'importe quel homme qui voit ses frères devenir fous à force d'attendre la réalisation du même rêve et se retrouve forcément placé devant l'alternative : perdre ou ne pas perdre la raison, finit automatiquement par sombrer dans la démence ; car on devient fou, non pas parce qu'on veut l'être, mais parce qu'on craint de le devenir et que l'on vit dans cette appréhension ; car tout prince impérial qui, au cours de ces années d'attente, se souvient une fois au moins que ses aïeux, dès leur accession au trône, ont supprimé tous leurs frères par la strangulation, ne peut éviter la folie ; car tout prince impérial qui découvre dans un livre d'histoire comment l'un de ses aïeux, le sultan Mehmet III, fit exécuter ses dix-neuf frères, jusqu'aux nourrissons, dès qu'il fut proclamé sultan — car tout prince héritier est obligé de connaître l'histoire de l'État dont il va peut-être diriger la destinée et doit lire l'histoire des sultans qui ont fait tuer tous leurs frères sans exception — se trouve par conséquent condamné à la folie ; car à un moment de cette insupportable attente de la mort, par le poison ou par le lacet ou encore sous le couvert d'un suicide, pour tous ces princes qui attendaient leur avènement comme on attend la mort, la folie devenait l'issue la plus facile, puisqu'elle signifiait, « Je me retire de la course ! » ; elle était en fait leur désir le plus profond, le plus secret ; la démence était le meilleur moyen d'échapper aux espions chargés de les surveiller, aux pièges et aux intrigues des politicards qui parvenaient à s'introduire auprès d'eux, en se faufilant à travers les mailles de ce réseau de contrôle incessant. À échapper surtout à ces illusions de règne si insupportables. Car tout prince qui lançait un regard à la carte de l'Empire sur lequel il rêvait de régner un jour et réalisait combien étaient immenses, gigantesques, les contrées dont il aurait peut-être bientôt à assumer la responsabilité, et sur lesquelles il devrait régner en utilisant sa seule volonté, se retrouvait très vite au seuil de la folie. D'ailleurs, tout prince qui n'éprouvait pas ce sentiment d'immensité illimitée devait être considéré comme fou, puisqu'il ne se rendait pas compte de la taille de l'Empire dont il dirigerait un jour la destinée. « Si, aujourd'hui, je suis plus intelligent que tous ces crétins, ces déments, ces imbéciles qui gouvernent l'Empire ottoman, c'est grâce à ce sentiment d'effarante immensité ! » ajoutait le prince Osman Djélâleddine éfendi, quand il arrivait à ce point dans l'énumération des motifs qui

menaient les princes à la folie. « L'idée de la responsabilité sans bornes dont je devrais un jour me charger ne m'a pas fait perdre la raison, comme ces malheureux si veules et si faibles, non, au contraire, le
fait que j'ai réfléchi sérieusement sur ce sentiment
m'a aidé à me reprendre ; c'est parce que j'ai pu le
placer sous le contrôle de mon attention, de ma
volonté, de ma décision, que j'ai découvert le problème le plus important de la vie : pouvoir être soi-
même ou ne pas le pouvoir... »

Dès qu'il était passé du cinquième au troisième
rang dans la file d'attente des prétendants au trône,
il avait consacré sa vie aux livres. Il estimait que tout
prince, pour qui l'accession au trône ne tenait peut-
être plus du miracle, était dans l'obligation de s'ins-
truire, et il était persuadé, avec un certain optimisme,
que la lecture était le seul moyen d'y parvenir.
Comme il nourrissait encore obstinément le rêve de
découvrir dans chacun des livres qu'il dévorait des
idées utiles, « tournées vers le progrès », qu'il mettrait rapidement en pratique, pour le bonheur de
l'Empire ottoman à l'avenir radieux ; dans le désir
aussi de se persuader de ces rêves auxquels il s'accro-
chait de toutes ses forces pour éviter la folie, et pour
se débarrasser au plus vite de tout ce que lui rappelait son ancienne vie stupide et infantile, il avait
abandonné son *yali* sur le Bosphore, sa femme, ses
enfants, ses meubles et ses bibelots et toutes ses
habitudes, et s'était installé dans un modeste pavillon
de chasse, où il allait vivre durant vingt-deux ans et
trois mois. Ce pavillon se trouvait sur une colline qui,
cent ans plus tard, se couvrirait de routes pavées, de
rails de tramways, de bâtiments de tous genres, sombres, effrayants, vagues copies de différents styles

occidentaux, de lycées de garçons et de filles, d'un commissariat, d'une mosquée, de pressings, de boutiques où l'on vendrait des fringues, des fleurs et des tapis. Au-delà des murs construits sur l'ordre du prince impérial désireux de se protéger des imbécillités de la vie à l'extérieur, ou sur l'ordre peut-être du sultan, dans le dessein de mieux surveiller ce frère qui lui semblait dangereux, on ne voyait que des marronniers et des platanes immenses, dont cent ans plus tard les branches se mêleraient aux câbles téléphoniques et dont les troncs disparaîtraient sous des magazines illustrés de photos de femmes nues. Et même cent ans plus tard, les seuls bruits qu'on entendrait du pavillon seraient les croassements des corbeaux, assez fous pour ne pas abandonner la colline ; et les jours où le vent soufflerait vers la mer, la musique de la fanfare et les échos de l'exercice qui monteraient jusque-là des casernes perchées sur la colline d'en face. Le prince impérial avait fait noter maintes fois que les six premières années passées dans ce pavillon avaient été les plus heureuses de sa vie : « Parce que cette période, je l'ai vécue exclusivement dans la lecture », dictait le prince. « Parce que je n'ai fait alors que rêver de ce que je lisais. Parce que ces six années-là, je ne les ai vécues qu'avec les idées et les voix des écrivains dont je lisais les livres. » Et il ajoutait : « Cependant, au cours de ces six années, je n'avais jamais réussi à être moi-même. » À chaque fois que le prince se rappelait avec mélancolie et nostalgie ces six années de bonheur, il dictait à son secrétaire la même phrase : « Je n'étais pas moi-même, c'était peut-être là ce qui faisait mon bonheur, mais le devoir d'un souverain n'est pas d'être heureux, c'est d'être lui-même ! » Et il ne manquait pas d'ajouter cette réflexion que le secrétaire nota des milliers de fois peut-être : « Être soi-même n'est pas le devoir des seuls souverains, mais celui de chaque individu ! »

Cette vérité, qu'il décrivait comme « le but essentiel, la découverte la plus importante » de son existence, le prince l'avait perçue clairement une nuit, au bout de ces six années : « Comme je le faisais souvent, durant ces nuits de bonheur, je m'imaginais assis sur le trône ottoman, j'admonestais quelque imbécile, également imaginaire, au sujet d'une affaire d'État fort importante. Et toujours dans mon imagination, je terminais ainsi ma péroraison : comme le dit si bien Voltaire ! C'est alors que je me retrouvai figé sur place, parce que je venais de réaliser ce que j'avais fait : l'homme que, dans mon imagination, j'avais installé sur le trône impérial, trente-cinquième souverain de la dynastie, ce n'était donc pas moi, mais Voltaire, ou plutôt un individu qui imitait Voltaire. Un souverain ayant toute autorité sur la vie ou la mort de millions de sujets, régnant sur des contrées si vastes, illimitées sur les cartes, pouvait donc ne pas être lui-même, mais un autre ! C'est à cet instant précis que je compris pour la première fois l'extrême gravité de cette situation. »

Par la suite, dans ses accès de fureur, le prince impérial rapporta d'autres détails sur les circonstances de sa découverte ; mais le secrétaire savait bien qu'elles se résumaient en une intuition : un souverain régnant sur des millions de sujets pouvait-il se permettre de laisser errer dans son esprit des phrases prononcées par un autre ? Un prince héritier destiné à diriger l'un des plus puissants empires du monde ne devait-il pas obligatoirement agir selon sa propre volonté ? L'homme dont le cerveau est parcouru par les idées d'un autre, comme par d'interminables cauchemars, doit-il être considéré comme un souverain ou comme l'ombre, le double de cet autre ?

« Quand je compris que je ne devais pas être une ombre, mais un véritable souverain, que je devais être moi-même et non un autre, je décidai que je devais me délivrer de l'emprise des livres que j'avais lus, non seulement au cours des six dernières années, mais tout au long de ma vie », disait le prince impérial quand il entamait le récit des dix années suivantes de son existence. « Pour être moi-même, et seulement moi-même, j'étais obligé de me débarrasser de tous ces livres, de tous ces écrivains, de toutes ces histoires et de toutes ces voix. Cela m'a pris dix ans... »

Le prince entreprit de faire consigner par son secrétaire comment il avait réussi à éliminer l'un après l'autre les livres qui avaient eu une influence sur lui. Le secrétaire écrivit sous sa dictée que le prince avait brûlé tous les volumes des œuvres complètes de Voltaire se trouvant dans le pavillon, parce qu'à force de le lire, à force de se remémorer ses idées, il devenait un Français, un athée, doué du sens de la repartie, goûtant la plaisanterie. Bref, qu'il n'était plus lui-même. Les œuvres de Schopenhauer furent éloignées du pavillon car, sous leur influence, le prince s'identifiait à un penseur qui réfléchissait des heures et des jours durant sur une « volonté libre », si bien que l'individu pessimiste qu'il devenait lui-même n'était plus le prince qui accéderait un jour au trône de ses aïeux, mais le philosophe allemand lui-même, écrivait le secrétaire. Tous les tomes de la précieuse édition des œuvres de Rousseau, que le prince avait fait venir à grands frais de l'étranger, avaient été déchirés et éloignés du pavillon, parce qu'ils le transformaient en un sauvage, cherchant sans cesse à se surprendre en flagrant délit de péché. « J'ai fait également brûler tous les livres des philosophes français, tels que Deltour ou De Passet, ceux de Morelli qui racontait que l'univers était un lieu saisissable pour la raison, comme ceux de Brichot qui affirmait exactement le contraire », dictait le prince impérial, « car, à force de les lire, je n'étais plus celui que je me devais d'être, un prince qui régnerait un jour, mais un polémiste, un professeur ironique, s'efforçant de réfuter les observations stupides des penseurs qui l'ont précédé ». Il avait fait aussi brûler les *Mille et Une Nuits*, car ces sultans, qui parcouraient leur capitale sous un déguisement et auxquels il s'identifiait sous l'influence du livre, n'avaient plus rien de commun avec le souverain que le prince voulait devenir. Il avait fait brûler *Macbeth*, parce que chaque fois qu'il relisait la pièce, il se retrouvait dans ce personnage si veule, ce poltron prêt à se souiller les mains de sang pour accéder au trône, et pis encore, loin d'en avoir honte, il en ressentait une fierté poétique. Il avait fait enlever du pavillon le *Mesnevi* de Mevlâna, car chaque fois qu'il s'égarait dans la confusion et le désordre de ses histoires, il s'identifiait à un derviche optimiste, convaincu que les histoires désordonnées constituaient l'essence même de la vie. « J'ai fait brûler *Cheik Galip* parce que, en le lisant, je me voyais sous l'aspect d'un rhapsode mélancolique », expliquait le prince. « J'ai fait brûler *Bottfolio*, car plus je le lisais, plus je me sentais devenir un homme de l'Occident qui rêvait de devenir un homme de l'Orient ; et j'ai fait brûler Ibn Zerhani parce qu'à sa lecture je devenais un Oriental qui voulait devenir un homme de l'Occident. Parce que je me refusais à devenir successivement un Oriental, un Occidental, un aventurier, un maniaque, un personnage quelconque issu de tous ces livres. » Et aussitôt après ces commentaires, le prince impérial répétait avec enthousiasme cette phrase qui, pour le secrétaire qui l'avait notée depuis tant d'années sur un nombre incalculable de cahiers, était devenue une rengaine : « Je ne voulais qu'être moi-même, être moi-même, rien que moi-même ! »

Mais il savait que ce n'était pas là chose facile. Une fois débarrassé de toute une série de livres, quand il finit par ne plus entendre les échos des histoires que ces livres continuèrent à lui raconter des années durant, le silence qui envahit son esprit devenait insupportable au prince, il expédiait à contrecœur l'un de ses hommes à la ville pour y acheter de nouveaux livres. Il commençait par se moquer des auteurs de ces livres qu'il lisait avec avidité dès qu'il les avait sortis de leur emballage, puis il les brûlait avec rage, toujours avec le même rituel ; mais parce qu'il continuait à entendre leurs voix, parce qu'il continuait involontairement à en imiter les auteurs, il décidait qu'il ne pourrait s'en débarrasser qu'en lisant d'autres livres, avec le sentiment douloureux qu'un clou chasse l'autre, et il envoyait à nouveau son valet à Babiâli ou à Beyoglou, chez les libraires qui vendaient des livres étrangers et qui attendaient cette visite avec une grande impatience. « À partir du jour où il décida de devenir lui-même, le prince Osman Djélâlettine éfendi s'est battu contre les livres dix ans exactement », avait écrit le secrétaire. « Remplacez " s'est battu " par " s'est bagarré " », avait corrigé le prince. Après avoir mené pendant dix ans ce combat contre les livres et les échos que ces livres éveillaient en lui, Osman Djélâlettine éfendi avait compris qu'il ne pourrait être lui-même qu'en racontant ses propres histoires, qu'en élevant sa propre voix pour étouffer celle des livres, et il avait alors engagé un secrétaire.

« Durant ces dix années, le prince impérial Osman Djélâlettine éfendi se battit non seulement contre les livres et leurs histoires, mais contre tout ce qui, à son avis, l'empêchait d'être lui-même », ajoutait le prince en criant du haut des escaliers, et le secrétaire transcrivait soigneusement pour la mille et unième fois cette phrase énoncée avec toujours la même conviction et la même émotion, quoique répétée mille fois, ainsi que les phrases qui la suivaient, toutes empreintes de la même détermination. Le secrétaire avait encore décrit le combat mené par le prince au cours de ces dix années, non seulement contre les livres, mais également contre tout ce qui l'entourait, et qui l'influençait autant que les livres : parce que ce mobilier, ces tables, ces fauteuils, ces guéridons risquaient de le détourner de son objectif, par la sérénité ou au contraire par l'angoisse qu'ils pouvaient provoquer en lui ; parce que tous ces cendriers ou ces chandeliers attiraient son regard, le prince impérial n'arrivait pas à se concentrer sur les réflexions qui lui permettraient d'être lui-même ; parce que ces tableaux aux murs, ces vases sur les guéridons, ces coussins moelleux sur les divans le plongeaient dans des états d'âme auxquels il se refusait ; parce que ces horloges, ces coupes, ces plumes, ces vieilles chaises étaient chargées de souvenirs, d'associations d'idées qui l'empêchaient d'être lui-même.

Durant ces dix années, écrivit le secrétaire, le prince ne s'était pas contenté de se battre contre les meubles et les bibelots qu'il avait écartés de son regard, en les faisant brûler, briser ou jeter, il s'était battu aussi contre les souvenirs qui le transformaient en faisant de lui, à chaque fois, un autre homme. « Voir resurgir soudain au beau milieu de mes pensées et de mes rêves un détail de mon passé, si simple, si minime, si dépourvu d'importance soit-il, tel un meurtrier impitoyable acharné à ma perte, un fou furieux poursuivant durant des années une mystérieuse vengeance, m'affole au point de m'empêcher de réfléchir », disait le prince impérial. Pour un homme qui, après avoir accédé au trône des Ottomans, devrait se préoccuper du sort de millions de pauvres gens, retrouver dans ses pensées une coupe de fraises mangées quand il était gamin ou la plaisanterie stupide d'un vulgaire eunuque devenait une expérience terrifiante. Un souverain qui se doit d'être lui-même, uniquement préoccupé de ses seules réflexions, conscient des conséquences de sa volonté et de ses décisions, est obligé de lutter contre la mélodie capricieuse et toujours fortuite que lui chantent les souvenirs (non seulement le souverain, d'ailleurs, mais tout un chacun !). « Pour se défendre des souvenirs qui venaient troubler sa pensée et sa décision, le prince Osman Djélâlettine éfendi avait fait supprimer tous les parfums dans le pavillon, tous les objets et les vêtements qui lui étaient familiers ; il avait cessé de s'intéresser à cet art lénifiant que l'on nomme musique ; il n'ouvrait plus son piano blanc

663

et il avait même fait repeindre en blanc tous les murs », écrivait le secrétaire.

« Mais ce qu'il y a de pire, ce qui est encore plus insupportable que tous les souvenirs, les objets ou les livres, ce sont encore les hommes ! » ajoutait le prince, étendu sur le seul divan qu'il eût conservé, après avoir fait relire à son secrétaire ce qu'il lui avait dicté. Les visiteurs de toutes sortes : ceux qui réussissaient à se faufiler dans le pavillon aux heures les plus incongrues, aux moments les plus inopportuns, traînant derrière eux leurs misérables ragots, rapportant les rumeurs les plus vulgaires, qui prétendaient vous rendre service, mais ne faisaient que troubler votre sérénité. Loin d'être apaisante, leur affection devenait étouffante. Ils parlaient dans le seul but de vous prouver qu'ils avaient des opinions ; ils vous débitaient leurs histoires pour vous faire croire qu'ils étaient intéressants. Ils vous dérangeaient pour vous montrer qu'ils vous aimaient. Tout cela n'était peut-être pas très grave, mais après chaque visite de ces imbéciles, de ces gens dépourvus de tout intérêt, de ces mouchards sans envergure, le prince, si soucieux de demeurer en tête à tête avec ses réflexions, avait de la peine à se débarrasser du sentiment de ne pas être lui-même. « Pour le prince impérial Osman Djélâlettine éfendi, le plus grand obstacle auquel se heurte celui qui veut être lui-même, ce sont les autres », avait noté un jour le secrétaire. Et à une autre occasion, il avait écrit : « Le plus grand plaisir des humains, c'est de forcer les autres à leur ressembler. » Ce que craignait le plus le prince impérial, c'étaient les relations qu'il lui faudrait bien établir avec les autres, le jour où il accéderait au trône », avait-il encore noté. « On se laisse influencer par la compassion pour les malheureux, les misérables », disait le prince. « Nous nous laissons influencer par les gens les plus ordinaires, ceux qui n'ont aucune personnalité, parce que, à leur contact, nous finissons par devenir aussi ordinaires, aussi dépourvus de particularités qu'eux. Mais ceux qui ont une personnalité, qui méritent notre respect, nous influencent eux aussi, parce que nous nous mettons à les imiter sans nous en rendre compte. Et à vrai dire, les plus dangereux pour nous, ce sont ces derniers », disait le prince. « Écrivez aussi que je les ai tous éloignés de moi, tous ! Notez-le bien ! Notez aussi que ce combat, je ne le mène pas uniquement pour moi, pour pouvoir être moi-même, je me bats pour le salut de millions d'hommes ! »

En effet, dans le courant de la seizième année de « cette bataille inouïe », de ce combat qui était pour lui « une question de vie ou de mort », et qu'il menait pour ne se laisser influencer par personne, une nuit parmi tant d'autres où il se débattait contre les objets familiers, les parfums préférés, les livres dont il avait subi l'influence, le prince, qui contemplait à travers les persiennes « à l'occidentale » le clair de lune et le vaste jardin sous la neige, avait compris que son combat, au fond, n'était pas le sien, mais celui de millions d'infortunés, dont le sort était lié à celui de l'Empire ottoman en plein déclin. Comme le secrétaire l'écrivit des dizaines de milliers de fois peut-être au cours des six dernières années du prince, « toutes les nations incapables d'être elles-mêmes, toutes les civilisations qui en copient d'autres, tous les peuples que les histoires des autres rendent heureux » étaient condamnés à la chute, à la disparition, à l'oubli. Ainsi, dans le courant de la seizième des années qu'il vécut retiré dans son pavillon et dans l'attente de son accession au trône, à l'époque où il lui apparut clairement que le seul moyen pour lui de lutter contre les histoires qui le hantaient était de donner de l'éclat à ce qu'il racontait lui-même, et où il décida donc de s'assurer les services d'un secrétaire, le prince comprit enfin que la lutte qu'il avait vécue depuis seize ans comme une expérience individuelle et spirituelle était en réalité « une lutte à la vie à la mort historique », « le stade ultime du combat pour ou contre une mutation, auquel se trouve confronté un peuple une fois tous les mille ans », l'étape la plus importante d'une évolution, « celle que les historiens qualifieront, dans quelques siècles, et avec raison, de tournant historique ».

Peu après cette nuit de clair de lune qui, au-dessus du jardin couvert de neige, rappelait l'infini et la crainte qu'il inspire, à l'époque où le prince impérial installa derrière un bureau d'acajou, en face de son divan, le vieux secrétaire fidèle et patient qu'il s'était choisi, et où il entreprit de lui raconter sa propre histoire et sa découverte, il se rappellerait qu'il avait en vérité remarqué bien des années plus tôt « cette dimension historique, extrêmement importante » de son histoire. Avant de s'enfermer dans son pavillon, n'avait-il pas vu de ses yeux que les rues d'Istanbul se transformaient chaque jour un peu plus, en imitant une ville imaginaire d'un pays étranger qui n'existait pas ? Ne savait-il pas que les malheureux qui se pressaient dans ces rues avaient changé leur façon de s'habiller, en adoptant l'accoutrement des voyageurs occidentaux ou les vêtements qu'ils pouvaient voir sur des photographies étrangères ? N'avait-il pas appris qu'au lieu de se narrer les contes

qu'ils tenaient de leurs pères, les hommes mélancoliques qui se rassemblaient la nuit autour du poêle,
dans les cafés des faubourgs, se faisaient lire à haute
voix les débilités dont des journalistes de troisième
ordre emplissaient les journaux, ou les plagiats des
Trois Mousquetaires ou du *Comte de Monte-Cristo*,
dont les héros étaient affublés de noms musulmans ?
Pire encore : n'avait-il pas autrefois l'habitude de fréquenter les librairies tenues par des Arméniens qui
éditaient ces livres ridicules, sous prétexte qu'ils faisaient « passer le temps » ? Dans cette banalité où il
se laissait entraîner en compagnie de ces créatures
si pitoyables, si malheureuses, déshéritées, avant
qu'il eût fait preuve de courage et de détermination
en se retirant dans son pavillon, à chaque fois qu'il
se regardait dans un miroir, le prince n'éprouvait-il
pas l'impression de voir s'effacer peu à peu le mystère de son visage, tout comme ces pauvres gens
avaient perdu toute expression ? « Sans aucun
doute », écrivait le secrétaire, à la suite de chacune
de ces questions ; il savait bien que tel était le souhait
du prince. « Oui, le prince impérial remarquait le
changement qui s'opérait sur son visage. »

Deux ans ne s'étaient pas écoulés depuis le début
de leurs « travaux », selon l'expression du prince,
qu'il avait tout fait noter par son secrétaire : cela
allait de son goût des *lokoums* aux bruits des bateaux
qu'il aimait tant imiter dans son enfance, des cauchemars qui l'avaient assailli durant les quarante-
sept ans qu'il avait vécus, aux titres de tous les livres
qu'il avait lus ou à la description des vêtements qu'il
avait portés, ceux qu'il avait aimés comme ceux qui
ne lui avaient pas plu, à toutes les maladies qu'il avait
traversées, ou à toutes les espèces animales qu'il

connaissait. Il le faisait, comme il se plaisait à le répéter, « en attribuant sa juste valeur à chaque mot, à chaque phrase, à la lumière de la vérité » qu'il avait découverte. Le matin, quand le secrétaire avait pris place derrière la table d'acajou et que le prince, lui, s'installait sur le divan en face de la table, ou arpentait la pièce, ou se postait sur l'une des marches de l'escalier, ils savaient peut-être tous deux que le prince n'aurait pas ce jour-là d'histoire à raconter. Mais ce qu'ils recherchaient tous deux, c'était ce silence. « Quand l'homme n'a plus rien à raconter, cela signifie qu'il est tout près d'être lui-même », disait le prince. « C'est seulement quand s'épuise tout ce que l'homme avait à raconter, quand il se retrouve dans ce silence profond qui signifie que ce sont tus tous les souvenirs, tous les livres, toutes les histoires, et sa mémoire même, qu'il peut entendre s'élever, des profondeurs de son âme, des labyrinthes ténébreux et sans bornes de son être, sa propre voix, celle qui lui permettra d'être lui-même. »

Un de ces matins-là, alors qu'ils attendaient tous deux que s'élève cette voix, qu'elle monte jusqu'à eux lentement, comme si elle venait de très loin, du puits perdu des contes populaires, le prince se mit à parler de l'amour et des femmes, sujet qu'il avait rarement abordé jusque-là, en le qualifiant de « fort dangereux ». Pendant près de six mois, il parla de ses anciennes amours, des liaisons où l'amour n'avait joué aucun rôle, de ses rapports avec les femmes du Harem, qu'il évoquait avec mélancolie et compassion, à deux ou trois exceptions près.

Le côté terrifiant de tous ces genres de relations, selon le prince, c'était le fait que même une femme comme toutes les autres, n'ayant rien de remarquable, pouvait envahir, sans même que vous vous en rendiez compte, une grande partie de vos pensées. Ce qui ne l'avait pas inquiété dans sa prime jeunesse, à l'époque de son mariage, ni même quand il était venu s'installer dans le pavillon de chasse, en abandonnant son épouse et ses enfants dans le *yali* sur la rive du Bosphore, c'est-à-dire jusqu'à l'âge de trente-cinq ans, car il n'avait pas encore découvert le but qu'il s'assigna par la suite : « Être simplement Soi », « ne subir aucune influence ». À cette époque, tout comme les foules dans les rues, le prince avait même tiré fierté d'être amoureux, parce que « cette société moutonnière et dépourvue de caractère » lui avait enseigné, comme à tous les autres, que la possibilité d'oublier tout le reste grâce à l'amour ressenti pour une femme ou un éphèbe ou encore à l'amour de Dieu, « la disparition effective de l'être dans l'amour », étaient des sentiments dont on pouvait se vanter et s'enorgueillir.

Après s'être enfermé dans son pavillon et avoir consacré six ans à la lecture, quand il comprit que le problème essentiel dans la vie était celui de réussir à être soi-même, le prince avait très vite décidé qu'il devait se garder des femmes. Certes, il avouait que l'absence de toute femme éveillait en lui un certain sentiment de frustration. Mais il ne faisait aucun doute que toute femme dont il se rapprocherait troublerait ses pensées, et qu'elle s'introduirait peu à peu au beau milieu des rêves qu'il voulait puiser uniquement en lui-même. À une certaine période, il avait bien pensé se prémunir contre le poison que l'on nomme amour, en entretenant des relations avec un grand nombre de femmes, mais comme il agissait dans un dessein uniquement utilitaire, celui de s'accoutumer à l'amour, de se rassasier de l'ivresse de l'amour, ces femmes-là ne l'avaient guère intéressé. Depuis, il voyait surtout Leylâ hanim, « la plus terne, la plus innocente, la moins originale, la moins dangereuse », avait-il fait noter par son secrétaire, des femmes qu'il avait connues, parce qu'il était certain qu'il ne pourrait jamais être amoureux d'elle, justement à cause de ses caractéristiques. « Le prince impérial Osman Djélâlettine éfendi avait pu se confier en toute tranquillité à Leylâ, hanim, parce qu'il était persuadé qu'il ne pourrait jamais l'aimer », avait écrit une nuit le secrétaire, sous la dictée du prince, car à présent ils travaillaient également de nuit. « Mais comme elle était la seule femme à qui je puisse parler à cœur ouvert, je suis aussitôt tombé amoureux d'elle », avait ajouté le prince. « Ce fut l'une des périodes les plus épouvantables de ma vie. »

Le secrétaire avait noté le récit des querelles qui mettaient aux prises le prince et Leylâ hanim, quand ils se retrouvaient au pavillon. Leylâ hanim quittait l'hôtel particulier du pacha son père dans sa calèche, escortée de ses gardes, et atteignait le pavillon au bout d'une demi-journée de route. Installés devant la table dressée pour eux et qui ressemblait à celles dont ils lisaient la description dans les romans français, ils dînaient en discutant de poésie ou de musique, comme les personnages si distingués des mêmes romans, et tout de suite à la fin du repas, ils se lançaient dans quelque querelle, qui éveillait l'inquiétude des cuisiniers, des valets et des cochers, qui les entendaient par les portes entrouvertes, car l'heure du départ était arrivée. « Le motif de ces querelles n'était jamais bien évident », expliqua un jour le prince. « Je lui en voulais tout simplement parce qu'elle m'empêchait d'être moi-même, parce que mes pensées perdaient leur clarté à cause d'elle, parce que, toujours à cause d'elle, je devenais incapable d'entendre la voix qui s'élevait du plus profond de moi-même. Et cela dura jusqu'à sa mort, survenue à la suite d'une erreur, dont j'ignore — et j'ignorerai toujours — si je suis responsable. »

Le prince avait fait noter un jour au secrétaire que la mort de Leylâ hanim lui avait causé du chagrin, mais qu'elle l'avait libéré. Le secrétaire, toujours discret, toujours docile, toujours respectueux, agit alors comme il ne l'avait jamais fait au cours de ces six années de travail ; mais il eut beau tenter, et à plusieurs reprises, de revenir sur cet amour et sur cette mort, le prince n'y refit allusion que lorsqu'il le voulut bien et sous la forme qu'il se choisit.

Ainsi, seize mois avant sa mort, une nuit, après avoir expliqué au secrétaire que s'il ne parvenait pas à être lui-même, s'il échouait dans le combat qu'il menait depuis quinze ans dans son pavillon, les rues d'Istanbul deviendraient celles d'une ville infortunée, « n'ayant pu être elle-même », et que les malheureux qui allaient et venaient dans des rues, dans des parcs, sur des places singeant les places, les trottoirs et les parcs d'autres villes, ne pourraient jamais être authentiques, eux non plus ; bien que n'étant jamais, depuis tant d'années, sorti du jardin de son pavillon, disait-il, il connaissait par cœur toutes les rues de cette ville si chère à son cœur, chacun de ses trottoirs, chacun de ses réverbères, chacun de ses magasins, qui demeuraient intacts dans son imagination, à croire qu'il les revoyait chaque jour ; une nuit donc, d'une voix mélancolique, voilée, où ne perçait plus sa colère habituelle, il avait fait noter au secrétaire comment, à l'époque où Leylâ hanim venait le retrouver chaque jour au pavillon, il passait une partie de son temps à imaginer sa calèche avançant dans les rues de la ville. « En ces jours où le prince impérial Osman Djélâlettine éfendi se battait pour être lui-même, il consacrait la moitié de la journée à se demander par quelles rues passait la voiture, attelée d'un brun et d'un alezan, pour se rendre de Kourou-Tchechmé au pavillon, quelles pentes elle gravissait, et après le dîner et la querelle coutumière, il passait le reste de la nuit à se représenter le retour de la voiture qui, en suivant le plus souvent le même trajet, ramenait chez son père Leylâ hanim, les yeux mouillés de larmes », avait écrit le secrétaire de sa belle calligraphie si soigneuse.

À une autre occasion, cent jours à peine avant sa mort, pour étouffer sans doute les voix et les histoires des autres qu'il se remettait à entendre, le prince avait entrepris d'énumérer avec rage les diverses personnalités que, tout au long de sa vie, il avait adoptées, consciemment ou inconsciemment, qu'il avait portées en lui, comme une seconde âme, et il avait fait noter au secrétaire que, parmi toutes les personnalités qu'un malheureux sultan réduit à se présenter chaque soir sous un autre aspect avait dû revêtir comme un autre accoutrement, celle qu'il préférait était celle de l'homme amoureux d'une femme dont les cheveux sentaient le lilas. Le secrétaire, qui lisait et relisait attentivement chaque ligne, chaque phrase, et qui, tout au long de ces dix années, avait pris possession, dans le moindre détail, de la mémoire et du passé du prince, qui s'en était imprégné, avait compris que la femme au parfum de lilas n'était autre que Leylâ hanim. Car il s'était rappelé que le prince lui avait déjà dicté l'histoire d'un amant qui n'avait pas réussi à être lui-même par la faute d'une femme dont les cheveux sentaient le lilas, et qui était morte à la suite d'un accident ou d'une erreur, dont il était peut-être responsable — il n'avait jamais pu le savoir exactement —, et qui, même après cette mort, n'avait jamais réussi à devenir lui-même parce qu'il n'avait pu oublier ce parfum de lilas.

Les derniers mois que le prince et le secrétaire vécurent dans le pavillon s'écoulèrent « dans un travail intense, un espoir immense et une foi profonde », comme l'avait déclaré le prince avec l'enthousiasme qui avait précédé sa maladie. Ce furent là les jours où le prince entendit encore plus fortement la voix qui lui assurait son authenticité, au fur et à mesure qu'il dictait ses propres histoires. Ils travaillaient très tard dans la nuit, puis le secrétaire rentrait chez lui, quelle que fût l'heure, dans la voiture qui l'attendait attelée dans le jardin, pour revenir très tôt le matin reprendre sa place devant la table d'acajou.

Le prince impérial lui dictait l'histoire des royaumes qui s'étaient écroulés parce qu'ils n'avaient pu être eux-mêmes ; des nations qui avaient disparu parce qu'elles avaient copié d'autres nations ; des peuples tombés dans l'oubli dans des contrées inconnues et lointaines, parce qu'ils n'avaient pas pu vivre leur propre vie. Les Illyriens avaient disparu de la scène de l'histoire, parce qu'ils n'avaient pas su se trouver en deux siècles un roi à la personnalité assez forte pour leur enseigner simplement à être eux-mêmes. La chute de Babel n'était pas due, comme on le croyait, au défi lancé à Dieu par le roi Nemrod, mais au fait qu'il avait laissé se dessécher toutes les sources qui lui auraient permis d'être lui-même alors qu'il consacrait toute son énergie à la construction de la tour. À l'époque, les Lapithes nomades étaient sur le point de se sédentariser et de fonder un véritable État, mais fascinés par le mode de vie des Aytipiens avec lesquels ils commerçaient, ils se mirent à les imiter en tout et disparurent. Comme le dit Tebarî dans son *Histoire*, la chute des Sassanides est due au fait que leurs trois derniers souverains, Kavaz, Ardashir et Yazdgard, envoûtés par les Byzantins, les Arabes et les Juifs, furent incapables d'être eux-mêmes, tout au long de leur vie. La puissante Lydie s'écroula cinquante ans seulement après la construction à Sardes, leur capitale, du premier temple élevé sous l'influence de Suse, et disparut à jamais de la scène de l'histoire. Les Sébères, qui se trouvaient sur le point de bâtir un grand empire en Asie, étaient un peuple dont les historiens eux-mêmes ne se souvenaient plus, comme si toute la population avait été emportée par quelque épidémie, non seulement parce qu'ils perdirent leur mémoire, dès qu'ils se mirent à imiter l'habillement et les parures des Sarmates et à réciter leurs poèmes, mais parce qu'ils oublièrent aussi le secret qui leur avait permis d'être eux-mêmes. « Les Mèdes, les Pafkiyons, les Celtes... », dictait le prince, « ont connu le déclin et l'anéantissement parce qu'ils n'étaient plus eux-mêmes », ajoutait le secrétaire sans attendre que son maître eût prononcé cette phrase. « Les Scyntiyas, les Kalmouks, les Mycéniens... », énumérait le prince, « ... ont connu le déclin et l'anéantissement parce qu'ils n'étaient plus eux-mêmes », écrivait le secrétaire. Quand, à bout de forces, ils interrompaient très tard leur travail, ils pouvaient entendre dans le jardin le cri hardi d'un grillon dans le silence de la nuit.

Quand le prince prit froid et dut s'aliter, un jour d'automne et de vent, où les feuilles roussies des marronniers tombaient sur le bassin où fleurissaient encore les nénuphars et coassaient les grenouilles, ni lui ni le secrétaire n'y attachèrent trop d'importance. C'était la période où le prince décrivait les malheurs qui s'abattraient sur ces foules égarées, dans les rues de plus en plus abâtardies d'Istanbul, si le prince ne parvenait pas à être lui-même, à occuper le trône des Ottomans en disposant de la force que lui assurerait dès lors sa personnalité. « Ces gens auront pour leur propre vie le regard des autres », prédisait le prince, « ils écouteront les histoires des autres peuples au lieu de prêter l'oreille à leurs propres histoires, ils seront fascinés par le spectacle des visages des autres, et en oublieront leurs propres visages. » Ils se firent de la tisane avec les fleurs des tilleuls du jardin et travaillèrent très tard dans la nuit.

Quand, le lendemain, le secrétaire monta à l'étage, à la recherche d'une seconde couette pour son maître, étendu sur le divan et brûlant de fièvre, il constata, avec une étrange stupeur, que les pièces du pavillon étaient vides : au cours des années, toutes les portes avaient été enlevées, tout le mobilier, tables et chaises, avait disparu. Dans ces pièces désertes, sur ces murs nus, dans la cage d'escalier, régnait une blancheur qui semblait surgir d'un rêve. Dans l'une des pièces se dressait encore un Steinway blanc, unique à Istanbul et qui datait de l'enfance du prince ; il n'avait plus été utilisé depuis des années et s'il n'avait pas été jeté, c'était sans doute parce que tous l'avaient oublié. Cette blancheur, qui donnait

675

l'impression que tous les souvenirs s'étaient éva-
nouis, que la mémoire s'était pétrifiée, et qu'avec la
disparition des sons, des parfums et des objets, le
temps même s'était arrêté, le secrétaire la retrouva
dans celle de la lumière qui pénétrait à flots par les
fenêtres du pavillon, comme si elle se répandait sur
une autre mystérieuse planète. Tout en descendant
les marches de l'escalier, une couette blanche et d'où
ne se dégageait aucun parfum dans les bras, le secrétaire eut l'impression que le divan sur lequel était
couché le prince, la table d'acajou sur laquelle il travaillait depuis tant d'années, les feuilles blanches sur
la table, et jusqu'aux fenêtres, étaient aussi fragiles,
aussi frêles et irréels que les éléments d'une maison
de poupée. Quand il étala la couette sur son maître
qui ne s'était pas rasé depuis deux jours, il remarqua
que sa barbe avait blanchi. Il y avait à son chevet un
demi-verre d'eau et des pilules blanches.

« La nuit dernière, j'ai vu ma mère en rêve, elle
m'attendait dans une forêt impénétrable et sombre,
dans une contrée lointaine », dicta le prince de son
divan. « De l'eau coulait d'une immense carafe rouge,
elle coulait lentement, épaisse comme du sirop. Et je
comprenais alors que j'avais pu tenir le coup, parce
que je m'étais entêté, tout au long de ma vie, à être
moi-même ! » dicta le prince. « Le prince impérial
Osman Djélâlettine éfendi passa sa vie à attendre le
silence en lui, pour parvenir à entendre sa propre
voix et sa propre histoire », écrivit le secrétaire.
« Pour entendre le silence », répéta le prince. « Il ne
faut pas que les horloges s'arrêtent à Istanbul », dicta
le prince. « Quand, dans mon rêve, je regardai les
horloges », dit le prince. Le secrétaire compléta la
phrase : « il crut qu'elles ne racontaient que les his-

toires des autres. » Il y eut un silence. « Je suis jaloux
des pierres du désert, des rochers des montagnes où
personne n'a encore posé le pied, des arbres dans des
vallées que personne n'a pu voir, je les jalouse parce
qu'ils ont pu demeurer eux-mêmes », dicta le prince
d'une voix ferme, décidée. « Dans mon rêve, alors que
je me promenais dans le jardin de mes souvenirs... »,
dit le prince, puis il se tut. « Non, non, rien », ajouta-
t-il. « Rien », nota soigneusement le secrétaire. Il y
eut à nouveau un long silence, très long. Puis le secrétaire se leva, s'approcha du divan, examina attentivement le visage du prince, et retourna sans bruit à
sa table : « Le prince impérial Osman Djélâlettine
éfendi, aussitôt après m'avoir dicté ces mots, s'est
éteint ce jour jeudi 7 Chabane 1321, à trois heures et
quart du matin, dans son pavillon de chasse sur la
colline de Techvikiyé », écrivit-il. Et vingt ans plus
tard, toujours de la même écriture, le secrétaire
nota : « Sept ans après la mort du prince impérial
Osman Djélâlettine éfendi, dont la vie fut trop brève
pour lui permettre d'accéder au pouvoir, son frère
aîné, Mehmet Réchat éfendi — celui à qui il avait
donné une taloche dans son enfance — monta sur le
trône. Sous son règne, l'Empire ottoman s'engagea
dans la guerre et s'écroula. »

Ces carnets avaient été confiés à Djélâl Salik par
un parent du secrétaire. Et cette chronique fut
retrouvée parmi les papiers du journaliste après sa
mort.

CHAPITRE XVII

Mais cela, c'est moi qui l'écris...

> « Vous qui me lisez, vous êtes encore
> parmi les vivants, mais moi qui écris ces
> lignes, j'aurai depuis longtemps pris le
> chemin de la contrée des ombres. »
>
> E.A. Poe

« Oui, moi, je suis moi », se dit Galip après avoir terminé l'histoire du prince impérial. « Je suis moi ! » Parce qu'il avait pu la raconter, il était si convaincu d'être devenu lui-même, si heureux d'y être parvenu qu'il mourait d'envie de courir au « Cœur de la Ville », pour s'installer à la table de travail et écrire de nouvelles chroniques sous le nom de Djélâl.

Il sortit de l'hôtel. Le chauffeur du taxi se mit à lui raconter une histoire. Comme il avait bien compris qu'on ne peut être soi-même qu'en racontant des histoires, Galip l'écoutait avec bienveillance.

Un siècle plus tôt, par une chaude nuit d'été, alors que les ingénieurs turcs et allemands chargés de la construction de la gare de Haydar-Pacha, étudiaient leurs plans étalés sur une table, un homme qui faisait de la pêche sous-marine, tout près de la côte, découvrit une pièce de monnaie au fond de la mer. Un visage de femme y figurait, étrange, envoûtant. Le pêcheur alla montrer la monnaie à l'un des ingénieurs turcs qui travaillait à l'ombre de grands parasols noirs, dans l'espoir qu'il pourrait lui révéler, grâce aux lettres qui y figuraient, le mystère que le visage lui dissimulait. Plus que par la légende gravée sur la pièce, le jeune ingénieur fut impressionné par l'expression envoûtante du visage de l'impératrice byzantine, au point qu'il fut saisi d'une stupeur, d'une crainte même qui surprirent le pêcheur : sur le visage impérial, entouré des lettres qu'il avait aussitôt transcrites en caractères latins et arabes, le jeune homme avait en effet découvert une certaine ressemblance avec une cousine à lui, qu'il avait rêvé d'épouser des années durant et qui était sur le point de se marier avec un autre...

« Oui, la rue est interdite au trafic du côté du commissariat de Techvikiyé », répondit le chauffeur à la question que lui posa Galip. « On a encore assassiné quelqu'un, paraît-il. »

Galip descendit du taxi et s'engagea dans la petite rue qui relie l'avenue Emlâk à l'avenue de Techvikiyé. Les lumières bleues des gyrophares des cars de police arrêtés au bout de la rue se reflétaient sur l'asphalte mouillé avec l'éclat terne et triste du néon. Sur la petite place, juste devant la boutique d'Alâaddine où les lumières étaient encore allumées, régnait un silence que Galip n'avait jamais connu jusque-là ; un silence qui ne lui aurait pas semblé étrange dans ses rêves seulement.

La circulation avait été interrompue. Pas une branche ne remuait. Pas le moindre souffle de vent. Sur la petite place régnait l'atmosphère aux couleurs et aux sons artificiels d'une scène de théâtre. Entre les machines à coudre Singer de la vitrine, les mannequins semblaient prêts à venir se mêler aux policiers en uniforme et en civil. « Oui, moi aussi, je suis moi-même ! » eut envie de crier Galip. Quand le flash bleu argenté d'un photographe étincela entre les badauds et les policiers, exactement comme s'il retrouvait le détail d'un rêve, ou une clé égarée depuis des années, comme s'il reconnaissait un visage qu'il ne voulait plus voir, il remarqua une tache blanche qui gisait sur le trottoir, à deux pas de la vitrine aux machines à coudre. Un seul corps : Djélâl. On avait recouvert le cadavre de journaux. Mais où était Ruya ? Galip se rapprocha du mort.

Une tête surgissait de la couette de journaux qui recouvrait entièrement le corps, et reposait sur le trottoir boueux, comme sur un oreiller. Les yeux étaient grands ouverts, une expression de lassitude se lisait sur le visage, qui semblait plongé dans ses réflexions, ou dans un rêve, serein aussi, comme s'il contemplait les étoiles : je me repose et je me souviens, semblait-il dire. Où était Ruya ? Un sentiment de jeu, de plaisanterie, de remords aussi, envahit Galip. On ne voyait aucune trace de sang. Comment avait-il pu deviner, avant même de le voir, que le cadavre était celui de Djélâl ? « Vous savez, je ne savais donc pas que je savais tout ! » avait-il envie de dire. Je me souvenais, nous nous souvenions tous : un puits, un bouton violet, quelques pièces de monnaie, tombées derrière l'armoire, des capsules de bouteilles de limonade, des boutons. Nous contemplons les étoiles, entre les branches des arbres, les étoiles. Tirez bien la couette sur moi, semblait dire le mort, il ne faut pas que j'aie froid. Recouvrez-le bien, il ne faut pas qu'il prenne froid. Galip eut très froid. « Moi, je suis moi ! » Il remarqua que les pages de journaux largement étalées sur le cadavre avaient été prises à deux quotidiens : le *Milliyet* et le *Tercuman*. L'arc-en-ciel des taches de mazout. Ces pages où ils ne manquaient jamais de chercher un article de Djélâl. Ne prends surtout pas froid. Il fait froid.

Par la portière ouverte d'un car de police, Galip entendit la voix métallique de la radio : le commissaire en chef était demandé. Mais où est Ruya, messieurs, où est-elle, où est-elle donc ? Les feux au bout de la rue s'allumaient, s'éteignaient en vain : verts, rouges. Encore et encore : verts, rouges. Ils se reflétaient dans la vitrine de la pâtisserie : verts, rouges. Je me souviens, je me souviens, répétait Djélâl. Le rideau de fer de la boutique d'Alâaddine était abaissé, mais à l'intérieur, les lampes étaient encore allumées. Pouvait-il s'agir là d'un indice ? Monsieur le commissaire, je suis en train d'écrire le premier roman policier de ce pays, eut envie de dire Galip, et tenez, voilà le premier des indices : les lampes sont encore allumées. Par terre, il y a des mégots, des bouts de papier, des ordures. Parmi les policiers, Galip choisit le plus jeune, il s'approcha de lui pour lui poser des questions.

Le meurtre avait eu lieu entre vingt et une heures trente et vingt-deux heures. Non, on ne connaissait pas le meurtrier. Le malheureux avait dû s'écrouler mort sur-le-champ. Oui, il s'agissait d'un journaliste très connu. Non, il était seul. Le policier ne savait pas, lui non plus, pourquoi on gardait la victime sur le lieu du crime. Non, merci, il ne fumait pas. Oui, le métier de flic était dur. Non, non, il n'y avait personne d'autre, la victime était seule, il en était sûr. Mais pourquoi monsieur posait-il toutes ces questions ? Quelle était sa profession, au monsieur ? Et que faisait-il là si tard dans la nuit ? Monsieur pouvait-il lui montrer ses papiers ?

Le flic examinait sa carte d'identité ; Galip se tourna vers la couette de papier journal sur le cadavre de Djélâl. De loin, on voyait encore mieux sur les journaux le reflet rose pâle des néons dans la vitrine aux mannequins. Monsieur le policier, apprenez que le défunt prêtait une extrême attention aux petits détails de ce genre, se dit Galip. Oui, cette photo, c'est bien moi. Ce visage est le mien. Voilà votre carte. Merci. Il faut que je m'en aille. Ma femme m'attend à la maison. Je crois que je m'en suis bien sorti, c'était du beurre.

Il passa sans s'arrêter devant le « Cœur de la Ville » et traversa la place de Nichantache au pas de course, puis s'engagea dans la rue où il habitait. Un chien errant, un corniaud couleur de boue, se mit à gronder et à aboyer, comme s'il avait l'intention de se jeter sur lui. C'était la première fois depuis des années que cela lui arrivait. Encore un signe, mais de quoi ? Galip changea de trottoir. Les lumières étaient-elles allumées dans le salon ? Pourquoi n'y avait-il pas prêté attention ? se demanda-t-il dans l'ascenseur.

L'appartement était désert. Rien n'indiquait que Ruya y fût passée. Tout ce qu'il touchait du doigt, les poignées de porte, les objets, les meubles, les ciseaux, les cuillers, éparpillés çà et là, les cendriers que Ruya emplissait de ses mégots, la table sur laquelle ils prenaient leurs repas, les fauteuils tristement vides où ils s'installaient autrefois face à face, tout dans la maison dégageait une insupportable mélancolie. Il ressortit, toujours en courant.

Il marcha, longuement. Aucun signe de vie dans

les rues qui reliaient le quartier de Nichantache à celui de Chichli, sur les trottoirs qu'ils suivaient, Ruya et lui, en marchant très vite, avec enthousiasme, pour se rendre au cinéma Cité de leur enfance. À part les chiens qui fouillaient dans les poubelles. Combien de fois as-tu parlé de ces chiens dans tes chroniques ? Et moi, dans combien de chroniques vais-je en parler ? Après avoir longuement marché, il fit un détour par la rue derrière la mosquée et revint à la place de Techvikiyé. Comme il s'y attendait, ses pieds le menèrent vers le coin où gisait le cadavre de Djélâl quarante-cinq minutes plus tôt. Mais là non plus il n'y avait plus personne. Avec le cadavre, tout avait disparu, les cars de police, les journalistes, les badauds. À la lumière des néons de la vitrine aux mannequins et aux machines à coudre, Galip ne put retrouver aucune trace sur le trottoir là où il avait vu le cadavre de Djélâl couché de tout son long. Les journaux qui recouvraient le mort avaient été soigneusement ramassés. Comme chaque nuit, un policier montait la garde devant le commissariat.

Quand il pénétra dans le « Cœur de la Ville », il ressentit une fatigue inhabituelle. L'appartement de Djélâl, où tout exprimait la volonté de reconstituer le passé, parut à Galip aussi stupéfiant que familier, émouvant au point de lui faire monter les larmes aux yeux, tel le logis du guerrier qui rentre chez lui après des années d'aventures et de combats. Comme ce passé lui apparaissait lointain ! Alors que six heures à peine s'étaient écoulées depuis qu'il avait quitté cet appartement. Un passé qui l'attirait autant que le sommeil.

Il alla s'étendre sur le lit de Djélâl, avec la mentalité de l'enfant fautif ou accusé à tort, en se disant qu'il allait retrouver dans ses rêves les chroniques de Djélâl, les photographies à la lumière de la lampe, les mystères et les secrets et Ruya, et qu'il ne commettrait aucune faute dans son sommeil ou qu'il en commettrait peut-être, et il s'endormit sur-le-champ.

« Aujourd'hui, c'est samedi ! » se dit-il quand il se réveilla. C'était bien samedi et il était déjà midi ; un jour sans bureau, sans tribunaux. Il alla pieds nus ramasser le *Milliyet* qu'on avait glissé sous la porte. « Djélâl Salik a été assassiné ! » La nouvelle s'étalait en gros titres à la une. Avec une photographie de Djélâl, mort, avant qu'on ait recouvert son cadavre de journaux. Ils avaient consacré toute la page à l'événement ; recueilli aussitôt les déclarations du premier ministre, des autres officiels et de gens connus. L'article codé dans lequel Galip avait lancé son appel : « Rentre à la maison ! » avait été publié, encadré et intitulé « Sa dernière chronique ». On y avait ajouté une bonne photo de Djélâl, récente. Toutes les déclarations des personnalités interrogées se rejoignaient : les balles qui avaient été tirées sur le journaliste avaient eu pour cible la démocratie, la liberté d'opinion, et aussi la paix, et encore un tas de belles choses, celles que l'on évoque dans ces occasions. Des mesures immédiates avaient été prises pour découvrir l'assassin.

Assis devant la table où s'amoncelaient les papiers et les coupures de journaux, Galip alluma une cigarette. Il ne bougea pas de sa chaise, très longtemps, toujours en pyjama, allumant une cigarette après l'autre. Mais quand on sonna à la porte, il eut l'impression que c'était toujours la même cigarette qu'il fumait depuis une heure. C'était Kamer hanim, ses clés à la main ; quand la porte s'ouvrit brusquement et qu'elle aperçut Galip, elle le regarda avec effarement, comme si un fantôme lui était apparu, avant de pénétrer dans l'appartement, puis elle s'approcha à grand-peine du fauteuil à côté du téléphone, s'y laissa tomber et éclata en sanglots : elle les croyait tous morts, y compris Galip. Tout le monde s'inquiétait d'eux depuis des jours. Dès qu'elle avait lu la nouvelle dans le journal, elle avait couru chez la tante Hâlé ; mais elle avait vu un tas de gens dans la boutique d'Alâaddine, quand elle était passée devant. Alors seulement, elle avait appris que le cadavre de Ruya avait été retrouvé dans le magasin. Alâaddine l'avait découverte entre les poupées, comme endormie, quand il avait ouvert sa boutique le matin de bonne heure...

Lecteur, ô mon lecteur, arrivé à ce point de mon livre, ce livre où j'ai tenté dès le début de séparer soigneusement le narrateur des personnages, les chroniques de journal des pages où sont relatés les faits, et même si je n'y suis pas bien parvenu, permets-moi, après tant d'efforts débordants de bonne foi, que tu as peut-être remarqués, d'intervenir une dernière fois avant d'envoyer ces lignes aux typographes : il est des pages, dans certains livres, qui semblent s'être si bien construites, s'écouler d'elles-mêmes, sans rien devoir au talent de l'auteur, qu'elles nous émeuvent profondément, au point que nous ne les oublions jamais. Ces pages-là demeurent gravées dans notre esprit, ou dans notre cœur, comme il vous plaira, non pas comme le chef-d'œuvre d'un écrivain orfèvre en la matière, mais comme certaines heures paradisiaques, ou infernales, ou les deux à la fois ou même encore en deçà du paradis ou de l'enfer, de

685

notre vie, comme des souvenirs émouvants, cruels ou poignants que nous nous rappellerons des années durant. Eh bien, si j'avais été un écrivain talentueux, un véritable professionnel, et non un chroniqueur improvisé, j'aurais pu me dire avec quelque assurance que nous voilà arrivés à une page de cette qualité-là, assez bonne pour accompagner durant des années les lecteurs aussi sensibles qu'intelligents de mon livre intitulé *Ruya et Galip*. Mais comme je suis fort réaliste dès qu'il est question de mes capacités et de mes écrits, je ne possède pas cette assurance. C'est pourquoi j'aurais bien voulu, arrivé à ces pages, laisser le lecteur seul avec ses propres souvenirs. Le mieux encore sera de recommander au typo de barbouiller ces pages d'encre noire. Pour que vous puissiez ici imaginer, selon votre propre fantaisie, les choses que je ne saurais vous dire. Pour vous donner une idée des ténèbres du cauchemar dans lequel je me suis retrouvé à l'instant où j'ai arrêté mon récit, pour vous rappeler sans cesse le silence qui envahissait mon esprit, au fur et à mesure que se déroulaient les événements que je traversais tel un somnambule. Oui, veuillez bien considérer les pages qui suivent comme des pages toutes noires, comme les souvenirs d'un somnambule.

De la boutique d'Alâaddine, Kamer hanim s'était précipitée chez la tante Hâlé. Là-bas, ils étaient tous en larmes, et persuadés que Galip était mort, lui aussi. Kamer hanim avait fini par leur révéler le secret de Djélâl, elle leur avait avoué qu'il se cachait depuis des années au dernier étage du « Cœur de la Ville », et que Galip et Ruya s'y trouvaient également depuis une semaine. Du coup, personne n'avait plus douté de la mort de Galip. Kamer hanim était ensuite retournée au « Cœur de la Ville » ; sur le conseil de son mari : « Monte donc voir ce qui s'y passe ! », elle était montée au dernier étage, prise d'une étrange appréhension, aussitôt suivie de l'espoir d'y retrouver Galip en vie. Kamer portait un tablier très sale et une jupe vert amande que Galip ne lui connaissait pas.

Quand Galip se rendit ensuite chez la tante Hâlé, il remarqua qu'elle était vêtue d'une robe du même tissu, fond vert amande parsemé de fleurs violettes. Ne s'agissait-il là que d'un hasard ou au contraire d'une fatalité inéluctable vieille de trente-cinq ans, lui rappelant que l'univers est aussi magique que les jardins de la mémoire ? À sa mère, à son père, à l'oncle Mélih, à la tante Suzan, à tous ceux qui l'écoutaient en versant des larmes, il expliqua qu'ils étaient rentrés cinq jours plus tôt d'Izmir, Ruya et lui, qu'ils avaient passé la majeure partie de ces cinq jours — parfois aussi la nuit — avec Djélâl, au « Cœur de la Ville ». Cela faisait plusieurs années que Djélâl avait acheté cet appartement, au dernier étage, mais il n'en avait parlé à personne. Il s'y cachait, parce que des inconnus le menaçaient. Quand, tard dans l'après-midi, Galip fournit ces mêmes explications au procureur de la République et à un fonctionnaire des Services de renseignements, chargés de recueillir ses déclarations, il leur parla longuement de la voix au téléphone, sans parvenir à intéresser par son histoire ces deux hommes, qui l'écoutaient avec l'air de dire : « Nous savons tout, nous autres. » Il ressentit alors l'impuissance de celui qui n'arrive pas à émerger de ses rêves et qui se retrouve incapable d'y attirer qui que ce soit. Un long silence, un silence profond s'installa dans sa tête.

À la tombée du soir, il se retrouva à un moment dans la chambre de Vassif. Peut-être parce que c'était là la seule pièce de la maison où personne ne pleurait, il put y retrouver les traces intactes d'une vie familiale heureuse, qui appartenait au passé. Les poissons japonais dégénérés par toute une série d'unions consanguines flottaient, sereins, dans l'aquarium. Charbon, le chat de tante Hâlé, allongé sur un coin du tapis, suivait d'un œil distrait les gestes de Vassif. Assis au bord de son lit, Vassif examinait un tas de paperasses : les centaines de télégrammes de condoléances dont les expéditeurs allaient du premier ministre au lecteur le plus modeste. Et Galip retrouvait sur le visage de Vassif l'expression de jeu et d'étonnement qui y apparaissait lorsque, assis sur ce même lit entre Galip et Ruya, il contemplait les vieilles coupures de journaux. La faible lumière qui régnait dans la pièce était toujours celle du temps où ils s'y rassemblaient tous les trois, avant le dîner que préparait tante Hâlé ou autrefois grand-mère. Une lumière qui vous donnait envie de dormir, une combinaison inévitable du sous-voltage, de l'ampoule nue, des vieux meubles et du papier fané sur les murs, et qui rappela à Galip la mélancolie liée à toutes les évocations des jours passés avec Ruya, les accès de tristesse qui l'accablaient, telle une maladie incurable, mais à présent, cette tristesse, cette mélancolie mêmes étaient devenues pour lui des souvenirs heureux. Il fit signe à Vassif de se lever, éteignit la lampe, s'étendit tout habillé sur le lit, comme un enfant qui veut pleurer avant le sommeil, et il dormit douze heures d'affilée.

Le lendemain, après les obsèques qui se déroulèrent à la mosquée de Techvikiyé, Galip annonça au rédacteur en chef, dès qu'il put lui parler en tête à tête, qu'il disposait de cartons remplis d'articles inédits ; Djélâl avait envoyé peu de chroniques au journal au cours de ces dernières semaines, mais il avait énormément travaillé, réalisé de vieux projets, complété certains articles inachevés et traité sur le ton du jeu et de la plaisanterie bien des sujets qu'il n'avait jamais abordés jusque-là. Le rédacteur en chef déclara qu'il était prêt, bien sûr, à publier ces inédits dans les colonnes de Djélâl. Ainsi s'ouvrit la carrière littéraire de Galip, carrière qui allait durer des années et dans les colonnes consacrées à Djélâl Salik. Alors que la foule sortait de la mosquée et se dirigeait vers la place de Nichantache, où attendaient les corbillards, Galip aperçut Alâaddine sur le seuil de son magasin : il suivait le convoi d'un regard songeur et tenait à la main une petite poupée qu'il se préparait à envelopper dans un journal.

Galip rêva pour la première fois de Ruya et de cette poupée-là, la nuit du jour où il alla remettre au *Milliyet* certaines chroniques inédites de Djélâl. Après les avoir confiées à la rédaction, écouté les amis et les ennemis de Djélâl — le vieux journaliste Néchati entre autres — exprimer leur affliction et leurs avis sur les deux meurtres, Galip s'était retiré dans le bureau de son cousin et il s'était plongé dans la lecture des journaux des cinq derniers jours, entassés sur la table. Parmi les articles qui attribuaient la responsabilité des meurtres aux Arméniens, à la Mafia turque (Galip avait eu envie de remplacer avec son crayon à bille vert le mot « Mafia » par : les gangsters de Beyoglou), aux communistes, aux réseaux de contrebande de cigarettes américaines, aux Grecs, aux intégristes, aux extrémistes nationalistes, aux Russes et aux membres de la confrérie des Nakchibendis ; entre les déclarations larmoyantes et les fragments de souvenirs outrancièrement élogieux, les colonnes consacrées aux assassinats de même nature commis au cours de l'histoire de notre pays, Galip avait remarqué l'article d'un jeune journaliste, qui avait enquêté sur le double meurtre. Dans l'article qui avait paru dans le *Cumhuriyet* le jour des obsèques, et qui était court, clair, mais rédigé avec une certaine emphase, les personnages étaient mentionnés, non par leurs noms, mais par leur profession ou leur qualité, soulignées par des majuscules.

Le Célèbre Chroniqueur et sa Sœur avaient quitté, le vendredi soir à dix-neuf heures, le domicile du journaliste à Nichantache pour se rendre au cinéma Konak. Le film, *Retour à la maison*, s'était terminé à vingt et une heures vingt-cinq. Le Chroniqueur et sa Sœur (mariée avec un jeune Avocat) — pour la première fois de sa vie, et ne serait-ce qu'entre parenthèses, Galip voyait sa profession mentionnée dans un journal — avaient quitté le cinéma, mêlés à la foule des spectateurs. La neige qui, depuis dix jours, faisait subir de rudes épreuves à Istanbul, avait cessé de tomber, mais il faisait encore très froid. Le Célèbre Chroniqueur et sa Sœur avaient traversé l'avenue de l'Hôtel du Gouverneur, ils s'étaient engagés dans l'avenue Emlâk, et de là, ils avaient gagné l'avenue Techvikiyé. La mort les avait frappés à vingt et une heures trente-cinq exactement, à la hauteur du commissariat. L'assassin, qui avait utilisé un de ces vieux pistolets fabriqués à Kirik-Kalé que possède tout militaire à la retraite, avait très probablement visé le Chroniqueur, mais sa Sœur avait été touchée, elle aussi. L'arme s'était peut-être enrayée ; trois des cinq balles tirées avaient atteint le Chroniqueur, la quatrième avait blessé sa Sœur, la cinquième avait touché le mur de la mosquée de Techvikiyé. Le Chroniqueur, ayant reçu l'une des balles en plein cœur, s'était aussitôt écroulé, mort sur-le-champ. Une autre balle avait réduit en miettes le crayon à bille qu'il portait dans la poche gauche de sa veste (tous les journaux s'étaient aussitôt emparés de ce symbole dû au hasard et dont ils parlaient avec émotion), si bien que la chemise blanche du Chroniqueur avait été imprégnée d'encre verte bien plus que tachée de sang. Quant à sa Sœur, grièvement blessée au poumon gauche, elle avait pu faire quelques pas et entrer dans un « tabac-presse » aussi proche du lieu de l'attentat que le commissariat d'en face. Avec la minutie du détective qui se fait passer et repasser une bande de film très importante, le journaliste avait reconstitué dans ses moindres détails le déroulement des faits : la jeune femme avait dû s'approcher à pas lents de ce tabac, plus connu dans le quartier sous le nom de « la boutique d'Alâaddine », y pénétrer sans être vue par Alâaddine qui s'était, lui, réfugié derrière un arbre. Cette longue et patiente démonstration évoquait une scène de ballet, dansée sous des lumières bleu marine. La sœur du journaliste entrait à pas lents dans le magasin, elle s'écroulait dans un coin entre les poupées. Le film s'accélérait soudain, et perdait toute logique : paniqué par les coups de feu, le patron du tabac, en train de rassembler les journaux accrochés au marronnier devant le magasin, n'avait pas vu la jeune femme pénétrer dans la boutique, il abaissait en toute hâte le rideau de fer, et s'enfuyait pour rentrer chez lui au plus vite.

Bien que les lumières du tabac, connu dans le quartier sous le nom de « la boutique d'Alâaddine », soient restées allumées jusqu'au matin, personne n'avait remarqué la présence de la jeune femme en train d'agoniser à l'intérieur ; même pas la police qui examinait les alentours. De même, les autorités compétentes estimaient très troublant et surprenant le fait que le policier de faction sur l'autre trottoir, loin d'intervenir, ne s'était même pas rendu compte de la présence d'une seconde victime.

L'assassin avait fui dans une direction inconnue. Un honnête citoyen, qui s'était présenté de lui-même à la police, affirmait que la veille, peu avant l'heure du double meurtre, après avoir acheté un billet de la Loterie nationale chez Alâaddine, il avait aperçu, tout près du lieu du crime, une silhouette sombre, à l'aspect inquiétant, vêtue d'une pèlerine, et dont l'accoutrement étrange aurait trouvé sa place dans un film historique (« On aurait juré voir le sultan Mehmet le Conquérant ! » avait-il déclaré) ; il avait parlé de cette apparition à sa femme et à sa belle-sœur, avec un certain émoi, avant même d'apprendre la nouvelle par les journaux. Le jeune journaliste terminait son article en formulant un vœu : il espérait que cette piste ne serait pas négligée par indifférence ou par incompétence, comme l'avait été la jeune femme dont le cadavre avait été retrouvé le lendemain matin seulement entre les poupées.

Cette nuit-là encore, Galip rêva de Ruya, entre les poupées, dans la boutique d'Alâaddine. Elle n'était pas morte. Il entendait son souffle léger et aussi celui des poupées, elle l'attendait dans le noir, elle lui clignait de l'œil, mais il était trop tard, il lui était impossible d'y aller, tout ce qu'il pouvait faire, c'était contempler, de la fenêtre du « Cœur de la Ville » et les larmes aux yeux, les reflets des lumières de la vitrine d'Alâaddine sur le trottoir couvert de neige.

Au début de février, par une belle matinée ensoleillée, Galip apprit par son père que l'oncle Mélih avait obtenu une réponse à la requête adressée à l'administration des Biens-Fonds de Chichli : on avait découvert que Djélâl possédait un second appartement quelque part dans le quartier de Nichantache.

L'appartement où, accompagnés d'un serrurier bossu, se rendirent l'oncle Mélih et Galip, se trouvait tout en haut de l'un des immeubles de trois ou quatre étages, à la façade noircie par la suie et les fumées, et dont la peinture s'écaillait par plaques, faisant penser à une incurable maladie de peau, qui s'alignent dans ces rues étroites, derrière Nichantache, aux pavés et aux trottoirs défoncés, et où Galip se demandait, à chaque fois qu'il lui arrivait d'y passer, pourquoi, à une certaine époque, les riches s'étaient installés dans des coins aussi misérables, ou alors, pourquoi on qualifiait de riches les gens qui y habitaient. Le serrurier n'eut aucune peine à faire jouer la serrure vétuste de la porte, sur laquelle aucun nom n'était indiqué.

À l'arrière de l'appartement s'ouvraient deux chambres à coucher très étroites, meublées d'un lit chacune. À l'avant, ils découvrirent un petit salon, éclairé par une fenêtre donnant sur la rue, et dont une énorme table occupait le centre. Sur la table, flanquée de deux fauteuils, s'entassaient des coupures de journaux où il était surtout question des meurtres les plus récents, des photographies, des magazines de sport et de cinéma, des rééditions des *Texas* ou des *Tom Mix* qui dataient de l'enfance de Galip, des romans policiers, des quotidiens et d'autres paperasses. Des coques de pistaches s'amoncelaient dans un grand cendrier de cuivre ; ce fut là pour Galip la preuve indubitable que Ruya s'était bien assise devant cette table.

Dans la pièce qui semblait être la chambre à coucher de Djélâl, il remarqua des boîtes d'anticoagulants, d'aspirine ou d'allumettes, des tubes de Mnemonics contre les défaillances de la mémoire. Dans celle de Ruya, il constata qu'elle avait emporté bien peu de chose quand elle avait quitté la maison, à en juger par ce qu'il pouvait voir : quelques produits de beauté, le porte-clés vide dont elle était convaincue qu'il lui portait bonheur, sa brosse à cheveux dont le dos était un miroir, et puis ses pantoufles. Galip fixa si fort ces objets posés sur une chaise Thonet dans cette pièce à moitié vide et aux murs nus, qu'il se sentit brusquement délivré de l'envoûtement d'une illusion, et convaincu qu'il avait saisi le sens secret que ces choses lui indiquaient, le mystère depuis longtemps oublié de l'univers. « Ils étaient venus ici se raconter des histoires », se dit-il, quand il alla rejoindre l'oncle Mélih, encore tout essoufflé. La façon dont les grandes feuilles blanches avaient été disposées au bout de la table indiquait bien que Ruya avait entrepris de noter les histoires que lui racontait Djélâl ; et de toute évidence, durant toute la semaine, Djélâl avait occupé le fauteuil où était assis l'oncle Mélih. Et Ruya s'était installée dans l'autre, celui qui était vide à présent. Galip fourra dans sa poche toutes les histoires de Djélâl, celles dont il devait se servir plus tard pour ses chroniques du *Milliyet*. Puis il se lança dans des explications que l'oncle Mélih semblait attendre sans trop d'impatience :

Djélâl était atteint depuis un certain temps d'une terrible perte de la mémoire, maladie découverte par le célèbre médecin anglais Cole Ridge, mais pour laquelle il n'avait trouvé aucun remède. C'était pour dissimuler cette maladie que Djélâl se cachait dans ces deux appartements, et qu'il réclamait sans cesse l'aide de Galip et de Ruya. Voilà pourquoi, à tour de rôle, Galip et Ruya venaient passer la nuit chez lui, pour écouter et même noter les histoires qu'il leur racontait, dans l'espoir de retrouver et de rétablir son passé. Oui, Djélâl leur racontait, des heures durant, d'interminables histoires, alors que dehors tombait la neige.

L'oncle Mélih garda un long moment le silence, comme s'il avait bien tout compris. Puis il pleura. Il alluma une cigarette. Il traversa une légère crise de suffocation. Il déclara que Djélâl s'était toujours trompé. Cette étrange obsession, chez lui, de se venger de toute sa famille, parce qu'il se figurait qu'il avait été mis à la porte du « Cœur de la Ville », et que son père, une fois remarié, s'était mal conduit avec lui et avec sa mère ! Alors que son père l'aimait autant, sinon plus que Ruya. À présent, il avait perdu ses enfants. Ou plutôt, non, son seul enfant, désormais, c'était Galip.

Des larmes. Le silence. Les bruits d'une maison étrangère. Galip eut envie de conseiller à l'oncle Mélih d'aller s'acheter sa bouteille de raki à l'épicerie du coin et de rentrer au plus vite chez lui. Mais au lieu de le faire, il se posa cette question qu'il ne devait jamais plus se poser et que les lecteurs préférant

695

poser eux-mêmes les questions feront bien d'ignorer (en sautant un paragraphe) :

Quels étaient ces souvenirs, ces contes, ces histoires, quelles étaient donc les fleurs qui s'épanouissaient dans le paradis de leur mémoire, pour que Djélâl et Ruya, pour mieux en apprécier le parfum, le goût, le plaisir, se soient sentis obligés d'en interdire l'accès à Galip ? Était-ce parce que Galip ne savait pas raconter une histoire ? Parce qu'il n'était pas aussi gai et aussi brillant qu'eux ? Parce qu'il lui arrivait de ne pas comprendre les histoires ? Parce qu'il leur gâchait leur plaisir par une admiration excessive ? Parce qu'ils avaient voulu fuir l'incurable mélancolie qu'il répandait autour de lui, comme une maladie contagieuse ?

Il remarqua que Ruya avait placé sous le vieux radiateur couvert de poussière, qui coulait, un pot de yogourt en plastique, comme elle le faisait à la maison.

Parce que tous les souvenirs liés à Ruya lui devenaient insupportables, parce que dans les tourments terrifiants de son chagrin, tous les objets autour de lui semblaient s'animer, Galip quitta, vers la fin de l'été, l'appartement où il avait vécu avec sa femme pour s'installer dans celui de Djélâl, au « Cœur de la Ville ». Tout comme il avait refusé de voir le cadavre de Ruya, il ne voulait plus revoir leurs meubles, que l'oncle Mélih se chargea de vendre ou d'offrir à des voisins. Il était devenu incapable d'imaginer, comme il le faisait avec optimisme dans ses songes, que Ruya surgirait un jour de quelque part, tout comme elle avait autrefois resurgi de son premier mariage, et qu'ils pourraient poursuivre leur vie, comme s'ils reprenaient un livre abandonné à mi-chemin alors qu'ils le lisaient ensemble. Les chaudes journées d'été avaient été interminables.

À la fin de l'été, il y eut un coup d'État militaire. Le nouveau gouvernement, constitué de patriotes assez prudents pour ne pas avoir jusque-là pataugé dans le cloaque de la politique, déclara que les auteurs de tous les assassinats politiques commis dans le passé seraient retrouvés, tous, sans exception. Là-dessus, à l'occasion du premier anniversaire de la mort de Djélâl, les journaux, auxquels la censure interdisait de traiter tout sujet politique, rappelèrent, dans un style aussi sage que distingué, que « même le mystère du meurtre de Djélâl Salik n'avait toujours pas été élucidé ». Un grand quotidien — Dieu sait pourquoi, il ne s'agissait pas du *Milliyet* — promit une assez forte récompense à toute personne susceptible de fournir des renseignements pouvant mener à la découverte du coupable : de quoi s'acheter un camion ou une petite minoterie ou une épicerie, dont le revenu assurerait une bonne rente à vie ! Ainsi se déclenchèrent l'ardeur et l'emballement suscités dans tout le pays par l'espoir de découvrir les secrets qui se cachaient derrière « l'affaire du meurtre de Djélâl Salik ». Craignant de laisser passer cette ultime chance d'accéder à l'immortalité, tous les militaires responsables du maintien de l'état d'urgence dans les villes de province retroussèrent leurs manches et se lancèrent dans l'action.

Vous avez sans doute deviné à mon style que j'ai à nouveau repris le récit des événements. Tout comme les marronniers qui retrouvaient leur feuillage, je changeais, moi aussi ; l'homme plongé dans le chagrin se transformait peu à peu en un homme en colère. Ce nouvel homme en colère ne prêtait guère l'oreille aux informations que les correspondants de province faisaient parvenir à Istanbul tout en soulignant que « rien ne perçait de l'enquête ». Il apprenait ainsi que l'auteur du meurtre avait été arrêté dans une petite ville perdue dans les montagnes, dont il connaissait le nom uniquement parce qu'un autobus avec à bord une équipe de football et ses supporters venait de s'y écraser au fond d'un précipice et que tous les passagers avaient péri dans l'accident. La semaine suivante, le meurtrier était appréhendé alors que, d'un village du bord de mer, il contemplait avec nostalgie, et aussi le sentiment du devoir bien rempli, les côtes lointaines du pays voisin qui lui avait remis un sac plein d'argent pour accomplir son forfait. Comme ces informations insufflaient du courage aux citoyens qui n'osaient même plus pratiquer la délation, et de l'ardeur aux divers commandants de l'état de siège, envieux de la réussite de certains de leurs collègues, une vague de nouvelles annonçant l'arrestation du meurtrier déferla sur le pays, au début de l'été. Ce fut à cette époque que les responsables de la sécurité prirent l'habitude de m'emmener en pleine nuit au siège de leur direction à Istanbul, pour « identifier les suspects » et « faire appel aux informations » que je pourrais leur fournir.

Tout comme dans les petites bourgades lointaines, attachées à leur religion et à leurs cimetières, où, faute de moyens, la municipalité fait arrêter les générateurs à partir de minuit, et où règnent des ténèbres silencieuses, alors que les bouchers clandestins égorgent en toute hâte les vieilles rosses, dans une atmosphère d'exécutions sommaires, le couvre-feu parta geait en deux la vie du pays, qui se retrouvait comme coupée au couteau en noir ou en blanc. Un peu après minuit, je quittais ma table de travail où je rédigeais la chronique de Djélâl avec une inspiration et une créativité dignes de lui, je surgissais peu à peu de la fumée de mes cigarettes et de la brume de mes pensées, et je descendais lentement au rez-de-chaussée du « Cœur de la Ville », j'allais me planter sur le trottoir désert, où j'attendais la voiture qui m'emmènerait aux bâtiments des services secrets, qui s'élèvent sur les hauteurs de Béchiktache, semblables à un château fort avec leurs murailles. L'intérieur du château était aussi animé, grouillant d'agitation et ruisselant de lumière que la ville était vide, sombre et inerte.

On me montrait les photos de jeunes gens échevelés, aux yeux rêveurs, dont les cernes violets indiquaient qu'ils avaient été privés de sommeil. Certains me rappelaient le fils du porteur d'eau, ce garçon qui, il y a de cela bien des années, avait coutume d'accompagner son père pour observer, de ses yeux noirs aussi perçants que des projecteurs, tout ce qui se trouvait autour de lui, afin de le graver sur-le-champ dans sa mémoire. D'autres me faisaient penser au meilleur ami du frère aîné d'un copain, un garçon sans-gêne et affligé d'acné, qui, un jour où nous étions allés au cinéma, avait abordé Ruya en train de savourer son esquimau glacé, à l'entracte de cinq minutes, et cela sans accorder la moindre attention au cousin qui l'accompagnait. D'autres encore me faisaient penser au commis, du même âge que nous, qui de la porte entrouverte d'un très ancien magasin de tissus, lieu célèbre et historique, bien connu dans le secteur géographique maison-école, contemplait

d'un regard lourd de sommeil la foule des élèves qui
sortaient de l'école. Et il y en avait d'autres — et
c'étaient là les plus terrifiants — qui ne faisaient penser à personne, qui n'éveillaient aucune association
d'idées. Alors que je contemplais ces visages dénués
d'expression, et d'autant plus effrayants qu'ils
n'exprimaient rien, ces hommes plantés de force
devant les murs jamais repeints, souillés de taches
de Dieu sait quelle nature, des divers locaux de la
Sûreté ; au moment où je parvenais — ou je ne parvenais pas — à faire surgir de la brume de mes souvenirs une ombre très floue, une expression qui se
refusait à se livrer, mais qui n'était pas tout à fait
indéterminée, c'est-à-dire à l'instant où je m'attardais
devant une photographie, les agents secrets et futés
plantés autour de moi m'encourageaient, en me fournissant des détails incitateurs sur la personnalité du
visage fantomatique sur la photo : ce jeune homme
avait été arrêté à Sivas, à la suite d'une dénonciation,
dans un café fréquenté uniquement par les ultrana-
tionalistes ; quatre meurtres lui étaient imputés. Un
autre, dont la moustache n'était encore que du duvet,
avait publié dans une revue pro-Enver Hodja une
série d'articles dans lesquels Djélâl était désigné
comme l'homme à abattre. Celui dont la veste ne portait plus un seul bouton arrivait de Malatya : il s'agissait d'un instituteur qui avait parlé, en insistant lourdement, à ses élèves de neuf ans, de l'obligation
d'exécuter Djélâl, pour avoir proféré des blasphèmes
à l'égard de Mevlâna, dans un article vieux de quinze
ans, manquant ainsi de respect envers ce grand
homme de foi. Un autre encore, d'un certain âge, lui,
un ivrogne à l'air craintif et à l'allure de bon père de
famille : dans une taverne de Beyoglou, il avait lon-

guement discouru sur la nécessité de débarrasser notre pays de tous les microbes ; un bon citoyen, assis à la table voisine, et qui n'avait que la récompense en tête, était allé le dénoncer au commissariat le plus proche, en affirmant que le nom de Djélâl avait été cité parmi les microbes à éliminer. Galip bey connaissait-il ce poivrot mal réveillé, ces râleurs, ces types revenus de tout, ces malheureux perdus dans leurs rêves ? Au cours des derniers mois ou même des dernières années, Galip bey avait-il aperçu, en compagnie de Djélâl bey, l'un — n'importe lequel — de ces visages au regard d'illuminés ou de criminels ?

Le même été, à l'époque où je vis le portrait de Mevlâna apparaître sur les nouveaux billets de cinq mille livres, je découvris dans les journaux l'avis de décès d'un colonel à la retraite du nom de Mehmet Utchundju. Au mois de juillet, en pleine canicule, les invitations nocturnes obligatoires se firent plus fréquentes et le nombre de photographies qu'on me présentait s'accrut considérablement. Sur ces photos, je pus voir des visages plus mélancoliques, plus désespérés, plus terrifiants, plus incroyables encore que ceux que j'avais découverts dans la modeste collection de Djélâl : réparateurs de vélos, étudiants en archéologie, ouvriers en confection, pompistes, commis d'épicier, figurants de cinéma, gérants de café, auteurs de brochures pieuses, poinçonneurs d'autobus, gardiens de parcs, videurs de boîte de nuit, jeunes comptables, vendeurs à domicile d'encyclopédies... Tous avaient connu la torture, tous avaient été rossés, maltraités, plus ou moins sévèrement, tous avaient fixé l'objectif l'air de dire : « Je ne suis pas là, moi », ou encore : « De toute façon, moi, je suis un autre » ; et avec tous, collée sur leur visage, une expression qui masquait la tristesse et l'épouvante, comme s'ils avaient tous voulu oublier, enfouir tout au fond d'un puits perdu pour qu'ils y disparaissent à jamais le mystère, le savoir secret qui se dissimulaient dans les profondeurs de leur mémoire et dont ils avaient perdu le souvenir, et qu'ils ne cherchaient plus à retrouver parce qu'ils les avaient oubliés.

Comme je ne voulais plus revenir sur la disposition des pièces dans un jeu déjà ancien et qui me semblait (de même qu'à mes lecteurs) résolu depuis longtemps, ni sur les coups que j'avais si longuement calculés, sans me rendre compte qu'ils étaient prévus depuis longtemps, j'avais décidé de ne plus parler des lettres que je distinguais sur les visages. Mais lors d'une de ces nuits interminables passées au château (le mot « forteresse » serait-il plus approprié ?), alors que je repoussais toujours avec la même certitude toutes les photos que l'on me montrait, un fonctionnaire des services secrets, colonel de l'état-major, comme je l'appris par la suite, me posa la question : « Mais les lettres », me dit-il, « vous n'arrivez pas à les voir, les lettres ? Nous connaissons, *nous aussi*, la difficulté d'être soi dans ce pays. Mais si vous nous aidiez un peu ? » ajouta-t-il, avec une circonspection toute professionnelle.

Une autre nuit, un capitaine grassouillet me donna son avis sur la pérennité de la croyance en l'arrivée du Mehdi chez les confréries religieuses qui subsistaient en Anatolie ; il en parlait comme s'il s'agissait des souvenirs de sa propre enfance, une enfance sombre et maussade, et non des conclusions de ses recherches : au cours des voyages qu'il avait effectués dans le plus grand secret en Anatolie, Djélâl aurait tenté d'établir des contacts avec ces « séquelles de l'obscurantisme » ; il aurait même réussi à rencontrer certains de ces illuminés dans l'atelier d'un charron des faubourgs de Konya et chez un matelassier à Sivas ; il leur aurait parlé de son intention de livrer dans ses articles les Signes de l'approche de l'Apocalypse, et demandé de patienter encore un peu. Ces mêmes signes fourmillaient d'ailleurs dans ses chroniques sur les Cyclopes, sur le Bosphore dont les eaux se retiraient, celles aussi où il parlait des sultans et des pachas parcourant les villes sous un déguisement.

Quand l'un de ces fonctionnaires pleins de zèle, persuadés qu'ils finiraient par déchiffrer ces signes, me déclarait très sérieusement qu'il était sur le point de décoder certains messages secrets que Djélâl aurait délivrés dans ses chroniques, j'avais envie de lui dire : « Je connais la solution, moi. » Quand ils me faisaient remarquer que le livre où Khomeyni relate sa vie et ses combats s'appelle le *Kechful-Esrar*, « La découverte des secrets », et me montraient des photographies de l'Imam prises dans des rues obscures de Bursa, à l'époque où il y vivait en exil, je comprenais très bien ce qu'ils voulaient me faire remarquer ; et j'avais envie de leur dire : « Je le sais. » Tout comme eux, je connaissais la personne et le secret dissimulés dans les articles que Djélâl avait consacrés à Mevlâna. Quand ils affirmaient en rigolant qu'il s'était cherché un tueur, parce qu'il avait perdu la mémoire — parce qu'il avait perdu les pédales, disaient-ils —, à force de s'évertuer à créer de toutes pièces un secret oublié ; ou alors, quand sur l'une des photos étalées devant moi, je retrouvais une étrange ressemblance avec l'un de ces hommes aux visages si tristes, si mélancoliques, dépossédés de toute expression, dont j'avais découvert les photos tout au fond de la bibliothèque de Djélâl, j'avais envie de leur dire : « Je le savais. » J'aurais aussi voulu leur dire que je connaissais la bien-aimée à laquelle il s'adressait dans sa chronique sur le Bosphore vidé de ses eaux, l'épouse imaginaire dans sa chronique sur un fantôme de baiser, et tous les personnages qu'il rencontrait dans ses rêves qui précédaient le sommeil. Quand ils m'apprirent ironiquement que le jeune homme dont Djélâl avait conté l'histoire, ce garçon qui vendait des tickets de cinéma au marché noir et qui, tombé amoureux de la jeune caissière grecque au teint si pâle, en avait perdu la raison, était en réalité un flic en civil dépendant de leurs services ; quand très tard dans la nuit, après avoir longuement examiné le visage d'un suspect à qui la bastonnade, la torture, la privation de sommeil avaient fait perdre toute signification, toute identité, tout secret, mais encore plus troublé par le miroir magique qui s'interposait entre nous, parce que nous pouvions le voir et que nous étions invisibles pour lui, je finissais par déclarer que je ne le connaissais pas ; et qu'ils m'affirmaient alors que tout ce que Djélâl avait raconté sur les visages et sur les plans urbains n'était qu'un truc très courant, et qu'il avait, avec cette méthode à bon marché, procuré un peu de bonheur, en les mystifiant, à ses lecteurs qui attendaient de lui un signe de solidarité, d'affinité, la révélation d'un secret, j'avais encore envie de leur dire : « Je le savais », alors que je ne croyais pas un mot de ce qu'ils me racontaient.

Peut-être savaient-ils aussi bien que moi ce que je

savais et ce que j'ignorais. Mais comme ils voulaient terminer au plus vite leur boulot, et empêcher le doute de germer non seulement dans mon esprit, mais dans celui de tous les lecteurs, de tous les citoyens, ils voulaient anéantir le mystère perdu de Djélâl, dissimulé sous le noir goudron et la vase grisâtre de nos existences, sans nous laisser le temps de le découvrir nous-mêmes.

De temps en temps, l'un des agents, plus dégourdi que les autres, estimant que cette affaire avait suffisamment traîné, un général énergique et décidé que je voyais pour la première fois, ou encore un procureur maigrichon dont j'avais fait la connaissance quelques mois plus tôt, se lançait dans un récit bien ordonné, exactement comme le « privé » si peu convaincant qui, avec l'adresse de l'illusionniste, parvient à révéler au lecteur le sens secret de tous les détails, de tous les indices, parsemés dans le roman policier. Et alors que l'orateur développait son exposé, qui me rappelait les dernières pages des polars si chers à Ruya, toutes les personnes présentes écoutaient avec patience et fierté, comme le font les professeurs composant le jury des « débats d'école », les perles de ce brillant élève, tout en prenant des notes sur des feuilles de papier à en-tête de l'Office des fournitures publiques : l'assassin n'était qu'un pion, utilisé par des puissances étrangères, pour déstabiliser notre société ; les membres des confréries bektachi ou nakchibendi, qui voyaient leurs secrets devenir un objet de risée, ou certains poètes qui écrivaient des acrostiches en utilisant encore la prosodie classique, ou d'autres plus modernes, tous des crypto-houroufis, se chargeaient allégrement, sans même s'en rendre compte, de jouer le rôle d'agents

705

de ces puissances étrangères, dans cette conspiration qui visait à provoquer des troubles dans notre pays, à le faire sombrer dans un chaos apocalyptique ; non, pas du tout, cet assassinat n'avait rien d'un meurtre politique. Pour s'en convaincre, il suffisait de se rappeler que le journaliste assassiné passait son temps à noircir du papier avec toutes les stupidités, bien étrangères à la politique, qui lui passaient par la tête ; il le faisait dans un esprit depuis longtemps démodé, avec des longueurs et un style qui le rendaient illisible. Le meurtrier était certainement un gangster notoire de Beyoglou qui, prenant pour des railleries les galéjades que Djélâl publiait à son sujet, l'avait tué lui-même ou l'avait fait abattre par l'un de ses hommes de main. Une nuit où la torture était utilisée pour faire revenir sur leurs aveux des étudiants qui, pour la gloire, s'étaient accusés du meurtre de Djélâl, et pour faire passer aux aveux des innocents ramassés dans une mosquée, arriva un général des Renseignements généraux, en compagnie d'un professeur spécialiste de la poésie du Divan, au râtelier trop évident : leur enfance s'était écoulée dans les mêmes jardinets et les mêmes rues, bordées de maisons aux fenêtres grillagées, du vieil Istanbul. Après un exposé fort ennuyeux, entrecoupé par les plaisanteries de l'auditoire, sur le Houroufisme et sur l'art des jeux verbaux et des calembours dans la littérature ancienne, le professeur avait écouté mon histoire — que je lui présentais de bien mauvais gré — et avait même fini par déclarer, avec l'affectation d'une voyante de troisième ordre, qu'on pouvait très bien, et sans trop forcer, considérer le déroulement des faits comme un calque de la trame du *Husn-u Achk* de Cheik Galip, Les lettres de dénonciation, adressées aux journaux ou à la Sûreté, dont le nombre croissait sous l'effet de la récompense promise, étaient alors examinées au château par un comité ; cet avis du professeur, qui portait sur des questions poétiques vieilles de deux siècles, ne retint pas l'attention de ses membres.

C'est alors qu'ils décidèrent que l'assassin était un coiffeur victime d'une dénonciation. Après m'avoir montré ce petit homme frêle, âgé d'une soixantaine d'années, et s'être convaincus que j'étais bien incapable de l'identifier, ils ne m'invitèrent jamais plus aux folles festivités de vie et de mort, de mystères et de pouvoir qui se déroulaient au château. Une semaine plus tard, les journaux publièrent dans tous ses détails l'histoire du coiffeur qui avait tout d'abord rejeté les accusations, qui était ensuite passé aux aveux, puis était revenu sur ses aveux pour tout avouer une seconde fois. Il y avait bien des années de cela, Djélâl Salik avait parlé pour la première fois de cet homme dans une chronique intitulée « Je dois être moi-même ». Dans cette chronique et dans d'autres par la suite, il avait rapporté la visite que ce coiffeur lui avait rendue à la rédaction du journal ; l'homme lui avait posé des questions sur un secret d'une importance extrême pour l'Orient, pour notre pays, pour notre existence même. Mais à toutes ses questions, Djélâl n'avait répondu que par des plaisanteries. Le coiffeur avait constaté avec rage que ces plaisanteries, lancées devant témoins, et qu'il estimait insultantes pour lui, étaient reprises dans une chronique et rappelées par la suite à plusieurs occasions. Se voyant à nouveau insulté vingt-trois ans plus tard par la publication du même article, toujours sous le même titre, et se trouvant d'autre part sous l'influence des provocations de certains foyers d'intrigues de son entourage, le coiffeur avait décidé de se venger du journaliste. On ne put jamais découvrir quels étaient ces éléments provocateurs dont le coiffeur niait d'ailleurs l'existence : lui-même utilisait le jargon de la police et de la presse, et qualifiait son geste d'acte de « terrorisme individuel ». La photographie de l'homme au visage meurtri, épuisé, dépourvu d'expression, et où toutes les lettres avaient été effacées, parut dans les journaux. Peu après, suite à la sentence rendue à l'issue d'un procès qui fut mené avec diligence — pour l'exemple — et ratifiée aussitôt — toujours pour l'exemple —, on pendit le coiffeur très tôt le matin, à l'heure où seules erraient dans les rues d'Istanbul les hordes de chiens à la triste figure, indifférents aux contraintes du couvre-feu.

À cette époque, je m'intéressais à toutes les légendes liées au mythe du mont Kaf, à tous les contes dont je me souvenais et aux histoires traitant du même sujet que je pouvais découvrir. Le reste de mon temps, je le passais à écouter, dans une douce somnolence, les hypothèses avancées par des gens qui venaient me trouver dans mon cabinet, dans l'intention de « faire la lumière sur les événements ». Mais je ne leur étais d'aucun secours. Ce fut ainsi que j'écoutai l'élève du Lycée Théologique, un obsessionnel qui, à la lecture des articles de Djélâl, était parvenu à la conviction que Djélâl était le Dejjal, le Faux Messie, et qui m'expliqua longuement que l'assassin avait très bien pu en tirer la même conclusion, si bien qu'en tuant Djélâl, il s'était mis lui-même à la place du Mehdi, à « Sa » place à « Lui ». Il m'avait ensuite désigné certaines lettres sur des coupures de journaux où il n'était question que d'histoires de bourreaux. J'écoutai de même le tailleur de Nichantache qui m'affirma avoir confectionné pour Djélâl des tenues de personnages historiques. J'eus même beaucoup de peine à me rappeler, comme on se souvient vaguement d'un film vu il y a très longtemps, qu'il s'agissait là du tailleur que j'avais vu travailler dans son atelier, la nuit de neige où disparut Ruya. J'eus la même réaction avec Saïm, venu me voir pour se renseigner sur les richesses des archives des Renseignements généraux, et pour me donner une bonne nouvelle : le véritable Mehmet Yilmaz avait été finalement retrouvé, et l'étudiant accusé à tort, remis en liberté. Alors que Saïm attirait mon attention sur le titre de la chronique qui aurait poussé le coiffeur au crime et menait un long raisonnement sur les mots : « Je dois être moi-même... », je me sentais bien loin d'être moi-même, au point qu'il me semblait m'éloigner de ce livre noir et de Galip lui-même.

Pendant un certain temps, je me consacrai entièrement à ma profession et aux procès de mes clients. Puis vint une période où je négligeai mon travail, je me remis à fréquenter mes anciens amis, j'allai au restaurant ou à la taverne avec de nouvelles connaissances. Certains jours, je remarquais que les nuages au-dessus d'Istanbul se teintaient d'un jaune ou d'un gris cendré incroyable ; mais je tentais aussi de me persuader que le ciel au-dessus de la ville était le ciel de toujours, notre ciel familier. En pleine nuit, après avoir rédigé deux ou trois chroniques pour la semaine, toujours sous le nom de Djélâl — je les écrivais d'un seul jet, exactement comme lui dans ses périodes les plus fécondes —, je quittais ma table de travail, m'installais dans le fauteuil à côté du téléphone, posais les pieds sur le guéridon, et j'attendais la lente métamorphose des objets autour de moi en objets et en signes venus d'un autre univers. Et alors, tout au fond de ma mémoire, je sentais flotter un souvenir, une ombre indistincte avancer en passant d'un des jardins de la mémoire à un autre ; elle franchissait les portes d'un deuxième, puis d'un troisième jardin, et tout au long de ce processus familier, les portes de l'enclos de ma propre personnalité semblaient s'ouvrir, elles aussi, se refermer ; je devenais peu à peu quelqu'un d'autre, susceptible de se confondre avec cette ombre et de connaître le bonheur avec elle, si bien que je me surprenais sur le point de parler avec la voix d'un autre.

Dans la crainte de me retrouver, sans y être préparé, confronté avec des souvenirs liés à Ruya, je maintenais ma vie sous un certain contrôle, même si ce contrôle n'était pas trop sévère ; j'évitais soigneusement la tristesse qui pourrait s'emparer de moi à un moment ou dans un lieu inattendus. Deux ou trois fois par semaine, j'allais dîner chez tante Hâlé ; je donnais à manger aux poissons japonais de Vassif, mais jamais je ne m'asseyais à ses côtés au bord du lit, pour regarder ses coupures de journaux. (En dépit de ces précautions, je tombai un jour sur une photo d'Edward G. Robinson, présentée par erreur comme étant celle de Djélâl, et je découvris ainsi entre eux un vague air de famille.) Quand mon père ou tante Suzan me recommandaient de ne pas rentrer trop tard, à croire que Ruya, malade, m'attendait à la maison : « Bien sûr, il vaut mieux que je parte avant l'heure du couvre-feu... », leur disais-je aussitôt.

Mais je ne m'engageais jamais dans la rue qui passait devant la boutique d'Alâaddine et que nous avions l'habitude de suivre, Ruya et moi ; j'en choisissais d'autres, qui allongeaient encore mon chemin vers notre ancien appartement et vers le « Cœur de la Ville » ; je devais également changer d'itinéraire pour éviter les rues que Djélâl et Ruya avaient suivies, ce soir-là, après leur sortie du cinéma, et je me retrouvais ainsi dans des ruelles sombres et étranges d'Istanbul, entre leurs lampadaires, leurs murs, leurs lettres, qui m'étaient inconnus, leurs immeubles aveugles aux façades terrifiantes, leurs rideaux tirés qui ne laissaient filtrer aucune lumière, leurs cours de mosquées désertes. Cette longue marche entre tous ces signes obscurs et inanimés faisait de moi un autre homme ; si bien qu'une fois arrivé sur le trottoir du « Cœur de la Ville », quelques minutes après l'heure du couvre-feu, lorsque j'apercevais le chiffon encore noué aux barreaux du balcon, j'y voyais aisément le signe que Ruya m'attendait à la maison.

Quand, après avoir suivi toutes ces rues obscures et désertes, je revoyais flotter à la grille du balcon le signal que m'adressait Ruya, je me souvenais d'une longue conversation que nous avions eue, par une nuit d'hiver où il neigeait, c'était dans le courant de la troisième année de notre mariage. Nous avions parlé sans nous lancer une seule pique, comme deux vieux copains compréhensifs et complices, sans laisser non plus sombrer le dialogue dans le puits perdu de l'indifférence de Ruya, sans même ressentir l'approche du silence profond qui surgissait si souvent entre nous, brusquement, comme un fantôme. Cette nuit-là, nous avions joué à imaginer une de nos journées lorsque nous aurions atteint l'âge de soixante-treize ans. C'était moi qui en avais eu l'idée, mais la fantaisie de Ruya avait donné toute sa saveur à ce jeu.

Nous avions donc soixante-treize ans. Par un beau jour d'hiver, nous allions tous les deux à Beyoglou ; avec nos petites économies, nous nous offrions des cadeaux : une paire de gants, un pull. Nous portions nos manteaux familiers, vieux et lourds, imprégnés de nos odeurs. Tout en bavardant, nous examinions les vitrines, mais sans trop d'intérêt, sans y chercher rien de précis. Avec des exclamations d'horreur, nous nous plaignions de tous ces changements, nous affirmions que tout était plus beau autrefois : vitrines, vêtements, passants ; nous savions pourtant que si nous le faisions, c'était parce que nous étions trop vieux pour attendre quelque chose de l'avenir, mais cela ne modifiait en rien notre comportement. Nous achetions un kilo de marrons glacés, sans quitter des yeux le confiseur qui les pesait et les emballait. Puis, quelque part dans une ruelle de Beyoglou, nous découvrions une vieille librairie, jamais remarquée jusque-là ; nous nous en félicitions, ravis. Dans la librairie, il y avait un tas de livres à prix réduit, des polars que Ruya n'avait jamais lus, ou qu'elle avait lus et oubliés. Nous étions en train de fureter partout pour faire notre choix quand un vieux chat se glissa entre les piles de livres et miaula dans notre direction, et la libraire eut pour nous un regard complice. Nous sortions de la librairie, nos paquets à la main, heureux d'avoir fait une bonne affaire, avec une provision de romans policiers qui suffiraient aux besoins de Ruya pour deux mois au moins. Nous étions en train de boire un verre de thé dans un café, une discussion sans importance surgissait entre nous. C'était parce que nous avions soixante-treize ans que nous nous disputions, parce que nous savions, comme tous les gens de notre âge, que nous avions vécu pour rien. Une fois rentrés à la maison, nous ouvrions nos paquets, et puis nous ôtions nos vêtements sans éprouver la moindre gêne, avec nos vieux corps trop blancs aux muscles flasques, nous faisions longuement l'amour, dans une débauche de marrons glacés poisseux. La peau trop pâle de nos corps vieillis, fatigués, était du même blanc crémeux, presque diaphane, que celui de notre teint d'enfant, à l'époque où nous nous étions connus, soixante-sept ans plus tôt. Ruya, dont l'imagination avait toujours été plus riche que la mienne, avait ajouté un détail : nous nous arrêtions au beau milieu de cette folle scène d'amour, pour allumer une cigarette et verser quelques larmes. Cette histoire, c'était moi qui l'avais imaginée, car je savais qu'à soixante-treize ans, Ruya ne pourrait plus rêver d'autres vies et qu'elle finirait par m'aimer. Comme l'auront certainement remarqué mes lecteurs, Istanbul n'aurait pas changé dans ce rêve, la ville continuerait à traîner la même existence misérable.

Il m'arrive encore de rencontrer dans les vieux cartons de Djélâl ou dans les tiroirs des meubles de mon cabinet, ou encore chez tante Hâlé, quelque objet ayant appartenu à Ruya, et qui n'a pas été jeté jusqu'ici parce qu'il m'a bizarrement échappé : le bouton violet de la robe à fleurs qu'elle portait le jour où je l'ai vue pour la première fois ; une paire de lunettes « modernes » à la monture papillon, de celles qui apparurent dans les années soixante, sur le visage des femmes dynamiques et débordantes de santé des magazines étrangers ; ces lunettes, Ruya les avait utilisées six mois avant de les jeter ; de petites épingles à cheveux noires (une épingle pincée entre ses lèvres, des deux mains, elle en introduisait une autre dans la masse de ses cheveux) ; le couvercle, qu'elle se désolait depuis des années d'avoir perdu, de la boîte en forme de canard où elle gardait ses aiguilles et ses bobines de fil ; une « rédaction », égarée entre les dossiers de l'oncle Mélih ; sujet : l'oiseau mythique Simorgh, qui vit sur le mont Kaf, et les aventures des voyageurs qui se lancent à sa recherche, le tout copié dans une encyclopédie ; quelques cheveux de Ruya sur la brosse de tante Suzan ; une liste de commissions, dressée à mon intention (du thon saumuré, la revue *L'Écran de Cinéma*, de l'essence à briquet, du chocolat Bonibon aux noisettes) ; un arbre, dessiné avec l'aide de grand-père ; l'image du cheval dans l'abécédaire ; l'une des chaussettes qu'elle avait aux pieds, il y a dix-neuf ans, quand elle monta pour la première fois sur une bicyclette de location.

Avant d'aller jeter furtivement, mais avec beaucoup de respect et de délicatesse, ces objets, l'un après l'autre, dans une des poubelles disposées devant les immeubles de la rue de Nichantache, pour prendre ensuite mes jambes à mon cou, je les portais dans mes poches pendant quelques jours, parfois quelques semaines, voire un ou deux mois, je le reconnais ; et même après m'en être débarrassé avec affliction, je me plaisais à imaginer que tous ces symboles de la tristesse reviendraient un jour vers moi, l'un après l'autre, avec les souvenirs qu'ils évoquaient, comme ceux qui remontaient autrefois du puits d'aération du vieil immeuble.

Aujourd'hui, tout ce qu'il me reste de Ruya, ce sont seulement des écrits, ces pages obscures, toutes noires. Quand il m'arrive de penser aux histoires qu'elles racontent, celle du bourreau, par exemple, ou quand je me souviens de la nuit blanche de neige où nous entendîmes pour la première fois, de la bouche même de Djélâl, le conte intitulé « Ruya et Galip », je me rappelle une autre histoire, celle qui expliquait que le seul moyen d'être soi-même, c'était d'être un autre, ou alors de se perdre dans les histoires racontées par un autre ; et ces histoires, que j'ai tenté de disposer côte à côte dans un livre noir, m'émeuvent en me rappelant une autre histoire, puis une autre encore, exactement comme cela se passe dans notre mémoire ou dans les histoires d'amour des contes de chez nous, qui s'emboîtent les unes dans les autres ; celle de l'amant perdu dans les rues d'Istanbul, et qui en devint un autre homme ; ou celle de l'homme qui se lança à la recherche du secret et du sens perdus de son visage ; si bien que je me plonge avec plus de plaisir encore dans mon nouveau travail, qui consiste à récrire de vieilles histoires, très, très anciennes, et que j'arrive à la fin de mon livre si noir. Dans cette fin, Galip est en train d'écrire la dernière chronique de Djélâl, qui, à vrai dire, n'intéresse presque plus personne. Puis, un peu avant l'aube, il pense à Ruya, avec douleur ; il quitte sa table de travail, il contemple Istanbul qui s'éveille dans le noir. Je pense à Ruya, je quitte ma table de travail, et je contemple la ville plongée dans le noir. Nous pensons à Ruya, et nous contemplons la ville encore plongée dans le noir, et nous sommes tous envahis par l'émoi, la tristesse qui s'emparent de moi quand, dans un demi-sommeil, je m'imagine en pleine nuit retrouver la trace de Ruya sur la couette à carreaux bleus et blancs. Car rien ne saurait être aussi surprenant que la vie. Sauf l'écriture. Sauf l'écriture, oui, bien sûr, sauf l'écriture qui est l'unique consolation.

1985-1989

PREMIÈRE PARTIE

I.	*Quand Galip vit Ruya pour la première fois*	13
II.	*Le jour où se retireront les eaux du Bosphore*	33
III.	*Bien le bonjour à Ruya*	41
IV.	*La boutique d'Alâaddine*	71
V.	*C'est un enfantillage*	83
VI.	*Les enfants chéris de maître Bédii*	100
VII.	*Les lettres du mont Kaf*	110
VIII.	*Les trois mousquetaires*	137
IX.	*Quelqu'un me suit*	151
X.	*L'Œil*	181
XI.	*Notre mémoire, nous l'avons perdue dans les salles de cinéma*	196
XII.	*Le baiser*	213
XIII.	*Regarde qui est là*	224
XIV.	*Nous L'attendons, tous*	241
XV.	*Les histoires d'amour de la nuit sous la neige*	255
XVI.	*Je dois être moi-même*	283
XVII.	*M'avez-vous reconnue ?*	293
XVIII.	*Le puits sombre de l'immeuble*	326
XIX.	*Les signes dans la ville*	334

DEUXIÈME PARTIE

    I. *La maison fantôme*   369
    II. *N'arrivez-vous pas à dormir ?*   387
    III. *Qui a tué Chems de Tabriz ?*   394
    IV. *L'histoire de ceux qui ne peuvent pas raconter d'histoires*   419
    V. *Les devinettes sur les visages*   424
    VI. *Le bourreau et le visage en pleurs*   446
    VII. *Le secret des lettres et la disparition du secret*   459
    VIII. *Une très longue partie d'échecs*   481
    IX. *La découverte des secrets*   495
    X. *Son héros, c'était donc moi*   520
    XI. *Mon frère*   526
    XII. *L'histoire est entrée dans le miroir*   570
    XIII. *Je ne suis pas un malade mental mais tout simplement un lecteur fidèle*   580
    XIV. *Les mystérieux tableaux*   616
    XV. *Ce n'est pas le conteur, mais le conte*   624
    XVI. *L'histoire du prince impérial*   647
    XVII. *Mais cela, c'est moi qui l'écris...*   678

DU MÊME AUTEUR

Composition et impression Bussière
à Saint-Amand (Cher), le 12 octobre 2006.
Dépôt légal : octobre 2006.
1ᵉʳ dépôt légal dans la collection : octobre 1996.
Numéro d'imprimeur : 063700/1.
ISBN 2-07-040119-7./Imprimé en France.

147650